U0439048

城市表情

CHENG SHI BIAO QING

范小青

长篇小说系列

FAN XIAO QING

人民文学出版社

图书在版编目(CIP)数据

城市表情/范小青著.—北京：人民文学出版社,2015
(范小青长篇小说系列)
ISBN 978-7-02-010984-5

Ⅰ.①城… Ⅱ.①范… Ⅲ.①长篇小说—中国—当代 Ⅳ.①I247.5

中国版本图书馆 CIP 数据核字(2015)第 120707 号

责任编辑　包兰英
装帧设计　陶　雷
责任印制　史　帅

出版发行　人民文学出版社
社　　址　北京市朝内大街 166 号
邮政编码　100705
网　　址　http://www.rw-cn.com

印　　刷　北京季蜂印刷有限公司
经　　销　全国新华书店等

字　　数　445 千字
开　　本　680 毫米×1000 毫米　1/16
印　　张　35.25　插页 3
印　　数　1—5000
版　　次　2016 年 10 月北京第 1 版
印　　次　2016 年 10 月第 1 次印刷

书　　号　978-7-02-010984-5
定　　价　55.00 元

如有印装质量问题，请与本社图书销售中心调换。电话：010-65233595

第 1 章

一

快要过年的时候,大家心里总是有点乱哄哄的,这种乱哄哄,一般是乱得开心的。像普通的老百姓,会盘点一年的收入支出,感叹一番,然后计划年里的活动,到哪里哪里走亲戚,到哪里哪里赶热闹,这都是让人欢喜的事情。或者是外地的打工者,准备着,领取一年的工钱,那该是厚厚的一沓啊,给老婆孩子买些东西,然后买车票回家,也是开心的事情,也都开心得平凡而平静。也有一些领工资有困难甚至无望的人,他们会有些焦虑,会去追讨。但且不要担忧,现在我们正在大踏步地迈向法治社会,也是讲道理的社会,你的老板想赖你的工资?没门儿。有你申诉的地方。你早晚能拿到属于你的工资。这样想了,焦虑的心情也会缓解一些。所以还是做普通人好,他们容易满足,也就容易快乐,就算有些艰难和困难,也是能够克服的。那么还有我们的干部呢?在接近年底的时候,干部的心里也是乱哄哄的,他们的乱就比较重大一点,比较深沉一点,因为大家都知道,每年的年底,都要干部大调动,重安排,这就到了各级领导搓麻将的时候了。搓麻将是南州一带的老百姓对大规模调整、安排干部的俗称,在北方一点的地方,可能会称作为洗牌吧。干部们既是搓麻将的人,又是被搓的麻将,因为你在搓你的下级,你的上级也在搓你呢。而麻将呢,又张张牌都是变幻莫测的,就说一张三万,这副牌你想它比想什么都厉害,下一副牌到了你的手,就害你害大了。仍然说这张三万,到了张三手里,就清一色和啦,牌到李四那儿,麻烦大了,扔又不能扔,不扔又不成事儿,这叫什么嘛!还说这张三万,它的性情你可捉摸不透,有时候呢,你一想它它就来,有时候呢,你想死了也见不到它个影子,你怨天咒地。成也萧何,败也萧何,这不就是麻将嘛。但是干部毕竟不是麻将,老百姓将安排干部比作搓麻将也有许多不当之处,毕竟麻将是暗合在那里,靠一只手摸来的,干部却是明摆着,常委讨论出来的。

据说有时候在常委讨论之前,位置其实都已经排定了,这样的事情也不是没有,但毕竟少吧,以后会更少。更何况,在常委排定以后,政府职能部门的正职,局长某长,还得提交人大常委会讨论,再投票通过。有越来越多的局长某长在人大常委会上没有通过,票数不够。人大主任会前向常委们打招呼,说,同志们啊,该投票的就要投啊,该叉掉的也可以叉啊。这话说得叫人怎么理解都可以嘛。常委们平时也可能是七人八条心,但在某些关键的时刻,却往往心意一致地高度理解主任的意思,就同心同德地叉掉了几个人。

这几个人,往往是政绩突出的,理论水平不低的,口才又好的,出镜率也高的,安排到某个位子上也都是大家公认的,呼声很强的,往往又都是重要部门,少不得的,叉掉了他们,市委书记也没面子,给组织部看颜色也真刀真枪地干啦。

所以,市委常委会后,市委书记和组织部部长请列席会议的市人大主任慢走一步,笑容可掬的书记对人大主任说,老人家啊,下面就全看你的啦。老人家就是从前的书记、现在的人大主任,也笑容可掬,说,那是,那是。

虽然民间有顺口溜说,党委挥手,人大举手,政府动手,政协拍手之类的,好像有点瞧不起政协人大的意思,但事实上,人大的这只手,是越来越厉害了。人大的这些人,常委们,多半是被搓了多年的麻将,应该早已经被搓得没脾气了,但是到了人大以后,脾气他老人家又卷土重来了,所谓打出来的媳妇熬成婆啦。

这是过年前的情况,人大的会要过了年以后才开呢。在年头上欣欣向荣的日子里开会,年的喜庆气氛还没有过去呢,这时候开会喜上加喜。

将心比心地体会那几位将要被几十只手举起来或者压下去的正职干部,也就是那几张被摆来摆去还没有最后摆定的麻将,他们这个年过得可是不踏实,心里悬乎乎的,还不如做个副职呢,他们有时候甚至会很退步很没出息地这么想,但也只是想想而已,他们都是进取的干部,人为刀俎,我为鱼肉,对他们来说,是伴随他们成长的座右铭。

快过年的时候,有一位干部正坐在他的办公室里着急呢。(镜头终于拉近了,先拍几组乱哄哄毛茸茸的质感的生活场面,这是当下流行的艺术手法。镜头再拉过来就是我们的主角了。)他叫秦重天。情重于天?情比天还重?有那么重吗?连林清玄也只敢说"人纵使能相忘于江湖,情是比江湖更大的"。

秦重天并不是这次要被举手的人物,他在一年前的会上已经被举过手,他是南州市的副市长,如果没有重大变故,他至少还会在这个位置上再坐四年,四年以后还可能再坐五年,再五年以后就不知道了,因为那时候肯定时过境迁,物是人非,要么是进步,要么是怎么,都难说。

秦重天是南州市委书记闻舒一手提拔起来的干部,在南州,无人不知闻舒是秦重天的坚强后盾。秦重天干事泼辣,说话嘴大,人称秦大嘴。机关里还有个"二嘴",却是个秘书,按道理,那么多领导在前,秘书怎么轮得上称二嘴几嘴的,但这位秘书与众不同,人称邵二嘴。而秦重天能够当仁不让做他的大嘴,说他的大话,没有闻舒撑他的腰,他休想了。

闻舒和秦重天,本来没有任何关系,闻舒来南州做书记时,秦重天还是市工业局的局长,在南州,乡镇工业和集体经济是占很大比率的,那都有另外的部门管着,秦重天实际上就是管着南州国企这一块。而南州的国企,好多年都是有气无力,死又死不掉,活又活不好,八十年代还有自以为不错的三大名旦,到了九十年代以后,尤其是九十年代中后期,不说三大名旦一旦不旦,好多的国企,都有点奄奄一息了。

秦重天陪同闻舒作深入的调查,到当时还有些假象的洗衣机厂听汇报,厂长看到来了机会,大叹苦经,洗衣机厂是个老厂,人多,生产流水线也长,产量很大,但是每生产一台洗衣机,纯利润都不到十块钱,如果要靠这样的利润去还清投入,八十年也还不了。更何况,这还不是销售后的效益,大量的名气不响信誉不足的洗衣机,如果卖不掉……

厂长汇报到这里,闻舒实在忍不住了,他打断了厂长的话,说:"什么叫如果卖不掉?你还能说出'如果'两个字?你卖掉了吗?你的库存有多少?"

厂长满脸通红。

闻舒说:"你对目前的现状,有什么想法?"

厂长更是尴尬,实在是无言以对。

闻舒捺着性子说:"也就是说,你是不是觉得有必要改变一下,如果是,那么你打算怎么改变?"

厂长苦着脸,为了全厂的利益,他下了很大的决心,豁出去了,说:"请求市委领导帮助,这些年,我们投入的进口生产流水线,从银行贷款……"

闻舒已经听懂了,说:"希望市委市政府替你们还贷款?!"

厂长还没有听出闻舒的愤怒,竟然连连点头,感激涕零地说:

"谢谢闻书记,谢谢闻书记,您可是救了我们洗衣机厂,您可是我们的……"

闻舒忽地站起来,几乎是拂袖而去。

这是几年前闻舒刚刚到南州的第一次冲动,以后,这样的冲动会越来越少。

秦重天紧紧跟着,也未敢说话。过了好一阵,闻舒的情绪渐渐平息了一点,说:"秦局长,你是不是觉得这个市委书记怎么这么没有风度?"

秦重天说,"闻书记,要是靠风度能够解决问题,我们都到英国贵族学校去培训个一年半载的……"

闻舒笑了,说:"秦局长,对这个厂,你的看法呢?"

秦重天说:"第一,厂长先撤了;第二……"

闻舒说:"既然你早有这样的想法,为什么要拖到今天?你是局长,早可以向市委建议啊。"

一向快人快语的秦重天忽然犹豫了一下,说:"王厂长的哥哥,在省计划委员会,是副厅级的处长,给我们提供过很多方便……"

闻舒说:"幸亏是个处长,要是个省长呢。"停了停,又说,"那就给他挪个好一点的位置。"

秦重天说:"我早想过了,提半级,到人防办做副主任。"

闻舒说:"这是组织部的事情,你越俎代庖了。不过,我同意。"

闻舒和秦重天就是这样相识的。

过后,秦重天担任副市长,也是闻舒提的名,闻舒还建议政府方面重新安排分管工作,让秦重天分管城建,并且在八位副市长中位置升到第一位,当时就有人私下对秦重天说,你以为闻书记是爱你,他这是害你啊。

且不管闻书记到底是害秦重天还是爱秦重天,至少在去年人大、政府换届的紧张时刻,闻书记的面子还是挺大的,秦重天通过了考验,顺利地当上了副市长。

所以,今年的人大举手,按理是与秦重天无关的了。既然是与己无关,要他着的什么急呢,他在为谁着急呢?为尉敢。尉敢,三十八岁,将被放在市规划局局长的位子上。未来的规划局局长比秦重天年轻一些,倒比秦重天沉稳,他不像秦重天那么猴急。他安慰秦重天说:"秦市长,别杞人忧天啦,我又没有什么劣迹,没道理叉掉我。"

受到尉敢安慰的秦重天更急了:"你什么话,难道往年被叉掉的局长都是有劣迹的?"

尉敢说:"真要叉掉也就只好叉掉了,我有心理准备。"

秦重天不讲理地说:"你有心理准备,我没有!"他见尉敢又要说什么,赶紧挥手挡住他,"你算是安慰我?老实告诉你,这位子非你坐不可!"

尉敢笑起来,说:"秦市长啊,你到底是看重我,还是看重我老爹啊?"

秦重天说:"废话,当然是看重你老爹,你有什么本事?"

尉敢又笑:"可是我老爹早已是明日黄花。万事到头都是梦,休休,明日黄花蝶也愁。"

秦重天气不打一处来:"什么酸不拉叽的,你怎么不念中文系?什么明日黄花,你不知道有句俗语……"

尉敢说:"知道,饿死的骆驼比马大。"

秦重天说:"知道就好。这事情不用你出马,我会替你摆平的。"

尉敢说:"贿选啊?"

秦重天:"那么愚蠢的事情,是我秦重天干的?"

这一天是农历腊月二十九,秦重天和尉敢躲在秦重天的办公室里密谋。

二

农历二十九这天下午,南州市委书记闻舒的车被堵在路上了。冬日的太阳落得早,才四点多钟,天色却已经渐渐暗下来了。根据工作日程的安排,闻舒这会儿是要去一些农贸市场和副食品商场检查节日食品卫生的问题,市政府分管文化教育卫生的唐朝副市长也在闻书记的车上。本来唐副市长和闻书记应该坐着各自的车,在花桥农贸市场碰头,市卫生部门、防疫部门的领导都在那边等着他们,但是唐副市长的秘书邵伟带着唐副市长的车出去办事,也被堵在路上了。

时间不等人,闻舒过来接上唐朝,直接往花桥农贸市场去。

虽然事小,说起来也算是唐副市长的一个小小的失误。但唐朝这个人,向来不怎么拘小节,即使是一把手的事情,他有时候也是可以掉以轻心的,这在市级的领导干部中,也真是独一无二的。也有人提醒过唐朝,要注意这些方面的关系,唐朝却不买账,他的口头禅是:我怕什么,我又不要当这个官。这是不是唐朝的心里话,难说,有人信有人不信。但是唐朝和别的干部相比,确实有些不一样的地方,至少他有一个叔叔,叫唐景之,当代最著名的国画大师,全国政协常委。唐先生博古通今,虽是国画大师,却精通几门外语,又生性豁达,中央一些领导同志,在会见外宾时,不仅以唐先生的作品作为礼品相赠,还常常请出唐景之作陪。也有的时候,领导同志对什么事情感兴趣,却又感觉还了解得不够深入,也会请上唐先生,听唐先生发表一点见解,这就是唐朝副市长的亲叔叔。而唐朝自己,则是从科研单位选拔出来的以民主党派的身份进入市政府的,这一个原因,也使得唐朝和其他出身的干部有了不一样的前提。

唐朝常以"我又不要当这个官"做挡箭牌,我行我素,别人倒也拿他没办法。按道理，人人都会有一怕，做干部的，也是各有各怕，和老百姓一样，他们会怕老婆，也会怕自己身体不好，会怕群众指责、怕工作做不好等，但有一点，恐怕是他们最根本也是共同的怕，那就是仕途的阻碍。如果唐朝真的连这个都不怕，那么唐朝真可算得一个无所畏惧的人了。

不过，今天的事情，要说是唐朝有意不给闻书记面子，那也有失公道。且不管唐朝是不是照顾闻书记的面子，至少唐朝对工作一向是认真负责的，今天的事情，出在他的秘书邵伟身上。

在市委市府大院里，邵伟是个有名的"浪荡公子"，绰号"邵二嘴"，虽然是个"二"，但是要知道比他排名在先的唯一一位，那可是秦重天啊！邵伟呢，也确实够得上这个称号，平时是早晨迟到，中午打牌，晚上更是丰富多彩，常常只要一看到唐朝屁股坐定在办公椅上，他立即开溜，可以长时间不知去向。别的秘书都是时时伺候在领导身边，但又不能让领导感觉到身边老是盯着个人，就是说，该出现的时候，要立刻能出现，不该出现的时候，连影子都不能出现，这也是做秘书的基本功啊。但是我们的唐朝副市长可好，要找秘书办事，得亲自打他的手机，还得看他老人家有没有时间接电话。

刚才市委袁秘书长打电话过来，根据事先排定的工作程序，请唐副市长直接到花桥农贸市场。唐朝这才发现邵伟又不见了影子，打他的手机都不接，唐朝只得再打电话给袁秘书长说明情况，袁秘书长再请示闻舒，闻舒说："我的车带上他吧。"

这其实也不难看出，唐朝虽然对上级或者对同事有很强的个性，对下级却有点放任自流，至少，他的一个秘书邵伟、一个司机小李，都是机关大院里最自由的人物，有时候，他们自己的事情，可以重过唐副市长的工作，让唐副市长等一等，这是家常便饭。大家都说，要是把邵伟放到秦重天那里，看他还是个什么样子。一样的副市长秘书，秦重天的秘书小佟，可是得处处留神小心、时时鉴貌辨色的。

却不料,现在闻舒的车也被堵住了,闻舒和唐朝坐在车上,眼见着车外拥挤的街道上,人流车流混乱不堪,喇叭声、抱怨声一片,幸亏是快过年了,大家的心情好,抱怨里都带着宽容和忍让。

唐朝看着车窗外,像是在对闻舒说,又像是自言自语地感叹:"从前是小城故事多,现在是小城车辆多啊。"

闻舒接过他的话题,说:"是啊,现在大家都在谈城市病,高速发展的城市,人口、交通、环境污染,其中交通的问题,确实是相当突出相当尖锐。"

唐朝说:"我们现在,都可以把我们解决不好的问题,归到人口多这个原因上,因为我们人多嘛,没有办法,欧洲的城市,如果放进我们这样的人口,看他们还怎么弄?但我认为,这是一种推托,是不负责任的说法,就说我们的私家车,昨天大文章又出来了,南州今年下半年,以每星期一千一百辆的速度增加着,看看现在这街上的车牌,私车占了多大的比率?"

闻舒微微地笑了笑,说:"这也是一个城市经济发展的标志嘛,唐市长,你说是不是?"

唐朝说:"是当然是,老百姓口袋里有钱了,政策又放宽了,可以贷款买车,这都是经济繁荣的现象,谁看了心里不喜欢?但是我们是不是应该再切合实际一点,也得根据自己这个城市的特点,这么一窝蜂地鼓励上私家车,南州本来是个不大的古城,塞得下多少车啊!"

闻舒说:"国际经验表明:如果放任私人汽车发展,那么道路的增长永远也跟不上汽车数量的增长。最近经济学家得出一个戏剧性的结论,伦敦即使把整个中心区拆掉修建道路,也仍然存在道路拥挤的问题,我们的北京也一样……"

唐朝接过去说:"南州恐怕更是如此。"

闻舒点点头,继续说:"有些专家已经开始提出关注道路产权的问题,作为缓解交通拥堵的手段之一。也就是说,当私车拥有者们在享受汽车带来的收益时,也必须考虑相应的成本……"

唐朝说:"要增加私家车的税费?"

闻舒说:"一些发达国家的经历是,从鼓励小汽车发展再回归到公共交通建设。也就是说,从追求个人行动自由的倾向,调整到可持续发展的正确方向。"

一个干部出身的干部,经验丰富,一个知识分子出身的干部,见多识广,这么谈着,其实两人都明白,闻舒说这些话,至少此时此刻并不完全是在为城市交通和建设考虑,他更多的是想让唐朝知道,他闻舒可能不及唐朝眼界高、看得远,但是对于更先进的理念也不是一无所知和闭目塞听的。

这会儿,他们的车终于开始走了,闻舒和唐朝脸上都露出希望,也不约而同地都沉默下来,过了一会儿,闻舒才侧过脸看了唐朝一眼,说:"唐市长,你觉得我们已经走到了那一步?"

果然不出唐朝所料。唐朝知道闻舒问的什么,闻舒说的"那一步"是哪一步,唐朝也很明白,所以唐朝说:"当然没有,还差得远呢,我们还仍然是在起步阶段……"

闻舒想,你还比较实事求是,我正是要听你这样的话,便抓住机会问道:"唐市长,我一直想听听你的想法,有关南州城市建设方面的一些问题,今天正好有这么个机会,我们就争取将坏事变成好一点的事,堵车给我们造成这么个机会。"

唐朝笑了笑,说:"我很难说我有什么具体的想法,但是有一点,我想说的,光拆,绝不是个办法。前不久,世界古迹遗址协会的秘书长发表的讲话认为,中国之所以能够吸引起世界的注意,一方面是因为经济的发展,另一方面,也是更重要的,是因为中国流传数千年的文化遗产给人的深刻印象,如果这些遗产在经济发展中逐渐消失,世界对中国的关注,将会大打折扣。"

闻舒也笑了笑,说:"是瑞安先生吧?我见过,几年前来过南州……"

唐朝说:"其实,后来他又来过南州好几次,每来一次,他的忧虑就增加一分,他曾经是对南州寄予了很大的希望的,瑞安曾在南州的古罗汉寺题词说:我们从祖宗手里继承了这笔财富,并且有责任将它原封不动地传给子子孙孙……"

闻舒说:"我听说,在保护古城方面,瑞安主动提出,要替我们去争取联合国的援助?"

唐朝说:"是相当大的援助。但瑞安的前提是,南州一定要保持住古城的基本风貌。瑞安的观点是,历史城市的城市文化形象,其风貌越陈越香,原汁原味更能代表先进性。如果用'现代'去摧毁城市的历史文化格局,也许居民和外来者能享受到现代生活服务,却可能失去大量资本进入城市的文化理由……"

他们没有再就这个话题说下去,因为花桥农贸市场已经到了,市卫生局常局长正在路边向他们的车招手致意。

袁秘书长和闻舒的秘书小惠坐在袁秘书长的车上,本来小惠应该是跟闻舒的车,但是唐副市长上了闻舒的车,小惠就到了后面的车上,他们的车到达的时候,邵伟也赶到了,两位秘书见了面,相视一笑,就站定在农贸市场外。这时候一般用不着跟进去,里边有局里的干部陪同,还有记者追着,秘书得远离电视镜头,这也是规矩。也幸好邵伟没有很强的表现欲和上镜欲,要不然,他恐怕也不管规矩不规矩,追到人家摄像机镜头前,你倒也不好赶他走。

邵伟给小惠扔了一根烟,小惠平时没有烟瘾,但要是他不接邵伟给的烟,邵伟一张嘴,又不肯饶过他,小惠便接了点起来,心想,弄得你像"一秘"似的。

"一秘"是机关大院的人对小惠的专称,当然要说是小惠的专称,也对也不对。这段时间是对的,上一段时间就不对,再过一段时间可能又会变化,所以这样的说法不够准确,确切的应该说是市委一把手的秘书,目前这个位子是小惠坐着,"一秘"当然就是小惠了。"一秘"的身份,可是人见人敬人见人惧的呀,但是以小惠的感觉,却老是要在邵伟的"照顾"之下,邵伟的气场之大,由此也可见一斑。如果小惠现在是一秘,那么按秩序排下去,邵伟至少也得排到十几秘。

做首长的秘书,有时候就像嫁人,嫁对人嫁错人,这一对一错,进出可大了。但秘书的决定,常常是身不由己的,不是现代的自由恋爱和结婚,更像是过去的包办婚姻,派你给谁做秘书你就得做,还有你挑的?这嫁人要是嫁得好,那可是天大的福气,首长有的好处,你都有,首长没有的方便,你也有,甚至首长不能做的事情你能做,就像邵伟这样。但要是嫁错了人,可有你苦的。曾经有一位领导,对人对己都十分严厉,哪天不训秘书哪天日子就过不去,工作又是事无巨细地样样要管,结果把个年轻的不到三十岁的秘书,弄得满头白发,弯腰驼背,别人看了都心有余悸。

小惠抽着烟,问邵伟道:"又野到哪里去了,把你们老板丢在办公室不管?"

邵伟说:"大老板不高兴了?"

小惠说:"那倒不至于,我们老板不像你们老板,那么容易翻脸。"

邵伟说:"小李小姨子的店,要拖点东西,不差我们差谁?"

小李是唐朝的司机,本来老实头一个,在邵伟的"言传身教"下,也快成为机关大院司机班里的邵伟了。

小惠对邵伟说:"所以说你是个多事精,连小李小姨子的事情,你都要去插一脚,搬东西?你还兼做搬运工?"

邵伟说:"所以嘛,一切对我的不实之词,应该坚决地予以抨击和驳斥,我什么浪荡公子?我是真正的人民的公仆,一切为人民的事情,我都做,忙都忙不过来。"

小惠说:"你能者多劳嘛。"

邵伟说:"你别说,倒还真是的,今天什么事嘛,派出所那边,收了人家的娱乐用具,马上过年了,你叫人家怎么办?"

小惠说:"开赌场的?"

邵伟说:"你别乱说啊,居委会委托代办的居民茶社……"

小惠说:"就你,还怕谁乱说什么,你们老板对你可是……别人是睁一只眼闭一只眼,你们老板对你呀,两只眼都闭上啦。"

邵伟说:"这你真是不明白我们老板了,我告诉你,我头一天到我们老板那儿报到,老板跟我说一句话,邵伟,只要你敢去一次桑拿,不管别人知道不知道,只要我知道了,你立即给我走人,我绝不多留你一秒钟。"

小惠坏笑了一下。"桑拿"当然是他们的一个专用名词,可不是到澡堂子里洗澡这么简单。

小惠说:"你真相信你们老板说的,你就没去试试?"

邵伟说:"不试,绝不试,我可不拿自己的饭碗开玩笑,何况这只饭碗这么好。"

小惠又道:"平时看你嘴大浪头大,对你们老板还是很忠的啊。"

邵伟说:"在南州谁不知道,唐老板不讨人喜欢,不过我还是蛮喜欢他的,我不是吹牛,凭唐老板的关系,到省里弄个副省长做做也是小事一桩,但唐老板还偏不,就守在南州了。"

小惠心想,你嘴又大了吧,嘴上问道:"这为什么呢?"

邵伟想说"告诉你你也不明白",但人家小惠毕竟是"一秘",邵伟多少还知道点轻重,也就把到了嘴边的话咽了下去。

两人正说着,那边一行人已经步出农贸市场,摄影的记者,倒退着拍着,邵伟和小惠也迎了过去,市场里有一些市民也从里边跟了出来,议论着,指着闻舒和唐朝,他们都认得这两位在电视上出镜率很高的南州的电视明星。

农贸市场的入口处,一座石牌坊高高地竖立着,像一道关卡,卡住了进出市场的运输车辆,跟在后面的摩托车、自行车、行人乱成一团,有人喊了一声:"书记,这个牌坊要拆掉它了。"

另一个也说:"不拆掉这里的路实在走不通了。"

闻舒和唐朝互相看了一眼,就听得第三个人说:"这不能拆的,这是文物,要保护好的。"

"不拆不行了,天天堵车,上班时候经过,人都要急出毛病来的。"

"怎么不是?从前大家都晓得,南州城里是路路通,随便你走进哪条弄堂,都能走得出去,现在倒好,变成路路不通了,你走哪条路不堵?大街小巷,哪条路能够顺顺畅畅走到底?"

"书记,帮帮忙啦!"

"市长,做做好事啦!"

闻舒和唐朝分别上了自己的车,下一站是市食品大厦,路边的群众都侧身后退一点,给这几辆车牌号很小、都是〇〇〇几的小车让路,车七拐八拐,好不容易挤了出去。

三

南州电视台的记者在市食品大厦前,请闻舒就年前的食品卫生检查向全市人民说几句话,话筒已经伸到面前,摄像机也对准了焦距,一切准备就绪,闻舒正要说话,忽然瞥见袁秘书长手里拿着手机,半举着,急急地跑过来了。这种情形,在闻舒的工作中是常见的,闻舒完全可以等电视拍完以后,再去接手机,电视不过几句话而已,不过一两分钟。袁秘书长应该也是习以为常的,他可以先问一问对方,什么事情,如果不太重要,等一会儿他可以转告闻舒,如果很重要的,要直接和闻舒说话的,可以等一会儿再将电话打过去,或是对方会再打过来,一般都是这样处理。但今天不知怎么的,闻舒偏偏对着摄像机摆了摆手,并且脱离了摄像机的镜头,过去接过袁秘书长手里的手机,就在接过去的一刻,他听到袁秘书长说:"魏部长。"

闻舒稍稍一愣,没有直接去接听电话,却问袁秘书长:"省委组织部魏部长?"

袁秘书长说:"是。"

闻舒不能再让对方等了,对着电话说:"是魏部长?"

省委组织部分管市级干部的魏副部长已经到了南州,他在电话里说:"闻书记,不是我突然袭击你啊,周书记和吕部长的意思,让我马上过来,现在我已经在市委会议室,请你立即通知常委,开个短会,宣布省委组织部的任命。"

闻舒立即明白了,省委刚刚任命的南州市委三把手、副书记兼常务副市长田常规已经到任了。

任命田常规的事情,闻舒当然是清楚的,事先也征求过闻舒的意见,但是令闻舒意想不到的是来得这么快,组织部任命的文件是和被任命的人一起到达的,这在许多年的干部任免中,也是不多见的。

闻舒在很短暂的时间内,心里略有些乱,但是很快就镇定下来,一边上车,一边让袁秘书长立刻通知在家的常委马上开会,上车以后,闻舒的心情渐渐地平静下来,唐朝和袁秘书长都上了自己的车,所以闻舒车上,除了小惠坐在前排,没有别人,闻舒拍拍小惠的肩说:"小惠,田书记来了。"

小惠不好随便表态,田常规要来南州的事情,小惠也知道,但是并没有见到正式任命,干部调动中的传说很多很多,上当受骗跟着瞎起哄、把一些工作超前做了结果白做了的事情也很多,所以,大家都知道,哪天任命的文件不正式下达,哪天就不能相信这事情是真的。

田常规是共青团出身的干部,十几年前离开了团省委以后,先后在省里好几个部委办局担任过副职,后来又到经济发展较落后的江州市担任二把手、市长,半年前,调回省委,担任建设厅厅长,半年不到,田常规的工作再次调动,被放到经济发展已经成为全省龙头的南州市,但是却是担任三把手,虽然仍然是正厅级,级别不下降,但是职务却硬是降了半级。所以田常规来南州的消息一经传出,说什么的都有,说得最多的,是对田常规今后发展趋势的估计。

许多人相信这是省委在为下一届的南州班子做准备了,很可能日后田常规会替代闻舒。但是不相信这种可能的人也有自己的依据,田常规从年龄上讲,只比闻舒小三岁,如果闻舒到年龄下来,田常规恐怕也已经到了不应该提拔的年龄了。

这种种的猜测和议论,不可能不影响闻舒,闻舒见小惠没有回应他,便笑了笑,说:"替我拨个电话。"

小惠十分机敏,猜到闻舒是想拨给秦重天的,但他不会将聪明露出来,还是等着闻舒说出了秦重天的名字才拨电话。小惠跟闻舒也不是一天两天了,耳闻目睹,闻舒的作风,小惠学不着本质,也能学像了皮毛。

闻舒坐在后座,满意地看着小惠的背影,想,小惠,也慢慢地成熟起来了。

电话通了,闻舒从小惠手里接过电话,说:"秦市长,是我。"

秦重天说:"闻书记,刚要给你打电话,刚才袁秘书长通知立即开会,又不肯说什么事,怎么了,急人不急?"

闻舒说:"你急什么,是田常规田书记到任了。"

秦重天说:"现在?"

闻舒笑道:"不是现在,叫你们开什么会嘛。"

秦重天脱口说:"怎么是现在,还没过年呢。"

闻舒道:"怎么,不过年,干部就不能上任?"

秦重天更急了,又不经思索地道:"他冲什么来的?"

闻舒稍停顿了一下,口气重了起来:"秦市长,我给你打电话,就是要跟你通个气,等一会儿的常委会,很短,是宣布省委组织部的任务,不是讨论会,你最好不要多说什么,田书记冲什么来的?我告诉你,冲我们南州的建设和发展来的!"

秦重天笑了一下:"那是,我们这些没日没夜的人,哪个不是冲着南州的建设和发展?"

闻舒说:"那就好,互相理解,就是一个好的开头嘛。"

闻舒的电话挂了后,办公室里的秦重天沉闷了一会儿,尉敢等了等,说:"那我先走了?"

秦重天说:"走,不走怎么办?"

尉敢自嘲地道:"我又不是常委。"

秦重天说:"我还真希望你是常委。"

尉敢说:"得了吧,刚才还提心吊胆,怕个规划局长都弄不上,一会儿又常委了。"

秦重天说:"哎,这倒不一样,常委是党委委员选举的……"

尉敢说:"委员就那么听你的话?"

秦重天说:"是听党的话……"说了两句,发现心思仍然在田常规的事情上,便改了话题说,"喂,这么大动静,到底有没有什么意思,别像个木头似的,到你老爷子那里打听打听,这个田常规,有什么背景?"

尉敢说:"有什么背景?省里派下来的干部,你说有什么背景?"

秦重天说:"为什么东不派西不派,偏派个建设厅的厅长来,什么意思,还非得赶在这大年前,怕什么,怕我们趁过年的时候干什么吗?"盯着尉敢看了看,实在觉得放心不下,又道,"尉敢,来者不善哪!"

尉敢没有秦重天这么忧国忧民,还笑了笑,说:"来者善也好,不善也好,都不是你我做得了主的。"

秦重天想了想,又忍不住问道:"尉敢,你说,这是不是暗示什么?"

尉敢说:"什么?"

秦重天说:"暗示闻舒……"

尉敢想了想,摇了摇头:"不至于吧,闻舒才刚过五十……"

秦重天说:"尉敢,你怎么一点也不像你家老子,政治上一点也不敏感,以后你怎么从政?"

尉敢说:"本来嘛,我是搞业务的……"

秦重天生气地打断他说:"业务个屁!告诉你多少次,以后不许你再说这种没出息的话……"

尉敢倒不服气,说:"怎么说搞业务就是没出息呢?"

秦重天道:"你去搞业务,你去搞业务,你搞业务能搞出一个城市建设的整体规划来?"

尉敢说:"规划图纸还不是业务干部画出来的?"

秦重天说:"但是规划的思路和主体调子是政治干部决定和指点的。"

尉敢说:"这是不是我们的悲剧呢?"

秦重天说:"我不管是悲剧还是喜剧,反正目前就是这样,只有你坐上了规划局长的位子,我们的设想才可能成为现实!"

秦重天的秘书小佟推门进来了,看了里边一眼,秦重天知道,常委会的时间快到了。

秦重天和尉敢刚刚出了办公室,在走廊上,秦重天的手机响了,这手机的铃声特别地清脆响亮,是女儿钟钟偷偷给他调的一段爱情乐曲:你问我爱你有多深,我爱你有几分……

这么响亮的铃声,配这么柔情缓慢的歌曲,实在是出洋相,秦重天一直要想调回去,用原来用的一般的铃声,但是忙忙碌碌的竟许多日子也没有顾得上,那天逼着小佟给调,小佟也不大懂,弄了半天,曲子没改掉,反倒把声音调得更响更刺耳。

尉敢忍不住"扑哧"笑出声来。

秦重天瞪了他一眼,一看来电显示,是老婆王依然打来的,便

"喂"了一声,听王依然说了一句,秦重天立刻道:"要车?这时候要什么车?不行,马上要开常委会,重要事情……"

四

魏部长宣布省委组织部的任命,只用了两分钟,接着又由魏部长简单地介绍了一下田常规的履历,然后是惯例,闻舒说几句,最后是田常规自己说几句。

田常规貌不惊人,也没有给人新干部上任时常有的目光炯炯的感觉,尤其不见通常的共青团出身的干部身上的那种锐气和朝气,比起来,田常规更像是土生土长的农村干部提拔起来的,甚至有些闷头闷脑的样子,说话声音不大,说话的内容也没有很高的水平,都是一般的套话,再怎么细细地品,也品不出里边是不是有什么内涵蕴藏着。

这个常委会不知算不算本市历史上最短的常委会,反正十几分钟后,就宣布散会了。

魏部长站起来就要走,他得立即赶回省里,晚上是部里的部务会议,仍然是搓麻将,安排干部,魏部长不能不到。

看着魏部长的车迅速地消失在黑夜中,田常规忽然说:"肚子好饿哇!"

闻舒笑道:"田书记,你一提醒,我肚里也唱空城计啦。"

田常规指了指魏部长的车消失的方向,也笑着说:"可怜的魏部长,得饿上一晚上了。"

闻舒回头向不远不近地走在自己侧旁的袁秘书长说:"我们就到市委餐厅,搞几个小炒,也算是欢迎田书记。"

袁秘书长犹豫了一下,问道:"要不要请谁陪一陪?"

闻舒征求田常规的意见:"田书记,你看……"

田常规摇了摇头:"我初来乍到,再说,南州又不是我老家,我也没几个熟人……"

闻舒点点头,看袁秘书长要走,又说:"袁秘书长,今天晚上你得加加班,看看田书记的秘书人选怎么安排。"

田常规说:"早就听说闻书记雷厉风行,果不其然啊,我还没吃你南州一口饭,已经要给我派活啦。"

袁秘书长去安排晚餐,闻舒带着田常规在市委大院里转了一圈,就上餐厅去了。

这边,袁秘书长匆匆地回到办公室,一看,今天几位资格较老的机动秘书都挺乖,都还没走,看到袁秘书长进来,都盯着他,好像等着出什么事情呢。

袁秘书长说:"这省委组织部也是的,突然来这么一下,不是叫下面手忙脚乱吗?"

老资格的办公室柴副主任说:"很着急嘛,也不等过了年,今天都小年夜啦,满大街都是过年的气氛了。"

袁秘书长说:"是呀,闻书记让我们商量一下,整理几份材料,田书记马上就要挑选秘书。"

几个主动留下来的秘书你看看我,我看看你,也果然不出他们所料。在机关工作时间长了,都有些经验的,既然人家省委组织部能赶在小年夜派下书记来,这个被派下来的书记,可绝不是来玩儿的,必定又是一个拼命三郎。说老实话,干部被派往南州,是一种光荣,至少领导上知道你是有能力的,但是紧紧伴随着这种光荣的,便是一个"苦"字。南州的基数高,就像一个跳高运动员,已经跳到了相当的高度,但是所有的人眼睛仍然都盯着他,甚至只盯着他,希望他再跳,再高,再跳,再高,跳不上去,就要被人说话,苦啊!其实有时候,你换个角度,去看看一些暂时还跳得不太高的,也许他们中间,不久就会产生一个全国冠军甚至世界冠军。但是,这种希望毕竟太渺茫,人的眼睛也总是要往高处走。以南州目前的基数,再往上跨台阶,是相当费劲的,但是没有一个南州的干部会说,不行了,我跳不动了。所以,每个派到南州的干部,也都是做好了充分的思想和心理准备的,南州是经济发达地区,是富裕地区,但是到这里来的干部,却恰恰是来受苦受累的。

所以,田书记自己脚跟还没有站稳,屁股还没有坐下,秘书的事情倒已经迫在眉睫了。

这会儿,市委办公室里,因为开着暖气,热腾腾的,大家心里也热腾腾地打起了鼓,有人跃跃欲试,有人则想往后退一退。

有一点小小野心的人也许会想,这是个机会,我搏一下,赌一把,争取给田常规做秘书,熬一阵时间,不定就是小惠的位子了。

虽然同样是办公室秘书,但给谁做秘书,这可不是相差一点点,给一二把手做秘书,或者做一个普通的秘书,有时候可真是有天壤之别的呀。相传下面的人到北京办事,想要得到一个大秘的电话号码,起价就是五万,这传说可能神乎了一点,但恐怕也不完全是空穴来风吧。

但也不是所有的人都有这种赌一把的勇气和想法,或者至少不想给闻书记留下什么不好的印象,给同事留下急吼吼的感觉,还是稳坐钓鱼台,往后靠一靠吧。

也有的人,想从袁秘书长那里了解些什么,试探地问道:"田书记是哪里人啊?"

袁秘书长是老兵油子了,在办公室这么多年,手下这些人,谁屁股一撅,就知道他要拉什么屎,听得这样问,便脱口答道:"和省委周书记是同乡。"

袁秘书长话一出口,当即愣住了,先把自己吓出了一身冷汗,怎么也想不明白今天犯的什么浑。但话既已出口,也收不回去,后悔也迟。

果然,大家听了袁秘书长这话,一时都哑口无言了。

一个小时后,闻舒和田常规还没有吃完这第一顿晚餐,袁秘书长已经将整理好的五份材料交到闻舒手里,闻舒没有接,说:"是田书记的秘书,请田书记看。"

袁秘书长将厚厚的五沓材料交到田常规手里,田常规笑道:"真是南州速度啊。"想去翻一翻材料,又觉得这时候不太妥,便指了指材料,问袁秘书长:"这么厚,是些什么内容?都是个人简历?"

袁秘书长说:"每个人的全面情况。"袁秘书长是胸有成竹的,完全按惯例办事,滴水不漏的。

田常规笑笑,向袁秘书长说:"袁秘书长,我这又不是组织部选拔干部,要这么多的内容吗?"

袁秘书长有些吃不透田常规的意思,等着他的下文。

田常规说:"能不能暂不看这些全面情况,全面情况可以留到以后慢慢地了解,既然是做秘书,笔头子是很重要的,这几位,有没有什么文章大作,或写过的什么材料,找几篇来我看看?"

袁秘书长稍一犹豫,后来注意到了闻舒肯定的目光,便道:"好,我马上去找几篇来。"

不一会儿,袁秘书长又回来了,果然将一些文章交给了田常规,并认真地说道:"田书记,这是其中四个人的文章,有不一个人,刚来机关不久,还没有写出什么文章来,只有他的几首诗,我也放在里边了。"

田常规说:"我只是参考而已。"边说,边扬了扬手里的材料和文章,问道,"袁秘书长,你能给我多少时间?"

袁秘书长看了看闻舒,闻舒却换了个话题,说:"明天大年夜了,是个喜庆的日子呀,田书记赶在这时候上任,出出镜,给全市人民拜个年?"

田常规笑着指指自己:"就我这形象?闻书记哎,你也让我有个心理准备,不说整容了,至少也整个精神面貌出来,再与全市人民见面不迟。"

闻舒也笑着说:"也好,那就到时候拜晚年了。"

饭后,袁秘书长陪同田常规到市委南州宾馆住下后,就回去了。没想到,到家不久,田常规的电话已经追来了,说:"袁秘书长,秘书人选我定下来了,就要梁小兵吧。"

袁秘书长没有料到田常规会选梁小兵,一时有些发愣,梁小兵是五个候选人里条件最弱的一个,刚刚大学毕业分配来才半年时间,还不太适应也不习惯机关工作,满脑子的想法就是做一个诗人,一天到晚也不知在想些什么,袁秘书长将他放在五个人中间,完全是为了凑数,作为陪衬的,怕闻书记或田书记觉得可选对象太少才这么做的,哪知田书记偏偏选上他,这明明是很不合适的,袁秘书长实在不明白田常规在哪一点看上了梁小兵,愣了半天,觉得有些话是不得不说的:"田书记,是不是等明天您再见见这几个人的面,再……"

田常规说:"你是还要让我面试?"

袁秘书长说:"至少,您先接触一下本人……"

田常规说:"不用了吧,我这又不是选演员。再说了,我自己长得也不见得有多帅,也没有理由非要挑个才貌双全的呀。袁秘书长,面试就免了吧。"

袁秘书长只得实话实说了:"田书记,可是这个梁小兵,刚刚到机关不到半年,还不太适应机关工作,还年轻,也不太懂得人情世故……"

田常规说:"年轻好嘛,我就是要个年轻的,不懂人情世故,可以慢慢地懂起来,如果年纪轻轻,就老气横秋,我倒有点吃不透呢。"

十几分钟以后,小佟的电话也已经打到秦重天那里:"秦市长,田书记的秘书定了。"

秦重天道:"现代化速度呀,谁?"

"梁小兵。"

秦重天在脑子里搜索了一遍,却没有搜索出这个梁小兵,问道："你有没有搞错,他们办公室有这么个人吗?"

小佟说："是新来的,大学生。"

秦重天说："田书记与众不同的?"

小佟说："他们那边也在议论……"

秦重天说："我不要听什么议论,你们这些做秘书的,就知道议论、议论,我问你,这个梁小兵,你熟不熟?"

小佟说："我不熟。"停顿一下,又说,"邵伟熟的。"

秦重天没好气道："为什么你就不能熟个把人?邵伟的百分之一千分之一你都赶不上吗?"

小佟笑了一下。

秦重天说："你还有脸笑?不过,你可别以为我眼红唐市长啊,邵伟那张大嘴,没遮拦的……"

小佟又忍不住笑。

秦重天说："你笑什么,笑我也是大嘴?是呀,所以我不能用他,要用了他,两张大嘴凑在一个办公室里,那还了得了?"

年二十九,俗称小年夜。这一夜,南州市委市政府机关大院和家属楼里,关心着这件事情的,恐怕不止一个两个。等到袁秘书长一一向该报告的领导报告完了,才想起该给当事人梁小兵打个电话。

梁小兵已经睡下了,迷迷糊糊之中,听到说什么田常规,什么大秘,他甚至连田常规是谁都不知道,但幸好记住了袁秘书长让他明天一大早就赶到办公室去。

梁小兵迷迷糊糊地想,机关又不是战争指挥部,搞得像什么似的,年三十了还要一大早上班,本来他已经和两个诗友约了,去郊外山上看冬景,这下又去不成了,心里抱怨着,但毕竟年轻,一会儿又睡过去了。

事后,机关里都传说,第二天一大早,梁小兵来到办公室,田常规已经在等他了,田常规主动上前握住他的手,说:"小梁啊,他们说你是办公室里的小弟弟,我不承认的,小弟弟能写出那么大气派那么感人的诗句吗?"田常规清了清嗓子念了起来,"为什么我的眼中常含着泪水,因为我对这片土地爱得深沉……"

梁小兵当即说:"田书记,你弄错了,那不是我的诗,是艾青的诗,是我抄录下来的。"

田常规一听,"哈哈"大笑起来,拍了拍梁小兵的肩,说:"好,好,小伙子,你经受了第一个考验,你是个诚实的人,我还以为你想蒙我这个外行呢。"

梁小兵想,说不定你真的就不知道,被我戳穿了,你就打哈哈了。

有人问过梁小兵,有没有这回事,梁小兵说,信则有,不信则无。

第 2 章

一

王依然在电台主持心理咨询的热线节目,每天晚上九点至十一点,有许多人打电话给她,向她谈不可排解的内心痛苦和焦虑,谈目前的处境和从前的往事,王依然疏导他们,耐心地解答他们的问题。王依然学的中文,后来又进修过心理学,她热情善良,为人端正,做这个节目十分适合。

她的节目很受欢迎,电台史台长在外面开会或者干什么,常有人提起,史台长挺有面子的,甚至因为这档节目,电台的知名度也高了,拉广告也好拉了,史台长一高兴,说,干脆改名叫"依然热线"。

不料"依然热线"却寿命不长,一年多前的某一天,秦重天回到家里,跟王依然说:"跟你说个事情,你别做那个主持人了。"

王依然愣了片刻,说:"你的事情定了?"

秦重天笑了,高兴地说:"嘿嘿,知夫莫如妻也。"

秦重天的"事情",就是他被定为下一届副市长的候选人,秦重天不无得意地说,"下午常委会刚刚通过。"

王依然差点脱口说:"你倒消息灵通。"但她忍住了没有说,改口道:"党和国家有规定,副市长夫人不能做节目主持人?"

秦重天说:"说话这么逼人啊,跟你柔情万般的主持人形象可不一样。"

正在穿过客厅走向自己房间的女儿秦独钟听到了,头也不回地说:"嗯哼,现在可是流行双重人格三重人格,人格分裂是时尚啊。"很无动于衷地说了,又无动于衷地走进自己房间,关上门。

秦重天仍然对王依然说:"一个市长夫人,天天去接人家的电话,给人家谈那些乌七八糟的东西,还谈给全市人民听?"

王依然说:"不是乌七八糟的东西,是心理问题、心理疾病。"

秦重天:"心理疾病?现在这世界上谁没有心理疾病,恐怕连条狗、连只蚂蚁都有心理疾病,你治得了吗?"

王依然停顿了一会儿,忽然说:"秦重天,你以前不是这样说话的。"

秦重天朝镜子里看了看自己,说:"我变了?"他看到女儿秦独钟戴着耳塞从自己屋里出来,赶紧拦住她,把她的耳塞拔下来:"钟钟,你老爸从前是怎么说话的?"

秦独钟朝他翻了个白眼,说:"你有病啊?"

秦重天说:"我有什么病?"

秦独钟说:"精神病,"说着,忽然停顿下来,认真地看了看秦重天,又道,"像,你现在说话像菜鸟。"

秦重天没有听清楚,追问道:"谁?蔡什么?"

秦独钟又不耐烦了,戴上耳塞,说:"算了,白跟你说了,菜鸟都不知道,这么老土。"

秦重天说:"我老土?我可是全市乃至全省有名的开拓型干部啊。"

秦独钟懒得再理他。秦独钟走开后,秦重天对王依然说:"就算为我牺牲一回。其实,不用我多说,你还能不理解?你不适合再出头露面。"

王依然不说话了,她以无声抗议着秦重天的自私。

秦重天是不达目的不罢休的,他继续进攻:"不是说,一个成功的男人背后,总有一个伟大的女人。"

王依然笑了一下,说:"还有人说,一个成功的女人背后,总有一个让她伤心的男人。"

"哈哈哈,"秦重天大笑起来,"现在这些人,真是能说会编。"

第二天王依然一上班,史台长就亲自来找她了,王依然平静地说:"这么快就来了。"

史台长有些尴尬,只是一味地说:"多理解,多理解。"他当然舍不得放掉"依然热线"这块金字招牌,但是权衡利弊,他也只有丢卒保车,台长力排众议,对王依然的工作重新作了安排,提拔到主任的岗位上,分管新闻。

但是没有想到,过了几天,王依然递上一张辞职书,辞去了电台的工作,立时三刻收拾了东西就离开了。

史台长忐忑不安地熬了些日子,但是并没有发生任何对他本人或对电台不好的事情,过了一个多月,在一次会议上,秦重天看到他,笑着跟他打招呼,还找了个旁边没人的机会,递给他一根烟,问道:"史台长,王依然不闹情绪了吧?"

史台长大惊失色,张大的嘴都合不拢了。

王依然辞职的事情秦重天竟一无所知?史台长愣在那里,一时思绪万千,这个王依然也是够难弄的,这么大的事情,竟然不和老公商量,主意也太大,脾气也太坏,她老公还是市领导呢,都不放在眼里。这么想着,就庆幸王依然主动离开了电台,要不然,以后也不知会折腾出些什么事情来呢。但反过去又想想,这个秦重天也是的,对老婆也太不关心了,工作真的就那么忙呀,老婆辞职都一个多月了,他竟然一点都不知道?唉唉,史台长想来想去,竟替大家想出些悲哀来了,真是一家不知一家,家家有本难念的经。

秦重天见史台长愣在那里,就感觉到出了什么事情了,脱口道:"怎么,有什么不好说的,史台长?"

史台长无法不说,却又找不到合适的词,直接说王依然一个月前就辞职了,而秦重天居然不知道,这也太不考虑秦重天的面子了,但是事情已经到了这一步,自己的神态已经引起秦重天的猜疑,瞒是瞒不过去的,退一步说,就算此时秦重天没有猜疑,秦重天也早晚会知道这事情。在这之前,因为史台长没有与秦重天打过照面,也怪罪不到他,今天既然都已经面对面了,再不向秦市长汇报,那就是他的问题了,所以史台长只好硬着头皮,小心翼翼地说:"秦市长,一个月前,王依然已经离开电台了……"

秦重天脑子里"轰"的一声,脸一下子涨红了:"什么?"

史台长说:"她辞职了,我想挽留……"

秦重天摆了摆手,没有让史台长再说下去,他已经够没面子了,猛地抽了几口烟,扔掉烟蒂说:"开会了。"拔腿就走。

史台长有些尴尬,脸上挂着讪笑,看着秦重天的背影,事情本来又不怪他,与他根本无关,但是现在倒落得是他的罪过似的,心里像吞了只苍蝇似的不舒服。

秦重天走出几步,又停下了,回头问道:"到哪里去了?"

史台长说:"不是很清楚,好像是心理方面的什么……"话说出口,见秦重天一脸的不高兴,赶紧又补充说,"一直也没见到她,也不太方便多打听。"

秦重天又摆了下手,说:"知道了。"再次大步离去。

秦重天回到会场,虽然是坐在主席台的领导席上,可哪还有心思听会,憋了一会儿,就开溜了。

溜出会场,掏了手机就打王依然的手机,但是只拨了前面的四位数1370,后面的根本就记不得,只得给秘书小佟打电话:"喂,小佟,我要王依然的手机号码。"

小佟忍不住笑了一下,报出了号码。

秦重天再给王依然拨过去,劈头就问:"你在哪里?"

王依然却不直接回答,不冷不热慢慢地说:"你有什么事?"

秦重天一肚子的火,大声地重复一遍:"你在哪里?"

王依然说:"不用那么大声,我又不聋,听得见。"

秦重天是急脾气,王依然越是沉得住气,他就越急:"你既然听得见,为什么不说你在哪里?"

王依然依然坚持自己的:"什么事?你不说什么事,就是没有什么事,我正忙着。"

秦重天气得差一点摔了手机,大吼道:"你现在很了不起啊!"

王依然说:"我不觉得。但如果你一定要这么认为,那么可能有一个答案,我是副市长夫人,自我感觉好。"

路上有人看着秦重天,司机小钱也坐在车里,在不远处等着他,秦重天只得压下火气,尽量好声好气地说:"王依然,你做事情是不是太过分了?你换了工作,都一个多月了,我竟然不知道,你这算什么?"

王依然说:"对不起,但是你也没有问过我。"

秦重天忍气吞声地说:"那好,以前我忙,对你关心不够,但是现在我问你了,你可以回答了吧?"

王依然平静地说:"南州市心理卫生学会。"

秦重天"啊哈"一声:"心理卫生学会?这是个什么东西?"

王依然说:"不是什么东西,是个组织机构,你不懂吗?我给你念一念学会的章程:南州心理卫生学会是心理卫生工作者的学术性群众团体,该会的宗旨是团结和组织……"

秦重天不耐烦地打断她说:"南州有这么个单位吗?"

王依然说:"是合法机构,不是非法组织。"

秦重天说:"归谁管的?这样的学会,还会有编制?"

王依然说:"说实在的,本来是没有编制的,但是学会非常需要一个在编的专职秘书长,这个编制是市人事局特批的。"

秦重天说:"特批?是特批的编制,还是特批的人?"

王依然说："是的,这个编制确实是特批给我的,我不是你秦重天秦副市长的夫人吗?人家照顾一点,不应该吗?"

秦重天的气又上来了："你少来这一套,王依然,我问你,你扪心自问,你有这个资格吗?什么心理卫生,都是精神病专家在捣鼓,你怎么也搞到那里去了,你学过医?研究精神医科?"

王依然说："参加心理卫生学会确实有严格的条件,要有从事心理卫生工作的学历和一定的工作年限,要有职称,这是主要的组成部分,这样的条件我确实暂不具备,但还有一少部分人,可以是关心和支持心理卫生工作的党政领导干部,企事业管理干部,司法干部,民政干部,工会、共青团、妇联及其他社会团体的干部和社会知名人士……"

秦重天回到办公室,还是越想越生气,但是王依然绵中藏针、柔中带刚的性格,他是深深领教的,别说王依然早已经先斩后奏,就算她还未曾果断地做成这一切,就算她今天只是来和他商量的,但只要她是拿定了主意的,十八头黄牛也拉不回,他秦重天算几头黄牛?一头也抵不过啊。也罢,秦重天想,还幸亏王依然顾他的大局,同样是别扭,要是她别扭别在原来的工作岗位上,死活不肯从"依然热线"撤下来,天天在那里对着全市人民哇啦哇啦地谈什么心理疾病,他又能怎么办。秦重天可以在市长办公室里冲人发火,拍桌子打板凳,但是他对付王依然却没有很好的办法,从前没有,现在没有,今后,秦重天想,今后恐怕也还是无可奈何的。漂亮女人娶不得,有本事的漂亮女人更娶不得,这是众所周知的真理。可是,无论是从前的男人还是当今的男人,哪个不想娶个既漂亮又有才华的老婆?真正头脑清醒心如磐石的有几个?王依然有很优秀的品质,她不会嫌贫爱富,也不见风转舵,但心里主意太大,对于这样一个老婆,秦重天有时候很赞赏,有时候又很无奈。

秦重天闷了半天,最后还是给市人事局的李局长打了个电话询问,李局长听出了秦重天的意思,赶紧说："秦市长,您别误会,这个编制是早晚要给的,他们已经申请了很长时间了,和谁担任专职秘书长无关的,您别放在心上。"

秦重天说:"李局长,王依然不是专业人员,现在坐在这个位置上,是否合适?"

李局长说:"秦市长,据我了解,这个秘书长请王依然做,是学会大家讨论一致的意见,原因您也清楚,先前的'依然热线',不仅群众喜爱,连专家也都很重视很认可的。再说了,王依然也进修过心理学……"

秦重天忽然觉得有些奇怪,说:"李局长,你倒比我了解得更清楚啊。"

李局长说:"秦市长,不瞒您说,那次民政局老邱跟我一说,我也和您一样,想到这些问题,所以特意做了些调查研究的,其实,我这是多管闲事了,对吧?邱局长那个人,您也知道的,做事十分仔细,从来不出纰漏的。"

秦重天说:"我不太清楚,像这样的学会,是不是都有正式编制?"

李局长说:"不一定,也要看学会的性质、作用、人员的多少、社会的影响,还有,比如一些别的背景……"

秦重天说:"什么背景?"

李局长说:"比如,谁担任顾问或名誉会长之类吧。"

秦重天说:"是吗?"

李局长不等秦重天问,就说了:"心理卫生学会的名誉会长是唐副市长。"

秦重天说:"那当然,唐市长本来就分管……"

李局长说:"是的,当时心理卫生学会请唐市长的时候,唐市长一口答应了。所以,这个事情,这个编制,说起来,还是唐市长直接关心和支持的。"

事后,王依然不知从哪里得知秦重天给李局长打电话的事情,又和他赌了一阵子气,说他为了护惜自己的羽毛,从来不顾别人的感受,哪怕是自己的亲人,都不能损害到他自己一点点,在官场利害和人的感情的天平上,秦重天从来都是一边倒,或者说是一毛不拔的。

秦重天心底里是极不愿意王依然去搞什么心理卫生的,但是既然大家都认为她合适,她自己也这么认为,秦重天也无法。只是,假如这个世界上只有一个人认为王依然其实不合适做这个工作,这个人就是秦重天。为什么?秦重天只是直觉,没有细想过,他实在是没有时间细想。

秦重天担任了分管城建的副市长,这是市委书记闻舒亲自点的将,秦重天知道自己肩上的担子有多重,他更清楚地知道,在他这一任上,也就是在不远的将来,甚至就是在明天,他要跨上一辆重型的战车,去打一场生死之仗。

打这一仗,或者名垂千古,或者罪该万死,或者两者皆而有之。

现在,他正在忙着的,就是要驱使这辆战车尽快地上战场。所以,他无论如何也要扯断所有可能束缚住他的绳索,让自己的全部身心无牵无挂地投入进去。

这都是一年前的事情了。

今天是小年夜,学会那边也没有什么事情了,但王依然还是去了一趟,给几位会长打了电话,新年头上的一些活动,事先都是通知到了的,但为了更可靠一点,王依然还是再一一落实了一下。然后又打女儿的手机,想早点下班,让女儿陪着上街走走,可是女儿说,你要买什么,我帮你买回来就是了,女儿正和同学在外面疯玩呢,哪顾得上陪她老妈。

她这个女儿,个性不像她,像秦重天,大大咧咧的,王依然曾经说,女儿啊,人家的女儿是妈妈的小棉袄,你呢?女儿说,我就做你的大衣吧。说得王依然挺感动。可女儿哪曾是件大衣啊。

中午出门的时候,感觉天气不太好,怕有雨雪,王依然没有骑她的电瓶车,下班出了门,一时还打不着出租车,幸好时间还早,她干脆走了一段,就到了夏同的书店。

夏同的"夏季风"书店,在一条不繁华的小街上,书店也很小,王依然来的时候,店里没有顾客,夏同正在低头看一本书,王依然走进去,夏同抬头看到王依然,笑了一下,说:"来了?"

王依然笑着点点头,问道:"刘阿姨呢,放她的假了?"

夏同说:"大家都要忙过年了。"

王依然说:"你好像不用忙过年的。"她看到夏同手里的那本书,是一本《茅盾日记》。

夏同说:"茅盾有一阵时间,每天晚上上床的时候吃安眠药,睡到天未亮,醒了,睡不着,再吃一次安眠药。"

王依然说:"你也失眠吗?"

夏同没有回答他是不是也失眠,却说:"有一次夜里坐出租车,的哥正在听电台的心理咨询节目,都听得入痴入迷了,还一路开车一路用手机往电台那里打热线,我心里想,这个害人的热线,都把人家弄得热昏了,要是出了车祸,她就是祸首……"

王依然笑了,说:"你不是挖苦我吧?"

夏同说:"不是不是,你不是早不做那个了?我想挖苦也没有对象。"

王依然说:"现在做节目的汤教授,是广安医院的精神科专家……"

夏同说:"前几天看到报纸上说,有一个心理医生,他的特点就是专门向病人倾诉自己的苦恼,据说,真管用,病人的心理问题就被他治好了。"

王依然说:"你不了解这门科学。"

夏同说:"不是我说的,是报纸上说的。"

王依然不置可否地笑笑,说:"最近有没有买什么新片子?"

夏同拿出几张碟子,王依然看了看,有一些欧洲的艺术片、一部韩国的《八月照相馆》,还有一个国产的《那山那人那狗》,王依然说:"都好看?"

夏同说:"你看看再说吧。"

王依然说:"你急不急着要?"

夏同说:"我都看过了,你拿去吧。"

王依然说:"你不保留一些好片子?"

夏同说:"保留在哪里也不比保留在心里好。"

王依然说:"时间长了会忘记的。"

夏同说:"忘记的就是不值得保留的。"

夏同说了这句话,他们两个一同笑起来,夏同说:"我是不是像个哲学家。"

王依然:"你这哲学,也太普通了。"

夏同说:"那我像个诗人?"

王依然说:"诗人也不是你这样子的。"

夏同说:"头发太短?"

王依然说:"我不知道的。"她又翻了翻其他的片子,挑了一些,说,"多拿几张,过年看看。"

夏同说:"过年也不出去游一游,新马泰、港澳?"

王依然反问道:"你去?"

夏同说:"你知道我的,懒,哪里也不会去的。"

王依然说:"你就一年三百六十五天,天天坐在这里?"

夏同笑说:"静坐参众妙,清淡适我情。"

话在别人嘴里出来,可能会让人觉得酸溜溜,做作,但是由夏同说,王依然却不觉得有这样的感觉,不知是因为夏同的缘故,还是因为王依然的缘故,或者双方都有某种原因。

"你才几岁啊?"王依然说。

夏同说:"这和年纪没有关系的,有的人,到七老八十,仍然不得安分,有的人,一生下来就像菩萨,风吹雨打都不动。"

王依然想说你觉得你像个菩萨吗,但是不知为什么话到嘴边没有说出来,一时顿住了。夏同又说:"一些老人,晚年身体都很差。"

王依然想他说的可能是茅盾,没头没脑地说一句,这是夏同的习惯,王依然也已经习惯了他的习惯。她拿了片子,犹豫了一下,说:"那我拿走了。"

夏同笑了笑:"祝新年快乐。"

王依然说:"还没到新年呢。"

夏同说:"那就预祝吧。"

王依然说:"你新年也一直在这里?"

夏同说:"基本上在。"

王依然走出书店的时候,天色将晚,街上行人熙熙攘攘,都是大包小包的,满载的出租车一辆接一辆,风驰而去,路边站满了招手欲打的乘客,王依然等了半天,根本没有一点点的机会和希望,她拿出手机,给秦重天打电话,办公室电话没有人接,只好再打手机,秦重天接了,王依然一听秦重天压抑着的声音,就知道那边正有什么事情,果然秦重天一听王依然说要车,毫不客气地道:"要车?这时候要什么车?不行,马上要开常委会,重要事情……"

王依然心里一气,欲挂断电话,又听秦重天说:"慢慢等一等吧,也算体验体验老百姓的生活嘛。"

王依然差点说"你们天天坐在办公室会议室开会,又几时体验过老百姓的生活?"但是话到口边,又不想说了,挂断了手机,一个人孤零零地站在路边的冷风里发愣。

一辆轻摩无声地停在她身边,王依然吓了一跳,看清楚是夏同。

夏同说:"上车吧。"

王依然一愣,说:"没有帽子?"

夏同说:"警察也挺辛苦,希望他们都回去过年了。"

王依然刚要坐上去的时候,夏同没头没脑地说了一句:"年初二不在。"

王依然没有听明白,说:"什么?"

夏同又说了一遍:"年初二我不在店里,顾家语回来了,要去看豆粉园。"

王依然先是一愣,但随即想起来了,顾家语是夏同的舅舅,世界著名的经济学家,美籍华人。在南州城里有不少顾家的旧宅旧园,夏同说的这个豆粉园,王依然不是很了解,可能也是其中之一,王依然还没有来得及就这个话题说什么,夏同已经发动了车子,说:"坐好啊。"

王依然很少坐在别人的摩托后面,有些紧张,夏同说:"我开得很慢,也很稳,你放心。"

王依然仍然是不踏实的,有一种无着落的空虚的感受,在她的心里,忽然就有一种抱住夏同的想法。平时在街上,看到女孩子抱着男孩子的腰坐在后座上,王依然心里都会滋生出弥漫出一种情怀,很美好,很温馨,有一次她和秦重天也谈起过,秦重天说:"你可别当着钟钟的面说,你要是看见钟钟搂着男孩子的腰坐在那里,你会怎么想?还有好的情怀吗?"

王依然当时非常沮丧。

快到小区大门口的时候,王依然忽然"嗯"了一声。她这一声非常非常地轻,几乎就没有发出什么声音,但是夏同还是听到了,或者说是感觉到了,在喧闹的大街上,在轰鸣的摩托声中,他听到了。

夏同停了下来,什么也没有说。

王依然下车后,说了一声"谢谢",却没有马上走开,她想也许夏同会说些什么,但是夏同只是等着她走,并不说什么,王依然便回了头,走出一段,她回头看看,夏同的车已经开远了。王依然稍有些遗憾,但也松了一口气。

秦独钟已经在家了,看到母亲带回来一些碟子,抢了过去,先检查一遍,又扔了回来,说:"没什么好东西。"

王依然觉得奇怪:"你都看过?"

钟钟说:"不看也知道,都是早过时的。这个《八月照相馆》我知道的,一个男人死都快要死了,还这么虚伪,不好玩,没意思。哎,老妈,告诉你个好玩的事情,我们一个哥们儿,可惨了,交了一个野蛮女友。"

王依然大约知道有个韩国片叫作《我的野蛮女友》,媒体炒作得很厉害的,但是王依然不曾用心地注意过,总觉得那是少男少女乱疯乱闹的事情。现在听女儿这么说,有些紧张,生怕女儿也来这一套,连忙问道:"什么野蛮女友?"

钟钟说:"老妈你别紧张,不是我的事情啊,是我的哥们儿,他的女友,看了《我的野蛮女友》,觉得还不够刺激,想出个新花招,咬住我哥们儿的舌头,就是不放……"

王依然心里一瘆,觉得有些不可思议。

钟钟却是眉飞色舞:"就这么咬着,啊哈,她走到哪里,我那哥们儿只好跟到哪里,那可叫乖啊,哈哈哈。"

王依然说:"钟钟,不要这么胡闹。"

钟钟说:"又不是我,我才希望是我呢,可是我不敢呀。"

王依然说:"你也有不敢的事情?"

钟钟说:"我得考虑我老爸的形象,到时候报纸一登,市长千金成野蛮女友,无辜男孩遭百般蹂躏,那我老爸还不得把我给就地正法了!"

王依然觉得女儿越来越油滑,却只能是眼睁睁地看着而无法拉住她,也觉得自己说的话越来越无力,越来越苍白,想着,心里很难过,一时竟然说不出什么话来了。

钟钟仍然一味地沉浸在自己的兴奋之中:"嘿,现在我可算是明白了,女人对男人,就是要凶,男人都是贱货,你越凶,他越重视你,你越对他好,迁就他,他越拿架子,以为自己了不起,看不起你,不拿你当回事。"

王依然终于忍不住了,拉下脸来:"钟钟,你太过分了,你只是个中学生!"

钟钟嬉皮笑脸的:"老妈哎,你真是狗咬吕洞宾,不识好人心,你以为我是说我自己啊?我是说给你听的,让你总结经验,吸取教训……"

王依然被女儿说得心里一动,忽然逗女儿说:"你什么意思,让你妈总结了经验教训,重新开始?"

钟钟走到王依然面前,死死地盯着她看,竟看得王依然心慌起来,钟钟高兴得大笑起来,说:"老妈呀,你又没有婚外恋,你慌什么?"

王依然彻底败下阵来,跑到厨房去了。钟钟的话却一直追在她的耳边,王依然下意识地探头朝窗外看看,天色将黑未黑,路灯已经亮了,什么人也没有。

二

夏同回到店里,冲了一碗方便面,边吃边记下当天的日记:上午,三轮车拉来一个外地女孩,买一本《金庸人物漫评》,说自己是金庸迷。问,怎么找到这个小书店?答,先上了三轮车,说要到一个书店,三轮车夫挺老实,说,前面不远就有一个,只是小了一点,就来了。三轮车要了她两元钱车资。另记《茅盾日记》一则:"昨夜临睡前服酚酞一枚,却于十二时醒来时仍欲小解,结果拉出一长条。此后醒来五六次,直至今晨七时十五分起身后,到十时不再有大便。十时后,写条幅几张,十时半休息,却忽然有大便的感觉,果然拉出不少。此后,中午小睡了一小时许。下午,赵明与陈培生来。多年不见陈了,想起我在新疆的事,恍如梦境。晚服药如例,于九时半就寝。"

这一天值得记的也就这两样,还有就是王依然来拿碟子,但是事情夏同没有写下来,只写了一部片名《圣保罗的钟表匠》。为什么独记下这个片名?夏同是未经思索,他记得几部片子中有这一部,就记下了,他并未看过这部片子。

王依然头一次来,是半年前的夏天,她来问有没有一本《寻找幸运草》,夏同这儿没有,王依然随便看了看其他的书,发现有许多挺不错的书,这才注意到店主,是个年轻人,平和的目光,没有通常年轻人所特有的光泽,也没有那种跟年龄相符的活泼和急躁,他坐在凳子上并没有起身,只是向王依然点点头,微笑了一下,又低头看自己的书,并不是一个自来熟的人,甚至都不曾问问顾客想要什么。王依然当时想,这样的人,搞经营行吗?

书店在王依然上下班经过的路上,以后王依然来的次数多了,慢慢地有点熟了,知道了他的名字,也知道是这地方的名门后代,他的母亲姓顾,最近有一本书《顾家旧事》,就是写夏同外祖父家的事,写到他的母亲和舅舅、阿姨们。

夏同的母亲顾家环有五姐妹四兄弟,顾家环是顾家最小的一个女儿,婚姻一直不顺利,生夏同的时候,母亲已经四十多岁。那时候夏同的外祖母已经久病不起,但总是拖着、撑着,大家说,老人家在等什么呢。果然,夏同出生没几天,老太太就安然地去了,最后的一件心事放下了。

顾家是个大家庭,夏同的表兄弟表姐妹大部分都在国外工作生活,少数几个留在国内的,也都比较出人头地,唯独夏同,从小因为体质不好,一直就没有好好地读书,大学也上不了,好歹念了个旅游专科,因为多门不及格,所以没有能毕业,拿了个肄业证书回来了。老太太也拿他没办法,幸亏家族还有些余力,尚健在的哥哥姐姐们,虽然年岁已很高,但在他们心目中,七十好几的顾家环还仍然是他们宠爱的小妹妹,仍然是从前一碰就要哭鼻子的小丫头,更何况,夏同也几乎是他们这个家族里唯一的难题,他们不帮助谁帮助？听说夏同愿意开个书店,于是大家同心协力,给他物色了一间很大很气派风水又好的门面,偏偏夏同说自己干不来这么大的事情,不要这么大的书店,自己在小街上胡乱行走,物色到花瓣街上一间二十多平方米的小门面,自己写了店招,取店名"夏季风",请了一位下岗的女工刘阿姨做营业员。因为夏同也没有别的事情可干,除了外出进书,平时基本上也是一直待在店里。

　　夏同的表妹顾红说,夏季风？有什么好的,以为你会取个骇俗惊世的店名,不过如此不过如此。夏同说,原来你很崇拜我啊？顾红呸了他一声,我崇拜你？省省吧,你尽给我们顾家丢脸。夏同说,我又不姓顾。要丢也丢姓夏的脸,丢不着姓顾的脸。

　　顾红学医,曾经出国留学,后来又回来了。问她为什么回来,说,天涯何处无芳草。大概是感情上的问题吧。不过,她不说,能够深埋在心里,别人也不好穷追猛问,后来才慢慢地知道,顾红的丈夫是去美国陪读的,结果却和顾红在美国的一个同学好上了,那个同学也是个中国人,属于灰姑娘那一种,刻苦艰辛,忍辱负重,因为经济和学业的原因,父亲去世,不能回家,躲在宿舍里痛哭。那一天顾红正在给导师当助手动手术,走不开,让丈夫去陪伴劝慰她。事情就是这样既简单又麻烦地发生了。顾红就回国了。好在顾红生性还比较豁达,医院里的同事说她,不像个资深的大夫,倒像个粗糙泼辣的护士长,甚至笑话她像那种能够把针打断在病人屁股里的护士。其实顾红业务上很精尖,平时嘻嘻哈哈,大而化之,手术时心细如丝,在医院的外科,人称"顾一刀"。许多病人和家属慕名要想见见"顾一刀",但一见之下,都大失所望,心存疑虑。外科手术大夫,女的就已经很少,又这么出名,至少得是文文静静,温文尔雅。看这么个年纪轻的粗粗拉拉的大夫,他们不由得不想起那些将手术钳棉花纱布留在病人肚子里的医生。

顾红还有个好处,就是随遇而安,入乡随俗,许多出国后又回来的人,看着自己的故乡样样不顺眼,处处不得过,看着自己的同胞素质那么低,心胸那么窄,眼光那么浅,总是长吁短叹,张口就批评,闭口就叹气,恨铁不成钢,怨自己为什么要回来。顾红基本上没有这样的毛病,所以夏同会说,大家闺秀大家闺秀,到底大户人家出来的闺女,就是不一样啊。

夏同吃了面,收起日记本,顾红就来了,进来就嚷嚷:"哎呀呀,今天路上堵死了,停车都没地方停。干什么呢?"

夏同说:"过年嘛。"

顾红说:"过什么年,如今的日子,哪天不在过年。"

夏同说:"那是你的感觉,有钱人的感觉。"

顾红说:"去你的。"嗅了嗅鼻子,"吃的康师傅?"

夏同说:"错了,是统一。"

顾红说:"前两天碰到小齐,说你买了不少碟子,拿来看看。"

夏同说:"你自己不会买,你没钱?"

顾红说:"不是有钱没钱的问题,太麻烦,那个小齐,你要么别去,要去就缠着你不放,一一介绍,这部很好,那部更好,他那儿没有一部不是好片子,黏糊得厉害,动作又慢,心又贪,恨不得把他店里的碟子全卖给你,我哪有这时间。"

夏同说:"是吗,怎么我去他不黏糊我呢?"

顾红四处看着,没有发现碟子,手一伸,说道:"拿出来看看,别这么小气啊。"

夏同说:"借给别人了。"

顾红说:"算了算了,不借拉倒,我可不是来跟你谈碟子的。哎,我问你,王博要买豆粉园,你说是真是假?"

夏同说:"你问错人了吧,我又不是王博。"

顾红打断他说:"我就知道你是这种腔调,人家都说,看不懂王博葫芦里卖的什么药,他要买下豆粉园和扇厂,拆了,用那一片地,造豆粉别院、豪华公寓和高档别墅,不管他计划中能挣多少,至少得先投入上千万……"

夏同说:"顾红,什么时候又懂了房地产啦?"

顾红说:"我是听人家说的。"

夏同说:"你怎么老能听人家说这些东西,我怎么就听不到?"

顾红说:"夏同,你不要开玩笑啊,在南州,不知道书记市长没事,不知道王博可就没名气了。"

顾红这话,听起来有些夸张,但也并非奇谈,可能因为书记、市长经常换,王博却是个不倒翁,这位是南州市最具实力的民营企业家,有关他的传说,几近神话,连从不信神的顾红,也偏偏愿意相信这样的神话。

一九八八年,王博身揣两千元和一个花了一年多时间研制出来的理财软件,从南州去深圳闯天下,他面对的是残酷的现实,他的两千元只能在计算机杂志上做半个推销软件的广告,王博第一次玩起了空手道,他和一个开公司的朋友串通了,借用朋友公司的几间办公室做他的"首场演出"舞台,请来一位计算机杂志的广告业务员,就在业务员进来后的几分钟内,王博就在朋友的办公桌上,接了十几个业务电话,都是要替王博做广告的,显得公司业务相当兴旺,墙上还挂着一张精心制作的公司联络图表,上面是一些重要广告杂志的名字,还有一些重要的策略,但是具体内容被遮掩了,当王博欲和这位杂志业务员开始谈判的时候,又被叫到另外的办公室听美国来的电话,如此折腾了一阵,等王博再次坐定下来,还没有开口,杂志业务员就已经迫切地提出,先收一半广告费。这正是王博能够支付得起的费用。

就是凭这一则广告,半年后,王博已经是百万富翁了。

人不可貌相,王博就是一个典型。看起来像个文弱书生的王博,却有着惊人的毅力和胆识,从两千元起家后,一路发展,十多年以后,已经拥有数亿资产,近十个实体,摊子是越来越大,口子也越来越多,这完全因为王博的个性所致,他是一个极具挑战性的人,常常看到什么,就想做什么,做了什么,就要越做越大,有一种上去了就下不来的趋势,越来越控制不住强大的欲望。王博身边,也不乏有识之士,曾经多次劝他,能收就收一点,能下就下一点,其实王博自己就是有见识的人、有眼光的人,他又何尝不知自己骑虎难下的现状,但是惯性使他收不住脚步,降不下高度,这样,王博也只能顺势而上,去越来越深刻地体会着高处不胜寒的感觉。

王博和他的江博集团,在南州早已经成为人人关注的焦点了。所以,当购买豆粉园的消息从王博那里传出来以后,在南州引起了不小的涟漪,什么说法都有,简直铺天盖地,但不管怎么说,毕竟还都是猜测。

顾红意犹未尽,继续说:"王博这手笔的确不小,但他有那么强的实力吗?前不久的保健品事情,听说王博都赔得差不多了,我觉得,王博很可能是虚晃一枪,醉翁之意不在酒……"

夏同笑道:"子非鱼,安知鱼之乐。"

顾红不理睬夏同的嘲讽,每次来夏同这里,看起来都是有什么事情来商量商量的,其实,夏同从来也不会拿出什么得力的主张,而顾红,也只是来倾诉一下而已,她也从来没有指望过能够从夏同这里得到点什么切实可行的想法,所以两个人形式上是一问一答,而事实上,更是顾红在自说自话。

顾红又说:"这个王博,怎么样样要插一脚……"

夏同说:"不过,我不大相信王博会做出拆豆粉园造豪华公寓的事情。"

顾红兴奋起来,道:"哎,英雄所见略同哎,我当初一听这个消息,也立刻想到这一点,王博毕竟是王博,可不是没有文化的乡镇企业家……"

夏同又调侃起来:"看起来,顾医生又对南州第一大企业家产生兴趣了。"

顾红说:"你不是我,怎么知道我的心思,告诉你,我是关心我们的豆粉园……"

夏同说:"你操的什么心,顾家语大舅不是马上要回来解决豆粉园的事情吗?"

顾红说:"亏你说得出,我操的什么心,要不是我操心,顾家语大伯能这么急着回来吗?"

夏同说:"那说明你还是很看重王博的,很相信王博总能干成他想干的事情,哪怕这事情在别人看来是天方夜谭。"

顾红脱口说:"那当然,他是谁? 王博!"见夏同又要说什么,赶紧抢在前面,问道,"夏同,难道你对豆粉园一点想法也没有?"

夏同说:"我的想法管用吗?"

顾红说:"夏同,你也老大不小了,真的一点也不为自己的前途想想。"

夏同说:"老大不小更应该是提醒女孩子的,你我之间,老大不小更应该用在你身上,男人无所谓老小……"

顾红没有心思跟他啰唆,说:"你想想,大伯在国内、在故乡的小辈,除了你我,就没有其他人了……"她见夏同要反驳她,赶紧又说,"知道你要说常用,但是常用在北京,位置又那么重要,会回来忙一个破豆粉园吗?"

夏同说:"你要真觉得是一个破豆粉园,干吗这么起劲?"

"我不是来跟你斗嘴的,"顾红仍然坚持回到原来的话题上,"现在我们的当务之急,是大伯要来了,大伯要是下决心将豆粉园重新买回来,重新修复,自己管理,自己保护,这事情还不都是你我的事情? 难道让七十多岁的小姑妈去做,难道让我们家八十岁的老爷子去做?"

夏同说:"那你的意思,你我就要发大财了?"

顾红有些生气了,板起脸说:"夏同,你纵然对世事再无动于衷,你纵然自称不喜欢钱,厌恶世俗,但是几十年未回来的大伯要回来了，要谈豆粉园的事，你难道连一点亲情都不在乎？"

夏同说："你知道朱棣文吗？"

顾红愣了一愣："朱棣文，哪个朱棣文？"一想，很快明白了，"诺贝尔奖得主朱棣文？干什么？"

夏同说："朱棣文得奖后，回到老家想看看老宅，得知老宅三年前被拆了，朱棣文笑着说，我应该三年前得这个奖啊。"

顾红有一阵没说话，过了一会儿，叹了一口气，道："好歹我们的豆粉园还在。"停一下，又叹息一声，说，"可惜它早已经不姓顾了。"

顾家在南州，是很显赫的家族，既是状元之家，又是官宦世家，历史上曾经出现的"祖孙父子兄弟叔侄翰林""父子会状"，都是顾家写下的历史。按一般的说法和公众的看法，叫做穷富不过三代人，但是顾家独是个例外，不说很远的先祖的事情，就看这一百多年的历史，一八二五年出生的顾有生，历任内阁学士、礼部尚书等官职，顾有生的儿子顾树清生于一八五〇年，光绪三年进士，后出任过邮传部大臣。顾树清的长子顾为慈自幼勤奋刻苦，文理皆长，经商致富后又捐得道台头衔。

因为有了顾家，南州城都为之增辉。以南州的方言，如果有人敲门，里边的人问：哪个？而在南州的方言里，这"哪个"两字的读音恰是"陆顾"，陆顾？就是在问敲门的人是不是姓陆或者姓顾。此说虽不尽合理合情，但是既然民间有这样的说法，也可见得姓陆的和姓顾的在南州的地位和历史渊源。还有这样的段子，说一个人走在街上，碰见一个面熟的人，但想不起来姓甚名谁了，请教了，对方说，姓顾，这人便说，啊，顾郁林是你一家吗？这个姓顾的说，顾郁林是南州人，我是南江人，相去本不远，若推而之上，也可能至元代或某代则为一家，所谓的五百年前是一家。

一九一〇年，顾树清六十大寿，也正是他的长孙女顾家史出生的年份，顾家双喜临门，顾为慈与豆粉园旧主、家道败落负债累累的王硕公谈妥,以一千两黄金的价格购得豆粉园。

其时的豆粉园,已经破败不堪,顾为慈耗重金修复了豆粉园,并在豆粉园周围购下房屋,与豆粉园打通,豆粉园便成了顾家名副其实的后花园了。

一九五〇年年初,顾家正式将豆粉园捐赠给国家。当时顾为慈已经重病不起,一应事项,均由长子顾家语操持。顾家语虽是老二,但上面的老大是个女孩,而且大姐顾家史是兄弟姐妹中最无所用心的人,嫁出去以后,就是相夫教子了。家中一切事宜,都是顾家语出面,顾家语在召集兄弟姐妹开会商量捐献豆粉园的时候,除了已经病逝的两个弟妹,其余七人,包括顾家语在内,一致赞成。顾家语到病床前告诉了父亲,顾为慈含笑点头,长长地吐出一口气,好像是了却了一桩心愿。

顾家自居房通向豆粉园的旁门封死,砌起了一堵墙。当时的南州市长亲自到医院看望顾老先生,亲手将一块写着"惠泽后世"的匾牌交到顾家语手上,顾家语举着,让顾为慈老先生看清楚了。

沧海桑田,五十年过去了,顾家语已经八十五岁高龄,仍然在著书立说,他的"顾氏经济研究事务所",以理论联系实际的切实作风,在同行中博得很高的赞誉和评价。但是人之越老,思乡之情越切,近一年多来,顾家语的助手林冰,注意到先生经常在网上搜索"南州市""古典园林"这样的内容,林冰到顾氏事务所时间不长,并不太清楚顾氏的往事旧痕,但林冰是个十分用心的人,很快就通过各种渠道了解南州顾氏家族以及豆粉园的背景,并且从网上下载了一些关于南州开发与保护的文章,其中一篇文章的题目是"名人故居出路何在",林冰给顾家语念了其中一段:"南州市区拥有各类有迹可考的古典建筑共四百九十七处,其中园林一百二十二处,庭院三百七十五处,约百分之六十已毁,其余均具恢复价值。据考证,这些古典庭院,基本都是名人故居,涉及历史名人三百余位……"

她注意到顾家语的表情,便停了下来,问道:"先生?"

顾家语果然有问题:"刚才没听清楚,已毁多少?"

林冰说:"百分之六十。"

顾家语点了点头,说:"念吧。"

林冰继续念道:"一处名人故居,就是一本教科书。名人的文化素养、道德文章和丰功伟业赋予他所生活的建筑以灵性,使建筑艺术又包蕴了文化内涵。作为文化名城,我们没有理由不善待这些文化遗产。"

顾家语又忍不住了,赞道:"这文章写得有道理。"

林冰说:"顾先生,还念下去吗?"

顾家语说:"念。"

"善待需要资金,而目前我市用于文物维护的专款,每年只有不足百万,这对于一大批亟待修复的名人故居,无异于杯水车薪,何况还有众多园林的日常维护需要开支。那名人故居真的成了'烫手的山芋',就像有的人说的那样,'多了就不是财富而是包袱了'。"

顾家语听了这篇文章,沉默了许久许久。

林冰也沉默了一会儿,才说:"顾先生,我已经打听了一下豆粉园目前的状况……"

林冰的善解人意正是她能够在强手林立的环境里站住脚,能在高学历、深资历的同事中颇得顾先生看重的重要原因,顾先生是个话不多的人,但林冰恰恰能够从顾先生的少语寡言中,揣摩出顾先生的心意。

就是在这时候,顾红从家乡给大伯发来了紧急信件,顾家语让林冰立即与顾红联系,林冰请顾红设法去拍了几张豆粉园的近照从网上给她发过去,林冰看了,有些犹豫不决,不知道该不该下载了拿给顾家语看。

顾红知道后,给林冰发信,生气地说,你不给他看,不看以后只会更惨。

林冰小心翼翼地将下载的照片拿出来,顾家语看了,却并没有很激动,他只是说:"当年父亲从王硕公手里买下豆粉园的时候,也就是这个样子。"

林冰知道买豆粉园这段故事,但不太清楚王硕公这个人,问道:"顾先生,是不是王硕公好赌,将豆粉园输了?"

顾家语一边笑一边从椅子上站起来,目光闪烁:"人家都这样说。"

这时候,林冰心里明白,顾家语是决心要回故乡去看豆粉园了。

在大洋两岸,有关豆粉园的话题,其实已经进展了有些时候了,顾红时常会来告诉夏同一些动向,但夏同总是有点与己有关又无关的样子。顾红有点看不惯他,说:"夏同,我不相信你心里一点想法也没有。"

夏同说:"什么想法?"

顾红说:"豆粉园啊。"

夏同说:"当然有啊,豆粉园有个锄月轩,今日归来如昨梦,自锄明月种梅花。"

顾红说:"你以为你很颓废美吗?"

夏同说:"颓废美?想不到一个学医的女孩还懂得……"

顾红说:"不要用'女孩'了,三十多岁的女孩?不要吓人了。"

夏同说:"那就用'女人',做外科手术的女人,天天把人开膛破肚,天天都能看到人的五脏六腑,怪不得什么都懂,不过,你懂这么多干什么啊?"

顾红不理睬夏同对她的讽刺,却继续着她对夏同的挖苦,说:"你是不是觉得自己有郁达夫的气质?"

夏同说:"你不喜欢郁达夫?"

顾红说:"我为什么要喜欢他?"

夏同说:"哪个有文化有文采有浪漫情怀的女孩子,会不喜欢郁达夫?我还真没见过。"

顾红说:"我是不喜欢。郁达夫什么样的人,多情,才华横溢,心肠又软又细。他最欣赏的情形是什么?就是他最心爱的女子,躺在棺材里,棺材在船上,船在河上,他坐在棺材边。你说,他心有多软多柔,又有多硬多狠,这就是郁达夫。"

夏同说:"你的理解,也不能不算一说,只不过……"

顾红说:"为什么他不能自己躺在棺材里,让爱他的女子坐在棺材边上呢?"这么说了之后,顾红可能也意识到自己的错误在于将人的情感太过于现实化和简单化了,又说,"对不起,亵渎了一个最不应该亵渎的人,要是在网上发表,我会收到无数748(去死吧)。"

夏同说:"那证明你心目中网民还都是传统型的,我听小齐说,有一回他发表了一个见解,说因为爱情是不可能永恒的,应该实行一夫多妻和一妻多夫制,或者干脆不应该有婚姻,只需同居和生育,居然好评如潮啊。"

他们胡乱扯了几句,顾红又不耐烦了,言归正传,说:"夏同,年初二我值班。"

夏同说:"你已经说过几遍了,我陪大舅舅,你是不是不放心我,你怕什么呢?"

顾红说:"那还用说,怕你花住了我大伯,他把豆粉园买下来就送了你。本来嘛,家环姑妈是大伯最宠爱的小妹妹。"

夏同说:"那你还是跟人家换一天值班吧,生命中很多事,你错过一小时,很可能就错过一生了。"

顾红歪着脑袋看了看夏同,说:"你有病?这是人家说爱情的。"

夏同说:"爱情和生活,难道不是一回事……"

顾红说:"我怀疑你实在太无所事事,一天到晚在背书啊?

算了算了,我没有你那么大的福气,我得做事情,我今天来,是告诉你,年初二,我跟同事换了值班,我要去的。"

夏同说:"那你打个电话告诉我就行了,就算不告诉我,也没事的,你别忘了,顾家语是我大舅舅,更是你的大伯伯,你跟他一个姓,我跟他不是一个姓。"

顾红说:"你是不是也想改姓顾啊?哎,对了,我猜林冰肯定会陪着大伯来的,你说呢?"

夏同说:"我又不认得林冰,我怎么知道。"

顾红说:"我也不认得她。"

夏同说:"啊?那你老把她挂在嘴上,我还以为……"

顾红说:"行了,别废话了,我离开那儿的时候,她还没有到大伯的研究所呢。"

终于有一个顾客进了书店,打断了顾红的继续唠叨,顾客是个老人,拄着拐棍,他进来后,先是四下里一环顾,说:"这里什么时候开了这么一家书店?"然后又昂了昂头向夏同和顾红说,"我吴一拂。"

夏同和顾红对视一眼,他们都不知道吴一拂是谁,吴一拂显然有些不高兴了,说:"现在的年轻人,学识学养都太差,还开个书店呢,连吴一拂都不晓得。"

顾红笑起来,说:"夏同啊,夏同……"

吴一拂用拐杖点了点夏同,说:"看你也不是不长脑子的人,怎么,只长脑子,不长见识和学问,有什么用?告诉你,吴一拂,就是那个被周老大骂过的汉奸吴一拂。"

夏同被提醒了:"噢,吴一拂,好像是在哪本书上见过,好像是《文海微澜》。"

吴一拂高兴地一顿拐棍,大笑起来:"不错,不错,那就是我。"又盯了盯夏同,"你说什么,哪本书?《文海微澜》?这是本什么书,你这里有吗?"

夏同摇摇头:"我在朋友那里偶尔翻到的。"

吴一拂追问:"说的什么,说我什么?"

顾红见来了这么个老人,知道也轮不上自己再多说什么了,便告辞了,临走时说:"明天我去机场接大伯,你去不去?"

夏同说:"有你去不就行了。"

吴一拂有些生气地说:"你这个开书店的,怎么可以丢开顾客不理睬?什么《文海微澜》,那些事情,竟说是微澜吗?是巨澜!"

夏同只能点点头。

吴一拂又说了一些七不搭八的事情,吃啦,走路啦,随后从随身带的一个旧包包里,取出两卷东西,展开来给夏同看,夏同一看,是一副条幅。

上联是:官久方知书有味,

下联是:才明敢道事无难。

夏同说:"这是您写的?"

吴一拂说:"不是我的东西,我拿来干什么?放在你这里,看看有没有人要,贵就贵卖,贱就贱卖。"

夏同有些惊讶:"您让我……"

吴一拂说:"卖字为生,你不会不懂吧?"

夏同点了点头,他不知道这位性格奇怪的老先生的生活、经历等,但是冲他这个年纪,冲他在小年夜里挂着拐棍来到他的小店,他也得接下他的字来。

夏同说:"您放这儿吧。"

吴一拂眼睛一亮,说:"你要了?"

碰到这样的老人,从来不动声色的夏同也有些尴尬了,他婉转地说:"我要也是可以的,只是,我不懂书法,我拿了,搁在我这儿,委屈了您的字。"

吴一拂不满地说:"不要就说不要,转弯抹角的干什么,不过,话说回来,你肯让我把字留在这里,已经够不错了,我几乎已经跑遍了南州城里像你这样的小书店啦。"

夏同说："您开个价,我好跟人谈。"

吴一拂又不高兴了,说："我跟你说过,贵就贵卖,贱就贱卖,我的字,没有价的。"说罢,自己又取过对联,自我欣赏了一会儿,问道,"你说,你摸着良心说,这字到底怎么样?"

在夏同看来,这字,就是典型的文人字,有灵气,飘逸,但是没有多少功底,虽然这个吴一拂年岁已经够大的了。

吴一拂盯着夏同的眼神,看到夏同眼神里的东西,便追问道:"怎么样?怎么样?"

夏同本想拣几句现成的好话应付一下算了,比如"颜筋柳骨"啦、"疏密相宜"啦,但是一看到吴一拂眼睛里充满了认真的期盼,便立时觉得不应该应付他,但要说出实话,又怕老人家接受不了,便改口用协商的口吻说道:"是不是觉得花哨了一点?"

吴一拂咧开没牙的嘴笑了,说:"你还懂一点啊,我这个人,从小就喜欢弄弄毛笔,大家都看好我,说只要我肯下功夫,彻底摒弃花哨的毛病,不几年就是第二个王羲之。不承想啊,八十年这么快就过去了,到头来还是我自己,还是脱不了花哨二字。唉唉,我这个人,天性花哨,天生爱美,有什么办法。"

夏同差一点要笑出来,忍住了笑说道:"吴老先生,您太太对您的花哨性格,是不是……"

吴一拂竖起手指"嘘"了一声,道:"对不起,第一,请你以后称呼我的时候,省略了老字,我不喜欢老;第二,我没有太太,从前没有,后来没有,一直都没有,不过你不用说对不起,我虽然一辈子没有娶太太,却偏偏最喜欢别人问我太太的事情。"

夏同的笑意被凝固在内心深处了,隐隐地,有些什么东西在心里翻腾,一时竟不知再说什么,看吴一拂喜滋滋兴趣很高的样子,最好再继续说说关于太太的话题,夏同却是说不出来了。

吴一拂顿了顿拐棍,道:"时间不早了吧,我是不是该走啦?"

夏同说:"您住哪儿,远不远?"

吴一拂:"南州多大个地方,远又能远到哪里去?"

夏同说:"吴先生,如果字有人要了,我怎么跟你联系?"

吴一拂说:"我会来找你的。"

夏同透过窗玻璃,看着吴一拂的身影消失在车水马龙灯红酒绿的夜色里,不知怎么的,心里有些不宁,吴一拂这个名字,一直在他心头盘旋着,他拿出日记本,补写了两行:"晚,吴一拂来,有联一副。"

另一行:"吴一拂是谁?"

三

二十世纪三十年代,二十刚出头的吴一拂就已经在上海很有名气的黄氏建筑事务所担任设计师,他学的是建筑,却不肯好好务正业,喜欢舞文弄墨,书法、绘画、唱戏、填词、玩乐器、写文章,哪样都要去插一脚,却是哪样也没有弄成个气候来,熟悉他的人,都说他是狗头上抓抓猫头上摸摸,猪头肉三不精,也有人劝他玩够了就早点收心,在自己的专业上多少也该有点建树。但是吴一拂自得其乐,听不进别人的劝告。

其实,要说吴一拂在自己的专业上一点光彩也没有,也是不公道的,在二十世纪四十年代末,他曾提出过著名的"别让城市失去记忆"的观点,差一点在当时的建筑界引起广泛的大讨论,只是时逢历史发生巨变的时代,使这场讨论滞后了,一滞就是几十年。

一九四九年,吴一拂的师兄曾邀请他去美国,但是吴一拂恋家,他有着南州人所特有的不愿出远门的习惯,留了下来。

因为当年的争争吵吵风风雨雨,吴一拂在上海的名声不大好,他虽然没有离开祖国,却离开了上海,回到了故乡南州,在南州建筑设计院主持城市规划与设计工作。

如果说吴一拂这一辈子也有过心无二用对自己的专业专心致志的时候,就是在一九四九年到一九五〇年的这一段时间。

　　这一年时间里,吴一拂穿越了南州所有的大街小巷,踏遍了南州残存的城墙,最后他急了,发出了"旧城墙危在旦夕、新政府于心何忍"的大声疾呼。

　　这正是建筑大师梁思成在北京向中央领导人提出北京古都可能会消失的意见的时候,吴一拂将梁思成关于北京城墙的一段著名谈话抄录了贴在办公室里:"环绕北京的城墙,是一件气魄雄伟、精神壮丽的杰作。它不只是为防御而叠积的砖堆,它磊拓嵯峨,是一圈对于北京形体的壮丽有莫大关系的古代工程。无论是它壮硕的品质,或是它轩昂的外相,或是它那年年历尽风雨甘辛,同北京人民同甘共苦的象征意味,总都要引起后人复杂的情感。"

　　每每有人注意到这段话,吴一拂总要说:"看看,看看,英雄所见略同啊!"

　　但是,不久以后,为了适应人口迅速增长和经济发展的需要,南州人民委员会讨论通过决议,决定将全市的城墙,除少数城门城墙保留,作为历史遗迹供人参观研究外,其余全部拆除,并建立了"拆城办公室",已经存在了两千多年的南州古城墙也和北京城墙、南京城墙一样,轰然推倒。

　　吴一拂本来就歪歪斜斜的人生也随着古城墙的倒塌而彻底倒塌了。但是即使从此以后是一场连着一场的政治厄运,也没有堵住吴一拂的嘴,吴一拂大会小会,只要有他说话的机会,他就说:"公元前514年,伍子胥就筑了南州的城墙,'筑大城,周围四十七里',五代的钱镠,给南州建起了最早的砖城墙,一直到宋代的这一千多年,虽然屡经战火,但都是屡毁屡建的,元代是加厚城墙,明清两代也仍然修护有加,人家代代封建王朝,却代代不断修缮古城墙啊,怎么到了我们今天,到了人民政府的时代,反而要拆墙毁墙,我想不通。"

本来给他说话的机会,是要他检查自己的问题的,但是他好像怎么也听不懂大家的启发,总是我行我素,按照自己的逻辑说话,发表的都是落后的复古的甚至反动的言论,弄到最后,大家给他弄怕了,干脆也不要他做什么检查了,茅坑里的砖头,又臭又硬,还是免开尊口吧。

吴一拂被剥夺了说话的权利,便改成写文章,他的文章,又无人敢发,便换用笔名,但不管他换成什么样的笔名,他的文章别人还是一眼就能看出来,吴一拂说:"唉唉,我这个人,就是太肤浅,总是给人一眼看穿的。"

这么一辈子过下来,吴一拂几乎都忘记了自己的年龄,别人问到,他就说:"八十有九。"

假如别人不相信,问:"有这么大吗?"他说:"那就七十有八。"

别人若是又觉得他说小了,他就说:"或者九十有三。"

好像一个人活了多久,今年几岁都是无所谓的,愿意几岁就几岁。

吴一拂被降过几次级,而且早在二十世纪六十年代就提前退休了,退休工资只有四十几块,许多年来,也能七加八加,但到最后也只加到二百来块钱,相当于一个下岗工人的工资。

吴一拂无儿无女,也没有亲戚,常常拿着这两百块钱工资说:"哪里够用噢。"

不过吴一拂倒是从来没有为生计发过愁,开不了伙,他会到朋友那里混一顿,没有钱用了,他见人就说,喂,我又没钱了,你说怎么办?实在不行了,他就随手涂鸦强买强卖,写上"黄杨木梳,白莲藕粉""五六月间无暑气,千百年来有书声"之类的东西,多半的人看他这把年纪卖字,管他字好不好,也不论买回去干什么用,都会掏几个钱出来的。吴一拂收下钱,便念道:"忽来案上翻墨汁,涂抹诗书如老鸦。"

吴一拂自刻一章,"猢狲屁股",说自己坐不定的性格,他几乎在南州的大街小巷走了一辈子,也仍然没有走够,就算拄着拐棍,就算有个三病六痛,每天也仍然要走街串巷,深藏在锦绣路的一条小巷书香弄里的豆粉园就是他隔三岔五要去的地方。

第 3 章

一

初春的严寒笼罩着,秋天落下的叶子还都铺在园里,春天的嫩绿还没有出现,旧了的小园,是一种凄凉的风景,留得残荷听雨声,在当年是一种意境,现在便是现实了。

老张在院子里走了走,他踩着树叶,听到松脆的声音,开始的几年里,老张是要扫落叶的,老张将落叶扫成一堆,点起火烧了,烟在小园里袅袅地升起,老张挂着扫把站在这里,一块块乌青的砖就把脚下的小路延伸到园子的深处。后来时间长了,老张也不再去扫这些树叶了,到了春天,下一场雨,它们就烂了,与泥土烂在一起,就变成了泥土。

看松读画亭的亭柱剥剥落落,上面的楹联却仍依稀可认的:

风风雨雨暖暖寒寒处处寻寻觅觅
莺莺燕燕花花叶叶卿卿暮暮朝朝

从前的人,真是有学问的,老张经常这样想,偶尔也有人到这个废旧的小园来看看,他们在园子里走一走,说一些从前的事情,也说一些现在的事情,多半是与这个小园有关系的,老张总是记得,多年以前,他留下来看守小园。

"要看多长时间?"老张问。

"等一等,"别人说,"等到有人来看这个小园的时候。"

来看小园的人来过了,又走了,又来过了,又走了,老张仍然独自一人守在这里。

是不是他们已经忘记了呢？老张常常这样想。

顾家的人到哪里去了呢？老张有时候也这样想。

平常的时候,老张就坐在门口,这个门,是一个简单朴素的石库门,在一条又曲曲折折又狭窄的小巷子最深的地方,门是不高的,围墙是很高的,黑的,老张坐在园子的门口,和邻居说说话,他在这里待了比较长的时间,有些东西,也慢慢地懂一些了。"从前的有钱人,不像现在的有钱人,"老张说,"他们是不喜欢热闹,不喜欢和别人来来往往的,他们也不喜欢张扬和炫耀自己有钱的。"

慢慢地普普通通的老百姓也晓得了这里边的一些道理,这个地方是很僻静幽雅,离闹市远远的,老张曾经听人说过,在太平军打到南州的时候,他们就曾经想拿豆粉园做官府,但是弯弯绕绕进来很麻烦,他们就找到别的花园去了。

"这样说起来,拿花园放在这种地方,倒是有好处的。"邻居说。

"当然有的。"

"就太平得多了,是不是？"邻居说,"弯弯曲曲的地方,别人不喜欢的。"

"那倒不一定,"老张说,"也有人喜欢的,比如顾先生,他就喜欢这个角角落落的地方。"

邻居说:"说书先生说,王硕公是因为赌钱赌输了,就把豆粉园卖给顾先生了。"

老张说:"说书先生是这么说的。"

很多年以后,顾家语老先生拄着拐棍过来的那时候,太阳正落在大门的门楣上,老先生推开半掩的门,门是黑漆的,是沉重的,门柱在门臼中吱吱嘎嘎地响着,先生用手去抚摸门面上突起的圆圈,他拍打一下古铜的门环,有一点沉闷的声音。

先生看到七八个兄弟姐妹正在园子里打闹,在假山上爬来蹿去像一群猴子,小妹妹跌了下来,头上起一个包,就哭起来,大人的训斥声也紧跟着起来了。依稀地,却是那么的近切,真的就像在眼前。

锦绣路上的书香弄5号,便是顾家的老宅,两落五进,孩子们的卧房在第五进的楼上,打开窗户,就是豆粉园了。按过去的说法,这就是大户人家的后花园。但是豆粉园的规模和它的名声,尤其是豆粉园在造园艺术上的成就和价值,很是显赫,顾树清爷爷对他的子孙说,在地理位置上,它是我们的后花园,但心理位置上,它是我们顾家的灵魂。

书香弄5号的大宅,本来只是两落三进,因为有了豆粉园,顾家才将宅子扩大成五进,与豆粉园相连起来,也使书香弄5号成为南州建筑史上值得记载的一座景深五进的老宅。

孩子们不知道老宅从前的主人,他们也不想去考证老宅的历史,老宅里曾经有过多少悲欢离合的故事,对他们来说,都是无关紧要的,甚至家里大大小小的房间一共有多少,他们都不知道,有许多房间是根本进也未曾进去过的,那也无妨,他们的心思,在于园里的假山、水池里的金鱼、水面上的蜻蜓、夏天的纺织娘、秋天的蟋蟀,冬天如果有雪,就堆雪人。

他们用地道的南州话唱道:

　　哭哭笑笑,买块方糕,
　　方糕甜,买包盐,
　　盐嘛咸,买只篮,

篮嘛漏,买斤豆,
豆嘛香,买块姜,
姜嘛辣,买只鸭,
鸭嘛叫,买只鸟,
鸟嘛飞,买只鸡,
鸡嘛啼,稀奇,
扯旗,扯到虎丘去。

又唱:

一记耳光,
拍到里床,
里床有只缸,
缸里有个蛋,
蛋里有个黄,
黄里有个小和尚,
唔里唔里要吃绿豆汤,
绿豆汤吃勿着,
要么吃记耳光。

这些民间的歌谣童谣,都是家里的用人奶妈教他们的,土里土气,但是比死背"之乎者也"轻松得多,也比"临池洗砚"快活得多……顾家语在依稀的孩童的嬉笑声中醒来,他看了一下时间,凌晨两点,已是中国农历的大年初二了。在遥远的故乡南州,这正是下午时分,按原定计划,他的助手林冰,已经到了顾家语梦魂萦绕的豆粉园了。

顾家语的故乡之行,终因年老体弱未能成行,但是他的心,他的万千的思绪,却随着林冰,去了豆粉园。

两落五进的老宅已经不复存在,取而代之的是几幢五层六层的水泥住宅楼,每当有人进豆粉园来,那些楼窗里就有人向豆粉园里探望着。

老张手忙脚乱地迎接远方的客人,他激动地想,他们终于来了啊。他的心里有一种感觉,好像快要了却一桩沉重的心事了,这个心思在他的心里整整搁了二十年了。

二十年前,一位德高望重的人物,对南州的历史文化遗产进行了多日的考察,看到它遭受了严重的触目惊心的破坏,写了一篇文章登在《人民日报》上,大声疾呼"救救南州",引起全国上下的关注,也引起了市委市政府的重视。老张就是在那一年,被园林局派到豆粉园的。

老张是一名园林绿化工,从那一天起,他又成了豆粉园忠实的守护人,他住在豆粉园,生活在豆粉园,时间长了,他对豆粉园的感情就像对自己的孩子一样,只是眼看自己的孩子一天天地消瘦衰弱下去,老张无能为力。不关心政治、无所谓世事的他,现在天天看报,天天看电视新闻。老张每日每日地希望早日修复豆粉园,他每时每刻关注着南州的改革进程,看到某某园修复,看到某某园对外开放,老张总是开心地对邻居说,快了快了,下面就轮到豆粉园了。

可是,老张也知道,每修复一处旧园,国家就要拿出几百万上千万,在南州,这样的园林有几百处啊!

老张一等再等,有一天邻居告诉他,老张啊,你的日子要出头了,王博要来拆豆粉园了。邻居又说,老张啊,王博拆了豆粉园,造豆粉别院,你就做豆粉别院的保安啊。

老张一颗心悬挂在空荡荡无所着落的地方,他忐忑不安地过了一日又一日,等了一天又一天,终于等到了顾家的后人。

老张的心踏实了,回到了原来的地方,老张将激动放到心里,喃喃自语地说:"等你们等得好苦。"

进豆粉园,就是一条长廊,长廊上布满了镂窗,透过这些镂窗,可看到豆粉园里的假山、水池、亭台楼阁。林冰是个从来不把喜怒哀乐放在脸上的人,但此时此刻,看到这些早已经斑驳陆离却依然令人折服令人怦然心动的镂窗,也不由得肃然起敬,很少说话的她,也忍不住说了一句:"这是看得见风景的窗……"

顾红笑道:"在我们这儿的园林里,这样的窗,处处可见。"说过之后,就站定了,等到一直跟在后边的夏同走上前,顾红说,"她终于和我们说话了。"

夏同说:"你就这么急着跟她搭上关系啊?"

顾红说:"去你的。哎,你说说,跟你想象中的差多少?"

夏同说:"对不起,我没有想象过。"

顾红说:"我一直以为,林冰肯定是很娇媚的,是个正宗的标准的'头疼'……"

夏同说:"什么头疼?"

顾红道:"这是网络用语,你不懂的,'头疼'就是'头头疼爱',就是一把手最宠的女秘书嘛,哪个不是娇滴滴的?"

夏同说:"现在觉得错了?"

林冰戴着近视眼镜,人很干瘦,说话走路都很干练,因而显得有些尖刻和刻板,与娇媚两字实在是沾不上边,但这正是顾红感兴趣的原因,因为真实的林冰与她想象中的林冰相差太远,更引起了她的好奇心。

顾红说:"喂,夏同,你看她有多大年纪?"

夏同说:"你饶了我吧。"

顾红又认真地去看林冰,看了半天,研究了半天,摇头道:"看不出,真的看不出,有人认为,让人看不出年龄的女人,是最厉害的女人。"

夏同说:"这是你自己说的吧,你觉得她厉害,你不是她的对手?"

顾红说:"瘦的女人,是因为思想得厉害……"

夏同看看顾红,笑道:"又是你的独家观点,不过,这个想法不错,是一个减肥高招,可以申请专利的。"

顾红说:"我记得看过一篇文章,大意说一个女人瘦瘦的身子老是自己跟自己过不去,她的脑力足以让她无休无止,而她的精力体力又无法承担她的不尽的脑力,思想让她如此地瘦,这可不是我的发明。"

老张正准备陪着林冰他们往园子的深处去,却被吴一拂喊住了,跟在后面进来的吴一拂生气地指着林冰一行人说:"他们是什么人?这么多人跑到豆粉园来干什么?"

吴一拂的口气,是十分不愿意有人来豆粉园的,又好像豆粉园是他吴一拂的,别人怎么可以不经他的允许就自说自话地进来了?

吴一拂说话中气十足,他的声音在静谧的园子里回荡着,别人没怎么在意,但是夏同的哪根神经被触动了,下意识地回头看了一下,就在他回头看吴一拂的时候,吴一拂也看到了他,"啊哈"一声,说:"开书店的小朋友,你也来了?"

不等夏同回答什么,吴一拂又抢着说:"你来干什么?这些都是你什么人啊?"

老张赶紧告诉吴一拂:"老吴啊,豆粉园的主人回来啦。"

吴一拂一脸的怀疑,不相信地朝这几个人一一地看了看,摇头说:"主人?你是说顾家的人?这里边有顾家语?哪个是顾家语?"

老张说:"顾先生没有来……"

话音未落,吴一拂便打断他:"没有来?为什么不来?他是不是做了美国人,就看不起家乡了?"

林冰不知道这个吴一拂怎么回事,便解释说:"顾先生年纪大了……"

吴一拂道:"年纪大?有我大吗?顾家语比我小多啦,小弟弟一个,我都三天两头到这里来,他居然就不肯回来看看,什么感情?什么态度?"这么说着,又走到夏同跟前,说,"你也是顾家的人?你不是不姓顾吗?"

夏同说:"我是顾家语的外甥。"

吴一拂凑到夏同面前再看看:"外甥,还是外孙?你叫顾家语舅舅?还是叫他外公?"

夏同笑道:"我叫他舅舅。"

吴一拂又看了看夏同,说:"啊,你妈妈是顾家环?"

夏同说:"吴先生都很了解?"

老张看了看吴一拂,有些骄傲地说:"我们老吴,可是有学问的人……"

吴一拂说:"这跟学问没有关系的,顾家环是我年轻时的梦中情人啊。"

顾红也凑了过来,听到吴一拂说顾家环是他的梦中情人,又发现吴一拂就是那天晚上去夏同书店的那个有点"十三点"的老人,不由得快活地冲着夏同道:"夏同啊,这下有人治你啦!"

吴一拂看到顾红,就呵呵地笑了,指了指夏同说:"是不是这个人很烦,你希望我治治他?小事一桩,你就尽管交给我。"他见顾红有点莫名其妙,又笑道,"我这个人,就是为老不尊,嘿嘿,嘿嘿,就是喜欢和年轻的女孩子说话。"

这回轮到夏同幸灾乐祸地笑了,老张却有点着急,赶紧说:"老吴真是有学问的人,不说别的,就说这豆粉园,你让他说个几天几夜也说不完的。"

顾红笑道:"既然有学问,把你的知识拿出来炫耀炫耀。"

吴一拂竟一点也不推让不谦虚,爽快地道:"好啊,我就炫耀炫耀,"说着,人站得直一点,两手往后一背,背书似的刻板地背起来,"不装窗扇的窗孔,称空窗,又名月洞,又名镂透窗,是指由图案构成的可以漏风透雨的窗,是南州园林建筑的一大特色,窗的图案式样,多达几百种,如意、佛手、鹤、鹿、松、柏、秋叶、海棠、葵花、梅花、竹、牡丹、兰、菊、芭蕉、荷花、桃、狮子、虎……"

顾红挤眉弄眼地笑着,夏同低声说:"顾红,什么态度,人家老先生……"

吴一拂的耳朵对一个"老"字特别敏感,恨不得几里之外有人说他老他也能听到,夏同脱口一个"老"字,令他眉头一皱,停了下来,说:"老先生?你说谁呢?不是说我吧?我提醒过你,对我的称呼,别用老字。"

顾红笑道:"他就是说你哪。"

吴一拂道:"那我再一次郑重向你提出,别喊我老先生,你如果实在要用一个老字,就喊我老吴。"然后咳嗽一声,继续背书,"檐飞宛溪水,窗落敬亭云。南州园林的洞窗,充分体现了向大自然敞开的……"

乘吴一拂对着林冰背书的时候,顾红拖着夏同走开几步,用目光指了指吴一拂问夏同:"这个人,什么人?"

夏同说:"吴一拂,吴先生。"

顾红说:"他跟在我们后面干什么?这么冷的天,大年头上,他跑到豆粉园来干什么?"

夏同道:"顾红,你也太草木皆兵了,你要是防着我一点,还有点道理,这么一个素不相识的九十高龄的老人,你紧张什么,怕他抢了你的遗产继承权吗?"

顾红说:"你别老是遗产遗产的,让林冰听到了告诉大伯,大伯还以为我们都在算计他什么呢,你给我小心一点,现在的大伯,可不一样了,身边有这么一个……"

夏同接过去说:"……有思想的女人。"

老张以为他们又在说吴一拂什么,过来解释说:"老吴习惯了,三天两头要来豆粉园转转,几天不来,他心里会发慌的。"

走在前边背园林知识的吴一拂,听到老张这么说,便停了下来,回头对顾红说:"我还可以提供一点细节给你,我出来的时候,隔壁邻居都知道我到哪里去,他们说,老吴啊,去探探老情人啦,我就说,是呀,一日不见,如隔三秋,三日不见,心里发慌啦。"

看到顾红笑,吴一拂更来劲了,又说:"小时候,我好婆天天刮我头皮,骂我人来疯,我想想,好婆说得对,三岁看到老,七岁定终身,我这个人是有点人来疯的。我到豆粉园来,公交车上的售票员也认得我,她说,老吴你是雷打不动,隔几天就要去的,我说,就像看老情人,心里激动。她就骂我了,老死人,这把年纪了,还乱寻荤开心。"

吴一拂说话间,发现林冰正用手去抚摸沾满灰尘的窗格,赶紧过去阻止她:"喂,这位女士,不能随便碰的。"

话音未落,一块砖掉了下来,吴一拂说:"叫你不要乱动的,叫你不要乱动的。"一边说,一边弯腰将那块砖捡起来,吹去尘土,拿在手里翻来翻去地看,说,"清砖明瓦,清砖明瓦,这里的东西,都是宝贝,你们知道吗?"

顾红说:"别人听了,还以为他是顾家语呢。"

老张赶紧拉过吴一拂,说:"老吴啊,这位林女士是顾先生的全权代表,要回来修复豆粉园的,你可别乱说啦。"

吴一拂将拐棍往地上一顿,说:"修复豆粉园?早就应该修复了! 到现在才想起来? 为什么到现在才来? 莫名其妙,这么多年,在干什么呢?"然后朝林冰审视几眼,又说,"就她,她懂吗? 她是学什么的? 她懂古典园林吗? 她懂豆粉园吗?"

夏同见林冰对吴一拂实在不能理解,赶紧把话题扯开去,说:"吴先生,听说,当年你曾经为南州的城墙大声疾呼……"

吴一拂果然被拉扯过去,一顿拐棍说:"笑话,天大的笑话呀,说是因为人口增长和经济发展的需要,要把城墙拆了,简直笑话!"突然长叹了一声,又道,"可惜啊,可惜没有人理睬我,几十年过去,现在的拆,可是过去所不能比的啦,那时候不过糟蹋掉一点城墙、几块城砖而已,现在干什么?是要拆掉旧城使用其土地,无异于把古代的铜鼎熔化掉用它的铜,把古代的字画化成纸浆来造纸啊,你看看这些人,有多愚蠢?!"

他们已经走到园的深处了,这是豆粉园最后的地带。从这里的低矮颓败的围墙望出去,外边是小巷更深的地段,但却出现了一点开阔地。准确地说,因为外边是一片废墟,遍地是乱砖碎瓦和烂了的木头,最早的时候,这里是一座古戏台,是武平会馆所在的地方,后来会馆里的建筑和这戏台都倒塌了,再也没有建起来。

就连这块不属于顾家的地皮,顾家语也都清清楚楚地记得,父亲曾经对他说过,等手头能够周转一点,我们把那块地方也买下来,仍然建一个戏台子,建好了,就请戏班子来演出。

天气不太好,有点阴,没到下晚,天色就渐渐地暗下来,初春的寒气还很厉害,老张打了一个喷嚏。

人声惊动了树上的鸟,它们飞起来,叫唤了一会儿,看看没有什么问题,又重新落到枝头,平静了。

临走,吴一拂忽然想到了什么,问夏同:"喂,我的字,怎么样了?你只字不提,什么意思?"

夏同赶紧说:"有人买了,出了两百块钱。"一边说,一边从身上掏出钱来。

吴一拂生气地说:"两百块,我就值两百块?你也太贱卖了。"一边接过钱,小心地收好,又道,"算了算了,看你是第一次做这样的事情,也不跟你计较了,以后你要知道,这不是钱的问题,这是身价问题。"

夏同目送吴一拂出了园门,听得他的拐棍"嗒嗒"地敲打着小巷里的石子路,和那天晚上一样,夏同的心里,有些莫名的不安。

二

顾氏决定购回豆粉园,是一个开创外资民资融入修复保护南州古典园林名人旧宅的先例。媒体又性急了,事情还没有眉目,新闻就已经见报,弄得政府方面很被动。

闻舒向来被称为"儒将",遇到再大的风浪,心里有再大的事,也没见他慌乱过,该大刀阔斧大刀阔斧,该小心谨慎小心谨慎,这两年南州的进展有目共睹。如果能够为南州的历史再添上这一笔,也将是闻舒被公认的政绩。

闻舒的长处在于放手让下面的人大胆地干事,一旦碰到麻烦,又能挺身而出,替下级承担责任,像秦重天这样争议颇大的人物,也是在闻舒手里提起来得以重用的。

这一次,因为外资民资进入保护文化遗产是一件吃螃蟹的事情,十分敏感,闻舒也不得不小心行事,春节假期刚过,闻舒就把园林局局长向东和建设局局长李棉叫来,具体地问了问情况。

向东和李棉是两个性格完全不同的干部,当然经历也大不一样,向东在当园林局局长之前,是南州博物馆的副馆长,闻舒来南州工作后,有一次陪外宾去博物馆,接触到向东,一眼就看中了他,紧着三提两提就提到园林局局长这个位置上了,和过去年代的"坐火箭"差不多。这也是闻舒工作作风中最突出的一个方面,大胆用人,不怕别人说闲话。关于"坐火箭"的干部,也不是一个两个,除了向东之外,有好些现在当政的一把手都有这样的经历,闻舒在一次全市大会上,毫不留情严厉地说,好干部、优秀的干部,就应该让他们坐火箭上来,现在是什么时代?建设现代化的时代,是抢速度、抢时间的时代,我们没有资格慢慢磨慢慢考查慢慢培养啊!提上来,用,不行的,走人!

闻舒说过这个话以后,果然闲言碎语少多了,当然,闻舒的这种工作方法，也不是没有弊端的，容易偏听偏信和先入为主，干部给他的第一印象极为重要，第一眼看到这个人，印象留下了，就很可能是下一步的开头，如此，反面例子也不少，有的干部，闻舒就是听了他一次汇报，或者一次发言，再看一看业绩，就立即要他走路，挪位子，所以在南州，这几年，干部们的心情是既跃跃欲试，又都有些提心吊胆的。

说到向东，是伯乐相中的千里马，和闻舒的关系也不一般，至少在闻舒面前，别的干部鉴貌辨色不敢随便开口的时候，向东敢说话，这也正是闻舒喜欢他的地方。

因为不是例行的开会，闻舒点名要他们两个单独来谈事情，小惠电话打过去以后，向东倒没有说什么，一向谨慎的李棉难免有些紧张，试探地问小惠："惠秘书，我要不要作些准备，闻书记是想听哪方面的汇报？"

小惠说："好像是有关豆粉园的事情吧。"

李棉愣了一愣，按理说，豆粉园应该是园林局的事情，和建设局不会有多大的关系，但是既然闻书记喊到他，必定是有了关系的，李棉不免心中有些忐忑。一个经济高速发展的城市，又是一个有很长历史的城市，城市建设这一头的重担，到底有多重，李棉别说只有一副肩膀，他即便有七八副肩膀，也难挑起来的。但是目前的状况就是，多少人正挑着他们明明挑不起来的重担，而且，仍然在往前走。

李棉知道小惠是不会和他多说什么的，能告诉他是豆粉园的事情，也已经是小惠的特殊关照了。小惠虽然年纪不大，但处事稳当，知道分寸，却又不失义气，如果说跟谁像谁，这在小惠身上，是很明显的。在机关大院里，最不像的就是唐朝的秘书邵伟，也算是独特的一例。

所以李棉也就不再多问小惠什么，他多问了，其实也是让小惠作难，换了向东，心里有疑问，是不会埋着藏着的，他会穷追猛打地追问下去,但是李棉不会这样做。

挂了电话,李棉静下心来想了一想,基本上猜测出闻舒叫他去的原因,李棉抓起电话,想把城建处方处长喊来先听一听情况,但转而一想,没有打电话,自己亲自到城建处去。

听了方处长的介绍,李棉又看了看图纸,将豆园粉周围的建筑,一一记在心里,做了这些工作,李棉心里稍稍踏实了一点,开始作一些应对的思想准备。

和李棉不一样,向东接了小惠的电话后就直接来市委办公室了,比预约的时间早到了半小时。他跑到袁秘书长的办公室,看到小惠也在,便拍了拍小惠的肩,道:"好你个小惠,也不告诉我什么事,就急急地挂电话了!"

小惠笑道:"你也没有问我什么事呀,我看你急着挂电话我才挂的。"

向东说:"我这个人,没头没脑的,不靠你惠大秘指点,还靠得上谁啊。"

小惠笑了笑,没有说话。

袁秘书长正要说什么,梁小兵进来了,手里拿着一张纸,交到袁秘书长手里,说:"袁秘书长,田书记让我交给你的。"

袁秘书长接过去一看,纸上竟是两首诗,袁秘书长摸不着头脑,问道:"小梁,干什么?"

梁小兵说:"我看到《今日文学》杂志上登的这两首诗,是俄罗斯当代著名诗人、被誉为当代普希金的里亚波夫的诗……"

袁秘书长有点不高兴,打断他说:"小梁,你是在市委办公室上班啊。"

梁小兵说:"你听我说完呀,田书记看到了,说这两首诗太好了,让我抄下来,给你拿过来。"

袁秘书长仍然不知所以,并且很有些不以为然,说:"怎么,是让我贴在办公室墙上,还是打印出来办公室人手一份?"

梁小兵说:"不是,田书记说他想了解一点里亚波夫的背景资料,请袁秘书长看看今天谁有空,让他到网上查一查,提供给田书记。"

袁秘书长刚要问那你是干什么吃的,话到嘴边,想起梁小兵马上要跟田常规外出,到嘴边的话便变成另外的一句:"田书记不是马上要去省里开会?这么急着要这个里什么夫……"

梁小兵说:"里亚波夫,俄罗斯当代著名诗人。"

袁秘书长没好气地说:"外国名字,你倒背得顺溜,田书记这么急着要他的材料干什么?开会要用?"

田常规到任时间不长,但个性鲜明,作风清楚,就是四个字:少说多看。所谓三日不开口,神仙难下手,连工作重点就是揣摩领导意图的袁秘书长也作难了,始终不知道田书记要想干什么。这会儿,又来要什么俄罗斯诗人的背景材料,袁秘书长想了半天也没有想明白,是不是有俄罗斯的诗人代表团来南州访问,就算是有,至多也是文联作协出面接待一下,请几位南州诗人作陪,绝不至于惊动了田书记。

不知梁小兵是不知道田书记的用意,还是知道了不肯说,他指了指被袁秘书长捏在手里的诗,背了几句:

　　看到瑟悚发抖的诗人
　　千万不必为他担忧
　　诗人生命就如无纽扣大衣
　　任凭风霜雪雨肆意穿行

袁秘书长说:"我听懂了,就是说,以后我们看到你又冷又饿,不用管你?"

梁小兵说:"不是这样的意思,理解诗歌是一门很深的学问,不是照着字面的意义解释一下就可以的。更何况,现在我还不能算是诗人,以后等我真正成为一名诗人的时候……"

袁秘书长指了指自己的表,说:"小梁啊,出发时间到了啊。"

梁小兵走后,向东先笑了起来,说:"都说袁秘书长给田书记配了一名干将,果然……"

袁秘书长赶紧道:"向局你这话错了,这干将可是田书记自己亲自挑的,我可不敢随便给田书记配什么人。"

小惠将那张纸接了过去,第二首是这样的:

> 写字的人无权希冀
> 诗人的桂冠
> 凝视苍穹苦思冥想
> 才有资格享受诗人的称号

小惠看过后,向东也拿过去看了看,说:"看不懂,这不是说,人只要苦思冥想,不用干活?"说完了当即自嘲地一笑,又道,"幸好梁秘书走了,我这样的理解,要让梁秘书笑掉大牙了。"

他们一起笑了笑,向东扔了一根烟给袁秘书长,又把话题扯回来了:"袁秘书长,闻书记要听什么?"

袁秘书长说:"你有什么就说什么吧,豆粉园的情况,你还不是烂熟于胸,有什么好担心的。"

向东说:"我这不是向你们学习,也要学会揣摩领导的意图嘛。"

袁秘书长说:"得了吧,江山易改禀性难移,你也别把自己打扮成城府有多深的角色。"

向东说:"我给人的感觉,就是一个很浅薄的人?"

袁秘书长说:"哎呀,管他浅薄还是深沉,只要老板喜欢……"

他们说话时,小惠就在旁边"嘿嘿"地笑,向东说:"还是小惠好,'嘿嘿'党。"

"嘿嘿"党是机关里对逢事不表态、只是嘿嘿笑的人物的称呼,有时候没事干了,话题到了这上面,大家就排队,看谁是"嘿嘿"党,一排二排,能够加入"嘿嘿"党的居然还真不少,大家推举小惠为"嘿嘿"党党魁,小惠仍然是"嘿嘿"一笑。

向东心里其实也是放不下的,只不过他不像李棉那样明显能给人感觉到的小心,这会儿,既然袁秘书长和小惠都在,向东当然是想趁此机会多打听点什么,所以赶紧又将话题拉过来,说:"顾家语突然这么急着要回来谈豆粉园,是不是受了王博的刺激……"他也明知袁秘书长和小惠不会就这么具体的问题回答,所以就自问自答地说,"小惠,听说大老板也知道了王博的想法,还关心过此事,王博还真能通天。"

小惠仍然是"嘿嘿"一笑。

向东则只顾自己说下去:"王博这回的算盘可是落空了,恐怕王总机关算尽,也没有算出顾家语要回来了。"他停顿了一下,看看大家的反应平淡,不甘心,又说,"不过对王博的行为,这回我们都看不懂,他到底安的什么心,拆豆粉园?什么脑子,就算顾家语不回来,豆粉园轮得到他拆吗?"

袁秘书长笑道:"轮不到王博拆,那轮到你向局拆啊?"

向东说:"袁秘书长你吃我豆腐。说穿了,豆粉园是谁也不能动的……"

办公室柴副主任说:"不就是一个破烂不堪的小园子吗,南州城里拆掉的比它大的园子多了去啦……"

向东说:"此一时彼一时,时间到了今天,可不是往前四十年三十年二十年了,像豆粉园,让它自生自灭,烂掉、败掉、倒掉,那都是有可能的,但是拆是绝不可能的!"

因为办公室里不会有人对此事有什么明确的态度,向东自己说了说,也觉得没趣,看时间差不多,向东朝楼下看看,正巧看到李棉的车进了大院,便起了身,走到外面,正与走出电梯的李棉碰着,说:"巧,正好一起进去。"

李棉说:"向局守着我呀。"

向东说:"李局未到,我敢先进去吗?"

两人哈哈一笑。

向东和李棉来后,向东先汇报了顾家语对豆粉园的想法,谈判极其艰难,主要两个方面:首先是价格上的难题;第二个难题更大,顾先生要求将豆粉园附近的钢筋水泥住宅楼全部拆了,重新恢复当年两落五进的宅院式住宅。

闻舒微微地点点头,说:"我们能够理解,顾先生是对的。为什么我们常常会有一些困惑,明明是精心保护,甚至保护得很好的旧迹,却再也感觉不到它们的历史信息。我也反复想过,甚至看过一些书,翻过一些资料,有些专家的意见是值得我们考虑的。他们认为,这与周围的环境大有关系,如果将与一些古迹相关的历史残骸及遗存全部拆除,只留下中心部分,看起来是保护了历史文化遗产,但事实上,却破坏了更多的发人深思的历史信息。专家认为,把古迹遗存以外的连带部分都清除干净的做法是不恰当的。"

向东说:"是的,这样做,常常使我们的古迹成了单纯的装饰物。有一封群众来信,对听竹园门前道路拓宽提出尖锐意见,听竹园大门的位置,是典型的南州园林园门的位置,许多谈建筑、谈园林的书上都用听竹园的园门为例说明南州古典园林选址的初衷,轩车不容巷,远往来之通衢。他问道,门前大马路,车水马龙,那园,还是听竹园吗?应该改名叫听车园。"

你官场很热闹吗,我不稀罕,我避得你远远的。你官场很凶险吗,我也不怕你,我躲起来了,你也找不着我了。如陶渊明般,白日掩荆扉,以酒绝尘想。又奈我何。

这本来是南州的园林多半将大门隐藏在角角落落里的根本因素之一啊。可是,向东又说:"这道理谁不懂,老百姓以为我们当官的不懂,他们以为我们要的是自己的政绩,才下毒手——但是,听竹园修复了,开放了,宣传出去,名声很好,来的游客多了,车子停在哪里?没有停车场,甚至连车子调头的地方都没有,怎么办?唯一的办法,拓宽马路,拆掉一些旧民居,造停车场。假如不造停车场,就得少来些车,少来些车,就是少来人,少来人,与我们所作的一切努力背道而驰?是呀,谁都知道南州的园林是不应该游人如织的,但是,如果没有人来旅游,或者只有很少的人来,难道是我们所希望的?我不说大的方面,就说我自己这方面,若是没有门票收入和旅游品收入,我拿什么去保护和维修古迹遗产啊?"

向东的口气有些激烈了,闻舒却始终是平静的,他脸上没有什么明显的表示,让向东既看不出闻书记是在鼓励他说,还是想要他停下。向东一时有些左右为难了,但总的来说,他知道自己说多了,应该停下了,但话匣子既然打开了,一下子要硬收起来还挺难的,又挺不甘心的,所以最后还补了一句:"结庐在人境,而无车马喧,他们要的是这个。但是,这是谁说的话?东晋陶渊明,一千六百多年前。"

闻舒稳稳地说:"是呀,我们进入了一个艰难的怪圈,当然,把眼光放远了看,也不只是我们,这是世界性的问题。"闻舒停顿一下,又继续说,"还是说豆粉园的话题吧。你的报告我看了,顾家语的条件是苛刻了一点,但是,因为这是一个开头,我觉得,我们可以适当地作一点让步……"

向东又有些急躁了,说:"豆粉园本身的价值问题倒不是太难,关键周围那些住宅楼……"

闻舒说:"顾先生的意思,动迁的费用应该由我们承担?"

向东说:"这怎么可能?我又不要拆迁这些居民,我们算了一笔账,现在共有六层楼房五幢,居民二百七十户,拆除后改建宅院式住宅,最多只能建两层加阁楼,小三层,配套厨卫却不能少,这样,至多只能安排……"

闻舒摇了摇手,说:"具体的账不用算了,明摆着的事情,再说了,这事情也不归你管,是不是?"

向东看了看李棉,李棉自来到闻舒办公室后,一直没有开口说话,当然也没有轮到他说话,现在看向东看他,闻舒又明显指向他了,刚想说,却不料向东还没有说完全,他便咽下话去,让向东继续说。

向东道:"拆房子造房子是不归我管,但是我们园林局和建设局同病相怜,兔死狐悲,还有规划局,麻烦更大,居民……"向东说到一半停下来,他知道自己说什么都是多余,因为他已经看出闻书记的心思和决心了。

李棉知道该自己说了,道:"我们服从市委的决定。"

果然闻舒说:"这个亏,是大了点,但是我们认了。"

向东张了张嘴,李棉的担心和不安是藏在心里的。

闻舒说:"这笔钱,政府贴。"

向东和李棉稍稍地松了一口气,吃了一颗定心丸,同时也感觉到闻舒对此事令人费解的重视。李棉不由得又说了一遍:"我们服从市委的决定。"

这句话和刚才他说的话一模一样,是一句完整的句子,但谁都听得出这回的话只是李棉要说的话的一半,另外的半句呢,闻舒替他说了:"江市长和秦市长的工作,我来做。"稍稍停顿,又加重了口气,"这个头,你们给我开好了!"

向东又愣了半天,才说:"闻书记,听到一些反映,南州的园林重新又将变成私家园林,会不会……"

闻舒说:"冒一点风险,只要能将历史保护下来,是私人的,是国家的,有很大区别吗?南州是全世界的南州,你们不是常说这句话吗?难道南州的园林就只能抱在政府怀里,等着它病死饿死老死?"

向东不说话了。

闻舒也停了一会儿,问道:"豆粉园,在古塔区哪条街上?"

向东说:"锦绣路上的书香弄。"

闻舒一听,整个地愣住了。

三

春节过后,市人大常委如期地投了票。大大地出现了一些出人意料的结果,票数最高的竟是事先把握最小最让人担心的规划局局长和交通局局长,连最先搓麻将的市委常委们在意外的兴奋之余也都有些目瞪口呆的感觉。规划局和交通局是两个最难弄的单位,直接关系到百姓切身利益和城市的前途,市委和市政府开办的群众信箱,投诉最多的就是这两个部门。老百姓是不客气的,嘴巴凶,眼睛尖,批评的水平大有提高,都很到位,前任的这两个局的局长都被群众改了姓,规划局局长姓了"拆",称为"拆局长",交通局局长姓了"堵",是"堵局长。"

但不管怎么说,这样的意外是皆大欢喜的意外,不是让人尴尬的意外,这就好,工作可以顺利开展,从新年开始的时候,一切都走上正轨了。

当天下午,市政府就召开了全市的规划会议,春风满面的尉敢来得早,先到秦重天办公室转一转,小有得意地对秦重天说:"我说的吧,不用担心。"

秦重天脸一沉,说:"你以为是好事?"

尉敢说:"难道票少是好事?或者落选是好事?"

秦重天:"塞翁失马,安知非福。"他扔给尉敢一支烟,说,"至少,我也可以这么理解:大家对过去的规划和交通方面太不满意,大的希望就指在你们身上了,你有这个能耐担当起来?"

尉敢说:"既然开了头,就往前走,哪怕慢,总得一步一步地走。"

秦重天毫不客气:"慢?谁允许你慢?谁同意你慢?谁给你

权力慢?"

尉敢说:"那就只有一句话,秦市长你得拖着我。"

秦重天说:"要不要我背着你,用八抬大轿抬着你?"

小佟在门口探了探头,秦重天说:"知道了。"就和尉敢一起,往会议室去。走廊上没有人,尉敢小心地试图想改变什么,试探地问:"秦市长,不会今天就刺刀见红吧?"

秦重天说:"你明知故问!"

尉敢仍然不甘心,又说:"好歹我今天才刚刚……就要涉及……"

秦重天横了他一眼:"亏你问得出,我为什么这么急着要你走马上任,不就是为锦绣路工程!"

尉敢停下脚步:"连口气都不让人喘。"

秦重天自顾往前走,边走边说:"喘气,你累着啦?"

尉敢只得跟上:"不管怎么说,规划局局长这个位子,别说坐热屁股,我沾都还没沾上呢,既然轮到我,你总得让我先做一两件好事,立下一点汗马功劳再说吧。"

虽然尉敢的口气尽量地往轻松里去,但是秦重天的脸沉得厉害:"怎么,连你都觉得锦绣路工程不是好事?"

尉敢道:"我可没这么说,只不过,鞭打快牛也不是这个打法呀。"

秦重天:"该怎么个打法,让你停下来,听听音乐?"

尉敢笑了:"对牛弹琴,你真拿我当牛啊?"

秦重天没有笑,始终板着脸,却没有再说什么,因为会议室已经到了,开会的人都在里边等候着了。

大家对尉敢的上任鼓了鼓掌,但是会议没有热烈兴奋的气氛,因为谁都知道今天要讨论的问题。更何况,秦重天的脸上清清楚楚明明白白地写着事情的严重性。

秦重天开始说话:"今天到会的,都是这方面的专家,我不多说什么,今天的议题,是讨论可行性,我要的是建设性意见,不是请你们来推翻,也不是请你们重立方案。我可以告诉大家一个不是秘密的秘密,我在这里说,是违反纪律的,但我还是得说,十老的信,已经递到了中央!"

会场上鸦雀无声。只有秦重天字字落地有声:"说白了,我就是要在上面有什么指示、精神下来之前,把事情解决了!"

这就是秦重天的脾气。群众中流传:东北人什么事都敢做,广东人什么东西都敢吃,北京人什么话都敢说,南州市大大小小的干部和老百姓,都知道,他们的秦市长,像北京人,什么话都敢说。曾经有个北京来的干部,和秦重天一起吃过一顿饭,事后死活认定秦重天是太子党,有非同一般的背景,要不然,他说,杀了我我也不相信他有那么大的胆。

秦重天哪里像个南州人,南州人温文尔雅,说话细声细气,涕唾在脸上,随他自干了。谁把涕唾到秦重天脸上,还了得?

秦重天所说的"解决事情",就是开发锦绣路的工程。谁都知道,今天是一个开发的年代,没有哪里不在开发,没有哪天不在开发,开发是硬道理,开发是必由之路,开发是通往美好明天的桥梁,开发就是一切。所以,关于开发,老百姓的耳朵里,早已经长出了厚厚的老茧,你开也好,不开也好,轮到我了,我希望走的,我走运,我不希望走的,我倒霉,老百姓已经进步到能够正确面对时代的变迁了。

但是锦绣路的动静太大了。

在南州城最早的格局里,锦绣路就是古城的中心。这是一条典型的河街并行、水陆相邻的古街坊,街上古迹很多,有很多的明清建筑,像文星阁、万年宫、远香堂是太平天国的军械所,梅花坞是陆状元读书的地方,王宅、吴宅、潘宅那样的南州大户官宦人家的老宅在这条街上也是处处可见,也有寺庙和庵堂,古桥、古树、古井、古牌坊更是星罗棋布,名人故居也有好几处,还有一座古老的园林——豆粉园。

　　走在锦绣路上,可以感受到浓浓的古旧的气息,南州是一个有悠长历史的古城,南州人是喜欢怀旧的,所以经常会有一些南州人,他们也没有什么事情,就到锦绣路来走一走,也没有什么目的,也没有什么想法,就这么来走一走,好像这样走一走,心里就踏实了,老是弥漫在心头的空空荡荡、不着边际的感觉就消失了。

　　真好啊,他们这么想着,心里涌起一股感动,真是好,我虽然不是在锦绣路长大的,但是我走一走锦绣路,就像走进了我的童年,他们说。

　　锦绣路会给人亲切的感觉,似曾相识的,上辈子就认识,从前一直在这里住,世世代代就是在这里生活,会有那样的一种感觉。白居易在唐代的时候登上一处高高的楼,他写道:

>　　远近高低寺间出,
>　　东西南北桥相望,
>　　水道脉分棹鳞次,
>　　里间棋布城册方。

又说:

>　　自问有何才与政,
>　　高厅大馆居中央。

　　白居易就像是站在锦绣路上,他登的那个楼,是这条街上的齐云楼,他说人烟树色无罅隙,也是说锦绣路的。南州古城已经有了两千多年的年龄,在两千多年的漫长的日子里,变化了许许多多的东西,古城的基本格局却一直是没有变,天灾人祸,兵荒马乱,曾经摧毁了历史,但是南州人的先祖很快在废墟上重新创造历史,在许许多多的拆拆建建的过程中,古城浓郁的水乡小城风格依然在的,三横四纵的河流依然在的,人家尽枕河、水港小桥多的风貌也依然在的。

这是南州人最最骄傲的内容,他们经常对别人说,我们已经两千几百年了。他们说,比它建得早的城早已经没有了,比它建得晚的城也有好多早已经没有了,我们是中国第一古城。

也有人曾经提出一个问题:古老而美丽的南州城,已经在地球上存在两千几百年了,这是一件多么了不起的事情啊!但是,两千多年未变,却在短短的几十年中大变特变,可喜乎?可悲乎?这个问题很幼稚。没有人回答他。

关于锦绣路工程的种种传说,早已经在南州的大街小巷漫天飞舞,不是一天两天,甚至不是一年两年了。

不等大家缓过气来,秦重天又说:"明天,市委召开听取意见会议,请人大政协及各界人士对我们的方案提建议,所以,今天,我们的具体方案一定要最后确定!"秦重天的眼睛尖利地扫了尉敢一眼,说,"尉局长,南州人民很信得过你啊。"

尉敢尴尬地笑笑。

秦重天说:"事实也确实如此,你是专家型的局长,学的建筑,又留过洋,在西方威尼斯待过的人,回到东方威尼斯,天时地利人和,谁也比不过你,我们不对你寄托希望,还能对谁寄托希望?"

尉敢说:"秦市长,我读过一位作家写的《威尼斯日记》,他说应该为威尼斯的每一条小巷写传。因为威尼斯的每一条小巷都有性格,或者神秘,或者意料不到,比如有精美的大门或透过大门而看到一个精美的庭院。遗憾的是有些小巷去过之后再也找不到了,有时候却会无意中又走进同一条小巷,好像重逢旧日情人。"

秦重天嘲笑地歪了一下嘴,说:"尉局长记性不错啊。"

会场上的气氛轻松了一些,有人笑了笑,但总体来说,还是沉重的。

秦重天说:"我的记性也不比你差,我也来给你背一段,记者写的:有人认为,像威尼斯这种封闭式的保护,最后导致了威尼斯的衰落,威尼斯不再可能成为一座变革发展中的城市,她只能是一座没有活力的博物馆。南州也是一座大博物馆,谁都知道,连美国人都知道,走在南州的大街小巷,可能随便一踢,就踢到一块清砖明瓦。我们要提的问题是:南州向何处去?我们的结论是:南州不能像一件古董那样封闭在橱窗里。"

秦重天说了,盯住尉敢看,等着他对答,尉敢犹豫了一下,可能觉得不说话有些窝囊,虽然秦重天的霸道是出了名的,不许别人有反对意见,是人见人怕的,但尉敢好歹也是个刚上任的局长,也得在自己部下面前给自己争点面子啊,于是犹豫了一会儿说道:"但是,这里有一个重要的问题,作为一座世界著名的古城、水城,威尼斯是自始至终以自己独特的姿态立于世界著名城市之林的,她没有变成不伦不类,她也没有变成另一个威尼斯,她是唯一的,是永远的,即使有一天这座城市整个地倒塌了,整个地被历史淹没了,她留存在世人心里的风貌却是始终未曾改变的!"

也许,在尉敢心目中,威尼斯是最后的贵族,而最后的贵族恰恰是一道弥足珍贵的风景线,这是一位悲剧英雄,她的崇高,就在于牺牲了自己的进步,给人类留下一座博物馆。但尉敢毕竟没有直接地说出这样的话来,在这样的场合,说这样的话,无疑是在和秦重天唱对台戏。他这个规划局长的位子,虽然不是秦重天一人说了算,但是如果没有秦重天,也绝不会有他的这个位子,尉敢看重这个位子,更看重秦重天对他的信任和他对秦重天的理解。

但是尉敢心里太清楚,暴风雨将要来临了,而且,不是一般的暴风雨。让暴风雨来得更猛烈些吧!尉敢不合时宜地记起,上大学的时候,篝火晚会上,一个中文系的女孩子朗诵高尔基的《海燕》:在苍茫的大海上,狂风席卷着乌云,在乌云和大海之间,海燕像骄傲的闪电,在自由自在地飞翔……

外系的一贯嘲笑浪漫、自以为现实的男生,被那个清纯而激情的穿着背带连衣裙的中文系女生打倒了一大片。

那时候男生流行的话题是,什么样的女生追不得?第一就是中文系的女生追不得,一帮整天看浪漫爱情小说看得不食人间烟火的家伙;法律系的女生追不得,离婚诉讼的时候你说不过她;历史系的女生追不得,整天研究历史上的阴谋家,你斗不过她;数学系的女生追不得,计算机的头脑,离婚分财产你算不过她;物理系的女生追不得,什么电线接在马桶上;化学系的女生追不得,什么硫酸毁容——这么说下来,没有女生可追可娶啦?男生真是些嘴不应心的伪君子。

如果有比较有选择的话,这些女生中,难道不还是中文系的更可爱一些吗?读一些爱情小说,只会让她们更天真可爱。但是事实上,最后走得最远的,往往也是当初最浪漫的中文系女生,也许因为她们的想象力太丰富。

秦重天重重地咳嗽了一声,尉敢赶紧收回放出去的思绪,在心里狠狠打了自己一个耳光,都什么时候了,还在想中文系的女生?

四

南州市委的征求意见会如期地召开了。

按惯例,闻舒先说话,这是给会议定调的。

闻舒的工作能力是没话说的,但他的口才和文采有时候甚至会给人留下比他的工作能力更深刻的印象。每次南州开干部大会,大会堂总是座无虚席,这和过去开大会三三两两、迟到早退、上面开大会下面开小会的情形大相径庭。许多干部,是冲着听闻舒讲话来的,他们有时候并不知道今天闻舒要讲什么,知道的只有一点,闻舒批评起人来毫不客气,而且多半的干部大会,是以批评为主,谁也不知道今天他会点到谁的头上,但是他们还是愿意来,听闻舒讲话,是一种享受。有一位搞文化的干部说,听闻舒讲话,有点像读当下流行的大散文,就是那种能将历史的高度和深度降到普通人在轻松的阅读中能不知不觉接受进去的文章。

很少有闻舒觉得难以言说的时候,但这个时候终于还是来了,今天的话题,压在闻舒心上,已经不是一天两天,越压越重,越压越闷,越压越难说,但是闻舒不得不说。

闻舒的讲话一向是充满激情的、富于煽动性的,但是今天他的口气出奇地平静:"同志们,今天的会议,主要就锦绣路工程发表大家的看法,市委市政府不定调,大家畅所欲言,这是一次讨论研究会,更是市委市政府向大家讨主意、听建议的会议,所以,我不多说什么,主要听大家的。"

会场里很静,因为有禁烟标志,也没有人抽烟,会议还刚刚开始,也没有人动茶杯,洁净的空气和安静的环境,反倒让人觉得有些气闷,这是因为闻舒的话太短太短,短得那么出人意料,短到让大家不可思议,更是因为今天的话题太沉重太沉重,沉重到大家的思维都快要凝固了,无法就这个话题想下去。

但是会议得开,事情得做,总得有人说话,这个人当仁不让的就是秦重天。

秦重天一改平时直击主题的做法,说:"我先给大家读一段文章:韶光流逝,沧海桑田。时隔一千多年,如果白居易再次光临南州,看着那拥堵的车龙人流、逼仄的百姓居室,恐怕不会有'平铺井邑宽'的赞叹了……"

人大的一位副主任洪冷杉,咳嗽了一声,笑着说:"我们今天不是开作品讨论会吧?"

秦重天笑了笑,没有接洪副主任的茬,继续自己的思路说:"我作过一个详细的调查统计:我们南州市,交通方面:市区道路弯、断、窄,市内道路网络不健全,人均道路面积低,前年的统计,仅五点二平方米;居民住宅方面,古城区内成套率低于百分之四十,四百万平方米的传统民居中百分之七十已经破旧不堪,其中危房达百分之二十三……"

唐朝副市长看了看秦重天,说:"谁都知道,危改不是剃光头,不是连锅端,秦市长这话,算不算给会议定调呢?"眼睛是看着秦重天,话是说给闻舒听的,但是闻舒没有动声色,在闻舒上任南州市委书记的几年中,几乎还没有敢当面跟他叫阵的人,背后叫阵的很多,但闻舒在自己心里有个原则,只要不是当面叫阵,他只作不知,一概不予理睬。但是今天唐副市长站出来了,唐副市长虽然是排在秦重天后面的分管文化教育卫生的一副市长,但是唐副市长的背景,人人皆知。

秦重天今天给自己下的命令,就是绝不冲动,为了锦绣路工程,他可以忍受一切,也必须忍受一切,秦重天又朝唐副市长笑了笑,说:"我只是给大家提供一些数字,数字是没有感情色彩的……"

市委副书记田常规插嘴说:"数字常常是最有感情色彩的。"田副书记来南州不到一个月时间,是个面目暂时不太清楚的人物。他的话,听起来是在反对秦重天,但细细品味,其中又是有许多内涵的。

秦重天在大家的不断打断中,继续说:"江市长在日本访问,昨天他特意打电话给我,让我代他向大家说一句话,锦绣路的工程再不落实,无脸面对家乡的父老乡亲。这句话,也正是我要向大家说的。"

洪副主任一开始尚沉得住气,脸上还带着些笑,但很快就开始变脸色,口气也厉害了:"众所周知,锦绣路是古城的心脏,是古城的灵魂,这条路上文物古迹的密集程度,是没有别的地方可以比的,我可以毫不夸张地说,这条路,就是一座博物馆。"

一位白发苍苍的高校老教授也忍不住说:"一九四四年美国空军向日本本土展开了凌厉的大面积轰炸。梁思成教授向国际联盟事务所常驻重庆的美军指挥部要求,不要轰炸日本的奈良和京都。他是站在全人类的立场上。梁先生说,我们与日本虽是交战国,但古文化遗产是世界人类的财富,奈良和京都都是日本历史上大和、飞鸟时代的都城,是世界上少有的保存完好的历史文物,不能让它在战火中消失。美军参谋部接受了他的建议,请他用铅笔在军用地图上标示了鲜明的符号,使这两大文化古城都完整地保护了下来。"

闻舒微微地点了点头,补充说:"是的,梁思成这一拯救人类文化遗产的壮举,给全世界留下了深刻的印象。"

另一位年轻一些的专家也就这个话题加了一句,说:"据说,美国人当年不轰炸米洛舍维奇的办公大楼,是因为他们知道米氏有世界名画……"

洪副主任赶紧接过话题,直指要害:"但是今天,怎么了?战争没有能够破坏的东西,在经济发展中却要走向毁灭了?"

田常规副书记说:"我说几句。我不是南州人……"

闻舒笑着插嘴介绍说:"我得先介绍一下,田书记虽然来南州时间不长,但田书记是我们常委班子里的专家,来自省建设厅,他本人,还是个环境心理分析专家。"

田常规道:"业余的。"

会场上响起了小小的笑声。

田常规说:"我不是南州人,到南州工作,却是我盼望很久的事情,为什么?因为南州美,人间天堂,但是,我来了之后,说实在话,我多少是有点失望的。当然,一方面,南州的发展有目共睹,南州的四周围,新区开发区,以及各个县市,正大踏步地走向现代化,但同时,南州古城这个中心呢?历史的包袱太重太重,古城在这个重压下,竟如此地老了,老态龙钟了。是的,也许对外地游客和艺术家来说,磨得溜光的弹石路面、斑斑驳驳的老墙门、小巷里排成长龙的马桶和飘在头顶的衣裙裤袜组成的万国旗是一种古韵,是一种风情,但是,我想,对于日日夜夜居住在其中的人来说,他们哪里可能有如此的雅兴……"

秦重天忍不住说:"老百姓向往宽敞的住房,向往有阳光的阳台,向往煤气灶和抽水马桶……"

"是的,"田常规向秦重天点点头,不急不忙地道来,"我来南州后,第一件事情就是到小街小巷去转,我看了以后,心里很难过,拥挤、逼仄、危险,一个状元府,从前是一家人家住的,现在房屋已经破旧不堪,却挤着几十户居民……环境心理的研究告诉我们:过度的拥挤必然导致城市生活质量下降,住房缺乏、环境污染、交通阻塞、建筑杂乱、犯罪增加……事实上,我们无论是从宏观上谈城市建设,还是具体地谈某个建筑,都不应该回避人在其中的作用和需求。"

闻舒笑着插了一句:"我说得没错吧。"

会场又有小小的笑声,但真是很小很小,比刚才还小。

田常规的话还在继续:"据科学测试,人的个人空间和人际距离,必须保持在一定范围,为了减少信息过多所产生的压力,人需要在自身周围保持一定的空间范围,空间太小,距离太近,常常会导致人的焦虑和不安,情绪烦躁,争争吵吵,甚至打打闹闹的事情就会经常发生……"

大家频频点头。

历来都说,南州人温文尔雅,谦谦君子,不喜欢吵架打架的,是南州人的宽容和宽厚,创造出南州宽松的环境来,南州人在宽松的环境中,他们节省了很多力气,也节省了很多时间,不与人计较,不与人争斗,那么省下来的力气和时间用到哪里去了呢?南州人用更多的力气和时间建设自己的家园呀。

历来,大家知道南州美丽富饶,经济发达,可这美丽富饶和发达的经济不是天上掉下来的,也不是地里自己长出来的,是南州人创造出来的,南州人省下了与人争争吵吵动手动脚的时间,辛勤劳动建设出一个繁荣的南州。南州熟,天下足,这是说的南州人种田种得好,农业富足,近炊香稻识江莲,桃花流水鳜鱼肥,夜市卖菱藕,春船载绮罗,这等等,是南州的农民干出来的,当北方人在焐热炕头的时候,南州的农民已经下地啦,从鸡叫做到鬼叫这么地做出来的呀,他们没有把精力和血汗浪费在无谓的争斗中,而是浇洒在土地上,使得南州这块土地,越来越富饶,越来越肥沃。

南州又是文萃之邦,丰厚的文化遗产,同样出之于南州文人的潜心苦读和专心创造。假如南州人都忙于生气,忙于打架,忙于你争我斗,南州的丝绸、工艺,南州的"绿浪东西南北水,红栏三百九十桥",南州的甲天下的园林建筑,又从何而来?

出手就打是豪气、大气?就是英雄好汉?

不与人打架,说话软绵绵的就是小气?

也不见得吧。

真正的英雄好汉,有本事把自己的家乡建设好,让家乡的老百姓过上好日子,当然不管你是喜欢打架还是不喜欢打架。

这是田常规说话的大意,他一气说了这么多,虽然意犹未尽,但也觉得该停下,便端起茶杯喝水。但是他的话说到这儿,却似乎有一点走题了,所以田常规喝了水后,又说:"所以,我觉得,如果一个城市真的老了,有两个办法:一个是让它老去,一点也不要动;另一个办法呢,保持一部分老的,再建新的。"

田常规来南州后,没有很多话,大家觉得这也正常,新来乍到,少说多听,应该是这样的。但是今天的会上,田常规几乎成了主角,与他这些天的工作作风,是大相径庭了。他来南州这些日子说过的话加起来,恐怕也没有今天说的这么多。这实在让人有点意外和不解。

闻舒心里压上了一块重重的石头。田副书记是省里派来的干部,是市里的三把手,在天平中,他这一块是最具重量的。

闻舒的心情阴转多云,但并没有表露出来,仍然是那样的口气,说:"我们田书记,不仅是心理学专家,还是一位南州通,听田书记这一番高论,我这个已经在南州干了好几年的书记,真是无地自容啊。"

秦重天心里,更是恨不得站起来向田常规鞠几个大躬,行几个大礼,但是他得学着闻舒,不能太露声色,只是沿着田常规的话题再补充了一句:"但是现在我们走在南州的街上,走在南州的小巷里,常常看到、听到的是叽叽喳喳的吵闹声,为什么?你的自行车碰翻了我的菜篮子;我的摩托车撞翻了你的晒衣架子。因为生存呀,因为生存空间的局限和紧迫……"

唐副市长早已经憋了一肚子话,但是他不太方便打断田书记,现在秦重天说话了,他就不客气了,说:"秦市长是地道的南州人,难道秦市长不知道,小巧而密集,正是南州千百年来形成的独具特色的个性,是别人所没有的,是别的城市所不可能具备的,也是这个地球上仅存的了。千百年来,南州有没有变化?当然有,我们的老祖宗有没有改造过南州?当然改造过,但是他们最了不起的贡献,也是我们的老祖宗留给我们的最宝贵的遗产就是,不管怎么拆怎么改,始终没有破坏水城南州的浓郁的韵味,使得南州自始至终保持了独特的风格!"

唐副市长的话极有水平,秦重天几乎不知道该怎么对答,更不要说反驳,但若是让唐副市长的意见占了上风,关于锦绣路工程的讨论,又会退回去,退回到几年前,退回到刚开始动议的时候。秦重天有些着急了,正想着怎么说话,发现田常规又要开口,赶紧收住自己,田常规笑道:"前些年我到上海去,看到黄浦江边的长椅上,每张长椅都坐着三对恋人,他们亲亲热热,旁若无人,一个戴红袖章的人在他们面前走过来走过去,不停地用手电筒照来照去,并且边走边喊:公共场所,注意动作……"

有人再次笑起来。

田常规说:"我心里,真有说不清的滋味。"

秦重天的思路受到田书记的启发,说:"没有了人的风格,城市的风格从何谈起?"

事先连闻舒都没有太摸清楚田常规的心思,会前闻舒和他交换过看法,他也是打的太极拳,只说,到会上听听大家的再说。

谁都没有想到,田常规会一改来南州后内敛的风格。很明显,今天的会上,他的气势盖过了秦重天,也盖过了闻舒。更关键的是,他的意见完全一边倒,而且有理有节,说得头头是道,分析得丝丝入扣,使得一些原来左右摇摆的人,渐渐地也倾向过来了。

与秦重天的万分惊喜不同,闻舒十分意外,也有了几分警惕。

不管田常规是否看得出大家的心理活动,他仍然滔滔不绝:"前几天读报纸,有篇文章我觉得写得不错,我记得其中的两句话:南州人何其有幸——有幸接受如此丰厚的历史馈赠;南州人又何其艰辛——加速现代化建设和维护古城风貌与宝藏的重任,同时落在双肩!"

秦重天越来越兴奋,本来努力收敛的气势又出来了,说道:"我们现在,就是面临着两难的境地,我们都看到,越是文明、经济越是发展,往往破坏得越厉害,许多人谈到高速公路,是的,高速公路一开通,什么都有了,什么都带来了,但是旧的东西就没有了,旧的气息和韵味就没有了,可惜不可惜?可惜的。遗憾不遗憾?遗憾的。但是我们能不能不建高速公路呢?不能!"

洪副主任反问道:"秦市长,你说说,如果说,道路开阔了,交通缓解了,住房宽敞了,但是古城风貌没有了,小桥流水抹掉了,这样的结果,是我们大家能够接受的吗?"

唐副市长的话更尖刻:"专家和群众,一再对我们的改造提出建议和意见,他们说,土要土到底,旧要旧到家,洋要洋得准,新要新出头。锦绣路工程,能够做到吗?我认为,锦绣路工程,与国务院全面保护古城风貌的精神是不相符合的!"

秦重天针锋相对地说:"国务院的精神,是要我们处理好保护和改造的关系,做到既保护好古城,又搞好市政建设,只保护不改造,是没有出路的!"

唐副市长本来是气势逼人的样子,不知怎么的,一下子低调了,声音也降低了许多,甚至长叹了一声,才说:"我们就不怕被人指责成历史的罪人?"

与唐副市长忽然低落下去的情绪相比,秦重天的情绪更加高昂了:"我们这一代人,注定是要破旧迎新的,新的东西一定是在撕破旧东西的基础上产生出来的。破旧,就意味着付出代价、作出牺牲,包括被人指责,甚至成为历史罪人!"

洪副主任一生气,站了起来:"那就是说,今天我们明明知道这是在犯罪,但是明知故犯?"

秦重天也站了起来,激动地说:"各位,你们知道我是学什么专业的?我是学历史的!我一直在问自己,秦重天,你要拆除一座博物馆吗?让学历史的人亲手去撕毁历史,这是不是很残忍?为什么偏偏我们赶上这样的时代?为什么偏偏要我们成为历史的罪人?而且是清醒的罪人。我们也可以不做,但是我们不可能不做的,既然我们处于这样一个破旧建新的时代,我们是别无选择的,我们是不可逃避的。历史、时间才是主宰,而我们不是,我们是什么?我们只能做历史的罪人,但是,为了百姓的生活,为了这一座了不起的历史古城不至于走向衰败直至最后毁灭,我愿意做一个历史的罪人!"

唐副市长嘲笑地歪了歪嘴:"秦市长,今天怎么像是诗歌朗诵会?"

闻舒做了个手势,秦重天坐下来,洪副主任也坐下来,他们努力平静自己,又开始露出一点官场常见的微笑。

秦重天说:"对不起,我确实很激动,但是我无法不激动。闻书记,我向市委建议,组织大家到锦绣路实地考察,到百姓家去看看。是的,锦绣路有许多值得保护的文物古迹,但是也有许多我认为并不值得坚持的,一些老房子的质量差到什么地步,恐怕是我们坐在办公室里无法想象的,空心墙,墙砖早已经粉化,屋顶的瓦片,小孩子一掰都能掰断……南州人是很怀旧的,但是不建新的哪里来旧的,从前许多旧的东西,已经要塌了,要毁了,今天我们怀旧,不喜欢新的东西,但是新的东西经过几十年几百年又是旧的了,我们这一代,应该留些什么东西给子孙后代,我觉得,这才是我们应该认真考虑、努力去做的事情。关键在于,我们所建造的新的东西,怎样才能体现出南州传统的风貌,怎样才能体现出南州的浓浓的文化味,或者说独特的南州味,同时,又应该有时代的特点,留一点今天的、现在的二十世纪末二十一世纪初的特色给后人,后人说起来,这是二十世纪末的南州风格,这是二十一世纪初的南州风格!"

政协一位女副主席黄兰也开口表态:"秦市长这个想法我完全同意,文化的失落,我们的祖先给我们留下丰富的文化遗产,但是今天的人,有了钱,造的什么东西,沿公路那些所谓的别墅,实在是让人倒胃口,不伦不类、不中不西、不土不洋、不尴不尬,这是我们这一代人的耻辱,在子孙后代面前丢脸!"黄兰是一位医学专家,是以民主党派的身份参加政协的,她是南州市的民进组委、省民进副组委,世家出身,海外关系复杂,七加八加,黄兰也是一个有相当分量的人物。

秦重天说:"所以,我们面临的难题有许多,比如仿古的问题,是大规模地仿古,还是小量地仿古? 比如……"

田常规道:"我也一直在思考这个问题,南州人的祖先,建造了那么多的园林那么多有价值的古民居留给今天的南州人,南州人的后代一代又一代地为之骄傲,那么我们今天造什么留给子孙,让他们也一代又一代地为之骄傲? 这就是说,我们今天的创造性在哪里? 就拿锦绣路来说,现在的锦绣路,也不是最早时候的锦绣路,现在的一切旧的古的东西,也都是古人不断地演变过来的。

二十世纪二十年代的锦绣路,只有三四米宽,现在的锦绣路是三十年代以后的面貌。那么,我们将要把锦绣路改造成什么样子?我基本同意秦市长和规划局提出的方案,但是我也有些疑惑,也有些想法,或者说想不通的地方,现在到处都在讲恢复本来面目,这里边我有三个想法:一、能不能真的恢复本来面目?二、恢复本来面目的意义何在?三、我们今天的创造性在哪里?为什么我们今天改造过的部分,有些地方总是让人不太舒服,无法让人与老南州的印象联系在一起?看起来,它们也是粉墙黛瓦,但是总觉得哪里有问题,我反复想,这到底是什么原因,是建筑材料的问题?是设计的问题?是建筑水平的问题?是时代的问题?是气息的问题?总之它们不是我想象中的老南州的样子。"

秦重天说:"现在是钢筋水泥堆出来的粉墙黛瓦,这是模仿明清建筑。但是这种模仿,是不是就体现了明清特色呢?就算它能体现明清特色,那么我们今天的特色呢,我们这个时代的个性呢?有人说,我们所处的时代,是没有个性的时代。"

黄兰说:"也有人认为,没有个性也是个性。"

虽然会场的气氛和缓了些,但却再也没有人笑了,因为大家明白,锦绣路工程是非上不可了,虽然闻舒对田常规的明白无误的倾向也没有更多的心理准备,但是即使没有田常规的发言,今天的这个方案必须也必然会得到大部分与会人员的支持。

再往前说,并不是到现在大家才明白这一点,今天到会的人,都是心知肚明的人,谁都知道,会议的调子是早已经定了的,听取大家意见,只是走过场而已。当然,如果不是传说中十老的联名信已经到了中央,这个过场也许还会再拖一阵子,也可能准备得再充分一些。做得也许会比今天更周到更妥善一些。但是事情已经迫在眉睫,没有时间慢慢把事情做圆了,闻舒也不得不出此下策,做出不是他这种水平的书记会做的事情来。

既然这是一座大家不得不过的桥,那为什么唐朝和洪冷杉他们要自己和自己过不去,和闻舒过不去,和秦重天过不去,不肯过桥,要知道,其实他们心里都明白,早晚得过桥啊。

实在是在他们的内心,不能允许他们随波逐流,他们对南州的爱,太深太深,他们不希望他们的南州,在自己手里,在自己眼里,被变成一个不是南州的南州!

一直怒气冲冲、脸若关公的洪副主任,忽然淌下两行眼泪来:"在我心里,南州太重太重了。"洪副主任淌着眼泪,竟有些泣不成声。

大家愣住了,意想不到,惊讶。一个职位相当高的干部,一个年龄很大的干部,快退休了,就算是男儿有泪不轻弹,但是在官场上熬过这么多年,哪能没有眼泪,又哪能将眼泪流在公众面前,不是都咽到自己肚子里去了?到头来,却在今天的会上,流下两行清泪,为的是什么啊?

大家都不敢去看洪副主任的脸。

秦重天真是有一种要顿足捶胸的冲动,他在心里大声地吼着:难道我不爱南州?难道不是因为我把南州看得太重太重才会拿出改造锦绣路的方案?难道我不是想建设南州,是想毁掉南州?

他说不出来,闻舒也不会容他说出来的,会议已经到了转折的时刻了,等洪副主任稍稍平静下来,闻舒说:"今天我们还请了一些建筑方面的专家学者,是不是听听你们对这个方案的具体意见和想法?"

注意闻舒的说话就知道,下面的谈话,已经同上面的话题分离了,上面谈的是该不该改造锦绣路,而下面的话题,已经是怎么改造锦绣路。

这个调子得秦重天来定。但纵使是秦重天,纵使在锦绣路工程问题上,秦重天和闻舒是心心相印的,但此时此刻,秦重天内心的波澜,一时也平复不下去,本来应该在下一个话题作重点发言的秦重天,只说了两句话:"我们是在建设现代化的城市,我们要的是时代特色,所以,需要有勇气突破许多框框。"

立刻有专家接过他的话,这位马南十先生,在中国的建筑领域,虽然没有一官半职,只是一介书生,但是却享有"古城保护神"的声誉,是一位无冕之王。其中有一个重要的砝码,马南十的叔叔,就是世界著名的美籍华人建筑师马贝,马贝是美国总统都经常要去拜见和请教的人物,诺贝尔奖得主。多少也因为这个叔叔的关系,马南十才可能凭他一介书生的身份,在推土机下救出一座座的历史名城和古镇,救出一件件无价之宝。

对于自己的家乡南州,马南十更是情有独钟,备加呵护,他原先在北京工作,被南州市政府聘请为南州古城保护区总顾问后,几乎就长住在南州,现在马南十接过秦重天的话,说:"我既然被聘请做顾问,我是不可能不问不顾的,我说话不好听是众所周知的,南州的保护和改造,难!谁不知道?居民老太太知道,小学生也知道,如果不难,要我们干什么!"

没有人做声,会议室里很静,大家等着马南十。

南州古城区之内是文化的精华区域,那么多国家级、省级、市级文物保护单位,老屋旧宅成堆连片,几乎是密不通风的,因此,她的拆拆建建始终是小心翼翼、如履薄冰,也曾经有几次,政府改造旧城的整体方案已经拿出来,却终因众口难调而作罢。

现在一下子拿出一个彻彻底底的方案,马南十会说什么?

以马南十的性格和一向的工作作风,他完全可以只用两个字就说清楚他的态度,同意或者反对,但是今天马南十的口是那么难开,因为今天说的是他自己的家乡,是他最了解的地方,最牵肠挂肚的地方,也是一个人心里最最脆弱的地方。

所以,马南十没有简单直接地说,他绕起了圈子,说:"顾颉刚先生认为南州的小巷是天下第一的。他的理由有四:第一,城址不变。第二,城市格局是超前的,水是运输的,巷是走人的,这种城市规划的想法,美国人在二十世纪初才产生。第三,南州小巷的建筑材料是因地制宜的,南州人用本地的材料建造出适合自己居住的城市。第四,南州的巷,考虑南采光北通风,其价值的意义是超过北京的。

"秦市长刚才说到时代特色,我完全同意,但是,时代特色并不是同化,不是你造高楼大厦,我也造高楼大厦,比谁造得更高。现在我们许多城市在改造和建设的过程中,正在走向丧失特色而变得千篇一律,即使到了现代化的今天,我们仍然应该坚持自己的东西。大陆的人,在二十世纪七八十年代到香港,谁不认为那就是现代化的标准模式,但是到了今天,我们都明白了,那不是现代化的唯一模式,现在我们懂得了,现代化也是个性化,现代化不等于香港风格,也不等于纽约风格,或者,也有人认为我们的上海已经称霸世界,那就是上海风格?"

表面上马南十是在反对秦重天的某些想法,实际上,谁都知道,马南十也已经投降,他也已经按照闻舒事先设计好的路在走了,不再谈"该不该改造锦绣路",而是在谈"怎么改造锦绣路"。

有人跟着马南十的思路说:"法国是抵制迪斯尼文化最厉害的国家,结果怎么样?抵制得有道理,她至今仍然保持了自己独特的形象,仍然有自己独特的个性,但是许多国家都被同化了,没有了自己。"

也有持不同意见的专家,说:"我认为,我们今天改造也好,再建设也好,一味模仿恐怕不是出路,因为我们已经不可能完全地再现从前的一切。为什么?原因很简单,时代不同了,人也不是从前的人了,空气也不是从前的空气了,不一样的状态,不一样的气息,我们恐怕注定只能从一些老照片里去感受从前的气息了。"

黄兰副主席说:"既要金山银山,又要绿水青山,我们现在考虑的,不仅仅是当代人的利益,我们一定得考虑怎么为我们的子孙后代留下发展空间。这需要树立现代城市理念,要有长远目光,不能急功近利,要做出能够经得起历史检验的精品,当然,真正做起来,难啊……"

田常规副书记说:"近些年来,我一直在想,像南州这样的小而古老的城市,如果在当初就有一个全面的规划,主要发展旅游,不一定非让工业唱主角,学习欧洲的一些小城市,古老的城市……但是这已经是后话了,一切都已经来不及了,消费小城变成了经济大市,这一点我同意秦市长的观点,是付出了代价,付出了牺牲的,但是我们能不能考虑今后的代价和牺牲尽可能地小一点,非要把无可挽回的教训留给后人?"

秦重天叹息了一声,说:"即使退回去二十年三十年,恐怕也是不可能的,退回去二十年三十年,我们的观念也是在二十年三十年前的,换句话说,就算那时候就很有眼光,但是更主要的,经济基础仍是在那个年代,没有钱哪,我们不可能有超前的意识和超前的经济。所以说,即使退回去,恐怕也只是从头开始。"

唐朝的气又上来了:"秦市长的意思是说,教训是永远的,教训是花多少代价也买不来的?但是我想问一问,为什么别人可以有超前的想法,而我们就不能有,一切推托给客观,我们自己就没有问题?"

秦重天说:"那是经济基础问题,老祖宗早就说过,经济基础决定上层建筑,决定人的意识……"话说出来,发现走题了,又差不多要回到前面的话题上,赶紧打住,拉过来说,"我反复考虑过,改造锦绣路,至少有这样一些矛盾,政府决策中的矛盾、专家与政府的矛盾、建筑集团之间落实工程的矛盾、资金的矛盾、居民与政府间因为拆迁带来的矛盾……我们的统计已经出来了,改造锦绣路需要搬迁居民九千九百三十五户,拆除居住房四十九点七万平方米,其中私房是百分之六十,个体户一千二百五十六户,涉及八十五个企业单位的安置,还有,更重要的……"秦重天向建设局局长李棉看了看。

李棉领会秦重天的意思,说道:"我们协同文管会、宗教局等部门调查登记了,情况是这样的:锦绣路共有全国文物保护单位一处,省级文物保护单位三处,市级保护单位十八处,大家的想法,如果有可能的话,希望能够移建⋯⋯"

园林局局长向东"哈"了一声,说:"移建?这么多建筑移建,开玩笑了,这方面的费用,一年才几十万,移一个门楼都不够!"

大家有些不约而同地下意识地看了一眼财政局的吴局长。其实看吴局长根本是看错了,吴局长说:"嘿嘿,看我啊?"

尉敢一直都没有说话,他觉得自己也插不上话,秦重天极不满地瞪了瞪他,尉敢知道不得不说,但说出来的话,不清不楚含含糊糊,前言不搭后语:"锦绣路是个特殊的工程,我想,市委市政府会通盘考虑、会加大投入的。另外,有古井十二口,两百年以上古树十七棵,清代以前所造桥十三座⋯⋯"

要不是因为这么严重的议题,秦重天一定会笑出来,笑骂尉敢:"你个小子,耍什么滑头。"但是现在秦重天笑不出来,甚至想哭。

唐朝说:"豆粉园也是首当其冲的。"

秦重天问总规划设计师:"孙总,按你们的设计,豆粉园在什么位置上?"

孙总说:"这个地段,正是甫桥立交桥的回车道部分,豆粉园是保不住了,至少、至少也要被吃掉五分之四。"

闻舒忽然插了一句,这是与他的身份不相符合的插话:"五分之四?那还能剩下什么,剩下的还算豆粉园吗?"

孙总不好回答,谁也不好回答。

田副书记问道:"孙总,有没有回旋的余地?"

孙总摇了摇头,但是看着大家的神态,又犹犹豫豫地说:"要不,我们再组织专家重新研究?"

秦重天说:"都研究了七八十回了,再研究也研究不出两全其美的办法!"

在豆粉园的问题上,大家都要等闻舒了。闻舒沉默着,因为他知道,这个口太难开。那一天,当向东准确地说出豆粉园地处锦绣路中心地段的位置,闻舒整个地愣住了。与此同时,闻舒、向东和李棉也一下子明白了,王博欲购买豆粉园和隔壁的扇厂,果然是醉翁之意不在酒。别说向东和李棉,连闻舒也不得不感慨,王博这样的有眼光有见识的民营企业家,对于政府一些重大行为的预测和了解,果真已经到了炉火纯青的地步了,对事物的把握程度甚至都已经超过了政府官员。只是这一回,王博晚了一步。

闻舒沉默了一会儿,只能说:"豆粉园的问题,我们另找时间个别对待。秦市长,你说说总体的想法。"

秦重天说:"我提几点想法。第一,新锦绣路沿线的地块,重点要利用外资;第二,城内部分一定要按规划办,要严格执行,城外部分尽管现代化,但交接处要小心处理;第三,特殊对象的问题一定要认真对待,革命功臣、老红军、侨房、台房,要严格按政策办;第四,个体户的饭碗问题要解决好;第五,大宅院、园林等,能保留的尽量保留……"

秦重天说完话,闻舒就作会议总结了,会议总结也同样地短,闻舒说:"先给同志们透个风,人事问题,常委研究过,考虑建议由秦重天副市长担任锦绣路工程总指挥,由尉敢局长担任副总指挥。"

按常规,涉及道路建设方面的大工程,如果总指挥是副市长,副总指挥一般会是建设局局长或交通局局长,但是中国的事情也从来不是绝对的,中国的官场,有时候是七分位置三分人,有时候是三分位置七分人。

散会的时候,天色将晚,秦重天拍拍尉敢的肩:"走,马上出发。"

尉敢心里明白,但是总觉得有些别扭,便拿其他话来搪塞:"这么急?现在赶到北江,也得八九点钟了,老人家也得睡了。"

北江是省城，尉敢说的老人家，就是尉敢的父亲，前任省长尉从周。秦重天说："想蒙我？你家老大人，每天不过十二点不睡的。"

尉敢拿他没有办法，又好气又好笑："你比我这个做儿子的还了解他。"

秦重天说："老人家喜欢的碧螺春也带上了。"

尉敢终于也抓住一点点可以反击的地方了，带劲地说："碧螺春？隔年碧螺春送老省长啊？！"

秦重天说："保鲜的。"

尉敢哼一声："再保鲜也不能保过年啊，你以为是芦柴梗子。"

秦重天说："我再大的本事，也没有办法让碧螺春在正月十五前就出来，就算是福建浙江的假碧螺春也得熬到三月才敢上市啊。"

尉敢总算是出了一口气，笑起来。

夜色中，奥迪车风驰电掣地向省城北江驶去。

很晚了，闻舒还坐在自己的办公室里，抓起电话，又放下了，抓起电话，又放下了。最后他想，还是等秦重天那里有了消息再说吧。

第 4 章

一

南州市锦绣路改造工程的规划报告,省政府批下来了,闻舒一接到这个消息,立即抓起电话打给秦重天:"秦市长,你到我办公室来一下。"

秦重天马上敏感地猜测到了,兴奋地说:"闻书记,下来了?"

闻舒却将兴奋掩饰着,平和地说:"你来了再说。"

已经是下班时间了,市委办公楼的走廊里不断地有人和秦重天打招呼,秦重天几乎难以控制自己激动的心情,聪明的人一眼就能看出来,更机敏的人更是已经猜到锦绣路工程有眉目了。

秦重天一进来,闻舒将一纸公文放到他面前,秦重天看着那个鲜红的印章,眼泪差一点夺眶而出。

闻舒却说:"秦重天啊,有你哭的时候。"

锦绣路的工程终于批下来了,秦重天万般的辛酸苦辣才刚刚开头呢。秦重天难道心里不明白?他太明白了。

为这一天的到来已经作了多少准备的秦重天,在这时刻,却有一种不知从何做起的无措,性急地问道:"闻书记,下一步我考虑……"

闻舒说:"明天都要到省里参加人大会议,我们再一起跑一跑刘省长……"

闻舒桌上的电话响了,是那部专用电话,闻舒心里瞬间掠过一丝说不清的预感,刚才他说秦重天有你哭的时候,自己心里也已经掠过这样一丝感觉了。

电话是市政协闵主席从省里打来的,每年省政协和省人大的全体会议,都是相差两天,政协提前两天先开,两天后,人大开,政协委员列席听取人大的报告。

今天是政协会议的第一天,闻舒一听到闵主席的声音,那种莫名的预感更强烈了。

闵主席说:"闻书记,今年省政协的一号提案,是环秀湖的通海宏发银行大楼。"

闻舒一愣,脱口说:"环秀湖?一号提案?"

原先听说的一号提案,是整顿省级各部委办局以培训中心名义办的各类宾馆,现在却成了南州环秀湖的通海宏发银行大楼了。省政协是全省的政协,不是南州的政协,却把南州的事情作为省政协的头号提案,直接针对南州而来?闻舒心里"咯噔"了一下。

闵主席说:"闻书记,一号提案是躲避不过的,这您知道,至少是这一年众人关注的典型啊!"

闻舒说:"怎么会?"

闵主席说:"可能有些来头吧,南州的事情,南州在全国和世界的知名度,关心南州的人太多……"

闻舒说:"和十老的联名信有关?"

闵主席顿了顿,说:"我知道得不太多,也仅仅听说一些小道消息。再说了,我是南州的,他们有话也不会跟我直说,现在谁知道谁是谁的立场啊。"

电话挂断以后,闻舒半天没有说话,秦重天虽然听不见那边闵主席的声音,但是已经从闻舒这边的对话中听懂了事情,秦重天心头突地一阵狂跳,觉得气都喘不过来了,他甚至想把一把自己的脉,到底心跳有多快,但是他不会这么做,他甚至没有时间这么做,来不及这么做,闻舒已经说话了。

闻舒说:"通海宏发银行的大楼,到底还是没能站起来。"

两年前,通海宏发银行凭着自己远远超越竞争对手的实力,买下环秀湖边的一块宝地,筹建通海宏发银行南州分行。由于环秀湖的特殊位置,这么多年,一直是没有人敢动环秀湖的,所以,当初通海宏发银行的想法刚一透露,反对之声已经浪比天高,但是通海银行最后还是成功地拿到了批文,并且以最快的速度,使工程上了马。这其中的关节,老百姓可以一概地称之为腐败,但是身在其中的人,或者是深知实情的人,心中的滋味,恐怕还不是两个字能够说清楚的。

说环秀湖地理位置特殊,是因为它地处南州市中心,面积虽然不大,却实实在在是南州的灵魂。南州是一座水城,从从前到现在,许多的人对南州的看法也不尽一致,但是对环秀湖,以一汪湖水滋活了一座古城,这却是许许多多人的共同看法。

石湖烟水望中迷,湖上花深鸟乱啼。芳草自生茶磨岭,画桥东注越来溪。凉风袅袅青萍末,往事悠悠白日西。依旧江波秋月堕,伤心莫唱夜乌栖。

这首诗并不是写环秀湖的,但却同样是环秀湖以及它周围的景色的写照,可用两个字概括:平、柔。

在平坦的柔软的环秀湖边,竖起了一幢坚硬的钢铁的高楼,所使用的新型的高级的建筑材料,将会在阳光下发出耀眼的光环。

"一座楼,破坏了一个城市的风貌!"

"强奸民意!强奸环秀湖!"

尽管批文早已经下达,尽管大楼在一天天地以最快的速度增高,但是百折不挠的反对者和控告者们,仍然百折不挠地反对着和控告着,言辞越来越尖刻,语气越来越激烈,火气也越来越大。

能做的工作都做到了,能劝的话也都劝到了,但是仍然阻挡不住爆发的趋向,最后终于爆发了,但是这个爆发不是在沉默中爆发,而是在不断的大吵大闹中爆发的。

闻舒和秦重天心情沉重,他们不约而同地盯着桌上那部电话,好像还在指望电话铃再次地响起来。但是没有,电话铃一直也没有再响。

两件如此重大的事情,仅仅发生在短短的十几分钟时间里。闻舒和秦重天,他们的心理承受能力都受到了一次考验。

秦重天说:"他们的意思,还是炸掉?"

闻舒没有说话。

炸掉一座已经初建成的十五层大楼,谁能干这样的事情,谁能忍心下得了手?但是秦重天知道,如果硬顶着环秀湖的事件,事情再闹下去,很怕拔出萝卜带出泥,连累了锦绣路工程。

现在闻舒心里,恐怕也只能考虑丢卒保车的方案了。而且,要快!

二

秦重天回家,保姆已经做好了晚饭,王依然和女儿正准备吃饭,看到秦重天回来了,钟钟说:"哎哟,市长与民同乐啊。"

秦重天勉强地笑了一下,说:"这话说得没错,在外应酬吃饭,是苦,回家和老婆女儿吃饭,是乐。"

王依然没有说话,她有心事的时候,最明显的特点就是不说话。

秦重天自己重压在身,哪里有心情去关注王依然的情绪,端起饭碗的时候,忽然说:"哎,我记得你有个同学叫什么的,在省里做秘书的,后来跟首长到北京去了,叫胡、胡什么的。"

王依然不冷不热地说:"胡明光。"

秦重天说:"对,对,是胡明光,怎么取这么个没个性的名字啊,他现在跟你、跟你们其他同学有联系吗?"

王依然说:"没有。"

秦重天碰了一个钉子,有些不高兴,但是忍了忍,又问:"他的那位首长,就是后来到了城建部的那位,许部长,你们那个胡明光,他没有重新跟人吧?"

王依然说:"不知道。"

秦重天有些来气了:"人家是惜墨如金,你是惜言如金啊。"

王依然干脆不说话了。

女儿看不过去,批评爸爸了:"老爸,你自私,只顾自己,你根本就不关心别人,只关心自己!"

秦重天说:"我是关心的自己吗?"

女儿说:"至少是你自己的事情,妈妈今天情绪不好,你一点都没有在意!"

秦重天看了看王依然,他了解王依然的脾气,所以也没有直接问她,却问了钟钟一句:"你妈怎么啦?"

钟钟说了一句不得体的话:"妈就坐在你面前,你干吗不直接问她?"

王依然说:"我吃好了,你们慢慢吃吧。"站起来就走开了。

秦重天对女儿做了个鬼脸,说:"她不肯说,你告诉老爸,你妈怎么啦?"

秦独钟朝王依然走开的方向看了看,压低声音说:"老爸,你还算个副市长呢,福德学校出了大事,你都不知道?"

秦重天说:"什么大事,天塌下来了?"嘴里这么说着,心里就想到了环秀湖边的银行大楼,眼前就出现了电视镜头里看见过的大楼倒塌一瞬间的画面,忽地心里一痛。但是看到王依然闷闷不乐的脸色,赶紧收回乱七八糟的思绪,说:"福德学校,就是那个纪校长的福德学校?"

秦独钟说:"他们学校惨啦,寒假开学,一下子有六七十名学生家长联名要求退学,退还入学时交的钱……"

秦重天说:"为什么?"

秦独钟说:"他们说是上当受骗,福德学校教育质量徒有虚名,老师嘛,老的老,小的小……"

王依然忽然走过来,对着女儿说:"你不要乱说。"

秦独钟吐了吐舌头,又吸了口气,暂时住了嘴。

秦重天对王依然说:"这种事情,以后会越来越多,民办私立的、公有民办的、中外合资的、外国人来办的,还有其他各种类型的学校,会越来越多,麻烦也会越来越大,矛盾也会越来越突出。"

王依然说:"听你的口气,是在等着看好戏?"

秦独钟自以为一语中的地说:"我老爸又不分管教育,教育上有问题,说明分管教育的市长没水平,这才能体现出我老爸有水平……"

秦重天倒没有怎么在意女儿的话,倒是王依然十分生气:"钟钟,你小小年纪,什么话?"

秦重天说:"也没有什么不好,实话而已,只是早熟了一点。"

秦独钟说:"还早熟呀,人家小孩六岁就写长篇小说了,七八岁写情书都已经司空见惯了,我都觉得自己是老太太了。"

见做父母的哭笑不得,秦独钟开心地笑了,推开了饭碗,到自己屋里去了。

秦重天有些不解,福德学校出点什么事情,与王依然有什么关系,她又不在人家那里做老师。这么想着,便想起一件事,有一天秦重天刚刚上班,小佟进来提醒他,马上要赶一个剪彩的场子。正说着,电话响了,响的是与小佟办公室相通的那部电话,小佟便接了,说:"谁,纪宏扬?"又捂着电话对秦重天说:"是纪宏扬的电话,找你的。"

秦重天一时没有反应过来:"纪宏扬,哪个纪宏扬?有没有搞错,我不认得什么纪宏扬啊。"

小佟说:"就是那所新办的外资学校,董事长是个美国人,花重金从外省聘来一位专家当校长的,这位专家,留过美,就是曾经引起过'为什么读书'的全国性大讨论的纪宏扬。"

秦重天"噢"了一声:"纪宏扬?听说八十万年薪,还有一辆洋车,一幢洋房?"笑了一下,"请我我也去啦。"

小佟继续用手捂住话筒,一边说:"不可能八十万吧,听说是三十万。"一边用眼睛问秦重天接不接。

秦重天呢,一边说"找我?找错人了吧,我又不分管教育",一边还是伸手过去,接了电话:"对,我是秦重天。纪宏扬,知道知道,你的大名报纸上天天见,连我家女儿都天天念叨你,说他们被关在教室里苦读的时候,你带着学生在外面玩呢。"

纪宏扬在电话那头笑了笑,说:"秦市长,我新来乍到,以后还请您多多关照。"

秦重天反感这样没来由的套近乎,便毫不客气地说:"纪校长,我不是分管教育的,你是不是……"

纪宏扬却一点也没有在意秦重天的态度,道:"秦市长,我找您,是为了学校地皮的事情……"

秦重天仍然不给面子,说:"地皮的事情,找规划局、土地局、建设局……"

纪宏扬仍然笑着说:"秦市长,听说过您不少故事,您是个极富个性的领导……"

秦重天还是不给他面子,说:"对,我也觉得我是个极有个性的领导,你对我倒是有所了解,我对你却不怎么了解啊,我原来以为你也是位极有个性的校长,却不料……"

纪宏扬说:"不料是俗物一个。"

纪宏扬这样一说,秦重天倒笑起来,心里的那点疙瘩也消失了:"自称俗物一个的,倒未必是俗物了。"

纪宏扬说:"是啊,现在自认为聪明的人,都懂得贬自己,作贱自己,越是作贱自己,越是……"

秦重天觉得此人也许可谈可交,又着急地打断他:"英雄所见略同。我早就有这么个观点,所有的人,都是一类人,这是说在内心深处,全都一样,都是希望抬高自己的,但人又分成两类,这是说行为上有两类:一类人,是通过抬高自己的办法来抬高自己,另一类人,是通过贬低自己来抬高自己。"

小佟忍不住"扑哧"一笑,秦重天瞪了瞪他,小佟被秦重天一瞪,方才想起了时间,扬着手表对秦重天指了指,秦重天这才换了口气,又对纪宏扬说:"纪校长,言归正传,我一会儿得去剪彩。"

纪宏扬说:"好,改日等您有时间,我专程去汇报吧。"

就是这个意气风发的纪宏扬,这么快就碰到麻烦了?只不过,这与王依然又有何关系呢?秦重天疑虑地看了看王依然。

王依然跟秦重天赌气,不想和他说话了,但是为了帮助纪宏扬,她也不得不忍着一点,她看出秦重天的疑虑,解释说:"心理学会和福德学校合作办了一所青少年心理卫生学校……"

秦重天"噢"了一声,说:"怪不得……"

王依然看了看他:"什么?"

秦重天说:"怪不得那天电话直接打到我办公室。我说呢,这么个纪宏扬不应该是个冒失的人嘛,原来是有背景的。"

这话一说,王依然的脸色顿时难看起来,又不想说话了。

秦重天知道自己又说错了,赶紧打招呼,找话说:"纪校长给你们学会提供多少经费?"

话一出口,知道又错了,果然,王依然说:"你总是以你的想法去猜想别人……"

秦重天又赶紧自嘲:"以小人之心,度君子之腹。"见王依然气消了一点,又想打岔,问道,"福德学校,福德,怎么取这么个名字?"

钟钟从自己屋里探出头来说:"福德是译音嘛,英语中田野、原野的意思,这都不懂,老土。"

王依然等保姆将碗筷收拾了,对秦重天说:"既然你问到了,我想求你件事,纪校长现在很狼狈,因为当时他来南州当这个校长,是辞了公职没有退路的,情况你都清楚……"

秦重天的手不由主自地挥了一下,但意识到对面是自己的太太,不是下级或同事,赶紧自嘲地一笑,手收回来,话却没有收回来,说:"没有退路,只能前进不能后退?上帝也做不到。"

王依然说:"你不就是一个只知道前进,决不后退的人吗,怎么到了不是自己事情的时候,就变得这么通达呢?"

秦重天说:"平时我不通达吗?"

王依然说:"你自己最清楚。"

秦重天说:"纪宏扬这个人,我虽然接触不多,仅是开会时见过,也通过电话,也看过介绍和宣传,我对他的印象还是不错的。你是不是想要帮纪宏扬一把,我也想这样做,但是怎么帮呢?更何况,唐市长分管教育,唐市长和我的关系,你是知道的,唐市长的背景,你也是清楚的,我能去蹚这浑水吗?"

王依然说:"也不必把事情说得那么严重,现在只是家长在闹腾,而且是无理由的,因为录取的时候,学校与家长方面都是有合同的。再说了,学校才办了这么短的时间,没有理由怀疑学校的教育质量。"

秦重天说:"要上级领导,教育局局长,干预这件事情?你们的思路是不是有问题,外资学校是市场经济的产物,得跟着市场经济走……"

王依然说:"但是办学校是政府批的,学校不是仍归政府教育部门管吗?"

秦重天果断地否决,说:"不行,这种没有原则的事情,是我做的吗?我做过吗?"

王依然脸色有些发白,想说什么,却又咽了下去。待了一会儿,说:"既然你从来不做违反原则的事,那就算了。"

　　秦重天说:"好,这才是我的贤内助,现在人家都怎么说贪官,你听说过吗?都是老婆惹的祸……"

　　王依然站起来就走,使得秦重天半咧着的嘴和略带的笑意僵了似的停在那里,收也收不拢,挥也挥不去,很没面子,想问她要到哪里去,偏没有问,随她去了。

　　王依然拉开门走了出来,本来心里窝了一肚子的气,冷风一吹,心里倒平静了一些,一边漫无目的地走着,一边想着,她不用担心秦重天会为她担心,更不会去想,秦重天会不会来找她,就连女儿钟钟也不会来找她,因为她这半辈子的日子过得是那么克制,那么平稳,要是有人问秦重天或秦独钟,这么晚了一个人跑出去,会不会有什么事情,父亲和女儿会同时笑起来,说,她会有什么事?

　　他们是对的,她不会有什么事,不会有任何的事情。年轻的时候,刚刚结婚的时候,是有过这样的事情,她和秦重天吵了嘴,一气之下,跑出去,她的娘家不在南州,她又是个要面子的人,不会半夜跑到朋友家去哭诉丈夫的不是。到哪里去呢,只能在街上转悠,夜深人静的,心里又怕,但更放心不下的,却是怕秦重天出来追她,如果找不着她,他会急成什么样子?想到这里,她心疼得不行,赶紧往家里去,但是回到家里一看,秦重天正在床上睡得香,打着呼噜呢。王依然气得将他踢醒,秦重天醒过来,茫然地看看她,愣了半天,问道,干什么,你怎么起来了?你怎么不睡觉?

　　王依然的眼泪就哗哗地淌下来了。

　　秦重天实在扛不住瞌睡,迷迷糊糊地说:"我困死了。"又睡着了。

　　年轻时我们不懂生活,年轻时我们不懂爱情,年轻时我们不懂人生,现在大家都拿年轻时不懂什么来解释从前的傻。婚后这么多年的争争吵吵,也早已经将脾气、将个性、将自我磨得差不多了,王依然忽然觉得自己有些可笑,好多年了,是在秦重天正式步入官场,尤其是当上副市长以后,她基本上不再和秦重天争吵,不要说争吵,连说话的态度都是平平和和、安安静静的,王依然当然深知秦重天心里和身上的压力真是重于天,锦绣路工程的事情,她也有所耳闻,王依然知道,无论工程上马或不上马,秦重天都不会得到很好的结果。冲着这一点,王依然只能一次次压下心里的不痛快。

她的心情越来越平静,走着走着,就到了夏同的书店,透过玻璃橱窗,她看见仍然是夏同一个人坐在里边。

三

王依然和夏同说了说她最近看到的两部伊朗片,都是写孩子的,一部叫《何处是我朋友家》,另一部是《谁能带我回家》。王依然说:"我实在想不明白,伊朗电影怎么能够拍得那么静,尤其是《谁能带我回家》那部片子,满画面的,从头至尾的,都是大街、汽车,汽车、大街,嘈杂得不能再嘈杂,但却是那么静。"

夏同正要说什么,门被推开了,一个人裹着一阵寒风进来,是顾红,进来就嚷嚷:"夏同,出大事啦!"不等夏同问什么,又嚷道,"林冰说,大伯伯被送进医院了!"

王依然听她说话,就知道这个进来的人是顾红,是夏同的表妹。夏同曾经向王依然简单地说起过她,却已经给了王依然一个比较深的印象。

王依然看他们有话说,就对夏同道:"那我先走了,过几天来看看你的新书。"

王依然一出去,顾红就探究似的盯着夏同:"这个人,我好像在你店里就撞见过几回了,她年纪比你大多了。"

夏同说:"她看上去很老吗?"

顾红说:"说实话,看上去一点也不老,她比实际年龄年轻多了,但是女人毕竟是女人,她至少比你大十岁。"

夏同说:"你们做外科大夫的,是不是连人的年龄也总想解剖出来,看个一清二楚?"

顾红说:"这恰恰不是解剖,是感觉。"

夏同说:"这就是说,你有两把刀,一把是物质的刀,一把是精神的刀。"

顾红说:"你别老拿我调侃,你看那个人的目光,怎么就那么温柔,真的赶时尚啦,姐弟恋?"

夏同正色起来:"顾红,这话可别乱说,她叫王依然,你应该知道。"

顾红想了想,想起来了:"王依然?好熟的名字,是那个电台主持心理热线的主持人哎。"

夏同说:"早就不是了。"

顾红说:"这个不用你介绍,满南州谁不知道,她老公当了副市长,不许她干主持人了。"

夏同说:"也不能用这么简单的话就……"

顾红说:"哼,这样的老公,当副市长,当副省长又怎……"说到一半,突然停了下来,愣了半天,说,"就是秦重天啊!"

夏同说:"怎么啦,不是秦重天是谁?"

"秦重天,大伯伯就是……"顾红摇了摇头,"唉,当然也不能说是秦重天一个人的事情,锦绣路工程的方案批下来了,豆粉园首当其冲,一定要拆,你想想,大伯伯让林冰过来,就是冲着重修豆粉园来的,你再想想,大伯伯那边,本来根本是离不开林冰的,他却把林冰派过来,可见大伯伯对豆粉园的事情有多重视。本来事情都已经谈得八九不离十了,听说闻书记都亲自关心了这件事,对大伯伯那边的要求,几乎是有求必应,连豆粉园周围的建筑全拆重建的方案也通过了,大伯伯喜出望外,却突然……"

夏同:"锦绣路工程批下来了?你哪里来的消息?什么时候

得到的消息?"

顾红说:"半小时前。"

夏同说:"不可能,锦绣路工程怎么可能批下来?能批下来,就说明他们决心不要南州了!"

顾红说:"这个话题太大,不是我们管得了的,我们现在得保住豆粉园啊!"

夏同说:"岂见覆巢之下复有完卵乎?"

顾红说:"什么时候了,还之乎者也。林冰说,大伯伯在电话那头,听说豆粉园要拆,捶胸顿足,立刻就要飞过来,结果进医院了。林冰在托人找关系,连我都被她用上了,你既然认识王依然,还不赶紧——锦绣路工程,总指挥就是她老公啊!"她见夏同很不以为然的样子,又急道,"你不找,我找。"

夏同说:"你是谁啊?!"

顾红愣了半天,说:"我是南州一个普通市民,我要写信告他们。"说出来,才觉得自己可笑,又道,"人家十老的信,都已经到了中央,也没有起作用,我……"

话没有说完,手机响起来,顾红接过后,告诉了夏同,是林冰打来的,秦重天市长,明天约林冰谈判。

顾红"哼"了一声,说:"这么急着谈判,必不安好心。"

夏同说:"林冰能代大舅舅做主吗?"

顾红说:"大伯伯说了,林冰的想法就是他的想法,林冰可以百分之百地代表他。但是,这只是先前的说法,是谈购回豆粉园的条件和拆除周围建筑的条件。现在的情况,豆粉园都要连锅端了,不知大伯还能不能放心林冰。"

夏同说:"你是担心林冰让步?"

顾红说:"我不知道,这个人,林冰这个人,实在是叫人……唉,所以说,三日不开口,神仙难下手,这个林冰,就是不说话,没有态度!"

夏同说:"难道正式谈判的时候,她也不说话?"

顾红说:"所以,明天的谈判,我们,我,你,都得去。"

夏同说:"是林冰的意思?"

顾红有些生气,脸都变了,但是不等她说什么,夏同已经说了:"我又没说我不去。"

四

顾红一进秦重天的办公室,秦重天和顾红握手的时候,就笑着说:"顾红顾医生吧?南州一把刀,当然,心血管外科也还有几位年纪稍大资格老的主刀大夫,也是很厉害的,但年轻一代里,应数顾医生了。"

顾红话中有话地说:"对不起,我动手术的时候是一把刀,说话的时候,也是一把刀。"顾红说话的时候,直视着秦重天,秦重天高大威猛,身体健壮,说话动作幅度都比较大,也颇具感染力。这位"拆"市长,上镜率是相当高的,差不多就是南州的电视明星。但顾红作为一个医生,不在秦市长分管的条线上,没有直接面对过,今天是第一次,她直视秦重天的时候,秦重天正在讲话。顾红看着他说话,心里不知怎么,忽然地掠过一种想法,虽然很快就闪过去了,但是这个想法使她的心一惊,后来她努力控制住了,不让脑子里的念头瞎窜。

秦重天说:"我们的社会,正在快速地发展,但是发展中又长了许多瘤子,阻塞了血液的流通,甚至会危及生命,太需要顾医生这样的快刀啦!"

秦重天这么一说,顾红反倒有些不好意思了,本来她是进攻型的人物,但是进攻型的人物常常有一个基本的弱点:吃软不吃硬。

夏同一直没有说话,林冰欲向秦重天介绍一下,秦重天却已经说了:"这位是顾先生的外孙,夏同,才子啊。"

林冰不动声色地说:"秦市长的工作,做得很细……"

秦重天和林冰的谈判,并没有像顾红预想的那样,单刀直入,刺刀见红,两个人都是东扯西拉,说了许多无关的话题。感觉上秦重天好像是想拖延时间,但是谁也不知道他为什么要拖延。而林冰,好像也不急着谈判,她很有耐心地等待着,也没有人知道她在等什么。

这么两个人,在火急火燎的时候,打起太极拳,你轻轻地推过来,我又轻轻地推过去,你圆圆地搬过去,我又圆圆地搬过来,使得急性子的顾红坐立不安,直朝夏同使眼色,偏偏夏同总是假装看不见。

秦重天明显是有备而来,不仅对林冰的情况,甚至对夏同、对顾红都了如指掌,所以他又不时地把话题引到他们两个身上,这样又可以有一点时间脱离今天的主题。

关于豆粉园的谈判,应该说开了个气氛和谐的头但是双方心里都明白,再和谐的头也无法引导谈判走向顺利,因为他们是背道而驰的双方,他们各自的目的相去太远,无论如何也是走不到一起的。

秦重天要拆掉豆粉园,顾家语要修复豆粉园。这里边,难道还有一丁一点共同的谈判基础吗?

既然如此,为什么还要坐下来谈?还有什么必要坐下来谈?

全权代表顾家语的林冰可能还不知道,还有一大群记者守在门外等候消息呢。

当天的晚报上,头版登出这样一条消息:热爱家乡顾家语顾全大局,初步意向豆粉园迁址重建。

顾红是临下班前看到这张报纸的,一看之下,气得一把揉成一团,大喊道:"无耻!无耻!"

她说的"无耻",无疑是指秦重天,因为当时的谈判,除了顾家的三个人,另外只有秦重天和尉敢两个人在场,连秘书也没有,不是秦重天和尉敢这么告诉记者、这么指示记者,还会有谁?秦重天的用意很明白,先下手为强,给顾家语套上一个爱国爱家乡的大帽子,让你欲辩无语,你反悔不承认吗?你就是不爱自己的家乡,你就会被乡亲父老指着背脊骨说三道四。

迁址重建的方案在谈判中确实是提出来商议过,但是并没有商议得下去,只不过作为谈判中提出的几种方案中的一个。现在到了报纸上,这样的提法,虽然还不能说就是结果了,但至少也已经是代表着一种方向了,顾红气愤骂人,也确实是有足够的理由。

但是骂一个副市长这么骂法,恐怕也是绝无仅有。不过旁人,她的同事,具体的情况不清楚,也就无从猜起她骂的是谁,多半以为是骂的记者。现在有些媒体,也确实有些破,某些记者的素质也确实有些差,为了自己报纸的利益,更是为了自己的利益,可以出卖任何人,可以中伤任何人,可以完全不负责任地胡说八道,或者抓住一点,不及其余。

顾红抓起电话,拨了号,打出去,却又立即挂了,毕竟在办公室里,有些话是不能直说的,她来到医院大厅的磁卡电话那儿,拨通了秦重天的电话:"我顾红。"

虽然医院大厅很吵闹,但顾红嗓门也比较大,秦重天一下子就听出来了:"顾医生啊,你好,想不到你会给我打电话。"

顾红说:"秦市长,我说话一向不好听。"

秦重天笑着说:"已经领教过了,有话就说吧,是不是见到晚报了?"

顾红说:"秦市长早就一手策划好了吧?"

秦重天说:"你这么看我?"

顾红说:"连一个年高德劭又有经济实力的老人,你们都敢这么糊弄,想想平头百姓,碰到不平的事,他们到哪里去申冤诉苦啊!"

秦重天说:"顾医生,你以为见报的内容是我的意思吗?"

顾红：“除了您，还有人敢吗？”

秦重天说：“有！”

顾红不相信：“谁？”

秦重天说：“你大伯伯顾家语，记者见报的内容，是他通过越洋电话亲自与记者谈的。”

顾红说：“不可能！”

秦重天说：“你这样说，感觉我是个江湖骗子，而且是个太小太没名气的骗子，连当场就能拆穿的谎都能说？”

顾红噎住了，秦重天说得不错，他再怎么玩手腕，当场能拆穿的谎是不会说的，小骗子是无论如何也爬不到副市长的位子上去的。

顾红实在心里想不通，也不服，说：“我大伯怎么会同意……”

秦重天说：“好事多磨嘛，哪有这样快就能成的，顾先生只是应允谈判，记者也是很忠实顾先生原意的，只是说'初步意向'嘛，顾医生，是不是？”

顾红有些怀疑，因为下午有手术，她在十一点左右就走了，秦重天曾请林冰和夏同吃午饭，顾红想，就一顿饭，把他们都给收买了？她更不能明白，就算秦重天收买得了林冰，大伯那里，林冰是怎么对付的？

见顾红不说话了，秦重天道：“正好，晚上我代表市政府宴请林女士，顾医生一定作陪了。”

顾红一愣：“怎么，中午没有吃……”

秦重天开玩笑说：“这样的宴请，可不能没有顾医生参加呀，哪里敢趁顾医生不在先吃了呢！”

顾红张口结舌。

一个熟悉的同事经过大厅，看到顾红在这里打电话，笑道："顾医生，有新动向了？躲到这里来说悄悄话。"

五

今天这顿晚饭,是秦重天提议安排在环秀清嘉楼的。

坐落在环秀湖边的环秀清嘉楼,是一家古色古香精致典雅的完全呈现南州古建筑风格的饭店,饭店老板叫马平川,是南州最早出现的私营业主之一,他的起家,靠的就是最早的南州城改造。十多年前,南州大规模地拆除了第一批破旧的小巷,沿街建立新的店面。但是当时谁也不知道在那个地段开什么店比较合适,这个地段从前叫做仓米巷,据记载,在宋、明两代,此巷南侧有府仓,巷以此得名。在所有想投资的人都犹犹豫豫小心翼翼的时候,马平川以自己独特的眼光和魄力,果断地买下三开间二层数百平方米的门面,开出南州第一家私营的较大规模的饭店,取名清嘉楼。

没有任何人看好马平川的行为。马平川冒的风险太大太大。

南州一向是以小著称,千百年来,南州人沾沾自喜、津津乐道的,似乎就是一个"小"字,小地方,小街,小巷,小日子,生意小做做,周末小吃吃,麻将小来来,你们贪大求全吗,我们南州人,不贪,小小的就足够了,你求全,我不求全,我有个半园就够了,于是在南州小小的城里,竟有两座园林叫做半园,真是够谦虚的。

南州的"小",是有内涵的小,曲径通幽,咫尺天地,山穷水尽疑无路,柳暗花明又一村,是以小胜大,小,已经成为南州的灵魂。

就是开个饭店,南州人也只开个小饭店,有个三五张小方桌,有个七八个客人,也已经足够。但是现在,这个马平川,一下了开出那么大的饭店,甚至抵得上南州几家老牌国营大饭店了。

但是马平川成功了,他的成功带动了许多南州人,那条街,后来成为新时期南州第一条美食街,连街名都跟着清嘉楼走,改名叫清嘉坊。

马平川一开始就不是个安分守己的人,做大做优做强的想法和说法,在社会上流行也仅仅是最近几年的事情,而在马平川那里,却是与生俱来的。在清嘉楼的基础上,他在南州城到处扩展地盘,新开饭店,连最最黄金地带的环秀湖边的地皮,也被他攻了下来,造成这么一座三层的饭店。

环秀清嘉楼,是根据《南州考》中的记载,复古重建的,据考察过环秀清嘉楼的专家行家说,这座饭店,基本上重现了《南州考》中对清嘉楼的描述。

坐在环秀清嘉楼位置最好的包厢,能够欣赏到环秀湖的全景和湖四周的景色,虽然才是初春,寒意未消,但是环秀湖无言的温柔,却能让人心头涌起股股暖意。

秦重天在这个地方宴请林冰和顾家的几位后辈,不过秦重天绝不是风花雪月,请他们来欣赏风景的。果然,坐下不久,林冰甚至没有来得及欣赏环秀湖,就被正对着环秀清嘉楼的湖北边凭空竖起的庞然大物镇住了,这个庞然大物,就是被列入今年省政协一号提案的通海宏发银行大楼。

林冰指着庞然大物,毫不掩饰地皱着眉,说:"秦市长……"

秦重天正要说话,尉敢急急地进来了,甚至来不及向林冰等打招呼,直奔秦重天身边,耳语起来。

秦重天却说:"尉局长,这里没有外人。"

尉敢不好意思地向林冰和顾红等笑笑,脸色却很严峻,对秦重天说:"秦市长,炸楼的报告,批下来了。"

"炸楼"两个字,本身就像是一枚重型炸弹,在在座的每个人心里引起了强烈的震撼。

秦重天指了指对面的通海宏发银行大楼,问尉敢:"什么时间?"

尉敢说:"时间很紧,这个月的五号,就是三天以后。"

谁不知道,这幢大楼,建到这个地步,花费了多少人力财力物力,经过了多少风风雨雨,甚至倒下去多少干部,又站起来多少干部……

林冰遥望着已经高高耸立基本完工的大楼,一直无语,过了很长时间,她忽然说:"城市没有整体规划的吗?"

秦重天说:"有啊,就我们南州而言,从一九四九年到一九九五年,先后产生过八次整体规划方案,其中有最著名的赵陈方案,是一九五二年提出来的,还有马贝方案,还有……"

大家又沉默了,方案毕竟只是方案。

对于秦重天精心布置的这着棋,开始尉敢心里是有些不以为然的,这个林冰,能在顾家语身边做事,能得到顾家语的赏识和重用,岂是一般人物,她的想法和意见,又岂是你秦重天炸掉一座楼就能改变的?更何况,在座的,林冰、夏同、顾红,哪一个不知道这个伎俩这个把戏,尉敢此时使起来,便觉得十分无趣,但既然秦重天都给设计好了,再无趣,再多此一举,也还是得走下去呀。

秦重天第二步是用的马平川,马平川来给大家敬酒,一边介绍一边一一地敬酒,秦重天在一边向林冰介绍说:"马平川的叔公公,就是马贝先生。"

林冰果然有些意外,也很高兴,说:"马先生和顾先生很熟悉的,经常来往。"她看了看马平川,觉得马贝的这位侄孙,与马先生的气质相去甚远,当然林冰不会表露出来。

倒是马平川颇有自知之明,笑道:"人家都怀疑此马非彼马也,无论从长相、从气质、从谈吐、从学问、从做人、从等等等等,我哪里有一点点像他们那个马家的人。我想,我大概是小时候被捡到马家来的,有时候,自己照照镜子,越看越像个农民企业家。"

他这么一说,大家都笑了,马平川比较粗糙,又黑,确实如他自己所说,像个农民企业家。

秦重天说:"马平川的叔叔马南十先生,是我们市政府特聘的南州旧城改造总顾问。"

夏同说:"他有很多专著,《中国古建筑大成》《中国古城概述》

等,有人称他为'古城守护神'。"

林冰"哦"了一声,但是仍然看不出她的真实想法。

马平川已经敬过一圈酒,将该喝的都喝了,最后又走到秦重天旁边,举着杯子。秦重天说:"马老板,已经敬过了嘛。"

出乎所有人的意料,一直笑容可掬的马平川忽然一下子眼泪汪汪了,也不顾在场这么多人有所不便,直说了:"秦市长,求您高抬贵手了。"

秦重天始终笑眯眯的脸色,现在一下子有些翻了,酒杯往桌上一蹾:"马老板,你是已经签下了协议的!"可能感觉在林冰面前这样的态度不礼貌,他抱歉地向林冰示意了一下。

马平川说:"秦市长,请求领导上体谅我的难处……"

秦重天说:"又反悔了?马老板,其实你心里也清楚,反悔不反悔,都是没有用的……"

这个当口,尉敢告诉林冰,在炸掉银行大楼的同时,环秀清嘉楼要拆除一层,由三层变为两层,因为环秀湖的绿色环境是有层次有变化的,如果站在湖北边往湖南边看,三层的环秀清嘉楼,恰好挡住了背后山坡上某一个层次的绿。

秦重天继续说:"你的困难和损失,政府会考虑的,但是,环秀清嘉楼要降低一层是不可改变的,三天后炸银行大楼,你这里的事情也不会拖很久,你要早作准备。"

马平川走后,有一阵大家都有些沉闷。虽然这只是秦重天要的效果而已,但是看到马平川的样子,谁的心情也不轻松。最最不舒服的是尉敢,他觉得自己像个小丑,做着大家都能看穿的把戏,还一个劲地说,我是真心的啊,我是真心的啊。尉敢跟马平川的私交不错,秦重天却要他拿着马平川的痛苦来做戏,尉敢心里的气不打一处来。所以,一完成秦重天的布置,他如释重负,借口上洗手间就走了出来。

尉敢走出包厢,迎面看到自己的弟弟尉敏带着一个女孩子正往另一个包厢进去,尉敢喊了一声:"尉敏。"

尉敏回头看到哥哥,哈哈地笑起来,对女孩子说:"你看我哥,不也是灯红酒绿的家伙。"

尉敢说:"尉敏,胡说什么?"

尉敏又说:"哥,你今天有重要客人啊,这么严肃,这么紧张?"

尉敢说:"不该你问的,多问什么?"

尉敢看了看弟弟身边的女孩子,又是一张陌生的脸,而且非常年轻,看起来二十岁出头不了多少,尉敢十分生气地说:"尉敏,你以为你还是中学生?"

尉敏说:"嘘,我是虚报了年龄才追到她的。"

尉敢又好气又好笑:"你还能说你十八二十?"

尉敏说:"我说我六十八。"他回头搂了一下女孩子,又说,"雨庭一听说我这个年纪,立刻就爱上我了。"

尉敢差点笑出来,但脸上却很严厉,说:"尉敏,我没时间和你贫嘴,你好自为之吧。"转身走了。

尉敢和尉敏相差八岁,从小尉敏都是在尉敢的呵护下的,有一个年长八岁的哥哥,对一个男孩子来说,可能是桩太好的事情,没有人敢欺负他,但是,缺少了被欺负的经历,只有欺负别人的经历,对一个男孩子来说,到底是好还是不好呢?

尉敏小的时候,可没少闯祸,每次都是尉敢替他擦屁股,替他收场,连向人家赔礼道歉的事,也是尉敢替他去做,一直到现在,尉敏整整三十了,还在不断地招惹麻烦,尉敢还得不断地替他挡着护着,没完没了,有时候尉敢觉得尉敏是上帝专门派来惩罚他、让他受罪的。尉敢多少次要赶尉敏走,叫他回到省城父亲那里去,尉敏却又偏偏喜欢赖在南州。哥啊,尉敏说,这辈子,我是赖上你啦。

尉敢对这个弟弟,真是又爱又怨又无奈。

尉敢兄弟说话的时候,那个叫雨庭的女孩,始终笑着,尉敢对她印象倒不错,觉得这个女孩子很天真,很单纯,但又不是那种没头没脑没心没肺的,但是想到尉敏喜新厌旧见异思迁的性格,不由得又十分担心。这样的担心,使得已经走出去了的尉敢,又不得不回过头来,对着尉敏没头没脑地说了一句:"每个人都要对自己做过的每一件事负责,你不想负责,命运也非得让你负责。"

尉敏笑着对雨庭说:"我哥是干部,是有哲学深度的干部。"

尉敢到这时候突然想起来,说:"尉敏,谢北方回来了,你知道吗?"

尉敏说:"我怎么会不知道,这家伙,叫他来吃饭都不肯,说有事情忙呢。"

尉敢说:"他分在古戏研究馆了,前天我陪客人去参观,看到他了,仍然老样子。"

尉敏说:"古戏研究馆有什么好忙的?"

尉敢说:"平时也可能没什么重要的大事,谢北方倒是可以在那里安心地搞自己的专业,但万一有个什么特殊的任务,比如市领导要接待重要客人,需要组织一台南曲晚会,在他们那里演出,他们就会忙一阵。"

尉敏说:"我去他那里看过,七八个人,守着一个旧戏台。谢北方也是的,书呆子,怎么肯去那样的地方,还博士呢,换了我,两天就得给憋死。"

尉敢说:"没有自己专业的人,永远无法理解热爱事业是怎么回事。"

尉敏说:"你是说我没有专业?我怎么没有专业,堂堂经济管理系的硕士研究生……"

尉敢说:"你自己看看像吗?"尉敢说了几句,觉得把秦重天和客人们扔在里边时间太长不大好,就赶紧回去了。

尉敢走后,尉敏和雨庭来到他们自己的包厢,这是尉敏的几个哥们儿替尉敏压惊的,尉敏刚刚从派出所里出来,这回倒是没有惊动尉敢,因为事情本身不算很大,就是为了讲义气和人打架,也没打成什么后果。尉敏进去后,态度很好,他对政策吃得很透,主动说,让我哥带钱来赎我。警察知道他哥是尉敢,知道他父亲是老省长,就算了,甚至都没有去惊动尉敢,也没有要他的钱,就把尉敏放了。

这会儿尉敏像个英雄似的坐在主位上,谈笑风生,哥们儿都围着他,敬酒的敬酒,吹牛的吹牛,闹成一团。这些人的成分五花八门,多半是没有固定职业的,有画家、房地产商、歌厅老板、围棋高手、建筑中介人、电脑专家等,名片上都是大名鼎鼎的,有头有脸,平时走出去,见个人,谈个正经事,一个比一个有气派,人模人样的,但是当他们私下聚在一起时,个个乌儿八鬼,什么话都敢说,也有的时候谈着说着嗓门就大起来,就不客气了,这时候,雨庭就是一副很好的调和剂,他们闹得厉害了,雨庭会说,好啦好啦,男人!

男人们被雨庭一说,就休息下来。

雨庭倒是他们中间唯一的一个有正式固定职业的,她是报社的记者,大学新闻系毕业,工作两年,聪明而刻苦,已经是部门的骨干。

雨庭第一次见到尉敏,是一次报社搞的活动,请一些常替报纸副刊写文章的文人作者聚一聚,表示感谢,先是座谈,后是宴请,座谈的时候尉敏没有来,到吃饭的时候,就冒出来了,报社分管副刊的副老总还特意给大家介绍,这位是尉敏。

尉敏坐下后,向同桌的人点头,但是写文章的作者却没有谁知道尉敏,以为尉敏是用笔名写稿的,互相间打听了,仍没有人知道,就听得尉敏说:"对不起,我不是写文章的,但是你们也别以为我是走错了餐厅,你们的报纸上,也有我的东西——我替别人做的广告。我念一段大家听听,请多多指教:还不快到灵池山去玩一玩,一万年以后,这座山就没有了。"

有人笑起来。但在场的多是有才华的文人,这点雕虫小技,对他们来说,实在算不了什么。更何况,如今精妙的段子满世界,尉敏这几句东西,充其量中等偏下。所以桌上大部分的人只是礼貌性地微笑一下。

尉敏并不在乎别人看重他还是不看重他,他继续说:"这是本人亲自操刀的,本人情况简介:飞鹰广告公司总经理尉敏。公司概况:人员:一人。办公地址:不确定。公司宗旨:挣钱。"

又有人笑了笑,还是报社副刊的几个女孩子,别人仍然不觉得尉敏有多少智慧。

尉敏还在往下说:"不过嘛,其实嘛,醉翁之意不在酒,报社的五朵金花,我已经认识了四朵,这最后的一朵玫瑰,开在哪里呢?"

尉敏说的就是雨庭,雨庭当时在另一桌上,有人往那一桌看了看,对于尉敏这种很廉价的玩笑,大家司空见惯,雨庭听到这边有人喊她,就站起来,大方地向这边笑笑。

这是他们第一次见面,后来尉敏找个借口就坐到那一桌去了,但即便如此,尉敏也没有给雨庭留下什么特别深刻的印象,只是觉得这个人比较开朗,感受着一些酸溜溜的文人对他的眼光,他毫不在乎,说自己想说的话,做自己想做的事,至少不是个心胸狭窄的男人。

尉敏很固执地追求着雨庭,雨庭也不讨厌他,尉敏毕竟是个有趣味的人,而且尉敏的一些朋友,都特别有意思,都是个性张扬、有光彩的人物,这也是雨庭愿意和尉敏来往的原因之一。一来二去,就形成这么一种不明不白的关系。一般都是当事者迷,旁观者清,但恰恰在尉敏和雨庭的关系中,这情形相反了,别人都糊里糊涂,以为他们是一对恋人,相爱着,清醒的却是他们自己,两个人都心知肚明,尉敏知道雨庭并没有爱上他,雨庭也知道自己并没有爱上尉敏,但两人又都愿意交往。倒是害得一些想动雨庭心思的优秀的男孩子望而止步了。

尉敏的这个圈子以尉敏为首,进进出出、来来往往的人很多,很自由自在,这一阵,谁谁谁密切一些,过一阵,另外的谁谁几个密切一些,都无所谓,他们从来不约束自己,愿来就来,不愿来就不来,但是尉敏始终在,他等于是大哥,兄弟们可以经常换,大哥却是不能常换的。

也曾经有新进入他们这个圈子的人,被雨庭吸引了。说实话,见到雨庭能够不动心的男人是不多的,男人就是男人,他们喜欢女人,就是喜欢,这是很美好的事情。

就有人会开玩笑说,小子哎,老大的马子你都敢泡?

这话一说,"小子"立即明白了,天涯何处无芳草,他们都是现代青年,都想得开。

尉敏和雨庭坐下不久,雨庭就说:"我只能稍坐一会儿,七点还有个采访。"

尉敏说:"什么采访,非要晚上去?"

雨庭没有说什么采访,只是笑道:"是呀,命苦啊,哪像你,吃吃喝喝玩玩,要多潇洒有多潇洒。"

尉敏一脸的痛苦,嚷道:"完了完了,我在雨庭眼里,就这么个形象!"

雨庭说:"你以为你是什么形象啊?"

尉敏说:"我以为?我一直觉得我是个文文静静的男人,有点落伍的、不能与时俱进的书呆子,难道不是吗?"

他的那些哥们儿哄地大笑起来。

六

豆粉园的消息,被晚报抢了头功,日报社新闻部的龚主任有点坐不住了,立即吩咐跑文化新闻的记者雨庭,当晚一定要拿出稿子来,第二天要见日报。

雨庭开始根本就不知道这件事情,将当天的晚报找来看了看,又向晚报写新闻的老兄打探了一下才知道,人家八字还未见一撇呢,晚报这种抢先登陆、先下手为强的做法,已经遭到强烈的谴责了,那老兄正忧心忡忡,不知道会不会因此挨批评受责备,这会儿见雨庭也来凑热闹,好心提醒道:"雨庭,豆粉园这事情,有背景的啊。"

本来连夜要赶出稿子来是个苦差事,这内容雨庭又是所知甚少,怎么个写法?何况尉敏还约了吃晚饭,饭后还有个聚会,雨庭听晚报的同行如此一说,正好推托,赶紧向龚主任汇报,说豆粉园比较敏感,是不是先不忙报道,看一看再说。

龚主任知道雨庭耍滑头,说:"正因为敏感,我们才要掌握主动权,再等一等,再看一看,主动权都被人家给抓走了。"

雨庭知道滑不过去,便给龚主任加点颜色,说:"那我就写啊,写出问题来我可不负责任。"

龚主任当然立刻挡她回去,说:"写出问题来你怎么可能不负责任?现在都是文责自负,不过你放心,要你负责任的时候,我也跑不了,你是文责自负,我负的是我的领导责任,我们是一根线上拴的蚂蚱,谁也逃不脱。"

雨庭仍然不甘心,又说:"你就不等等今天上上下下对晚报的反应,明天一定要发?"

龚主任说:"谁说明天一定要发?"说过这话,才知道雨庭又在玩花样,赶紧加重语气道,"但是稿子今天一定得写出来,我拿着稿子,随时可以发,也可以不发。"

雨庭到此,再无话可说,只嘀咕了一句:"到底你是主任。"

雨庭很费了些周折,才打听到顾家语的助手林冰的电话,奇怪的是,雨庭发现,这既不是宾馆的房间,也不是手机,只是一个普通的南州住宅电话。

这是顾红家里的电话,林冰来南州后,就住在顾红家里。顾红生性开朗,从不拘谨,她反正是一人独住,家里多个人少个人,都无所谓的。但是林冰住进来以后,顾红却很不习惯林冰,觉得她和许多美国人一样，小气得很。住到顾红这里，别说在家开伙或者出去吃饭各付各的账，连买个生活用品卫生纸，都得跟她计算得清清楚楚，你用了多少我用了多少，都得是AA制。顾红自己不是这样小肚鸡肠的人，碰见这样的人，心里就来气。林冰住下后，两人摩擦不断，但却吵不起架来，因为林冰对于顾红的气恼，是一无所知的，这一切的锱铢必较，对林冰来说，是再正常再普通不过了，所以她哪里可能体会到顾红生气的心情。有一次，她跟顾红算账，顾红手头没有零钱了，少找她一块钱，说好第二天有了零钱还的，但第二天顾红忘了，林冰便伸出手来向顾红讨要："你昨天还差我一块钱。"

顾红气得大吼："那你住我的房子，打我的电话，我跟你算钱了没有？"

林冰惊异地看着顾红，不知道她生的什么气，认真想了想顾红说的话，说："房子，电话，还有我用的水电费，当然都要算钱的，我一开始就跟你说过的，我都会记下来的。"林冰住进来的时候，是说过这样的话，但是顾红不会往心里去的，大伯那里的人，来她这里住几天，她难道还能收她的房钱？刚才那也是气不过的时候说的赌气话而已，但是眼看着林冰一边说，一边拿出放在抽屉里的账本让顾红看，顾红看了一眼，果然林冰都一一记得清清楚楚，连哪天打电话、打到哪里、打了多长时间都一一记录着，顾红当时就目瞪口呆，待了一会儿才说："我不是那个意思，我不要你的房钱电话钱……"

林冰更惊讶了："为什么，我记得不准确？"

顾红简直哑口无言。

林冰是中国人，但早已经是个美式的中国人了。

这天傍晚雨庭的电话打过来时，顾红刚好下班回来，电话是她接的，对方说是报社记者，要采访林冰女士，顾红请她稍等，回头和林冰商量说："记者要采访，是不是回了？这些记者，一个个都是钻天打洞的角色,你不小心说了什么,他们抓住一点点空子,又会小题大做,添油加醋,甚至胡编乱造。"

林冰却说:"在美国,顾先生从来不拒绝新闻媒体,顾氏研究所曾经得过新闻界颁发的最佳配合奖。"

顾红说:"你不知道,今天上午谈的东西,到了晚报上,已经变成……"

林冰说:"晚报我看了,并没有什么实质性的问题,也还是说的意向,跟我们谈的内容大致相同,他们没有编造。"

顾红说:"既然你愿意……"

林冰接过电话,说:"可以采访,只不过,今天晚上,秦市长宴请……"

雨庭说:"那就等宴请结束后?"

林冰说:"十分抱歉,晚上七点半,馨香厅有南曲演出,一个月只有两个晚上演出,我不想放弃。"

雨庭立即问道:"林女士喜欢南曲?"

林冰说:"是顾先生喜欢,顾先生是个南曲迷。"

顾红在旁边听了,有些不以为然,想,大伯再喜欢南曲,他远在大洋彼岸,你在这里代他听南曲,还能传递感应啊。

电话那边雨庭说:"那这样,您看行不行,我也到馨香厅去,我也想看看南曲演出,我在那里等您?"

这会儿已是晚上七点多了,雨庭出了环秀清嘉楼,打了的往馨香厅去。

她却不知道,刚才在环秀清嘉楼,她是与林冰擦肩而过,两个包厢是紧邻着的,但谁也不知道谁。

雨庭特意早一点出来,她想赶在林冰到之前,先看看馨香厅的情况,这也是在她的工作范畴之内的。

馨香厅原先是专门的南曲演出场所,南州南曲团为了振兴南曲,每月在这里安排两场免费演出。但是为了这两次的演出和另一些难得的小型演出,比如政府方面有喜欢南曲的客人,安排的专场演出,都得到馨香厅来。这就得维持馨香厅的正常开支,馨香厅早已经是危房,即使修修补补,也是一笔很可观的开销,所以干脆将馨香厅变成了一座茶馆,在没有南曲演出的时候,就是茶馆,同时也兼做其他各剧种的演出场所。

时间长了,大家也就不再将馨香厅记作馨香厅了,只道它是一个茶馆。

本来是唱戏的地方变成了茶馆,但是后来大家的想法却倒过去了,觉得茶馆是个可以唱戏的地方了。

馨香厅的门上贴着唱戏的规矩:初一、十五晚上,是南曲的免费演出,星期二、星期五是越剧、锡剧、评弹等专业演员专场演出,其他的日子都是老百姓的"大家唱"。

此时此刻,南曲演唱正从舞台上传过来。

　　原来姹紫嫣红开遍
　　似这般都付与断井颓垣
　　良辰美景奈何天
　　便赏心乐事谁家院

馨香厅今天只有很少的几个听众,本来是个清音雅集的地方,但外面却多了些世俗烟火,少了些清静雅致。小巷里居民来来往往的声音,正月十五放鞭炮的声响,声声入耳。

雨庭正是在这时候走进馨香厅的。

走进馨香厅的第一印象,就是凄凉。破旧的舞台、破旧的场所、冰冷的空气,场内没有暖气,坐在台下的人,多半是些老人,缩着身子哆嗦着,但仍然十分投入地跟着节奏,情投意合地摇动着身子。

站在后边的雨庭,看着这样的场景,不由得有些心酸。她今天是因为采访林冰,才临时到这里来的,作为报纸跑文化新闻的记者,雨庭平时工作的范围比较大,南州又是个有着悠久文化传统的地区,仅就传统文化怎样发扬光大怎么重点保护,就有很多很多的话题可说。

雨庭刚刚调到新闻部时,来过馨香厅,采访一位来观看演出的文化部的领导。那一次来,可能因为工作重点在领导身上,没有十分注意馨香厅的环境,今天一个人,独自地站到这里,心里忽悠了一下,觉得酸酸的,忽然联想到了锦绣路、豆粉园,就有一股意气在胸中翻滚起来了。

在朦胧的灯光下,雨庭的眼睛忽然一亮,她意外地看到一个年轻人,一个普普通通的年轻人,戴着眼镜,穿着打扮没有一丝一点的特殊,但奇怪的是,就在那一瞬间,雨庭突然强烈地感受到他身上的一种独特的气息。

那个时刻她离他很远,她站在馨香厅的入口处,他坐在靠近舞台的位子上。

雨庭怎么也没有想到,这一瞬间从这个人身上感受到的气息,以后将会久久地缠绕着她。

七

中文系的男生谢北方,有一天在图书馆看书,看了一本《古本戏曲选》里的一个戏剧《称人心》,写一个老裁缝的女儿洛兰藻,除了会裁布缝衣外,还十分迷恋诗书。在扇子上题了诗,遭到父亲责备,便把扇子送给隔壁卖零货的蒋少亭。扇子被书生文怀看中,高价从蒋少亭手里收买了。洛兰藻听说此事,偏要蒋少亭去要回来。蒋少亭去索要扇子,洛兰藻心情十分复杂,有一大段内心独白:"奴家因前日春倦无聊,偶题一扇,不意被爹爹撞见训诲一番。谁知蒋公公不知就里,竟将这扇儿卖了。我想闺中墨迹,岂可在外张扬？就是这柄扇儿值得几何？那人就三两银子买了去。嘎！是了,他道题扇的是个女子所作,故此拼着这价钱买了去,毕竟是个知音的了。虽然如此也算亏他也。我想那人已知珍惜那扇子,就去讨只怕未必讨得回来,多应是徒然的了……"后面又说到,扇子讨回来了,洛小姐心里很失落,再仔细看时,此扇已经不是彼扇,文怀已在另一扇上和了诗送她。想到与自己心灵相通的文怀,洛小姐心中顿生情愫,后面则更是引发出许多曲折故事。

谢北方读了这个戏剧,回到教室的时候,老师布置写毕业论文,谢北方为自己选定了一个题目:明清时期的南州戏剧。

这一个草率的决定,几乎是决定了谢北方一生的走向。本来就很书呆子气的谢北方,从此一头扎进古戏文堆里,再也没有出来过。

谢北方一发而不可收,大学毕业又考研究生,硕士毕业又念博士,他研究的对象很具细,也就是当初在大学教室里未经思索就报给老师的那个论文题目:明清时期的南州戏剧。

读完博士的谢北方,回到南州,这么高的学历和这么偏窄的专业,找遍南州,也没有很合适他去的地方,最后总算落在了南州古戏研究馆。

报到那天,馆长说:"谢博士,我们的庙很小啊。"

谢北方并不管庙小庙大,他坐在古戏研究馆旧陋的办公室,窗外眼前就是一座古戏台,他看到戏台上洛兰藻在念唱着,"(白)呀,原来他竟将照样一扇吟成和韵换了去了。果然做得好!字字风流,行行秀丽。若非多情才子,焉能有此灵机。奴家若非爹爹一番警诫,我就再作短章一首,谢君知重,也不为过。好无缘分。(唱)只为着路隔仙凡,他竟化啼鹃泣断鸿。无由跃入东风去,幻作情棕作黛眉。(白)果然做得好,真正做得好!"

谢北方还有何求?

单位多么地微不足道,同事不足十人,一年的经费不过十几万元,这些,本来与谢北方是没有关系的。

正月十五的这天晚上,谢北方在南州一条深深的小巷中,找到了已很破败旧陋的馨香厅。

谢北方坐下来了。

节奏舒缓、轻灵曼妙的古老的曲调,使他产生了一种魂飞魄散、不知身在何处的迷离感觉。

第 5 章

一

尉敏约出谢北方来到朋友开的"弈舍"搏杀几盘过过瘾。他们的围棋水平，都在业余初段和二段之间，但是自我感觉都是能和聂卫平、马晓春过过手的。尉敏在网上下棋用的名字就是"马晓春"。起初还想用"尉晓春"，想想觉得"尉晓春"实在不够响亮，干脆就马晓春得了。曾经因为棋臭，被对手攻击嘲笑说，就你这水平，也敢与"马"字沾边，"羊屎蛋"都轮不上你。有一次南州搞个名人赛，请来围棋界众多高手，尉敏硬挤进去与他们合影，并且摆出指点聂卫平的姿势，然后将这张照片放大了，挂在家里。

到了约定的时间，谢北方还没有到，尉敏等不及了，见到墙角有一人独坐，独对棋盘，便走过去坐在他的对面，说："你一人坐在这里干什么？"

"守株待兔。"

尉敏一闷，说："先搞清楚谁是兔子啊。"抓起一颗白子道，"让先？"

不料这是一位过于认真的家伙，先不讲棋，却是恭敬地请教尉敏："先生尊姓大名？"

尉敏是一心想等谢北方来杀的,等不到,心里本来有些不快,便不耐烦地说:"啰唆什么,下棋就下棋,又不是谈对象,还尊姓大名干什么?"

那家伙手执一子,偏不放下,说:"对不起,鄙人有个习惯,向不与无名之辈过手。"

尉敏倒也无法,只得说:"尉敏。"想想这样乖乖地报上姓名有点没名气,便回敬一句:"那么你的尊姓大名呢?"

那家伙说:"说出来不要吓你一跳啊。"

尉敏碰上这样的人,倒也无可奈何,因为棋瘾犯了,着急得很,又一心想拿下这个拎不清的家伙,道:"不报也罢,我向来是愿意与无名之辈交手的。"

那家伙说:"且慢,请问先生几段?"

尉敏说:"二段。"

那家伙说:"鄙人四段,先让你两子,打升降。"

尉敏涨红了脸道:"四段?你长得出四段的脑袋吗?"

那家伙说:"四段是长出来的吗?非也非也,四段是斩出来的,是将二段斩了,斩成四段的。"

尉敏跳了起来:"你干什么,不想下棋,想打架?"

那家伙说:"打架下棋,本来是一回事嘛。"

弈舍的主人小郭过来笑道:"打打打,我这里本来沉闷得发慌,正打算将'弈舍'改成'训武堂'呢,还愁无人演练,你们这就打起来,让我看看架势如何。"

尉敏正要说什么,手机响了,是雨庭打来的,说:"尉敏,向你借一样东西。"

尉敏颇觉意外,雨庭很少主动与他联系,一般都是他追她的,现在却打电话来借东西,尉敏赶紧说:"借什么借呀,我跟你,谁跟谁呀,我们之间还用得着一个借字?我的东西就是你的东西,喜欢的,尽管拿去,无偿奉送。"

雨庭在电话那头笑得噎了声,半天没有缓过气来,电话里换了个男声:"尉敏,是我。"

尉敏一听,奇怪了:"谢北方?"赶紧又说:"你小子怎么还不过来……"

电话又到了雨庭手里,雨庭说:"我向你借的就是谢北方。"

尉敏说:"你借谢北方干什么?"

雨庭说:"谈恋爱。"

尉敏说:"谢北方会谈恋爱吗?"

雨庭说:"不会,我教他。"

雨庭从副刊调到社会新闻部后,写了几篇文章,矛头直指南州的城市改造和对待传统文化的态度及政策,引起社会的广泛关注,也给雨庭的工作带来些麻烦,一些知晓内情的人,听到雨庭要采访他们,都躲之犹恐不及,尤其是在锦绣路工程这样的重大动作上,除了老百姓愿意实话实说,雨庭很难听到行里人圈中人的真实的想法。现在雨庭盯上了谢北方,不知又要从谢北方那里掏点什么。

想到这儿,尉敏不由得说:"雨庭,我告诉你,谢北方是个老实人,你可别给他惹什么麻烦。"

雨庭反应非常快:"尉敏,这话是你说的吗?我怎么听起来像你哥哥尉敢局长的口气?"

尉敏也知道自己是不犯太岁犯土地,在其他任何问题上,尉敏都是百无禁忌的,但是他过不了谢北方这一关,从他认识谢北方的那一天起,他就被注定永远地要为谢北方考虑。在大学时,同宿舍的人都说他们前世有缘,但关于前世到底是份什么样的缘,却各有不同见解,最平庸的见解就是一对夫妻,但是这种见解,不堪一击,谁都知道,真正从肉体到灵魂都能白头到老的夫妻不多,有人甚至说,有吗?根本就没有!如果前世是夫妻,这世里肯定好不起来。因此有了第二种说法,前世是一对冤家,这世里才好合拍。

平时尉敏可是抓住一切机会巴结雨庭的,但现在为了谢北方,他还是得正经起脸色提醒雨庭："雨庭,谢北方不太会说话,你笔下留点情啊!"

雨庭说："别像个救世主似的,你觉得我是要害谢北方?"

尉敏见雨庭有点生气,赶紧又调侃说："你总不会是因为爱谢北方吧?"

雨庭说："那也说不定。"

这边那自称四段的家伙开始催促了："尉兄,到底怎么说?"

那边雨庭也要挂电话了："别这么小气,我跟谢北方谈一会儿就还给你啊。"

那一边,谢北方看雨庭收起了手机,便赶紧问道："尉敏怎么说?"

雨庭笑道："他说我爱上你了。"

谢北方闹了个大红脸,不知说什么好。

他们正坐在圣典咖啡馆,喝着咖啡,谢北方正襟危坐,等着雨庭的采访,雨庭却迟迟不进入正题,只是看着谢北方,盯着他的脸,谢北方戴着深度的近视眼镜,眼睛近视的人,一般给人的感觉是眼白比眼黑多,谢北方也不例外。

看雨庭光笑不说话,谢北方又小心地问道："尉敏有没有生我的气?"

雨庭说："为什么生气,因为我把你抢走了,还是因为你把我抢走了?"

谢北方说："不是的,不是的,你误会了,他约我下棋,我……"

雨庭又忍不住要笑,说："下棋又不是赶飞机,迟一点去怎么啦?"

谢北方说："迟一点不行的,下午三点我还有事——我要去图书馆查一点资料。"

雨庭说："图书馆?你约了人?"

谢北方想了想,说："约人?我没有约人。"

雨庭不解地看看他："那为什么非要三点去图书馆，图书馆又不是电影院，三点开场，又不是股市，三点收市。"

谢北方说："原先定好了的，定好三点钟去的。本来，我是打算这会儿跟尉敏下几盘棋，到两点半结束，这样到图书馆差不多三点钟。"

雨庭说："不能改一改时间？"

谢北方说："那，那，说好了三点的。"

雨庭说："和谁说好了的？"

谢北方愣了一下，说："没有和谁说好，我自己想好要三点钟去的。"

雨庭还想说什么，已经张开了嘴，却又不说了，停下，仍然盯着谢北方看，看着看着，忽然说："哎，谢北方，我说个笑话给你听。一个女孩喜欢上一个男孩，这个男孩是个特别不开窍的男孩，女孩子偏偏特别喜欢他的不开窍，但又暗暗希望他能够开点窍，表示出一点对她的爱，就寻找一切的机会给男孩子提供方便，但是男孩总是不明白。又一次机会来了，他们夜晚在公园的长椅上坐着，男孩端坐一动不动。女孩说，听说，男人的一条手臂和女人的腰围一样长，你信不信？男孩说，真的吗，可惜今天没有带尺子来。"

谢北方笑了一下，不大相信地说："真有这样傻的人吗？"

雨庭笑着反问："你说呢？"

谢北方认真地想了想，说："我看这是编出来的。"

雨庭又差一点笑喷出来，但不知怎么的，满脸的笑意忽然变成了百般的柔情涌上心头，瞬间，又布满了全身，她忍不住说："你猜，我这时候最想干什么？"

谢北方又想了想，才说："我不知道，但是我想，你约我来采访……"

雨庭到底没有说出她想干什么，但是她忽然就放弃了采访谢北方的想法，对谢北方说："今天不采访了。"

谢北方赶紧说:"那我就过去了,尉敏在等我。"

谢北方这样一说,使得雨庭一下子变主动为被动了,她心里有点难过,但仍然笑着,说:"我已经向尉敏借了你,这段时间你不归他了。"

谢北方也笑了一下:"嘿嘿。"

雨庭报社的两个同事小江和小何,也约了人进来了,看见雨庭在这里,小江说:"雨庭啊,你躲在这里悠闲,老板在大发其火呢!"

雨庭说:"怎么啦?"

小何说:"龚头儿替你挡着呢,要不然早提你回去了,还由得你在这里谈情说爱。"

雨庭没有说话,但是她知道发生了什么事情。她有足够的思想准备。

二

秦重天上午有一点空闲时间,拿当天的日报来翻了翻,就看到雨庭的文章《我们丢失了什么?》,直指锦绣路工程。

秦重天一看,头都大了,这不是火上浇油吗!正好尉敢来了,秦重天拿报纸往他面前一扔:"看了没有?"

尉敢说:"早晨看了。"

秦重天说:"谁叫他们发的?"

报纸可不归尉敢管,别说尉敢管不着。秦重天也管不着,尉敢不好做声,秦重天又说:"这个雨庭什么人?"拿起报纸念道,"人家尽枕河,是旧,但是这个旧,不是愚昧,而是历史,我们今天抹掉人家尽枕河,就是抹掉了历史。水港小桥多,是土,但是这个土,不是落后,而是特色,我们今天拆除了水巷小桥多,就是拆除了特色。"拿报纸对着尉敢扬了扬,好像文章是尉敢写的,"还有什么:每一个城市都有每一个城市的灵魂,南州的灵魂,是小河、民居、园林、古塔有机的统一。如今,数百家房地产公司竞相批租开发世界名城,以图发财,你挖一块,我占一方……哼,什么口气,就他热爱南州?"

尉敢犹豫了一下,知道秦重天的脾气,如实说:"是个女记者,年纪很轻,原来在副刊的,因为文章犀利,笔头子辣,后来调到社会新闻部,跑文化新闻,尉敏跟她熟的。"

秦重天又"哼"了一声,抓起电话,给市委宣传部分管新闻宣传的副部长打电话,说:"刘部长啊,今天的日报看了没有?"

刘部长说:"秦市长,我正要向你汇报呢。"

秦重天知道刘部长的花腔,道:"我注意到了,这个雨庭,已经连续写了好几篇文章,有《园林大门何处去》《主题乐园遭冷落》都是她写的吧?还有一篇《我拿什么来拯救你?》,哗众取宠啊?我倒弄不懂,他们报社汪总啥总的,现在都还审不审稿?"

刘部长的态度始终是和蔼的,说:"秦市长,你的意思……?"

秦重天被他将了一军,本来报纸上发一篇文章,也不算个什么大事,也掀不起什么大风大浪,你秦重天自己兴风作浪,惹是生非,有压力了,就拿报纸来小题大做。秦重天闷了一闷,知道自己有点过分,便收回来,笑道:"没什么,我没有什么意思,今天正好闲着没事,给你刘部长打个电话还不行?问个好吧。"

刘部长也就乘机下台了:"好啊,那我们就互相问好啦。"

挂了刘部长的电话,秦重天肚子里的火更大了,对尉敢道:"你跟尉敏说,叫他跟女朋友说,不要不知天高地厚啊!"

尉敢嘴上说好,心里想,我的妈,尉敏天不怕地不怕,但见了这不知天高地厚的丫头还真有点儿发怵呢。

秦重天发过了火,定下神来,看尉敢坐在沙发上发愣,才觉得有些不对,自嘲地一笑,说:"你是不是在想,尉老爷子到底是我爹还是你爹啊?"

尉敢说:"不瞒你说,我有时候真这么想,自己都想不明白,打娘肚子里出来,就没有人敢对我粗声粗气说话的。"

秦重天说:"不过,我们秦老爷子,倒是不简单哎,乡下老农民一个,养得出我这样大气派高素质的儿子,也不得不令人佩服啊。"

尉敢哭笑不得,不知道怎么去对答秦重天这样的话,干脆言归正传说:"秦市长,胡明光今天下午到,接待上的事情,向你汇报一下。"

秦重天说:"城建部这一头,就看这一次胡明光之行了。"

三

刘部长虽然与秦重天打了打太极拳,但汪总那一头,他还是带了一点语气地打了电话,说:"汪总,秦重天这人,你们也不是不知道,他的脾气在那里。再说,他是有尚方宝剑的人,他没有直接打到郑部长打到田书记甚至打到闻书记那里,还算给你留面子啦。"

汪总气不过,说:"是呀,报纸就等于是个垃圾桶、痰盂,什么人都可以朝里边吐唾沫,还不许擦。"

刘部长说:"那当然,谁叫你干这行的,面对公众,就是这样。"

汪总说:"我想得通,像那些明星,大家都盯着,连个人身自由也没有啊,想谈个恋爱都不敢,非人道啊,但是谁叫他们是明星呢,谁让他们做公众人物呢。"

刘部长知道汪总发牢骚,但既然汪总不直接朝他发,他也乐得只作不知,挂电话前最后说一句:"汪总,你想得通就好。"

汪总哪里想得通,但是想不通又能怎么样,做一个报社老总,每天都是提心吊胆,好像随时都在等待着上面的电话。而且,从来不会有哪位领导看到一篇文章写得好,打个电话来表扬一下,要来电话,就知道报纸又捅娄子了。

汪总这个垃圾桶被吐了许多的唾沫,都容纳不下了,他也得吐出去,也得发泄呀,汪总就找手下发泄,把社会新闻部的龚主任叫来,叫他把雨庭给找回来。

龚主任挺护着部下的,说:"雨庭出去采访了。"

汪总说:"采访,采访了再写一篇"赔我一个南州"?"

龚主任笑了一下,没有说话。

汪总气仍未消,说:"这个雨庭,本来我是看她文章犀利,才调她到你那儿,她自以为了不起了,是不是?犀利不是给我闯祸,更不是让她向秦重天叫阵!"

龚主任说:"那她不敢。"

汪总说:"你看看她写的这个,什么建设中的破坏比破坏中的破坏更坏,因为建设中的破坏是戴着面具打着旗号的,破坏中的破坏,人们可以指责,可以制止,但是建设中的破坏,人们无法指责,无法制止!"

龚主任说:"像绕口令啊。"

汪总说:"你别避重就轻,这事情要看秦重天是不是揪住不放,要是揪住不放……"

龚主任递上一篇稿子,交给汪总。

汪总一看,眉头皱起来:"又是雨庭?"

龚主任说:"汪总不是说雨庭偏激吗,这篇文章,恰好说明雨庭并不偏激……"

汪总一看标题"青烟袅袅随风去",便随便地往下看了一段:在飞速发展的社会中,再守着三桶一炉(马桶、浴桶、水桶、煤炉),再守着一步三颤的楼梯、地板、钻风漏雨的木窗、望砖,那算个什么现代化呢?汪总看了看,停下了,说:"她什么意思?又鼓吹改造了?知道自己闯祸了,想拉点影响回来?"

龚主任说:"这倒不会,雨庭这个人,比较重现实,就是看到什么写什么,较少个人感情色彩,她的主观是跟着客观跑的。"

汪总说:"噢,你这样一说,我倒想起,白市长那天还问起我雨庭的情况……"

龚主任也觉得奇怪:"白副市长?"

汪总说:"是呀,我当时很不明白,后来听出来了,白市长是想给儿子介绍对象呢。"

龚主任哈哈一笑,说:"雨庭名声在外啊。汪总,你怎么对白市长说?"

汪总说:"我敢乱说吗?我只得推托情况不明,等了解了情况再向市长汇报。"

龚主任说:"汪总,本来我不该多嘴,雨庭这个人,年纪虽小,却让人捉摸不透的,多少人追求她,有的看起来非常合适的,很不错的,雨庭却好像铁石心肠……"

汪总说:"龚主任要做护花使者啊?"见龚主任有点尴尬,便笑道,"你说的是,我才不会做什么媒人呢,老话道,媒人伯伯,屁股被打得雪白。"

说罢和龚主任一起笑起来。说实在的,他们都很喜欢雨庭,心底里恐怕都不愿意雨庭早早地名花有主。

汪总看了看墙上的钟,对龚主任说:"一会儿唐市长带客人来参观报社大楼,你别走了,一起陪一陪。"

龚主任说:"这文章唐市长不知有没有注意?"

汪总说:"能不注意吗,比秦市长还积极,早已经来关心过了。"

龚主任道:"唐市长怎么说?"

汪总说:"什么也没说,就告诉我,他正在写文章,希望我这个老总,到时候手下留情,不要枪毙他的大作。"手指了指龚主任,"到时候,文章来了,责编是你啊。"

龚主任心想,我的妈,这两个市长,怎么都是这么难伺候的主哇,正想说什么,总办的电话打过来了,唐市长和客人已经到了。

汪总和龚主任下楼来迎接,邵伟正在一楼的大厅里和撞上的几个熟悉的记者说话,唐朝副市长已经陪着客人自己在转了,报社的大楼是一幢颇有南州特色的建筑,建造的时候,倒也未必有很多的想法,只是觉得在南州造报社大楼,得有些自己的特点,造起来以后,受到了广泛的好评,后来竟然也成为一个参观点了,外地的客人,甚至外宾,要了解南州改革开放或城市建设的成就,都会被请到报社大楼来看一看。

按理说,这是报社的光荣,有人来指指点点,表扬一番,报社上上下下,都脸上有光啊。殊不知同时也给报社平添了许多负担和麻烦。有的时候,参观到这里,已经是午饭时间。你报社能让人家市领导和重要客人饿着肚子离去?赶紧安排用餐。而更多的干脆在客人来之前就定到你报社了,你汪总好事做到底,看了你的楼,再吃你的饭,顺理成章。

所以一开始的时候,听说有人来参观,汪总还小有得意,搞到后来,一听"参观"两字,头就大了,赶紧问什么时间,人家还偏偏愿意在饭前时间过来,为什么?谁让你报社的餐厅那么出色,你还在报上吹你的餐厅如何如何,我们不是来给你捧捧场嘛。

不过今天麻烦不大,参观是下午两点,不会熬到晚饭时间了,汪总追上唐朝副市长,跟在一边,唐朝将他介绍给客人,大家一番寒暄。报社也专门配备了人员,像导游一样地介绍情况,但是今天汪总却要亲自给客人介绍,便走到了客人中间,兴致勃勃地说了起来。

唐朝心里明白,你怕我跟你提雨庭文章的事情,更怕我让你表态,你越是怕,越是躲,我还越是放不过你,回头向一边看周围环境一边往后躲的龚主任招招手:"龚主任,你来介绍吧,我和汪总说几句话。"

龚主任向汪总使了个爱莫能助的眼色,便接替了汪总,唐朝将步子放慢一点,汪总也只得跟着他落后于别人几步。

唐朝说:"汪总啊,怕什么,我吃人吗?"

汪总尴尬地一笑,说:"唐市长说的。"

唐朝也笑了笑,说:"是福不是祸,是祸躲不过。我的文章,可不是快得很啊,你得替我留下近期的版面啊。"

汪总心里暗暗叫苦,秦重天已经就雨庭的文章大发雷霆了,他再紧跟着登唐朝的文章,这不是明摆着向秦重天叫阵吗?虽然唐朝的文章他还没有看到,但是唐副市长的文章想说什么,会说什么,这都是明摆着的,谁人不知,谁人不晓,这不是难煞了他吗?

唐朝见汪总苦着脸不说话,更咄咄逼人地道:"汪总,有什么难处吗?不方便安排版面?"

汪总说:"没有的事,唐市长的文章,我们求还求不到哪!"

唐朝道:"好,汪总,有你这句话就好,我等的就是你这句话!"

汪总只得赔着笑,说:"当然,当然。"汪总一贯的作风,是能躲就躲,不能躲就拖,实在拖不过,到时候再说。既然眼下唐副市长的文章还没有交到他手,他也当然是老路子,先拖了再说,不定唐朝忙起来,突然有个什么紧张的重要的任务,出国啦,去哪里开个长会啦,或者家里有个什么事情啦,不定这文章的事情拖拖就没了,万一拖不下来,稿子真的来了,那就来的时候再说了。

这边,汪总心里千思万想地转着念头,直打鼓,那边龚主任倒已经逃脱了,将介绍的任务又交还给了报社专门介绍情况的人员。龚主任退了出来,回到大厅,他知道邵伟在那里,要过去和邵伟套套近乎。

邵伟一见到龚主任,就是一连串的动作,拍肩,扔烟,称兄道弟,人家都是下面的人给首长秘书递烟递热情的,邵伟不讲这个规矩,他是愿怎么着就怎么着的。当然也不是每次都是他如此主动,他大牌的时候,谁也不如他大牌,但是他愿意迁就的时候,又谁也不如他潇洒。

点上了烟,邵伟又说:"看你们老板,今天愁眉苦脸的。"

龚主任见邵伟主动提了这个话题,赶紧接上去说:"还不都是雨庭那篇文章惹的。"

邵伟心里什么不明白,但他这人有个特点,既然是明白的,就会说出来,不埋在心里,能与人方便时,绝不与人作难,所以虽然他的作风有些另类,但在机关大院,还真有一些人服他。这会儿,一听龚主任的话,邵伟便道:"这文章,我也看了,没什么了不起嘛,是不是秦重天发难了?"

龚主任觉得邵伟就这么个脾气,指名道姓谁都不在乎,但他与邵伟不能比,有所不便,不好直接回答,只笑了一下。

邵伟却又说:"不过,换了我是秦重天,我也生气。"

龚主任想不到唐朝的秘书会替秦重天说话,一时倒也吃不透他,顿了一顿,还是不舍得放弃这个试探的好机会,硬着头皮说:"唐市长也很有看法,他说要写文章……"

邵伟"嘿"了一声,道:"他哪有个空闲,都排满了。"见龚主任一脸疑虑的神色,又道,"除非夜里不睡觉,加班加点。唐市长才不会,唐市长从来认为,一天到晚都在忙的人,绝不是能干的人,恰恰相反,这样的人,不能干,水平有限,只能用比别人多几倍的时间来和别人比能力。"

龚主任想,这话也不能说没道理,但指桑骂槐也太明显了,谁不知道秦重天是个出名的拼命三郎,常常几天只睡几个小时,那么想着,又觉得两个市长之间的关系,关我何事,我还关心自己报社的事吧,虽然报社老板也不是我,但雨庭的文章是我发的,引出麻烦来,也是愧对老板的呀,这么想着,不由得又说:"邵秘书,你说唐市长的文章……"

邵伟见龚主任很拿这事儿当个事儿,摆了摆手,让他放心:"老龚啊,别操心啦,田书记已经和唐市长通过气,锦绣路既然已经开工,一切的争论都停下来,不争论,不回头,关于城市建设和保护的话题尽管说,但是避开锦绣路。"见龚主任愣着,邵伟又加重语气补充道,"这是田书记和唐市长一致的意见!好啦,赶紧去告诉你们老板吧！"

龚主任一听，干脆明人面前不做暗事，赶紧跑到一边，打汪总的手机。汪总一看来电显示，是龚主任的，有些奇怪，明明就在眼前，打什么电话嘛，本来不想接的，但还是随手一按键，便接听了，龚主任在电话里低声说："汪总，没事了，田书记有指示……"

汪总说："你大声点！"

龚主任说："有关锦绣路的问题，不争论，唐市长知道。"

汪总心里顿时一松，说："知道了。"挂断电话，看了看唐市长，心想，你明明知道事情的走向，偏来给我摆迷魂阵，幸亏我经得起考验。

这时候，参观的队伍已经走完了所有的地方，该告辞了，唐朝最后朝汪总挥挥手："汪总，再见！"

汪总也抬手道别，只是觉得，这手臂特别地沉重，几乎都抬不起来了。

四

在咖啡馆那边，谢北方听说今天不采访他了，赶紧要走，雨庭想留住他，赶紧说："我已经向尉敏借了你，这段时间你不归他了。"

谢北方说："那正好，我顺便到书店看看，我要买几本书。"说着就站起来向雨庭道别了。

雨庭心里别别扭扭地目送着谢北方走出去，总想他会再回头向她挥挥手，但是始终没有盼到，在她失望的目光里，谢北方消失了。

雨庭一个人闷闷地坐了一会儿，心里有一种说不清的滋味，同事小江和小何在另一张桌子上喊她："雨庭，过来一起坐坐嘛。"

雨庭心里不痛快，本来不想去凑热闹，但是因为还有别人在场,她也不能太不给小江小何面子,便坐过去了,小江介绍了另一个人,是园林局的工程师张非,雨庭说:"你们在谈什么?"

小江说:"哎,对了,你不是要了解豆粉园的移建吗,可以听听张工程师的说法。"

张非有些答非所问地说:"前一阵,听说那个王博,打算买下豆粉园和扇厂,造公寓造别墅,现在这锦绣路工程一决定,王博的司马昭之心,路人皆知啦。"

雨庭说:"其实,就算没有锦绣路工程,恐怕也不可能卖了豆粉园给他造房子。"

小江说:"前些年,日本人要一个兵马俑,交换条件是帮我们修一条路,也没有同意的,其实……"

小何笑了笑:"你的意思是不是说,卖一个豆粉园的钱,可以修复好几个豆粉园呢?"

张非说:"你们有没有注意到前些时关于《百年敦煌》引起过一场大的争论?一些老专家特别愤怒,说王道士明明是卖国贼,斯坦因和伯希和是来掠夺敦煌文物的,怎么成了功臣?"

雨庭倒是注意过这方面的消息,便点了点头。

张非又说:"有位著名考古学家说,这个案无须再翻,斯坦因是个英国特务。要不他到敦煌、新疆又测绘又搜集地图干什么?谁能说王道士保护和维修文物?他把洞门打开了,把东西都卖了,破坏比所谓的保护要大得多。说他不懂,不懂就可以卖国家珍宝吗?"

小江说:"但是,也有许多相反的意见,比如,有人认为,王道士虽然在保存敦煌文物上犯了许多错误,但是他在保护石窟上的确尽了努力。至于斯坦因,他们说他不像日本的探险家桔瑞那样野蛮发掘和破坏珍贵文物,也不能将斯坦因简单地说成是'强盗',他是在蒋孝琬师爷的帮助下被引到藏经洞挑选文书经卷的,没有这位国学基础深厚的'顾问',斯坦因不可能取得这么大的成就。"

小何说："很有意思的,一方面,说他是掠夺敦煌文物的强盗,另一方面,认为他是把文化当作全人类财富对待的,他是把自己的一生用在人类考古事业上的,连老婆也没有讨。"

小江说："我在新疆克孜尔千佛洞看到许多壁画被外国人铲走了,听说在英国的博物馆里,都完好如初地保存着的。"

小何道："所以有人说,如果当年不是斯坦因拿走,这些东西早就没有了,其实这种说法早几年是根本没有市场的,但是近些年来,市场却越来越大了。"

小江笑道："都是卖国贼腔调了。"他的位置正对着门,这时一眼看到尉敏来了,便向雨庭说,"喂,找你的来了。"

雨庭回头看见尉敏,突然气起来,扭着脸不理他。

小江连忙说："我们跟张工有事要谈。"他和小何、张工一起,主动挪了位置。

尉敏看雨庭生气,也不知何故,又不见谢北方,便小心问道："谢北方呢?"

雨庭没好气地说："尉敏,你那个同学,那个什么谢北方,也算个读书人?"

尉敏说："他怎么啦?他惹你生气了?"

雨庭说："怎么这么死板,不通人情,连起码的道理和礼貌都不懂?"

尉敏突然大笑起来："你才知道谢北方是什么样的人啊,雨庭啊,你才了解他一点点皮毛啊。"

雨庭气道："受不了!"

尉敏说："这就受不了啦,刚才电话里还嘴凶呢,要爱上他呢,你爱爱看。"

雨庭眼里,一下子竟汪出泪水来了。尉敏说："我说你呢,放着这么懂女人疼女人的好男人不理不睬,去跟个木头疙瘩套什么近乎……"

雨庭说:"你凭什么说人家是木头疙瘩!"

尉敏说:"好,好,算我说错了。好了好了,我们不说谢北方了,谢北方,也不是你我随便说说的角色。"

雨庭似乎听出些什么,追问道:"什么?你什么意思?"

尉敏说:"没什么意思,至多就是说嘛,路遥知马力,日久见人心。"

雨庭不依不饶地说:"你触你老朋友的壁脚?"

尉敏说:"我怎么是触壁脚,马力和人心,在这里都是中性词嘛……好啦好啦,说说你的文章吧,你这篇《我们丢失了什么?》现在是家喻户晓啦,刚才弈舍那边,好几个人还提起呢。"

雨庭仍然没好气地说:"你局长哥哥是不是打电话给你了?"

尉敏说:"你错了,他才不会打电话给我。"见雨庭不相信的脸色,赶紧又说,"他太了解我。"

雨庭说:"了解你什么?"

尉敏笑道:"了解我怕你呀。"

雨庭终于也笑了,刚才不好的心情扫去了一些。

尉敏却是意犹未尽,又说:"真的,雨庭,不知怎的,我在你面前,就是低三下四的。"

雨庭说:"你在别人面前总是趾高气扬的?"

尉敏说:"我好像有一种感觉,你是上帝专门派来折磨我的。"

雨庭说:"连上帝都认得你,还专门给你派人来,只能说明一个问题……"

尉敏赶紧问:"什么问题?"

雨庭说:"你了不起。"说着站了起来,道,"我可没有那么多工夫跟你闲聊,我还得干活,养活自己。"

尉敏也跟着站起来,但还在说:"你的意思,是不是嫌我太闲了,希望我的生活充实一点?"

雨庭说:"有这个意思。"

尉敏双臂一举,做出一个欢呼的动作。

雨庭说:"你发什么神经?"

尉敏说:"太好了,开始对我有要求啦!"

雨庭说:"就算是吧,那你就干活去吧。"

尉敏说:"你到哪里去?其实,我帮你干活也是干活,不如我陪你去。"

雨庭说:"不用了,我到豆粉园去看看,晚报的那篇写顾家语和豆粉园的文章,大家很关注,龚头坐不住呀。"

尉敏说:"锦绣路开工,豆粉园是保不住的,我要是顾家的人,不如早作打算,想着怎么抬高条件,多点实惠才是真的。"

雨庭看了他一眼:"你倒是很现实的,但是有许多人,正在为明知是白费劲的事情做着努力。"

尉敏说:"在残酷的现实中,要玩浪漫主义,真是无谓的牺牲。"

雨庭说:"我不认为所有的努力都是无谓的牺牲,也许他们的努力到头来确实是一场空,但是有牺牲就会有收获,不一定是付出的人收获……"

尉敏笑道:"那就让别人去牺牲去付出,让我们去收获吧。"

雨庭说:"去你的!别把自己装扮得那么酷好不好,我走了。"

尉敏再问一遍:"真的不用我陪?"

雨庭说:"不用。"

尉敏说:"那好,我要去冲关了。"正说着,尉敢的电话又打来了,尉敏朝雨庭扬了扬手机,说:"你看,这一阵,我老哥老是打电话求我,我时来运转,也能为党和国家作贡献啦。"

五

尉敢托人收了几幅画,请一些行家看过,但始终不能确定真伪,因此也迟迟不敢动作。

看过这几幅画的人,都坦率地说,难,难说,尉局长,你最好请黎江川过过目。

尉敢也知道黎江川是位高手,别说南州,就是全省全国,提起黎江川,圈里人都认。这是一位鉴定天才,无论什么东西,到他手里,一眼定乾坤,而以黎江川的年龄和阅历来说,他是难能有如此的境界的,因此"天才"的说法就被大家广泛地接受了。

但是黎江川脾气古怪,第一古怪在于他是鉴赏行家,自己却不收藏;第二,这个人很不好相处。尉敢也曾经几次转辗托人,想请黎江川对他手中的东西作一点鉴定,但是都被黎江川拒绝,尉敢碰了几鼻子灰,最后只好找他最不想找的人——弟弟尉敏。

尉敏当然是乐意的,他和黎江川称兄道弟,这一点也是尉敢对自己的弟弟永远捉摸不透的地方。在尉敢眼里,或者说以尉敢对弟弟的了解,这是一个脱头落襻的对人对己都缺乏责任心的人,但是偏偏尉敏能够有那么多的朋友,其中虽然也有不少像尉敏一样的落拓不羁之辈,却也不乏一些出类拔萃的人物,比如黎江川,就是其中的一个。

地点约定在清幽茶社,茶社有一些小而雅致的包间,尉敏将尉敢和黎江川引进包间,自己退到门口,说:"这是情人约会的地方,你们在这里,很安全,有好东西,尽管拿出来欣赏。"说着便带上了门。他和茶社老板亦是老交,自会去和他们吹牛玩儿。

尉敢向黎江川笑笑,黎江川与他想象的不大一样。这个人长得很一般,感觉不出有什么异相,加之头发短短的,更显得平常。黎江川并不说话,尉敢也知道黎江川的脾气,知道不必用什么开场白,不必绕圈子,就直接地将画拿了出来。

一共三幅:张大千的《嘉藕图》,齐白石的立轴《紫藤》,八大山人的《花卉图》。

尉敢的心情很紧张,这几幅东西来之不易,花了很长时间才物色到,又想尽办法才收来的,更重要的,这几幅画的用场太大太大,如果是假的,经济上的损失先不说,尉敢的希望、秦重天的希望,可是全部寄托在这上面。

黎江川的异相这时候才表露出一些,他的眼睛片刻间闪烁出异样的光泽,他的手微微地有些颤抖,深深地吸了一口气,接过其中的一幅,张大千的《嘉藕图》,漫不经心地展开,甚至都没有用正眼看,画展到三分之一,他的动作就停止了。

尉敢心里一阵空荡,知道完了。

接着是第二幅,八大山人的《花卉图》,与第一幅一样,黎江川只看了不到一半,就往回卷了。

只剩下最后的希望了,尉敢甚至不再敢去看黎江川的动作,不再敢看他展开画轴的动作,更不敢看他的面部表情。

说时迟,那时快,只见黎江川突地站了起来,手一扬,整幅画"哗"的一下挂了下来,黎江川只说了三个字:"就是它!"然后轻轻地将画搁在桌子上,无声无息地走了出去。

事后尉敏告诉尉敢,黎江川说,有这齐白石,赔上十件假货也值了,遗憾的是,少一只虫子。如果齐先生画《紫藤》的那一天,兴致来了,随手几笔弄上一只虫子,蜻蜓也罢,蝴蝶也好,哪怕是一条毛毛虫,这《紫藤》可又是另外一回事了。

只不过,尉敢目前,也只能要这幅没有虫子的齐白石,倘若真多了个虫子,他还真怕人家不敢收哪。

黎江川不要尉敏送他,独自走了,尉敏转身进了茶社的包间,尉敢还在小心翼翼地卷画,尉敏说:"哥,黎江川帮了你大忙,你怎么回报?"

尉敢盯了尉敏一眼说:"他这么说?"

尉敏说:"你不知道他是黎江川吗,黎江川会说这样的话吗?"

尉敢毫不客气地说道:"那是你替他要的,要了给他,他会接受吗?接受了他还是黎江川吗?"

尉敏忽然做了个手势,尉敢看得出他是在说这幅画的价值,没有理他,又说:"那是给你自己要的介绍费?"

尉敏说:"哥,你也太小看我了,你敢拿出多少介绍费来啊?黎江川的姐姐住在锦绣路……"

一听锦绣路三个字,尉敢就跳了起来:"尉敏,我再跟你说一遍,你别跟我提锦绣路,锦绣路的事情,政策明确,分工明确,该找谁找谁啊!"

尉敏说:"你是副总指挥,不找你找谁?"

尉敢拿了东西就往外走,尉敏说:"你过河拆桥啊?你不是弄了两件假货吗,你就不想再弄真货了?据我了解,一幅齐白石可不够你用的,你又不能把《紫藤》撕开来几个人分分。"

尉敢停下了脚步,顿了一顿,说:"黎江川的姐姐什么情况?"

尉敏说:"187号王禹琳故居的,婆婆小叔子小姑子一大堆都住在老宅,现在给分得少了,分不开住。"

尉敢说:"少多少?"

尉敏说:"具体的,我不知道,我又不是个愿意管琐碎小事的人,区拆迁办知道情况。"

尉敢说:"政策有硬性规定的……"

"政策是人定的嘛,"尉敏指指尉敢手里的东西,"你这不就是政策?"

尉敢下意识地将抓着画的手往后面一缩,说:"这个事情太难弄,那么多拆迁户眼睛盯着,弄不好要出大事的,本来群众情绪就不好,容易冲动,你难道没听说,都贴出'我党救我'这样的标语来了,如果政策再不公……"

尉敏说:"我的哥,这可不是我的事情,我又不是干部,你是干部,秦重天是干部,政策的事情、群众的事情得由你们解决啊。"

尉敢想了想,最后说:"这事情我得请示秦重天。"

尉敏高兴地拍了下尉敢的肩:"这就对了,这事情有希望!"

尉敢又看了尉敏一眼:"你这么看秦重天?"

尉敏说:"你怎么看?"

尉敢没有说话,摇了摇头。

六

今天是星期三,放学放得早,秦独钟又绕到王依然上班的心理卫生学会来看看。如果没有什么会议和特别的工作,平时一般就是王依然和另一位工作人员两个人在。女儿过来,总是要老三老四地对心理问题发表一点自己的看法,有时候,王依然觉得女儿纯粹是胡说八道,但也有的时候,听一个中学生谈谈他们对心理问题的看法,也是有所启发的。

秦独钟手里拿着一张报纸,进来就扬一扬说:"老妈哎,我给你念报。"

王依然说:"又疯什么。"

秦独钟念道:"女人的年龄:十五至二十岁的女人,像非洲,一半还是旷野,纯纯的;二十至三十岁的女人,像美国,拥有成熟女人的味道;三十至三十五岁的女人,像印度和日本,很成熟很博学,非常迷人;三十五至四十岁的女人,像法国,被战争摧毁了一半,但仍很性感;四十至五十岁的女人,像德国,失去战争,却没有失去希望……我的妈,太精彩啦!"

王依然没有听得很仔细,说:"什么几岁几岁的。"

秦独钟又说:"四十到五十岁的女人,失去了战争,却没有失去希望! 老妈,你哎,你看人家说得多棒,失去了战争,你和我老爸,是不再吵架了,但是你没有失去希望哎!"

王依然说:"你什么意思?"

秦独钟摆了摆手说:"老妈你别打岔,下面还有更精彩的,往下听……"

电话响了,秦独钟手快,撂下报纸欲去抓电话,但就在伸手的一刹那,机灵的丫头将手一缩,说:"找你的。"

王依然说:"你怎么知道?"

秦独钟说:"老妈哎,你这脑瓜子也太老实了,这是在哪里啊,难道会有人找我?"

王依然接了电话,是夏同打来的,夏同说:"我这儿有个顾客刚刚走,说不定会到你那里去,我先告诉你一下。"

王依然说:"什么人啊,这么神神秘秘的?"

夏同说:"九十高龄的一位老人,叫吴一拂,是个,唉,怎么说呢,反正是怪人一个,一定要和你谈谈古典文化中的心理研究,也不知这是个什么东西,有没有这一门学问……"

王依然道:"他怎么找到我的?"

夏同说:"你一定以为是我出卖了你,别冤枉好人,他说他在我店里见到过你,一见你就认定你是'依然热线'的主持人,我有什么办法,我又不能说你不是。"

王依然一搁下电话,秦独钟就赶紧继续往下念:"妈,听下去啊,五十至六十岁的女人,像俄罗斯,土地很广阔也很静谧,但是没有人想去那里;六十至七十岁的女人,像英国,有着光辉过去,却没有更光辉的未来;七十岁以后的女人,像西伯利亚,大家都知道在哪里,却没有人会去。"

王依然笑道:"现在的人,真是什么都想得出来。"

秦独钟说:"你不能不承认人家说得有道理吧?哎,德国老妈,再回到你这里,你还有希望啊,要抓住一切机会,不要等到了俄罗斯,就晚啦。"停了一下,又说,"不过,老妈你也别太着急,你还毕竟刚刚走进德国呢……"

王依然拿这个女儿没办法,却也不想就这么败给她,便说:"你去看一个电影《谁说我不在乎》,那个女儿,很像你,对什么都不在乎,但是当她的爸爸妈妈真的要离婚时,她又是要自杀,又是出走,无所不用其极了。"

秦独钟"哼"了一声,说:"我看过,那是一个口头革命派、伪现代派。"又皱了皱眉,说,"没劲!走了!"话音未落,人已经走了。

过了不多久,秦重天的车停在学会门口了,司机小钱进来说:"王老师,秦市长让我来接您。"

王依然说:"不是说要到下晚吗,这么早就……"

小钱说:"秦市长说,有些事情先要跟您商量一下。"

今天的事情,对于秦重天来说,确实非同小可,为了请动王依然出场,秦重天几天前就特意排空了一天晚上的时间,请王依然去玫瑰餐厅吃了一顿饭。

玫瑰餐厅是一家老派餐厅,海派风格的,开了很长时间了,在南州城,这样的餐厅独此一家,有人也曾经想模仿这样的海派的老式风格,但开出来都是好景不长,唯独玫瑰餐厅不愠不火地存在了几十年。

玫瑰餐厅的特点与现在红火的大规模餐饮经营恰恰相反,现在开出来的大饭店,一来就是几百桌的场面,包厢都是几十间,每个包厢也不再冠以优美的富有个性的名称,干脆配上号码,弄得进餐馆吃饭像进旅馆的房间,205、318,大家也习惯,反正就是一个吃,吃的是酒文化,吃的是食文化,吃的是人文化,包厢叫什么名称,不是问题的关键。

但是玫瑰餐厅不一样,它几十年一直只有不足一百平方米面积,而且,在这不大的面积中,他们的座位安排得相当宽松,桌与桌之间的距离,要比一般的餐厅远得多,而且没有一张大圆桌,全都是小小的方桌,一般只供两个人用餐。每个桌上每天都放有新鲜的玫瑰,背景音乐永远是经典的钢琴曲,菜是少而精,收费很高。

秦重天和王依然的第一顿饭,就是在这里吃的。那还是二十年前的事情,他们都在上大学,兜里没几个钱,王依然也是无意中说起,听说城西有一座玫瑰餐厅,从来没有客满的时候,也从来没有没有客人的时候,秦重天听了,就往心里去了,跟同学借了钱,请王依然来吃了一顿。说实在的,吃的东西并没有给他们留下很深刻的印象,洋派的海派的风格也并不是他们特别喜欢的风格,但就是因为玫瑰餐厅永远坚持自己的风格,使他们觉得挺够意思的,就冲着这个,他们后来又来过多次,一直到结过婚,生了孩子,就来得少了。

那天晚上王依然到的时候,秦重天已经来了,他在里边向她招手,桌上仍然是新鲜的玫瑰和温馨的烛光。王依然的心思,在一瞬间甚至有些飘忽和迷离,在飘摇的烛光里,她眼里的秦重天,还是那个风华正茂的同学少年。

但是等到她坐定了,心思稳定下来,她才明白刚才那一瞬间的感受,是再也不会回来了,她已经从秦重天的表情和气息中,感觉到自己误会了,秦重天并不是来寻回失落的什么,他是要找她谈事情,而且是很重要的事情,才特意做出这种姿态的。

果然,秦重天不等上菜倒酒,就说起来了:"依然啊,有件事情,一定得你帮忙啊!"

王依然平静地等着他的下文。

秦重天的声音像一股强烈的冲击波冲击着安静得连空气都像是凝固了的餐厅,因为环境的压迫,他已经够压低声音了,但仍然有嗡嗡的回响:"我找到胡明光了!"

秦重天一点也不掩饰自己的兴奋,也不太在意王依然的反应和态度,继续说:"本来我和尉敢要赶去北京见他的,但是恰巧过几天胡秘书要回南州,这样,我们就在南州接待他了,到时候,你得出个场……"

王依然说:"你们工作上的事情,扯得上我吗?"

秦重天说:"谁说是工作上的事情,纯属老同学、老校友聚会。"

王依然笑笑,说:"好吧。"

秦重天没有想到王依然这么干脆就答应了,高兴得一口喝干了杯中的酒,服务员替他斟酒的时候,秦重天说道:"谢谢夫人!"

几天后,胡明光如约来到了南州,王依然也如约来到了秦重天宴请胡明光的饭店。秦重天果然已经等在包厢了,服务员端上茶,就退了出去,王依然说:"说好的,就陪一顿饭,其他事情别再找我……"

秦重天笑了:"真是心有灵犀啊。依然,老话说,送佛送西天,帮忙帮到底……"

王依然道:"又有什么花样?"

秦重天说:"听说你这位同学,别无他好,喜欢收藏,我准备了一幅画,齐白石的,绝对真货,黎江川看过的……"

王依然说:"你不怕犯错误,尽管自己送给他。"

秦重天摇摇头:"就怕我送不上,过早地暴露了自己,反而坏事。"

王依然道:"暴露我没事,你忘了我是你太太,法律上……"

秦重天笑道:"什么话呢,法律上的太太?"

王依然说:"至少形式上……"

秦重天又哈哈一笑:"形式上?怎么,没有内容,只是形式上……"但是这话只说到一半,就停下了。

王依然却不依不饶:"你说呢?"

秦重天非常尴尬地喝了一口水,掩饰着自己情绪的低落。长期以来,秦重天几乎把所有的精力都投在工作上,除了工作,还是工作,他没有了其他任何欲望,也没有了任何的冲动,夫妻间的性生活已经到了很不正常的地步,王依然不好直说,秦重天心里明白,但是明白又能怎么样,心有余而力不足。此时此刻,王依然又提了起来,秦重天觉得很窝囊,不甘心被老婆瞧不起,鼓了鼓气说道:"难怪人家都说,优秀的女人是给人看的,不是给人娶的。"

王依然说:"你认为我是优秀的女人?"

秦重天说:"你若不优秀,世界上还有优秀的女人吗?"

王依然说:"那你现在离婚还来得及,再去娶不优秀的女人。"

秦重天觉得压过王依然了,因为王依然也沉不住气了,他得意地笑了笑说:"你开什么玩笑,见过我这样的干部离婚的吗?"停顿一下又说,"除非老婆是腐败分子。"说完更是开心得哈哈大笑。

王依然也笑了笑,但是她心里却想哭。

秦重天道:"好了,好了,废话少说了。今天那个东西,可是至关重要的,胡明光收下了,事情就成了一大半,你懂吗? 不过,你也别有什么顾虑,你是以老同学的身份,再说了,也不是让你在吃饭的时候送,今天的饭,黎江川也会来的,当然不是直接地进入到我们的饭局里来,到了一定的时候,话题引上去,就有时机了。"

王依然说:"你很有把握。"

秦重天:"不打无准备之仗嘛。"

王依然想了想,又说:"这个黎江川,不是很疙瘩很古怪的人吗,竟然愿意来替你做这样的事情?"

秦重天说:"再疙瘩再古怪的人,他也是人啊!"看了看王依然的神情,觉得事情差不多了,又道,"到时候,话题扯上去了,你的这位老同学不定也无心吃饭了,尉敢会引他到聚古轩去看看,你就可以见机行事了。"

王依然知道自己无法拒绝,只能接受,但她摇了摇头,叹息一声说:"机关算尽……"

秦重天笑着接过去:"……太聪明,反误了卿卿性命。"说着咕嘟喝了一大口水,抹了一下嘴,又说,"老婆啊,今天的事情,实在是至关重要,过几天,许部长要去美国,据我们了解,许部长和顾家语很有交情……"

王依然说:"胡明光又不是许部长。"

秦重天说:"你怎么不明白,现在哪位首长不是听秘书的?"

王依然说:"小佟也听你的?"

秦重天说:"唉,我就另当别论啦,命苦哇,熬到头发都白了,也还没熬到个一切听秘书吩咐的级别,要熬到那一级,可就省心了。"

王依然说:"你会有省心的一天?"

秦重天说:"你是臭我没有当大首长的那一天吧?哎,言归正传,今天可要看你的啦,豆粉园的问题,在此一举啊!"

王依然说:"这一举我看是悬,就算你能打通胡明光,就算胡明光肯为你说话,许部长真的能被胡明光牵着鼻子走?就算许部长真的听胡明光的,顾家语又会是什么态度?他跟许部长再老交,在豆粉园的问题上,也能全听许部长的?这一关一关的,还不知会卡在哪儿,不是太悬空的事情吗?"

秦重天说:"那你说说,我们这些年来干的事情,哪一件是十拿九稳才干起来的,哪一件不是悬着空就干起来的?一关一关不怕,就怕不去冲这些关。"

王依然心里觉得不痛快,喝了点茶水,闷着。

秦重天忽然想到了什么,关照道:"你一会儿可别说自己在捣鼓心理卫生什么的啊。"

王依然说:"为什么?"

秦重天说:"怪里怪气的,跟你的身份不符合。"见王依然要辩解,秦重天摆了摆手,说,"对了,再透露一点你这位老同学的情况吧,比如说,当初他追过你没有?"

王依然说:"你是不是觉得自己有点无耻?"

秦重天说:"何止是有一点。"

王依然脸色沉下来,一脸拒绝再说话的意思,正好这时候,领班进来报告秦重天,尉敢引着胡明光已经到了大堂,秦重天一下跳起来,见王依然不动,便去拉她,王依然想抗拒,但终究没有抗拒,只是甩开了秦重天的拉扯,和秦重天一起出去迎接胡明光。

胡明光一见到王依然,上前就拥抱了一下,边拥抱,边拍着她的背,高兴地说:"哎呀呀,他们告诉我,今天会有一个意想不到的人物来,我猜呀猜呀……"

王依然笑道:"就是没有猜到我。"

胡明光说:"王依然,良心话,我当然想猜是你,但是又哪里敢猜是你啊!"

胡明光矮矮胖胖的,但是因为有些发福,又有些架子,身材反而显得高了。王依然说:"你好像长高了。"

胡明光做出一副痛不欲生的怪样子:"唉唉,二十年前,就是因为身高,我成了伤心欲绝的少年维特……"

大家都笑起来,胡明光这才想起和大家一一握手,说:"不好意思,不好意思,看到当年的梦中情人,忘乎所以啦,重色轻友,重色轻友。"

秦重天心里有些无可名状的滋味,但他还是和尉敢交换了一个会意的眼色,这个胡明光,也许不太难办。

就座以后,胡明光的话题又回到王依然身上,侧过头紧紧盯着王依然,说:"王依然啊王依然,你怎么弄的,跟我二十年前见你一点也没有老啊。"

王依然说:"你可是跟当年不一样了啊。"

胡明光说:"是吗?当年我怎么样的?"

王依然说:"我印象中,你不大说话,闷闷的。"

胡明光又开心地大笑起来,秦重天在一边想,完全是一副大秘的派头,肯定不是假冒伪劣,假冒伪劣,装不成这么像。

胡明光说:"那时候,你像天上的仙女,在我们这些癞蛤蟆面前飘呀飘呀……"

上酒了,服务员轻声问:"请问这位先生?"将几种酒递到胡明光跟前。

胡明光说:"喝白的。今天高兴,喝白的,秦市长啊,听说你好酒量,今天怎么说?"

秦重天说:"舍命陪君子,当仁不让。"

胡明光看了看王依然,王依然说:"我不行的,我最多只能喝一点红葡萄酒。"

胡明光说:"那怎么行,男女不平等嘛。"

秦重天对服务员说:"给这位女士也上白酒。"

胡明光又笑了,王依然心里不舒服,但是她不会表现出来,脸上仍然笑眯眯的。

胡明光说:"王依然啊,有句话我可是埋在心里二十年啦。"他说着,眼睛里真的蒙上了一层迷雾般的蒙眬,"淡黄色的雨伞,你那时候,经常打一把淡黄色的雨伞,从男生宿舍楼下经过……"

王依然有些讶异,说:"淡黄色的雨伞,我有那样的伞吗?"

胡明光再次大笑起来:"你看看,自己都忘记了,那么多暗恋你的老同学可不会忘记啊!"

酒还没有喝,这个胡明光已经这么潇洒,再弄半斤白酒下去,他不定会成什么样子呢。秦重天心里有些窝囊,胡明光当着他的面,老是这么对王依然没完没了,秦重天有些受不了,但是,这不正是他需要的、正是他期待的、正是他一手策划的吗?

胡明光完全不明白,或者他根本是明白的,而是完全不在乎秦重天心里的矛盾,也或者他完全是有意顺着秦重天的安排在走?胡明光继续说,但这回是对着秦重天说了:"后来,听说王依然被一历史系的老古董摘去了,全体男生差不多都想跳楼啊。"

大家笑着。

胡明光说:"我那时候住的二楼,总觉得太矮了,怕跳下来伤不着自己呢,就没有跳,啊哈哈……"

王依然不得不说话了:"胡明光,你说的,我听了很高兴,但你也太夸张了。"

胡明光却认真起来:"一点也不夸张。秦市长啊,现在看来,王依然还真是独具慧眼的啊,什么历史系的老古董,出息成叱咤风云的大市长啦,王依然啊王依然,现在我们都无话可说啦!"

这总算为秦重天找回一点面子,这也说明胡明光完全懂得,也非常在意秦重天的心思。秦重天现在明白过来,胡明光是个聪明过头的人,加之特殊的身份,这个角色是不易对付的。他又和尉敢交换了一下眼色,尉敢也敏感到了,他们迅速地改变和消除了一开始对胡明光的错误印象,他们需要十分认真地对付他。

胡明光确实是个能收能放的人,开始大谈王依然,盯住不放,给人的感觉,这一餐晚饭,就是王依然论坛了,哪知胡明光说收就收了,几杯酒下去,胡明光已经在谈跟着首长走南闯北的经历了。

胡明光跟的这位首长许部长,原先在本省工作,后来几经调动,去过外省,又调进北京,又出北京,最后又回北京。

胡明光谈笑风生,跟当年在中文系啃古文死背"路漫漫其修远兮,吾将上下而求索"的胡明光已经完全不是一回事了,王依然忍不住说:"胡明光,你当初是分到学校去的吧,后来怎么会走进政界了?"

二十年前,胡明光被分配到一所县中学做语文老师,许部长还是分管教育的副市长,有一天许市长灵感突至,离开岗位,到下面学校去实地考察调研三个月,就定在胡明光所在的县中。许市长不带秘书,希望校方提供一位年轻的老师给他做助手,这下校长为难了,不知道推荐谁才好。许市长对校长说,你把教师名册拿来。名册拿来了,许市长闭上眼睛,用手一点,便点到了胡明光的名字。当时许市长睁开眼睛一看,念道:"胡明光?就他了。"

校长有点哭笑不得,支支吾吾的,想说什么,许市长摆了摆手,说:"哪怕他是个白痴,跟着我,也会聪明起来。"

胡明光这一跟,就是二十年。如果一定要叫胡明光说出里边的因缘,胡明光只能说一个字:命。

胡明光的酒量很大,秦重天、尉敢几个人轮番进攻也难不倒他,秦重天几次向王依然暗示,要王依然敬他的酒,但是王依然看着杯中的白酒发愁,倒是胡明光主动向王依然敬酒了,他向服务员另要了一个小杯,加上雪碧,递给王依然,说:"王依然,你以为我忍心让酒辣着你啊?"

王依然很意外地接过雪碧杯子。

胡明光又说:"只要感情深,不管假与真。"说着喝了自己杯中的酒,又拿过王依然的那杯白酒,也喝了。

王依然很不过意地"哎"了一声。

胡明光说:"你别不过意,酒是我最喜爱之物,对你来说,喝酒是受罪,对我来说,喝酒是享受,我有得享受,为什么不享受?"

一句话,说得王依然几乎要掉眼泪了。

胡明光看了看王依然,说:"哎哎,还是那么多愁善感呀。"又向秦重天笑道,"秦市长,王依然不能喝的酒,你喝!"

秦重天说:"我喝!"

抓起杯子咕咚一口下去了,王依然"哎呀"了一声,说:"医生让你少喝点酒。"

胡明光道:"这太不公道啦,我替你喝,你却心疼他。"说着自己笑起来,"那是当然,这就是女人啊。"

话题就引到了女人身上,胡明光借着酒,说话特别放得开:"女人是个谜,这话你们信吗?"

尉敢说:"信,女人难懂,确实难懂。"

胡明光问王依然:"王依然,你说呢?你自己说。"

王依然是不会在这种场合谈说这样的话题的,便笑了笑,说:"我不知道。"

胡明光说:"你不说,我来替你说。女人其实不是谜,女人最好懂,一个字就能对付。"

好几个人都等着胡明光的下文。

胡明光说:"哄。一个哄字。"

大家哄堂大笑,连旁边侍立着的服务员也笑了,胡明光笑着向她们说:"你们可别向你们老总报告,说秦市长的客人谈女人啊——对不起,酒后失言,酒后失言……"

服务员继续替胡明光加酒,胡明光说:"好啊,你们替我加酒加这么满,替你们秦市长加的时候,总是欠那么多,你们就那么怕秦市长啊?"

服务员光是笑,不回答。

胡明光说:"我们继续说我们的话题吧。我的这个经验,是我老婆告诉我的,还是很年轻的时候,刚结婚不久,因为常跟首长出差,老婆还不能适应,所以一般到了一个地方,总要先打一个电话报告一下,但是有一回,出去很不顺利,心情很恶劣,就没有给老婆打电话,回来后老婆跟我生气,我不知道为什么,就问,问了半天,老婆才说出我没有给她打电话的事情,我就老老实实地说,我那天情绪很坏,实在不想给你打电话,我以为我说的实话,老婆会体谅我的,哪知说了这话,老婆更伤心,哭了半夜,说,你为什么要说不想给我打电话,为什么不能说是不方便打,你尽可以编一个公家的理由出来,你是跟首长的,常常没有自己的自由,这我能理解,你完全可以强调客观,为什么偏要说不想给我打电话?我说,那我不是骗你吗?老婆说,我宁可你骗我,也不要你说让人伤心的实话!"胡明光说到这儿,忽然停下来,紧接着"哈哈"一笑,道,"突然地,在我心里打开了一扇窗,女人的谜,从那时候我就解开了。"

尉敢笑道:"噢,女人就是要听谎言?"

胡明光说:"问王依然吧。"

大家都在笑,王依然的心却被胡明光的这个故事打动了,胡明光的通达,将他刚刚出现时给王依然带来的不太好的印象一扫而光。王依然下意识地看看秦重天,发现秦重天在走神,他根本就不在听胡明光说什么,王依然心里涌起一阵悲哀。

秦重天确实在走神,他想的是什么时候将黎江川引进来最合适,宴会已经进行了大半,话题还没有引到秦重天想要走的路上,秦重天有些着急了,一时感觉无法上路,但眼睛一抬,看到包间的墙上挂着一幅南州一位已故老书法家的字:"弦已生尘"。

秦重天问服务员:"这是妙翁的真迹吗?"

服务员不大懂,没有回答,却引起了胡明光的兴趣,他只看了一眼,便说:"仿的。"

秦重天立即凑上去:"胡秘书对妙翁这么熟啊?"

尉敢也抓住时机插嘴道:"听说胡秘书是这方面的行家啊……"

胡明光说:"哪里哪里,只是业余爱好罢了,三脚猫……"他可能感觉到些什么,便停了下来,说,"对不起,要去方便一下。"

尉敢说:"我陪你去。"

胡明光笑道:"怎么,觉得我喝多了?"

尉敢说:"哪里哪里,胡秘书什么量。不瞒您说,我也急了。"

尉敢陪着胡明光从洗手间出来的时候,突然看见了黎江川,尉敢高兴地喊了一声:"黎江川,你也在这里!"

黎江川微微地点了点头。

跟在后面的胡明光一听"黎江川"三个字,眼睛一亮,忍不住问:"黎江川?哪个黎江川?"

尉敢说:"胡秘书,介绍一下,这位是……"

胡明光已经等不及尉敢的介绍了,一下子兴奋地握住黎江川的手,说:"不用介绍了,不用介绍了,黎江川!你就是黎江川!久仰久仰!"

第 6 章

一

　　开始动迁的锦绣路乱成了一团糟,一部分居民开始搬家,那是大喊小叫,一片混乱,另一部分居民还在讨价还价,尚未达到双方满意的结果,在最后规定的时间即将来临的时候,他们仍然稳坐钓鱼台,反正我不犯法,也不搬家,你奈我何?该上班的上班,该吃饭的吃饭,你急我不急。另一边,最早的工程队已经开进来,挖路排管道,推土机、挖掘机、运输的大卡车,轰轰烈烈。

　　掘起来的部分石条石块,有的已经有近百年的寿命了,一一被早就排队等候的买主买去,沿锦绣路的一些小巷,虽然近些年也早已经铺设了六角水泥砖,但尚有几条走不进车马的狭小的深巷仍然青砖铺地,现在这些青砖,更是抢手货,最远的是外省的一个小镇,听说南州拆迁锦绣路,早早地派人守在这里了,他们要将青砖石条运回去,在他们那个历史并不长的小镇上,造出一条古街来,发展旅游业。

　　一场春雨又很不是时候地下来了,搞得锦绣路一片泥泞,行人怨声载道。

　　锦绣路是一条特殊的街道,涉及两个区,为了使拆迁工作做得更细更具体,在总指挥部下面,又由两个区各自设立区拆迁办公室,管着各自地界上的居民动迁问题。

古塔区拆迁办就临时设立在原来的锦绣路街道办事处,因为办事处的地点,属于三批搬迁中最后一批的位置,拆迁办至少可以在这里待上一段时间,同时,临时的办公室正在搭建,一旦到了规定时间,推土机是只认命令不认房子的。

区拆迁办主任张社头疼得要命,踩着泥浆水,进了办公室,他的副手老刘一见他进来,苦着脸说:"尉局长电话又来催了。"

张社有些气急败坏:"他要我们做这样的事情,他自己为什么不来?"

老刘说:"尉局长说,他那边脱不开身,要我们今天上午一定拿出方案,向他汇报。"

张社一屁股坐下来,说:"他怕得罪群众,我们就不怕?"

老刘说:"包家的人也太不是东西,八字还没有一撇,自己倒先吹出去了,叫我们怎么做工作?"

张社说:"你告诉尉局长没有?"

老刘说:"我告诉他,他哪里要听,根本不听,只是要我们定了方案赶紧汇报。"

张社不再说话了,闷着头,一口接一口地抽烟,老刘等了半天,催道:"张主任,怎么办?今天的会还开不开?"

张社气鼓鼓地说:"开,怎么能不开,官大一级压死人。"停顿一下,又说,"你先通知下去,一小时后开会,我再到187号看看去。"

老刘便抓起电话通知开会,这是尉敢亲自布置的事情,是个难题,要给包家多分一个小套。

张社沿锦绣路走着,心里又乱又慌,锦绣路沸腾了,混乱了,它不再安宁,不再平静,它彻底地失去了往日的风范。

锦绣路187号的王禹琳故居,是南州市的控制保护古建筑,这座清代的状元府第,是一座典型的古典庭院,建于清朝嘉庆年间,近两百年的老宅,如今已是疮痍满目了,如同一位年迈体衰的老人在风雨中苦苦支撑着。由于年久失修,房屋长檐下沉,房间地板朽烂,一些砖雕木刻也早已经毁坏,大院败落,旧宅摇摇欲坠,无法接通进水管下水道,更不用说煤气管道,几十户居民一直守着三桶一炉的日子,这是南州古城最老的风景线。

大家都在呼吁保护和抢救,但是住在旧宅里的居民,他们每天仍然和前一天一样地过着平平静静的日子,除非是在雨季,他们会有些乱方寸的。锦绣路的地势很低,一下雨,许多老宅都要进水,他们会手忙脚乱一阵,等到雨季过了,水会退的,他们的日子又恢复了平静。

改造王禹琳故居的计划已经排了好几年,但是一直没有开工,所以到后来居民们也不去想它了,他们晓得的,有些事情,想也是想不来的,不想也罢。

张社终于走到这座老宅门口,多年来,他无数次经过这里,也无数次抬头看望这老宅的建筑,但仍然是看不够,现在他又来了,他仍然看着王宅门楣上的字,再一次不由自主地念出声来:忠厚王家。

有一个年轻的民工经过,他也看了看这门楣上的字,笑了笑,说:"忠厚王家,他们家很忠厚的吗?"

"也许吧。"张社说,"这是从前的事情啦。"

民工仰着头细细地看了一会儿,说:"这是一个砖雕门楼,是不是?"

"是的。"张社回答的时候,内心真有隐隐的自豪感,好像这门楼是他家的。

细砖雕刻,砖有多细呢,细得如粉捏成的。雕刻有多精呢,雕个人物,人物就是活的,雕个动物,动物就是真的,雕朵花,这朵花是鲜艳的,雕棵树,这棵树是有生命的。门楼上,层层叠叠地雕刻着各种各样的传说,文王访贤、郭子仪拜寿、三国里的故事、八仙、鲤鱼跳龙门、牛郎织女,再就是象征幸福、象征长寿、象征吉祥的种种图案,蝙蝠、佛手、麒麟、鹿、牡丹、菊花……民工是高中生,他有一点文化知识,他仰头看着砖雕,头颈都酸酸的,他的心里很感叹,唉唉,民工想,城里人到底是城里人啊。

现在,这些东西,一切的一切,都要随着一个"拆"字化为灰烬堆为废墟了。

张社心里凄凄凉凉的,他是拆迁办的主任,他的这种情绪,可不能随随便便地传递出来,去影响别人。话说回来,住在这里的居民,却没有几个像张社那样的凄凉心情,他们甚至是欢欣鼓舞的,他们关心的是迁到哪里去住,是能够给他们多少面积,不是他们对老宅没有感情,而是他们受够了老宅的苦和累,对现代化的好日子更加向往。

张社是想在开会作出最后决定之前,再到包家向他们宣传政策,说明情况,但是此时此刻,站在一座即将推倒的古建筑面前,张社一下子泄了气,什么话也不想说,什么工作也不想做了。

一小时后,应该到会的人基本到齐了,张社也回来了,虎着脸,只丢了一句话:"要给包家多分一个小套,我不同意,你们发言。"

大家面面相觑,没有想到张社火气这么大,也不知他为什么这几天火气这么大。

包家是个大家庭,包老太太和两个儿子一个女儿都住在锦绣路的老宅,根据政策,他们可以分得一大两小三套住房,这样的分配,新房的总面积已经超过原来老宅面积的百分之二十一,面积差价部分由住户自己补足,包家开始对这样的政策没有多大的异议,犹豫的只是回迁几套的经济上的问题,但后来就突然冒出老太太的意见来,包老太太提出,不愿意跟三个孩子中的任何一个一起过,要另起炉灶,这意味着,包家至少还需要再给一个小套,但是这是政策范围以外很远的事了。

尉敢向张社提出来的时候,是以商量的口气、探讨的口气说的,但张社的态度比较坚决,尉敢当然理解张社的难处,他面对的不是一户两户,而是锦绣路属古塔区的上千户人家。

所以当张社说出"比较难、不可能"这样的意见时,尉敢并不感到意外,他只是说:"张主任,这件事情请你酌情考虑。"

当然,尉敢的话虽说得很温和,但内在的力量是很大的,"酌情考虑"四个字,尤其在上级和下级之间,张社能够感受到这种力量。

张社也试图说服自己。说实在话,张社对尉敢的印象,相当好,尉敢虽然没有明说为什么要照顾包家,但张社相信尉敢有尉敢的难处,张社这么想着,几次都想下决心,但是一接触到居民中的真正的困难户,张社的心里就不平起来,如果执行尉敢的指示,做那样的事情,张社不仅无法向群众交代,更无法向自己的内心交代,他无法面对他眼前的真正急需援助的底层百姓啊!

面对这些人,张社是无能为力的。

张社终于回答尉局长:"不行。"

尉敢说:"张主任,你再听听大家的意见。"

张社说:"我们的政策是透明的,群众都看在眼里。"

尉敢说:"至少,你先开个会议,看看有没有变通的办法。"

张社还想抵抗,尉敢却不想再听,和气而果断地说:"好,张主任,我听你的回音。"

张社了解了一下包家的背景,才知道包家大儿子包平的老婆叫黎江秀,黎江秀的弟弟黎江川,是一位鉴赏行家,仅此而已。

这样的背景,不得不使张社觉得奇怪,不就是一个黎江川吗?黎江川无官无职,而且张社也听说,黎江川和其他的鉴赏行家不同的是,他自己不收藏,真正的两袖清风,在社会这个大交易场中,黎江川有什么可做交换的条件呢?

张社怀着不明不白的疑虑,先和老刘商量了一下,让老刘先到包家去看看情况,再了解了解。老刘去了,回来说:"包家的门槛也太精,我跟他们说,既然黎江川有本事走上层路线,就再往上走,不要走到我们区拆迁办,区拆迁办对付的都是基层老百姓。"

张社说:"他们怎么说?"

老刘说:"他们说,黎江川根本就不会走上层路线,他连市政府在哪里都不知道。"

张社说:"那就是尉局长自己的私事?"

老刘耸了耸肩。

本来张社面对着一大摊子棘手的问题,政策又是透明的,纪律又是严明的,上面下面无数双眼睛都死死地盯着,不容你做一点手脚,可偏偏在现实中,不做手脚是行不通的,张社的心绪十分烦乱,决定把尉敢的事情先搁一搁。

早晨上班时,张社经过方怡的家,特意停下来,方怡的小店已经关门了,从前张社经常在方怡的店里买烟,如今已经店门紧闭,张社心里不由有些感伤。方怡正从家里出来,看到张社站在门前发愣,方怡也愣了一下,说:"张主任,要买烟吗?"

张社说:"不,不买烟,来看看你的情况。"

方怡的眼帘,立即低了下去。

张社说:"决定不回迁了?"

方怡笑了一下,没有说话。张社也不好再多说什么,但是方怡苍白的脸上挂着的那一丝凄惨的微笑,久久地浮现在他眼前。

张社的心情,就是被这些事情搞得糟糕透了,尉敢那头,却催命鬼似的不停地来催促,张社十分不情愿地召开这个会议,一开口,就把大家给镇住了。

你主任都说不同意,还叫我们发什么言,大家心里这么想着,嘴上什么也不好说。

张社又说:"这可是得罪领导的事情,你们不发言,我向上汇报,就说大家一致的意见,不同意啊!"

有人坐不住了,抽烟的,喝茶的,掩饰自己的想法和态度,就怕张社点名点到自己头上。

老刘打圆场说:"不急不急,再想想办法。"

张社说:"我是没有本事瞒天过海。"

老刘说:"看怎么操作吧。"

张社其实也知道,这事情是非办不可的,但就是心里过不去,对包家已经够照顾的了,张社最看不得得寸进尺,便"哼"了一声,说:"尉局长自己的事情,为什么尉局长不来?"

话音未落,有一个人突然出现在门口,态度和蔼地说:"尉局长不来,我来了。"

来的竟是秦重天。他的态度越是和蔼,隐藏的压力就越大,大家十分紧张地看着张社,张社倒豁出去了,既然他的话已经被秦重天听到,改变态度也迟了,也没有意义了,索性坚持到底,张社说:"秦市长,您来得正好,尉局长布置的包家这件事情,我这里有点难度,可能尉局长有些误解……"

秦重天通情达理地说:"是呀,下面的难处,是真正的难处啊。但是张主任,你也替尉局长想想,其实事情并不大,却被你张社这么一顶再顶,为了一小套住房,他都打过无数次电话了,你还是这么不给面子,而且还当着这么多下级的面,尉局长能不误解吗?"

张社想解释什么,秦重天却没有时间听他啰唆,道:"张主任,你无非是想弄清楚,这到底为什么?你可能以为这是尉局长的私事?今天我特地来,就是为了告诉你,这不是尉局长的私事,而是我,秦重天的私事!"

张社张口结舌。

秦重天继续说:"张主任,怎么,你是不是觉得,我一个工程总指挥,连这点小权都没有?"

秦重天当着大家的面说是自己私人的事情,反倒使张社无话可说了,他无论如何也不可能指着秦重天说,你腐败,你贪婪,你怎么怎么。秦重天的话也使在场的所有的人感到惊讶，一个当市长的，哪能当着部下的面，说自己的私事要搞特殊，要违反政策，这个秦市长，说话也太不注意场合——也有人想，张社也逼人太甚了，哪个当官的没有一点点私皮夹账，只要不是太过分，连群众百姓都能体谅，偏偏就你张社廉政？就算你真的作风好，敢顶，你也不应该把秦市长逼得这么急，不应该说的话都说出来了。

大家心里乱乱的，秦重天却仍然不慌不忙，接过老刘泡的茶，慢慢地说："听说这事情有点难度，怎么个难法，说来我听听。"

张社知道事情闹大了，才明白原来还不是尉局长的事情，竟是秦市长的事情，一时真不知怎么才好了，过了半天，才勉强地说："秦市长，我们正在讨论，看通过什么操作方法……"

秦重天说："具体的方案不用跟我说，但是群众会有意见，你们不能担这个肩膀，就算你们肯担，你们担了，下面的工作怎么做？这件事情就推到我身上，你们只需要向群众解释清楚，是秦市长吩咐的。"

看张社还想说什么，秦重天摆了摆手，站起来对闻讯赶来刚到门口的尉敢说："尉局长，为这点小事，扯牛皮扯掉这么多精力，我们还干不干事了？"

张社目送秦重天和尉敢走出去，从背影上，张社感觉得出秦重天的疲惫，心里不知怎么竟涌起一股悲哀的情绪。

二

由包家的一小套房子引起的震动，远远超出了秦重天尉敢的想象和估计，甚至连张社这样的老动迁，事先也都有足够的思想准备，面对强烈的地震，也有点措手不及了。

一封群众来信直接送到了闻舒手里，写信的人是位台胞，因了叶落归根的思乡之情，晚年回故乡南州定居，老宅就在锦绣路上。

老先生在信上说,因为信任共产党,才会回到故乡,回到老家,在晚年再为家乡尽一点微薄之力,希望政府做事不要伤了大家的心。

因为信中直接提到了秦重天,闻舒没有先和秦重天通气,而是让小惠先去古塔区拆迁办了解情况。

向小惠反映情况的是副主任老刘,比起张社来,老刘的脾气要好得多,说话也和缓得多。一开始看到小惠,老刘没有认出他来,小惠自我介绍是市委办公室的,老刘也还没有联想到是谁,只是奇怪,怎么市委办公室也来找他们,老刘当时一瞬间的想法,以为又是为包家的那套房子来说情的。

区拆迁办公室几乎和外面的锦绣路上一样,一团糟的情形,老刘想给小惠泡杯茶,一时竟找不到杯子,小惠连忙说:"不用了,不用了。"

老刘觉得非常不好意思,有些手足无措,不知说什么,便自我介绍说:"我是区拆迁办的副主任,我姓刘……"

小惠也再自我介绍了一遍:"我是市委办公室的,我姓惠……"

老刘一听到"姓惠"两字,一下子明白过来,头号大秘来了,一下子有些紧张,支吾着说:"哎呀呀,我们张主任出去了。"

小惠说:"闻书记让我来,了解一下锦绣路187号包家的动迁房的分配……"

老刘心里一咯噔,吃惊不小,果然是包家的事,尉局长发了火不算,秦市长来了不算,竟然还惊动了闻书记,这个张社,真是要惹大祸了呀!心里一边想着,一边思忖怎么说话,想了好一会儿,才结结巴巴地说:"张主任其实,其实也是怕、也是怕……他并不是有意要顶着的……"

小惠来之前,并不清楚这件事情的来龙去脉,闻舒也没有明示他,只是让他来作一个客观的调查,回去如实汇报。但是小惠心中有数,什么事情可以纯客观呀?两眼一抹黑的人,能作出什么公正的调查？小惠留了个心眼,因为拆迁指挥部是最敏感的部门,玩不得半点马虎,他在来的路上,给小佟打了个电话,听小佟说了个大概,心里才有了点数。

果然,这个老刘说话不明不白,支支吾吾,要不是事先有准备,小惠还真听不懂。

老刘见小惠不作声,不知自己是不是说错了,赶紧说:"惠秘书,要不要我把张主任找回来?"

小惠说:"不必了,你就把包家的情况介绍一下,再将迁拆办的方案说一说就行了。"

老刘心想:你们做领导的,不是多事吗?包家的情况,分配方案,你们不都是直接在指挥吗,现在倒来问我们,但想是这么想,却不能说出来,还得按小惠的要求,将分配方案如实汇报。

小惠问道:"这是最后的方案吧?"

老刘说:"是的是的,最先的方案,我们已经改过了、取消了。"

小惠说:"为什么？我听了你的介绍,根据政策规定,现在这样的方案,是与政策不相符合的,是不是？"

老刘想:你是明知故问啊,但说到底,也不是我们的责任。

小惠见老刘不回答,又问道:"这是秦市长和尉局长决定的?"

老刘听了这话,突然吓了一跳,才慢慢地体会到小惠的来访,恐怕正好是和秦重天尉敢相反啊！这么一想,老刘立刻慌了神,眼睛也不知朝哪儿看了,支支吾吾道:"反正、反正,工程指挥部应该、应该有权决定,有权……"

小惠收起记录,说:"刘主任,谢谢。"

老刘更慌了,怕小惠就走,恨不得拉住他:"惠秘书,惠秘书,我们张主任一会儿就回来,你还是听他说说。"

小惠见老刘这样子,忍不住笑起来,又忍不住说:"刘主任,你别乱想,一会儿请你转告张主任,没什么大事,你们干你们的工作。"

闻舒等小惠回来,听了汇报,沉默了一会儿,说:"这个秦重天,做事还是这么没头没脑。"

正说着,田常规进来了,小惠知道闻舒要和田常规商量事情,就退了出去。

两人坐到沙发上,田常规说:"闻书记,台胞的信我看了。"

闻舒点点头:"区拆迁办那边,情况也摸了一下,基本属实,田书记,我想听听你的意见。"

田常规想了想,没有直接说自己的意见,却问了一个问题:"闻书记,从省政府批文下来,到开始动作,其中的时间,已有一个多月了吧?"

闻舒说:"差不多。"

田常规说:"是呀,一个多月时间,已经是天翻地覆了,按道理说,速度是够快的,可是……"他停了一下,微微地摇了摇头。

闻舒说:"你是不是觉得,动作还不够快?"

田常规还是没有回答,又过了一会儿,才口气平稳缓慢地说:"古人云,小不忍则乱大谋。"

闻舒也缓缓地点了点头。对于田常规,闻舒仍然是摸不大透的,在征求意见会上,田常规发表了那么一大通的见解,完全一边倒地支持改造锦绣路,但从这以后,田常规又回到自己的风格里去了,对工作中的大小事等,又恢复了少说多看的态度,很少直接发表意见,这让闻舒很费解,好像田常规就是专门为了那个征求意见会来的。

但不管怎么说,闻舒心里,是十分感激田常规的,他明白田常规是在全力支持他的动作。如果说,在这之前,在锦绣路的问题上,闻舒多少有些无依无靠的感觉,他可以在大大小小的会上,在所有人面前,表现得底气十足,但是内心深处,总是有一点高处不胜寒,十分孤独。许多风风险险,都是他一个人撑着,但是现在他的感觉不一样了,田常规,这个只是来做南州三把手的人,竟然让他有了一种依赖的感觉。

三

秦重天正在指挥部听尉敢汇报,一个突然出现的情况,横亘在秦重天面前,使一向以速战速决风格著称的秦重天也有些不知所措了。

在锦绣路的西段,锦绣路小学原先的所在地,更早的时候,是晶体管厂,再往前追溯,又是街道的一家手工工场。所以,许多年,关于地产房产的归属问题,一直是个悬疑,教育局、轻工局、锦绣路街道等多家相争,而且家家都能拿出相关证据材料,证明这块地皮是自己的,争来吵去,一直悬而未决。

一直到锦绣路工程开工,这个悬疑迫在眉睫,指挥部专门调人协助几家单位核实查证,现在结果终于出来了。

秦重天一听说这块地皮的真正主人是驻南州部队,心里顿时"咯噔"了一下,下意识地脱口道:"怎么可能,你们有没有搞错?"

大家没有吭声。

秦重天也意识到自己的急躁,稳了稳神,问道:"接触了没有?"

尉敢说:"初步接触了一下,条件非常苛刻。"

秦重天说:"具体的?"

尉敢道:"要回迁相同的面积。"

秦重天问:"他有多少面积?"

尉敢说:"很厉害,近三十亩。"

秦重天一听更急了:"这不可能,开发后的锦绣路,钻石黄金地段,谁不想抢一杯羹,这可以理解,但是他们胃口也太大了,你跟谁谈的?"

尉敢说:"黄部长,后勤部的。"

秦重天说:"没有找他们邱政委谈谈?"

尉敢犹豫了一下。

不等尉敢回答,秦重天已经抢先说了:"找邱政委,得我出马。"说着竟然叹起气来,"唉,这块老骨头,难啃的。"

尉敢说:"我想跟我们老爷子说一说……"

秦重天道:"好,双管齐下,你让老爷子先打招呼,我再找他,记住,给我找两个能喝的。"

尉敢说:"知道了。"

秦重天还要再吩咐什么,电话响了,是闻舒打来的,闻舒以商量的口吻问道:"秦市长,你现在有没有空?"

秦重天想,什么现在有没有空,你书记找,没空也得说有空啊,道:"闻书记,我现在就过去?"

闻舒说:"也好。"

尉敢敏感地看了看秦重天,秦重天说:"我有什么好看的,不是有麻烦,不会找我去。"

秦重天刚刚离去,指挥部办公室的老李就来汇报了:"尉局长,不好,有人直接写信给闻书记了。"

尉敢问:"什么事?"

老李说:"还不是包家的事情。"

连尉敢也急得骂娘了:"妈的,一点点小事,非惹出大祸来不可?"

四

秦重天从闻舒办公室回到自己办公室,闷了半天,抓起电话打到古塔区拆迁办,接电话的正是张社,秦重天只"喂"了一声,张社就已经听出他来了,赶紧说:"秦市长?"

秦重天一肚子的火没处发,这时候正好往张社头上泼过去,但是话到嘴边，又将火气压下去了，被压下去的火在五脏六腑里乱拱乱窜，一直顶到心口，将心脏顶得乱跳，秦重天一阵难过，不由自主地用手按住胸口，想长长地出一口气，却出不来。电话那头张社听不到秦重天的声音，赶紧又说："是秦市长吗？"

秦重天尽力平静下来，说："张主任，包家的房子，还是按你们原来的方案……"

这一说，张社反倒有些过不去了，连忙道："秦市长，你放心，我们正在做工作，大部分群众还是通情达理的。"

秦重天只说了三个字"不用了"，就将电话挂了。

既然闻舒那儿滴水泼不进，秦重天再挣扎也是无济于事的，秦重天曾经试图向闻舒说明一下黎江川的情况，闻舒却说："我不管他黎江川是什么人，违反政策的事情绝不允许！"

一向都是以理服人的闻舒打起了官腔，这使得秦重天无计可施，眼前的情况意味着秦重天不但要向部下承认错误，还要纠正错误，这都是秦重天做不到但又一定要做到的事情。

秦重天挂了电话后，反复回想着闻舒的谈话。在南州，谁都知道秦重天是闻舒的一员猛将、爱将，在市委市政府两套班子中，闻舒给予支持最多的就是秦重天，当然，这和秦重天分管的工作也有很大的关系。以往，在碰到重大问题时，闻舒或明或暗，一般都是站在秦重天的立场上，是秦重天最坚强有力的后盾。但今天的事情，使秦重天参悟不透，本身事情并不算太大，说实在的，一小套房子，一个副市长，哪里还不能给解决了，东边不亮西边亮，其实秦重天一开始也完全可以另辟蹊径，采取堤内损失堤外补的方法，但是正因为觉得事情不大，才掉以轻心了，后来下面一顶再顶，弄得秦重天也有点毛躁了。虽然下面终究是没有顶得过秦重天，但现在闻舒却非在这件不大的事情上倒他的面子，秦重天百思不得其解。他在脑海里一一回放闻舒跟他说过的话，想着想着，秦重天心里渐渐地明亮起来，但也随之更沉重起来。

闻舒说,千万不要因小失大。在谈话的时候,秦重天并没有体会到其中深刻的内涵,但是现在冷静下来,慢慢地想一想,秦重天明白了闻舒的苦心。面子算什么,该牺牲的就得牺牲,再重大的东西也得牺牲。秦重天想得通,但是无法使自己的心情好转起来。秘书小佟进来问他晚上的宴会参不参加,秦重天摇了摇头。

秦重天推掉了晚上的应酬,下班后就直接回家了。家里没有人,王依然和女儿都不在,连小保姆也不见,秦重天等了一会儿,觉得有点没着没落的感觉,就打王依然的手机。

"我回家了,"秦重天说,"家里没有人。"

王依然说:"你今天怎么这么早?"

秦重天说:"你不欢迎我早回家?"

王依然说:"不是不欢迎,是不习惯。"

秦重天无奈地一笑,说:"嘴巴还是那么凶啊。小玲呢,她怎么也不在家?"

王依然说:"乡下家里有事,请假回去了。"

秦重天说:"唉,难得回家吃饭,偏还没人管饭,这也太不人道啦。"

正在说着,女儿回来了,听到秦重天说没人管饭,知道是在跟妈妈通电话,便大声道:"老妈,快回来吧!"

等王依然买了些菜回家的时候,秦重天已经在看新闻联播了,看到王依然回来,只是意思了一下,并不动一动,王依然推开女儿的房间门,女儿头也没回,戴着耳机在听音乐,王依然走过去拉下她的耳机,说:"钟钟!"

秦独钟回头看到妈妈,大声道:"哎呀,老妈,你怎么到现在才回来,我都快饿晕啦!"

王依然本来心情很糟糕,一看父女俩这样子,心里更不痛快,说:"我该着伺候你们?"

秦重天说:"我声明啊,我不是要人伺候,我是工作忙;秦独钟有问题,大小姐作风……"

秦独钟说:"你工作忙,我学习忙……"看王依然沉着脸,立即又道,"哎呀,没什么大不了,不就是一个吃嘛,吃还不好解决,走,上馆子,我请客,二位想吃什么,尽管大着胆子点。"

秦重天说:"不是一个吃的问题,一个家庭,总得分个主次。"

秦独钟抗议了,说:"老爸,我不同意你的说法,工作不分大小主次,做好自己的事情,就对得起自己的人生。"

秦重天不理睬女儿,仍然对王依然说:"你们那个什么心理学会,知道人家在背后怎么说你们?"

秦重天当然是有所指的。为了向群众宣传心理卫生,心理学会组织了一次较大规模的现场心理咨询活动,请了一些专家坐镇,给群众现场解答和诊治,但意想不到的,有一位病人在听了心理医生的劝告以后,回去突发了精神病。这件事情被报道出来,记者的笔下,又明显是对目前泛滥的心理咨询提出疑义,一时引起大家的纷纷议论。王依然心情不好,是因为这件事情,秦重天的话,也是冲这事情说的。

秦独钟又抢着说:"老妈,让别人说去,走自己的路。"

王依然说:"你爸不是怕别人说我,是怕别人说他……"

秦重天一点也不否认,说:"你既然明白,就不该做让别人说三道四的事情。"

王依然说:"说三道四是人类的本质,你这个副市长,干得算不算卖力,把自己都卖了,把家庭也卖了,得到了什么?别人说你拿了黎江川一幅价值连城的画。"

秦重天觉得好笑,说:"你相信吗?"

王依然说:"既然你不在乎别人说,我为什么要在乎别人说?"

秦重天朝她拱一拱手,说:"王老师,你就不能让我一回吗?"

秦独钟开心地大笑起来,秦重天莫名其妙地看看她:"你笑什么,爸爸妈妈吵架,你开心啊?"

秦独钟说:"我当然开心,有架可吵,说明还有爱,到了无架可吵的时候,爱也就没有啦。"

王依然脸拉下来:"钟钟,你怎么什么都懂?"

秦独钟说:"是吗?我怎么老觉得我懂得太少,比如吧,对你们两个,我就不懂。"

家里的电话响起来,秦独钟跳起来就抢着去接,秦重天赶紧说:"找我就说我不在。"一边掏出手机关了机,随着手机"嘀"的一声关闭了,秦重天却犹豫了,只过了片刻,便又重新开了手机。

电话是找秦独钟的,秦独钟说:"你等等啊,我换个电话。"跑进自己屋子,拿了电话,在里边大喊:"老妈,帮我把外面的电话挂断。"

秦重天正想说什么,他的手机已经响了起来,秦重天"啊哈"了一声,一看来电显示,是小佟打来的,小佟的口气十分急,说:"秦市长,小钱车已经开出来,马上到你家,锦绣路那边出事了,闻书记已经赶过去!"

秦重天心里"怦"的一下,紧接着心脏猛跳起来,他站起来就往外走,王依然说:"哎,不吃啦?"

秦重天头也不回地冲出去。

五

下午发生的事情,把方怡吓得魂飞魄散,她的弱智儿子黄果竟然跑到推土机下面去玩,推土机开起来,把黄果和残砖碎瓦一起推着。推土机司机依稀看到有个东西在动,以为自己眼睛花了,再看,仍然是有个活东西,推土机司机吓出一身冷汗,赶紧刹车,只见黄果满脸灰土笑嘻嘻地从泥堆里爬出来,推土机司机大喊一声:"小死人,找死啊!"

方怡正在到处找黄果,听说推土机下有个孩子,方怡眼前一黑,差点倒下去,等她跑到工地抱起黄果时,就听到一片骂声。

"小孩弱智,你大人也弱智啊!"

"要不是刹车刹得快,小死人早就没命了!"

"再放小孩子到工地上乱跑,你们自己负责任啊!"

方怡紧紧搂着黄果,黄果抹掉方怡脸上的泪水,说:"妈妈,我要到那上面去。"

他指着推土机高高的驾驶室,方怡欲哭无泪,抱着又哭又闹的儿子回家。方怡的丈夫黄强瘫痪多年,脾气很坏,小孩一闹,他就烦躁不安,生气道:"方怡,你干什么吃的?"

方怡不说话,默默地替黄果擦干净身上脸上的泥灰,黄强又道:"我知道,这个家拖累了你,你其实不必这么委屈自己,我教你办法,把黄果往福利院一扔,我呢,好对付,买点毒鼠灵就解决了……"

方怡含泪求他:"黄强,你别说了。"

黄强气道:"我不说,我不说我就不知道你心里想的?你忍辱负重,你苦苦挣扎,但是你熬不出个头啊!"

黄果摸着方怡的脸,说:"妈妈,妈妈,我也要毒鼠灵,我也要毒鼠灵……"

方怡再也忍不住,痛哭失声。

方怡一哭,黄强更恼怒,说话更难听:"方怡,你心里也明白,背个好名声有屁用,苦的是自己,你下不了决心,我帮你下,你可以一了百了,我写下遗书,一切都是我自愿的,绝不会影响你今后的生活……"

方怡说:"黄强,你不能这样对我……"

黄强说:"我这样对你?你以为我想这样对你?你有没有替我想一想,一个大男人,这么不死不活地躺着,连喝口水都要人伺候,连……你知道我这些年最想什么?最想让我像个真正的男人站在那里撒一泡尿!你能帮助我吗?方怡,我早就告诉你,我活着,比死难过多了! 你却偏不让我去死! 你有什么权利这么折磨我? 我前世里欠了你什么,你要如此对我?"

黄果高兴地说:"爸爸爸爸,我能站着撒尿,你看,你看……"说着就站在那里撒起尿来。

方怡一直在哭着,说不出话来。

黄强出工伤事故那年,正是黄果出生的时候,黄强得到的工伤赔偿,全部用到儿子的治疗上,但是黄果先天性智残,是无法医治的,等到黄强和方怡真正认清这一事实、决心放弃求医的时候,家里早已经一贫如洗。方怡所在的工厂,是一家传统的扇厂,早已经奄奄一息,连正常工资都开不出来,方怡无奈之下,辞去工作,在自家沿着锦绣路的一面,破墙开店,开了一个小杂货铺,因为是居民密集区,生意尚可,方怡基本可以以微薄的利润维持全家的最低水准的生活。

锦绣路动迁,等于是绝了方怡的一切活路。要想继续开店,就得迁回锦绣路,但是回迁的费用高得吓人,方怡根本不可能承担,如果不回迁,全家搬到郊外,便也断了方怡一家的生活来源。

自从锦绣路动迁的消息传开后,黄强的情绪就没有安稳过,不谈则罢,一谈起来,黄强总是恶声恶气,此时此刻,看着弱智的儿子鼻涕一直挂到嘴边,黄强又不由得怨从中来,说:"方怡,早点下决心吧,人要活得真实,别再硬撑着,硬做个伪善的女人,有什么意思?"

方怡说:"黄强,你心里难过,我知道,可你不要以折磨我的方法来折磨你自己……"

黄强情绪仍然很恶劣,说:"你不用担心,以你现在的年纪、相貌、人品、性格,不愁没有美好的未来,不说远的,就那个姓张的什么主任……"

方怡含泪说:"黄强,你说我什么都可以,但是不要乱说别人好不好?"

黄强冷笑一声,说:"就怕他老婆到时候要找麻烦……他那点心思,别人看不出,我还看不出,三天两头来买烟,他抽得了那么多烟?"

方怡说:"有时候是买了送人的。"

黄强说:"你倒了解得清楚,他送人?他这样的角色,还用得着买烟送人?人家送他烟,收都来不及收吧。"

方怡只有掉泪,无法再说什么,可正在这时,张社来了,张社来得太不是时候,黄强在气头上,冲着他说:"张主任,难为你跑得这么勤。"

张社并不知道内情,说:"这是我的工作,锦绣路每一户动迁户,我都要关心的。"

黄强说:"都像你关心方怡一样关心,你关心得过来吗?"

张社听出点火药味,还没来得及解释,黄强又说:"你要是真的关心方怡,你会让她回迁的吧?"

张社看了看方怡,说:"听方怡说,你们不打算回迁了。"

黄强道:"听说过有特困户回迁的吗,除非你特殊照顾方怡……"

张社有些难堪,说:"政策规定的范围里……"

黄强说:"别跟我说政策,说说你自己吧,方怡不回迁,你到哪里照顾她那么多生意,多买她那么多烟?"

一直沉默着的方怡终于大喊一声:"别说了!"转身冲了出去。张社愣了一愣,也追出去,到门口时,他回头看一看黄强,看到黄强的嘴角,挂着一丝冷笑。

张社没有追上方怡,却被老刘在半路拦住了,拆迁办公室里,一大堆人等着他呢。

这一天一直忙到很晚才回家,张社头昏脑涨,胡乱地吃了点东西,想看电视,却看不进去,心里慌慌的,老觉得有什么地方不对,又不知道哪里不对,把当务之急的一些事情想了想,不放心的,当即抓起电话去问,都没有什么意外,放下电话,觉得应该踏实了,却还是不踏实,心里仍然是那种没着没落的感觉。

电视里正在播一部电视剧,戏中人哭哭闹闹的,张社的老婆在跟着感伤,说:"唉,这个女的,命太苦了。"

张社一惊,问道:"什么?你说什么?"

老婆指了指电视,说:"我不是跟你说话的,我是说电视的,电视里这个女的,太不幸了,自杀了,好惨……"

张社像触了电似的弹起来就往外跑,老婆在背后说:"神经病!"

六

秦重天赶往锦绣路,远远地,就看到那地方拥满了人,秦重天心里一紧,就感觉心脏跳动得特别异常,秦重天一手往自己的胸口狠狠一捶,一边骂道:"妈的,没有见过世面吗,跳什么跳!"

司机小钱从反光镜中看看秦重天,担心地问:"秦市长,怎么啦?"

秦重天说:"没事。"

车停下来,就有人喊:"领导来了!"

闻舒的车也差不多同时到达,南州的这两位领导,群众都认得,紧跟着区委书记区长们也都到了,本来叽叽哇哇情绪激动的群众,团团围着张社,你推我搡,恨不得把他吞了,现在一下看到这么多领导,反倒安静下来,竟不知道说什么好,也不知道对谁说去,紧紧围着张社的人也慢慢地散开了。

此时此刻,张社脑子里一片空白,他倒不怕群众敢把他怎么样,在这么大的拆迁工作中,群众闹事是不可避免的,但是这一次事情闹大了,方怡竟然……此时此刻,张社不知道自己该往哪儿想,干脆心也横下来了,该怎么就怎么吧。

张社走到闻舒和秦重天面前,说:"有个拆迁户,一家三口服毒……"

闻舒的脸色铁青:"人呢?"

张社说:"已经送到医院。"

闻舒的脸更难看了:"送医院,你是干什么的?你为什么不去?你以为人命是儿戏?"

张社头上冒出汗来:"我、我……"此时此刻,他也不想解释,自己刚刚被群众放开,他只是低了头等待将要继续发生的一切。

闻舒转身往车上去,大家都紧紧跟着,闻舒走到车边,回头对秦重天和张社说:"你们坐我的车。"

上车后,闻舒对张社说:"我知道你的情况,别紧张,说一说事情经过。"

张社说:"出事的人叫方怡,丈夫瘫痪,儿子智残,方怡原来是扇厂的工人,因为家庭特别困难,扇厂又是朝不保夕,只好辞了职,开了一个小店在锦绣路上……"

闻舒摆了摆手,情况已经很清楚了,像方怡这样的情况,经济上是没有实力回迁的,但是如果不回迁,搬到远郊去住,靠小店经营维持全家生存的,确实是无路可走了。

张社从口袋里掏出一封信,交给闻舒。

是方怡留下的遗书:"我们无路可走了,不是因为拆迁,是因为命。我和丈夫商量,他同意我的做法,儿子不懂事,但是相信他愿意跟我们一起走。我们的事与任何人无关。"

下面是方怡和黄强的签字。

闻舒借着昏暗的车灯读了这封信,眼泪几次奔涌出来,他将信交给坐在前排的秦重天,说道:"我们做工作,口口声声是为老百姓,口口声声是考虑人民利益,我们做到了吗?"

没有人做声,闻舒也不再说话,车快速地默默地向前,路两边,是灯红酒绿的街景。

秦重天回头看了看张社,说:"知不知道服的什么药?"

张社说:"毒鼠灵。"

秦重天心里一阵一阵地抽紧、抽紧,他暗暗祈祷着。

张社的手机响了,铃声简直是惊心动魄,张社颤抖着手接听电话:"是我,刘主任,怎么样?好,好的,闻书记、秦市长马上就到!"

从张社的脸色和声音上,闻舒知道人救过来了。

方怡一家三口,从死亡线上回来了,但是这件事情给大家心里留下的阴影和影响却不是一时半会儿能够消除的。

在医院门口,拆迁办的刘副主任告诉闻舒和秦重天,医生说,如果再迟一点点,就救不过来了,幸亏张社及时发现。刘副主任这么一说,大家都不约而同地看着张社,不知道他怎么晚上会想到跑到方怡家去的。

张社现在缓过神来了,但他自己也说不清这个问题,只是喃喃地说:"预感,就是有不好的预感……"

闻舒和秦重天等来到病房的走廊,病人很多,甚至在走廊里都搭了临时的病床,他们被引着来到方怡一家住的病房,里边更是混乱,十几个病人,还有陪床的家属,方怡和儿子挤在一张病床上,黄强则躺在自己的轮椅上,三人都插着管子。闻舒脸色很难看,低声指示将方怡一家马上转到特护病房,一人一张床位,要用最好的药物,不到身体全部恢复,不要出院。

夜已经很深了,闻舒走出医院,走到自己的车边,秦重天跟在他身边,闻舒什么话也没再说,只是在上车前,看了看秦重天,秦重天张了张嘴,想说什么,却没有说出来。

闻舒说:"你说吧。"

秦重天说:"闻书记,我的预感也不大好。"

闻舒说:"怎么,要不要去秋山寺烧炷香求支签啊?"

秦重天虽然笑了一下,但是笑得很勉强。

闻舒上车走后,秦重天一直站在原地,站了很久很久,让风吹着,渐渐地,心里平静了,思路也清晰了,今天发生的这两件事,和内心那种捉摸不着的预感,促使他下了一个决心:重排计划,加快步伐。

秦重天的预感是有道理的,这天晚上,北京的两个调查组都已经成立,不日将奔赴南州。

两个调查组分别属于不同的部门,调查对象也不一样,一个是针对锦绣路工程,另一个是针对炸银行大楼的。

但是他们都来晚了一步。

环秀湖边的通海宏发银行大楼,已经夷为平地。

锦绣路上的推土机,也已经推倒了锦绣路的标志——旌烈坊。

第 7 章

一

小惠这几天根据闻书记的要求,没事的时候,常常到网上看看,终于查到了闻舒需要的内容:城建部许部长访问美国。

许部长在美国期间的一系列活动中,果然有一条是会晤顾家语先生,网上的消息不算太详细,但是闻舒要的却都已经在了。在会晤内容里,透露了他们曾经畅谈对中国古典建筑,尤其是古典园林的见解,并且达成了高度一致的想法和看法。

闻舒听小惠介绍了这个情况后,不露声色地点了点头,问小惠:"田书记什么时候到?"

小惠看了看表,说:"田书记说二十分钟以后,现在已经过了十五分钟,还有五分钟。"

闻舒笑起来:"你倒细心啊。"

小惠走出闻舒的办公室,知道闻舒心里高兴,他的脸上也露出了笑意,被从对面办公室出来的袁秘书长撞到了,袁秘书长朝小惠看了看,虽然没有说话,但他的表情却是在问"什么事"?

小惠说不出什么事,反正知道闻舒是听了他汇报的网上的消息高兴起来的,至于网上的消息,小惠说了好几条,也不知闻舒是为哪一条高兴，小惠自己心里盘算了一下，估计是和锦绣路的豆粉园有关系，这些天来，闻舒的心都被牵在锦绣路上，这一点，小惠是清楚的。

果然，五分钟以后，田常规到了，小惠进去替田书记泡了杯茶，见闻舒没有留他，就退了出来。

田常规参加省委召开的两天的理论工作会议，刚刚回南州，先来向闻舒说了一下会议的情况，他也知道闻舒的心思不在这上面，简单地说了几句，很快便切入闻舒最关心的主题，说："散会的时候，周书记特别留下我来，问了问锦绣路的进展情况。"

闻舒说："周书记有没有什么指示？"

田常规摇了摇头，停了一下才说："周书记倒是对我们的情况很了解，方怡一家服毒的事情，周书记已经知道了。"

闻舒也摇了摇头，没有表态。

田常规又说："另外，周书记对规划的问题，也有些担忧，我想，恐怕周书记那里，压力也很大。"

闻舒说："那是肯定的。"

田常规说："所以，这回来的一路上，我一直在想，我们的动作，还是不够快，有些事情，宜早不宜迟，拖拖拉拉，夜长梦多……"

闻舒说："拦路虎太多啊。"

田常规又说："周书记还提到我们的豆粉园，我当时就有点奇怪，一个小小的豆粉园，别说一个省委书记，就是你我，如果不是因为锦绣路，恐怕也都不会留意到它的存在……"

闻舒说："是呀，南州市这样的园林很多，物以稀为贵，多了就不值钱。"说到豆粉园，闻舒的心情好起来了，忍不住笑了笑，说，"不对，不是不值钱，而是太值钱，政府还是实力不够啊，就是想修一修补一补，这点钱都难啊！"

田常规说："政府要用钱的地方，实在太多，不过，闻书记，既然周书记提到豆粉园,这件事情……"

闻舒笑着打断了田常规,说:"田书记,豆粉园的事情,应该说,可以顺利地解决了。也或者,已经顺利地解决了。"

田常规更有些惊讶地看着闻舒,倒不完全是因为闻舒说豆粉园的难题解决了,而是因为闻舒说话的口气和说话的方式,以田常规对闻舒的了解,闻舒一般不会说出"或者"这样的字眼,是就是是,不是就是不是。更何况,闻舒的喜悦之情也是溢于言表的,田常规奇怪道:"怎么,顾家语同意移建了?"

闻舒说:"这个要问秦重天了。"

听闻舒的口气,田常规知道秦重天已经解决了这个难题,不由得在心里涌起一股难言之情,想到秦重天拳打脚踢的形象,田常规不由笑了笑,但笑得很辛酸也很沉重。

闻舒说:"这个秦重天,自说自话得很,他是工程总指挥,好像忘记了应该是在市委领导下……"

话说到一半,电话铃响起来,闻舒接了,正是秦重天,闻舒说:"秦市长,我正和田书记说你呢。"

闻舒言语之中,不掩饰对秦重天的欣赏,田常规想,换了我,我会不会这么宠着秦重天?秦重天除了有干劲,还有什么值得欣赏的地方?田常规又想,来日方长,路遥知马力,日久见人心。

果然是秦重天来汇报豆粉园的移建合同已经签署的喜讯,闻舒听了,立即说:"秦市长,你那个合同,能不能复印几份,也给我、给田书记看看,让我们也学习学习嘛。"

秦重天说:"好,我马上让小佟送过去。"话一出口,立即感觉有危险,赶紧道,"闻书记,合同是已经签订了的,不能再随便改动啊!"

闻舒说:"谁要改你的合同?谁有权改你的合同?"

秦重天得意地"嘿嘿"一笑。

闻舒又说:"不过秦市长,我得提醒你一点,你虽然是工程总指挥,但是你得清楚……"

秦重天抢先说:"我清楚得很,任何工程总指挥,水平再高的工程总指挥都是在党委的领导下。"

秦重天"哇哇"的声音,从话筒里传开来,别说震得闻舒耳朵生痛,连坐在对面的田常规也听得一清二楚,田常规笑道:"中气好足啊。"

不等闻舒再说下去,秦重天下面的话已经顶上来了:"闻书记,据可靠消息,您和军区的白司令,可是莫逆之交啊。"

闻舒说:"你这是乔太守乱点鸳鸯谱,开什么玩笑,莫逆之交?我和白司令,最多几面之交而已。"

秦重天说:"不管您什么之交,反正比我要强得多吧……"

闻舒说:"我还以为你是来报喜讯的呢。"

秦重天说:"豆粉园难道不是喜讯?"

闻舒说:"你这是强行搭卖,卖个喜讯就得搭个麻烦。"

秦重天又得意地笑了笑,说:"好了,闻书记,不多打扰您了。"听得电话那头闻舒在对田常规说:"这个秦重天,乱来!"

秦重天搁了电话,有一阵觉得脑子里一片空白,高度紧张以后,事情有了眉目,那积聚一时的千般万般的念头,一下子都撤了,使得堵得满满当当的大脑一下子空了似的,秦重天一时间甚至觉得有些无聊,无目的地拍了拍桌子。豆粉园的事情能够顺利解决,锦绣路的千难万难虽然只是开了一个头,但毕竟这个头开得不错,这一回胡明光确实很够意思,秦重天很想给胡明光打个电话,表示感谢,但又知道这是多余,画蛇添足,与胡明光之间,是不用很多言语的,这一点,秦重天心中有数。

但秦重天还按捺不住要打电话,现在该感谢的,就是夫人王依然了,没有她出场,胡明光的工作怕没有这么顺利,便抓起电话,打到心理学会,但是王依然不在,接电话的是新来的王依然的助手,告诉秦重天,王依然到广安精神病院去了,秦重心里嘀咕了一下,也不好说什么,挂断电话后,喜悦的心情仍然在胸间跳动,还没有平静,他抓起林冰签署的合同,又看了一遍,看着看着,笑起来,自言自语说:"这个林冰,看起来厉害,那么精明,却是个小事计较、大事马虎的人。"

二

林冰小事计较大事马虎的脾气,顾红可算是领教够了。

豆粉园移建的合同签署后,林冰就请顾红帮助物色公司办公地点。顾红朋友多,听说顾红要租个办事处,个个热情高涨,张三介绍李四牵线,但是林冰左看不满意,右看不称心,折腾来折腾去,最后总算找到一处,顾红起先以为林冰不会要的,因为这里价格昂贵、面积也太大,林冰这么计较金钱的人,恐怕是舍不得的。

哪知事情恰恰相反,林冰不仅一眼相中,而且十分满意,连连称好,连起码的谈判前该有的矜持都不要了。

所谓公司,也就是为了移建豆粉园专门成立起来的,别说目前还没有办妥手续,即使有关方面批下来,这公司能有几个人?按顾红的想法,最多聘请一两个做做秘书助手的人物,到时候接接电话、打打文件而已,再就是有个把财务方面的人才,管管账目,除此,还能要多少人员?移建豆粉园的工作,肯定是要招标后,由建筑公司来承包的。林冰要租这么大的场地,又与她平时斤斤计较的作风完全背道而驰,顾红也吃她不透。

但不管顾红怎么有疑虑,大伯信任的是林冰,一切都交给林冰办,除了移建豆粉园这样的关键问题,其他的有关豆粉园的一切,林冰都可以先斩后奏。顾红也明白,虽然自己和林冰有分歧,但林冰能够这么深得大伯的信任,也肯定有她的道理和长处,只是她顾红不能明白而已,当然也可能,即使她明白了,也不能接受的。

房主张噉于,是位石刻艺术家,年纪不大,却有一手绝活,还相当有眼光和远见,多年前,他就买下了南州市中心一幢带后园的旧宅,当时没花多少钱。房子园子虽然都很破败,但张噘于并不着急,天长日久的,一点一滴的,自己动手维修、装饰,经过几年的收拾,旧宅完全变了样,沿街的一面,都被张噘于恢复了粉墙黛瓦飞檐翘角古色古香的风格,并且都开成了门面房,对外出租,吸引了许多对南州旧建筑情有独钟的人。

林冰就是看中了这一点才决定租用张噘于的房子的,当时听张噘于报出了租金,每月六千八百元,顾红忍不住"哈"了一声,说:"也太离谱啦。"

张噘于并不着急,慢悠悠地说:"物有所值,识货的人,偏爱的人,不会觉得贵。"

顾红张了张嘴,想说什么,林冰却已经做了一个决定的手势,果断地说:"我要了!"

顾红脱口说:"要这么大地方干什么,浪费!"顾红好像忘记了,张噘于是她的朋友介绍的,她不去促成,倒在反对这件事情了。

林冰却毫不犹豫地说:"不会浪费的。"

张噘于可能也没有想到这么快就决定下来,来看他这房子的不止一两个人了,喜欢的人也很多,但毕竟租金昂贵,一般的公司,都是望而止步,听到林冰这么果断的口气,张噘于倒有些犹豫,停了停才说:"林女士是不是再考虑考虑顾医生的意见……"

林冰说:"不用再考虑了,就这么定了,我们马上把合同签下来。"

双方当即就坐下来拟合同,张噘于一边写一边征询林冰的意见,两人想法颇一致,很快就完成了合同的初稿,林冰接过去看了一遍,满意地点头OK,将合同交还给张噘于,张噘于接了以后,一时还有一点怀疑,这个林女士,怎么这么好说话?

顾红更是看不懂了,这与林冰一贯的作风相去太远啦,她也搞不懂是林冰犯了什么病,还是中了什么邪。

张噘于也等了一会儿,见林冰没有别的话说,就问道:"那我就去打印合同?"

林冰说:"可以。"

眼看着张噘于站起来,走到门口,林冰突然说:"等一下,我觉得还有一个问题。"

张噘于和顾红都看着她,林冰指了指张噘于手里的合同初稿,说:"合同上,有漏洞,水费的问题,没有写。"

电费、电话和其他一些可能的开支费用,合同上都写清楚了,因为水费不会是个大数字,张噘于也就忽略过去了,现在听林冰提出来,才发现林冰其实够细心的,便道:"水费的事情好说……"

不料林冰当头打断道:"什么叫好说,好说是什么?"

张噘于吃了一闷棍,愣了愣,道:"现在整个大宅包括后院用的是一根水管,共一个水表,所以水费比较难分得清,要不这样,我们各人负担一半?"

林冰说:"你这各人一半,是根据什么定出来的?"

张噘于说:"大概吧,你现在租用的面积,和我里边自己居住的以及后园的用水,差不多就是一半吧。"

林冰说:"怎么能够大概,怎么能够差不多?这种概念在生意场上是不允许存在的。再说了,你这大概也是估进不估出的。"

张噘于说:"为什么?"

林冰说:"你的后园,是种花种草的,需要浇水,这用水量,就不是一般的居住生活用水……"

张噘于笑了笑,说:"林女士果然细致,不过,这水的费用并不高,用一吨水,才收几毛钱人民币,与你……"他是想说,与你一个月近七千块钱的租金比起来,还不知道抵了哪个零头呢,你要当时听到月租金时稍微还个价,抵你几年的用水啦。想是这么想着,但不能说出来。

林冰却较真地说:"费用高不高,与我们合同合理不合理是两个概念,我们不能因为水费不高,就在订合同时马马虎虎、含含糊糊,许多搅不清的官司,就是因为订合同时马虎而造成的。"

张噘于倒为难了,说:"那林女士的意思?"

林冰说:"合同暂时不签,你先拿出关于计算水费的可行办法来,我们再考虑。"

张噘于看了看顾红,顾红觉得林冰在一点点的水费上这么计较,这么小肚鸡肠,自己挺没面子的,急了,说:"要不,水费就我来付。"

林冰说:"你这是什么话,你付水费?我不懂你的意思。"

张噘于赶紧又改口说:"要不,在租用房这里另外安个水表?"

林冰说:"这是你的事情。"

张噘于已经领教了林女士的脾气,严谨地说:"水表有几种,一般价格是在两百块钱上下,再请人安装,大概总共需要……"

林冰再次打断他,强调说:"这是你的事情,水表是装在你的房子里,与我无关……"

顾红实在忍无可忍了,站起来对林冰说:"你自己看着办吧,我不能再奉陪了,我牵涉的精力也够大的了,我们领导已经找我谈话,我可是动刀子的医生,马虎不得,人命关天。"

林冰点头道:"好吧,那你先去吧,不能耽误了工作,你的介绍费,我会按规矩办的。"

一句话把顾红气得闷了半天,扔下林冰拔腿就走,倒弄得林冰不知所以,问张噘于:"她是不是生气了?"

张噘于说:"好像是的。"

林冰更不解了:"为什么?刚才还好好的,一会儿怎么生气了?"

这下子,张噘于也有点哭笑不得了。

等张噘于修改了合同,加上了水费的条款,林冰又认真地看了一遍,便爽快地在合同上签了字,按规定付了一年的定金。

林冰走后,张噘于打电话给牵线的朋友,朋友已经得到顾红的消息,说:"怎么,碰上冤大头了?"

张噘于:"未必。"

朋友说:"怎么未必,不是说小事计较大事马虎的主吗?"

张噘于想了想,说:"恐怕这是表面现象。"

朋友说:"你管她表面现象还是什么现象,你房子租出去,天价啊,够你乐的。"

张噘于说:"什么叫天价,我这房子,值这么多。"话还没说完,发现林冰又出现在门口,张噘于心里"咯噔"了一下,不知这位姑奶奶又考虑到什么细节了。

林冰不是来重新研究合同的,她连想都不会再去想这张租房合同,对林冰来说,过去的事情,只要一过去,哪怕几秒钟,也已经是过去的事情了,她不会再回头,就算是吃了亏,那也是自己的责任,是花钱买教训,她是严格按规矩办事,签出去的合同,就是嫁出去的女儿,泼出去的水,要想反悔,事情就闹大了,闹到离婚,双方都损失惨重。

张噘于心里打着鼓,赶紧迎了出来,说:"林女士,是不是还有什么不清楚的……"

林冰道:"No,No,刚才我忽然想到一个事情,我曾经在网上看到一个'噘于'园艺设计工作室,那个组阁的张噘于是不是就是您?"

张噘于点头道:"是的,我们是一个园林景观策划营造的专门机构。"

林冰颇有兴趣地又看了看张噘于,说:"噢,策划营造,这个想法不错呀。据我了解,现在有许多人又开始走复古的道路,南州的私家园林,是世界著名的,只不过这许多年,未加重视,重视的也只是在政府方面的维护,许多有识之士,在建筑了那么多的洋房以后,又重新回归了,所以,张先生,你这个概念,是有眼光的。"

张嗷于说:"林女士,您有兴趣的话,可以看看我们的景观园艺馆。"

林女士说:"就是在这大宅的里边?我看到你网页上介绍,共有三个馆?"

他们边说边从大门进去,里边是别有一番天地,看得出张嗷于设计修复这幢旧宅时,是很费了一番心思的,三个馆分别是两边偏侧的厢房,有石刻馆、收藏馆、茶艺馆,小巧玲珑精致典雅,后院虽然不大,但花木盆景林立,后院的中心亭,布置成一个小小的洽谈室。

石刻馆里,正有几个人在喝茶论石,林冰看着,满意地点着头,说:"以石会友,以茶当酒,也是你的经营之道啊。"

张嗷于笑道:"多半是些志趣相投的朋友,更多的是……"

林冰没等他说完,当即打断他道:"张先生,这种想法很不好,朋友经济是不可靠的,你应该懂得这一点!"

张嗷于说:"但我们是个人情社会……"

林冰说:"哪个社会不是人情社会?我老是不明白你们有一个观点,不知从何而来,说美国社会是无情的社会,中国社会才是有人情味的社会,这根本不是事实,我认为,美国人是将人情和商情结合得最好的典范……"

张嗷于说:"这是您的观点,也许在您看起来,我们这些朋友来这里,谈谈说说,喝杯茶,泡泡时间,对我来说,是没有什么效益的,但是我不这么看,许多意想不到的商机,并不会在你眼前浮着,而不知在哪里隐藏着,也许就是在大家谈谈说说喝喝茶的过程中就露出来了。"

林冰说:"这我同意,但是你这样的做法,是不是太无的放矢,大而无当?"

张嗷于说:"我们在改革开放初期,就流行一句话:十网打鱼,九网落空。"

林冰笑起来，说："只要一网能够成功就成了，这是世界共同的真理，可不是你独家的经验。"

张嗷于指指那些石刻藏品说："请林女士指点指点。"

林冰道："我是外行，指点不了你，不过我觉得，你这些石头，要比你给它们取的名字生动得多……"

张嗷于点点头："林女士是行家，这些石头，如果不冠名，会有更丰富的内涵，可以给人以更广阔的想象天地，但是，我们的欣赏习惯和欣赏角度，都局限了我们的想象力……"

林冰说："从你的作品看，你也不是一个固守传统的人，为什么非得循规蹈矩？你看，老僧悟禅、钓雪、牧童晚归、秋菊，有什么个性？从哪里体现你的才华？从哪里看得出你的与众不同？我不明白，为什么明明有了与众不同的内容，却偏要加一个随波逐流的形式。"

张嗷于说："我一开始的时候，都没有替它们冠名，但是遭到大家一致的反对。"

林冰说："就屈服了。"

张嗷于笑了笑，没有再说什么。

看了一圈，走出来的时候，林冰看了看表，说："张先生，你陪了我三刻钟，按理，我得给你付咨询费。"

张嗷于笑道："那是，我也得按规矩给你付点子费。"

林冰也笑了，说："张先生，如果我聘请你做我的顾问，也就是移建豆粉园的策划顾问，你会不会接受？"

张嗷于说："我们公司，不仅承接园林景观策划，也有营造的能力……"

林冰毫不客气地说："营造的能力你不够，我注意到，你承接完成的工程，都是小工程，就目前你的实力来说，还不可能完成移建豆粉园的工程，所以，我要的不是你的施工能力，而是你的理念和知识。"

张噘于不得不佩服林冰的厉害,就在这么简单的说说看看之间,她已经将他个人的情况和公司的情况摸得透熟了,张噘于不由得点了点头。

林冰却是步步紧逼,说:"聘请你做顾问的事情,你看怎么样?"

张噘于想了想,说:"我再考虑考虑。"

林冰爽快地说:"好,我等你的答复,反正我们马上就搬来你这儿办公,你随时可以答复我,不过时间不能太长。另外,我们这是松散的结构,不是万年桩,这在合同上会写明的,我随时可以解聘,你也随时可以炒我的鱿鱼……"她看张噘于要说话,摆了一下手,"你先让我说完。再有,我的顾问也可能就是你一个,也可能有好几个人,那是我的事情。"

张噘于说:"那当然。"

林冰走后,张噘于的一个朋友问他:"她是干什么的?"

张噘于说:"移建豆粉园。"

三

移建豆粉园的事情一决定,龚主任更坐不住了,赶紧催促雨庭,希望除了简单的报道之外,要有一篇稍大一点的文章。豆粉园是个不为人知的园林,别说对外界的影响,即使在南州老百姓中,知名度也并不高。如果说南州现有的那些对外开放的园林,尤其是一些被列为世界遗产的游人如织、名闻天下的重点园林,是开朗的大姐姐,豆粉园更像是一位深藏闺中无人知的小妹妹,现在,这位小妹妹也终于要浮出水面了。龚主任需要雨庭全面地介绍一下豆粉园的背景,以及豆粉园即将移建的详细情况。

雨庭撑着雨伞,在豆粉园里转了转,老张听说是个记者,也跟在后面走了走,他告诉雨庭,这几天,来豆粉园的人很多,他在这里守了近二十年,也没来过这么多人,雨庭想问问老张的看法,老张却不肯说,只是摇头:"这是他们的事情。"

春雨绵绵,天气阴郁得厉害,雨庭走到豆粉园后墙,从残败倒塌的后墙往外望去,突然看到,雨中残砖碎瓦堆着的废墟上,谢北方正站在那里,手里拿着纸和笔,正在画着什么。

雨庭喊了一声:"谢北方!"一边赶紧跑过去,将自己的伞遮在谢北方的头顶上。

谢北方却身不由己地往后退了退,伞上掉下的雨点正打在他的眼镜片上,谢北方眼前一片模糊,有些狼狈,想摘下来擦一擦,又觉得不妥,嘴里说:"是雨庭,又遇见你了。"

雨庭想不到在这里见到谢北方,意外地高兴,嘴上却说:"谢北方,你那天骗我了吧,你三点钟根本就没有到图书馆去,是吗?"

谢北方有点着急,说话都不太利索了:"我、我没有、没有骗你,我是定了三点去图书馆的,和你分手以后,看时间还早,我就去书店看了看,后来去图书馆的路上,碰到个老熟人,拉着我说了一会儿话,到图书馆晚了二十分钟——真的,我没有骗你,我……你是不是……"

雨庭见他这么认真地急,有点于心不忍了,赶紧说:"没事的,没事的,我跟你逗着玩的,我又不知道你有没有三点钟到图书馆。再说了,三点钟到图书馆还是五点钟到图书馆,没有区别的,只要图书馆不关门……"

谢北方说:"我真的是三点二十分到图书馆,我不会骗你的,进去的时候,我正好看到图书馆墙上的大钟,当时我还想,今天迟了……"

雨庭说:"谢北方,你不用解释得这么清楚,我又没有怀疑你。"

谢北方说:"我知道你没有怀疑我,但是我说话要负责任的。"

雨庭笑道:"你觉得应该向我负责任吗?"

谢北方愣了一下,他也觉察到雨庭的好笑,就有些无措,过了一会儿,喃喃地说:"反正,反正,我觉得对别人说话,都应该负责任。"

雨庭更笑得厉害了:"其实,有些人,他们根本就是不负责任的人,你也就不必向他们负什么责,就像我……"

谢北方说:"不不,你不是……你别误会……"

雨庭见他越来越急,不忍心再开他的玩笑,便把话题扯开去,说:"你来豆粉园干什么?"

谢北方说:"他们要移建豆粉园,想将豆粉园后墙外的旧戏台一并设计进去……"

雨庭说:"是林冰吧?"

谢北方说:"是的,林冰女士,是顾家语先生的代理人……"他停顿了一下,觉得自己刚才的话没有说清楚,又解释说,"他们去过古戏研究馆,想请研究馆的人给他们出出主意,提供一点关于旧戏台的资料或建议,后来我查了查有关武平会馆的资料。"

雨庭看了看,说:"这地方,原来是武平会馆?"

谢北方微微皱着眉,显得十分不安地说:"基本上是这么确定的,但是问题很大,资料上的情况与现实的情况出入很大,我怀疑有些资料可能是错误的……"

雨庭不由得被他的认真吸引了,问道:"为什么?"

谢北方说:"资料记载的武平会馆那样的规模和结构,与这里的地形是完全不相符合的……"

雨庭注意到谢北方手里拿着的纸早已经被雨打湿了,问道:"你想把这里的地形画下来?"

谢北方说:"开始是想画的,但是看过之后,留下很深的印象,不画也能记得了。"

雨庭说:"你打算怎么办?"

谢北方想了想,说:"继续考证武平会馆,首先要寻找进一步的可靠资料,然后再……"

雨庭说:"你有没有想过,也许根本就是搞错了的,可不可能是另一个旧戏台,不是武平会馆的戏台,这里也根本就不是武平会馆所在地?"

谢北方好像忽然被提醒了,心情沉重起来,默默地想了一会儿,像是对雨庭说,又像是自言自语道:"记载是明白无误的,武平会馆,锦绣路中段的书香弄39号,建于某某年,毁于某某年,如果真是搞错了的,那是太不负责任的态度,对于历史,对于文物,怎么能这样呢?"

雨庭注视着谢北方,感受着他身上的那股奇怪的气息,那天晚上在馨香厅,这种气息已经深入了她的感觉,现在,她更分明地感觉到,谢北方的气场,正在渐渐地浸入她的灵魂。雨庭一直是跑文化新闻的,在南州,对于南州历史、对南州传统文化高度重视的人不止一二,大声疾呼的也大有人在,雨庭并非没有头脑的人,对任何事情,她都有自己的判断和评价,但面对谢北方,雨庭的心却有些乱了。

雨庭说:"谢北方,有没有人说你迂?"

谢北方点点头:"有的,经常有人说我迂。"他有些不好意思地看了看雨庭,又说,"你也觉得我有点迂吧?"

能说会道的雨庭,一时却说不出话来了,在一个开放的信息时代,在一个什么都可以接受和消化的时代,谢北方却一直固守着自己的思想和那一块狭小的天地。

林冰急匆匆地赶到了,先向雨庭打过招呼,然后对谢北方微微弯了弯身子以示歉意:"对不起,对不起,谢先生,我迟到了!让您久等了!"

谢北方说:"不要紧,不要紧,我也刚刚到。"

林冰说:"按约定的时间,我迟了一刻钟……"

雨庭看林冰满脸歉意,就替她说:"南州街道狭窄,一下雨,就容易堵车……"

　　林冰说:"是堵了车,但是无论什么原因,迟到就是迟到,这是我应该向谢先生道歉的。"

　　雨庭差一点发笑,这个林冰,这一点倒是和谢北方很像,说几点就得几点,不过雨庭知道,这两个人,可完全不是一回事情。

　　他们一起到豆粉园的立雪堂坐下,林冰已经在这里增设了临时的桌椅和茶水,豆粉园移建的消息一传开,一两天时间里,来豆粉园的人已经络绎不绝了。

　　林冰约谢北方来,是想听听他对旧戏台的建议,谢北方先说了说对武平会馆遗址的疑惑,但是林冰对这个东西不感兴趣,她直截了当地说:"谢先生,你的考证,对我们没有什么实际的意义,我就不听了。根据顾先生的意见,我们设想在移建后的豆粉园内,增设一个仿古的戏台,谢先生,你看看,这个设想,能否行得通?在建筑风格上、传统习俗上,是否协调?"

　　谢北方说:"应该是可以的,过去南州的大户人家,本来就有这种习惯,豆粉园,本来也就是大户人家的花园,所以,风格上、习俗上,是没有矛盾的。"

　　雨庭也插上来说:"有人说南曲是墙内开花墙外香,不久前就有人提出将南曲请进园林的建议,这样不仅墙内开花墙外香,墙内也香。"

　　林冰说:"好,那我们就谈第二个问题,戏台的位置和规模,想听听谢先生的意见。"

　　谢北方说:"这个戏台是置在园林里边的,不宜太大,位置更不宜太显著。首先一点,不能影响和改变原有豆粉园的基本风格,我的想法,可以以现在这样的地形为参考,也在移建后的豆粉园后部,甚至可以另开一个门,这样,戏台和豆粉园有分有合,以后南曲的演出能够兴盛起来,也不至于影响园林的安静,而来园林的人,也一样能被南曲的雅音所吸引……"

谢北方像变了一个人,一说到南曲,一说到戏台,他神采奕奕,平时说话不太顺溜,一着急起来甚至还有点结巴,现在却滔滔不绝,一个磕巴也不打。雨庭在一边注视着他,听他说到南曲的演出能够兴盛起来满脸放光,雨庭心中,不知怎么的,却有些难过。

林冰是一个问题紧追着一个问题,又问:"如果我们的戏台,要取一个名字,还得请谢先生出出主意。"

谢北方脱口而出:"哪样的名字也比不过馨香厅好啊!"

林冰也脱口而出:"我们的想法完全一致。"

雨庭看他们一厢情愿地谈得头头是道,忍不住说:"馨香厅有冠名权,是属于南州文化局的。"

林冰又不假思索地说:"那我就买他的冠名权!"

谢北方一下子却似乎有点舍不得了,好像馨香厅是他家的,他喃喃地说:"这名字能买吗?馨香厅会卖名字吗?"

林冰说:"这世界上,只要买卖合理,双方有利,生意就能做成!"

谢北方心里突然一阵难过,说:"要是真的卖了,馨香厅就没有了,我再也不能去馨香厅听南曲了。"

林冰笑起来,说:"谢先生这话不对了,馨香厅不是没有了,而是到了我那里,我不是一样组织南曲演出,你不是一样能够看演出?"

谢北方有些惊讶:"你……"

林冰说:"难道你以为我建古戏台、给戏台冠名,是为了仿搭一个静止的文物?你错了,我怎么可能让我手里建起来的任何东西变成死的,成为一堆废料,成为不能增值、不能创造效益的东西,这就是商人的职业眼光和职业道德。"

被林冰的激情一鼓动,谢北方重新又有点兴奋起来,说:"要真是这样,那可就太好啦,也可以改善一下演出场所的环境和条件……"

林冰说:"那是当然,首先得有冷暖气,那天晚上去馨香厅看演出,把我冻得差一点逃出来,演员在台上也够呛,穿了绫罗绸缎,瑟瑟发抖,连嗓子都放不开。"

谢北方感动地说:"林女士,谢谢你这么理解和支持南州的传统文化……"

林冰说:"谢我?你是不是以为我喜欢南曲、热爱南曲,其实呀,我根本也听不懂,别说喜欢了,我是个性子急的人,坐在那里听南曲,能把我急死……"

别说谢北方了,连反应灵敏的雨庭也听不懂她的意思。

林冰说:"我不是为我自己去看演出的,是为了顾先生,先生是南曲迷,在美国,机会少,现在先生来不了,我既然来了,就替先生了一了这个心愿。再说了,下面的工作,也需要我了解这门艺术,这可是被称作活化石的瑰宝!"

雨庭说:"那也还是应该感谢你,至少那些喜爱南曲的观众和演员,会感谢你为他们提供的条件……"

林冰说:"我不能接受这样的感谢,说实在的,主观上,我的出发点并不是为了观众,也不是为了演员,当然,如果事情做好了,客观上确实会带来一些变化。"

雨庭开玩笑说:"林女士,谢北方可以成为你的高参……"

林冰说:"是呀,我正在考虑聘请他当我的顾问。"

雨庭说:"那你月薪开多少呀?"

谢北方的脸一下子涨得通红,结结巴巴地说:"不,不,我没有这个意思,我没有说……"

林冰不解地看看谢北方:"什么,你没有什么意思?"

谢北方脸更红了,连话都说不出来,雨庭笑道:"他说他不愿意考虑报酬问题。"

林冰更不解,又看了看谢北方:"你不考虑报酬的问题?我们如果不谈妥报酬的问题,你怎么可能认真地替我工作?"

谢北方目瞪口呆。

雨庭原想替他们两人沟通一下,但是话到嘴边,觉得说也是白说,这两个人,相去实在太远。

这天晚上,雨庭回到家里,有点心神不宁,在电视机前坐了半天,也不知看了什么,后来干脆关了电视,在家里翻起书来,翻着翻着,自己便笑起来,想,我成谢北方了,我查找武平会馆的资料干什么呢?但是,想虽然这么想着,也有些嘲笑自己,但行为上却仍然是这么做着,有关武平会馆的记载是这样的:

位于南州锦绣路书香弄39号,清光绪十二年(1886年)河南武平(今属河北省)旅南绸缎业商人集资创建。规模较大,占地面积约五千平方米。建筑坐北朝南,中轴线上依次为照壁、头门、戏台、正殿。此外,还因地制宜,于头门东连出一厅,正殿西接出一楼……其布局、形制,在南州古建筑中并不多见。武平会馆于一九四五年倒塌。

雨庭写下了下一篇文章的标题:"南州人,你知道武平会馆吗?",写下标题后,雨庭忽然觉得自己很想听听谢北方的声音,这才想到,根本就没有谢北方的电话和地址,就打个电话问尉敏,尉敏说:"雨庭,你这时候找谢北方,想干什么?"

雨庭说:"约会。"

尉敏说:"这么晚了,你约他,他也不会出来的。"

雨庭说:"你别管这么多。"

尉敏说:"电话我可以告诉你,但是我劝你最好别打。"

雨庭说:"为什么?"

尉敏犹豫了一下,说:"我说真话吧,怕你误会我,以为我吃醋,以为我小气,心胸狭窄,我不把实话告诉你,跟你说假话吧,又怕你……"

雨庭说:"你也别说什么真话假话,你只要告诉我他的电话就行。"

尉敏道："你一定要？"

雨庭说："要。"

电话那头尉敏叹息一声，报出了一个电话号码。雨庭记下后，却忍不住问道："尉敏，你叹什么气？"

尉敏说："你不问，我也要告诉你的，接电话的，不会是他本人啊，你要有思想准备。"

雨庭心里一闪，说："怎么，会是他老婆？"

尉敏说："老婆倒是没有的，和我一样，王老五一个。不过我这可是钻石王老五，他呀，充其量一个玻璃王老五……"

雨庭有些急："尉敏，少说废话啦。"

尉敏说："雨庭，你怎么啦，真的……唉唉，谁让我前世里欠了你，我跟你说，谢北方和他妈妈住在一起……"

雨庭心里放下一些什么，轻松多了，笑道："好啦好啦，你忙吧。"挂断电话，就给谢北方家里拨过去，接电话的果然是个女的，幸好事先有尉敏的提醒，雨庭有思想准备，便客气地道："你好，我找谢北方。"

雨庭听着话筒那边的声音，等着谢北方的母亲在电话里喊谢北方听电话，但是等到的却是谢北方母亲彬彬有礼的询问："请问你哪里？"

雨庭说："我是谢北方的朋友。"

"朋友？哪个朋友？你姓什么？"那边的口气一直是和和气气的，但是这种穷追不舍的态度，却让人心里说不出的窝囊。雨庭说："谢北方知道我的。"

谢北方的母亲更加不解，说："谢北方知道你？我怎么不知道你？谢北方的朋友，我一般都知道的。"

雨庭忍住不快说："我是他新近结识的朋友，所以可能您还不认得我。"

那边轻声地一笑，说："这不大可能的，谢北方结识任何人，都告诉我的,他最近也没有谈起认识了什么人,尤其是女孩子。"

雨庭只好说:"我是报社的,姓方,你请谢北方听电话好吗?"

谢北方的母亲才终于喊谢北方了:"北方,有个报社的人找你,她说她姓方……"

过了一会儿谢北方来接电话了:"喂,哪位?"

雨庭好不容易才听到谢北方的声音,赶紧说:"谢北方,是我,方雨庭。"

谢北方说:"方雨庭? 噢,雨庭,是你,这么晚了,有什么事吗?"

雨庭满腔的热情,一下子降到了冰点,握着电话甚至不知怎么办了。

谢北方听不到雨庭的声音,又问了一句:"有要紧事吗?"

"没什么事,"雨庭泄了气,低声说,"没事。"

谢北方说:"噢,没事,没事我就……"虽然谢北方没有说出下面的话,但要挂断电话的意思已经很明显了。

雨庭赶紧问道:"你在干什么呢?"

但是那边谢北方已经挂了电话,没有听到雨庭的问话。听着话筒里嘟嘟嘟的忙音,雨庭心里憋得有点难受,想了想,又拨通了谢北方的电话,仅仅几秒钟时间,电话那头已经又是谢北方的母亲了,她说:"喂?"

雨庭没有吭声,又听到对方"喂"了几声,雨庭只好挂断了电话。

雨庭呆坐了一会儿,电话突然响了,雨庭心里一跳,抓起来就说:"谢北方?"

尉敏说:"错,是我。怎么,电话通上了?"

雨庭没好气地说:"没通上,他的手机是多少?"

尉敏说:"谢北方没有手机。怎么,他不在家?"

雨庭说:"不在。"

尉敏说:"怎么可能,这家伙是夜不出户的呀。"

雨庭说:"那他晚上在家干什么呢?"

尉敏说:"能有什么好干的,还不是盘弄南曲那些东西。雨庭,我可是警告过你,这家伙,可不是你想象的那么简单,你小心……"

雨庭情绪忽然又低落下去,说:"我有什么可小心的,人家理都不愿意理我。"

尉敏说:"雨庭,你真的很想联系上他?"

雨庭嘴也硬不起来了,赶紧老老实实地说:"是的。"

尉敏说:"唉,没办法啦,我把他的电子信箱告诉你吧。"

雨庭得到了谢北方的电子信箱地址,就给谢北方写信,但是意思在心里,字在手边,就是不知道该怎么写,想半天,最后写道:谢北方,你好。没什么事,知道了你的信箱,试着给你发信,看能不能收到。雨庭。

信发出去一两分钟后,雨庭就急着到自己的信箱看邮件,果然看到一个新邮件,雨庭笑道:"你这会儿动作倒快了。"打开来一看,却不是谢北方的,是一位经常看她文章的读者,要给她提供一宗大规模交易假古董假文物的线索。

四

文化局局长钱一平听说林冰要出五十万买馨香厅三个字,一时有点蒙,不由得嘀咕了一句:"她有没有病啊?"

很快,文化系统上上下下都知道了这件事情,议论纷纷,说什么的都有:赞成的人,是举双手赞成,兴奋不已,恨不得立即就卖了这三个字,赶紧将五十万拿到手,好像这三个字卖到五十万是到他自己口袋里去似的;反对的人呢,则是急得双脚跳,恨得咬牙切齿,或者心疼不已,也好像这馨香厅是他们家祖传的。因为这文化系统,需要用钱的地方太多,也正是大量用钱的时候,不说别的,单说南州城里一些老牌的旧书场,都已经摇摇欲坠,要不要修,要不要补,他们算过一笔账,就算简单修修补补,涂脂抹粉一下,南州城里十几家产权归属文化局的书场,就得花上几百万。而财政上给的钱又很有限,一看到钱,一听说钱,大家的神经就紧张起来,意见也总是不能统一。

钱一平在局长办公会上,正式提出了这个问题,大家知道这事情不是传说,林冰已经正式和钱局长会过面,开出了条件,只等着他们吐一个口:卖,还是不卖。

钱一平说过之后,大家有一阵没有吭声,因为今天的表态,很可能就是决定馨香厅命运的表态。当然,也许钱一平心里早有主意,但他毕竟要听大家的意见,也只有当大部分人的意见一致的时候,他才能做自己想做的事情,至少,他得先说服大家同意他的意见,不会一意孤行,这是钱局长一贯的工作作风。

但是现在,到目前为止,他们都还不太清楚钱局长心里到底怎么想的。自从这个风声传开以后,只是有人听钱局长嘀咕了一声:她有没有病啊?以后就再也没有听到他关于馨香厅的第二句话了,更不用说表态。所以今天参加会议的人,都在小心地盘算着,自己该怎么表这个态。

钱一平见大家不吭声,他也清楚大家的想法,便轻松地笑了笑,说:"唉,我们现在呀,叫一个钱字闹的,听到钱就紧张。唉,怪都怪我这个局长,姓什么不好,偏去姓钱。"

大家笑起来,有钱一平这么一轻松,果然,性子急的、有话憋不住的人就开了口。

副局长李铁说:"五十万,这不是天上掉下来的大馅饼?还犹豫什么,还不快张大嘴咬住!"

赞同李铁的张强道:"怎么不是,五十万哪,省着点用,又是一座馨香厅出来了!"

立即有人反对他俩,赵再林说:"什么话,五十万又是一座馨香厅？馨香厅都卖了，别说五十万，就是五百万五千万，再造出来的，也不是馨香厅了！"他说得急了，人都站了起来，手也扬了起来，好像要想挡住什么。

张强说："馨香厅没有卖啊，只是卖了馨香厅三个字嘛，我们的南曲剧场，也不是非用馨香厅做名字，晴岚厅、幽兰厅、月影厅，哪个也不比馨香厅差。"

李铁说："是呀，我们南州文化人这么多，难不成除了馨香厅，就再也想不出好名字来了？"

赵再林觉得与他们无法沟通，便面朝钱一平，争取他的支持："钱局，前不久，南州老字号的品牌熟菜——我也不点名，大家也知道是什么，浙江人要买，你们知道人家开价多少？"

李铁一听就笑起来，说："老赵啊，看起来，你也不是不同意卖馨香厅，只是觉得卖贱了，是不是？"

赵再林立即道："不是，我反对卖馨香厅，不是价格问题，是原则问题，虽然是市场经济，但不应该认为所有的东西都可以用钱买卖！"

张强说："老赵，你说的老字号的熟菜招牌，人家是产品的品牌，这种品牌资产的价值，我们也都懂，但是我们这个馨香厅，只是一个空洞的称号而已，它下面，也只有一座摇摇欲坠的破房子呀，并不是每天能够创造社会财富的源泉啊。"

这话又被赵再林抓住了："张局，你的话我不能同意，创造社会财富，也有物质财富和精神财富两种嘛，你不能说我们不创造财富，我们是创造精神财富的，精神财富是社会财富中不可缺少的重要部分。"

张强笑道："我们赵局不愧是精神文明办公室出来的。"

李铁接着说："如果没有丰富的物质做基础，我们的精神文明，难以立脚呀。就说我们的南曲演出，馨香厅的剧场，还能演出吗？我有时候陪客人去观看，都觉得自己的脸无处放啊，演员的表演那么精彩,那么投入,但是舞台摇摇晃晃,吱吱呀呀。还有,我们的演员,我真的替他们抱屈,是什么收入,什么生活条件,住的什么房子,他们还坚守着这一块传统文化的阵地,我们当领导的,难道就不应该替他们……"

赵再林说:"这是两回事嘛,我又没有说不应该解决演员生活和演出场地的问题……"

李铁说:"要解决,从哪里来钱解决?再说这馨香厅,搁在我们手里多少年了,再这么下去,不说创造财富,早晚是坍塌了拉倒……"

赵再林说:"不是已经让下面打报告上来,准备维修了?"

张强说:"我们这口子,要维修的地方太多了,就是缺少一样东西:钱。说我们一见到钱就紧张,一听到钱就来劲,怎么能不紧张,怎么能不来劲?"

赵再林道:"挣钱也不是这么个挣法,有什么卖什么,卖到最后,都是人家的了,我们还干什么事情?"

李铁说:"也不能说全是人家的了,不还都是在南州吗?不还都是南州的吗?馨香厅三个字就是归了顾氏,不还是建在南州吗?别人说起来,仍然是说,南州有个馨香厅,不会说南州的顾家有个馨香厅,就像这么多年,也没有听人说过,南州文化局有个馨香厅,或者说,南州市政府有个馨香厅,也总是说,南州有个馨香厅啊!"

赵再林说:"但是到那时候,多少收入,你也只能眼看着人家去收获了。"

李铁说:"说到收入,馨香厅放在我们手里,这样下去,倒贴的费用越来越高,就怕有朝一日,我们再也倒贴不起了。"

三个副局长你争我说,钱一平始终笑眯眯地听着,一言不发,他总是要等大家说得差不多了,再来表述自己的意见,而他的意见,一般都是总结了大家的想法,再均衡统一后得出来的,但是今天双方的意见,分歧很大,钱一平恐怕是统一不了的了,但是再矛盾的事情,到了钱一平那里,也能将话说得比较圆,让双方心里都觉得自己胜了。

钱一平说:"争论蛮激烈,针锋相对,但是我听了很感动,大家都是在为我们南州的文化事业着急,是不是这样呢?"

三位副局都点头。

钱一平继续说:"关于馨香厅的最后归属,我想,虽然馨香厅是归文化局管理,但毕竟是国家的财产,有形的房屋,无形的招牌,都属于国家,所以,这件事情,我得先向唐市长汇报一下,听听政府的意见。"

会议结束的时候,张强笑着对赵再林说:"老赵啊,你我都是喜欢瞎凑热闹。"

赵再林说:"这是我们的职责嘛。"

李铁也笑道:"我们的职责,就是咸吃萝卜淡操心。"

走在前边的钱一平,回头向他们笑着说:"没有你们的瞎操心,哪有我最后的主意呢!"

钱一平回到自己的办公室,正在考虑怎么向唐朝副市长汇报,应该以什么样的口气,一个人说话的语气,是很能够代表自己的倾向的,钱一平心底里,哪里舍得,别说馨香厅这三个早已经浸入灵魂深处的字,南州文化系统的一草一木一砖一瓦,都浸透了他的心血,更何况南州是一座具有悠久历史的古城,这一草一木,一砖一瓦,无不折射着浓郁的文化色彩,担任了三年文化局局长的钱一平,对南州传统文化的一草一木一砖一瓦,从泛泛的喜欢,到深深的了解、深深的热爱,从来都是敝帚千金的。

但是现在的情况发生了太大的变化,钱一平内心,隐隐地有个声音在告诉他,馨香厅恐怕是朝不保夕了。

因为钱一平知道,"馨香厅"已经不仅仅是馨香厅三个字,它已经在传递着一种社会进步的信息,尽管这种信息、这种进步,可能是要以相当的甚至是无可估量的代价换得的,但是,这世界上,又有哪一种进步不是以巨大的代价换来的呢?

果然不出钱一平所料,他还没有给唐朝副市长打电话,唐副市长的电话已经追来了,告诉钱一平,闻书记非常重视这件事情,希望直接听一听钱一平的想法。

为了一个旧文化场所的名字,市委书记亲自召开会议商量,不知闻舒到底是什么想法,钱一平多少有些忐忑不安地来到闻舒的办公室,除了闻舒和唐朝,田常规和秦重天也都在场,钱一平心里明白,有些事情,恐怕是要拿他开刀了。

一时间,他甚至有些恨起林冰来,这个远从美国来的中国女人,对这边的事情一知半解,却贸贸然想当然地给他惹出这么个大麻烦来,卖不卖,卖什么,这是迟早的事情,但是钱一平不希望从自己这里开刀,恐怕不仅是钱一平,大部分的干部,都不会希望拿自己开刀,开得好,也是应该的,开得不好,有你的麻烦。

当然也有的干部是例外的,钱一平看了看坐在对面的秦重天,不由得想,秦重天倒是个喜欢拿自己开刀的干部,不过,他要是没有闻舒这个铁板硬的后台,他会吗?

以钱一平对闻舒的了解,知道在闻舒面前,只有老老实实地汇报自己的真实想法,才是最聪明的办法,所以他谈了谈自己这几天的思想历程,说:"一开始,林冰来跟我谈,我一听她这个想法,第一个感觉是喜悦……"

闻舒问道:"为什么?"

钱一平有一点不好意思,但还是直说了:"感觉是生财之道,至少是广开财路的一种思路。"

闻舒点了点头。

钱一平接着说:"但是很快,这种喜悦就被复杂的心情和大家的议论冲淡了。"

闻舒说:"是呀,这一回,文化口子上,你钱一平可是成了第一个吃螃蟹的人啦,压力肯定是很大的。"

钱一平说:"但是,在这之前,我也确实没有想到过,馨香厅这三个字,还能……"想说"卖"字,到了嘴边,又觉得不太雅,又收住了,道,"那要这样的话,我这文化口子上……"

秦重天忍不住插嘴了:"你是不是觉得,如果馨香厅三个字能卖钱,那在文化口子上,类似的东西,可是太多啦!"

一听秦重天的口气,就是有意气在里边,除了闻舒说了几句没有明确态度的话,田常规、唐朝还都没有说话,秦重天就已经将自己的倾向说出来了,这就是秦重天。按理说,这样的干部在官场上是很难混的,但是秦重天能混,也是本事啊,他钱一平就不能这么干。

钱一平有点犹豫,因为秦重天很明显不太高兴这个事情,这与他一贯的"我的,我的"的口吻是相一致的。

秦重天在基层干过好多年,曾经还下去当过乡镇党委书记,养成了一个口头禅:我的。说到自己管辖范围以内的东西,什么东西都是"我的",我的路、我的企业、我的学校、我的宾馆,引起许多人的反感,有人还提到相当的高度来认识这种"我的"现象,认为是封建残余的东西。在候选副市长的时候,闻舒曾经和他长谈过一次,非常严厉地限令他改掉这个口头禅。秦重天是下了狠心,下了苦功,才基本改掉了"我的",但是说话语气中,却仍然时时处处透露出"我的"意思来。

现在秦重天急急地表明自己的态度,但是谁都知道,在今天这个办公室里,他说了不算。

钱一平犹豫归犹豫,话还是要说的,他不一定要去揣摩闻舒的心思,凭他对闻舒的了解,尤其是闻舒今天这样的动作,为馨香厅三个字,居然请来市里几巨头,更使钱一平意识到,闻舒有这样的想法,至少是觉得林冰的建议可以考虑。

钱一平说:"我们局长办公会议,比较一致的意见,可以考虑先试一试……"

秦重天说:"是局长办公会议一致的意见吗?"

秦重天不是分管文化的市长,人家分管书记和市长都在场,这时候他不应该多说什么,但是秦重天的脾气,是按捺不住的。

钱一平说:"开始当然也是有分歧的,但最后至少是基本统一了思想。"说着,忽然觉得有点心酸了,不由叹了一口气,道,"我们这个口子,真是积重难返,我们最近统计了一下,全南州仅需要维修的书场,就需要几百万上千万哪!"

秦重天又想说话了,但是这次没有容他说出来,闻舒转向一直没有说话的唐朝:"唐市长,你有什么想法?"

唐朝说:"我基本同意钱局长的意见,可以先试一试,至少这是一个具有可操作性的走向嘛,如果走不通,我们再另辟蹊径。不过,我认为,我们不能把想法停留在因为财政困难才这么做这一点上。"

轮到田常规的时候,田常规说:"唐市长的话有道理,我们尝试这样做,也是一种探索,不要落得太具体、太庸俗。另外,我认为,只是尝试,步子不宜过大,毕竟这还是个新鲜事情,会引起很多争议的。"

秦重天说:"步子是应该慢一点……"

唐朝说:"秦市长可是一向要快步走的呀。"

秦重天说:"我那是给南州撑家当的,不是卖家当,你步子快呀,不出几天,南州的古建筑就都姓了洋啦。"说着自嘲地一笑,"我还多什么嘴,就我一个反对派。"

唐朝说:"不是说,真理有时候就是掌握在少数人手里。"

闻舒也不容他们再多说什么了,说道:"钱局长,既然人家提出馨香厅,就先拿馨香厅试一试,在具体洽谈的过程中,我们还是得给自己留点退路,具体的怎么签合同我不管,也管不着,但是有一点,希望他们能将馨香厅连同南曲艺术发扬光大,经济效益当然要考虑,但不是只考虑经济效益,这方面,我是外行,你再考虑考虑,是不是可以有一个什么约束之类……"

钱一平说:"这方面,我倒是比较放心的,林冰提出这个想法后,我已经做过大量的调查,顾家语先生是位南曲迷,在网上还有他写的《我与南曲》的文章,写他三十年代在上海第一次看南曲演出,就迷上南曲的这段经历,写得声情并茂,林冰完全是秉承顾先生的意思,所以,我们相信,他们不会委屈了馨香厅……"

秦重天忍不住又说:"他们可是商人!"

闻舒说:"钱局长,你的工作做得很细致。不过,我认为,在谈判的时候,还是要重视这一条,主要的意思就是,怎么对我们保护和弘扬南州的传统文化有利,我们就怎样做。"

钱一平点着头,大家也都觉得这短会该结束了,钱一平最后又说一句:"至于具体的价格,我没有答应她的五十万,据我的估计,还能再谈,再多争取一点……"

闻舒突然摆手让他别说了,紧接着,闻舒说出一句让人惊讶万分的话来:"我的最后意见,具体的价格也不要再谈了,我们不要他们的钱,一分也不要,'馨香厅'三个字,赠送给他们。"

钱一平跳了起来,张大了嘴想说什么,但是愣了半天,什么也没有说出来,脸上却是白一阵青一阵。市委书记光知道要面子,摆阔,根本不顾下面的死活,明明知道文化局需要用钱,人家送到手的钱也给推出去。更何况,馨香厅要卖五十万,都已经被人骂得狗血喷头了,如果白送了,他这个文化局局长还不被唾沫星子给淹死了?

连大嘴秦重天也愣了,到手的五十万,被闻舒轻轻一句话,就葬送了,一个子儿也不见了,秦重天本来就反对卖馨香厅,现在听说要无偿奉送,哪能不急,一急之下,也跟着钱一平一起站了起来,钱一平不说,他说:"闻书记,我不同意你的意见!"

闻舒说:"不同意可以啊,这只是我的意见,我又不是局长,我也不是法人,你们可以参考,也可以不理睬嘛。"

这话的分量压得死人。

钱一平是法人,但是他这个法人头上有紧箍咒啊,这紧箍咒就是乌纱帽,要五十万,还是要乌纱帽,钱一平你看着办吧。钱一平怎么不要哭出来啊!

秦重天说:"既然这样,好办,钱局,你是局长,你可以……"话到一半,手机突然响了起来,秦重天一看,是尉敢打来的,就没好气地说:"什么事,我正开会、发言。"

尉敢说:"蒋厂长在我这儿……"

秦重天说:"蒋厂长,哪个蒋厂长?"

尉敢说:"锦绣路上的那个扇厂的蒋厂长,突然跑来,说林冰要跟她谈生意,看中她的厂了,这事情我也没有思想准备,也没有这方面的先例,秦市长,你什么时候能够过来一下?"

秦重天脱口道:"林冰,怎么又是她?"

五

绢扇厂与豆粉园一墙之隔、相以为邻,锦绣路动迁,两家遭遇同样的命运——迁离锦绣路,但是结果却大不一样。不久的将来,豆粉园将会在南州的另一块地方重新站起来,以既新又旧的面目展现在世人面前。

在这之前,豆粉园已经默默无闻了半个多世纪,几乎被人遗忘,而现在,很可能因为锦绣路的工程,使得豆粉园重新焕发青春,回归到南州园林的队伍中来。而绢扇厂的命运就惨了,这是一座生产传统工艺扇的老厂,早已经奄奄一息了。当别人都在为拆迁的地址和条件无休无止谈判的时候,厂长蒋爱宝接到的是一步到位关门倒闭的通知。

蒋爱宝有一幅字,是著名的书法家妙翁给她写的,抄录陆游的两句诗:

吴中近事君知否，
团扇家家画放翁

南州人从很早的时候就开始制作扇子，东晋时的诗人谢芳姿，就已经为南州的扇子写过诗了：

团扇复团扇
许持自障面

但是，随着时间的推移，传统的扇子生产已经渐渐地没落了，扇厂的日子越来越难过，工资也发不出来，蒋爱宝还曾经准备搞一个扇子节来振兴一下，后来扇子节虽然没有搞成，但是厂里却因此搜集了许多珍贵资料和传统苏扇的许多品种实物，折扇、团扇、纸团扇、绢扇、檀香扇、香木扇、轻便扇、铁折扇、舞扇、象牙扇、纸片扇、广告扇、装饰扇……

可惜，一切都已经太迟了。

扇厂的房子已经很老很旧了，南州传统的房屋多半是砖木结构的，因为江南气候潮湿，这种房屋的使用年限一般只能在六七十年左右，如果不大修，就会自然而然地颓败，即使大修了，也不能从根本上改变它们骨子里的问题。

多年前，政府就一再动员居于古城中心的一些老厂外迁，却是相当艰难，蒋爱宝当年是哭了多回鼻子才赖下来的。其实，不要说当年，就是到了今天，新区发展已经有相当规模了，古城区的人也仍然不肯外迁，宁要古城一张床，不要新区一幢房，这就是他们的基本思想。

蒋爱宝守着破旧的厂房和不死不活连工资都发不出的日子，有一天她在报纸上看到这样一个消息，说的是北京，根据现在的人力、财力、物力,要把整个京城的危房全部维修一遍,大约需要二十五年,如果把北京所有的房屋维修一遍需要二百年。

蒋爱宝泄气地想,关门拉倒了。但是,蒋爱宝也知道,工厂也不是随随便便就可以关门的,关一个厂,下岗的工人就直线上升,那是不得了的事情,所以死撑活撑也要撑下去的。

蒋爱宝手足无措地站在自己的办公室里,自言自语地说,王小二过年一年不如一年了,老牛拉破车走不动了,癞蛤蟆垫床脚死撑活挨,灯草拐杖撑不牢了。

前一阵听说王博要来买扇厂,蒋爱宝像被注射了强心针,振奋了一阵子,她盘算着怎么敲王博一笔,这些钱,要足够把扇厂搬到城外,还要给工人们什么样的福利,蒋爱宝伸长脖子望啊望啊,没有望到王博的到来,却望来了锦绣路的彻底改造和扇厂的彻底完结。

一切的计划、一切的美好想象和宏伟蓝图都随着锦绣路工程的确定和开工如流水般漂走了。

大家明白,对于扇厂,倒闭是早晚的事情,也都有了多年的心理准备,但是等到事情真正临到头上,心理上感情上还是接受不了。卖厂分家,这就是扇厂最后的结局。

蒋爱宝也知道照这趋势,厂是保不住了,国家只能丢卒保车,何况扇厂这只卒,太小太小,小得根本就上不了台盘,讨论扇厂去向的时候,别说秦重天,连尉敢都没有参加,只是事后听了一下汇报,点了一个头。所以,蒋爱宝所能做的,也就是怎么替她的即将下岗的工人们,多争取一点实际的利益,但是现在事情似乎有了些转机。那天林冰从豆粉园转过来,转到了扇厂,饶有兴致地看了半天,对扇厂收集有关传统绢扇的珍贵实物和资料,大加赞赏,当即就对蒋爱宝说:"这些东西,我买了!"

蒋爱宝盘算了半天,狮子大开口,开了一个天价,她心里当然是作了充分的准备,准备林冰杀半价甚至砍掉三分之二,哪知林冰一点声色也不动,眼不眨眉不皱,只说了一个字:"好。"

蒋爱宝甚至都没有听懂林冰的意思,张着嘴愣了半天,才问道:"好,好什么?"

轮到林冰奇怪了,她看了看蒋爱宝,不太明白地说:"咦,刚才你说了那个价格,我说好。"

蒋爱宝大惊失色,脱口说:"你不还价的?"

林冰说:"还价? 那是因为价格不合理,才还价,如果价格合理,还什么价,多此一举。"

蒋爱宝大叫上当,忍不住用南州方言说:"哎呀呀,早知道我就再翻几个跟斗了,美国人,人家都说美国人屄眼精得六六四,这个美国人——唉唉,到底是个中国人啊!"

林冰听不懂方言,但她当然看得懂蒋爱宝脸上的夸张的表情,只是,她觉得蒋爱宝完全没有必要。

大喜过望的蒋爱宝,毕竟是多年的老厂长了,还是有一些组织观念的,虽然内心一千个不愿意一万个不愿意汇报,怕有人雁过拔毛,但是考虑再三,还是向市工艺局领导报告了,工艺局局长一听,说:"蒋厂长,扇厂的事情,已经不归我们管了,你现在是锦绣路工程指挥部的了,你得向秦市长尉局长汇报。"不等蒋爱宝说什么,局长又道,"不过,蒋厂长,我看这事情,悬。"

蒋爱宝急了,说:"为什么? 悬什么?"

局长不好直说,你汇什么报嘛,你要是不汇报,先斩后奏,谁还能拿你怎么着,现在反正混乱时期,领导上顾不了那么多,以后万一有什么追究,你最多承担一个觉悟不高或没有及时汇报的责任,现在一汇报,就等于要让秦重天、尉敢承担责任了,他们会是什么态度,谁知道呢,你还不如现捞了。局长这些想法,很实在,但是拿不上台盘,讲不出口的,尤其不能和蒋爱宝讲,蒋爱宝一张嘴,无遮无拦,遇事又不动脑子,你好心地帮了她,她无意间卖了你,所以话到嘴边,局长又咽了下去,改口道:"你可以利用这个机会,跟指挥部谈点条件嘛,本来对你们扇厂,这样安排确实是有些不公平,但是我们不好说话了,现在只有靠你自己救自己了。"

蒋爱宝果然是不动脑子,即刻就打电话给尉敢,说:"尉局长,你们要是不能安排好我们工人的工作,我的扇厂就卖给林冰了!"

林冰要买扇厂,这还了得,豆粉园的事情才刚刚开了个头,她又要抓住扇厂了,先买下去,再和他们谈条件,她的思路,倒是和王博如出一辙,不过,连王博都没能做的事,秦重天能让林冰做吗?秦重天急急赶到工程指挥部,才知道林冰根本不是要买什么扇厂,只是要扇厂的一些东西而已,这才松了一口气。

蒋爱宝已经迫不及待地说起来:"秦市长,如果不违反政策,就卖给她吧,这样,我们也有点钱安抚失业的工人,要不然,把扇厂当废铜烂铁卖了,才值几个钱啊?"

秦重天说:"钱,钱,钱,你们眼里只有钱?"

蒋爱宝委屈地说:"我那么多工人,都是老工人啊,在厂里这么多年,就没有享过福,贡献倒是少不了他们,五十年代、六十年代、七十年代,他们什么时候不是生产先锋啊,临到退休,塞个仨钱俩钱就叫他们走路,我心里过不去啊!"

秦重天说:"你心里过不去,我心里过得去?"

蒋爱宝说:"你是市长,总比厂长有办法……"

秦重天"哈"了一声,说:"你这个说法,有道理……"话虽这么说着,但心思显然在想别的,果然,过了片刻,他话锋一转,问道,"她要买的,是些什么东西?"

蒋爱宝说:"她要那些资料和实物……"

秦重天皱了皱眉,问道:"什么资料?什么实物?"

蒋爱宝:"前几年,我们曾经想办一个扇子节……"

秦重天忍不住挖苦道:"想法倒不错。"

蒋爱宝说:"那几年,外边什么节都有,大蒜节、山芋节,狗屎猫屎里都有文化的,我们的扇子,才是真正的南州传统文化,那时候,你们领导不是一再叫我们文化搭台经济唱戏的吗?"

秦重天说:"你们那戏,还唱得起来吗?"

蒋爱宝说:"戏虽然没有唱起来,但是我们搜集了许多宝贵的传统绢扇实物和资料……"

秦重天突然一挥手,口气有些不屑地道:"啊,这些东西,该是唐市长管的吧,蒋厂长,你是不是找错分管领导了?"

蒋爱宝却是按着自己的思路说下去:"另外,还有我们这许多年自己生产的扇子,林冰看了说,这许多东西,可以办个扇博馆扇博会了。"

"扇博馆扇博会?"秦重天不由得重复了一遍,一瞬间,林冰的这个主意,倒在他心里点亮了一盏灯,这盏灯一亮,使得秦重天顿时兴奋起来,他也顾不上分清谁是分管领导了,脱口道,"扇博馆扇博会,为什么要给她?这是我们南州自己的宝贝!我们自己不能搞?不过,倒要谢谢她启发了我,如果扇子也能办个展会,我们南州那许许多多传统文化传统工艺,可真够得上一个天然大博物馆啊!"

蒋爱宝着急了,本来她是想从中得到一点好处的,哪怕一点点,也像是救命稻草,可秦重天这么当头一抢,看起来要抢过去归他了,蒋爱宝急道:"秦市长,林女士可是先来找我的,再说了,这些工艺扇的实物和资料,是我们最后一点值钱的家当了!"

秦重天笑起来:"蒋厂长,你把我看成什么了,强盗?土匪?哈哈,我秦重天面临的困难再大,也不至于堕落到和你去争抢什么吧。"

蒋爱宝有点不好意思,想笑笑,但实在是笑不出来。

秦重天来了精神,向尉敢说:"我们规划中新锦绣路中心地段的会展中心,原来我主要考虑一些现代科技方面的展览,现在看来,这个想法单调了一点,完全可以再辟一个南州传统文化传统工艺的展区,所以,我想我们得重新考虑一下会展中心的面积和规模,还有,它的多方面的功能……"

蒋爱宝见秦重天已经完全没有心思听她的故事,便道:"秦市长,林女士等着我的回音呢,我怎么答复她?"

秦重天扬了扬手,说:"不用你出面了,我会跟她谈。"

蒋爱宝目瞪口呆,忙了半天,好处都给秦重天得去了。

尉敢一直没有说话,这时候,好像想说什么了,但是仍然没有说出来,他看着秦重天,想,你一个人上蹿下跳,真有三头六臂?什么都得你出面谈?什么都得归到你的手下,你忙得过来吗?豆粉园的麻烦,刚刚解决,那边部队那块地皮,那么棘手的麻烦,现等着你,你这会儿又嫌事情不多,还要惹个扇厂的大麻烦,本来扇厂的工人也都已经知道,并且接受了最后的结果,都准备告老还乡了,你这不是无事生非吗?

秦重天知道尉敢要说不肯说,点道:"尉局长,有话别闷在肚子里。"

尉敢想了想,说:"南州的传统文化传统工艺都已经有了相应的小型博物馆、小型研究馆,再在会展中心办这样的展区,是不是重复浪费了?"

秦重天说:"那些小博物馆,鸡零狗碎的,成不了气候,又不集中,散落在东西南北的,人家外面来人,看你一个两个了不得了,我这样集中起来,让他一眼看个饱!"

尉敢说:"投入会展中心的资金不是一笔小数字,不得不考虑经济效益,我担心……"

秦重天说:"你凭什么说没有经济效益?"

尉敢就不想再说了,他和秦重天,在许多问题上,分歧是明摆着的,以尉敢看,秦重天许多观念,已经相当落后,跟不上形势,但是秦重天官大一级压死人,尉敢也不便与他明争,常常说了几句,就偃旗息鼓。

秦重天得胜,得意地笑起来。其实,秦重天心里非常明白,尉敢比他有眼光，比他站得高，两人虽然年纪相差不大，但在秦重天的感觉上，尉敢和他已经是两个时代的人了，虽然都是大学生，但尉敢的知识结构、对新事物接受的速度和程度，都是他望尘莫及的了，可是在气势上，秦重天就不能服这个软。

　　同样，尉敢对于秦重天，也是奇怪的想法，明明知道真理在自己手里，明明可以据理力争，而且必胜无疑，但偏偏又时时要让着点秦重天，说是官大一级，其实，尉敢内心深处，是很服秦重天的。

第 8 章

一

宴请邱政委,其实就是灌邱政委的酒。邱政委的酒,可不好灌,邱政委酒量既大,又好斗,这是要敬酒的人拿命去拼的。

秦重天是有备而来的,邱政委也绝不会无备而至,坐下来一看,双方都心知肚明,知道今天是旗鼓相当,必有恶战一场。

邱政委资格老,又喜欢倚老卖老,与秦重天也是多年老交,开口闭口喊的是"小秦",秦重天在自己下级面前,被"小秦小秦"地呼来喊去,尽管熟知邱政委的脾气,毕竟心里有些过不去,一时兴起,也记不得讲究兵法,便率先出击,与邱政委单打独斗起来。

结果当然是可想而知。喝得七荤八素的秦重天拉住邱政委不放:"邱政委,你表个态,回迁的事情,我们再商量。"

邱政委打着哈哈说:"小秦啊,你看你看,这酒还没怎么喝呢,这司马昭之心,就暴露出来了啊,我说这个小秦怎么这么有人情味,不忘我这糟老头,请我喝酒啊,却原来醉翁之意不在酒,小秦你给我摆的是鸿门宴啊,啊哈哈……"

邱政委文化水平不算高,但在部队里也算个才子型的领导了,他的部下听邱政委说话,都听得十分崇拜,配合也十分默契,此刻又撩起了新一轮的进攻。

秦重天知道自己已经不能再喝了,但是心里窝囊,壮志未酬身先死,这算什么呀,秦重天不愿意认这个输,口齿不清地说道:"邱政委,今天你这个态不表,我们就、就继续、继续喝、喝……"

邱政委笑道:"这正合我意,继续喝!"

尉敢向李棉使了使眼色,李棉站起来敬邱政委的酒,哪知秦重天将李棉一拨拉,一手抓过一个喝饮料的大杯,另一手持起白酒瓶说:"邱政委,你说吧,要我怎么喝?"

其实,酒喝到这份上,今天在场的所有人都知道,地皮的事情谈不下来,秦重天再喝也是白喝,邱政委不会表态,更不会让步,甚至连再商量的应允都不肯给,要不邱政委哪来"老骨头"的外号。老骨头这里,可不是几瓶酒能够摆平的。退一万步说,就算邱政委被摆平,还有白司令,如果说邱政委是块老骨头,白司令就是名副其实的钢铁司令。

但是现在秦重天已经没有了这么清晰的思维,虽然邱政委没有再激将他,他却自己将大杯加满了,出奇平静地看了看大家,没有说话,缓缓地,像喝白开水样的,将一大杯白酒灌了下去,然后又缓缓地放下杯子。

一时有些静场,过了片刻,邱政委鼓起掌来:"好,好,小秦,好样的……"

政委一鼓掌,部队方面的人都跟着鼓掌,噼噼啪啪手掌乱响了一阵后,秦重天站了起来,出奇平静地说:"我出去走走,你们继续喝。"

秦重天走出饭店,小钱的车子已经紧紧跟在他身后了,秦重天生气地一拍车身:"谁让你跟着我?"

小钱开下车窗,担心地看着秦重天。

秦重天愣了一会儿,忽然笑起来,说:"小钱,你给我开车几年啦?"

小钱说:"一年多了,您到市政府就……"

秦重天说:"好,你说说,一年多,你见过我醉没有?"

小钱心想,见得可多了。但是小钱知道秦重天这时候不能刺激,一刺激,还不定做出什么事情来,赶紧道:"没有,没有,秦市长的酒量,我们大家都服的。"

秦重天说:"好,既然服的,就别跟着我,你跟着我,只能说明你不服我,以为我酒量不行,以为我醉了,是不是?小钱,你不想这么不给我面子吧?"

秦重天思路和说话都清清楚楚,一点醉意也不见,刚才佟秘书明明千关万照,说秦市长喝多了,一定把他送到家。难道酒桌上那么多人,包括跟了秦重天这么久的佟秘书都被秦重天的假象蒙骗了?小钱也想不明白其中的道理,秦重天不是一个在喝酒上玩花招的人,只有醉了不肯承认,绝不会不醉称醉。

小钱疑疑惑惑的,实在是不敢将车开走,但无奈秦重天站定了在那里等他,车不走,他也不走,最后小钱只得说:"秦市长,那我走了,你要用车,打电话给我。"

秦重天向他挥挥手。

小钱车尾的灯光,渐渐地远去,秦重天强压着的酒意,再也压不住了,他赶紧到路边吐了个痛快,吐过之后,感觉脚底像踩着棉花似的,思绪却是十分的活跃,忽然想起一些关于醉酒的笑话,想着想着,独自地笑起来,几个夜行的路人见了,避之不及,秦重天的哈哈大笑声紧紧追着他们的脚后跟,但是紧接着,"啪"的一下,笑声戛然而止。

秦重天重重地摔倒了。

迷迷糊糊中,秦重天感觉有人走近来,看了看他,又走开了,又有人过来,看了看,说,喝醉了,赶紧又走开了。

不知过了多少时间,秦重天依稀感觉额头上凉凉的,抬手一摸,手上黏糊糊的,秦重天不由又笑出声来,嘀咕道:"妈的,跌破头了?"

秦重天残存的正常意识告诉他,得上医院,这个意识支撑着他,跌跌撞撞地打了个的,一上车,司机吓了一跳,说:"跌破了?"也没等秦重天说什么,车就直开到医院,停下车,才听到秦重天的呼噜声,司机哭笑不得,将他推醒:"喂,下车吧。"

秦重天稀里糊涂地下了车,不等他回身,出租车已经开走了,秦重天被凉风一吹,有些醒了,看着出租车的后灯,自言自语说:"咦,他没有要钱?活雷锋啊。"又想笑,但是努力地控制着自己的意识,朝灯光大亮着的医院急诊室走去。

急诊室询诊处的护士看了他一眼,问:"看什么?"

秦重天指指自己的脑袋。

护士瞄了一眼,看到秦重天血糊糊的额头,仍然面无表情,在小纸条上写了两个字"外科",递给秦重天。

秦重天愣在那里。

护士说:"愣着干什么,拿着这个,到对面去挂号。"

秦重天走开的时候,听到里边在说:"又是喝酒喝的,现在的人,怎么都喝不死?"

挂了号,秦重天找到外科急诊室,进去一看,有两个人头破血流的,还在吵闹,拉拉扯扯,护士在说:"打成这样,还没够啊?"

秦重天觉得这些人很可笑,想笑出来,但是满肚子的酒意再次涌了上来,他支撑不住了,一屁股坐下来,又要睡了。

有个醉鬼跌破了头,怕老婆骂,回去轻手轻脚进卫生间,找个创口贴贴住伤口,又悄悄地溜上床,一切未惊动老婆,暗自得意。哪知第二天早晨,被老婆吼醒,死鬼,昨晚又喝醉啦!他狡辩道,我哪里出问题啦,你凭什么说我喝醉?老婆说,你没有醉,那是谁把创口贴贴到卫生间的镜子上?

迷迷糊糊中,秦重天听到有人很紧张地打电话说:"顾医生,请你快来急诊室看看,有个病人,喝酒的,但是现在休克了,情况不大好,我们初步诊断,心脏可能有问题……"

秦重天迷迷糊糊地想:"谁呀,心脏不好还喝酒,不是找死吗?"想着,觉得脑力不够用,又想睡了。

只过了一小会儿,有人说:"顾医生来了。"

"怎么回事?什么症状?"听声音,这位女医生是刚刚进来。

接着就有人翻他的眼皮,秦重天直想笑,想,原来是说的我呀,开什么玩笑……他想睁开眼睛对他们说:"我没有休克,我是喝多了。"但是他既睁不开眼睛,也说不出话来。

"谁送他来的?"

又是女医生的声音,这声音好像很熟,秦重天想睁开眼睛看看,可是睁不开,上下眼皮紧紧合在一起,像一对生死恋人,就是不肯分开。

"好像是自己一个人来的。"

"病历呢?"

窸窸窣窣,递病历和翻病历的声音,接着又是女医生的声音:"秦天?"

秦重天自鸣得意地想,幸亏挂号时灵机一动,没有写上真实姓名,要不然,女医生一看,秦重天?怎么跟市长一个名字?心里正这么得意着,五脏六腑又开始翻江倒海,而且来势迅猛,秦重天想控制都控制不住,"哇"的一下,喷吐了一地。

急诊室里顿时弥漫出呛人的酸臭味,护士尖叫起来:"你干什么?你干什么?"

秦重天无力地靠在椅子上,这一吐,好像是将他浑身的筋都抽了,皮都剥了,秦重天剩下的最后一点点力气和意志全部垮了,他脸色煞白,额头上直冒冷汗,心跳动得像要蹦出心房。他听到护士生气地说:"喂,你自己扫干净啊!"护士去推他,却被女医生阻止了,说:"小周,快去拿听诊器,他脸色不对!"

很快,冰凉的听筒搁到了秦重天的心脏部位,秦重天能够听得到自己的心跳,扑通扑通,像敲铜鼓。

"来,扶他躺下,做心电图。"女医生说。

几个人七手八脚地扶了秦重天躺下,有人在问:"心脏怎么样?"

女医生没有回答,听诊器焦急地到处搜寻着。

又有人问:"头上的伤口……"

女医生说:"伤口事小,等一会儿再处理……"她一边替秦重天做心电图,一边俯下身子,靠近了秦重天,轻声地说,"秦市长,你感觉怎样……"

秦重天终于睁开眼睛笑了一下:"顾医生,到底没有逃脱你锐利的眼光。"

尽管秦重天做出一副无事的样子,努力表现得轻松幽默,但是他身体上的反应逃不脱顾红的审视,秦重天越是硬撑着要面子,顾红心里就越是不好过,她一改以往的直率脾气,竟犹豫了一会儿才说:"你怎么……你以前心脏有问题吗?"

秦重天说:"我心脏有问题?开什么玩笑。"

顾红说:"喝了多少?怎么没有人陪你?"

秦重天说:"有顾医生在这里,还用别人陪?"

顾红拉下心电图纸,细细地看着,又用卡尺量着,半天没有吭声,护士过来问:"顾医生,伤口要不要处理?"

顾红口气有些急躁:"谁说不要处理?"

护士用消毒酒精给秦重天消毒,秦重天猝不及防,疼得"哎呀"了一声,顾红瞪了护士一眼,口气很严厉地说:"你手脚不会轻一点?"

这个护士向另一个护士交换了一下莫名其妙的目光,另一个护士低声说:"是市长。"

顾红听到了,生气地说:"说什么废话?"

护士吐了一吐舌头,包扎好了伤口,赶紧走开了,顾红仍然在看心电图纸,皱着眉头。秦重天说:"顾医生,别看了,谁喝了酒心脏不乱跳。"

顾红板着脸说:"这个星期,抽个空,来医院彻底查一下。"

秦重天翻身坐起来,笑道:"还当真了。"

顾红说:"你可以直接到心血管科找我,你要是信不过我,我也可以再给你介绍个心血管专家……"说着忽然一笑,"我这个人,也太自以为是,大市长,找医生还需要我介绍?但是我警告你,秦市长,这个星期你一定得来检查……"

秦重天道:"好吧……"

顾红又说:"是不是当市长都得像你这么喝,除了喝酒,你们还做些什么?"

秦重天听顾红这么说,想起今天的无功而返,还牺牲了自己,心头就十分不平,说:"顾医生说得对,我这个市长,别说其他本事,喝酒的本事也不够啊,把自己放倒了,也无济于事!"

顾红没有再接秦重天的话头,回头叫护士:"小周,你给市政府值班室打个电话……"

秦重天赶紧说:"饶了我吧,给我在部下面前留点面子吧。"说着赶紧要逃跑的样子,顾红说:"你能走?"

秦重天已经走出了急诊室,顾红想了想,还是追出去,秦重天刚到大门口,出租车已经在摁喇叭了,秦重天一头钻进车子,顾红追出来,看到的已经是出租车的尾灯了。

目送着秦重天走了,顾红心里忽地涌起一股说不清的滋味,她辨了辨,觉得竟是有些怜悯,但随即自我嘲笑起来,一个当红的咤叱风云的市长,用得着一个普通医生去怜悯吗?

秦重天打的回家,已经不早,王依然正在看一个 DVD 片子,秦重天一身酒气重手重脚地进去,王依然眼皮也没抬,说:"小佟打过电话来。"

秦重天说:"说什么?"

王依然眼睛盯着电视，无动于衷地说："说你又喝多了。"

秦重天说："听他的。"一屁股坐在王依然旁边。

王依然微微地一皱眉，说："你喝多了，早点去睡吧。"

秦重天说："睡劲过去了，现在又不想睡了。"想用手去勾一勾王依然，但是看到王依然的眼神，停止了动作。

王依然摁了停止键，说："你坐在旁边，我看不进去。"说这些话的时候，王依然始终没有正眼看一看秦重天，甚至也没问他这些时间到哪里去了，甚至连他头上贴的纱布也没有注意到，她身上只是散发出不愿意他待在旁边的气息，秦重天重重地叹了口气，起身说："老婆很讨厌我啊。"

王依然重新摁了开始键，继续看片子。

秦重天进了卧室，和衣躺到床上，额头上的伤口一抽一抽的，有些阵痛，电话铃响了几声，秦重天见王依然在外面没有接，便去接了。

意想不到的是邱政委的电话，话音未到，"哈哈哈"的笑声已经先过来了："小秦啊，今天可不像你做的事情啊，做了酒席上的逃兵啦……"

秦重天虽然被邱政委嘲笑着，但是心中大喜，这个时候，这么晚了，邱政委打电话来，必有好事，秦重天顾不得和邱政委打哈哈了，赶紧说："邱政委，我的行为终于感动上帝啦！"

邱政委说："上帝？上帝在哪儿呢？"

秦重天讨好道："您老人家不就是上帝？"

邱政委又哈哈大笑："小秦啊，知道我有好消息给你，不那么气势汹汹杀气腾腾啦？"

秦重天顿时感觉心上的重压减轻了许多，长长地舒出一口气，想：妈的，怎么老是透不过气来！

邱政委说："我刚刚和白司令商量过，小秦啊，这可是为你啊，叫我们两个老家伙，半夜三更的商量事情，还是你面子大，白司令一听说是你的事情,没有二话的。"

秦重天急于要听他们商量的结果,但邱政委酒后话多,偏偏卖关子,七扯八绕的,又说:"小秦啊,记住,今天这顿酒不能算数的!"

秦重天赶紧说:"那当然那当然。"

最后邱政委告诉秦重天,部队方面同意秦重天的意见,回迁一半面积,不等秦重天笑出声来,邱政委已经加重了语气,将他的笑声挡在了心里,邱政委说:"但是,回迁的面积,得由我们自己全权处理!"

秦重天暗暗叫苦,邱政委和白司令,可都是敢说敢做的人物,他们所谓的"全权处理",也就是说,在新锦绣路沿线,他们想盖什么就得让他们盖什么。

那么我锦绣路的整体规划呢?如果动迁的单位都像你这样,想盖什么就盖什么,想搞哪样就搞哪样,那还有我秦重天什么事?还有什么狗屁整体规划?到头来,还是得由你们牵着我的鼻子。但是,秦重天想虽是这么想着,可他分得清先后远近,知道当下的主要矛盾和次要矛盾,眼前的利益,使得他不得不暂时地放弃一些长远的想法,因为毕竟长远的想法还没有走到眼前,到了那一天,到了具体规划的时候,再与他们磨吧。

邱政委早已经洞穿了秦重天的心思,道:"小秦,你别跟我耍什么鬼花招啊,我告诉你,具体的谈判,明天就谈,明天上午就谈。"

秦重天急了:"邱政委,我明天还有……"

邱政委断然道:"我不管你明天有没有空,都得谈,不谈下来,我也不好向白司令交代!"

秦重天也知道这是无法回避的,只得说:"邱政委,谈判您参加吗?"

邱政委说:"我老朽一个,也不懂你们新规矩,我就不出面了,后勤部黄部长可以全权代表,他的意见,就是我和白司令的意见。"

放下电话,秦重天努力平定着情绪,短暂时间里经历大喜大惊,使他的心脏实在有点不堪重负了。

二

秦重天七点半到办公室,刚刚坐下来,还没来得及理一理思路,小佟已经进来报告,军区后勤部的黄部长来了。

秦重天脱口道:"果然追得紧啊。"一边抓起电话打给尉敢,尉敢还没到办公室,秦重天气道:"他倒清闲,这么晚了还不上班。"

小佟说:"没到上班时间呢。"

秦重天更是气不打一处来:"怎么,你跟着我吃亏了是吧?每天都是不到上班时间上班……"

小佟一看情形不对,赶紧说:"我去给尉局长打手机。"边说边要溜出去。

秦重天说:"不用你打。"一边给尉敢拨手机,小佟走也不是,不走也不是,一时还不知道今天秦重天又是发的什么脾气。

尉敢果然还没出家门,接了手机说:"秦市长,你真会掐时间,我手机刚刚开一秒钟,你就打进来了。"

秦重天说:"大少爷,该起床了!"

尉敢说:"早起来了,弄早饭吃呢。"

秦重天说:"你马上过来,到我办公室。"

尉敢知道又没什么好事,赶紧说:"我今天已有安排,规划的事情,今天还得再论证……"

秦重天说:"尉敢,你还好意思说,你那规划,报了三次被驳了三次,你还在磨蹭什么啊?"

尉敢心想,怎么成了我的规划了呢,明明是你秦市长的规划,我不过做你的枪手而已,报了三次驳回三次,不都是你秦市长的意见? 心里这么想着,嘴上可不能这么说,听秦重天的口气,又像吃枪药了,他不敢惹,只是说:"所以,要抓紧呀,今天请了专家……"

秦重天说:"专家先等一等吧。我问你,部队那一块你最后怎么弄的?"

尉敢说:"根据你的意见……"

秦重天气道:"我的意见? 我有意见吗?"

尉敢知道秦重天不讲理的脾气又来了,干脆不说话了。

秦重天说:"你不说话,不说话就能躲得过去? 尉敢,你其实也明白,白司令邱政委那儿摆不平,你再好的规划不也是泡汤?"

尉敢说:"这我知道,但我也不能总等着他们,给他们拖死呀,我现在是黄泥萝卜,揩一段吃一段,已经定了性的、可以规划的先搞起来,等到他们那边松口,黄花菜都凉啦。"

秦重天说:"你这么悲观?"

尉敢苦笑一声:"秦市长,你看看昨天晚上这酒喝的,我回去吐得苦胆水都吐出来啦,这酒喝得多冤,赔了夫人又折兵!"

秦重天心想,你还不知道我的狼狈呢,头都跌破啦,嘴上却说:"尉敢,你就不知道事情会发生变化? 我告诉你,现在黄部长正在我这儿等着呢,他们让步了,只要回迁一半面积……"

尉敢简直不敢相信自己的耳朵:"什么?"

秦重天却不容尉敢有半秒钟的喜悦,立即浇一盆冷水上去:"但是,下面的事情更艰难啊!"

尉敢立即敏感到了问题的关键,性急地问道:"他们要在回迁部分干什么?"

秦重天说:"这正是我要你马上过来的原因!"想了想,又关照了一句,"等一会儿,具体谈的时候,得见机行事,该让步的还是得让步,不要惹毛了两个老家伙,到时候收不了场。"

放下电话,秦重天情绪稍好一些了,见小佟还站着,而且直直地盯着他的脑袋看，秦重天说："看什么，找纱布啊？纱布给我撕了。"

小佟说："后来顾医生打电话给我了。"

秦重天笑道："她是不是怕我坐上出租车被拐了卖了？"

小佟只说了一个"她"字，便停下了，犹豫着，好像还想说什么，但终究没有说。

轮到秦重天盯着小佟，看了一看，忽然一急，问道："黄部长呢？"

小佟说："我请他在会议室稍等。"

秦重天道："什么话，让邱政委白司令的人干等着，你想干什么？马上请黄部长来……"说着自己站起来，道，"我亲自去请。"

等尉敢赶到，秦重天和黄部长已经是称兄道弟的感觉了，他们正在大谈男人的养生之道，黄部长说："现在流行的说法，男人苦啊，男人有'三有三不'：男人有泪不轻弹，男人有苦不肯说，男人有病不去看……"

秦重天也哈哈笑着说："所以有人提出，男人要有一个中心两个一点，以健康为中心，潇洒一点，还有什么一点……"正说着，见尉敢进来，秦重天话题一转，说，"尉局长来了，黄部长，我们就切入主题吧？"

秦重天盯着尉敢，想：好你个尉敢，别想在关键时刻耍滑头，上回黎江川姐姐家的事情，就不肯担肩膀，非要把我逼出来，逼到光天化日之下，这一回可不能让你滑过去。

尉敢也看着秦重天，想：好你个秦重天，关于锦绣路的决定权，事无巨细都在你手里，还非要等我来了才开始，安的什么心，算是在黄部长面前重视我吗？一会儿又是叫我做难做恶人，我今天还偏不开口，看你能拿我怎么办。

黄部长眼睛虽然看着他们，却是在想着自己的心思：我们白司令和邱政委，什么角色，便宜能让你们占了去吗？

部队方面的方案,是要在回迁的黄金地段,建一家六层的多功能大酒店,名字都已经想好了,就叫爱民酒店。

黄部长话音未落,尉敢就坐不住了,刚刚暗自发了誓,不想听秦重天摆布,要叫秦重天去做难,一转眼就忘了。一向被秦重天嘲笑为"有涵养"的尉敢涨红了脸,几次欲打断黄部长的话,反倒是被秦重天的眼色制止住了。但秦重天制得住一时,制不住多时,等黄部长一说完,尉敢还是忍不住站了起来,正要说话,听得秦重天咳嗽一声,尉敢也意识到自己情绪有点冲动,但是已经站起来了,又不能马上坐下去,只好顺势去给黄部长和秦重天的茶杯加点水。

一时有些冷场,黄部长一点也不着急,他跷起了二郎腿,慢悠悠地喝着水,又点了一根烟,透过烟雾,黄部长眯着眼睛一会儿看看秦重天,一会儿看看尉敢,等着他们的下文。

秦重天稍等了一会儿,转向尉敢说:"尉局长,你是规划局局长,你能不能向黄部长介绍一下锦绣路规划的总体要求?"

尉敢看了看黄部长,话中有话地说:"锦绣路的规划,经过这么长时间的宣传,应该说是家喻户晓的了,黄部长不会不了解吧。"

黄部长笑道:"我们部队上,可能比较闭塞吧,对我们现在的城市改造城市建设等,我们的认识、我们的理解、我们的觉悟,都不能和你们一线的地方干部相比嘛,秦市长,你说对不对?我来之前,我们白司令邱政委再三叮嘱,要我虚心向地方领导学习和请教。"

这是一团软棉花,跟这样的人谈判是最让人头疼的,尤其是性子急的人,秦重天和尉敢心照不宣地互看了一眼。恰恰这么个人,又是能够说了算的,你不拿下他,事情就无法进行,但是你要拿下他,也就等于拿下白司令和邱政委,其难度可想而知。

由市委市政府决定后报省政府批复的锦绣路规划总体要求十分明确:沿新长洲路轴线上的建筑,一般高度不得超过四层楼的高度,楼房以二三层为主,少部分四层,极个别要建五层的,就要特批,这是保持古城特色的起码的也是绝对的条件。如果在这古城区的狭小的空间,都竖起一幢幢高楼大厦,古城的面貌,必将破坏殆尽。

但是人家现在是仗着自己有地,有地产权,逼你就范,黄部长笑眯眯的,看着秦尉两人,但是他身上发出的气息,却是咄咄逼人。秦重天、尉敢都憋着,不知谁先开口,也不知开口第一句该说什么,憋了半天,这回轮到有涵养的尉敢先憋不住,他直截了当地说:"黄部长,搞六层恐怕是行不通的。"

黄部长也不假思索地说:"行不通?不会吧,在我们这一头,有白司令和邱政委,在你们这一头,有秦市长和你尉局长,这都是人物啊,老实说,有这么几个人物在,要在南州办个事情,还有行不通的?"

尉敢一开始就被逼住了,就已经以退为进了,说:"别说整条锦绣路没有这样的高度,在你回迁的那个地段,是锦绣路的颈口地段,更不可能随随便便突破口子。"

黄部长始终是笑眯眯的,又说:"整条路上没有的高度,我们有了,不也是一种创新吗?再说了,这个黄金地段,为什么要千篇一律,为什么不能搞得花样一点,高高低低,多有层次感嘛……"

黄部长的态度越好,尉敢心里越毛躁,说话就越体现不出水平了:"就算我们这里通过,上面也通不过,锦绣路的规划,是省政府批的……"

黄部长说:"我当然知道规划是省政府批的,但是规划是你们作的,对不对?你们能作那样的规划,就能作这样的规划,对不对?再说了,凭你尉局长的能量,你能让省政府批你这样的规划,也一定能让省政府批你那样的规划,对不对?"他循循善诱,像个耐心的老师在教育小学生。

尉敢气得差一点说:你当省政府是我们开的店啊?但毕竟这

话是不能说的,他咽了下去,说道:"黄部长,规划是什么?规划是全面和长远的计划,是我们做事情的大方向……"

黄部长笑道:"尉局长,你是大知识分子,我可是大老粗,你研究生,我可是高中也没有毕业就当兵了啊,你别跟我咬文嚼字啦。"

尉敢却坚持继续说:"我们干任何事情,都得给自己定方向,要不然,你要朝这边走,我要朝那边走,这怎么个弄法?拿你们部队的话说,步调一致才能得胜利!"

黄部长说:"尉局长,我今天来,不是代表我自己的,我是代表白司令和邱政委的。秦市长,邱政委也跟您说了吧,我们白司令和邱政委,一直是步调一致的啊!"

一直都没有说话的秦重天,到现在也仍然没有找到说话的切口,现在黄部长点着他了,而且尉敢情绪又很激烈,秦重天眼下能够充当的角色,也只能是个和事佬,尽管他心里都恨不得扒下这个绵里藏针的黄部长几层皮来,面子上却还要微笑着,和和气气地说:"黄部长,事情尚有商量的余地,是否能够成全锦绣路的大局,将高度降低一些?比如,降到五层?"

他的话一出口,黄部长和尉敢同时脱口反对道:"不可能!"

秦重天笑了笑,说:"看来,和稀泥也和不好啊,我这是驼子跌跟头,两头没着落嘛。"

黄部长也笑着说:"秦市长怎么会没着落,在南州,还有谁能和秦市长比着落,秦市长,你的名气,连我们部队的人都服的啊。为什么?我们邱政委说,秦市长就是认准一条路:发展是硬道理,沿着这条路走,没得错。秦市长,你说呢?我们邱政委对您的评价,准确吗?"

秦重天小心地哈哈着,怕一不留神就跌入黄部长的圈套,但是,秦重天也明白,他再小心,那边圈套早就做好了,他是跑不了的。

其实,再往深里说,对于黄部长代表邱、白所做的攻势,秦重天未必就是要一味地抵抗,对身负开发重任的秦重天来说,已经承担了改变古城格局的重大责任,如果新开发的锦绣路,再不能有较好的经济效益,秦重天不知自己会不会被压趴下。一些心疼古城而发急的人,在良好的经济效益面前,也许会稍微变得心平气和一些?但是经济效益从哪里来啊,不可能从天上掉下来,羊毛出在羊身上,锦绣路的经济效益,也只有从锦绣路产生。

如果能够放宽锦绣路沿线的建筑高度,秦重天就等于捡了一个天大的元宝,里边可是无尽的机会和效益啊!但是身为总指挥的秦重天,哪能明知故犯,去突破死规定硬框框。

所以,秦重天内心的想法是非常复杂的,一方面,是要抵抗部队的要求,但同时隐隐希望部队来冲击一下,会不会冲出一点机会来?

果然黄部长又说了:"南州的经济发展有今天,就是因为南州的干部和群众,认准了这条路,坚定不移地走下去……"

尉敢又着急了,说:"黄部长,这是两回事,我们现在的关键,是锦绣路规划的问题……"

黄部长笑了一笑,就把话题拉回来:"我相信,南州市委市政府下这么大的决心,冒这么大的风险决定拆旧锦绣路,建新锦绣路,不会是想做赔本的买卖吧?"

尉敢毫不客气地说:"政府更多的是考虑人民群众的利益,交通问题、居住问题、老百姓的生存空间、生存环境问题……"

黄部长说:"对呀,难道这些问题离得开经济发展吗?再说了,正是因为要为老百姓多谋利益,你们的工作就必须是双丰收的,不考虑经济效益的改造和建设,都不是真正的为人民利益嘛。"

秦重天和尉敢,谁也不能说黄部长的话没有道理。黄部长可真算是滴水不漏,明明是为他自家争利益,到头来,却说出这么样的大道理,一个后勤部部长,又不是宣传部部长,将理论和实践结合得这么融会贯通,这使得秦重天和尉敢都不能也不敢小看他,即使今天黄部长不是全权代表白司令和邱政委,他们也一样得认真对付。

眼看着谈判的主调一直被黄部长牵着,原先考虑后发制人的秦重天,也有点沉不住气了,但因为内心实在复杂,说话总觉得底气不足:"黄部长,锦绣路沿线的高度,是铁定的框框……"

黄部长却是底气十足的:"秦市长,搞经济发展,您是内行,您比我懂得多,我这可是班门弄斧瞎说说。说到框框,秦市长您最清楚,有些框框就是要突破的,当年如果许多框框不突破,哪里来的深圳特区,哪里来的浦东开发区,哪里来的我们南州今天的成就?"

尉敢见他胡乱纠缠,又忍不住插上来说:"黄部长,这是两码子事……"

眼见黄部长斗志昂扬,秦重天心里突然地就泄了气,他彻底明白过来,谈也白谈,白司令和邱政委的话,就是他们的法律,他秦重天无能为力,就算闻舒亲自出马,恐怕也是无济于事的。

秦重天见尉敢固执地要往下说自己的想法,朝他摆了摆手,说:"尉局长,别说了。"

尉敢一愣,黄部长倒已经抢先笑着领会了秦重天的意思,平静中竟透出了激动,说:"秦市长,您同意了?"

秦重天苦笑了一下,说:"黄部长,你大功告成。"

其实离大功告成还差一大截,最终也不是他秦重天说了算,但秦重天的算盘,很明白,当然是想借部队的口,推动一下上上下下,如果这个口子开得了,那后面的事情,也许就迎刃而解了。

黄部长长叹一声,说:"老实说,我也是捏了一把汗的,谁不知道秦市长尉局长这对双档,是南州第一双档,两头猛虎啊,甚至在全省全国都是有名的,今天我是领教了,心服口服,心服口服……"

尉敢没好气地说:"人家都说强龙斗不过地头蛇,我们之间的关系,却是倒过来的啊。"

黄部长哈哈一笑:"客气客气,尉局长客气,哎哎,现在好了,我可以回去向白司令、邱政委交差了!"他高兴得连连拍着尉敢的肩,"尉局长,谢谢你们的理解,你们的理解真让我感动,这让我想起一首歌来,"黄部长说着说着就哼唱了起来,"军队和老百姓,咱们是一家人,哎嘿哎嘿咱们是一家人……"

送走黄部长,尉敢的脸色难看得快要结冰了,眼睛不看秦重天,看着别处,说:"这么三言两语就让步,不是做给我看的吧?不明就里的人,还以为我们和他们有什么……"

秦重天手撑着自己的办公桌,打断尉敢说:"我们?你想说的不是'我们'吧,你是要说我秦重天得了人家的好处是吧?"

尉敢说:"我没这么说,但是我实在不能接受,我这个规划局局长,背脊骨要被大家戳破了!"

秦重天道:"你考虑的就是你自己的背脊骨?"

尉敢说:"无论怎么样,这样的条件我不能接受,这规划局局长……"

秦重天脸一沉,厉声道:"怎么,要掼乌纱帽了?"

尉敢哪里咽得下这口气,刚要回嘴,忽然发现秦重天的脸色不对,十分苍白,春寒之中,额头上竟渗出了汗珠子,尉敢心里一动,张着的嘴僵住了,停了半天,才说:"谁掼乌纱帽了。"

秦重天在激动之中,也根本没有感觉自己有什么问题,这会儿倒是从尉敢突然变化的态度中发现到了什么,才感觉身体有些不适,坐下来,喝了点水,勉强地说:"昨天喝多了。"

尉敢说:"有什么用!"

秦重天说:"怎么没用,至少人家少要了我一半的地。"

尉敢的倔劲又上来了:"一半?一半是什么代价?能这样交

换吗？反正我决不同意！"

秦重天气得一拍桌子："你不同意？你不同意，那一半的地，你给我吐出来！"

尉敢欲言又止。小佟进来了，告诉秦重天，下面的会议还有两分钟就要开了。

尉敢说："那我先走了。"走到门口，又回头说，"刚才我进来的时候，听到你们在说，男人有病不肯看，你要是不舒服，去医院看看。"

秦重天说："突然良心发现啦？于心不忍啦？也奇了怪了，顾医生也叫我去看病，你尉局长也叫我去看病，倒霉的，一个个都想触我的霉头啊！"

尉敢没再说什么，走了出来。站在政府办公大楼前，他一时竟然没了主张，要是任意让别人在锦绣路的黄金地皮上爱干什么干什么，爱盖多高盖多高，他这规划局局长还有什么脸面对南州的父老乡亲？

尉敢掏出手机，打到尉敏那儿："尉敏，是我。"

尉敏说："哥，又有什么麻烦了？"

尉敢说："你替我找雨庭，叫她来找我！"

尉敏说："干什么？哥，你可是有妇之夫。"

尉敢正一头的火，尉敏还乱开这种玩笑，尉敢没好气地说："少来这一套，叫你找你就找，我在办公室等她。不，不到我办公室，随便你替我找个地方，半小时后。"

尉敏道："这么神秘？你转入地下党啦……"知道尉敢火着，赶紧说，"好吧，好吧，就人民街上的圣典咖啡吧。"

三

尉敏跑到报社，将雨庭喊了出来，说尉敢要见她，雨庭有些不相信,在这种时候,尉敢这样的人,避她还避之不及呢,恐怕都不敢随便和她说什么话,万一被她抓住什么,哪篇文章又点一炮,去攻击他们的心肝宝贝锦绣路。汪老板和龚头儿也已经再三叮嘱过,连田书记都有了指示啦,在锦绣路的问题上,雨庭得小心着点,不得再自作主张。当然,雨庭就是想自作主张,也由不得她,龚头儿守着一关,汪老板守着二关,她的文章休想从他们的眼皮底下滑过去见报。雨庭倒不是害怕什么,雨庭不是一个钻牛角尖的斗士,东方不亮西方亮,她没有那么强烈的"社会责任感",也没有很强烈的自我表现欲,不写锦绣路,可以写其他路,在南州的大街小巷到处都是传统文化和历史气息,可以写的东西太多太多,可以写好、写得出分量的东西也太多太多,雨庭大可不必把自己装扮成一种非与人过不去的嘴脸嘛。

所以尉敏说尉敢点名要见她,敏感的雨庭就觉得奇怪,尉敢找她,除了锦绣路,还能有其他事情?锦绣路怎么啦,真的那么难吗?已经难到要找记者帮忙的份啦?

雨庭虽然当记者时间不算太长,但却已经有丰富的经验,她的思路是完全正确的。

尉敏见雨庭有点发愣,赶紧说:"雨庭,你可小心着点啊。"

雨庭说:"小心,小心什么?小心你哥,尉局长?"

尉敏说:"不是他还有谁,他可不像我,这么天真烂漫头脑简单……"

雨庭"扑哧"一声笑了出来,说:"你天真烂漫?"

看得出,尉敏这一回却是认真的,恐怕也只有在雨庭的事情上,他才会露出这么正经的态度:"我提醒你,尉敢可是比我狡猾得多,你年轻幼稚,很容易被他的假象所迷惑……"

雨庭说:"迷惑了能怎么样呢?"

尉敏说:"上他的当,钻入他的圈套。"

雨庭笑道:"尉局长的套,说不定我还自愿钻进去呢。"

尉敏说:"我可是郑重警告你,他找你,黄鼠狼给鸡拜年,不安好心。而你呢,又是急于想写出些好文章来的责任心很强的记者,这些当干部当领导的,你不了解他们,他们却很了解你,所以先投你所好,再利用……"

"你别给我套高帽子,我可没有很强的责任心。"雨庭说,"你就这么损你哥哥,你哥哥对你,还不够好呀?"

尉敏说:"这是两回事,我是正义之士,这你知道的。再说了,他对我好,我对你好,事情就是这样。"

雨庭听尉敏这么说,心里不由一动,差一点要说:你对我好,可是我又对别人好,人生就是这样绕圈子。但是她注视着尉敏对她投来的切切的目光,雨庭有些不忍,改口道:"我的事情,你样样得管着?这么关心?"

尉敏说:"谁让我是护花使者呢!"

雨庭见他没完没了,看了看表,说:"是不是约定十点半?我得走了,别人的事情可以迟到早退,尉局长的事可不敢。"

尉敏说:"你看你看,已经着急了吧,还说没有责任心,心都已经飞到那边去了。走吧,我送送你。"

雨庭说:"别送了,这么几步路。"说着就往前走了,可走了几步,想想又停下了。

尉敏立刻迎过去:"怎么?"

雨庭说:"我有件事情,你一定得帮我。"

尉敏说:"说!"

一向快人快语的雨庭却犹豫了一下,好像一时找不到合适的词说出来。

尉敏笑道:"什么事这么难开口?你放心,你说出来的事情,吓不倒我,除非你说你爱上别人了。"

雨庭说:"我想帮助谢北方建立一个南曲的网站……"

尉敏道:"谢北方?好你个谢北方,这样的事情,不找我,找人家女孩子帮忙?"

雨庭说:"你别瞎说,不是他找我的,是我自己想帮助他的。"

尉敏说:"雨庭,你这可是咸吃萝卜淡操心。据我所知,谢北方个书呆子,对上网没兴趣,还不如钻故纸堆来劲。"

雨庭说:"正因为如此,我想帮他打开思维的枷锁。"

尉敏说:"你怎么就不想到帮我打开点什么?"

雨庭说:"你还需要打开什么吗?你身上,从头到脚,从里到外,还有什么没打开的吗?喂,尉敏,你到底帮不帮吧?"

尉敏说:"哎呀雨庭,我劝过你,别把谢北方看得那么简单……"

雨庭说:"你怎么啦,一会儿是你哥复杂,一会儿又是谢北方复杂,就你简单?"

尉敏说:"雨庭,你老是要帮帮谢北方,帮帮谢北方,是不是看谢北方迂得可笑?"

雨庭笑着摇头说:"才不是。"

尉敏想了想,问道:"那是觉得他可怜?"

雨庭说:"更不是。"

尉敏又想了想,说:"那是觉得他可悲?可叹?"

雨庭道:"不是,不是,都不是。"

尉敏挠了挠头皮:"那你什么意思?"

"没什么意思,我就是想帮他建立一个南曲的网站。"

尉敏还想说什么,尉敢的电话已经追到他的手机上了:"尉敏,你办的事情,怎么这么没着落?"

尉敏说:"马上就到,马上就到。"

雨庭拔腿就走,尉敏在背后追着喊:"雨庭,雨庭,你放心,你的事情我能不管吗!"

雨庭到圣典咖啡的时候,尉敢已经等了一会儿,见雨庭来,尉敢又叫了一壶咖啡,等咖啡上来,服务员走开,尉敢开门见山就说:"雨庭,我不知道尉敏和你瞎说了什么,我今天请你来,就是一个目的,想借你的手,借你的文章,说一说锦绣路的一些事。"

果然不出雨庭所料,锦绣路已经难到相当的地步了,雨庭微微地一点头,不知怎么,在尉敢面前,雨庭就得是个听话的小妹妹,一点点潇洒一点点泼辣也拿不出来。

尉敢说:"新锦绣路的规划,你们都知道,透明度是很高的,因为这是全南州市上上下下广泛征求意见、深入讨论的结果,也是全国甚至世界所有关心南州的人所愿意看到的,专家、领导、群众,无一缺少……"

雨庭立即敏感到了,说:"尉局长是不是想说,现在这规划的执行碰到了阻力?"

尉敢点头说:"阻力相当大,既然请到你,我也不相瞒,我和秦市长,都有些无能为力了。"

雨庭说:"哪方面的阻力?"

尉敢摇了摇头,说:"这个,我觉得还是不明说为好,希望你能谅解我们的苦衷。"

雨庭说:"我明白。"

尉敢继续道:"关于新锦绣路的上限高度,这都是经过反复论证,是建立在尊重科学、保护和弘扬南州优秀的传统文化的前提下的……"尉敢停顿了一下,又说,"你知道城市天际线这个词吗?"

雨庭想了想,说:"看过一本写建筑大师的书,谈到过这个问题,但我不是太懂,这可能很专业。"

尉敢说:"从建筑学的角度看一个城市,首先要看它的天际线,比如北京,原就有一个非常美丽的天际线,以四合院平房为基础,因而就特别突出了天坛、故宫、景山等这些重点建筑,这使得北京的天际线看上去既很平稳,又有变化……"

雨庭非常聪明,一点就透,道:"南州的城市特色,是小桥流水人家,那么南州的天际线,是以低矮平和的民居建筑为轴心,辅衬着古塔、古寺庙等,但是,这样的轮廓,是不是已经被破了口子?"

尉敢说:"确实,这个轮廓已经破开了,但以我的看法,还没有到不可收拾的地步。而且,南州历任的领导、南州的百姓,对南州的爱惜、对历史的珍重,是有目共睹的,正因为有了这种爱惜,这些年来,规划的时候,都有意识地将高楼大厦往外放,你知道的,南州的第一座现代化建筑——现代大厦,开始是要放在古城中心的,作为古城现代化的标志,但是经过激烈的争论,最后还是放到了古城区之外的三槐路,成为当时众说纷纭的重大话题。"

雨庭记下尉敢的一些话,饶有兴致地听着。

"所以我认为,即使是发展到今天,在南州古城建设了那么多的新内容,由于南州人共同的爱惜和保护,南州的天际线尚未被彻底破坏,但是,现在不一样了,锦绣路不是鸡零狗碎小敲小打,一旦锦绣路突破这个天际线,那么,存在了这么多年,又小心维护了这么多年的古城南州的整个轮廓恐怕就不复存在了!"

雨庭说:"所以,锦绣路可算是古城南州最后一块阵地了,这块阵地守不住,南州也就不成其为南州了。"

尉敢沉重地点了点头。

雨庭说:"尉局长,我知道你的意思了。"

尉敢点点头,他相信雨庭应该知道什么该写什么不该写。尉敢还是比较了解雨庭的,虽然没多少接触,但是凭尉敢的直觉,知道雨庭虽然年轻,有时候有些文章给人的感觉比较冲,比较幼稚,但其实她的头脑并不简单,这一点尉敢看得甚至比尉敏还准。

尉敢走后,雨庭回到报社,静静地坐了一会儿,天际线三个字,一直在她脑海里盘旋着。尉敢的委托,很重,雨庭不能不认真地对待,但是这篇文章很难写,既要让人看不出说的是谁,说的是哪儿,又要说明问题的实质,既不能给尉敢秦重天添麻烦,也不能给自己添麻烦,当然也还包括汪老板和龚头儿。雨庭左思右想,渐渐地,有一个人,进入了她的搜索圈。

这个人叫吴一拂。

吴一拂曾经收藏了许多木雕门窗和木雕饰,因为住的地方太拥挤,实在堆不下,便决定捐给南州工艺博物馆。那一天的捐赠仪式上,雨庭采访过吴一拂,吴一拂给雨庭留下很深的印象。雨庭后来给吴一拂写过一篇专门的报道,还查找了一些早年的资料,对吴一拂的历史,多少有些了解。吴一拂在二十世纪四十年代就提出了"别让城市失去记忆"的观点,雨庭在当年上海的一些报纸上,看到吴一拂写的文章,多次提到天际线的问题,只是当时雨庭的文章是写吴一拂怎么精心收藏文物,又怎么捐献国家,没有重点研究吴一拂对古建筑的想法和观点。现在尉敢将天际线三个字重重地扔进了雨庭的思维中,吴一拂这个名字,也就渐渐地浮出了水面。

但是雨庭没有留下吴一拂的联系方法,雨庭想了想,解铃还须系铃人,仍然打电话到工艺博物馆打听,这电话一打过去,却被那边逮个正着,张馆长说:"方记者啊,你的电话来得太巧,我们正要请你呢。"

雨庭说:"张馆长,我想打听一下,吴一拂……"

张馆长说:"哎呀,方记者真是信息灵通,吴一拂刚刚到我这里,你马上过来?"

雨庭立即赶到工艺博物馆,一进去,看到吴一拂正将拐杖往地上一顿一顿地生气。张馆长看到雨庭,立即就迎了上来:"方记者,你看看,你看看,这事情弄得这么喇叭腔,他要讨还捐赠的东西,不说别的了,那也对不起方记者你先前写的那篇大文章呀。"

吴一拂说:"你恶人先告状啊?"

张馆长说:"怎么是恶人先告状呢,事情总得有人反映嘛。"

吴一拂道:"好,你说,你说,看你怎么说,你以为你先说了,方小姐就相信你?告诉你,方小姐可不是偏听偏信的人!"

张馆长哭笑不得,说:"好,那让您先说,就算我尊老爱幼吧。"

吴一拂说:"这话我不接受,爱幼你尽管爱,尊老你也尽管尊,但是与我无关,我们是谁有理谁先说!"

张馆长只得再退让:"好好好,您有理,您先说。"

雨庭接触过吴一拂,知道这是位脾气古怪的老人,听他们这么斗嘴,便在一边笑。

雨庭一笑,吴一拂绷紧的脸也放松了,说:"还是女孩儿好,一看就让人喜欢。方小姐,你给评评这个理,我捐给国家的东西,都是珍贵文物,他们怎么对待的,东西不当东西,以为是我捡破烂捡来的?"

吴一拂一边说,一边拄着拐杖走到一间旧屋边,手指了指:"你进去看看,他们怎么弄的。"

雨庭过去一看,果然,吴一拂当初捐给博物馆的旧木门窗和木雕饰,依旧是当初堆放时的那样子,上面布满了灰尘,结满了蜘蛛网,看起来,这半年确实是一动也未曾动过。

张馆长赶紧跟过来解释:"方记者,我们答应的事情总会办起来的,正在收拾地方,肯定会展出来的,我们还打算到时候,搞一个……"

吴一拂说:"半年前你也是这么说的,收拾地方,收拾地方,这地方就这么难收拾,收拾了半年也没收拾出个地方来?"

张馆长说:"吴先生,您也知道我们的实际情况,就这么一点场面,传统工艺这一头,方方面面,品种多啊……"

吴一拂打断他说:"你别推托,你根本就没有把我的宝贝当宝贝。你不知道,这是我一辈子的心血啊,就让你们这么委屈了它们,我不干!还是那句话,今天我得带回去,不捐了!"

张馆长连忙说:"吴先生,您别上火,我们再商量,再商量……"

吴一拂说:"商量个屁!这半年里,我来看过多少回了,我也催你多少回了,你当耳边风是不是?我告诉你,你今天再求我也没有用了,迟了!"

张馆长求助地看着雨庭。

雨庭笑眯眯地说:"吴先生,您今天一定得带回去?"

吴一拂说:"是!就是今天,不过夜的!"

雨庭说:"这么多的门窗,您怎么拿呢,您又没带卡车来。"

吴一拂一愣,说:"我带不走,叫他们替我送回去!"

雨庭说:"替您送回去,您家里有地方放吗?"

吴一拂说:"你别管我的事情,我有地方没地方,是我的事情。"

雨庭说:"当初,不就是因为家里实在堆不下,您才捐……"

吴一拂说:"你们都以为这是我的收藏,就是我的东西?不对,这不是我个人的财富,这是国家的财富,迟早要无偿捐给国家的。"

张馆长脸上露出些许安慰来。

哪知吴一拂一看,更来气了:"但是你们看看你们,你们把它们当成国家的财富了吗?你们怎么对待它们的?"吴一拂拿起一块雕饰,心疼地看了又看,说,"这上面,你们看得出来吗,是一个《西厢记》的故事,你们看看,这个崔莺莺小姐雕刻得多活灵活现,真是个美女啊!"

雨庭说:"吴先生,古旧的木门窗和雕饰品,在我们南州是不是不算特别丰富?"

吴一拂说:"是的,因为江南气候潮湿,木制品保存时间不可能很长,所以流传下来的就少了,也因为气候潮湿,南州一带,对砖雕石雕更重视一些,木雕工艺反倒不如砖雕石雕,所以,这些东西,更是物以稀为贵啊!"

张馆长和雨庭都频频点头。

吴一拂说:"方记者,在南州收藏木雕木饰的人并不多,我这更是难能可贵!攒这些东西花我多少心血和钱啊,你们看这件东西,这么小,不起眼的吧,告诉你们,至少得两三千啊!"

雨庭说:"当初我采访您,您说过一句话,我至今还记得,您说,没有能力保存旧城大片大片的区域,就收藏一些小品,也可以让后人从中去怀古。"

吴一拂终于笑起来,说:"这么精彩的话,是我说的吗?"

大家都松了一口气,吴一拂说:"这么多年,我与它们朝夕相伴,有感情的啊!半年来,家里少了它们,我还真的吃不香睡不稳,这些东西,每一件都有生命,都有故事。"说着,吴一拂露出一点孩童般狡猾的笑意,说,"不过你们可别替我瞎吹啊,卖给我或者送给我的人,他们可能不知道这里边好玩的故事,要是知道,他们不肯给我的……"他又拿起另一件雕饰,说,"这件东西,我只花了五百块,值多少呢?"

张馆长说:"至少值三千。"

吴一拂高兴地拍拍他的肩:"内行,内行!"

雨庭采访吴一拂的时候,曾去过他住的地方,家徒四壁,连壁也是歪歪斜斜剥剥落落的,吴一拂无儿无女,只有微薄的退休金,却省吃俭用,收藏了那么多的珍贵文物。

吴一拂意犹未尽地说:"你们不知道那种心情啊,每弄到一件东西,那个快活,能高兴多少天!"

雨庭回想着吴一拂的家境,不由得又问:"吴先生,您的经济承受能力……"

吴一拂说:"那哪能都是买来的啊,我可是坑蒙拐骗,无所不用其极的,西山乡下的农民,到现在还找来翻旧账呢,说吃亏了,被我骗了,哈哈哈……"

吴一拂为自己的不择手段,为自己的聪明,得意地大笑。

连吴一拂自己好像都忘记了来此的目的,张馆长便赶紧承诺:"吴先生,我向您保证,等条件成熟了,我们一定辟一个吴一拂木雕文物收藏专馆……"

吴一拂说："今天看在方小姐的面上，再给你最后一次机会，你不要再错过了！"

张馆长连连说："那肯定那肯定。"

雨庭陪着吴一拂走出来，吴一拂又开始吹嘘了："方小姐，你看我这个人，搞建筑出身，现在收藏这些东西，还算是专业对口的吧？"

吴一拂主动提起了他的专业，这对雨庭来说，是个好机会。雨庭一开始的小算盘，就是想让吴一拂出面，就城市天际线的问题谈一谈，由她记录组织成一篇文章。这样她也可以向尉敢交差，也不至于引起别的麻烦，而且雨庭相信，以吴一拂的性格，只要和他一谈，他是必定会拍案而起的，只要她不说出具体对象，吴一拂的文章就是最理想的，既可以针对问题要害，又不会得罪人。

但是，话到口边，雨庭却说不出来了。本来她要假借吴一拂的手去做这件事，玩这样的小聪明，对雨庭来说，是家常便饭，要不然，处在雨庭这样的位置上，有人希望她犀利，有人希望她温和，她天大的本事，也做不到八面玲珑。但是不知怎么的，在吴一拂得意扬扬自吹自擂的过程中，雨庭打消了这样的念头，决定还是自己写文章。

第 9 章

一

雨庭的文章标题叫做"天际线,你在哪里迷失了?",从欧洲谈到北京,与南州的现实离得比较远,与锦绣路更是不沾边,雨庭用了一个笔名,而告诉龚头儿这是一位学建筑的专家写的,龚头儿和汪总因为不知道这件事情的背景,都没有发现背后的意义,顺利签发了。

小佟是看了这篇文章的,但是看过之后并没有什么特别的想法,因为文章是就城市天际线的问题泛泛而谈,没有涉及南州,小佟看了,也没当回事,就扔开了报纸。

但是到了下午,小佟却接到邵伟一个电话,电话通了邵伟劈头就问:"你看了那篇文章没有?"

小佟又不知道他指的哪篇文章,还摸不着头脑呢,便说:"什么文章,没头没脑的?"

邵伟却说:"好你个小佟,跟哥们儿也玩太极拳!"

小佟可是冤枉,急了,说:"你把话说说清楚嘛。"

邵伟知道小佟的脾气,不是喜欢装假的人,便说:"那你先去看看今天日报上的"天际线"。"

小佟问道:"什么意思?"

邵伟说:"什么意思,你问我?这不是你老板的意思?"见小佟答不上来,又说,"就算不是你老板的意思,至少也是尉敢的意思,他是有针对性的……"

小佟仍然摸不着头脑,说:"针对性,针对什么?"

邵伟说:"不是说,有人要在锦绣路沿线建高层建筑吗?"停顿一下又说,"也搞不懂你们老板,他到底在想什么,难道他不希望放宽高度?"

邵伟这么一说,小佟也紧张起来,赶紧又将报纸找回来,再看一遍,不经邵伟指点,确实看不出什么,现在再回头看,并将与秦重天尉敢与部队方面谈判的情况联系起来一想,小佟脱口说了一声"不好",抓着报纸就往秦重天办公室去。

秦重天也已经得到这个消息,正好小佟抓着报纸进来,秦重天说:"报纸你上午就看过了,为什么上午不告诉我?"

小佟说:"我没有看出什么来。"

秦重天说:"你用不用脑子?"

小佟不服地说:"这样的文章,含含糊糊的,哪天没有,不知道背景的人,谁看得出来?谁会想得到?"

秦重天道:"但是我们周围都是知道背景的人,你懂不懂?"

小佟说:"是不是他们看出什么了,他们是做贼心虚嘛。"

秦重天厉声道:"贼,你说谁是贼?你说话给我注意点,你别以为自己是邵伟!"

小佟仍是不服,但只能低声嘀咕:"谁说话也得讲道理,大声就是有理,那就声乐比赛好啦。"

小佟虽然是嘀咕着的,但秦重天被他这么轻轻的一顶撞,想发火却没有发出来,闷了一会儿,说:"尉敢想干什么,到底给谁点的眼药?"

小佟没有吱声,他怎么好回答?当然秦重天也不需要他的回答,秦重天自己会有答案的。

秦重天注意到小佟的神情,便也感觉到自己过于沉重了,不就一篇不明不白的文章嘛,白司令、邱政委这两个人,秦重天够了解的,别说他们不看这样的文章,就是看了,也未必联想到那么多,就是联想到了,知道是针对他们的,又会怎么样?才不会怎么样呢。他们要的是实际,要的是实惠,只要你秦重天答应我的条件,只要你让步,你怎么说、怎么写,我们才不管呢。秦重天此时,好像看到白司令和邱政委正交换着会意而又得意的眼光呢。他们才不跟你计较什么虚名,什么报纸电视,他们无所谓的。

秦重天心里说,何止是你们,就是我,又何尝不希望放宽一点,哪怕放高一层,对你们是一块地,只是锦绣路的小小的一段,对我,可就是整整一条锦绣路啊,我的内心,比你们更迫切啊!

但是秦重天也一样明白,这一步太沉重太沉重,别说他秦重天无权相让,就是他有权相让,他能让出去吗?

秦重天自以为隐藏得很深的想法,却早已经被大家看穿,秦重天甚至怀疑,这篇"天际线",根本不是冲着部队方面的,而是冲着他来的。

只是眼下,无论这文章是冲着谁的,他都无法向邱政委有个交代,部队的条件,秦重天是不能答应、不能让步的,他对黄部长说大功告成,也只是权宜之计,因为他知道无论如何,突破高度的规划是不可能被批准的。那么,邱政委八成会拿着这文章来找他的麻烦,最后只会给秦重天在原有的条件上再加一层码。

秦重天到此,真正着急的不是这文章,而是锦绣路具体的规划,他抓起电话,欲给闻舒打过去,才想起闻舒出门了,得一个星期后回来,秦重天犹豫了一下,将电话打到了田常规那里。

田常规的想法很明了,不管现在别人知不知道背景,工作都要做到前面,免得被动,在秦重天到田常规办公室去的这段时间里,田常规已经有了对策。

所以,秦重天到了不久,报社汪总也到了。

田常规的电话是打到报社总办的,汪总自己没有接,接的人只知道是田常规书记请汪总去,也没敢问什么事,汪总心里有些打鼓。田常规来南州之后,请汪总到他办公室,这还是头一次,汪总琢磨了半天,也吃不准是一般的工作汇报还是因为发生了什么重大的事情,赶紧问总办主任,这两天报纸上有没有特别的内容,总办主任想了半天,也猜不出是什么事情。汪总只得怀着忐忑不安的心情过来,知道今天是一场无准备之仗。

一坐下来,田常规就说了:"汪总,今天请你来,是我和秦市长想跟你商量商量,为了配合城市建设的高潮,日报能不能搞一个专题……"

汪总想,哪能有这样的事情,一个副书记,一个副市长,都是实力派的,为了一个专栏请他来商量?不过汪总虽然云里雾里,有一点却是清楚的,知道报纸又惹什么麻烦了,便微微低着头,记录着田常规的话。

田常规摆了摆手:"汪总,我随便说说的,不用记。是这样的,今天我和秦市长,都看了"天际线"这篇文章,觉得很不错,我们两个的一致想法,以这篇文章为起点,下面组织一批谈城市建设的文章,可以从各个不同的角度,比如今天谈天际线的问题,明天可以谈谈以人为本,也可以谈谈建筑文化的问题。秦市长,你说是不是?"

秦重天点点头,他一时插不上话,但是心里十分佩服田常规处理问题的快速和干脆、果断和自信。他明白,田常规此举,是要引开大家对锦绣路具体问题的注意,你以为我在说锦绣路吗,我跟你换个思路,你说我不关心锦绣路吗,但哪一个问题又与锦绣路无关呢?秦重天注视着田常规,从他朴素的外表,很难看出这是个相当有水平的人。

直到现在汪总才明白过来,不由得看了看秦重天,你这个秦重天,真麻烦,一会儿是我们的文章惹了你,一会儿你又弄个文章惹别人,报社要是一天到晚跟在你后面擦屁股,报纸还怎么活下去呀。汪总除了心里怨,还有一点不能太明白的,事情明明是秦重天的事情,田常规这么负责地替他擦屁股,而且闻舒又不在。闻舒替秦重天擦屁股,理所当然,现在田常规出来干这事情,说明什么?说明田常规和秦重天关系不一般?说明田常规要做闻舒愿意做的事情?说明锦绣路的背景非同一般?

但不管汪总心里怎么拨小算盘,田常规的指示,是不能不执行的,汪总听完田常规的话,立即回答道:"田书记的指示,我回去立即安排,今天就组织稿子,明天作为讨论稿之二刊出,以后就是之三之四等等。"

田常规说:"现在安排明天的稿子,来得及吗?"

汪总说:"来得及,只要天亮前能赶出来,都来得及。"

田常规点了点头,又说:"汪总,这样的文章,我觉得,如果不是你的记者写,请专家写,或者请群众写,更具说服力,你说呢?"

汪总也点点头,说:"我知道,我们有一批基本作者队伍,出手快,基本功好,拉出来能用,用起来得手的。"

田常规说:"那就好。"

汪总走后,田常规对秦重天说:"秦市长,其实你我都清楚,这样的办法,只是糊弄人的,恐怕邱政委那儿,是应付不了的。"

秦重天说:"我也是这么想。"

田常规说:"但无论怎么难,这个口子都不能松,我们也没权松,松了,无颜面对南州父老,也无颜面对老祖宗,我们不是在建设新南州吗,但是到时候,你还给他一个不是南州的新南州,怎么交代?"

秦重天说:"只是,邱政委那里……"

田常规说:"只有一个办法:以利换利。"

这和秦重天的想法是一致的,但是里边有许多难处,秦重天担心地说:"我就是心里没底,不知道要多大的利,才能砍下他的高度来?"

田常规知道秦重天已经想到这一点,问道:"你打算怎么办?"

秦重天万般无奈地说:"给他最好的地块,商业黄金地段,任他挑。"

田常规说:"我知道你舍不得,不说你,守着这么好的地段,自己不能用,要给别人,谁不心疼?但还是一句话,是闻书记关于锦绣路的指导思想:不要因小失大。"

秦重天心里叫屈:这也是小,那也是小,这许多的"小"加起来,都要超过那个"大"了呀。

田常规又说:"心疼归心疼,还是可以有办法补回来,有些地段,也可能现在别人看着不起眼、不值钱,但是我们也能够将它变成黄金地段,事在人为,秦市长,你说是不是?"

秦重天说:"我正在从规划的角度考虑这方面的问题。"

田常规说:"秦市长,看起来,我们的想法高度一致啊。"他指了指桌上的报纸,又说,"这天际线一旦破坏了,就再也补不起来了啊!我们不可能三天两头炸一幢十五层的大楼啊!"

无论从哪个角度,秦重天都无法不接受田常规的意见。

二

馨香厅的事情,最后并没有按照闻舒的意见走,仍然是以五十万元的代价将名字让给了林冰。一方面,林冰拒绝接受这不明不白的馈赠,另一方面,钱一平也做好了思想准备,决不白送,他宁愿拿自己的政治生命去赌自己对闻舒的看法,结果没有输。

闻舒听到这个最后的消息,笑了笑,说:"好嘛,长官意志决定一切的时代,毕竟过去了。"

雨庭这一阵是忙得不可开交,但最让她兴奋的是今天的任务:

采访几个小型的专业博物馆研究馆。一方面,可以听听他们对馨香厅事件的想法,更主要的,市委正在筹备召开一次大型的文化工作会议,商讨南州文化怎么走上产业化道路,为这次会议作一些前期的调查研究,也是报社的任务之一。

雨庭的第一个对象,无疑是古戏研究馆。她事先并没有通知研究馆,想给谢北方来个突然袭击,看看他的工作状态是个什么样子。一路上,雨庭就为自己的想法偷偷地乐着,一边乐着,一边心里又涌起了无限的柔情。

古戏研究馆的刘馆长认识雨庭,看到雨庭忽然而至,先是一愣,赶紧问道:"方记者,有什么事吗?"

雨庭虽然是有任务而来,但心里当然更想先看一看谢北方的,只是嘴上不好说,就支吾了一下:"没事,随便看看。"

哪知这一说刘馆长却更加紧张了,记者到访,哪可能是没事随便看看,刘馆长张了张嘴,想问什么又觉得不太方便问。

雨庭这才明白了刘馆长的心情,为了不至于太尴尬,赶紧说明:"是这样的,市委正准备召开一次大型的全市文化工作会议,我们报社呢,给我的任务,就是要在开会之前,了解和报道一部分有关南州传统文化场馆设施的现状⋯⋯"

不等雨庭说完,刘馆长就激动起来,连声说:"那太好了,那太好了,我们太需要你们替我们呼吁了!请,请里边坐。"

雨庭本来并没有十分重视这样的调查采访,多少有点搪塞一下的意思,却不料刘馆长这么重视,反倒有些不知所措了,一想到要跟着刘馆长走进他们的办公室,就会看到谢北方,雨庭心里突然有些慌张,脸也微微有点红了。刘馆长边走边介绍说:"我们的办公室,原先是潮州会馆的偏殿,改造了一下⋯⋯"

雨庭自己给自己套上这个麻烦,也只得应付起来,说:"刘馆长,你们现在的人员情况怎么样?"

刘馆长说:"我们在编的正式工作人员原来是十个,最近又刚刚分配来一位博士生……"

雨庭的心又"突"地一跳,她跟随刘馆长,穿过三间办公室,也没有发现谢北方在里边,最后就只剩下刘馆长自己的办公室,在偏殿的最里头。雨庭一边走,一边说:"博士生,博士生到你们这里……"

刘馆长苦笑笑,说:"是呀,大材小用,大材小用……"他停顿了一下,又道,"从专业上讲,还是对口的,只不过我们这里的条件,真是有点委屈人家了。"

他们已经走到了刘馆长的办公室,仍然没有见到谢北方,雨庭心里有些失落,但同时却也略有一丝轻松,听得刘馆长继续说:"小谢很敬业的,这几天,顾家语的助手,那位林冰女士,一直在请他参谋豆粉园移建的工作。"

雨庭不由脱口说:"就是馨香厅的事情吧?林女士要在豆粉园增建一个仿古戏台,买了馨香厅的名字,请谢北方当顾问呢。"

刘馆长说:"原来方记者知道小谢。是呀,小谢是个古戏迷,凡跟古典戏剧有点关系的东西,他都是……"

雨庭被刘馆长不经意说的"原来方记者知道小谢"说得有点不好意思,但刘馆长并不知道,也不会去在意她的心思,他一心只是在自己的单位,继续说道:"方记者,我们的经费,确实是……别说开发什么新的内容,就是守着这些房屋、这旧戏台、这长廊、这碑刻、这些千辛万苦搜集起来的珍贵的戏剧文物,这里里外外的一切,得维护好它们,都是很大的一笔开支……"

雨庭说:"应该说,南州市对传统文化还是比较重视的……"

刘馆长说:"嘴上是很重视,但是落实到行动上、具体的,一年拨给我们的款,还不抵人家一个小单位一年的请吃费用……当然,每次大会小会,我们也都提出我们的困难,希望上级能够重视,开始的时候,他们还答应回去研究,然后多少能够给一点,但是到了后来……"

见刘馆长停下了,雨庭追问道:"后来怎么样?"

刘馆长说:"后来,谁也不敢再开口了,一说这个问题,一谈困难,领导就批评我们,说我们观念太落后,没有市场的头脑,依赖思想太严重,还是大锅饭时的水平,等等。"

雨庭说:"听说这次市委开会,就是要让大家集思广益,谈谈南州的传统文化怎么真正走上产业化这条路,恐怕也只有与市场经济接了轨,南州的传统文化,才能迎来明媚的第二春。"

刘馆长说:"话是这么说,这道理我们也不是不懂,但也不是所有的东西都一概而论啊,现在南曲、平剧都在努力走向市场,但是效果到底怎么样,也难说。而我们这里,甚至都不能与他们比,他们至少还有市场,还多少有一批观众,我们这研究馆,又是专业性这么强的,叫我走向市场,怎么走法啊?叫我们跟市场接轨,我怎么个接法?我难道不想走,不想接?我做梦都想接轨呢,接不上去啊!我思白了满头黑发,也想不出个办法来,叫我们自己养活自己,拿什么养啊!"

雨庭是跑文化新闻的,对南州各类博物馆研究馆的情况都有所了解,南州的专业博物馆研究馆的数量,不说在全国的地级市里,就是在省会城市,也都是排得上的,大大小小有几十家,除了古戏馆,还有民俗、丝绸、刺绣、工艺美术、城建、佛教、道教、饮食、碑刻、园林、钱币等,甚至有古砖博物馆、古塔博物馆等更狭窄的专业博物馆,这些博物馆,大都是新建的,建的时候,政府投钱,建成以后,政府还得继续投钱,要想搞一点动静,又得投钱,不搞什么动静,这些馆,就大都是冷冷清清的。

刘馆长继续道:"方记者,你是跑我们这线的,你最清楚我们的苦衷,你说说,国家收税,说的是取之于民用之于民,但是我们眼睛看得到的,更多的是城市交通道路啦、绿化啦,我不是说这些不需要做,但是难道文化投资不是老百姓需要的?为什么现在大家都说人的素质差,你到底投入了多少去帮助大家提高素质呢?"

雨庭见刘馆长一念开苦经就不肯收,问道:"刘馆长,你们古戏研究馆是对外开放的,门票收入怎么样?"

雨庭不提门票也罢,一提门票,刘馆长的脸更苦了,别说平时,即使逢年过节,这里也是门庭冷落,南州的一些世界名园,品牌打出去了,游人如织,但这样专业性的博物馆研究馆,实在是很少有人光顾。去年国庆节就发生过这样一件事情,一天下午,一位游客不知怎么兴之所至,三块钱买了门票,进来以后,里边除了三个服务员,竟一个人也没有,三个服务员都是外聘的,文化不高,素质也差了一点,因为一整天都没有一个人进来,好容易看到来了个人,三个人本来是一个守戏台,一个守后面的大殿,另一个机动的,结果她们走到一起,紧紧盯着这个游客,使得游客浑身不自在,结果什么也没看就走了,到门口,还听到服务员在背后议论,说这个人太奇怪,很可疑,跑到这里来干什么,什么也没看就走了,幸亏我们盯得紧等,游客气得写了封信给报社,报社没有登,给转过来了。这事情雨庭也知道,她还看过这封信,后来考虑本来研究馆就已经很冷落,就别再给他们浇冷水了,最后将信转到刘馆长这里。这会儿刘馆长提起,雨庭也想起来了。刘馆长说:"方记者,你看看,有游客来,把人家当贼了,你说这事情……"

雨庭同情地说:"恐怕因为平时来的人太少,来了人,她们反而觉得不正常了。"

刘馆长说:"就是,她们又不明白,她们就是想,这个人,跑到这地方来干什么,这是她们的真实想法,你说说,这门开得、开得算个什么呢。开着门,我至少还得请服务员、清洁工什么的,不开门,这些不都省下来了?"

雨庭心里是惦记着谢北方,想看看他的工作环境,哪知谢北方没见着,倒被刘馆长缠住了。正有些着急,手机响了,雨庭趁机说:"刘馆长,今天我还有点事情,先走了,日后再详谈吧。"

刘馆长送雨庭出来,其实他也明白,找雨庭说话能有什么用呢,就算她的文章见了报,政府、财政局,才不会理会呢,新闻曝光多了,大家的脸皮也厚多了,你说你的,我干我的,财政局又不归报社领导。但尽管如此,刘馆长还是会抓住一切机会大念苦经的,刘馆长说,这也叫抓住机遇。

雨庭出了古戏研究馆,沿着幽兰巷往外走,没走两步,抬头往前一看,谢北方正迎面而来,雨庭脱口就喊:"谢北方,你到哪里去了?"

谢北方正闷头走路,被当头一喝,吓了一跳,看清是雨庭,见她很急的样子,也不知她急的是什么,是不是跟自己有关系,是不是自己做错了什么,顿时有些茫然,愣了一会儿才说:"我、我去……"

雨庭本来是想来看看谢北方的,没见到,有些失落,后来又见到了,应该是高兴,但她表现出来的却是急切的不满的口气,这样的口气一出来,谢北方就有些失措,不知怎么办了,而雨庭一看他这样子,又于心不忍,赶紧说:"没事没事,我刚才到你单位去了。"

谢北方仍然有些手足无措,呆站在雨庭面前,两个人离得近,谢北方的脸,竟有些红。

雨庭看到谢北方,一会儿柔情蜜意,一会儿又怨起来,问道:"喂,谢北方,你怎么搞的?"

谢北方被她阴晴不定的神态弄得更不知所以了:"我……你说我……什么……"

雨庭说:"你自己心里明白!"

谢北方一点也摸不着头脑,他跟雨庭又不熟,虽然接触过几次,但平时也没有来往,自己也不至于就做错了什么惹她着急呀,谢北方一时甚至以为雨庭搞错了人,但他又不好直问雨庭你是不是搞错什么事了,只能微微低垂着头站在那里。

雨庭见提醒不了谢北方,也只能直接说了:"你为什么不给我回信?"

谢北方更弄不清了:"信,什么信?回什么信?"

雨庭心里"咯噔"了一下,估计是谢北方没有收到她的邮件,自己倒错怪他了,便说:"几天前,我给你发过去一个邮件,是尉敏告诉我你的信箱地址的,你没有收到?"

谢北方这时候倒想起来了:"噢,我想起来了,你的信,电子邮件啊,我收到了。"

雨庭一听,心里就一气,立刻咄咄逼人地道:"收到了你怎么不回信?"

谢北方有些不解,想了想,小心地说:"你,没有叫我回信呀。"

雨庭一闷,气道:"你真的这么不懂道理吗?连回信的礼貌都不懂?你还博士生?!"

谢北方被她一指责,觉得很不过意,脸通红的,连连说:"对不起,对不起,真的很对不起,我见你信上也没有什么实质性的事情。再说,我也没有什么事情要跟你在信上说的,就没有回,对不起。"

雨庭更气了:"你觉得跟我没有什么话说?"

谢北方很抱歉,微微地往后退了一点,说:"也不是,也不是,反正……"

雨庭性急地又道:"你真不知道我在等你的回信?"

谢北方说:"我真的不知道。"

雨庭立即追问:"假如你知道我在等回信,假如我信上说让你回信呢?"

谢北方说:"那、那……"

雨庭说:"那是要回的?"

谢北方说:"一般来说是这样的,不过,也可能我正有事情忙着,也可能上网上不去,上网有时候很费时间的。"

谢北方越是解释,雨庭气越是不打一处来:"那是,你的时间宝贵,你是博士的时间啊,你怎么能把时间浪费在这些无谓的事情上!"

谢北方也听得出雨庭在挖苦他，但还是不知道他哪里做错了，哪句话说错了，他站在雨庭面前，就像是犯了错误的小学生，只知道老师在批评，他相信老师是不会错的，知道是自己错了，但实在不知道错在哪里。

雨庭见谢北方又茫然又对不起她的样子，心头不由一软，说："哎，你别愁眉苦脸的了，我又没有怪你。"

谢北方这才放了点心，这一放心，又做了一个不该做的动作，看了一下表，雨庭敏感地说："有事吗？"

谢北方说："没事。"

雨庭说："但是我告诉你，当着别人的面看表，一般就是暗示自己有事，得走了。"

谢北方笑了一下："嘿嘿。"

雨庭说："中午有约会？"

谢北方又"嘿嘿"了一下："没有。"

雨庭说："那我请你吃饭。"

谢北方赶紧说："不用了，中午我们单位大家都是订的盒饭……"

雨庭说："这么小气，一份盒饭就浪费了也没有什么大不了的。"

谢北方说："不是的，其实，我是想说，也没有什么事情，你为什么要请我吃饭呢，我们又不谈什么事情，又不是有什么工作。再说了，两个人到饭店，一坐，时间就泡掉了，所以、所以，我想……"

雨庭又来气，一跺脚："好吧，好吧，你忙，你时间宝贵，你放心，我再也不打扰你啦！"说完转身就走，边走，心里是等着谢北方喊她，再解释一下什么，哪怕不喊出来，只要他"哎"一声，她也会停下来的，但是偏偏背后的谢北方一点声音也没有，雨庭回头一看，肺都要气炸了，谢北方已经转身向研究馆去了，一步一步，走得那么从容不迫，那么没心没肺，雨庭气得大喊一声："谢北方！"

谢北方又是一愣,赶紧停下脚步,回了头不知所措地看着雨庭。

雨庭委屈的眼泪已经涌满了眼眶,但一看到谢北方那无辜的眼神,她的心,不知怎么又一次被融化了,心情忽然又好起来,她向谢北方挥挥手,柔情地说:"去吃饭吧,晚了盒饭要凉的。"

谢北方被她忽喜忽怒的情绪弄得有点头晕,见她心情又好了,便道:"谢谢。"

雨庭还想说"谢什么",但是谢北方又已经转身走了,雨庭望着他的背影,一直到谢北方拐进大门去,她还站了一会儿。

三

南州江枫拍卖行要拍卖一批书画,尉敢正急于要收字画,得到消息后,立即给尉敏打手机,但是接电话的却不是尉敏本人,尉敢说:"你是谁?"

那边的口气也不小,反问道:"你是谁?"

尉敢说:"我尉敢。"

那边的声音里立即有了笑意:"啊啊,尉局长啊,我是尉大哥的小弟,也就是您的小弟啦……"

尉敢打断他说:"尉敏呢?叫他接电话!"

那边说:"尉局长大哥,尉大哥不在这边,手机是他借给我用的……"

尉敢说:"他人呢?"

那边说:"不知道,真的不知道,我们几个都在找他呢……"

尉敢不再和他啰唆,又打到尉敏住的地方,也不在。尉敢又接着给他所知道的尉敏的朋友一一打电话,都没有结果,最后只得打雨庭的手机了。雨庭笑了笑,说:"你到人民街上的联合网吧找找看。"

尉敏果然是在网吧上冲关。家里也有电脑，但他喜欢在网吧玩，觉得在这里更像个职业电脑玩家，买个面包，买罐饮料，多么纯粹正宗的泡吧感觉。尉敏玩的是一个叫"王者之争"的游戏，通过王者之道，来到神秘的大墓场，见到一蒙面人已倒在墓碑前……尉敏根据规定的情节，一一向前，见怪就打，见魔就杀，但是妖魔鬼怪实在太多，高手遍布，攻了很长时间，也攻不下来，还有些多嘴的看客在一边嘲笑，尉敏心里直冒火，看到一个身穿盔甲、手持铜剑、比他低好几个等级的参与者，手舞足蹈，嘴里老三老四地说："喂，老兄，本人乃'身经百战'大侠，奉送老兄一美称：'久攻不下'大侠……"

尉敏本想与"身经百战"斗嘴，但灵机一动，改变了方式，摇身一变，将自己变成一介布衣，手持木剑，道："请教'身经百战'大侠，什么叫身首分离，露骨草泽？"

"身经百战"大侠一愣，还没回过神来，尉敏已经手起刀落，眨眼间，"身经百战"大侠果真身首分离了。身首分离了的"身经百战"大侠大喊："自古英雄犯小人，遭暗算死不瞑目！"

尉敏说："死了还能说话？"

"身经百战"大侠道："死了变成鬼，也不放过你！"

尉敏并不在此纠缠，他是一心想要攻下山头，突破临界状态。尉敏的心思被一第三者"白发魔女"看清，"魔女"出来说话了："这位'久攻不下'大侠，与其嘴上讨便宜，不如多从自身找找原因，为何久攻不下？"

尉敏觉得"白发魔女"挺实在，便也直言相告："苦于手中净是破烂家什，剑无剑锋，刀无刀锋……"

"白发魔女"说："本人恰有一柄偃月青龙刀，愿意以四百元价格出售。"

得到偃月青龙刀，就可以去挑战雷电风雪四大战神，此刀轻如鸿毛又锋利无比，所到之处，所向无敌，尉敏想此刀已经想得快疯了,一听对方愿意出售,赶紧道:"何时交易?"

"白发魔女"道:"哈,连个价也不还?"

尉敏道:"愿者上钩。"

半小时后,尉敏如约来到蓝色聊吧门口,寻找卖主,等了半天,也不见有人上前联系,正觉奇怪,才发现旁边有一黄毛小丫头一直冲他笑眯眯的,尉敏定睛一看,小丫头手里正是握着约定中的那本《电玩新概念》杂志,尉敏说:"小妹妹,谁让你来的?"

小丫头说:"阁下就是'久攻不下'大侠吧?"说着递上《电玩新概念》杂志道,"密码夹在里边,这本杂志我奉送了,因为你不讨价还价。"同时一只手已经伸出来,"一手交货一手交钱。"

尉敏心存疑虑,但又不能表现得太猥琐,一边掏钱,一边说:"你就是白发魔女?这真是你自己打下来的?"

小丫头道:"反正你只是买我的偃月青龙刀,你只要刀是真的,你管它是谁打下来的。"

尉敏却不依不饶说:"真是你自己打下来的?"

小丫头说:"你这人怎么这么啰唆,拖泥带水,人家叫你'久攻不下',也不错啊。"

尉敏哭笑不得,总以为自己的才智天下无双,哪知离一个黄毛小丫头的距离都那么远,尉敏问道:"你卖了多少把了?"

小丫头说:"七八把吧。"

尉敏说:"生财有道啊。"

小丫头说:"现在这社会,条条大路通罗马,路路有财神哎。"

尉敏回到联合网吧,刚刚输入密码,正要凭借别人的力量上去过把瘾,忽然有人拍他的肩,回头一看,是一位搞电脑的朋友沈智,沈智说:"好家伙,玩疯啦,打你手机也不接。"

尉敏说:"你能有什么要紧的事情找我?"

沈智道:"是你的事情,不是我的事情,雨庭让我帮她弄一个什么个人网站……"

尉敏没有完全听进去,说:"网站,什么网站?"

沈智说:"南曲网站,用的名字很奇怪,洛兰藻,这什么意思?"

尉敏听到南曲两字,才明白过来,自语道:"是帮谢北方弄的。"

沈智说:"什么?"

尉敏说:"她还说了什么,要弄成什么样?"

沈智说:"我看她也不太懂,只是要介绍南曲啦,还要建一个聊天室,就是什么洛兰藻聊天室,也不知这洛兰藻是个什么人,或者是个什么东西。怎么,尉敏你也不知道?"

尉敏说:"你什么意思?"

沈智说:"我最近正忙,这事情蛮麻烦的,如果不是你的意思……"

尉敏脸一变,说:"谁说不是我的意思,雨庭的事情,就是我的事情,你倒是帮不帮?"

沈智笑起来:"那还用说。"一边说,就看到尉敢出现在尉敏身后,沈智向尉敏使眼色,尉敏看不明白,说:"你眼睛有毛病啊,乱挤什么?"说话间,才发现身后多了个影子,回头一看,尉敢找来了。

尉敏"哈"地一笑:"哥,你怎么知道我在这里?雨庭告诉你的吧。"

尉敢说:"尉敏,你到底要玩到几岁啊?"

尉敏说:"哥,你以为这是玩?这是开发智力,这是事业,这是挣钱……"见尉敢一脸不屑,又说,"现在有许多人,专靠这个吃,干得好,一月万把块不成问题。"

尉敢说:"你也算一个?"

尉敏说:"我算不上,我至多算个业余的,水平差远了。"

尉敢说:"你倒还有点自知之明。"

尉敏说:"雨庭跟你说什么啦?说我什么啦?"

尉敢说："你希望她说什么？"

尉敏说："难道我希望她说什么，她就能说什么？"

尉敢没有心思与他斗嘴，问道："你知道明天拍卖的事情，黎江川那儿，你有没有事先联系好？"

尉敏说："我哥的事，我敢耽误吗？黎江川可是给我面子……啊，不是给我面子，是给尉局长面子。本来明天上海有个拍卖，人家重金请他出场，因为我的事情，他把那边推掉了。"

尉敢说："尉敏，你要替我物色到几件好货！"

尉敏说："哥啊，我都成了你的小秘啦，你算一算，就你当上局长、当上副总指挥，才几天，我都替你做了多少事了？还都是麻烦事。就说今天这事情，你又不敢直接出面……"见尉敢皱了皱眉，赶紧纠正说，"不是不敢，是不便，你又不便出面，我还得给你找个替死鬼公司去竞拍，要是拍得胃口大了，人家不定被什么税务稽查盯上，不是害人吗？哥，你到底懂不懂现在外面做生意的规矩，有来无回，算什么呀……"

尉敢听出他话中有话，皱了皱眉说："你什么意思？"

尉敏说："我跟你提过，我一个哥们儿，想要锦绣路莲花桥那一段……"

尉敢不假思索断然道："不可能，莲花桥段已经规划好了！"

尉敏耸了耸肩，说："哥，别回得那么绝，也别规划得那么快，你应该待价而沽，人家肯出大价钱……"

尉敢说："你少说几句吧，你懂多少？"

尉敏说："好好好，我不懂，你懂。但是有一点，你别忘了啊，秦重天不是急等着你的贡献吗？你难道忍心看着秦重天一个人上蹿下跳，你不会是过河拆桥的那种人吧？秦重天帮你当上局长才几天，你已经忘了知遇之恩了？"

尉敢说："这是你关心的事情吗？"

尉敏指指电脑，说："当然不是，我关心你和秦重天的关系干吗,我关心的是这把偃月青龙刀是不是货真价实。"

尉敢倒拿他没办法了,锦绣路工程的种种重压,压得大家喘不过气来,尤其是秦重天。正如尉敏所说,你能忍心看着秦重天一个人上蹿下跳吗?不知怎么,在南州上上下下,确实是有这么一种感觉,好像锦绣路工程是秦重天一个人的,什么事情都推在他身上,但是这怨得着谁呢?只能怨秦重天自己,一个将自己的能干写在脸上的人。尉敢看得明白,秦重天有时候真是自我感觉太好。尉敢想,秦重天这样的思路和想法,不把自己逼到绝路才怪。

尉敏已经重新坐到电脑前,回头对尉敢说:"哥,我知道你不能代秦重天做主,这样吧,你回去汇报,如实汇报,我再给你一点时间。"说完,两眼紧盯屏幕,哈哈嘀嘀的厮杀声此起彼伏。

尉敢走出网吧,外面的阳光很强,尉敢眯了一下眼睛,就看见雨庭从马路对面飘然而至。

四

尉敏对拍卖行业的兴趣,是从外国电影上看来的,许多警匪片的故事,都是从拍卖行开始的,尉敏有一阵很有些跃跃欲试的心情,想去争取注册拍卖师的资格,但过了一阵,又觉得还是在下面举牌子的人更牛,就自动放弃了当一名注册拍卖师的想法。

但是要想在拍卖场上能够威风凛凛地举牌报价,口袋里得有钱,尉敏是个坐吃山空的败家子,奉行"吃光用光身体健康"的原则,是一个典型的都市"新贫族"。明明经济来源不佳,却出手阔绰,请客吃饭出门干什么的,都是他埋单,别人要想意思一回,他还生气,一来二往,哪个朋友不以为他有钱?还常有人开口借钱,尉敏又要面子,只要开了口的,尉敏从不回绝,自己再难,也要替朋友两肋插刀。问题是有些朋友是够朋友,借了会还,但也难免有些朋友是酒肉朋友,钱一借去,就再也别想回来啦。尉敏一次两次,帮助了别人,自己倒成了欠债大户,身上背着沉重的包袱,却也不愁不急,依然如故,只是苦于没法到拍卖场上尝试一回当标王的感觉了。

尉敏后来发现一个过干瘾的办法:网上拍卖。

头一回进到一个拍卖的网站,看到不少人正在进行网上交易,有几个上当受骗的网友,正在发帖子相约着追找骗子,也有人大骂网上拍卖站和骗子是连档码子,有的是刚上去的新手,求教于大家。有的说,网上交易,感觉好极了;有的说,怎么,我的东西没人要?但更多的是大呼小叫喊上当了,"我已报警!""买手机被骗一千元!""五百元买了件破衣服!"有的则干脆点明了:大家小心,某地的某某是个骗子。五花八门,无奇不有。

尉敏看着看着,也来了兴致,到卖东西一栏,看人家卖什么的都有,地皮房子进口车、电子玩具擦面油、袜子鲜花宠物狗,尉敏"哈哈"一笑,便点击了"卖东西",注册后,一时竟想不出自己有什么可卖的,想了想,便将自己的手表登记上去了。

欧米茄六针多功能石英表,出价:八百。可购数量:一,所在地:南州市。卖方:多功能。

在考虑自己的用户名时,尉敏不假思索就写了一个"多功能"。

果然有人来点击,有谈价格的,也有嘲笑他名字的,问:多功能,是妇女用品,还是男士专卖店?

尉敏回道:来者不拒。

就这样,玩心不泯的尉敏,从东玩到西,从西玩到东,无谓地消耗着时间和精力。

就说拍卖这行,南州有好几家拍卖行,哪天拍卖什么,只要得到信息,只要感觉有兴趣,尉敏一般都设法混进去探一探,但是这一回情况有所不同了,尉敏受尉敢重托,请出黎江川,来到江枫拍卖行的拍卖现场,黎江川的到场,使得在场所有的人都为之振奋,人人都想从黎江川的眼神里,看出货色的真假和优劣。

尉敏是和雨庭一起到拍卖现场的。江枫拍卖行是南州最大的民营企业江博集团的下属机构,也是较早出现的一家股份制拍卖行。江博的摊子很大,总部下属好些机构,有房地产公司、软件开发公司、保健品企业、文化传播、拍卖行、投资顾问所,还有一个小型的展览中心。

江枫拍卖行在南州现有的几家拍卖行中,虽算不上老大,也能够算得上老二了。老大是官办的南州拍卖行,一九九四年就成立的国有拍卖企业,实力雄厚,信誉好,两年前取得了国家AAA级资质,王博的江枫拍卖行,主要竞争对手,就是他们。

江枫拍卖行虽然入道晚,但步子大,胆色也大,创业三年来,已经成功地举办了近百场的拍卖会。目前已有五位国家正式注册的拍卖师,并且拥有自己的大中型拍卖场地两处,各为五百平方米和二百平方米。

但这一次江枫拍卖行的东方艺术品春拍,没有用自己现成的拍卖场所,却是租用了南州一家五星宾馆的大型会议室举办的,以示各方对这次拍卖活动的重视。

拍卖行为筹备这次活动,花了大半年的时间征集历代珍玩、瓷器、明清及近现代书画名家的精品共有三百零五件,引起各界人士的关注和重视。尤其是当大家得知黎江川将到场的消息,显得格外兴奋和重视,现场早早就坐满了参加竞拍和看热闹的人。

尉敏和雨庭到的时候,黎江川还没有来,雨庭看了看现场的气氛,问尉敏:"黎江川脾气很古怪的,不会放鸽子吧?你看这些人,今天的情绪,多半是冲他来的呀。"

尉敏说:"黎江川脾气再古怪,他不会跟我古怪的,必定会到。"

雨庭笑道:"今天江枫拍卖行可以稳坐钓鱼台了吧,伯乐要来,还怕马卖不掉?"

尉敏说："但是只要伯乐一摇头,这马就死啦!"

雨庭说："也不一定啊,我看到过一个介绍,故宫一位文物鉴定专家,一次到香港出差,在香港文物贩子聚集的地方转了一圈,因这老先生名气大,所以一进去就被认出来了。结果,凡是老先生问过价的古董,无论真伪,卖主第二天不是大大地提高了价格,就是收回去不卖了。"

尉敏说："那今天这江枫拍卖,我应该向他们收回扣报酬啊!"说着又笑起来道,"早知道,我应该和黎江川私底下串通了,可不是大发了?"

雨庭说："凭你的聪明才智,到现在也没有大发起来,算不算老天无眼啊?"

尉敏道："不能怪老天,怪命,命苦哇。"正在表情夸张地挤眉弄眼,就一眼看到黎江川进来了,赶紧迎上去。黎江川是个不苟言笑、一语千金的人,但是看到尉敏总是例外,他向尉敏笑了笑,说:"来啦?"说完便目不斜视地直接找了一个不显眼的位子去坐下了。

有人想去和他套个近乎,却会莫名其妙地被他身上的某种气息阻止在几米之外,上前不得,只能远远地朝他致意、微笑。

受尉敏之托来竞拍的单老板也到了,与尉敏握了握手,心照不宣地相视一笑。单老板今天的任务不轻,至少要拍到郑板桥的一幅行书、吴昌硕的《桃实》和一两幅红金扇面。

这一排的座位是这样的:黎江川、尉敏坐在一起,单老板坐在他们的斜后方,正好能够观察到尉敏的表情。尉敏倒是想拉雨庭坐过来的,但是单老板不同意,他时时刻刻得小心注意黎江川和尉敏的一举一动,又不能让别人觉察,责任重大,要是有一点差错,他得吃不了兜着走,尉敏这小子,到时候拍拍屁股,你拿他怎么办?

雨庭也不愿意坐定在会场中间,她是带有自己的任务和目的来的。最近一个时期,假文物假古董充斥市场,雨庭就曾经接到群众来信，揭发这些问题，甚至有人说，目前在拍卖市场上拍卖的书画作品，百分之百是假货。雨庭并不懂书画，但是听尉敏说黎江川要去，才突然萌发了去看一看真真假假到底是怎么回事的念头。

其实事情并不像单老板想象的那么紧张，有尉敏这个中间人在场，单老板大可从从容容地举牌报价。拍卖开始以后，有不少人都试图从黎江川的脸上看出些什么来，但是正如尉敏一向说的，黎江川的脸上要是写着什么，他还是黎江川吗？

唯一能够看得出黎江川意思的，当然只有尉敏。尉敏从黎江川那儿得到信息，再用暗号传递给单老板，单老板就根据尉敏的暗示，决定要还是不要，决定举到多少价为止。但是为了迷惑别人，给一些假象，单老板对一些黎江川不表态，甚至明确认为是假货的东西，也要假模假样地竞一下，当然，只能少几个回合，这个分寸得单老板自己掌握，万一作假作过了头，自己中了标，那可是哑巴吃黄连了。

拍卖进行到一半，黎江川就起身走了，不少人一看黎江川走了，都有些举棋不定了，又都看着尉敏，尉敏却没有马上就走。这期间，单老板又举了几次，最后，以二十万和两个两万的价格，分别拍得了郑板桥的一幅行书和两幅红金扇面，尉敏如愿以偿。

尉敏和单老板说了几句话，单老板完成了使命，轻松而去，尉敏回头找雨庭，雨庭说："今天的拍品，黎江川怎么说？"

尉敏大嘴一开："除了单老板拍下的郑板桥的一幅行书，其他都是假的！"

雨庭不怎么相信尉敏的话，说："是黎江川的看法？"

尉敏说："你就相信黎江川，你不知道你眼前这个男人也一样优秀啊？"

雨庭笑道："优秀的男人不一定分辨得出真假啊。"

两人说着，准备往外走，迎面过来一位先生，个子不高，戴着眼镜，文质彬彬，迎面过来后，站定在尉敏和雨庭面前，温和地笑了笑,向尉敏伸出手来:"尉敏先生,我是王博。"

尉敏一愣:"王博,哪个王博?是那个王博的王博?"

尉敏从来都是遇事不惊玩世不恭,现在看到王博,却有一点一反常态,虽然表面上看,他仍然是一贯的调侃的表情和口吻,但细心的雨庭却能够感觉到尉敏的激动。

王博笑眯眯地说:"对,就是那个王博的王博。"

尉敏奇道:"王博可是大老板啊,别说在南州是头号大鳄,就是全省,乃至全国,也是大名……"

王博摇了摇手,却没有阻止得了尉敏说话。尉敏继续道:"你怎么会认得我啊?"

雨庭笑着插嘴道:"说明你也是一头鳄,至少是一头小鳄吧。"

尉敏说:"我哪里能和王博比,王博是谁,我是谁啊?"

尉敏的口吻,以调侃的表象夹着认真和敬重,如果说在南州确实还有那么一两个人是让尉敏心服口服的,恐怕王博要算上一个。

无论王博和他的江博集团现今碰到了什么样的困难,或者正意气风发,在尉敏的眼中,王博永远是当年那个孤注一掷倾其所有做广告的血气方刚的闯将,现在这位心目中的英雄就站在他面前,笑眯眯地看着他,尉敏心里,怎么能不奇怪。传说中的王博是一个爱笑的老总,不管压力有多大,不管顺利还是挫折,他的笑容是永远挂着的。曾经有人说,史泰龙是没有笑的神经,而王博却是没有不笑的神经。

雨庭看出王博想借一步和尉敏说话,就知趣地先走了,果然,王博请尉敏就到江枫拍卖行的总经理办公室一坐。尉敏坐下之前,和王博比了一下高矮,说:"好像不如电视上看的那么高嘛。"

王博说:"现在还原了。"

尉敏说:"好像和我差不多,就是比我多了一副眼镜。"笑了笑,又说,"称呼您什么呢?王总,王董?现在是叫董事局主席,应该称王主席?还有什么,首席执行官?"

王博说:"尉敏,我就叫你尉敏,你就叫我王博,怎么样?"

尉敏说:"你可是我心目中的……"

王博笑道:"你这话说错了,这可和我了解的尉敏不一样。"

尉敏说:"怎么,你对我感兴趣?专门了解我的背景,有没有查过档案?我在大学,被记过一次,是因为谈恋爱。"

王博说:"我自己就是一个没有档案的人,我看重的是大家以后怎么给自己写档案。"

尉敏说:"好,英雄所见略同,你我是有共同语言的。"

三言两语一交谈,那种英雄崇拜心理已经降落不少,尉敏的本性又回归了。

王博要的就是这样的交往,说:"尉敏,我直话直说了,我们江枫拍卖行,缺一位总经理……"

尉敏一向快嘴,说话从不假思索,说:"不会是请我出山吧?"

王博说:"假如是呢?"

尉敏"啊哈"了一声,说:"怎么会?"

王博说:"尉敏,你不会认为你不合适,或者能力不够吧?"

尉敏笑道:"想不到王博也会用激将法。"

王博说:"那你能想到我会用什么法,隐身法?遁土术?"

尉敏说:"是呀,听说有许多商场上的成功人士,就是捧着一本《孙子兵法》在那里战斗的。"

尉敏虽然口无遮拦,但心里不糊涂,他知道王博今天来找他,谈江枫拍卖行的职务的事情,绝不是一时冲动,恐怕早已酝酿成熟,以王博的做事习惯,看准了目标是志在必得的,尉敏想,啊哈,今天我就是尉总啦。当然尉敏心里也清楚,王博可不是冲他来的,他是冲尉敢去的,更具体地说,是冲锦绣路去的,这一点尉敏毫不怀疑。如果精明的尉敏也还有不太清楚的地方,那就是他不太清楚王博如果有求于尉敢,为什么要请他做拍卖行的老总,这里边的必然联系,尉敏暂时还没有想明白。因为没有其他位置?因为知道他对拍卖这行有兴趣？那王博可就大错特错了。可以说，在尉敏这里，没有什么事情是可以让他的兴趣维持半年以上的。但尉敏有一个特点，想不清楚的事情，他才不会委屈着自己苦苦思索，不明白的，就问，于是他便直接地问道："王博，你聘请我任江枫拍卖行的老总，我能给你什么呢？"

既然尉敏是个明白人，王博也明人面前不做暗事，直接地告诉他："这一阵，锦绣路的地皮，可是见风长啊，无论谁，要是能争取到锦绣路稍好地段一块地，那可是咸鱼翻身的大好机会……"

尉敏说："王博，你可能犯了一个错，尉局长，可不是我，我，也不是尉局长。"

王博说："尉敏，你可能也误解了我的意思，你是不是以为，我要向你哥哥要地皮？不是的，我的想法恰好相反，我要帮助你哥哥卖地皮……"

尉敏任是脑瓜子好使，这会儿也有点转不过弯来。

但是尉敏知道王博所说的"卖地皮"，是指的国有土地使用权的拍卖，不仅南州没有开始，在全省范围也没有先例，在全国，也才仅有一两家搞过试点，但行情并不看好，有一次是流拍了，第二次，拍得地块的受买方事后后悔不已，以这样的价格盘下土地，只能造豪华高级住宅别墅才能保本，如果按照政府的愿望，造普通公寓，恐怕会赔得都不认得东西南北。买主借新闻媒体替自己大叫冤枉，承担不起，两次拍卖闹得沸沸扬扬，搞得一些想涉猎的人士望而生畏。

王博确实是胆识过人的，在前景不明的情况下，他已经一厢情愿地打起了锦绣路的主意。锦绣路是一个特殊的情况，锦绣路的地皮能否进入市场参与拍卖，这尚是一个悬而未决的疑点。

当然，以王博的能力，很可能他已经得到某些高层方面的关于土地使用权拍卖大趋势的确切的消息，所以，王博是想替自己的江枫拍卖行拉一宗拍卖土地的大生意？为了这一桩生意，就可以封尉敏一个总经理？那么生意做完，他这个总经理不也就可以下台了吗？尉敏觉得这不是王博的方式和习惯。更何况，如果锦绣路的某些地块真的进入拍卖市场，如果在这之前，政府还有可能在南州拍卖行和江枫拍卖行这两家实力相当的拍卖行里选择其中一家委托进行土地使用权的拍卖的话，那么，王博在这个时候用了尉敏做江枫拍卖行的老总，尉敢和秦重天还可能将这次拍卖交给江枫承办吗？

王博到底要干什么呢？

尉敏不是一个放得住话的人，干脆问王博："你到底要干什么？"

王博是早已经对尉敏了如指掌的，而且王博从来都是用人不疑，所以也干脆地说："是要挑起南州拍卖行的竞争欲望。"

尉敏恍然大悟，如果尉敏此时担任了江枫拍卖行的总经理，南州拍卖行那边必定会慌了手脚，以为江枫是志在必得要承接锦绣路的土地拍卖，他们必定会竭尽全力使出浑身解数去与江枫争夺，王博要的就是这个？

尉敏自嘲地道："却原来我只不过是你鱼钩上的半截蚯蚓啊。"

王博笑了笑，说："有些道理，但不太准确，鱼饵最终是要牺牲自己的，你用不着，如果要做个比喻，更像一个马前卒吧。"

尉敏说："我的妈，马前卒可是最容易被乱马踩死的啊。"

王博说："但是哪个将军不是从乱马蹄下活着出来的马前卒？"

尉敏说："那就是说，我当你的拍卖行老总，至少在锦绣路上，不用我亲自出马干什么事？"

王博说："本来，拍卖行只做拍卖行的工作。"

尉敏说："我可以考虑接受。"

王博说："我给你两天时间？"

尉敏说："不用,现在就可以回答你,我干!"

王博又温和地笑了笑,说:"尉敏,你怎么不问问我,我想要挑起南州拍卖行的激烈竞争,到底是什么目的?"

尉敏说:"我想问的,我会问,不过现在我非常想问的是,你告诉我这么多,不怕泄露你的机密?"

王博说:"尉敏,你觉得我告诉你的很多吗?"

尉敏知道自己碰上了真正的高手,浑身攒足了劲,自从学校出来以后,尉敏还没有如此振奋过。尉敏感觉到,自己大显身手的时机到了。

他一直在等,边玩边等。所有的人,包括自以为很了解他的尉敢和雨庭,都以为尉敏在荒废时光,只有尉敏自己不这么想,他在玩的过程中,积累的东西,正是别人所无法积累的。这样,他也就有了他的过人之处。

但是,尉敏的满腔热情,到了尉敢这儿,被当头浇了一盆冷水,尉敢说:"尉敏,你异想天开,这世界上,有人会白送你一个总经理?"

王博的用心在锦绣路上,尉敢哪能不清楚。何况,如今在南州,甚至在南州以外的许多地方,觊觎锦绣路的又何止一二,而这些人,又有哪个不是心智超常、机关算尽的人物,尉敢是防不胜防,如履薄冰,一步不小心,就可能跌入他们早就挖好的陷阱。

尉敏并不是不明白这一点,却故意逗尉敢,说:"这总经理可不是送给我的,是送给你的。"

尉敢果然更急了:"尉敏,不许你乱来啊,现在锦绣路,正是最紧张的关头,中央的调查组已经进驻了……"

尉敏说:"哎呀,我的哥,秦重天不是已经抢先了吗?都已经拆完了,别说中央调查组,就是联合国维和部队,也没辙了呀。"

尉敢说:"你少胡言乱语,你就不知道我们的压力?少给我添麻烦!"

尉敏说:"哥,你倒是说说,我什么时候给你添过麻烦,这些日子,还不是你净找我的麻烦……"

尉敢也看出来了,尉敏虽然依旧一副油滑腔调,但这一次的工作,他恐怕是认定了的,尉敢已经无力拉回,只得将话说在前面:"尉敏,我告诉你,你要是惹上什么麻烦,别来找我,我决不管你!"

尉敏偏偏嘻嘻笑着说:"那哪能呢,你是我哥,你不管我,谁管我啊?"

第 10 章

一

在心理学会举办现场心理咨询活动那天,王依然接待了一位前来求助的名叫薛书湄的五十多岁的妇女。薛书湄告诉王依然,她不是为自己来的,而是为她女儿来的,她的女儿二十八岁了,学习、工作、生活,其他方面一切正常,而且工作能力相当强,大学毕业没几年,就已经是南州最大的一家民企的子公司副总了,薪金相当高,在别人眼里,没有人不认为这是最年轻最成功的当代白领。平时和同事接触,无论男女,也都很正常,但就是不能谈男朋友,每次接触男人,她都会发病,心跳加速,手脚冰凉,浑身发抖,甚至会无缘无故地大哭起来。开始的时候,是正式和男朋友接触后才会发病,到后来,只要一听说要介绍对象,她的神情就会变化,头上冒汗,嘴唇发紫,情形越来越严重,吓得家里再也不敢提半个字,也不敢建议她去看医生,因为一看医生,就会问到症状和病因,一说到是因为谈对象,她又会失常,又会大哭。这样的情况,单位的同事并不太了解,但是做父母的清楚,眼看着女儿年龄一天天地大起来,做父母的哪能不急,病急乱投医,父母背着女儿跑了不少医院,但是病人自己不到,医生是无法对症下药的,母亲终于将最后的希望寄托到王依然这里了。

王依然本想推荐一位心理医生给薛书湄,但是薛书湄坚决不要,她说自己只是来试试的,她对医生不抱希望,因为曾经是王依然的听众,所以来和王依然谈谈。薛书湄对王依然的信任,应该说是有基础的,但她却始终不肯说出女儿的姓名和工作单位等具体情况。王依然非常理解她的顾虑,她不会去强迫她说她不愿意说的东西,王依然所能做的,就是耐心地倾听这位母亲的诉说,从中得到一点信息,也从中做出一些分析。

但是薛书湄却始终回避谈女儿的事情,谈得更多的,是她自己和她的丈夫。薛书湄夫妇都是小学教师出身,为人师表,性格也都比较内向,不苟言笑,对自己对子女要求都很严,女儿从小,做父母的就身体力行,教育孩子循规蹈矩,非礼勿视。女儿在父母的言传身教下,从小到大,始终是好学生、好孩子,思想品德、学习成绩都是名列前茅的。左邻右舍常常拿她来和自己的孩子做比较,常常挂在口头上说的就是:看人家薛老师家的孩子。这个被大家公认的好孩子,不仅在中学阶段没有早恋,进入大学也还是一心只读圣贤书,一直到大学毕业,参加了工作,又过了一两年,仍然没有谈对象的迹象,父母对女儿的欣赏和骄傲,渐渐地有点变味了,再过些时,这种欣赏和骄傲就变成了焦虑和担心了,从来都是让女儿安心学习好好工作不着急谈对象的父母自己先着急起来了,他们四方托人,四处联系,结果却是……

薛书湄反复地对王依然说:"我和她爸爸都再三地反省自己,是不是我们从小对她的管教太严,尤其是在男女问题上,说了一些不应该说的话?"

王依然无言以对。但是无论从感情上,还是从理智上,她都无法赞同薛书湄这样的说法。

王依然觉得这件事情十分棘手,她和薛书湄曾经求助过的许多医生一样,知道病人自己不介入,这个问题是很难解决的。

王依然试着说服薛书湄,只有正视问题,才是解决问题的开始。薛书湄犹犹豫豫,她也知道她这样做是讳疾忌医,但是她很害怕,如果女儿知道她把她的事情告诉了别人,她担心会闹出更大的麻烦来。

　　但是王依然坚信,薛书湄会想明白的。

　　果然,今天一早,王依然刚上班,刚在办公室坐下,薛书湄就来了。她神情有些紧张,连说话都有些支支吾吾的:"王老师,今天,是周末,我女儿回家过周末。"

　　王依然这才知道,薛书湄的女儿现在并不和父母住在一起。王依然等着薛书湄的下文,薛书湄却又犹豫了,好像刚刚下了的决心,现在又动摇了。

　　王依然想了想,便主动问道:"薛老师,你是不是想请我去你家,和你女儿见见面?"

　　薛书湄慢慢地点了点头,说:"王老师,我和她爸爸商量来商量去,也只有这个办法,我们不能讳疾忌医啊。"

　　王依然说:"好,我……"

　　她的话还未说出来,薛书湄又紧张起来,赶紧道:"王老师,您千万不能说自己是搞心理学研究的啊,而且、而且,千万要小心啊,她的怀疑心很大的,一句话说得不对,她就会怀疑我们有什么目的。"

　　看着薛书湄紧张不安的样子,王依然同情地点点头,说:"就说我是你们原来学校的同事?"

　　薛书湄想了想,摇头道:"不像,不像,你不像个小学老师。"

　　王依然笑了笑,说:"小学老师还有专门的形象啊?"

　　薛书湄认真地说:"别人也许不会在意,但是我女儿,很敏感很聪明,瞒不过她的。"

　　王依然心里动了一下,聪明敏感的人,一般心理都比较脆弱,王依然不知道这两位一板一眼的小学老师,他们的女儿怎么会有这种特殊的性格。

薛书湄却在为王依然到底扮演什么角色犯愁,她想了又想,一时想不出什么样的人比较合适,自己说了几个,但刚一说出口,又被自己推翻了。过了一会儿,犹犹豫豫地说道:"做我们的同事,倒也是好的,至少我们谈起话来,会有话可谈,不然的话,万一谈一个话题不是双方都懂的,谈不下去了,她就会发现,会穿帮的。"她皱着眉头,停了一会儿又道,"只不过,小学老师里边,很少有你这样年纪的,要么是年轻的,要么像我们这样比较老的,退休的,像你这样年纪的,很少呀。"

王依然点着头,她不得不佩服这位母亲的谨慎和细心。

薛书湄终于考虑成熟了,人也显得兴奋起来,精神也来了,说:"王老师,你就说是我们学校的领导,来看望退休教师的,这样行不行?"

王依然点了点头,想到要在一个素不相识的心理有问题的女孩子面前演一出假戏,心里不由得有些说不出的滋味。

薛书湄最后说:"女儿单位四点钟下班,她大概五点钟到家,王老师,能不能请你早一点来,至少比她早到半个小时,我们聊聊学校教育的话题,这样,她回来的时候,看到我们正在聊天,也许就不会怀疑什么了。"

王依然觉得自己像个被牵着的木偶,有几次她甚至想告诉薛书湄,她这样费尽心机,也许根本就没有用,根本就是无的放矢,但是一看到薛书湄哀求的眼光,她的心就软了。她体会着一个痛苦的母亲的心情,答应了薛书湄近乎荒唐的要求。

下午四点钟,王依然根据薛书湄给的地址,如约来到薛书湄的家。这是一幢老宅,规模不算很大,但却是典型的南州的老宅子,前后三进,每一进的两侧,都各有厢房,中间有天井和院落。但是因为天井和院子里,都搭建着大大小小乱七八糟的建筑,连狭窄的过道上也都塞满了各种杂物,这使得老宅的风貌荡然无存。住在这里的居民,仍然用着煤炉。下午这时分,正有人在过道里生炉子,王依然小心地避着烟雾,但仍然被呛得咳嗽起来。

对于王依然来说,这已经是久违了的景象,煤烟腾起,熏着早已经发黑了的雕梁画栋,脚底下的青砖,许多都已经破碎,仍然承受着负担着它们已经负担不起的重压。

正当王依然站着发愣,后院西厢房开着的窗子里,一直在朝外张望的薛书湄已经看到了王依然,她赶紧出来,将王依然迎了进去。

西厢房有两大间,薛书湄家住的北边的一间,大约有近二十平方米,里边又用薄薄的木板隔成了两半,外边的一半就是薛书湄夫妇的卧室,整理得井井有条,干净清爽,一张大床紧靠着板壁,两张写字台靠窗面对面置放着,写字台上还搁着两盘文竹,与院里的杂乱相比,这完全是另一个世界。薛书湄引了王依然进来,正在给她泡茶,隔壁"哗啦"一声,声音巨响,连屋子都有点震动,把王依然吓了一跳。

薛书湄却一点也没有在意,她给王依然端了茶过来,看到王依然有些发愣,不由得担心地问道:"王老师,您怎么啦?"

王依然说:"刚才声音很响,吓我一跳。"

薛书湄说:"噢,是隔壁人家关门。"

王依然说:"这里的隔音条件很差。"

薛书湄说:"是不大好,多少年的老房子了,又都是这种木板,是不隔音的。再说了,过去都是一家人家自己用的,这西厢房,也可能就是公子少爷看看书的地方,不会有人吵着的,哪像后来,都隔成几家人家住了,就觉得是在一个屋子里。"

王依然说:"习惯了?"

薛书湄很难得地笑了一下说:"早习惯了。"

王依然心里有点说不清的滋味,一时停了下来,就在她停下来薛书湄也没有说话的这当口,隔壁说话的声音传过来了,是一男一女,他们显然压低着嗓门,但说的每一句话,这边都听得清清楚楚:

"隔壁好像来客人了？"

"是的，听薛老师说，是他们学校的领导。"

"是个女的？"

"女的你就关心啦？"

薛书湄注意到王依然有点不自在，又笑了一下，说："王老师，没事的，我们这里的邻居，本来都像一家人，没有什么秘密的……"说到这儿，她的神情明显地又低落下去，停顿了一会儿，薛书湄凑到王依然耳边说："我女儿的事情，我们俩从来不在家里谈的，要说，就到外面去，到公园去谈。"

王依然道："这样的生活环境，也够你们……"

薛书湄忽然摇了摇手，她屏息凝神地听了一下，大杂院里声音很嘈杂，但是薛书湄却从混乱的声音中听到了什么，赶紧告诉王依然："王老师，我女儿回来了。"

果然，薛书湄话音未落，王依然就从厢房的窗户看到院子里潇潇洒洒地走进来一个年轻姑娘，看长相，还像个小孩子，根本没有二十八岁的样子，她笑眯眯地向在窗户里向她张望的薛书湄摆摆手："嗨，老妈！"人已经风一般飘进屋来。

薛书湄紧张得不行，介绍王依然的时候，声音都有点颤抖："这、这是王、王校长……"

好在王依然还沉得住气，微微地向薛书湄的女儿点点头，笑笑，说了一声："下班了？"分散了她对母亲的注意。

女儿大大方方地向王依然打个招呼："王校长，您好！"将手中的包放下来，笑道，"我平时不住父母家里，今天是周末，回来打老爹老妈的秋风啦。"又回头问薛书湄，"我老爸呢，采购去了吧？"

她的神情她的口气，没有一点点不正常的地方，连一点点影子也没有，王依然不由自主地看了一眼神情十分不安的薛书湄，一时间甚至以为有病的是母亲而不是女儿呢。

薛书湄的女儿径直走到木板隔开的里间，站在门口朝里看望着,神情十分依恋,一会儿又像孩子般地向王依然招招手,说:"王校长,您来看看,这就是我的闺房,我上大学走后,母亲一直保留着原来的样子,没有动过,我大学毕业参加工作,住了不多久单位宿舍,就自己买了房子。"

王依然走到她的闺房门口,朝里边看,一张整洁的单人床沿着木板搁着,与外间的大床,恰是一板之隔,王依然一看之下,心中顿时一动,嘴上说着:"你在哪个……"

薛书湄见王依然要打听女儿的工作单位,赶紧扯开去,说:"王老师,您别看这里的地方拥挤、破旧,我们住惯了,觉得挺自在的。"

她的女儿也说:"是呀,我的住房很宽敞,接他们去住,他们却不习惯,晚上都失眠,又折腾回来了。"

薛书湄笑了笑,说:"唉,听不见邻里之间的叽叽哇哇,心里真是空荡荡的。"

王依然回到外间的桌边坐下,薛书湄的女儿对母亲说:"老妈,你们谈,我去接老爸。"

女儿一出去,薛书湄就对王依然说:"王老师,你看得出她有什么问题吗?"

王依然想,这分明是一个从生理到心理都很健康的女孩子,她狐疑地看看薛书湄,摇了摇头说:"光看,是很难看出来的。"她忍不住又走到里间小屋门口,朝里张望着,再次清晰地听到隔壁邻居在说话。

"今天吃什么?"

"有什么好吃的?"

"好吃的东西多了,你自己不会买。"

"你自己去试试看,每天买菜,烦都烦死人了。"

王依然忽然觉得薛书湄女儿的小屋闷得厉害,她退出来,长长地透了一口气,对薛书湄说:"你女儿就是在这样的环境中长大的?"

薛书湄似乎没有听懂王依然的话,茫然地看着她。

王依然说:"也就是说,你们的一举一动,邻居的一举一动,孩子不一定看得见,但是都能听到,能感受到。"

薛书湄说:"那是的,住这种老房子的,谁家不是这样?"

王依然说:"薛老师,你觉得对他们的成长没有影响?"

薛书湄说:"这不会吧,从小到大,他们也早就习惯了。再说了,我们家的面积还算是比较宽的,能隔开成两间,我们这院子里,有好些人家,小孩子长到成人了,也还和大人同住一间呢,那有什么办法,只有一间房嘛。"

薛书湄的丈夫回来了,和王依然打了个照面,就到公用的厨房去弄菜,过了不久,女儿也回来了,她没有接到老爸,便去了街口的小店买回一些碟片。薛书湄对女儿说:"我帮你爸弄菜去,你和王校长聊聊好吗?"

薛书湄的女儿点头答应着,确实是个听话的好孩子,等母亲一走,她却突然笑了起来,笑得怪怪的,让王依然心里有点发瘆。

为了避免尴尬,王依然指了指她手上的碟片,没话找话地说:"你喜欢看什么片子?"

薛书湄的女儿没有回答她的问题,却盯着她看了一会儿,说:"你是那个依然热线的主持人吧?"

王依然惊得有点魂飞魄散的感觉。

薛书湄的女儿自然大方地伸手和王依然握了一下,说:"我叫刘庐,在江博集团下面的一个投资顾问所做事。"

王依然惊魂未定,说:"江博集团?就是王博的江博集团吧?"这完全是多余的问话,除了王博的江博集团,哪里还会有第二个江博集团呢。

刘庐也完全理解王依然的惊讶,她又善解人意地说:"王老师,您别惊讶,也别紧张,我妈总是自以为聪明,其实她心里的小算盘,没有我不知道的。"

王依然依然愣着。

刘庐继续说:"我妈觉得我有心理障碍。"

王依然终于说出了一句话:"你自己怎么看?"

刘庐的回答更是出乎王依然的意料,刘庐说:"有,当然有,比我妈估计的要严重得多。"

但是刘庐说话的语气神态等,没有任何的特殊之处,以王依然的经验,这样表现镇定的心理疾病患者,要比情绪外露的患者病情可能严重得多,也难对付得多。王依然说:"你去请教过心理医生、治疗过吗?"

刘庐说:"当然。"她说着朝外看看,又道,"我没有告诉他们,免得他们瞎担心。"

王依然小心地试探说:"你能不能说说,主要表现在哪些……"

刘庐笑着摇摇头,说:"我不想说了,我不相信治疗。"

王依然无言以对,但是心有不甘,过了一会儿,又问道:"刘庐,你睡眠不大好,是不是?"

刘庐点了点头,说:"不是不大好,是大不好。"

薛书湄端着些水果进来,刘庐接过来放到王依然面前,说:"王校长,吃个苹果吧。"

薛书湄看了看女儿,放心地退了出去。

王依然说:"你晚上睡不着,想什么?"

刘庐不假思索,很坦然地吐出一个字:"死。"刘庐说着忽然笑起来,又道,"王老师,我说出来你可能都不会相信,每天晚上,我都替自己设计死亡路线,有些设计,可精彩了。"

王依然并不觉得意外,但是刘庐可以坦然地面对自己的死亡,王依然却不能坦然地面对刘庐的死亡,她急切地问道:"白天呢?"

刘庐说:"白天很好,我害怕晚上,一想到要进入黑夜,我就害怕得发抖。"

刘庐在说"害怕"时,没有人能够看出、感觉出她的害怕,她是那么镇定,那么平和,好像根本不是说的自己,也好像说的是一件十分正常的事情,但是王依然相信刘庐说的每一句话。

刘庐见王依然心情沉重,又笑了笑,说:"王老师,别操心了,本来就是我妈妈瞎操心,把你弄来了,本来我也不想跟你说的,但不知为什么,看到你,就想说这些废话了,你别往心上去,我瞎说说的。"

王依然却不能不往心上去,她执着地问道:"你下班回自己住处,都干些什么呢?"

刘庐说:"别人干什么,我也干什么,打扫打扫房间,给自己弄点好吃的,看电视,看碟片,上网等,然后就上床,就开始设计死亡路线,有时候兴奋得整夜都不睡,看着窗外的天渐渐地亮起来。"

王依然说:"你一个人住,是不是觉得孤独,你没有试试,回到你爸爸妈妈这儿住一阵?"

刘庐的眼睛里,掠过一丝恐惧,被王依然捕捉到了。

王依然告辞的时候,刘庐忽然没头没脑地突兀地说:"有个欧洲片,叫《白昼美人》。"

王依然只是听刘庐说有个片子叫《白昼美人》,并不清楚她是什么意思,便看着刘庐,等着她的下文。

刘庐却没有再说片子的事情,说:"我的这些情况,我妈不知道。"

王依然点了点头。

离开了薛书湄的家,王依然心里有点乱,她推着电瓶车在街口愣了一会儿,在车水马龙吵吵闹闹的街头,王依然的眼前,却浮现着刘庐那间小屋里的情形,她的耳畔回响着的,是薛书湄家邻居的说话声。

二

王依然没有直接回家,她绕到了夏同的店里,想问问夏同有没有刘庐说的那个欧洲片《白昼美人》。虽然王依然有些摸不着头脑,也可能刘庐只是随口一说,并没有什么含义,但王依然却不可放过任何的蛛丝马迹。

夏同不在书店,刘阿姨在看着店,店里还有一个看上去很瘦小、穿得也很简朴的女孩站在那里看书。

王依然见夏同不在,简单地和刘阿姨说了几句话,正准备告辞,还没出门,就听得一阵朗朗的笑声进来了:"小夏啊,我来领饷啦!"

夏同曾经跟王依然说起过吴一拂,吴一拂的身世、现状,王依然都了解一些,只是在夏同的谈吐之间,流露出对这位老人特殊的心情,这在夏同来说,是比较少见的。王依然曾经问过夏同,是不是觉得因为老人家挺可怜,或者因为他生存的艰难而富于同情?夏同一概否认,夏同说,这位老人,不是我们常人能够去理解和体会他的,他的内心,是一个极其丰富而奇特的世界。

现在王依然一见之下,就知道是吴一拂来了,她稍微让出一点地方,让吴一拂进来,吴一拂一踏进书店,就说:"哎呀,怪不得我一进来,就眼睛发亮,小小的书店里,竟然有三位美女。"

连那个一直在看书的女孩也抬头笑了一下。

吴一拂说:"怎么,夏同不在?"

刘阿姨说:"您老人家找夏经理?"

吴一拂说:"这位女士,我提个意见,别喊我老人家好不好?也别喊夏同夏经理好不好?"

刘阿姨被他逗笑了,说:"好好,小伙子,找小夏是吧?"

吴一拂仍然对着刘阿姨,认真地道:"我来过几次,都没有见过你,但是我知道有你的存在。"

刘阿姨说:"前一阵,过年,家里比较忙,夏经理就让我……"

吴一拂说:"你叫刘维雅是吧?我一直跟夏同说,刘维雅,刘维雅,好书卷气的名字,我可是一直想一睹你的芳容……"

刘阿姨笑道:"一见之下,大失所望。"

吴一拂生气地说:"谁失望啦?谁大失所望?你正是我想象中的刘维雅,甚至比我想象的还年轻一点。"

刘阿姨说:"唉,拿我们寻什么开心,多年前就是老太婆啦。"

吴一拂更来气,道:"老?我九十多了也不说老,你算什么老,在我眼里,你和那个看书的小妹妹差不多,都是小。"

刘阿姨的性格比较内向,平时话不多,但今天不知怎么的,被吴一拂一咋呼,她的话也多起来:"你的眼光也太不济事了,我都可以做这个小妹妹的奶奶啦。"

吴一拂说:"奶奶怎么啦,奶奶就不能年轻漂亮?刘维雅,你要好好改改你的观点,我的眼睛是很凶的,不信你可以问你们夏同,他都服我的,我看得出,你是受过高等教育的,是不是?"

刘阿姨又忍不住笑,说:"什么呀?"

吴一拂说:"至少是老高中生。"

刘阿姨说:"这算给你蒙对了,我是六六届的高中生,下过乡,接下来回城,也没赶得上考大学,分到厂里,做了几年,就下岗了,就这么一辈子。"

吴一拂高兴地顿了顿拐棍,说:"我说的吧,我说的吧,我眼光厉害的,六六届的老高中生,都能抵得现在一个……"他看了看王依然,说,"你说,能不能抵得上现在一个研究生?"

王依然说:"那是。"

吴一拂又说:"刘维雅,你看你的气质……"

吴一拂絮絮叨叨个没完,刘阿姨一留神,却发现那个看书的女孩不见了,再过去一查,好像书架上少了一本书,刘阿姨说:

"哎呀,刚才那女孩,好像拿了书走了。"边说,边要追出去,却被吴一拂挡住,说:"刘阿姨,窃书不为贼,再说了,你也没有确定她带了书走,是不是?"

刘阿姨说:"你这就不对了,我是替人家看店的,少了书,我有责任,怎么能这么马马虎虎,要是每天都这样,这书店还怎么开呀?"

吴一拂说:"大不了,这本书我来赔啦。"

刘阿姨说:"你要是看书店,赔得你倾家荡产啊。"

吴一拂说:"好在我这人,本来也没有什么家产,想倾也倾不出多少,想荡也荡不起来。"

王依然平时也不是个多话的人,却和刘阿姨一样,被吴一拂逗乐了,话也多起来,平时不会说的话也说了出来,她逗着吴一拂:"你这么吹捧刘阿姨,是不是想追她啊? 刘阿姨可是有丈夫的啊。"

刘阿姨有些不好意思,说:"王老师,你也开我的玩笑?"

吴一拂说:"她有丈夫跟我有什么关系,我永远有权追求我的幸福和自由!"说着竟被自己感动了,脱口念起了古诗词,"老夫聊发少年狂,左牵黄,右擎苍。锦帽貂裘、千骑卷平冈。为报倾国随太守,亲射虎,看孙郎。"一边背诵,一边看到刘阿姨又要笑,赶紧说,"还有,也是苏轼的,遥想公瑾当年,小乔初嫁了,雄姿英发。羽扇纶巾,谈笑间、强虏灰飞烟灭。故国神游,多情应笑我,早生华发。人生如梦,一樽还酹江月。"

吴一拂一口气背完了,看定刘阿姨,说:"刘维雅,你是不是在想,这个老头子,蛮会卖弄的?"

刘阿姨忽然抿嘴一笑,露出了浅浅的酒窝,这一笑,被王依然看在眼里,王依然心里不由得一动,在一个渐渐老去的下岗女人的内心,也一样有着孩童般、少女般的快乐。在这一瞬间,王依然突然又想到了刘庐,想到这时候,天渐渐地黑了,地狱正在向她逼近,王依然心里一阵疼痛。

吴一拂仍然没完没了,又说:"刘维雅,哪天你有兴趣,我唱歌给你听,不过,我可是得声明,没有好的扩音设备,我是不唱的。"

刘阿姨见他越说越离谱,有些不自在了,把话支开去说:"你要找夏经理,我替你打电话找找他?"

吴一拂说:"夏同啊,找不找他都无所谓,他欠我的,早晚是要还我的。"

刘阿姨道:"他欠你什么?"

吴一拂说:"欠我,他欠我的多啦,不说别的,我叫他替我写篇文章,骂骂人,他都不肯写,还笔杆子呢,什么破笔杆子……"

王依然道:"你要他写什么文章,骂什么人啊?"

吴一拂说:"既然你们都愿意听,我就跟你们说说,我现在住的那个老宅,你们知道是谁的故居吗?吴学澜啊!"

刘阿姨笑道:"也姓吴啊?是你们吴家老祖宗吧?"

吴一拂说的这个吴学澜,王依然是知道的,是清朝的状元。吴学澜的状元府曾经是南州历史上很著名的名人故居,后来变成了居民大杂院。王依然也曾看到过有人在报上写文章大声疾呼,救救风雨飘摇中的状元府!这也已经是几年前的事情了。

吴一拂气哼哼地道:"吴学澜家里曾经有这样两块衔牌,一块是'祖孙父子叔侄兄弟进士',另一块是'南书房行走紫禁城骑马'。这是很了得的啊,可是,今天有谁来管啊?所以我叫夏同骂人,不骂人不行了……"

刘阿姨说:"你自己怎么不骂?"

吴一拂说:"嘿,我骂得太多了,人家不拿我当回事,当我放屁啦——唉唉,不雅不雅。"

刘阿姨说:"本来嘛,骂人有什么用。"

吴一拂正要往下说,秦独钟突然出现在书店门口,对着王依然说:"嘿,我就知道你在这里,走吧走吧,我都饿扁了。"拖着王依然就往外走。

吴一拂一看到钟钟,忍不住又说了:"啊哈,今天什么好日子,又见一位美女。"

王依然母女已经走出去,但是能够听到这话,秦独钟"哼"了一声,道:"老十三点。"

王依然一声呵斥:"钟钟,你说什么呢?"

秦独钟没心没肺地说:"什么呀,他又听不见。"

王依然说:"听不见也不许你说!"

秦独钟一飞身跨上自己的自行车,说:"那我就在你也听不见的地方说,拼命说,老十三点,老十三点,老……"车骑得飞快,王依然骑着电瓶车都已经追不上了。

三

林冰今天请夏同和顾红来,是要最后征得他们的同意,将豆粉园移建的地址确定下来,选中的地址,夏同和顾红都已经看过,是在城东的白林巷,地点和环境都不错,是个理想的地段。

夏同和顾红来后,林冰将他们请到张噘于的后院,坐下来,林冰就说:"顾先生坚持,豆粉园的移建地址必定要选在'远离车马喧'的小巷深处,正是在这样的前提之下,我们反复考察,最后选定了白林巷。"

顾家语并没有想得太深太远,故乡南州,虽然经历了无数风雨,但是在顾家语的心目中,故乡恐怕永远会是小巷纵横深几许的南州,老先生是否就没有想一想,在开拓了锦绣路,在进行了一系列的改造以后,南州还会有多少"远离车马喧"的小巷?

林冰又接着道:"昨天,我专门请风水先生测了风水,城东方向是福地,适宜移建土木。"

顾红毫不顾忌地"啊哈"了一声。

林冰说:"也许你们不看重这个,但这无所谓,为了慎重起见,今天请你们过来,我们再作一个最后的确认。"

夏同说:"这取决于我们吗?"

顾红也说:"白林巷,可是古城南州最后的黄金地块啊!"

林冰说:"我们拿出最后的意见,再向秦市长报告,这也是秦市长答应我们的条件之一,我们的合同上都写明了,如果没有重大的原则问题,南州市方面,不能随意阻挠和反对我们的选择。"

顾红说:"那就是说,豆粉园的移建,基本确定了。"

林冰说:"今天请你们来,再正式宣布一下,我聘请张噉于先生做我的顾问,你们有什么想法,有什么建议,可以跟我说,也可以跟张先生谈。"

几句话说完,林冰就站起来了:"今天就这些事情。"

顾红说:"就这么两句话,有必要把我们大老远地叫来?打个电话问一下不就行了,夏同那里,不问也不要紧的。夏同是不是?"

林冰说:"那不行,我们还是得按照规矩办事,可以打电话的,我绝不叫你们来,必须来的,就得来。"

顾红笑道:"林冰,你比我大伯还严厉啊,我大伯对我,也不能呼来唤去啊。"

林冰说:"这不是呼来唤去,这是工作。严格地说,我们现在,还都不能适应豆粉园移建工作的要求。"她看了看张噉于,说,"也包括你,张先生。"

张噉于虽然点了点头,但面子上毕竟有点下不来,脸上有点尴尬,顾红觉得有些于心不忍,便向他笑了笑,说:"你知道林冰女士是怎么得到顾家语重视的吗?"

张噉于知道顾红心肠好,心里也很感激她,但是他不能因为一点点的面子问题,因小失大,他答应做林冰的顾问,当然醉翁之意不在酒,他的最终目的,还是想承接下豆粉园的移建,虽然林冰在头一天就已经断然否决,但是不经过努力,谁知道事情会不会发生变化呢。张噉于现在只要感觉有百分之一甚至千分之一的可能,他都会去努力的。所以,无论对林冰的说话方式和工作方式有多么不习惯,他也得接受,也得忍耐着。

顾家语从年轻时就奉行多思少说的座右铭,这么一辈子过下来,待到年老,思维是越来越活跃,但是语言的功能却日渐退化,尤其是过了八十以后,竟开始有些言语不清了,有时候急于要表达什么,思维是清楚的,可是话却说不连贯,到最后,老先生口中,只剩下一个"好"字,无论表达什么意见,他只说一个"好"。这可苦了他的小辈、下属和学生们,要从老先生的这一个"好"中,去准确地揣摩出他的意思,这是一个比研究老先生布置的课题更难的课题。

因为大家常常无法领会他的意思,顾家语有时候喜欢独自行动,大家越是不放心,老先生越是有一种孩童般的恶作剧心理,每每偷偷地溜出去,然后知道大家惊慌失措地到处找他,老先生便乐得说:"好,好!"

一日,顾家语想吃中国菜,独自来到一家中国餐馆,那时候,林冰正在这家餐馆做领班,那天餐馆服务员苦着脸来报告,说来了一位老人,问什么都只说一个"好"字,搞不清楚他要什么。

林冰鉴貌辨色,大概已经猜到老人的身份,便主动推荐了几种南北风格各异的中国菜。

"雪菜烧小黄鱼,苏帮菜。"

老先生说:"好。"

"老鸭煲,广东菜。"

老先生说:"好。"

"辣子鸡丁,川菜。"

老先生仍然说:"好。"

站在旁边的服务员一脸的茫然,但是林冰却能够从这些相同的"好"字中,听出不同的意思,她回头对苦着脸的服务员说:

"老先生是苏南人,告诉厨师,要清淡一点。"

服务员目瞪口呆地说:"他说的都是'好'呀?"

顾家语笑眯眯地说:"好,好。"

可能这就是缘分,林冰从此改变了自己的生活道路,她受顾家语的邀请,来顾氏经济研究事务所,做顾家语的工作助理,在众多高学历、有资历的同僚中,林冰的唯一长处就是能够"明白"顾家语的想法,对于一位常常只肯用一个字来表达满脑子思想的老人,还有什么比"明白"更重要的呢。

林冰见夏同一直不吭声,忽然说:"夏同,你其实很像你大舅,多思少说,我来南州,听你说话,好像都不满十句?"

顾红说:"那要看有没有共同语言,有共同语言的,他话可不少。"

林冰说:"那是和我没有共同语言?但是我不明白,你难道对豆粉园也没有一点想法?"

夏同说:"怎么会呢?"

顾红幸灾乐祸地笑了:"夏同终于急了。"

夏同说:"怎么不急,豆粉园都要搬家了,这时候还不急,那到什么时候才急啊?"

林冰说:"夏同,我很想听听你的想法。"

夏同说:"我到豆粉园去看过,拆除的古建筑材料,已经堆放了不少,尤其是一些木门木窗木制品,早已经腐朽不堪……"说着忽然又停顿下来。

林冰说:"是再也经不起风吹雨打了,得赶紧运走!"

夏同摇了摇头,说:"其中的一大部分,恐怕是不能再使用了。"

林冰说:"但是移建豆粉园的重要前提,就是做旧像旧,不用旧材料,哪可能产生那样的效果?"

夏同说:"旧材料也有可以继续使用和不可以继续使用的区

别,不能只要是个旧,就拿来用,那样做,移建后的豆粉园,能撑得住几年?"

林冰皱了皱眉,说:"我知道,旧材料我们可以有办法收集,但是现在这些东西,越来越少,越来越珍贵,奇货可居,其贵无比!那天我到文物市场看了看,一扇雕花的木窗,就要价两千,人家是用来点缀新居的,一扇窗足够,我这豆粉园,需要的数量,可不是小数目啊!再说,同样的问题,不仅局限于木门木窗木制品,我们的砖、石……"

夏同说:"我有个朋友,多年来,一直在收集旧木门木窗……"

顾红恍然道:"夏同,我说今天你怎么这么爽快就到场了,原来你是无事不登三宝殿。"

林冰却立即来了精神,问道:"他要价怎么样?"

夏同摇了摇头,说:"也不一定所有的人都是冲钱来的,这位老先生,已经将收集的几百件门窗及木饰品无偿捐给国家了。"

顾红说:"是吴一拂啊?"

林冰说:"你能不能马上带我去看?"

夏同说:"今天来不及了,博物馆下班了,我们再约时间。"

林冰干脆地说:"明天,上午八点,我和张先生在这里等你。"

夏同说:"博物馆九点开门。"

林冰更不假思索:"那就八点半。"

四

上午九点半,顾红的手机响了,一看号码,顾红就笑起来,对着对方说:"夏同啊,这么快就碰钉子啦,我早告诉过你,林冰何等样人,是你能够牵住她鼻子的?"

夏同说:"算你事后诸葛亮,聪明,所以,这事情得你来对付。"

顾红说:"夏同,别的事情我可以帮你,涉及林冰的,你可别找我啊。"

夏同说:"啊,连你都怕她了?"

顾红说:"这不叫怕,这叫尊重。"

夏同说:"你觉得林冰这里走不通的?"

顾红说:"她是典型的不见鬼子不挂弦,不见兔子不撒鹰的,就吴一拂那点破烂货,你想让她掏钱替他建什么博物馆,你这梦做大了,林冰不会傻到像我们的政府,自己给自己吹气泡,以为靠门票能够收回投资。"

夏同说:"开始我倒确实想做这样的梦,后来经过你的教育和开导,我也想通了,放弃了这样的打算,压根就没指望林冰……"

这下轮到顾红奇怪了:"那你还带她去看那些收藏干什么?"

夏同说:"有些可以利用的,还是应该用到豆粉园的移建中去,只不过,可以利用的不多。"

顾红说:"那是,这是造房子,可不是做点缀,人家装修新房子,墙上挂一扇旧窗,玩一点历史文化,怎么破烂都无碍,越破烂人家还越以为有价值呢,造房子可不能开玩笑,撑不住的啊!"

夏同说:"那是林冰的事,我现在关心的是吴……"

顾红打断他道:"你什么意思,移建豆粉园只是林冰的事?吴一拂的事,倒成了你我的事?"

夏同说:"你难道不相信林冰有能力、有足够的能力移建好豆粉园?但是吴一拂这里,如果我们不帮他,他一辈子的收藏真的就变成一堆烂木头了。"

顾红再次打断道:"你要帮他,是你自作主张,还是征得他同意了,这是第一;第二,最关键的,就算吴一拂同意了,人家传统工艺博物馆会怎么说?"

夏同说:"博物馆方面,恐怕难度比较大一点,他们的想法,吴一拂已经捐了,就是他们的了,要想再从他们手里挖出来,难,但是他们目前也没有能力顾及这些东西。"

顾红说:"既然你知道很难挖出来,那你有什么办法从博物馆手里讨回来?"

夏同一笑,说:"讨回来,他们不会同意吧?"

顾红说:"那是买回来?你有多少钱?或者你是指望他们大发善心,三钱不值两钱卖给你?"

夏同说:"可能得做一点补偿,但不可能很多,这件事情,到最后还得靠政府解决。"

顾红的手机"嘀"地叫了一下,顾红说:"你真烦人,我的手机都打得快没电了。"

夏同说:"你可以找林冰报销,你是在为豆粉园作贡献嘛。"

手机又警告了一遍,顾红说:"少啰唆了,快说吧,要怎么弄?"

夏同说:"这正是我要和你商量的,我考虑,吴一拂现在住的那个老宅,你知道的,是吴学澜的旧居,各方人士早就呼吁,要尽可能地恢复南州现有的名人故居,如果吴学澜故居能够……"

手机断了,声音戛然而止。

五

夏同的想法,是要在恢复后的吴学澜故居中,辟出几间厅堂,建吴一拂木雕饰博物馆。就现有的基础和可能性看,夏同的这个想法,是完全脱离现实的,是一个不着边际的空中楼阁。

首先,现在的吴学澜故居中,居民就有五十多户,光是这些居民搬迁,至少要拿出五百万;其次,对年久失修摇摇欲坠的旧宅进行整理修复,至少也得几百万,甚至上千万,这笔钱从哪里来?

另外,就吴一拂已经捐赠出去的木雕而言,要想从传统工艺博物馆弄回来,又谈何容易?

如果让吴一拂骂人,吴一拂又会说:人家代代的封建王朝,却一代代地建造了这么多名宅,给我们后人留下那么多的无价之宝,难道到了今天却连维修一下、保存它们、不使它们消亡的想法和能力都没有？

雨庭曾经采访过一些为名人故居痛心疾首的人士，也写过拯救名人故居的文章，但是雨庭心里明白，要靠政府行为来做这件事情，恐怕还未有时日。在南州，现存的像吴学澜故居这样的名人故居，尚有近二百座，如果算上那些虽然不一定有名人住过、但却也同样是典型的具有相当价值的老宅子，那就更多。

雨庭采访林冰时，顾红曾接触过雨庭，觉得这个女孩子虽然年轻，但是有头脑，也有热情，她建议夏同和雨庭谈谈。在南州上上下下有许多人尤其是一些市里的领导，都对雨庭的文章感兴趣，夏同不妨一试。但是正如吴一拂要叫夏同写文章骂人的效果值得怀疑一样，夏同对请记者写文章的作用同样抱有怀疑态度，他不接受顾红的建议，嘲笑顾红说："想不到聪明绝顶的顾医生，也会出这种馊主意。"

顾红却不服气，偏不信夏同的预言，便自己约了雨庭见面。

果然不出夏同所料，雨庭虽然应约来到茶人坊与顾红见面，但一坐定她就告诉顾红，她曾经写过几次文章，有些语气也相当激烈，带有刺激性，但政府方面基本上是死水微澜，掀不起多大的涟漪，热闹的，激动的，始终只是那些无冕之王，虽是有识之士，却无权无钱，一事无成。

顾红想起夏同有言在先，不无自嘲地说："如果方记者都认为作用不大，我这真是馊主意了。"

雨庭觉得自己帮不上顾红，抱歉地笑了一下，问道："顾医生，吴一拂我也认得的，我采访过他，为他的那些木雕收藏还写过文章，但是，吴一拂好像单身一人，无亲无眷的，顾医生和吴一拂是不是有什么亲戚关系或者……"

顾红被问住了，这吴一拂算她的什么人呢？什么也算不上，却又解释不清楚，只得含糊道："是我表哥的事情……"

顾家是名门望族,南州许多人对顾家的情况都略知一二,雨庭也了解一些,此时便"噢"了一声,说:"顾医生的表哥,是顾家环的儿子,就是开书店的那个,叫夏同?"

顾红说:"是夏同。"

雨庭说:"那夏同和吴一拂是……"

顾红说:"什么关系也没有,他就是瞎操心,他看到吴一拂收藏的那些宝贝不见天日,心里不得过。"

雨庭理解地点了点头,但是脸上出现了一些爱莫能助的表情。

顾红还是心有不甘,停顿了一会儿,又说:"方记者,如果不是在本地的报纸上写文章,而是到,比如《人民日报》……"

雨庭摇了摇头,说:"顾医生,其实你也知道的,不是政府不想做,也不是没有人能够推动政府,而是……"

顾红见雨庭停顿下来,她知道她要说什么,就替她说了:"大家都认为,主要是资金问题,我不这么看,认识就没有问题?少造几座桥,少修几条路,全在里边了。"

雨庭笑了笑。

顾红其实也是心知肚明的,又道:"我这样的观点,当官的是不以为然的,我怎么不知道呢,少造桥,少修路,交通问题不解决,苦的还不是老百姓?但是少建几座高楼总可以吧?"她自问自答地又说,"也不可以,高楼少了,就意味着经济发展慢了,经济建设的速度可不能慢下来,慢下来这一届政府的政绩怎么计算……"

雨庭一直在微微地笑着,在自言自语话不停的顾红面前,她倒像个年长者,十分沉稳,十分安静。

但顾红是不会在乎别人的态度和行为的,哪怕今天坐在对面的人是个哑巴是个聋子,只要她有话要说,就会直说出来的。顾红的思维跳跃得很快,忽然又想到什么,激动起来,声音也抬高了:"难道在政府和无权无钱的有识之士之间,就没有别的力量了?"

雨庭说:"有,那就是民资,其他的社会资金,其实,政府早就在考虑这一块了,只是,民资保护古建筑,投资人首先要问,回报在哪里?"

雨庭的手机响起来,是尉敏打来的,一定要问雨庭在哪里,雨庭拗不过他,只得告诉他在茶人坊和朋友喝茶。

尉敏一听,"啊哈"一声,问:"朋友,男的女的?"

雨庭没有理睬他,尉敏赶紧又说:"巧了,我正在这附近,我过来啊。"

雨庭说:"我在谈事情呢。"

尉敏说:"我又不会打扰你的,你如果不希望我听,我就坐远一点,看看你也好的呀,能看见你就是最大的幸福啊。"不等雨庭再说什么,那边已经说"一会儿见"了。

雨庭收了手机,抱歉地向顾红一笑,说:"一个朋友。"话音未落,尉敏已经出现在她们面前了,雨庭说,"神出鬼没的干什么啊?"

尉敏说:"哪里神出鬼没,正好朋友约我来茶人坊喝茶,一进来,就看到你坐在这里,哈,什么朋友,不理他们了,我可从来都是重色轻友的。"

雨庭因为早已经习惯了尉敏的风格,也不觉得尉敏的话有什么特别的意思,脸上连笑意也没有多少,倒是顾红,忍不住笑起来。

尉敏赶紧掏出名片,递给顾红,说,"其实,这上面是虚的,我的实职,就是雨庭的跟班。"

顾红看了看名片,笑着说:"原来是尉总,大名早有所闻。"

尉敏得意地向雨庭晃了晃脑袋,说:"雨庭,雨庭,你听听,我跟你说过,我在江湖上,也算个有名头的人,你总不肯相信事实,你看看,现在印证了吧,你得承认……"

雨庭对他翻了一个白眼,又"哼"了一声,说:"骨头没有四两重,人来疯。"又回头对顾红说,"顾医生,不理他,我们谈我们的。"

顾红这时候才发现,雨庭在任何场合,对任何人,谈任何事,都表现得相当老到,大方得体,谦虚温和,甚至与她的年龄都有些不符,但是尉敏一来,她就是个爱生气的不讲理的小妹妹了,翻白眼、哼鼻子,说难听的话,都来了,这让顾红看到了雨庭的另一面,也同样是真实的一面。只不过,顾红天生的心肠软,觉得雨庭也太不给尉敏面子,人家到底一个大男人,顾红觉得有点于心不忍,正想说些什么,能让尉敏也挣回一点面子,哪知尉敏却还偏偏不要这个面子,说:"顾医生,雨庭对我,关心有加,只要我说话行事稍不得体,她就毫不留情地给予批评指正,看起来很严厉吧,其实我心里明镜似的,俗话说,打是疼骂是爱。雨庭,是不是啊?"

雨庭说:"皮厚。"

尉敏说:"这是我的一个特点。"

雨庭没好气地说:"我们谈名人故居的保护问题,你懂吗?"

尉敏一本正经地说:"懂是不大懂,但是我能背出有关这方面的内容,你们听着啊,我可是倒背如流的。"他装模作样地咳嗽了一声,将声音调整到最适当的声部,果然背了起来,"如果说,园林是南州的掌上明珠,古塔寺庙是南州的镇地之宝,那么老宅又是什么呢?散落在每一条小巷每一条老街的经经络络中的这些故居老宅,千百年,它们被道德文章熏陶,被名人的气质浸透了,知识的养料,也在这里渗足了,与此同时的千百年,老宅又将它们吸纳的这些气息经久不衰地散发开来,弥漫开来,让它们布满在南州的土壤和空气中。这样的生生不息,老宅故居,便成为处处燎原的发源地了,在史册的每一页,我们都能看见有浓浓的文化烟火从这里升腾起来,在过往的每一天,我们都能感觉故人的精气神在这里行走……"

果然是背得特熟。一开始顾红还有点惊讶,她想不通尉敏怎么会下这么大功夫去背这些东西,但很快她就明白过来了,这一定是雨庭写的文章,悟到这一点,顾红心里竟有些感动,被尉敏追求雨庭的精神感动了。

但是雨庭始终不为所动。她虽然是高兴的，也不反对尉敏背诵，但是从她的眼睛里，从她的神态中，顾红感觉不到她对尉敏的爱，不知为什么，顾红心里，竟泛起一丝苦涩的滋味。

尉敏继续往下背："如果说，南州园林是始终存于我们心头的珍藏，那么这些老宅故居，便是时时刻刻地贴在我们身边的朋友和亲人，珍藏固然是无比珍贵的，但它毕竟有些遥远，朋友和亲人，是让我们更不能释怀、更心心念念牵挂着的一种关系啊……"

雨庭终于不耐烦了，说："行了行了，你有完没完？"

顾红心里特别为尉敏抱不平，但这是雨庭和尉敏之间的事情，更何况，尉敏自己根本就是乐在其中，好像雨庭越是不把他放在心上，他越是来劲，听雨庭叫他停，他就停了，说："我话太多了，顾医生，是吧？慧而不语嘛，一个人废话这么多，就显得没有水平了，可是我这个人，与众不同的呀，慧而必语，这就是我嘛。"

尉敏的到来，将顾红和雨庭要谈的事情冲淡了，顾红和雨庭都曾想回到原先的话题上，但是尉敏在一边，哪怕他不说话，气场也不对了，乱了，怎么也集中不起来，顾红也知道这话谈不下去了，打算先走了，哪知她还没开口告辞，雨庭突然把话题扯了回来，她指了指尉敏，说："顾医生，刚才我们说到在政府和无权无钱的有识之士之间，还有第三种力量……"

尉敏立刻又兴奋起来，说："什么第三种力量，是我吗？"

雨庭说："不是你，你不够格，说你们老板。"

尉敏说："你说王博啊？雨庭啊雨庭，我怎么说你，你就知道崇拜王博，你知道王博崇拜谁？"

别说雨庭，就是顾红，从尉敏的脸色和表情中，也能看出来，他是要说王博崇拜的就是他，但是雨庭偏偏不给他面子，说："比尔·盖茨。"

尉敏"啊哈"一声，道："比尔·盖茨？雨庭你说王博崇拜比尔·盖茨？雨庭你也太没有想象力了，或者换句话说，你也想得太远了，就不能近一点？你不要身在庐山……"

顾红却被雨庭一句话提醒了，振奋起来，如果王博的力量能够介入保护名人故居这一块，夏同的这个空中楼阁，便有了着落，但是他们两个你说来我说去，尤其是尉敏，没有一句正经谈事情的，顾红不由得着急起来。

雨庭知道顾红的心思，赶紧对尉敏说："好了，好了，闹够了，说说你的想法吧。"

尉敏道："民资进入保护古建筑，这是一个创举、创新嘛，我们老板，王博，最喜欢的就是创新，就是走别人没有走过的路。"

顾红说："他不管这路能不能走下去？"

尉敏道："只要他想走的路，没有走不下去的。"话一出口，觉得这也太抬高王博了，把自己放在哪里了？赶紧又端起架子补充道，"这也正是我欣赏他的地方。"

顾红差一点又要笑出来。

尉敏说："你别看我是在王博手下干活，看起来是在给他打工，但是这里边的关系，完全可以打一出传统戏名，我叫雨庭打，雨庭呢，明明知道，就是不肯说出来——《群英会》嘛。"

顾红不无担心地问："尉总，你打算直接跟王总谈？这毕竟不是个小事情，他要是拒绝了，不就没希望了？"

尉敏眼睛看着雨庭，笑道："我自有办法。"他见雨庭有些不屑的表情，又说，"我这事情做不成，可不是给我自己丢脸，那是给我们雨庭丢脸，顾医生，你想想，雨庭的脸是我能丢的吗？"

走出茶坊，顾红向雨庭尉敏告别，就觉得雨庭好像有什么话要说，一直没有机会说出来，顾红是个直性子，干脆问道："方记者，你还有什么要说的？"

雨庭终于说了出来："顾医生，林冰女士移建豆粉园聘请的顾问……"

顾红说："噢，是张嗷于？"

雨庭一愣，说："张？不是姓张……"

顾红立即明白过来了，道："噢，我知道了，你说的是谢北方，古戏研究馆的那个研究生？"

雨庭的脸一下子红了，眼神也恍惚起来，支吾着说："怎么，后来林女士没有聘他？"

顾红说："林冰倒是有这样的想法，可是谢北方拒绝了，说他该做的事情，自会做好的，倒搞得林冰摸不着头脑。这个人，实在是，怎么说呢，太书呆子气……"顾红先是任着自己的想法说着，但渐渐地感觉到、体会到雨庭的神情，一下子停了下来，看着在一旁守候着雨庭的尉敏，忽然就想起一句话来：落花有意，流水无情。不过此时顾红也不清楚，这句话应该是给尉敏和雨庭呢，还是给雨庭和谢北方。

伶牙俐齿的雨庭，一说起谢北方，就像变了个人，连说话也不连贯了："他，谢北方，他好吗？"

顾红情不自禁地瞥了尉敏一眼，完全出乎顾红意料的，尉敏始终笑嘻嘻的，怜爱有加地盯着雨庭，好像雨庭神情迷离地打听和关心另一个男人，根本与他无关，更何况，是直接地当着他的面。

尉敏说："哎呀，雨庭哎，我跟你说，你就是不信我，你看，顾医生也说谢北方书呆子，谢北方的呆，可是天下一绝，可以申报世界吉尼斯，你要是想听，我以后慢慢跟你说，你小心别笑晕过去啊。"

雨庭脸一板，气道："人家呆，就你聪明灵活……"话没说完，也顾不得和顾红打招呼，就扔下尉敏，气呼呼地走了。

尉敏向着顾红双肩一耸，笑道："没办法，这世里注定我就是她的垃圾桶。"边说边追了过去。

顾红看着他们的背影，心底里慢慢涌出一些酸涩。

六

　　晚上,秦重天照例是在外面忙着,王依然和钟钟一起吃过晚饭,钟钟关了门做作业,她坐下来想看电视,但脑子里老是回荡着刘庐的话,心里重重的,知道自己是在替刘庐担忧,觉得有点坐不住,想了想,便和钟钟说了一下,就走了出来。

　　王依然寻找到夏同告诉他的小齐的音像店,小齐热情地问她要买什么,王依然知道小齐并不认得她,便问:"有没有一部《白昼美人》,欧洲片?"

　　小齐说:"《白昼美人》? 有的,您稍等,我找一找。"

　　一会儿,小齐果然找出了那部片子,交给王依然,王依然略有些不自在,其实她也知道,在音像店买碟片,什么样的人没有,小齐也不会特意地注意到她是什么人,但是王依然总觉得小齐想要看穿她的心思似的,她好像想要遮掩什么,躲躲闪闪的。

　　小齐要推销碟片,追着说:"您喜欢看欧洲片? 欧洲片是很有品位的,我这里,有许多非常好的欧洲片……"

　　王依然有些慌张地说:"今天我还有事,过几天再来挑。"

　　小齐一边收钱一边指指王依然手上的碟片说:"这个片子,我还没有看过,是不是别人推荐你看的?"

　　王依然没有回答他,已经先道了"再见",走出来的时候直觉得小齐的目光盯在她的身后,不由回头一看,小齐根本就没有看着她,又忙着去接待别的顾客了。王依然松了一口气,也觉得自己有点可笑,别说小齐不知道她是谁,就算知道,又怎么样,她不是为了帮助刘庐才急于要了解这部片子的吗? 又不是她自己得了什么心理疾病。如果是她得了心理疾病,人家说起来,秦市长的夫人,心理有问题……这么想着,不明白自己的思路,怎么想着想着,又到了秦重天身上。平时她是最不能容忍秦重天说这样的话,要她注意自己的言行,别给他造成不好的影响,秦重天一说,她就急,就给他脸色看,但是现在自己又自寻烦恼地去替秦重天考虑了。

秦重天说过:"你犟不过我的,我气场比你大。"

王依然对付秦重天这种不讲理的、霸权主义的办法,就是冷战,但是冷着冷着,自己也冷不下去,冷下去也毫无意义,只是自找没趣。因为秦重天好像根本就不知道她在冷战。他的战场不在家里,在外面,如今则是集中在锦绣路,他从来没有把家看成是一个战场,而王依然像不像堂·吉诃德,在没有对手的战场上厮杀,常常弄得自己心力交瘁。

王依然借着路灯光,看了看碟片的封面,是女主角的剧照,旁边写着:电影史上公认的一部经典杰作。再想看看反面的剧情介绍,但是字太小,灯光太暗,看不清楚,她将碟片放好,骑上电瓶车回去了。

到家的时候,正好秦重天的小车在往外开,司机小钱在车里看到她,还向她扬了扬手。

本来王依然是急于回去看这部片子的,但是秦重天已经到家,王依然不知怎么的,刚才在小齐店里,已经就有一种不自在的心情,现在更不想让秦重天看到她买的这部片子,真有些做贼心虚的感觉,莫名其妙。

王依然开门进去,随手将片子往门口的鞋柜上一放,秦重天在里边书房里看什么,听到王依然的声音,也只当没听到,也不回头。

钟钟大概已经写完了作业,浑身骨头轻松地出了自己的房间,看到秦重天这样,不满地过去拉他的耳朵,又抽他手里的报纸,说:"老妈回来啦!"

秦重天着急地抢回报纸,说:"钟钟,别闹……"回头看了看王依然,说,"钟钟说你散步去了,怎么,心情不好?"

王依然说:"心情不好才散步吗?"

秦重天说:"那就是心情太好。无非这两种情况吧。"

王依然说:"你总是有怪论的,散步跟心情有时候有必然的联系,也有的时候并没有,散步是为了健身。"秦重天不再和她争论了,却对钟钟说:"钟钟,你老爸是不是很老了,怎么看报纸都看不懂了?"

钟钟说:"有什么不懂的,请教我。"

秦重天指了指报纸,钟钟念了出来:"天际线,你在哪里迷失了? 天际线,什么意思?"

秦重天说:"这正是我要请教你的。"

钟钟说:"毛病? 我怎么知道什么叫天际线,听都没听说过。"想了想,抽出秦重天手里的报纸,跑到王依然跟前,"老妈,你懂吗?"

王依然看了看,没有说话,秦重天对钟钟说:"你妈也不是学建筑的,还不如我呢……"看到王依然脸色不大好,赶紧又说,"至多跟我半斤八两,懂也懂不到哪里去。"

说完话,又闷头去研究报纸上的文章,钟钟一眼瞥见鞋柜上的碟片,也不说什么,拿了就进自己房间看去了。

很晚了,王依然看秦重天还在翻书,走过去替他的杯子加了点热水,说:"你说起学建筑,我倒想起一个人。"

秦重天说:"谁?"

王依然说:"吴一拂。"

秦重天不由重复了一遍:"吴一拂?"脸上有些奇怪的神色,眉头一皱,道,"你怎么知道吴一拂?"

本来也许是秦重天随口一问的,并没有别的什么意思,但是他的这种口气,完全是责问部下的口气,总是让王依然不舒服。平时王依然也不是个小心眼儿的人,如果在外面别人这么说话,她也许不会很计较很在意,但越是亲近的人,就越是计较个没完,还往心里去,生气,就下决心要叫他改变,而秦重天呢,好像根本就不知道王依然在怄气,也根本不觉得自己说话有什么问题,谈何改变?

两个人的思维根本就不在同一条线上，王依然不高兴，秦重天多半是熟视无睹，若无其事，如果王依然忍不住说出来，秦重天则坚决不承认，反而说王依然小心眼儿，无事生非。

王依然唯一对付秦重天的办法就是冷战了，但是冷战对秦重天也同样不起作用，这会儿，秦重天被王依然一提醒，整个儿兴奋起来，说："哎，你这倒是个好主意，我也一直想听听大家的想法，这个吴一拂，我知道的，能谈出点东西来的——不过，吴一拂，恐怕有九十多了吧，说不定都快一百岁了啊，他现在在哪里呢？"

王依然一时没回过神儿来，没有吭声。

秦重天说："喂，我问你话呢，吴一拂住在哪里啊？"

王依然无奈，说："旧衙前3号，吴学澜旧居，一个大杂院。"

秦重天回头朝王依然看了看，奇怪道："大杂院？怎么还是大杂院？旧衙前不是古吴区街坊改造的试点街道吗？怎么没有改掉？"

王依然说："3号是被保下来的，没有动。"

秦重天又奇怪地看了看王依然，那种口气又来了，说："咦，我怎么不知道，你倒清楚得很嘛。"

王依然不想再和他说话了。

七

秦重天叫上小佟，到了离吴一拂住的旧衙前稍远的地方，两人就下了车，步行过去。

接连几年，南州市试行了一项城市改造的较大的动作：旧街坊改造。

在南州的几个城区，分别选择了几条老街老巷，拆旧建新。这新，是依照着旧的样式而建，仍然是南州风格的，青砖粉墙黛瓦，小桥流水窄巷。但是，当新的街区建设起来以后，大家再来这里寻找旧时感觉,却很难找到了,看到的只是旧的式样,却感受不到过去的气息了。但唯独长洲区的旧衙前是个例外,旧旧衙前和新旧衙前,虽然已经是两个世界两块天地,奇怪的是,新旧衙前始终被旧旧衙前所固有的安详、静谧的气氛所笼罩着。

街坊改造开始于前几年,那时候秦重天还没有担任分管城市建设的副市长,等他一上任,城市改造的更大的动作一个连着一个,所以秦重天还没有来得及顾及街坊改造的情况。现在一下子站到了旧衙前3号门口,他不解地对小佟道:"整个一条街都改了,唯独它没有动?"

小佟是了解一点情况的,说:"这3号是刀下留人留下来的,当时拆房子的建筑队都已经进来了,南州的几位专家和一些老文人,联名上书市领导,大喊刀下留人,最后那一天,干脆就直接冲到闻书记办公室去了……"

秦重天略带些嘲笑地道:"去刀下救人啊,有这么严重啊?"

小佟却说:"许多人都有感觉,改造后的旧衙前,和改造前的旧衙前,气氛没有破坏,无论是老南州人,还是外来参观者,一到旧衙前来,心都会静下来……"

秦重天抽了抽鼻子,道:"有这么神奇?气氛?"他四处张望着看了看,本想再嘲讽几句,但旧衙前浓郁的气息却使他不得不承认了:"哎,你别说,这里是有一种特殊的安静,在现代化的城市里,不多见啊。小佟,你倒说说,什么原因?"

小佟指了指眼前的已经很破旧的3号老宅,说:"吴学澜故居的气场大。"

秦重天"哈"一声,道:"气场?气场是什么东西?还迷信呢。"

小佟说:"不管怎么说,旧衙前的仿旧如旧,和吴学澜故居没有拆是有很大关系的。"

他们正说着,3号敞开着的大门里,有一位老先生和一位老太太坐在院子当中拣菜,一边向他们张望着。秦重天跨进门去,刚要开口,老太太已经先说话了:"你们是来看旧居的?"

秦重天含糊道:"看看,看看。"

老太太的脸色就不好看,语气也不友好,说:"看看,有什么看头,也不知多少人看过了,越看越破烂啦,你们看了,是不是打算动啦?"

秦重天不解地问道:"动?动什么?"

老太太气道:"动迁呀,这整个一条街的人,都早住上新房子,凭什么就我们不能住新房子?"

老先生也说话了:"那时候跟我们说,快的,快的,这一年,都快两年了,什么动静也没有,是不是不管我们了?"

秦重天问道:"谁跟你们说快的快的?"

老太太眼睛一翻,道:"谁,还不是政府,还有那些什么专家,什么文化人,都是吃饱了撑的,拿我们老百姓寻开心,要不是他们坚决要保护这破烂东西,我们也和别人一样,住上新房子啦。现在好,一拖就拖了一年多,除了你们这样的人指手画脚地瞎看看,有谁来关心我们哪天住上新房子?"

秦重天向小佟看了看,说:"小佟啊,有时候,好心做成一件好事,也会被人指着鼻子骂呀。"

小佟说:"那当然,好事也不是绝对的嘛,要看从什么立场。从哪个角度看问题,保护下了吴学澜故居,从他们这些居民的角度,确实是受了累,我那里收到的来信,已有一大堆……"

秦重天觉得话题越扯越远,忍不住瞪了小佟一眼,说:"小佟,你给我搞清楚了,我今天可不是来收拾旧房子的。"

小佟嘀咕道:"您是分管市长,您不管谁管?"

秦重天道:"你啰唆什么,我不管,是我不想管?"

小佟说:"那是,要管的事情太多,哪里管得过来。"

小佟倒是说的实在话,秦重天听了,却觉得大受刺激,分明是在说他这个分管市长能力不够,管不过来,气道:"小佟你听着,总有一天,我……"想想又觉得跟小佟没有什么好啰唆的,便收住了口,走近那老太太和老先生身边,问道,"请问,这里有一位姓吴的老先生……"

老太太笑起来,说:"噢,是找老吴吧?"

秦重天说:"是吴一拂先生。"

那老先生不以为然地道:"那不就是老吴。"

正说着话,老太太突然认真起来,盯着秦重天看看,又朝小佟看看,她认出秦重天来了,大声地道:"咦,咦咦,你是电视上的,那个……"

老先生听老太太这么说,也认真盯着秦重天看看,没有看出来,疑道:"你说他是电视上的,演员吗?是谁?我怎么认不出来?一般的演员,我都认得出来,张国立、张铁林,皇帝专业户,我个个都认得。"

老太太说:"怎么是演员呢,是市长,好像是秦?对,就是姓秦,秦市长,专门管拆房子的,天天上电视的。"

老先生又看了看,再想了想,也想起来了,道:"啊,对对对,就是你,天天拆房子,所以天天上电视。"

秦重天有些哭笑不得,赶紧问道:"吴老先生出去了?"

老太太和老先生同时道:"老吴呀,说不准的,他自己称自己猢狲屁股,坐不定。"

小佟"扑哧"一笑,秦重天也差一点笑出来。大家正说着,吴一拂就出现了,不客气地说:"秦重天,你还嘲笑我,你难道不是猢狲屁股?"

秦重天笑道:"对,对,我也是猢狲屁股,但愿我们两只屁股能够坐到一条板凳上。"

吴一拂说:"你倒蛮会套近乎的啊。"

秦重天说:"我们特意跑来拜访您,您也不让我们进屋坐坐?"

吴一拂说:"当然要坐坐,不光要坐,我还要煮咖啡请君品尝。"

老太太和老先生都笑起来,老太太说:"秦市长,你别上他的当,他的咖啡,是中药啊。"

吴一拂说:"你看看,露馅了不是,你们不懂就不要乱说,你们就知道咖啡是糖开水,甜的。"

秦重天和小佟被请进吴一拂的屋子,这是搭建在二进院子一角的一间小屋,一看之下,两人心里不免触动,吴一拂却抢在他们前面一摆手,道:"你们可别对我的居所发表看法,我不接受的,你们眼里,这老头,穷瘪三一个,其实,你们不了解啊,我富有得很哪!"

秦重天说:"吴先生,我是久慕您的大名,今天特意来……"

吴一拂一听,更得意起来,说:"那当然,凡有点才学的人,谁不知道我的大名。只不过,你这个当市长的,到现在才来,是不是晚了一点?幸亏我福大命大寿命长,到现在也不死,你才赶上看我一眼的机会,说起来,也是你福分。"

秦重天想笑又忍住了,但是小佟忍不住,只得假装咳嗽,弯下腰去使劲地笑一下。

吴一拂说:"小伙子,弯腰低头的干吗,要笑,就直起腰来笑,我这一辈子,哭的时候都没有低过头,你要笑一笑,还要低个头,也太惨啦。"

小佟赶紧憋住笑说:"吴先生,您别误会……"

吴一拂说:"我说话,听的人没有不笑的,你要是不笑,我就不理你,因为你不正常。"

这下子,秦重天和小佟干脆一齐大笑起来,一直笑到够,才停下来。秦重天说:"吴先生,听说,当年批判梁思成的风暴刮到南州,大家把你也当作了南州的梁思成来肃清……"

吴一拂一向是自称英雄,即使是听到梁思成的名字,也仍然自我感觉良好,春风满面地说:"那是,当年,梁先生对北京古都提出的一些看法和我对南州古城提出的看法,如出一辙,好像我们商量好的,他们后来也认定我和梁先生是南北呼应反对共产党。其实,嘿嘿,我并没有见过梁先生。"他看了看秦重天和小佟的脸色,又说,"不过,没见过面更好,只能说明一个问题:英雄所见略同!"

秦重天和他开玩笑,说:"但是我也听到过你的另外一段传说,人家批判你,你说,我不及梁先生一点皮毛啊,梁先生是谁?我是谁?"

吴一拂的人生中竟然也有这么一段谦虚的故事,现在回头又提起,吴一拂觉得有点没面子,赶紧说:"那是我困了,实在不想听他们啰唆,这么说了,叫他们放过我,让我回去睡觉拉倒了……"

小佟说:"那他们有没有放你回去?"

吴一拂说:"当然放了,凭我的策略,凭我的手腕,谁能玩得过我?"

其实对于梁思成的评价,确实是吴一拂的肺腑之言,梁思成曾为建筑师设计过这样的标准:知识要广博,要有哲学家的头脑,社会学家的眼光,工程师的精确与实践,心理学家的敏感,文学家的洞察力,最本质的,他应该是一个具有文化修养的综合艺术家。但是许多人认为,在中国的建筑界,真正达到这样的要求的建筑大师,恐怕也只有梁先生本人了。

不过吴一拂并没有因为说过自己不及梁先生一点皮毛而逃过一场又一场的政治厄运,然而即使是一场连着一场厄运,吴一拂内心深处,也从来没有向谁低过头。

不等秦重天和小佟再问什么,吴一拂抢先告起状来:"秦市长,既然你今天来到我这里,我可要向你告一刁状。我多年收藏的木门木窗木雕文物,不下数百件,捐给传统工艺博物馆了,他们答应要替我办一个吴一拂木雕文物馆,我倒相信他们,可是,一等再等,哪里有?把我的东西乱堆乱放,根本不当一回事。秦市长,我先跟你打个招呼,我得去讨要回来了,我不给他们了!"

秦重天说:"你一直收集木雕文物?"他看着吴一拂家徒四壁的环境,有点不敢相信。

吴一拂说:"家里地方小,放不下,才捐给他们的,你一个市长,竟然都不知道?滑天下之大稽,你对下情这么不了解,能当好市长啊?"

换了别人这么指着秦重天毫不留情地批评,秦重天是受不了的,但是在吴一拂面前不一样,吴一拂说什么,秦重天都能接受,秦重天听吴一拂说他当不好市长,便笑道:"我当好当不好先不说,你的事情可不能成,南州现有的专业博物馆都陷在发展的低谷,大部分眼看着都要关门倒闭了,不可能再去建一个……"

吴一拂说:"也不是一定要另外建一个,只要他的传统工艺馆里,增加……"

秦重天说:"可能性也很小,现有的这些馆,每年政府都要贴不少钱,再扩大,就得再增加补贴。"

吴一拂生气地说:"这只能说明你们无能,那么多的无价之宝搁在那里,不能让它们产生效益,还要贴钱,这叫什么水平?"

秦重天说:"吴先生,你这话说到点子上了。"

吴一拂又得意了,说:"那是,你们要是请我担任个什么顾问,听我的意见行事,你看看是个什么样子!"

秦重天说:"今天我来,就是想听听你的意见,我们开发锦绣路……"

吴一拂摆着手,打断了秦重天的话,说:"你说到锦绣路,我突然想起来……"说着又站起来,到墙角的一个旧柜子里,翻了翻,翻出来一沓纸,拿过来,秦重天以为要给他的,欲伸手接了,不料吴一拂手却一缩,道,"谁说要给你,不给你的,是我的文章。"

小佟差点又要笑了,秦重天说:"什么文章?"

吴一拂朝小佟看看,说:"喂,小伙子,我眼睛看不清了,你替我念念。"

小佟看了一眼秦重天，秦重天点了点头，小佟就接过稿子，念了起来：

"有一天，范仲淹叫人做了一百个馒头，自己先吃了一个，将九十九个交给用人，说，这里有一百个馒头，我回来时你交给我，他外出回来，用人要交馒头了，可数来数去只有九十九个，范仲淹说，你偷吃了一个是吧，你说出来，我就不罚你。你不肯承认的话，我要重重地罚你。用人心想，也就是一个馒头，犯不着被家法从事，就承认了吧，于是说，是我偷吃了一个。范仲淹听了，心中感慨万端，这就是冤枉官司，明明是我自己吃了一个，把用人稍微这么一吓，他就认了，如果做官也是如此，那是要加害于民的呀，所以范仲淹为官时，审理案子，特别细心，一向不肯动刑逼供，也从来不会冤枉好人，这样的好官，是南州人。

"范仲淹做官肯为民做主，他的高风亮节，也影响了在他后面做官的南州人。范仲淹死后，南州人民为了纪念他，在南州城里为他造了祠堂，主持这事情的南州地方官，是范仲淹的门生，命人在祠堂前铺了一条精致的石板街，哪知惹了事情出来，却原来这样的石子路，和皇宫里的龙骨街一样，要知道，这样的街，皇宫里只有一条，祭孔圣人的文庙里也只有半条，你范仲淹难道要和皇帝比，难道比孔圣人还了不起？奸臣便把事情添油加醋报到皇帝那儿，皇帝果然生气了，下令拆掉这条街，在圣旨上写道：留头不留街，留街不留头。

"地方官说，好吧，我是范仲淹的学生，我要向老师学习，既然范先生一生清白，我也不能玷污了他，街是一定要留的，不留头就不留头罢，于是果然就留街不留头了，地方官被砍了头，但是那条街却保留下来了，一直到现在还在，街名叫作范前街。"

小佟一口气念到这里，停了下来，问吴一拂："吴先生，这是你写的？"

吴一拂说:"不是我的文章,我会让你念吗?"

秦重天也问:"发表过吗?"

吴一拂说:"我的文章,太高深,他们看不懂,不会给我发的。"

秦重天说:"你让小佟念这文章给我听,是不是说,我应该宁留锦绣路可以不留头?"

吴一拂说:"错也,我并不是让他念给你听的,我是自己要听,平时,找个有水平、能够念周全了的人,还不太容易呢,隔三岔五的,能够欣赏欣赏自己的杰作,何乐而不为?何况呢,范仲淹那是什么年代,我们这是什么年代,你别以为我是个老保守,你要问我锦绣路,我回答你,开发,是开发的道理,不开发,是不开发的道理,现在既然已经动了,就往开发的道理上走。"

秦重天说:"您能不能具体谈谈?"

吴一拂说:"一句话,新锦绣路要建出老锦绣路的气息,新锦绣路,大了,宽了,繁华了,但是,一定一定,要保留住老锦绣路的历史气息。否则,我说句不好听的话,你就准备着有街无头吧!"

秦重天笑了笑,但心里并不轻松,吴一拂说的这些话,提的这些醒,在考虑拆迁开发锦绣路之前,就都已经一一考虑过,专家学者,包括群众百姓也都再三地提到这个问题,南州是一座著名的古城,如果在开发的过程中,破坏了她的古韵,这罪过,他秦重天承担得起?

吴一拂见秦重天一时不说话,先耐不住了,说道:"怎么才能保留住历史的气息呢?我说几点。从建筑的角度,看沿街的建筑高度、建筑形式、建筑的人文精神,一个地方,你造了工厂,就是工业区,你造了住宅楼,就是居民区,你要还历史的本来面目,该干什么,你是学历史的吧,你不知道?"

秦重天看看小佟,小佟今天感觉上特别过瘾,因为平时都是秦重天训他的,他不能回嘴,今天居然也有这么个人能够当着他的面训一训秦重天,而秦重天却不能回嘴,真是卤水点豆腐,一物降一物。小佟心里快活,脸上也忍不住露出些幸灾乐祸的意思,秦重天看在眼里,当即想了个主意治他:"小佟,拿出笔,记一记。"

吴一拂情绪更加高昂了,喜形于色,小佟只得拿出笔来,问道:"吴先生,刚才是第一点?"

吴一拂说:"不,刚才只是开头,正文还没有开始呢。"见秦重天要说什么,赶紧摆手道,"还是先听我的,我先说一。这一,就是考虑以人为本,过去南州的建筑都很人性化的,南州的小巷里,常有参天大树,这些树能让人安静,南州小巷里的小院,小天井,正房面南,厢房面东面西,采光好,后院连着小河,生活方便,再看小巷接小巷,街道连街道,南州的路是四四方方的,南州城是棋盘格局,找什么角角落落的地方都不难找,所谓的南州路路通,都是以人为本的基本思想为指导的……"

吴一拂虽然年迈,语速却很快,这些话,大概是烂熟于胸,不假思索就说出来,小佟的记录速度跟不上,记不全,赶紧说:"吴先生,说得很精彩,但是能不能说慢一点?"

吴一拂说:"我满脑子都是这样的精彩,你不用记的,要听什么,我张口就是。再接着说以人为本。现在你们看看我住这个地方,我们那么多邻居住的地方,哪里还有一点阳光照耀?抬头看看,蓝天也被高楼分割了,低头看看,水面也被侵占了,现在的老百姓,只能从电视上看到那些舒适漂亮的房子,觉得离他们很远很远,其实他们不懂,这不是很难的事情,他们不懂我懂,只要建房前,甲方说一句话,建筑师是完全能够让大家住得舒适一点的。"

有个邻居在门口探头探脑的,吴一拂生气地说:"你别来捣乱,我们谈大事呢,你又不懂的。"

邻居嘀咕了一句"老十三点",笑眯眯地退走了。

吴一拂说:"说二,建筑是有灵性的,过去常说,建筑是凝固的音乐,有没有道理?太有道理!建筑是能与人对话的,有没有道理?太有道理!建筑是石头的史书,有没有道理?太有道理!现在的人,都不懂、不明白这些道理,粗暴地乱拆乱建,如果一个古城失去史迹,这就等于一个人失去了记忆,就是一个白痴啊!你们想想,一个白痴,穿得越光鲜,越被人笑话!更何况,白痴怎么懂得打扮,他打扮出来的,只能让人笑掉大牙,就像我们现在,到处看到的,不管什么墙,墙面都贴瓷砖,开什么玩笑,弄得到处像浴室、厕所……"

小佟再次地忍俊不禁,吴一拂说:"你还笑得出来?你们这些当领导的,大笔一挥,大嘴一开,之后带来的惨痛,怎么办?你们可以说,这是交学费,但是,难道丧失历史的责任,用'交学费'三个字就能抹掉的?"

这些吴一拂嘴里"太有道理"的道理,秦重天又何尝不明白,如今,连普通老百姓都关心的历史与现实的统一问题,他怎么可能不去关注,不去了解,不去掌握,但是秦重天还是来到吴一拂这里,听他的唠叨,听他的埋怨,听他的不厌其烦的解释。

五十年代,梁思成听说他曾经勘察过的河北宝坻的一座辽代古庙被拆除,说,我也是辽代的一块木头。

吴一拂曾经套用梁思成的话说:"我是春秋时的一块城墙砖。"

至此,秦重天心里彻底明白了一个道理:天命不可违,民心不可抗,想在南州古城区内突破一定的高度,无论你有千般万般的理由,也都是违抗天命、违背民心的,就在吴一拂的这个旧陋狭小的见不到阳光的蜗居里,秦重天彻底打消了借邱政委白司令之力试图突破的侥幸心理。

一旦回归到自己的位置上,目标锁定,秦重天心里一下子踏实了,不再杂乱无章。

快下晚了,秦重天和小佟走出吴学澜故居,重新站立在旧衙前,再次感受着这里的气息时,小佟先前说的话,又在秦重天耳边响了起来:吴学澜故居的气场大。也就在想起小佟这句话的一瞬间,另一个念头一闪而过,差一点就滑过去了,秦重天出手快,一下子紧紧地抓住了它。

他们拐了个弯,向停车的地方走去,迎面驶过一辆白色的本田车,车子过去后,小佟说:"A0001。"

秦重天道:"那不是王博的车?"王博的这个车牌号,是南州第一辆私家车的车牌号,南州人都知道。

秦重天不由自主地朝那辆车的车尾看了看,又道:"王博怎么跑到这里来了?这里有什么?不就一个吴学澜故居,一幢摇摇欲坠的旧宅?"

王博的鼻子一向比猎狗还灵,他闻到了什么?

第 11 章

一

那天在吴一拂家门口,秦重天紧紧抓住的一闪念,就是将豆粉园移建到新开辟的锦绣路沿线。旧衙前吴学澜旧居渗透和散发出来的精神气息和吴一拂关于历史气息的谈话,让秦重天的思路豁然开朗起来。即将建成的新锦绣路,最缺少的就是这样的带有历史气息的软环境。对锦绣路来说,豆粉园简直就是天上掉下来的大馅饼,不用政府出钱出力,就给你在锦绣路沿街建这么好个古典园林,现在秦重天眼睛望着这块馅饼,垂涎欲滴。但是,要想争取到这个大馅饼,又谈何容易?林冰那边,关于移建地址的报告早已经送上来,政府这头,也已经组织一些专家及有关人士反复论证过,豆粉园移建至白林巷,是再适合不过的,就只差秦重天大笔一挥的最后一道程序了。

连秦重天也不得不佩服,林冰的所有工作,都是又快又准又狠。所以,要想让林冰接受秦重天的新建议,其难度,是可想而知的。

秦重天从吴一拂那里回来,迫不及待地在办公室的规划图前看了起来。

规划图上的锦绣路,如一条卧龙,秦重天从头看到尾,又从尾看到头,块块地段都是他的心肝宝贝,剜掉哪一块都是剜他的心头肉,秦重天心疼得咧了咧嘴,一会儿又自言自语嘲笑自己:你以为这锦绣路真是你秦重天的?

秦重天心里清楚,舍不得孩子打不得狼,要想说服顾家语和林冰,你不拿出锦绣路最好的地段,那就免开尊口,秦重天要想将豆粉园移建到新锦绣路,手中唯一的砝码,就是地段。

秦重天用手指一一点着这些已经分别标明了号码的地块,点来点去,也下不了这个决心,一着急,电话将尉敢和向东召来了。

尉敢和向东一听秦重天的想法,两人面面相觑,觉得有些不可思议,谁不知道南州的古典园林,要的就是"结庐在人境,而无车马喧"的意境,要将豆粉园放到车水马龙的新锦绣路沿街,与当年造园的宗旨相去实在太远了。

更何况,你秦重天向来是要大权在握的,其他单位落实回迁也好,申请地块也好,秦重天从来都是紧紧攥住锦绣路的每一寸每一分不肯轻易松手,这回怎么舍得将十多亩的黄金地段,交给一个私家园林?

也幸亏尉敢和向东都是了解秦重天的,换了别人,说定会认为秦重天拿了别人的好处,至少也是犯了一时的糊涂。

秦重天很不满意两位局长的暧昧态度,毫不客气地说:"今天请你们来,不是征求你们的意见,是要你们出出主意,怎么才能说服顾先生,当然,首先是那位林冰女士。"

尉敢犹豫了一下,说:"秦市长,你没有和林冰先接触一下?"

秦重天说:"我要是接触了,还请你们来干什么?"

尉敢和向东又对视一眼,两人都在想:你自己没有把握的事情,先要叫我们来出馊主意,既然你连我们的意见都不征求就决定做这件事,你何不一人做到底。

秦重天哪能不知道这两人心里的小算盘,他又何尝能够饶过他们，当下笑一下，说："两位局长，我这几天够忙的，这事情，是否请你们先与林冰接触一下？"

尉敢和向东都有些发急，向东更直爽一点，当即道："秦市长，依我的看法，这件事情，林冰是不可能答应的，她也做不了这么大的主吧？"

尉敢也跟着说："恐怕得顾家语说了算。"

秦重天说："那也得先通过林冰向顾家语转告我们的意思，你们说说，我们以什么样的方式提出这个要求？"

向东说："这个口很难开啊，守着白林巷那么合适的地方，林冰无论如何也不可能……"

秦重天说："你们都认为白林巷合适，能说说理由吗？"

向东想，这还用说，你也是明知故问嘛，但想虽这么想，说还是说了："那个地段，是古城区改造中动作最少的地段，整个街区的格局，几乎没有改动，这样，街道的树还是老的，房屋和街道也都是老格局，整个街区，也就基本保留了老南州的味道，就像、就像动迁之前的锦绣路。"

秦重天道："老南州的味道，历史气息，过去的一些年，我们做的事情，我们搞的建设，有许多都是在毁坏历史气息，而从今往后，我们在搞建设的同时，更多的恐怕是得考虑怎么保住所剩无几的历史气息，是不是这样，尉局长？"

虽然秦重天直接问尉敢，但尉敢没有接嘴，以往从秦重天嘴里出来的这一类的用词，常常多少含一些讽刺意味，但今天他的话，却听不出有这样的意味，这使得尉敢不好轻易判断了。

秦重天又看了看向东，向东说："将豆粉园移建到白林巷，也是这样的意思，白林巷的大环境，能够使移建的豆粉园维护住自己原有的信息，至少，也可以保住一部分，不至于破坏殆尽。"

秦重天说："向局长，你的话太有道理，将豆粉园移至白林巷，是为豆粉园考虑，考虑的方向是对的，但是角度是不是小了一点？

移建豆粉园干什么？还不是为向世人说明，南州的优秀的文化传统仍然还在，那么，我们能不能站得再高一点，看得再远一点，不仅仅让一个小小的豆粉园说话，能不能让整个的一条新锦绣路，也能告诉大家这样的事实？"

尉敢说："秦市长，你的意思，将豆粉园移建到锦绣路，是能利用豆粉园的气息，去影响整个的锦绣路……"

秦重天说："你们觉得呢？"

向东说："这个想法确实很好，如果新建的锦绣路，能够在新鲜的感觉中仍然带给人一些古旧的气息，我个人认为，那应该是旧城改造中最重彩的一笔，也应该是如今我们的城市建设中最辉煌的成就。"

尉敢想了想，又有些疑虑，说："仅靠一个豆粉园，她能传递多少信息？能有那么大的影响吗？"

秦重天道："至少我们要给自己一个机会试一试，你不试一试，怎么能知道事情是怎样的？"

尉敢终于把话说到了实质上："如果是这样，秦市长你打算把哪块地给他们？"

秦重天说："这正是我要听听你们意见的。"

向东和尉敢又对视了一眼，他们都知道，秦重天在关键的时刻，又犹豫不决了，如果没有犹豫不决的心态，现在他大概也不会再来跟他们啰唆，恐怕早已经站在林冰面前了。

尉敢是深知秦重天的心思的，所以尽量顺着他的想法去说："如果我们不拿出有分量的条件，豆粉园的事情希望很小，所以，一定要舍得划出好地段。"

秦重天道："你倒大方啊。"

尉敢心想明明是你要这么做，又推到我头上，又不是我想大方，不过他早已经习惯秦重天的伎俩，笑了笑说："不是大方，是做事情的诚意嘛。"

秦重天手指了指墙上的规划图:"那你说说,你的诚意在哪里?"

尉敢手一指,说:"盛世坊这块。"

秦重天瞪了瞪他,说:"你是成竹在胸嘛!"回头又问向东,"向局长,你看呢?"

向东说:"盛世坊,我认为可以。"

秦重天说:"你们都认为盛世坊合适……"话说到一半,人已经站起来,道,"既然想法一致,那就走!"看尉敢和向东有些发愣,又说,"怎么,真的以为我会让你们去做这个难人?"

向东和尉敢想,当然知道你是要亲自出马的,这么大的事情,你能放给我们做吗?

三人上车,直奔乱哄哄的锦绣路工地。

豆粉园的园子里,拆迁的工作已经开始。张噘于最后也没有能够从林冰那里争取到这个工程。林冰经过反复考察,将移建的工作交给了南州古建筑集团,眼下,古建筑集团的常工,正带着他的队伍在撬砖挖路,叮叮当当的敲击声,和工人们叽叽哇哇的说话声,使豆粉园失去了往日的平静。鸟在树上乱鸣着,试探着,最后终于明白发生了什么事情,彻底失望后,飞走了。

常工对古建筑的建筑材料有着格外的偏爱,他总是担心工人们手脚太重,会损坏什么,每一项拆除,他都亲自动手做示范,工程进展非常缓慢,连一向沉稳的林冰也有些着急了,不要说性子本来很急的顾红。常工不便对林冰多说什么,便向顾红解释,说:"顾医生,这可性急不得,这些砖瓦,很金贵的,得小心伺候,就像你手术刀下的病人,来不得半点马虎的。"

不过张噘于也不是完全无所事事,常工负责的移建工作中有关运用石块的工程,由常工再转包给张噘于,林冰也清楚地知道这样的情况,并不反对,使得张噘于对林冰,是越来越摸不透的感觉。

但不管怎么,张噘于既然接了活,他就会认真地去做好,不多久,在他公司的项目业绩栏下,又会增加一项:豆粉园移建工程的设计并施工。

豆粉园拆旧工程开始后,林冰几乎每天都来现场,这会儿看到秦重天带着尉敢向东突然而至,又突然听到秦重天的建议,要将豆粉园建在新锦绣路沿线,林冰一时竟有些反应不过来,不解地问道:"怎么,政府可以随便出尔反尔?"

秦重天说:"林女士,这不应该算作出尔反尔,这是政府方面经过通盘考虑……"

林冰说:"通盘考虑?为什么?白林巷不合适?"

秦重天说:"林冰女士,问题不在白林巷,问题在锦绣路,政府方面,希望能在锦绣路沿线搞一些软化环境的建筑……"

林冰听明白了,想了想,语气严谨地说:"各人是各人的角度看问题,你看着你的锦绣路,我看着我的豆粉园,从协议签署那天起,我们就是各干各的了,你不能因为你的锦绣路利益来侵害我的豆粉园利益!"

秦重天笑着说:"林女士,您这话有失公道啊,我们考虑锦绣路的时候,同时也是为豆粉园考虑的,是互利的,是相得益彰的建议嘛。"

林冰说:"当然,我相信秦市长,相信南州政府方面的诚意,但是有一点,也得请政府方面再明白一下我们的意图,或者说,根本没有资格说是我们的意图,这是当年的造园主的意图,顾先生再三跟我说,他要的是'柴门临水稻花香'的境界。"

秦重天说:"当然,就说豆粉园这个原址,就是在'远往来之通衢'的小巷深处,从前做过官的人,都喜欢躲在清静的地方啊,不像我们现在,每天都在热闹之中,也都已经习惯丧失清静的生活了。"

林冰说:"我听顾先生说过豆粉园的许多故事,太平军打来的时候,本来想拿豆粉园做官府,但就是因为这里弯弯绕绕进来很麻烦，就打消了这个念头，到别处去了。"

向东觉得一直是秦重天在唱独角戏，自己和尉敢两人在一边看着，有点不够意思，便说道："但是时代毕竟不同了嘛，从前建一个私家花园，确实为了自己独享清闲，所谓的'迹与豺狼远，心随鱼鸟闲'，说的只是自己的修身养性，是不要与别人共享的，但是现代社会，恐怕很难真正达到完全与外界隔绝的。就说这豆粉园，投入这么大的资金，今后难道真的打算永远大门紧闭，她已经深藏闺中多少年，还要让她再藏多少年啊？"

向东的这番话，是击中了林冰的。虽然前不久向东还在大会小会说着相反的意见，一些南州园林为了方便游客，拆除了园林附近的小巷和老屋，搞得园林像一棵被剥光了叶子的老树枝，虽然有些决定是向东的前任在任时就做出来的，仍被向东毫不留情地批判。但是今天不一样，今天向东的立场不能动摇，他得坚定不移地站在秦重天一边，用商人最关心的"利益"两字去打动林冰。

向东这一着确实是管用的，说到底，林冰是个商人。当然，作为顾先生的代理，她是个有文化品位的、又是全盘奉行顾家语意愿的商人，但无论如何，作为一个商人，在林冰内心深处，愿意首先考虑的，恐怕还是经济效益问题。

如果将豆粉园移建在新锦绣路上，豆粉园对外开放的先天条件就相当优厚了，不管顾家语从购回豆粉园到移建豆粉园的想法中究竟有没有蕴含着经济上的考虑，但是要让林冰将上千万甚至更多的资金投进去，然后，剩下的日子，一边再投入资金进行维护管理，一边就死守着四边的围墙和紧闭的大门，等着花开叶落，四季更替，林冰是不能甘心的。虽然林冰不可能是那个守住豆粉园的人，但只要她一想起花了重金和费了心血移建成的豆粉园，从建成那天起就将与世隔绝，林冰心里，总是会泛起一股酸意。

现在，倒是遇上一个非常好的机会。

所以，话说到这儿，从林冰内心，立场也已经开始动摇，但是林冰心里明白,这个关,顾家语那儿恐怕无论如何是过不了的。

二

在省委参加会议的闻舒,会议结束后,并没有急着回南州,闻舒要等省委周书记有时间,向周书记作一次专门的汇报。

偏偏这几天周书记的日程安排得很满,省委会议结束的当天下午,就要赶到与南州为邻的江平市开发区去剪彩,周书记建议闻舒,干脆和他同路走,坐上他的车,路上可以先谈谈,谈不完的,到了江平再继续谈。闻舒略一犹豫,周书记便笑道:"怎么,你这个南州的书记,就不能到江平去看看?两家邻居,就老死不相往来?"

一个市的市委书记,跟着省委书记到另一个市参加剪彩活动,恐怕是没有这样的先例的,闻舒也不想做第一个破例的人,但是既然周书记这么说了,闻舒倒不便再推辞,上了周书记的车,就往江平去。

闻舒汇报的内容,还是锦绣路的问题,周书记说:"这也少见的啊,为了一个城市的一条路,我这个省委一把手,都已经快茶饭不思啦。"

当然,闻舒说是汇报,其实是向省委要政策,有关锦绣路规划的权限,省委专门开过会,最后确定了,南州市方面无权擅自改动,但现在南州面临锦绣路改造的经济大关,靠闻舒再怎么托,秦重天恐怕也很难闯过这道关。

如果能够放宽一点规划的权限,多争取一点实用面积,南州市就能一下子从中获得较大的益处,从而彻底解决锦绣路面临的最大难题。

其实,闻舒说的这些情况,周书记是清楚的,但是周书记并没有打断闻舒的说话,一路上,都认真地听着,不时提一两个问题,再深度了解一下。

一直到闻舒汇报完毕,周书记才正式开始说话:"闻书记,你刚才说的实用面积,我有一点不同的看法,现在锦绣路规划中,难道有许多不实用的面积?"

闻舒刚要回答,周书记却又接着说了:"其实,这个问题我是问自己的,什么叫实用,从实际干工作的角度,确实是要考虑经济效益,投入要产出,才是最实用的。锦绣路开发了,沿锦绣路的地皮,成了黄金地皮,如果多用它来盖高楼、建大厦,当然效益可观。"

闻舒说:"但是在南州,不可能这么干,南州古城闻名遐迩,保护古城风貌,是最至关重要的,别说建筑高度不能突破,就是规划中的绿地,也是一寸都不能减少的。"

周书记笑道:"既然你都把了关,还有什么要向我要的?"

闻舒也笑了笑,说:"政策。"

车速已经慢下来,远远地看见江平市的几位领导在前边的路口等着,周书记指了指,说:"到了。"

江平市湖光开发区,是一个清一色的民营经济开发区,数年前,这里还是平湖最荒凉的地区,短短几年,已经成为全省最大的丝绸生产、贸易基地,一年的利税,已经占到整个江平市的三分之一。

周书记是来参加湖光开发区成立五周年的庆典活动,如果说闻舒一开始尚有些疑虑,省委一把手,一般是不会参加一个市的某开发区的活动,因为全省这样的开发区,恐怕不下数百处,今天五周年,明天十周年,今天铲土奠基,明天开张典礼,如果都要省委书记参加,省委书记哪里忙得过来?何况以周书记的工作作风和习惯,一般热闹的庆典活动,他参加得很少,那么今天江平市的这个开发区,吸引了周书记的又是什么呢?

闻舒其实已经明白。他不仅明白周书记为什么而来,同时也明白了周书记并不是随随便便邀请他过来参加兄弟市的活动,周书记是有用意的,也可以说是用心良苦。

周书记已经用今天的行动,告诉闻舒,在锦绣路开发的过程中,更应该广开思路,广辟财源,筑巢引凤、借鸡生蛋。

你不是说资金缺口大吗,资金是可以引进的;你不是说效益不理想吗,效益也是因人而异、因事而异的,除了突破规划局限之外,一切的事情,你可以大胆地放手去做。

闻舒知道,这就是周书记的政策,周书记绝不会掏钱出来给他,但是周书记正在启发他,可以怎么样去争取资金、怎么样利用资金。

闻舒这天下晚离开江平市的时候,周书记和他握了握手,说:"下面的工作,就辛苦你啦。"

下面的工作,最主要的是秦重天,闻舒很清楚,秦重天的工作,不是容易做得通的,他是什么都抓在自己手里的,要他放权,要他让出锦绣路的地段给别人干,他能接受到多大的程度?能让出多少权来?

同时,闻舒心里明白,无论锦绣路将引进什么样的改革,锦绣路仍然是少不了秦重天的。

闻舒回到自己车上,小惠告诉他,建设局李棉局长打过电话,说新加坡的李先生希望和闻书记接触一下,因为那时闻舒在周书记车上,不方便联系,小惠让李棉过一会儿再打。

李先生是南州最大的投资外商之一,几年来,已经先后在南州投资了许多实业,有五星级宾馆、大规模的餐饮、高尔夫球场等,闻舒前不久又听到有关方面介绍,李氏今后的主营方向,可能会转向体育运动场馆的投资建设和项目开发。

这会儿,忽然听到李先生的名字,闻舒心里不由一动,问道:"李棉有没有说什么事?"

小惠说:"没有具体说,只说是和锦绣路有关的。"

闻舒不由脱口道:"人家都抢在前面了。"

小惠说:"闻书记,是不是……"正要询问闻舒的意见,李棉的电话又来了,小惠等着闻舒的下文。

闻舒说:"你告诉他,大约一小时后,我一回南州就见他们。"

很晚了,秦重天已经睡下,闻舒的电话却追来了,秦重天有些惊讶,闻舒直接打电话给他,而且是深更半夜,心里一抽,就感觉心跳有些异常,捶了一下胸口,骂道:"紧张什么,有病啊!"

王依然也已经睡下,听到电话声,又听到秦重天骂自己,便道:"真是有病。"

秦重天说:"闻书记……"

闻舒说:"秦市长,这么晚了打扰你。"

秦重天说:"被闻书记打扰必是好事啊。"

闻舒笑道:"你这么肯定?"

秦重天说:"当然肯定。"

闻舒说:"这回被你蒙对了,你看看,为了你这个锦绣路,省委周书记说他都快茶饭不思了,我呢,更是夜夜不眠了。"

秦重天"啊哈"了一声,想说什么,但心里却更慌了,慌得需停下来喘气。

那边闻舒也没有容他说什么,又接着道:"告诉你个好消息,我替你拉来一笔大投资,能撑起你锦绣路小半个天下……"

秦重天心里"咯噔"了一下,还没有说话,闻舒就已经知道他想的是什么,接着道:"你别担心,肯定是好事,我可是雁过拔毛拔来的,新加坡的李先生,人家明天下午就得走,明天上午八点,一起谈一谈?"

秦重天说:"好,八点。"

放下电话半天,秦重天还盯着电话发愣,天上掉馅饼?在秦重天这里,从来就没有这样的童话。

三

第二天一早,秦重天七点半到办公室,坐下来不到半分钟,闻舒的电话已经来了,他建议将原定八点的会谈推迟一小时,秦重天刚要问为什么,小佟已经进来了,将厚厚的一份材料交到秦重天手边,秦重天捂着电话问:"什么?"

小佟指指首页,秦重天看了一下,上面写着:锦绣路综合运动健身中心投资意向书。

闻舒在电话里问道:"秦市长,新加坡方面有一份意向书,是不是已经给你送过去了?"

秦重天说:"已经看到了,动作好快啊。"

闻舒说:"既然他们动作快,我们也别慢,推迟这一小时,是为了更快地决定这个项目。也就是说,将普通的接触性的会谈,变成实质性的谈判,秦市长,你看如何?"

秦重天心想,这是请君入瓮啊,嘴上说:"好。"挂了电话,看小佟盯着他,说,"看我干什么?"

小佟有些犹豫地又看了看他,但是没有将要说的话说出来。

李氏实业公司的投资方向,开始向体育运动方面转移,这一次李先生来南州,了解到正在进行中的锦绣路开发,引起了极大的兴趣。

就在短短的一个晚上,李先生的助手已经拿出了十分周全而详细的方案,一大早,就交到秦重天的手里。

投资方考虑在这块黄金地段,建一个大型综合运动健身中心,二十道的保龄球馆、50×25的标准游泳池、健身房、健美房、台球房、乒乓球房、羽毛球房、飞镖、攀岩、射击、冰上运动、滑板等,建筑面积约三万平方米……秦重天翻看着几乎滴水不漏的意向书,第一个反应是我们的场馆怎么办?

秦重天首先想到的是南州市自己正在建设中的体育场馆,因为古城中心地皮太紧,当初选定馆址的时候,只能放在远离市中心的新城区,如果让外商在南州的黄金中心地段建成这样的场所,无疑是拱手让出了这一大块正在走上坡路的前景美好的朝阳产业。

秦重天不得不佩服李先生的胆识眼光和聪明才智,锦绣路的投入,有一个先天的也是致命的条件限制:新锦绣路两边的建筑,一般不得高于四层,最高也不能超出五层的高度。也就是说,投资商住楼、写字楼这样的实体,恐怕投入太大,得不偿失,但是守着这样的好地段,有实力却不投入,也是李先生这样精明的商人所不能容忍的。这样的两难可以难倒他秦重天,却难不倒李先生。

无论是资金还是信心,我们都不如人家,秦重天想,还有什么可说可比的?

秦重天抓起电话打给闻舒,闻舒一听秦重天的声音,便道:"已经看完了?"

秦重天说:"闻书记,南州新建的体育场馆,是您自己亲自抓的实事工程,又是江市长……"

闻舒道:"是实事工程,就更应该参与竞争。秦市长,你说对不对?在市场经济的前提下,不参与竞争的实事能实得起来吗?"

秦重天说:"话是这么说,但是,事实上,如果人家的中心建成了,我们的场馆,只能喝西北风。"

闻舒说:"你这么悲观?我的想法和你恰好相反,只有人家的中心也建起来,我们的场馆才有饭吃。"

秦重天说:"闻书记,从理论上说,我一千个一万个赞成你的说法,但是你也清楚,这不是纸上谈兵,我们不具备足够的参与竞争的条件,我们竞争不过的。"

闻舒说:"竞争的条件,也不是爹妈给的,也不是天上掉下来的,是我们自己创造的。再说了,秦市长,你代表着一个政府啊,人家仅是一个个体户而已,你就这么没有自信?"

秦重天苦笑了一下,说:"人家个体户也是外国顶尖个体户啊,闻书记,你替我想想,地点、设施、经营理念、后备资金,我拿什么跟人家比?"

闻舒并不着急,这个话题谈不下,再换一个方向,说:"秦市长,你锦绣路,那么长的地带,以你这样的速度,恐怕……秦市长,这和你一向的作风,似乎有些背道而驰了啊。"

秦重天说:"闻书记,我们是戴着镣铐跳舞,能跳得好跳得快吗……"

闻舒说:"难道我们一直以来,不都是戴着镣铐跳舞的吗?为什么这一次就跳得特别难?"

秦重天沉默了,闻舒的话,在他心里引起了很大的震动,秦重天不否认,他自己也早已经感觉到,自己的行为、动作,越来越犹豫,越来越动摇,越来越优柔寡断,果断的敢说敢做的作风已经渐渐地离他而去,他感觉自己是一头困兽,被关在笼子里,浑身的力量,只能耗费在方寸之间乱转乱蹦。

闻舒让秦重天停了停,又说了:"秦市长,这件事情,我已经跟江市长通过气……"

秦重天想:你这是让我钻套子,什么雁过拔毛,什么晚上临时准备的意向书,恐怕早已是深思熟虑的。不过秦重天并不觉得意外,也不觉得窝囊,他的犹豫不决,并不是因为担心闻舒的态度,实在因为他自己要扛的东西太多,却又有了强烈的扛不起来的感觉。

闻舒还等着他呢,秦重天理了理思绪,说:"他想要哪一段的地块?另外,还有些别的什么……"

闻舒心里,又深又长地叹了一口气,但是没有叹出声来,他好像已经完成了自己的事情,说道:"具体的,你们谈吧,我不便再多说了。"

九点钟的谈判进行得非常顺利,秦重天一看就知道李先生事先是有充分准备的,对于政府方面的政策,了解得很透彻,甚至连他秦重天的脾气,也都摸得很准,一点也不拖泥带水。

送走李先生,回到会议室,见尉敢又跟着进来了,要对秦重天说什么,秦重天手一摆,劈头就说:"准备跑宁江啊。"

尉敢问:"跑谁?"

秦重天说:"谁都要跑,我自己手里没有资金,就只能被别人牵着鼻子,人家想干什么就干什么。我想干什么,却什么也干不起来!"

尉敢小心地说:"你觉得今天谈得不理想?"

秦重天说:"怎么可能,那都是人家精心准备的,怎么可能不理想,再理想不过了。"

尉敢想,那你犯什么怪,在大会小会上,你口口声声要多方开拓,多方引进,不管是谁,只要他是来帮助我们建设新锦绣路的,不管他是什么目的,我们都欢迎,这会儿又犯了哪根筋?

秦重天虽然不知道尉敢在想什么,但是感觉得到他的暗暗抵抗,便又说:"尉局长,锦绣路工程的副总指挥,你倒永远是一副事不关己的样子啊!"

尉敢知道秦重天在思路上有些问题,面对越来越大的城市建设和城市改造上的缺口,仍然和过去一样,靠银行贷款,靠政府投资,早已经是杯水车薪,越来越抵挡不住。

其实,从观念上讲,甚至从政策上看,无论是党委还是政府一头,各级领导都在大力提倡和鼓励社会资金参与建设和改造的工程,秦重天也绝不是一个思想保守的人,人们心目中的秦重天,从来都是一位开拓型的干部,但是在锦绣路的问题上,秦重天却越来越陷入被动局面。

按道理,尉敢完全可以直言相告,跑省行?跑央行又能怎么样?就算跑下一点资金来,究竟能抵挡锦绣路上多长的一段?到时候,又拿什么来还贷款?秦重天要在新锦绣路上搞的建筑,究竟有多少有盈利的把握?

但是尉敢无法直说,因为尉敢深深感受到秦重天心有余而力不足的沉重和悲哀。尉敢这许多年来,亲眼看着秦重天以一头两臂的血肉之躯、普通之身,干着三头六臂的活儿,要叫秦重天放权、放活下去,尉敢实在于心不忍。对一个干事业的人来说,最不能忍受的,还不是事业的艰难,而是被剥夺干事业的权利的痛苦。

尉敢几次欲言又止,秦重天何尝不知,他一点也不盲目,尉敢的苦心,他知道,但他也毫不领情,直指尉敢说:"别吞吞吐吐的,你的意思我还不知道?社会资金,社会资金,你不就是怕跑银行吗?"

尉敢说:"不是我怕银行,是银行怕我啊。"

秦重天说:"以你的意见,我们就别跑银行了,就坐在家里,看看图纸?然后划分一下,这一块地给张三,那一块地给李四,这多省心,省心又省力。我倒要问问你,张三李四都把我们的地拿走了,他们去盖房子,他们去搞建设,他们去挣钱赔钱,那我干什么?你干什么?那还要你我这两个总指挥干什么?"

尉敢知道,这就是秦重天的心病所在。尉敢说:"为什么豆粉园的事情,你没有很多的想法,就觉得应该由顾家语买回去重建,而别的……"

秦重天说:"豆粉园,本来是人家的嘛。"

尉敢差一点就说:"那在中国的大地上,又有什么东西不是人民的呢?"但是尉敢不会说出来,他不想刺激秦重天,人家都以为他有点怕秦重天,尉敢也就随大家保留这样的看法,不仅从来不设法纠正,有时候,还故意推波助澜,让这种看法愈演愈烈。但是,尉敢对秦重天的真正感情,也恐怕只有尉敢自己最清楚。

尉敢一想就想得很远去了,秦重天用手指关节敲了敲桌子,提醒尉敢,说:"社会资金归社会资金,另当别论。我们该贷该借该抓在手里的东西,还是得我们抓。尉敢,你答应完成的任务,可是八字还不见一撇啊!"

尉敢说:"答应的事情会完成的。"

秦重天说:"我还不了解你,先是消极态度,能拖就拖能推就推,到实在过不去了,还不是往我这儿一堆,我替你擦屁股,我替你完成。"

尉敢想,这样的事情是发生过,但这一回不可能了,锦绣路,你秦重天一个人是顶不下来的啊!想着,便说:"我也一直在盘算,引进资金的问题……"

秦重天说:"你有什么打算?"

尉敢一张嘴,差一点脱口说出什么,但话已经到了嘴边,又强行咽下去了。

四

部队回迁、综合运动中心选址等许多未决的矛盾还都一一堆在那里,这边又冒出个豆粉园回迁的事情,当秦重天把困难向闻舒一汇报,闻舒就知道,又是一个不小的麻烦,前次的移建,秦重天都动用到许部长了,这回看他还能动用谁?

闻舒让小惠去听了听反应,小惠的反应还没有搜集起来,两封群众来信却已经到了,第一封,写信人说自己是解放战争受过伤、抗美援朝渡过江的老同志,流血流汗牺牲生命打下的江山,如今却要被一些不孝子孙拱手奉送了,心里实在是想不通。另一封信就直截了当地指责秦重天得了人家的好处,把锦绣路最好的地段给一个私家园林,那以后的锦绣路,到底姓什么?

第二个写信人还在信上注明了,为防止南州市的领导官官相护,此信一式两份,一份给南州市委,另一份直接寄给省委书记。

闻舒对这样的反应是有思想准备的,他看了看信,想起秦重天自己说的话,我是风箱里的老鼠,两头受气。闻舒有些哭笑不得的感觉,秦重天说得一点也不错,顾家语那边,对秦重天的这个主意,想必是十分的不满,这一边,群众、干部,上上下下,又都怀疑秦重天的动机,秦重天何止是风箱里的老鼠,都快成为过街老鼠啦。

　　秦重天的重负,已经让闻舒感觉到不安,如果这样干工作,怎么干都没有人说好,到底是干工作的人的问题,还是别人的问题? 一想到这一点,闻舒心里就难免有点乱,有点不平衡,他在体会秦重天的重压的时候,自己又何尝没有类似的感觉。只是,目前看起来,秦重天的情况更明确更具体一些,锦绣路,明明白白地摆在大家面前,所有人的眼睛都是雪亮的,瞪得大大的,盯着。而闻舒面临的压力,更多的是隐形的,一般的人看不见。秦重天还可以向他叫叫苦,向下级发发火,他向谁去叫苦? 向谁去发火? 向省委要政策的事情,做得并不漂亮,闻舒心里是很明白的。但是他又怎能不做? 他不做,南州怎么向前走啊?

　　闻舒本来想和秦重天认真谈一谈,时间都已经安排好了,但临时有个接见外宾的任务,一位非洲国家的 E 总统,从上海过来,要在南州活动半天。

　　E 总统在中国访问了北京西安上海等地,中国特色的内容,也已经看了不少,到南州之前,就知道南州号称东方威尼斯,虽然不便直接提出要看什么,但他的意思,已经通过有关人员向南州的领导透露了,所以今天的参观,就尽量地满足了客人的愿望。

　　小桥流水是南州的特色。水,曾经是遍布南州全城的脉络。水多,桥自然就多。桥多,就形成了南州的特别景观。在三横四纵的水网上,曾经有过"红栏三百六十桥"的辉煌,南州的桥,不仅数量众多,而且造型各异,比如玉带桥,可堪称大桥中精品,饮誉中外,是国内现存古代桥梁中最长的多孔石桥,它设计精巧,结构奇特,以平坦宽阔之势,长虹卧波,让人叹为观止。

　　大桥有大桥的气势,小桥亦有小桥的风姿,南州的小桥小巧玲珑,静卧于碧波之上,别具匠心。南州最小的古桥,要数静园中的取静桥,它是园林中建拱桥的成功范例。桥宽不到一米,跨度也只有一米多一点,桥长二点五米,拱顶厚零点二米,石拱栏高零点二米,正应了麻雀虽小,五脏俱全的古话。

在这个春天的夕阳西下的傍晚,南州市委和政府主要领导,陪同一位远自非洲而来的客人,站在一座古桥的桥面上,翻译告诉E总统这座桥叫花桥。

就是白居易在一千多年前写下的诗句里的"花桥":扬州驿里梦苏州,梦到花桥水阁头。花桥的桥面是不对称不一致的,一半是条石,一半是碎石子,E总统觉得挺有意思,他去过许多国家,看过许多桥,却没有见过这样的桥面。

E总统并不知道白居易,但是他看到这样的桥面,却是兴致勃勃的,古老的桥、斑驳的路,使总统先生在瞬间产生恍若隔世的迷离感。

在一本叫作《南州表隐》的书上,有这么一段记载:花桥,每日黎明花缎织工群集于此。素缎织工聚白蚬桥。纱缎织工聚广化寺桥。绵缎织工聚金狮子桥。名曰立桥,以便延唤,谓之叫早。

老南州人对于南州古桥的历史,大凡能说出个一二来,虽然这样的历史,对于一个来自非洲的总统,也许是难以理解和明白的。但是数千年的历史,到了今日仍然能够闪烁出让人心驰神往的光芒,就凭这一点,E总统就已经觉得不虚此行了。多年前,E总统站在威尼斯著名的叹息桥上,也曾产生过这样的迷离感。

在参观结束后,客人回宾馆稍事休息,接着就是招待晚宴。在晚宴开始前,闻舒田常规和唐朝才有一点时间在餐厅的会客室坐下来,喝口水,说一说话。

会客室的墙上,正面挂着一幅南州画家画的南州小桥流水图,闻舒看了看,问田常规:"田书记,你看看,这幅画,和我们今天看的小桥流水,有什么不同?"

田常规说:"具体的我说不清楚,只是感觉色彩不一样,空泛地说,就是时代不同。"

唐朝插上来说："正是现在流行的说法，气息不同，气场不同。"

闻舒笑着点了点头。

田常规走近几步，又退后几步，认真地看了看画，回头说："我们的锦绣路搞好了，画家应当用一幅长卷来表现它。"

唐朝说："新时代的《清明上河图》。"

田常规道："清明锦绣图。"

闻舒又点点头，正要说什么，小惠进来了，向闻舒耳语说："秦市长电话。"

闻舒说："打在哪里？"

小惠指指会客室的电话机，闻舒说："倒会跟踪追击。"过去抓起电话，听得秦重天说："闻书记，豆粉园拆旧的建筑材料，堆在露天，经不起风吹雨打……"

闻舒说："秦市长，你这个电话，是不是打错了人啊？你要我帮你搬建筑材料吗？"

秦重天哇啦哇啦的声音，连坐在一边的田常规和唐朝都能听见："闻书记，您可不是帮我，是帮豆粉园，是帮顾家语。他们不能确定豆粉园的移建地址，这些材料，无处可去，可真是禁不起日晒雨淋，林冰恐怕会直接来找您，我怕您……"

闻舒说："你是给我提个醒，还是想怎么？豆粉园的事情，难道不是你总指挥的事情，不应该你自己解决？"

秦重天又一改着急的声音，笑起来，说："您不是书记嘛，您书记水平总比我们下面的人高一点吧，我这不是没有办法了吗？您一出马，什么问题不能迎刃而解呀！"

闻舒说："你自己把事情弄僵了，就要我出马，我算是你的马前卒呢，还是马后炮啊？"

放下电话，看田常规和唐朝都注意着，便说："豆粉园移建的事情，你们都听说了吧？"

田常规和唐朝当然都听说了，田常规点了下头，一时觉得不太好表态，就没有先说话，倒是唐朝，说话从来就没有很多顾忌，直言道："不光我们听说了，下面都闹翻了。"

闻舒说："唐市长，能不能说说你的想法？"

唐朝不假思索道："尽管我对秦市长的有些做法，始终保留我自己的看法，但是我完全赞同秦市长提出的将豆粉园移建在新锦绣路沿线的想法，我认为，秦市长这个决定，应该得到各方面的支持。"

闻舒说："唐市长，你说的各方面，恐怕主要是市委市政府方面啊？"

唐朝说："没有市委市政府的支持，事情能干得起来吗？"

闻舒说："唐市长是这方面的专家，说说你的理论依据吧。"

唐朝说："我很赞同这样一种观点：建筑有着强烈的暗示作用，如果我们想要有一群文明的居民，首先就要有文明的建筑。什么是文明的建筑？豆粉园当然就是文明的建筑。"

田常规也接上来说："是呀，建筑和人的关系，不仅仅是遮风挡雨，建筑无时无刻不在改变着人的性情。当然，这种改变，是相当隐秘的。"

闻舒说："就是我们平时常说的潜移默化。"

唐朝说："那种对高度的盲目崇拜，认为现代化等于高楼大厦的观点……"

田常规说："这恐怕已不是个人的观点，这种观点实际上是被集体认同了。"

唐朝说："一点不错，在中国，在东亚，所谓'从稻田中拔地而起'，竞相比高，你有八十八层，我一定要来个八十九层，好像这方可证明我的经济比你发达。我们每一个城市的领导，总是怕自己动作慢了，变化小了，唯恐显示不出自己在这一任上的政绩，所以总是拼命抢时间，抓速度……"

闻舒向田常规看看,笑道:"田书记,唐市长是在批评我们啊,我们的南州速度,可是很著名的啊。"

唐朝说:"我不是专指南州,但是,别处有的问题,南州都有,甚至别处没有的问题,南州也有……但是,毕竟,南州是全国所剩不多的具有悠久文化历史的古城,在世界范围,也是屈指可数的。南州的城市建设和改造中面临的问题,是非同小可的。所以,我认为,南州的经济建设速度之快,是令人振奋的,无可指责的,但是在南州城市建设的速度上,是否可以相对放慢一些,我们难道不应该留下必要的时间,来保护我们珍贵的历史吗?"

闻舒和田常规都微微点头。

唐朝接着往下说:"说实话,如果在新锦绣路沿线,建起一排排的高楼,那确实是既壮观,又受开发商的欢迎,要是那样做,建这新锦绣路,可是要简单得多,秦市长也大可不必熬白了头发。闻书记您也不要老是替秦市长做马前卒马后炮了,到那时候,大家车到锦绣路,都会感叹,啊,发展真快啊!"

田常规笑道:"但很可能马上就发出疑问,这是到了哪里啊,是香港还是深圳?"

闻舒说:"是的,也有人认为,在土地资源短缺的情况下,大规模解决住房的必由之路,就是建高楼,是为解决人们的生存而作的努力,当然,我们也不能一概否认,建高楼自然有建高楼的理由,但是高楼多了,造成很多阳光贫困户,损害的是普通的老百姓,高楼造价高,要承担的也还是普通老百姓。"

唐朝说:"退一步说,即使造高楼是发展中不可避免的阵痛的过程,但是我们至多也只让它们流行一时,不能让它害几代人!"

田常规说:"唐市长的话,给了我很大的启发,现在大家都在谈个性化,尤其是南州这座从来都是独具个性的城市,在今天的建设和改造中,怎么保护和发展个性化,恐怕是我们面临的最大的问题之一。"

闻舒说:"唐市长,刚才我们谈到锦绣路和豆粉园,豆粉园移建至新锦绣路,你是持支持态度的,你觉得,顾先生那里,通过的可能性大不大,把握有多少?"

唐朝说:"这不太好说,要看我们怎么做说服工作。我个人认为,如果能够请顾先生回故乡看看,也许事情会有些转机。"

闻舒说:"我正是这么考虑的,我们的南曲节,定在五月中旬举办,顾先生是位南曲迷,可以由市政府出面正式邀请他参加南曲节……"

外办主任进来了,看到闻舒正在说话,停在一边,闻舒一看手表,说:"时间到了。"

他们往宴会厅走的时候,唐朝和田常规同时在想,五月中旬?秦重天等得及吗?

五

尉敏一当上江枫拍卖行的总经理,就赶上一趟出差的机会,去广州看一个大型拍卖会。在机场登机前,他意外地看见了江博投资顾问所的副总刘庐。因为一人出门,尉敏正为单调的旅行发愁,看到刘庐,尉敏高兴地上前一拍刘庐的肩:"嘿,刘总,你也去广州?"

刘庐猛地被人用力一拍,吓了一跳,回头看时,却还不太认识尉敏。尉敏刚进江博,只是在集团的一次中层会议上见过一面,也等于是新来的尉敏和大家一一见过,仅仅是打个照面而已,没有很深的印象。所以现在刘庐看着尉敏,虽然觉得有点面熟,但一时却想不起来了。

尉敏故作痛苦地双肩一耸,道:"哎呀呀,看起来,我这个人,实在是太平庸,没有一点让人能记住的个性的东西?"接着又兴高采烈地说,"不过,你我倒是一眼就认出来了,虽然只见过一面,我就牢牢记住你了,我的记忆力过人吧?嘿嘿,或者说,你是一个能让人一眼就记住的人。"

尉敏这一说话,刘庐想起来了,因为集团上下,虽然还对尉敏本人不熟悉,但对尉敏的种种传说,却是活灵活现的,刘庐一下子对上了号,回过神来,才体会出肩头被重拍的感觉,笑着摸了摸肩,道:"尉总,你好!"

尉敏继续兴奋地道:"哎,刘总啊,我刚进江博时,以为自己是江博上下最年轻的老总了,逢人就吹啊,后来人家却告诉我,说投资顾问所的刘总比我还小两岁,而且,是个女的,唉唉,我好没面子啊。"

刘庐又笑了,她也知道,尉敏的口没遮拦,她才刚刚领教了一个开头呢。

果然,尉敏的话还刚开始呢:"刘总啊,那天的中层会一开,我一看到你,简直不敢相信啊,年轻,漂亮——不,我还是换个词吧,对有修养有品位的女性,应该用气质、风度这样的词,刘总,是不是……"

刘庐注意到,尉敏始终将他的手机拿在手里,尉敏也注意到刘庐在注意他手里的手机,便扬了扬手机,解释说:"我在等一个重要电话,这里声音吵,搁兜里怕听不见……"他的话音未落,手机响了起来,尉敏自语道,"来了!"又兴奋地朝刘庐一挤眼,"我女朋友的!"

尉敏连来电显示都没有看,就说话了:"雨庭啊——谁,谁?"那边不是雨庭,是个男的,眼看着尉敏的神情就低落了,口气也显得有些不耐烦,"大头啊,什么?我知道了,等我出差回来帮你解决吧,没几天的,快的快的,你急什么嘛,唉,知道了知道了,别啰唆了,我正在等一个重要电话,别老占着我的线!"已经将电话掐断了。

尉敏一点都不回避刘庐,手里仍然握着手机,对刘庐说,

"我等女朋友的电话,马上要登机了,怎么还不来?"

刘庐也听同事说起过尉敏追报社一个女孩子的故事,现在看尉敏果然认真,这么焦急地等电话,就道:"也许她有什么事吧。"

尉敏说:"我告诉她飞机几点起飞的呀,我让她飞机起飞前给我打手机的,她也答应的,怎么就……"边说,就边打起手机来,那边的电话是通的,但是始终没有人接,尉敏道,"咦,奇怪了,会有什么事呢?怎么手机也听不见?"说着说着,脸色竟出现了一种惊喜的神色,向着刘庐说,"我四处看看,说不定她跑来送我了,躲在哪里逗我呢。"

正在这时,广播里的登机通知响了起来,尉敏无奈地苦笑着向刘庐一摊手,说:"刘总,我多么一厢情愿啊,是不是?"

刘庐的心,却在不知不觉中被尉敏打动了,这个看起来十分玩世不恭的年轻人,对于一份尚未确定的感情,却是那么执着,那么诚挚,那么痴情。

上了飞机,因为两个人不是同时换的登机卡,座位并不在一起,正在犹豫着,坐尉敏旁边位置的是一位老外,鉴貌辨色成人之美地笑了起来,主动站起来,换到刘庐的位置上去了。

坐下来的时候,尉敏向刘庐笑道:"他以为我们是一对呢。"边说还边拍拍刘庐的手臂。

这是刘庐最敏感的话题,眼看着刘庐就不对头了,刚才还笑眯眯的样子,一会儿神情紧张得脸色都变了,煞白的,冷汗从额头上冒了出来。

尉敏开始没有注意,忽然不见刘庐说话,才朝她看了看,这一看,吓了一跳,赶紧说:"刘总,你哪里不舒服?出汗了,你热吗?"

刘庐说不出话来,只是微微地摇头,她想逃离座位,但是飞机就要起飞了,安全带系好了,不可能再让她站起来,尉敏以为她坐飞机有恐惧症,赶紧打岔,分散她的注意力,说:"天空中呼啸地飞过一架喷气式战斗机,小鸟看到后很惊奇,它问鸟妈妈:妈妈,它为什么飞得那么快？妈妈说：孩子，在你的屁股上放把火试试。"

刘庐"扑哧"一笑。

尉敏又说一个："一个跳伞爱好者，突发奇想要晚上跳伞，为了避免和飞机相撞，他在身上挂满红色白色绿色蓝色的闪光灯，但由于起风，他误落在一位女士的阳台上，于是他向女士问道：请问这是什么地方？女士战战兢兢地答：地球。"

刘庐又是一笑。随着这笑，刘庐狂乱的心跳渐渐地恢复了正常，脸色也好转多了，情绪渐渐地平稳下来。刘庐心里清楚，是因为尉敏的大大咧咧，他根本就不知道她的情况，更因为在尉敏的眼睛和神态中，她感觉不到一丝丝男女间独有的特殊意思，虽然尉敏说话随便，甚至还经常带着点黄，虽然尉敏刚才说"他以为我们是一对"这话差点让她发起病来，但刘庐知道，尉敏完全是无意识的，他的心思根本不在她身上，他几乎是将她当成一个男同事看待，这在刘庐接触过的男人中是极少见的，一般的男人，哪怕是已婚，或者是已有固定女友的，只要老婆或女友不在身边，他们一般都愿意或多或少对正在自己身边的年轻女性表现出男女间特殊的意思，唯独尉敏例外。大家传言中的尉敏，可是花花肠子，但是以刘庐的感觉，尉敏心里只有一个雨庭，对别的女人，再没有任何的兴趣。

这使得刘庐的心，安了下来，与此同时，她竟对尉敏产生了一点莫名其妙的同情。她其实并不清楚尉敏和雨庭间的关系，按大家说的，这是天生的一对，虽然大家知道尉敏追雨庭追得卖力，但从来也没有人说雨庭不喜欢尉敏。但不知为什么，刘庐心里，却隐隐有了另一种不安。

尉敏见刘庐恢复了常态，更轻松起来，说："雨庭告诉我，她头一次坐飞机，去厕所，抽水时，被那一声巨响吓坏了，连奔带跌地跑出来，边哭边大喊：飞机出事了！飞机出事了！就一屁股坐在地上。"

刘庐说:"尉敏,你出你女朋友的洋相,她知道了,饶得过你?"

尉敏道:"她要是生我的气,我还巴不得呢,我就怕她不肯生我的气……"说着自嘲地一笑,又道,"刘总,你看我特没出息吧,有点犯贱是不是?唉,没有办法呀,我跟她说过,她是上帝派来专门对付我、气我、惩罚我的。"

刘庐道:"那她怎么说?"

尉敏笑道:"她说,那你很了不起啊,上帝还专门派人给你,伺候你,上帝跟你那么亲啊?"

刘庐脸上笑着,心里却有点酸。

接下去的时间里,尉敏一直在说着雨庭,从尉敏的述说中,刘庐总是有种感觉:尽管尉敏是那么投入,但雨庭的心好像不在尉敏身上,至少现在还不在。不知道是尉敏的火候未到,还是雨庭另有所爱,如果是前者,那尉敏尚有希望。如果是……刘庐的心里,隐隐觉得是后者而不是前者,一想到这一点,刘庐心里甚至有点难过起来,几次想坦率地向尉敏说出自己的看法,但看着尉敏眉飞色舞的样子,话到口边,怎么也说不出来了。

飞机开始下降高度,有些颠簸,尉敏怕刘庐又紧张,看了看她,却发现刘庐完全若无其事,尉敏正有些奇怪,刘庐问道:"尉总,到机场有人接你吗?"

尉敏说:"没有。"

刘庐说:"我这边有人接,你住哪个酒店,可以送你。"

尉敏说:"麻烦吧?"

刘庐说:"是一个老关系户,关系非常好的,而且,这一次是他们专程请我来的。"

尉敏道:"刘总,江博的投资顾问所,在同行里名声相当大,这我早就听说了。"

刘庐说:"广州的这位叶白帆,也是一位民营企业家,与王总原先就熟悉,过去主要是搞鞋业的,最近有意部分转产,但一直未能确定到底转向哪方面,是生物领域,还是房地产、城市建设……"

尉敏问:"城市建设?"

刘庐说:"从前景来看,民营资金投入原本铁板一块属于国家的城市基本建设项目,是大势所趋,是早晚的事情,王总和叶白帆,都早有这样的设想。"

尉敏点了点头,对这一点,他和哥哥尉敢,也是早有所料的。

在广州白云机场,刘庐将尉敏介绍给叶白帆,叶白帆热情地与尉敏握手,一见如故。

六

一个星期后,尉敏回来了。

人还在广州白云机场,心已经先飞回南州的兄弟姐妹们中间了,迫不及待地打电话通知大家:我回来啦。

这边已经安排了给尉敏接风洗尘的午宴,该通知的都通知到了,雨庭因为上午正闲着,来得早了一点,又觉得这么早早地钻到包厢去没有意思,便在一楼大厅的咖啡座等着。不一会儿,另一个朋友姜洪也早到了,说是到哪儿办事,回来正好路过饭店,本来以为要一个人独等一阵,不料雨庭也早来了,姜洪很高兴,叫了两杯咖啡。

咖啡还没有上来,雨庭的眼睛忽然滑到饭店外马路对面,一看之下,雨庭"哎呀"了一声,当即站起来,说:"姜洪,你先坐坐。"

话音未落,人已经走出了咖啡座。

姜洪有些莫名其妙,往外面看看,发现尉敏正和谢北方在马路对面说话,姜洪心里就掠过一种说不清的感觉。雨庭已经奔到了他们面前,虽然隔着一条马路,还隔着咖啡馆的玻璃,姜洪还是能够感觉得到雨庭的激动。

咖啡上来了,两杯,姜洪苦笑了一下,自言自语:"够我喝的。"

马路对面,尉敏看到雨庭,上前就热烈拥抱,站在一边的谢北方,脸忽然就红了,雨庭说:"谢北方,尉敏和我拥抱,你脸红什么?"

谢北方更加窘了,支支吾吾地说:"没、没有。"

雨庭笑道:"还说没有,你照照镜子,看看自己的脸。"

尉敏说:"雨庭,你跟谁过不去都可以,可别跟谢北方过不去。"

雨庭说:"为什么?"

尉敏说:"谢北方太老实,他可受不了你无尽的折磨。"

雨庭又要笑,但笑意还没到脸上,却已经凝固了,情绪也低落下去,竟轻轻叹息一声说:"折磨?谁知道谁折磨谁。"

尉敏说:"谢北方,是吗?"

谢北方含混不清地笑着:"嘿嘿,嘿嘿。"

雨庭盯着谢北方镜片后面的眼睛,一股柔情又油然而升,她拉了拉谢北方的胳膊,说:"谢北方,一会儿吃过饭,请你去看电影。"

谢北方脸上的肌肉都有些僵硬,胳膊更是像根棍子,语无伦次地说:"看、看电影,白天看电影?"

雨庭立即道:"你想晚上看?那太好了!"

谢北方连忙说:"不是的,不是的,我不看、从来不看电影的。"

雨庭说:"从来不看也不是以后一直都不看的理由啊。"

谢北方想将胳膊从雨庭的掌握中抽出来,雨庭不仅牢牢地吊住他,而且直截了当地说:"谢北方,难道从来没有女孩子挽过你的胳膊吗?"

尉敏实在看不下去,拉过雨庭的手,塞到自己胳膊下,说:"你挽错了,放到这里来吧。"

雨庭偏不,又将自己的手抽出来,还是要去挽谢北方的胳膊,谢北方脸通红地往后退开了,一边对尉敏说:"尉敏,林女士还等着我,我今天要把馨香厅的方案交给她,我先去一去。"

尉敏说:"你自己掌握吧,要是那边时间不长,就过来吃饭,不过,我们不等你。"

谢北方说:"好的,我走了。"

雨庭赶紧说:"我正好要找林女士,我陪你一起去。"

谢北方不知如何是好了,看着尉敏,好像等他救驾了,尉敏笑道:"谢北方啊谢北方,怕什么嘛,雨庭跟你玩玩的。"

雨庭正在兴头上,冷不防尉敏这么一说,像被当头浇了一盆冷水,又像被击中了内心深处的什么隐秘,顿时觉得有些没趣和难过,情绪一落千丈,但是心底里,却还是指望着什么。

只是她的这种指望是没有指望的,谢北方一看到雨庭不再缠他,赶紧对尉敏说:"我走了啊。"迅速地去穿马路。

马路上车来车往,雨庭不由担心地喊了一声:"小心车!"

谢北方头也不回地走开了。

尉敏感受着雨庭的难受,都有些不敢看雨庭的脸,小心地说:"雨庭,下午我陪你看电影去?"

雨庭说:"不去。"

尉敏呆了呆,一向能说会道的尉敏,此时竟也不知说什么了。过了好一会儿,尉敏竟问出一句不应该是他嘴里说出来的话:"雨庭,你到底觉得谢北方有什么吸引你的地方?"

雨庭一愣,想了半天,慢慢地吐出一个字:"静。"

"静?"尉敏不解地说,"静是什么?不说话?不笑不哭?不开玩笑?"

雨庭说:"你说的是表面现象。"

尉敏道:"你和我们这些说说笑笑的人在一起,看你也很高兴的呀,你不也跟我们一起说说笑笑的吗?是不是待得太长了,有点腻了,想换换口味?"

雨庭说:"随你怎么想。"

尉敏说:"我们身上,没有你喜欢的东西?"

雨庭没有直接回答,过了一会儿才说:"现代社会的男人,总是给人比较浮躁的感觉,东奔西走,忙得很……"

尉敏笑道:"是呀,首先一个,忙着赴宴,是不是?"

雨庭说:"是的。"

尉敏道:"你这不是骂我吗?"

雨庭没有理睬他的调侃,却是沿着自己一厢情愿的思路往前走:"我们同事中,就有不少这样的人,已经不再习惯回家吃晚饭,哪一天,如果到下午了,还没有约定饭局,心里就不踏实……"

尉敏大拇指一竖,说:"有的还互相关心,今天晚饭有没有地方吃?没有约?跟我走!"

雨庭被尉敏的神态逗笑了,说:"有面子。"

尉敏说:"忙赴宴,这是之一吧,再说说呢?"

雨庭知道尉敏有想法,但并不理会他,果真又说:"忙着高谈阔论,忙着传递黄段子,忙着挑逗女人……"

尉敏做出痛苦状,说:"哎呀,雨庭,你今天要不说,我还真不知道你对我的印象这么恶劣。"

雨庭说:"不是的,我对你的印象不坏,我说的这些,并不完全是不好的,我也是个喜欢凑热闹的人,你们说黄段子,说得好,我也欣赏,但是有时候,我不觉得通过黄段子比智商是一个了不起的行为……"

尉敏说:"那在你的眼里,我们这批人就都是无所事事、荒废青春的浪荡子?"

雨庭说:"不全是,有一部分是这样的,但是另外也有一些人,又十分急迫地忙着做出显赫的事情,那么急功近利,那么沉不住气……"

尉敏说:"天哪,我的姑奶奶,这太难了,高谈阔论不好,热衷于事业又不好……"

雨庭说:"你这样理解,是你的权利,反正我不是这个意思。其实,你是听得懂的,前些日子,我读过一本书,《人有病,天知否》……"

尉敏抢着说:"我知道,是写文坛一些遭遇坎坷的著名文人的经历的。"

雨庭说:"你也看过?"

尉敏说:"你看,不了解我吧,你以为我真是不学无术?就谢北方有学问?"这句话说出来,自己也觉得有点丢脸,怎么变得酸溜溜的。尉敏其实是个很大度的人,基本上什么都能忍受,就是不能忍受酸,哪知今日,自己身体里,也开始往外泛酸了。

雨庭不理他的进攻,说:"其中有一篇,写俞平伯的,说这些老先生,生活节奏舒缓,酷爱昆曲,用蝇头小楷抄曲谱,抄错一字,就重来,心多么静。俞振飞曾经评价说,在北京,只有这几位老人心里有东西。我看了这一段,确实想了很多,也只有在老一辈的知识分子身上,还保留有这样内敛的东西,现在的男人,喜欢炫耀的多,或炫耀本事、炫耀才华和学问,或炫耀金钱,甚至炫耀嘴皮子,唯恐别人不知道。"

尉敏道:"你这么解释了,我倒听懂了一些,你现在是喜欢出土文物了。"

雨庭平时可是容不得尉敏这么放肆地嘲笑她的,但是今天,无论尉敏说什么,她都不予以反驳不予以迎头痛击,差不多可以照单全收,实在是今天尉敏给她提供了一个宣泄内心的机会,她紧紧抓住,就像她见到谢北方,就有一种要紧紧抓住的冲动和欲望。

他们站在饭店对面的人行道上说着,姜洪在里边隔着玻璃窗向他们招手,他们也视而不见。

雨庭意犹未尽,继续说:"现在的人,内心深处真正安静的,已经很少很少,就连医生,过去是我们心目中最安静的形象,是轻轻地用心去呵护病人的形象,现在也变得浮躁不定。尉敏,真的,你到医院去,注意一下医生看病人的目光和病人看医生的目光。病人看医生,是当成救命菩萨的、求助的、尊敬的、小心翼翼的,说话都是低三下四的,而有的医生呢,他们看病人时,是那么不耐烦、那么急躁,别说给病人一点心理上的安慰,就是起码的关照也没有,多说半句话也不肯,唰唰唰天书一写,往你手边一推,你想多问一句,对不起,嫌烦的眼光、皱眉,都来了。"

尉敏见雨庭不可控制地一气说下去,心里暗叫不妙,雨庭玩真的了?看到雨庭如此投入的神情,尉敏都有点不知所措了。

雨庭停了一会儿,忽然问道:"尉敏,谢北方受过什么打击?"

尉敏说:"瞎说,他能有什么事?"

雨庭说:"他一直在读书?"

尉敏点头笑道:"除了读书,他还能做什么?"

雨庭疑虑的目光迷离着恍惚着。尉敏说:"好啦好啦,一会儿我催他来就是了,我的话,他会听的。"

雨庭说:"你怎么联系他?他又没有手机。"

尉敏说:"这难不倒我,他不是去找林女士吗,你不是有林女士的电话吗,到差不多的时间,我打林女士电话去找他,还不一找一个准,这点小事,难倒我,我还叫尉敏吗?"

雨庭说:"怎么搞的,书呆子,现在人家民工都用手机了,他就不能……"

尉敏说:"我说要送他一部的,他说用不着,又没有什么要紧的事情,又没有什么必通的电话……"说着发现雨庭脸色又有些不对,赶紧打住,说,"雨庭,现在你可以陪陪我啦。"

雨庭相信谢北方一会儿还会来,心情果然好些了,说:"陪你干什么?"

尉敏牵起雨庭的手,不再说话,只是拉着她往前走,过马路,车辆穿梭中,尉敏小心地呵护着雨庭,雨庭也没有再说什么,就乖乖地跟着尉敏,像个既听话又依恋的小妹妹。

果然,尉敏说得不错,他电话一催,谢北方过了一会儿就到了,尉敏事先特意将雨庭另一边的座位留着,有几个人想坐也没有坐成,开始也不知道是什么伟大人物,现在看到是谢北方,都有些不服气,但也只能眼睁睁地看着谢北方坐到那个令人羡慕的位子上。

谢北方被大家注视着,很窘,坐下去的时候,含糊不清地说了一句:"对不起。"

雨庭捂着嘴直笑,大家也不知道她笑的什么,谢北方这个话,一点也不好笑。谢北方是个拘谨过分的人,说话和思维都是一板一眼,正儿八经,不会拐弯,有时候,别人说个笑话,大家都已经笑翻了,他还得琢磨半天,最后甚至提出让人哭笑不得的问题,把笑话的内涵和意味全部破坏了。最典型的一次,尉敏说了一个段子:先生和太太在电梯里见到一漂亮女孩,先生目不转睛地盯着女孩看,太太很不高兴。过了一会儿,女孩满脸恼怒地回身给了先生一个耳光,说:看你下次还敢偷捏女孩的屁股?下电梯后,先生对太太说,冤枉,我没有捏她呀。太太一脸的不屑,说,我知道谁捏了她。

大家笑过后,谢北方忽然问道:"你没有说清楚,电梯里是不是还有其他人?"

谢北方的问题,把大家问得差点闷过去。但是事情却也因此出现了另外的转机,过了片刻,大家回过神来,因为谢北方的迂腐,又狠狠地大笑了一场。

谢北方不停地扶着眼镜,惊讶地看着大家。

这就是朋友中的谢北方,其他人都想不明白尉敏怎么会结交谢北方这样的与他的个性相差十万八千里的朋友。其实,这个问题,连尉敏自己也是说不清楚的,为什么每次聚会,他都会想到谢北方?朋友聚会,如果都像谢北方那样认真和无趣,还聚个什么呢?幸亏谢北方只有一个。

雨庭替谢北方夹了许多菜,堆在谢北方面前的盘子里,说:

"你饿了吧？快吃一点，他们一个个，都是灾区来的，如狼似虎……"

姜洪说："雨庭，看你说的，我们又不少吃，肚子有的是油水，不至于吧。"

雨庭说："还不承认，就你们，天天吃，还这么馋，眼睛像射箭，筷子像雨点……"

大家笑起来，有的人伸出去的筷子不由得缩了回去，闭嘴不动，也有的人偏偏做出更夸张的动作，大嚼大咽，谢北方可不管别人怎么，仍然是规规矩矩地坐着，好像都不敢随便动一动，雨庭用胳膊推了他一下，说："吃呀，也说点什么呀。"

谢北方说："好。"便机械地吃了一口，又机械地说，"大家吃。"

雨庭又忍不住笑了，心里的甜蜜，在脸上流露无遗，笑了一会儿，又忍不住侧过脸来盯住谢北方，说："哎，你喜欢甜的还是咸的？"

谢北方想往后退缩，但坐在那里，无法挪动位子，被雨庭这么近地侧目注视，又因为雨庭的注视而被大家注视，谢北方十分尴尬，根本就没有听清雨庭在对他说什么。

姜洪替他回答说："喜欢吃辣的。"

另一个朋友也笑道："不识相，要吃辣糊酱。"

大家笑，谢北方也跟着一起笑，说："我不大能吃辣，吃了辣的，受了刺激，会淌鼻涕。"

姜洪说："淌鼻涕不要紧，雨庭替你擦。"

大家又哄堂大笑，雨庭瞪了他们一眼，但没有谁受她的限制，他们继续拿谢北方寻开心。

倒是尉敏看不过去，阻止他们道："行啦行啦，今天是我出差回来，又不是谢北方出差回来，老说谢北方干什么，说说我吧。"

大家想，你这个猪头三，眼睁睁地看着雨庭被谢北方勾跑了，还这么没心没肺，实在也是无可救药了，再这么下去，我们可是爱莫能助啦。

尉敏何尝不知道大家的心思,但是要他当着大伙的面去和谢北方争抢雨庭,也太没面子了,只得岔开话题说道:"饭后泡澡,今天该谁埋单?"

大家异口同声地说:"该你。"

谢北方赶紧声明:"尉敏,我等一会儿还有事情。"

尉敏还没来得及作声,雨庭已经抢着问了:"你干什么?"

谢北方说:"我去图书馆借书。"

雨庭说:"又去图书馆?图书馆几点关门?"

谢北方说:"晚上九点。"

雨庭说:"现在几点?"

谢北方看了看表,说:"现在两点差十分。"

雨庭再也憋不住,又噗地笑出来,笑了半天,谢北方也不明白她笑的什么,愣愣地坐在一边,既不敢看她,也不敢问。

雨庭好不容易笑够了,才说:"九点关门,现在两点,还有七个小时,早着呢,为什么非现在去?"

谢北方说:"为什么?不为什么,我原先就想好两点钟去借书的。"说着,似乎有些担心起来,赶紧问道,"是不是今天下午图书馆不开门?"

雨庭说:"开门的。"

谢北方不明白了:"那为什么现在不能去?"

雨庭实在拿他没有办法,改了口道:"谁说现在不能去?不过,你的自行车上,得带上一个人。"

谢北方问:"谁?"

雨庭说:"我。"

谢北方愣了一愣。

雨庭又说:"我坐在你自行车后面,省下出租车费。哎,对了,你骑慢一点啊,我胆小的,我要搂住你的腰,你怕不怕痒?"

谢北方说:"你也要借书？去看书？"

雨庭说:"我不看书,你看书,我看你,然后你把书和我一起再带回来。"

谢北方想了想,说:"你觉得有这个必要吗？你要是借书,或者要去那里看书,我就带你去,你如果不要借书看书,你是特意要陪我去？那是不是太浪费时间了……"

雨庭的脸色有些不自在了,但仍然强作欢笑地说:"只要不浪费你的时间,你就别多管了,我不怕浪费时间,我浪费了的时间也能再补回来、赶回来。"

谢北方说:"不管是谁的时间,浪费了都不好的,我要的那些书,还不太好找,要到仓库里去翻,我抓紧时间要走了。"

雨庭急了:"你真的？"

谢北方没有明白雨庭的意思,不解地说:"什么？"

两颗眼泪在雨庭的眼眶里打着转,尉敏看到雨庭在大家面前这么失态,实在于心不忍,将谢北方和雨庭拉了出来,谢北方正好站在电动扶梯前,一脚就跨了上去,往楼下去,雨庭和尉敏都没有想到,只得也跟了下去。

尉敏和雨庭站定在饭店的大堂里,谢北方却没有站定,直往外走,一边说:"尉敏,我就先走了。"

雨庭的声音都变了,尉敏听得出她在发抖,都不敢看她的脸,雨庭说:"谢北方,你真的不带我去？"

谢北方笑了笑,说:"你喜欢开玩笑。"

雨庭说:"我不开玩笑。"

谢北方说:"你又不借书,到图书馆去干什么？"一边说着一边人已经走到马路中间,回头说,"我的自行车在对面。"

雨庭的脸一下子变得煞白,差一点冲上大街追过去。

尉敏去拉雨庭,心疼地说:"雨庭,随他去,我们不理他！"

雨庭愣了愣,看着马路对面谢北方开了车锁,推下人行道,上了慢车道,骑上了车,就一直往前去了……忽然间,雨庭"哇"的一声大哭起来,边哭边说:"他不喜欢我,他不喜欢我,他真的一点也不喜欢我,他要是有一点点喜欢我,他就不会这样,他不会这样对我的!"

雨庭就站在饭店门口大马路边大哭。尉敏和雨庭认识以来,雨庭从来都是一个快快乐乐的女孩,别说大哭,连小小的哭鼻子也没有过,现在看着雨庭痛哭失声,尉敏难过得不知如何是好,边拉雨庭边说:"雨庭,别哭,别哭,他不喜欢你,我喜欢你,你如果觉得我不好,还有那么多的好人喜欢你,你别难过,你别难过……"

一听尉敏这话,雨庭哭得更厉害,嚷道:"我不要你喜欢我,我要他喜欢我,我要他喜欢我……"

有路人过来围观了,有笑的,有认真打听出了什么事的,还有一个是雨庭的同事,见雨庭在饭店门口出洋相,赶紧过来问:"喝多了?"

雨庭被他一问,才清醒了一些,意识到自己的失态,顿了一顿,抹了一把眼泪,从包里取一沓纸,交给尉敏,说:"你帮我给他。"

尉敏说:"给谁?"问出口,才知道即使到这时候,自己还是不能了解雨庭内心世界,抱歉地说,"是给谢北方?"

雨庭什么也不说了。尉敏知道雨庭要走了,赶紧说:"雨庭,你到哪里?我送送你。"

雨庭摇了摇头,尉敏也不敢再多说什么。

雨庭走后,尉敏一看雨庭交给他的东西,是一套建立南曲网站的资料,雨庭已经替谢北方办好了所有的手续。

尉敏心里又是一阵难过,想了想,开了车就往图书馆去找谢北方,谢北方果然正在那里翻书,一脸满足的样子,尉敏大喊一声:"谢北方!"

本来很安静的地方,被尉敏一闹,大家都朝这边看,谢北方倒没有很注意尉敏的态度,乍一看到尉敏,还分外高兴,说:"咦,尉敏你也来了?"

尉敏说:"找你算账来了!"

管理员过来提醒他们,让他们说话小声点,尉敏将谢北方一拨拉,说:"走,到外面去说。"

谢北方懵懵懂懂地跟着尉敏出来,阳光一照,都睁不开眼睛了。

尉敏说:"谢北方,你太不是东西了!"

谢北方吓了一跳,尉敏对他,从来都是好声好气,哪里见过这样说话的,谢北方慌了,结结巴巴地道:"尉、尉敏,我、我,你、你怎么啦?"

尉敏说:"问你自己,你摸着良心说,雨庭对你怎么样?"

谢北方更摸不着头脑了:"雨庭?雨庭怎么啦?"

尉敏说:"谢北方,不许你再欺负雨庭,别以为我跟你交情深,交情再深,你欺负雨庭,我决饶不了你!"

谢北方满腹冤枉一脸无辜,又说不清楚,急道:"尉敏,你说什么,我怎么会欺负雨庭,我怎么会……我没有欺负她呀……"

其实尉敏心里何尝不清楚,整个事情,是雨庭在追谢北方,并不是谢北方对雨庭有什么想法。以谢北方的个性,别说他可能真的对雨庭没有什么想法,即便他也真的喜欢雨庭,但是从一开始他就知道雨庭是尉敏的女朋友,打死他,他也不会去惹雨庭的,这才是真正的谢北方。但是雨庭这么一而再再而三地向他表示意思,已经明白到这一步,他还没有反应,是只作不知呢,还是全无兴趣,这么冷冰冰地对待热情如火的雨庭,尉敏也实在看不下去。

尉敏说:"谢北方,我今天跟你谈了,你自己作决定,雨庭喜欢你,你怎么说,得拿个主意,不能这样对待女孩子!"

谢北方愣了半天,说:"雨庭,不会的,不会的,不会……再说了,我从来没有跟她说过什么呀,真的,尉敏,不信你可以叫雨庭来问。"

尉敏看了看谢北方,忽然长长地叹息了一声,说:"雨庭对我,要是有对你百分之一的好,我就……唉,不说也罢。"拿出雨庭交给的资料,说,"雨庭已经请人帮助你建立了一个南曲网站,叫洛兰藻网站,你回去就可以开张了。"

谢北方一时竟有些手足无措,说:"这、这、这……"

尉敏说:"这什么?"

谢北方喃喃地说:"谢、谢谢,谢谢!"

尉敏说:"雨庭对你可是……"话到嘴边,说不出来,实在不想由他自己的嘴里说出来,便咽了下去,改口道:"你还惹她那么伤心,你怎么说得过去?"

谢北方又茫然了:"我、惹她伤心?我怎么……"

尉敏说:"你别来这一套,我告诉你,从今天开始,不许再惹雨庭难过了!"

谢北方说:"真对不起,实在对不起,是我不好,她一直在帮助我,给了我这么大的支持,我还惹她伤心,我真是太不应该,太……"

尉敏说:"你知道就好。"说完,自己心里十分难过,十分复杂,也不想再多说什么。

谢北方捏着雨庭的资料,站在背后看着远去的尉敏,愣了半天,自言自语道:"奇怪,我从来没有和任何人说过,她怎么会知道我的心思,她怎么知道我最想要的东西?"

想了半天,这个问题没有答案,第二个问题又来了:我怎么惹她伤心了?尉敏也不肯告诉我,让我怎么办?我该怎么做?

七

在雨庭的全力帮助下,谢北方建立了自己的南曲网站——洛兰藻南曲网。

网站共有十大栏目,分别是:洛兰藻聊天室、洛兰藻南曲论坛、洛兰藻南曲新闻、南曲曲谱资料、南曲曲目介绍、南曲名角介绍、南曲研习所介绍、与南曲有关的文章、南曲演出剧照等。

网站建立后,谢北方就守在电脑边了,很想寻找到一两个知音,哪知好些天下来,只有极少几个人匆匆访问过他的网站,聊天室的在线人数,却永远是零。

谢北方有一天在聊天室写道:"无人说话?"

过一天又写道:"无人说话?"

这么写了一天又一天,终于有一天,有人进来说话了,他说:"谁说无人说话?"

他用的是繁体中文,谢北方也未及多想,赶紧回答:"欢迎访问洛兰藻。"

谢北方无论如何也没有想到,这个以"郑元和"的名字注册的人,竟是远在美国的顾家语。

顾家语在美国也有自己的南曲网站:顾氏南曲艺术研习社。成立于一九九五年,每一年中,顾家语都以网站的名义组织一些南曲活动,社友的片段演出、请专家示范演讲,或者放映南曲录影。如果国内有南曲剧团访美,顾先生是必定要出面组织一两次演出,因此,顾氏南曲艺术研习社,在纽约爱好国粹艺术的华人圈里颇有影响。

顾先生曾经亲自写下许多与南曲有关的文章,贴在网站,其中有好几篇,比如《我的南曲之缘》《元音大雅》《他乡读曲记》等都先后被国内的南曲网站转载,国内的有关南曲网站,他无一不曾访问过,当他发现又多了一家"洛兰藻",就兴致勃勃地进来。

谢北方一看对方注册用的"郑元和"三字,心里就有些激动,他的"洛兰藻"是取南曲剧中人物为名,这个"郑元和",与他的思路完全一样。郑元和是南曲《绣襦记》中的主人公,进京赶考,却迷恋青楼女亚仙,花尽银两,被赶出怡红院,又被父亲责打后抛于郊外,亚仙感其真情,倾力救助,郑元和却依然不思长进,亚仙刺瞎自己双眼,郑元和幡然痛醒,发愤苦读,终成功名。

顾家语在洛兰藻聊天室写道:"洛兰藻,名字好熟?"

谢北方写:"《称人心》里的女主人公。"

顾家语写:"《称人心》,陈二白的《称人心》? 有脚本吗?"

谢北方:"有。"

顾家语:"发过来看看行吗?"

《称人心》的脚本,出自一九二八年版的《明清南戏全书》,是谢北方两年前在北图花了好几天时间才寻找到的。这本书北图本来是不允许借出的,但是管理员却被谢北方的精神感动,破例地让谢北方带回去看。

谢北方如获至宝,几天几夜不睡,抄录了连《称人心》在内的十多出明清古戏剧本。

顾家语收到《称人心》后,又来聊天室,说:"今天算是一个初识,因为急着要读《称人心》,先不多谈,明天老时间老地方见,如何?"

谢北方:"明天不行,明天初一,馨香厅有演出。"

顾家语:"馨香厅? 馨香厅不是要建到豆粉园去了吗?"

正聊得投入的谢北方愣住了,顿了一顿写道:"你是谁?"

顾家语:"读过《我的南曲之缘》吗?"

谢北方:"读过。"

顾家语:"我就是作者。"

谢北方大吃一惊:"您是顾先生?"

顾家语写的《我的南曲之缘》,写自己年轻时候,在上海美琪大戏院,第一次看南曲,是梅大师的表演,演的是折子戏《游园惊梦》,从此便与南曲结下不解之缘。

轮到顾家语发问了:"你是谁?"

谢北方:"我叫谢北方。"

顾家语:"谢北方,你是老人还是年轻人?"

谢北方不由笑了一下,又写道:"您觉得我很老了吗?"

顾家语说:"在我的周围,喜欢南曲的都是老人啊,我想结识年轻人,可是结识不到,所以希望你这个新朋友年轻一点。"

过了一天,他们又在"洛兰藻"见面了,顾家语问:"洛兰藻,昨天馨香厅演的什么?"

谢北方:"折子戏,《游园惊梦》。"

顾家语一激动,就啪啪啪地打下一段唱词:

原来姹紫嫣红开遍

似这般都付与断井颓垣

良辰美景奈何天

便赏心乐事谁家院

然后又写:"馨香厅的演出,每月几次?"

谢北方:"两次,太少了。"

顾家语:"欣赏的人多不多?"

谢北方:"不多。"

顾家语:"多半是老人?"

谢北方:"是,没有年轻人。"

顾家语:"怎么没有,你不是?"

谢北方有些惊奇,顾家语是曾经问过他的年龄,但他并没有明说,顾先生也没有追问,他是从什么地方看出他的年龄来的呢?

谢北方:"你猜得很准。"

顾家语:"错了,我不是猜的,我有可靠情报。"

当然是林冰给他提供的情报,林冰接到顾家语的电话不出几小时,准确的消息就过来了:"洛兰藻"实名谢北方,南州人,中国古典戏剧博士研究生,供职于南州古戏研究馆,目前正在替豆粉园设计馨香厅的重建方案。

顾家语大喜,隔了一天,果然又在网上见到了谢北方,见谢北方惊奇,顾家语写道:"洛兰藻——谢北方,想不到,我的故乡,还有这么年轻的南曲迷。"

谢北方:"可惜太少。"

顾家语:"是呀,进入洛兰藻聊天室的,只有我这个七老八十、行将就木的发烧友,但是在我的网站,每天都会有许多人来聊天的。"

谢北方:"据我了解,大陆有一些南曲网站,建立至今,有的都好几年了,也没有一人进入聊天室,我的'洛兰藻'已经相当不错,才这么一点时间,您已经进来三次了。"

顾家语:"南州是南曲的发源地,为什么年轻人不喜欢南曲?"

谢北方:"不了解。"

顾家语:"对,只有先让他们了解、熟悉,只要了解了熟悉了,总有一部分人会慢慢地喜欢上南曲的。"

谢北方:"如果再有人能够将南曲的内涵和韵味,慢慢地渗透到他们内心深处,情况就会发生很大的变化。"

顾家语:"这个工作非常重要。"

谢北方:"有人提出这样的观点:高级知识分子应该把不能欣赏南曲作为文化素养上的缺憾。更有人提出,中国的大学生,应该以不看南曲为耻,应该在全社会形成一种理解南曲尊重南曲的风气。"

谢北方平时少言寡语,遇到人多,有时话都说不连贯,但是一到了聊天室,却一下子滔滔不绝起来。

顾家语:"这些观点我在网上都看到过,大部分赞同,至少,得让大家有机会接触南曲,南州的许多传统文化,一直是深藏闺中的,是不是?"

谢北方:"是。"

顾家语激动的心情跃然而出："馨香厅移建到豆粉园后，要增加演出次数，在我这里，华人圈子不大，懂南曲的人更少，每月还至少一次以上的南曲传习活动，大陆是十几亿人口哪！到时候，我要是还活着，就回来了，回来办研习社，为向年轻人传播和弘扬南曲艺术，尽我最后的一点力气。哈，洛兰藻，到时候，你可以想象，我的队伍，将是多么的壮观！"

谢北方："这本来应该是年轻一代的任务。"

顾家语停顿了一下，又写："就像南州园林，对于我们这一代人来说，真是梦里思它千百回，但它们的价值，是不是南州的年轻人都能理解都能接受？一样的道理，首先要让大家了解。"

这一天聊天结束后，顾家语久久不能平静，连每天都要午睡的习惯也改了，又去上了另外一个大陆的南曲网站，找到谢北方刚才提到的《不能欣赏南曲是高级知识分子素养上的缺憾》一文，认真读来，读到文章建议，为了在全社会形成理解南曲和尊重南曲的风气，应该有一系列相当的措施，比如，一定要出版阐述南曲的书刊，要举办一系列的讲座，要在大学甚至普通中学开设相应的课程，还要组织专家进行指导等。顾家语读文至此，激动不已，忽然伸手抓起电话，拨通了林冰的号码。

林冰在梦中被电话铃声叫醒，她一听就预感是美国打来的，但如此半夜三更来电话，使得一向很沉得住气的林冰心里不免有点紧张，抓起电话问道："是顾先生？"

顾家语说："林冰，豆粉园移建到锦绣路的建议，我接受了。"

如果说林冰半夜听到电话有些紧张的话，这会儿听到顾先生这句话，更是惊诧万分，就在一天前，顾先生让她了解"洛兰藻"的时候，林冰曾经小心地试探过先生，哪知先生颇有气，只说了一句："别跟我谈豆粉园。"就再也不愿意谈此话题了，才过了三十几个小时，先生的态度一百八十度的大转弯，林冰真是喜出望外，但表面上口气里还不能表现得太露骨，林冰虽然听得真切分明，但还是小心翼翼地再问了一遍:"顾先生,您同意豆粉园移建在新……"

不等林冰说完,顾家语已经打断她的话,说:"我刚才已经说过,你的耳朵应该没有问题。"

林冰那边,其实一直在盼着顾家语的答复,别说林冰自己的全盘投资计划和方案要及时地尽快地落实,单就秦重天那里,给她的压力就非同一般。林冰也觉得奇怪,她办任何事情,从来不会屈服于别人的压力,该不让步的,决不让步,但就是在秦重天这里,秦重天近乎无理的霸道的甚至是违反科学的主张,却偏偏能让林冰退却、低头,直至最后让步。

林冰握着电话,一时十分激动,原以为顾家语的工作是很难做通了,秦重天告诉她,闻舒书记打算在五月借南州南曲节的机会,亲自出面邀请顾先生回乡,豆粉园的事情,可能要拖到那时候再谈了。

林冰听了这个决定,不由得急得跳起来:"秦市长,你们开什么玩笑? 等到五月,你们怎么不说等到下世纪?"

秦重天说:"你急,我不急? 我还恨不得今天就跟你把字签了,既然大家都着急,顾先生那头的工作,远隔太平洋,我是爱莫能助,只有靠你了!"

林冰再一次跳起来:"秦市长,你这是……"她想说你这是不负责任、甩包袱,但是话到嘴边,看到秦重天满脸焦虑的神态,林冰心里明白,秦重天又何尝不急,她也相信,秦重天比她更急,她毕竟只是一个不足一公顷的小小的豆粉园的利害,而秦重天,仅仅一条锦绣路,那可就是相当豆粉园几百倍几千倍的利害关系紧紧系在他的身上啊!

林冰万万没有想到,在这半夜三更时分,顾家语一个电话,口气轻松地告诉她:我同意了。

林冰整个地愣住了。

那边顾家语见林冰一阵没有声音和动静,觉得奇怪,说:"喂,林冰,你现在就去,通知南州政府方面,我希望豆粉园能够在新锦绣路建成的同时,也能与南州的父老乡亲见面!"

林冰仍然愣着。

顾家语有些不满了,说:"林冰,你今天怎么了?叫你现在去,你就现在去!"

林冰终于笑了出来,说:"顾先生,现在可是凌晨两点啊。"

第 12 章

一

天气渐渐地暖和起来,夏同的小书店,门庭也不像寒冬那样冷落了,尤其是中午时分,会有不少人进来看书买书,热闹多了。

刘阿姨回家吃午饭,刚刚走了不久,那个经常来看书的女孩又进来了,因为次数多了,夏同注意到,她总是等刘阿姨一走,就进来了,便过去和她开个玩笑说:"喂,你是不是怕刘阿姨啊?"

女孩一听,脸顿时涨红了,神色慌慌张张,眼睛直往门外溜,像要逃走的样子。倒弄得夏同有些不过意,赶紧走开一点,说:"没事没事,你慢慢看吧。"

一个中午,在一直有人进进出出的过程中,那个看书的女孩始终安静地看着书,丝毫不受影响,等大家都走了,她也仍然站在那里,夏同说:"喂,小姑娘,你要不要坐下来看?"

女孩向夏同摇摇头:"不用,我再翻翻就走。"说着脸又红了,又道,"我今天带的钱不够。"

夏同知道她看的是一本《我说南州》,她已经来过好几次了,每次来,都是先是做出挑书的样子,这本看看,那本看看,再看看价格,到后来就捧住一本看起来,夏同估计她是没有多少钱,不能买书。

刘阿姨曾经叮嘱过夏同,要他小心一点,夏同也留心过,但是这个女孩除了看书,没有什么可疑之处。

女孩终于要走了,她拿着那本书,到夏同跟前,掏钱掏了半天,才凑出十一块钱,红着脸说:"还差一块钱,能不能便宜一点。"

夏同说:"行。"又问道,"听你的口音,不是南州人?"

女孩:"不是。"

夏同指指她手里的书:"你喜欢南州?"

女孩点点头,说:"我想寄给我弟弟看,他也想了解南州。"

夏同说:"你弟弟在家乡念书吗?"

女孩惊喜地说:"你能猜出来的?"

女孩小心地捧着书,出门的时候,小声地说:"我叫小雪,安徽人。"

小雪刚走不久,吴一拂便进来了,进门就有点生气,说:"夏同,听说豆粉园移建要用我的木雕珍品?谁同意的?"

夏同说:"这可是您自己的主意嘛。"

吴一拂说:"怎么是我的主意,我跟你说过,还是跟别的什么人说过?"

夏同说:"'这么珍贵的收藏,搁在那里,用又不能用,看又不能看,早知道这样,我决不捐给他们,我要去拿回来,只要谁能够物尽其用,我宁愿白送。'这些话,是谁说的?"

吴一拂说:"夏同,我一直认为你是个实实在在的人。"

夏同笑道:"怎么,现在发现我不实在?滑头?"

吴一拂也笑道:"我可没看出你还有先斩后奏的一套,你这是挟天子而令诸侯。"

夏同说:"不过,我这么做,可是被人骂得狗血喷头啊。"

吴一拂说:"那当然,不骂你骂谁,豆粉园是你顾家的,你这明明是强抢强占,给自己贴金!"

夏同说:"这个世界上,什么人都有,也有的人,偏偏喜欢把自己家的金贴到别人脸上。"

吴一拂说:"你不是说我吧?"正说着话,一眼看到刘阿姨进来了,立即笑起来,"喂,刘维雅,我一进来就到处找你。"

刘阿姨有点不好意思地笑了笑,说:"吴先生你来了?"

吴一拂说:"我来了,看你不在,我的眼光都暗淡了,你一来,我的眼睛就发亮。"

刘阿姨说:"吴先生别开玩笑了。"

吴一拂说:"这不是开玩笑,这是真情实意和深情厚谊。"

刘阿姨到敞开的书架前看了看,疑虑地皱了皱眉,问夏同:"那个外地的女孩又来过?"

夏同说:"她是安徽人,叫小雪。"

刘阿姨说:"你有没有注意着点啊?"

夏同说:"她买了一本《我说南州》。"

刘阿姨指指书架,说:"这里又少了书。"

夏同说:"怎么会,我明明看着……"

刘阿姨气道:"每次她来过,就会少一两本书。"

夏同说:"少了什么书?"

刘阿姨说:"一本是《改园》,还有一本,《历代南州诗选》。"

吴一拂说:"咦,这个小姑娘,还蛮热爱南州、关心南州的,窃书也都是窃的和南州有关的书。"

刘阿姨有点不高兴地说:"那是不是南州市政府应该请她做荣誉市民呢?"

吴一拂并不在意刘阿姨的讽刺,笑着说:"能够看《改园》这样的书,学问还蛮深的呢,是不是大学生噢?"

夏同说:"不是的,是打工的,也可能是高中生,至少是初中生。"

刘阿姨赶紧问:"她是不是告诉你她在哪里工作?"

夏同说："没有。"

刘阿姨看了看夏同，带着点抱怨的口气说："反正书店是你的，书也是你的，你都不想追究……"

吴一拂大笑起来："这就叫皇帝不急急煞太监。"

刘阿姨去忙着整理被读者翻乱的书架，吴一拂说："你先忙一会儿，我跟夏同说点事情，等一会儿再和你套近乎。"回头对夏同说，"工艺博物馆那边的工作，你做过了？"

夏同叹息一声，说："相当难。"

吴一拂幸灾乐祸地笑了，说："夏同啊，你做这件事情，可是两头受夹板气啊，林冰一定会说你胳膊肘子向外拐，而博物馆方面呢，又恨你多嘴多事，别说他们了，我也想不通，你是一个多一事不如少一事的人，这个大麻烦，为何要惹上身呢？冤不冤？我都替你冤。"

夏同无法回答，因为他自己也说不太清楚。自从那一个冬夜，吴一拂披着一身严寒走进他的书店，说，我吴一拂，你还算个读书人？连吴一拂都不知道？并且拿出一副对联"官久方知书有味，才明敢道事无难"请他代售，从那时起，夏同就觉得自己已经和这位老人结下了不解之缘了。

夏同说："你也别幸灾乐祸，要说冤，哪有你冤啊？本来是你的收藏品，捐赠了，连朵大红花也没戴上，还要你继续操心，操碎了心，你冤不冤，你冤还是我冤？"

吴一拂说："那我们就是两个冤大头。"

夏同说："一对冤死鬼。"

吴一拂说："死是不死的，离死还远着呢，'死'他老人家，可不敢来看我。为什么？他老人家说了，我这个人太琐碎，废话太多，他受不了我的。再说了，我还没有看到你怎么折腾我的宝贝——哎，对了，你们那位林女士是怎么样的意见？"

夏同说："我跟她提议，移建豆粉园，可以用你的部分木雕，还有一部分用不了的,建议在豆粉园的堂馆里,比如立雪堂或者迎春轩,专门辟出这么一座建筑,作为收藏馆……"

吴一拂说:"要用我的名字,吴一拂木雕收藏馆。"

夏同说:"那当然。"

吴一拂急切地问:"林女士同意啦?"

夏同说:"可惜啊,她不同意——不可能同意。"

吴一拂气道:"她不同意?她有什么资格不同意?"

夏同说:"林冰很忠于我大舅,顾家的园林里,怎么冒出个他姓的收藏馆,她是万万不能接受的。"

吴一拂不屑道:"小肚鸡肠。她不同意,我还不愿意跟她说呢,我找顾家语说话,顾家语好商量的。"

夏同说:"这倒是的,我大舅那儿,应该没有大问题,只是这远隔千山万水,到哪儿去找他说话啊?但是林冰不同意的情况,您可不要随便跟别人说。"

吴一拂不解,问道:"为什么,还要替她树碑立传?"

夏同说:"现在博物馆方面,滴水泼不进,不好商量。"

吴一拂顿了顿拐棍,说:"夏同,这可不关我的事了,我可是全权交给你了,你要是办不好,我拿你是问!"

夏同说:"所以,我也只好先借着豆粉园的名义,去做工作,边做工作边物色合适的有可能的地方。"

吴一拂看了看夏同,笑了起来:"夏同,你还蛮狡猾的嘛。"

二

传统工艺博物馆方面确实着急了,吴一拂捐献的东西要讨还,虽然先前也已经来烦过他们好几次,但是对付吴一拂,他们还是有办法的,拖拖拉拉,说说好话,吴一拂的脾气,他们也掌握了,给他套几顶高帽子,才不怕吴一拂真的拉下脸来,开一辆卡车来拖了就走。

但是现在事情有点麻烦了,涉及豆粉园,谁都知道,豆粉园是从闻书记到秦市长都在关心着的重点。给人的感觉,甚至有一种一切为豆粉园打开绿灯的意思,张馆长深知,这事情如果闹被动了,到时候自己不仅是竹篮打水,还可能羊肉没吃着惹得一身臊。

张馆长抢先一步,赶紧向顶头上司文化局局长钱一平汇报了这个情况。钱一平听了,也知道事关重大,就带着张馆长一起来到唐副市长这里。唐朝听完汇报,笑道:"张馆长,你这可是恶人先告状啊。"

张馆长说:"我是恶人先告状,可是不这么做,我能怎么做?我不甘心眼睁睁地看着煮熟的鸭子飞了呀。"

钱一平当然也是站在自己的角度,说:"唐市长,锦绣路固然重要,但是南州不是只有一条锦绣路。反过来说,锦绣路也不能代表南州,尤其是改造后的锦绣路……"

唐朝说:"这些木门木窗,和锦绣路有必然的联系吗?"

钱一平说:"怎么没有?如果不是移建豆粉园,夏同也不会想出这么个馊主意,他这是揩公家的油,肥自己……"

唐朝说:"钱局长,你这话是不是有失一点公道?这些收藏,本来就是私人收藏的嘛,怎么是揩公家的油?"

钱一平:"是私人的,但不是他顾家的!"

张馆长说:"是呀,他们没有资格指手画脚的。"

唐朝说:"你们现在来说这话,是不是迟了一点?吴一拂捐赠给你们多长时间了,你们自己是怎么对待的呢?如果你们早就认真安排了处理好了,还会有今天的麻烦吗?你们了解这些收藏品的价值吗?"

张馆长委屈地说:"唐市长,我何尝不想及时处理,可是,我们馆的情况……"说到一半,看了看钱一平,停下不说了。

钱一平接着替他说:"从去年下半年以来,张馆长那里,就一直在抢救危房,他们馆里百分之八十的房子,包括办公的地方,都是危房啊,根本没有经济实力再按吴一拂希望的那样,建一座新馆……"

唐朝说:"这些话,你们说得不少了,我听得也不少了,耳朵里都长老茧了,你们就不能说一点新的?"

钱一平和张馆长互相看看,张馆长苦着脸说:"唐市长,要是有好办法,我也不会老是来打搅您。"

唐朝点了点头,说:"文化系统的情况,我难道不清楚?你看你们钱局长,都急得卖家当了,是不是?"

钱一平说:"唐市长,这些木雕收藏,许多都是无价之宝啊……"

唐朝说:"怎么,如果移到豆粉园,就不是无价之宝了?"

唐朝始终没有松口,一直到钱一平和张馆长走的时候,唐朝的态度仍然是不明了的,张馆长走出唐朝的办公室,脱口说:"完了,恐怕没希望了。"

钱一平却说:"不一定。"

张馆长说:"他句句话都是在批评我们,还有什么可能……"

钱一平说:"唐市长就是这样的习惯,批评过后,他会帮我们的。"

张馆长却没有钱一平的乐观精神,心中忐忑着,在和钱一平分手以后,他没有急着回单位,却站在路边,掏出手机,打了一个电话给秦重天办公室,是小佟接的,张馆长说:"佟秘书,我有个急事想向秦市长汇报一下。"

小佟觉得有些奇怪,市长们的分工是十分明确的,张馆长的事情,从道理上说,不应该找秦市长。所以小佟也不问什么事,便脱口说:"张馆长,你是不是找找唐市长?"

张馆长说:"我已向唐市长汇报过,但是担心这件事情……"

小佟说:"什么事情?"

张馆长将事情大意说了,小佟说:"张馆长,你看这样好不好?现在秦市长正在开会,等他散了会,我汇报一下,看看情况,再打电话给你。"

其实,倒是钱一平估计得不错,唐朝还是很重视这件事情的,钱一平和张馆长还没有走出政府大楼,唐朝已经将邵伟喊来,让他将以前整理过的有关南州文物流失的情况报告,打一份出来,他要看看。

邵伟将材料打出来交给唐朝,说:"唐市长,豆粉园的移建,关心的人很多啊。"

唐朝没有说话,看着邵伟。

邵伟知道唐朝在等他下面的话,便接着说:"我听小惠说,闻书记已经跟报社打过招呼,让新闻媒体多关注。"

唐朝"噢"了一声,以闻舒相对谨慎的个性,一般不会主动去给新闻界什么指示,即便闻舒有这样的想法,想借新闻界表达自己的什么意图,也不会直接去点明,他自然会通过一些迂回的办法,不显山不露水地达到自己的目的。但这一回,在豆粉园的问题上,闻舒不加掩饰,使大家很轻而易举就看出了闻舒的超出大家意料的关注,唐朝想了想,暂时还不明白这件事情的背景有多深,背后的东西是什么,或者,根本就没有什么背景,只是闻舒想在锦绣路抓一两个点而已,干部的政绩就是这样出来的。

邵伟又说:"当然也不是小惠直接告诉我的,小惠现在,可是进步多了,头脑拎得清,说话知道分寸……"

唐朝说:"你说小惠知道分寸?你说这话的口气,像闻书记嘛。"

邵伟笑道:"人家都说跟谁像谁,我要像,也应该是像您嘛。"

唐朝摆了摆手:"你饶了我吧,我可受用不了。"说着想到什么,又道,"我还听人家说,你像秦重天啊,什么时候换秘书,你干脆跟秦市长得了。"

邵伟说:"秦重天可不敢要我,他说过,我们两张大嘴,要是待在一个办公室,那还了得。"

唐朝道:"邵伟啊,你毕竟是年轻嘛,你以为秦重天就是和你一样的大嘴形象?他要真是那样,这么多难干的活,怎么可能让他给撑下来?"

在市政府的班子里,唐朝一向是和秦重天唱对台戏的,这和两个人分管的工作性质有关系,但更多的也是个性使然,但其实邵伟心里明白,唐朝对秦重天的工作精神,内心深处是相当敬佩的,只不过唐朝嘴硬,从来不肯承认罢了。

邵伟走后,唐朝将那份情况报告认真看了一遍,自己动手修改了一下,突出了传统工艺博物馆的问题,在下午的市长办公会议上,唐朝会将这个报告和钱一平、张馆长面临的难题提出来,交给其他的六位市长,看他们怎么说。

这边邵伟离开唐朝的办公室,迎面碰见小佟,急冲冲地闷头赶路,被邵伟一喊,停住了,问道:"邵伟,什么事?"

邵伟说:"这话该我问你,是你在急冲冲赶路,又不是我。"

小佟说:"这本来是你的事情,传统工艺博物馆那边,有个叫吴一拂的老先生,捐赠了木雕的收藏,现在豆粉园移建想要用这些东西,秦市长叫我到馆里去看看实际情况,可能下午的市长办公会议……"

邵伟说:"好个钱一平,找了唐市长,又找秦市长?"

小佟说:"钱局长不会的,是那个张馆长,老实人。"

邵伟说:"是呀,老实人才会做出不老实的事情,是不是想得到秦市长支持了,别人就不能反对?"

小佟着急地看了看表,说:"邵秘书,我来不及了,午饭前,秦市长还等着汇报呢。"

邵伟说:"到底是些什么宝贝,我也想见识见识,开开眼界,我现在正好没事,和你一起去看看。"

小佟倒不好推辞了,两人上了小钱的车,一起往传统工艺博物馆去。到了那里,刚要下车,就看到田常规的车在前面先到了,只见梁小兵从车上下来,已直接往馆里去了,小佟和邵伟都有些意外。

邵伟"啊哈"一声,说:"小佟啊,今天这出戏,政府出了场还不够,还请市委上台?这个张馆长,是决心要唱大戏了?"

小佟说:"梁小兵倒是有日子不见了,也不知这家伙跟着田书记日子怎么样?"

邵伟道:"梁小兵,独孤一剑,谁也拿他没办法的。"

他们下车,正往里走,张馆长已经急急地迎出来了,又激动,又有点怕事,急急地说:"两位、两位……"

三位大秘一同来到一个小小的无声无息的博物馆,张馆长怎么能不手足无措,他是在万般无奈的情况下,才逼着自己找领导的,可万万没有想到,三位领导竟然这么重视,心里一下子慌起来了。

梁小兵过来和邵伟、小佟握了握手,说:"你们也来了?"

邵伟拍了拍梁小兵的肩,道:"小梁啊,几天不见,又长胖了嘛。"

小佟差一点笑出来,但觉得邵伟当着张馆长的面,也太不给梁小兵面子,便试图挽回一点,就说道:"胖了吗?我怎么看不出来?"

梁小兵却点头说:"是胖了,是胖了点,昨天刚称过,重了五斤。"

弄得小佟哭笑不得,邵伟则占了便宜似的大笑起来,张馆长站在一边,哪里知道三位大秘玩的什么技法,心里只是没有数、没有底。

梁小兵从博物馆回来,向田常规简要汇报了一下,又把邵伟、小佟也在的事情告诉了田常规。田常规笑了笑,说:"政府和党委的心意相当一致嘛。"说着,见梁小兵要退走了,向他招了招手,说,"小兵,今天嘴馋了,中午去吃火锅怎么样?"

田常规来南州后,家还没有搬来,吃饭不是参加宴请,就是吃机关的食堂伙食,梁小兵未婚,也是打游击的多,所以这一对领导和秘书,常常去街头小吃,但今天梁小兵有事,一听田常规的话,随口说:"今天不行,我今天中午有事情。"

田常规想,你这个做秘书的也是少有,哪有这样回答的,但偏偏田常规不守常规,很喜欢梁小兵这种性格,问道:"就你,能有什么大事?"

梁小兵说:"外地来了几位诗友,我请客,所以我不能陪您了。"

田常规说:"诗友,写诗的朋友嘛,这有什么。"话一出口,就想到一个好点子,改口说,"哎,我有办法了,不如我跟你一起去吃。"

梁小兵说:"你去干什么?"

田常规说:"我也听听你们谈什么嘛。"

梁小兵说:"我们谈的,你可能听不懂的。"

田常规说:"听不懂也无妨嘛,那就各管各的,你们谈你们的诗,我吃我的饭,这不是一举两得?"

梁小兵倒有些犹豫了。

田常规又说,"你要是说不,那也太不够意思了,我带着你吃了多少回了,你连一回也不肯带我?"

梁小兵勉强地说:"那好吧,不过,你到了那里,最好不要说自己是谁。"

田常规说:"那你怎么介绍我?或者,我该怎么介绍自己?我总不能坐下来就吃,一句话也不说?"见梁小兵为难,田常规又说:"就说我是个老诗人?好像不大像。是追星族?追诗人的追星族,你告诉我你的诗友写过哪些著名的诗,一会儿我背出几句来,到时候,念出来,不就像那么回事了吗?"

梁小兵说:"有这么老的追星族吗?"皱起眉,"怎么介绍呢,倒是不太好说……"看起来,真的在为田常规的身份发愁了。

田常规差一点大笑起来,但仍然忍住了,假作生气地说:"算了算了,这么勉强,我也没有兴趣了,我也不想再沾你的光了,我不去了。"

梁小兵一听正好,赶紧说:"那我就走了。"话音未落,人已经到了门口,拉开门就走,好像就怕田常规从后面来捉住他。

田常规这才一个人哈哈地笑了个够。

梁小兵来到约定的饭店,已经迟到了,大家要罚他的酒,梁小兵不服,说:"应该奖励我才对,我好不容易摆脱了田书记。"

外地诗友也不太清楚"田书记"是谁,但是在座有一位是南州诗人老居,在南州市文联也负责一点工作,一听梁小兵这么说,赶紧问道:"什么?田书记怎么了?"

梁小兵说:"田书记今天中午没有应酬,想跟我一起来吃饭,被我左推右推才推掉了,我就赶紧过来了。"

老居说:"梁小兵你开玩笑吧?"

梁小兵说:"没有开玩笑。他开始还说,要冒充老诗人什么的,我一听就不对头,我说,我们谈的东西你听不懂的,后来他大概觉得确实没有共同语言,就不来了。"

老居"哎呀"一声,急道:"梁小兵呀梁小兵,叫我怎么说你,你这是故意气我啊!"

梁小兵说:"我干什么要故意气你。你不想想,田书记这一来,今天我们这顿饭还能吃出什么味道来,还能有什么诗意?"

老居说:"但是你不想想,田书记要是一来,今天这顿饭也就不用你我埋单了啊,又何止是今天这顿饭,几位诗人来南州的费用,还有文联的许多费用,还用愁吗?"

梁小兵有点生气地说:"老居,你是不是不愿意接待朋友,你不愿意接待,你可以不接待,本来就说好的,今天我请客……"

老居急得无法,说:"梁小兵啊梁小兵,田书记怎么挑了你这么个呆子做秘书,实在叫人想不通。"叹了叹气,又说,"哎,梁小兵,是不是田书记要接闻书记的班了?"

梁小兵说:"你对这个感兴趣?"

老居倒有些尴尬,也有点不快,说:"我感什么兴趣,关我什么事。"

梁小兵说:"那每次见到,都要问什么人当什么官,干什么呢?"

老居说:"你以为老百姓对你们官场的你上我下有兴趣啊,才不呢,说穿了,当官的闹矛盾,耽误的还不是老百姓的利益,所以老百姓才不希望当官的斗来斗去呢。"

梁小兵认真地点了点头,说:"这倒是真的。"

老居又说:"我上次托你的事情,你到现在也不答复,你天天能见到田书记,你可别跟我说不方便啊!"

梁小兵想了半天,也没有想起来老居托他的什么事。

老居说:"文联准备出的南州画家精品画册的事情,请田书记给写个序。"

梁小兵说:"不合适的,田书记又不懂书画,写不像的,弄出来被人笑话。"

老居对着梁小兵,别无他法,只能长吁短叹。

幸好他们的对话,大部分是用的南州方言,外地的诗友也听不大懂。

三

下午的市长办公会议一直开到晚上九点,中间大家到机关餐厅花十五分钟时间吃了快餐,又回来开会,唐朝和另一位刘副市长开得有些不耐烦了,在下面开起了小会。

本来要决未决的事情一大堆，处理起来又是张三张三的主意李四李四的想法，很难统一思想，每解决一件事情，都要江市长花费很大的口舌，甚至一会儿黑脸一会儿红脸轮换着唱，这样大半天唱下来，江市长的肝火哪能不旺起来，本来就心里急，唐朝和刘市长又嘀嘀咕咕个不停，好像在和他唱对台戏，江市长忍了忍，终于忍不住了，说："唐市长、刘市长，你们有什么想法，可以直接说一说嘛。"

唐朝笑了笑，说："我到了政府以后，就这样的马拉松会，已经不知开了多少次啦。"

刘副市长接着说："我们这些市长，除了开会还是开会……"

唐朝说："还有吃饭。"

大家都笑了笑，但并不能改变会场上疲惫的气氛，江市长也压了压心头直蹿的火苗，尽量平和地说："干部嘛，开会、说话，都是干部的重要工作，我们也不能完全否认了开会的作用，如果不开会，许多决策从哪里来？我一个人说了算？你们能同意吗？"

唐朝说："既然当了干部，就有开会的思想准备，我们的屁股上，也都磨出老茧来了，也不怕坐，只不过，一直马拉松下去，我看大家的神经都钻牛角尖了，有些事情，明明不用争论来争论去，但一放到会上，好像就非得拿出两种不同的意见，拉锯似的拉来拉去，最后再定夺。"

这么扯开去几句，又收回来，江市长继续主持会议，继续讨论该讨论的内容，各位市长，都希望先将自己分管的这一块的难题解决掉，但是在江市长那里，自然要分轻重缓急，得排着队慢慢等。

今天的会，与秦重天关系不大，城建的问题、正在进行中的锦绣路的问题，都得专门召开会议研究。如果要说有一点点关系，就是吴一拂收藏品的事情，这个问题，在下午会议开始后不久，已经提出来了，但是大家都比较小心，观点躲躲藏藏的，江市长直接点秦重天的名："秦市长，你说说。"

秦重天手向唐朝一指："唐市长分管的，请唐市长说吧。"

唐朝说："秦市长，工艺馆是我管，豆粉园移建是你管，我们这一次是手拉手的战友嘛。"

秦重天道："唐市长，我们哪一次不是手拉手的战友啊？"

刘副市长笑道："你们两个，唱什么二人转，快点快点，抓紧，下面的事情多着呢，一下午还不一定来得及。"

毕竟秦重天的脾气在那里，想表现得有城府，也坚持不了多长时间，有人一催促，他就守不住了，说："吴一拂的收藏品，我去看过，无价之宝。"

唐朝说："秦市长是内行。"

秦重天说："当领导的，不一定自己样样都是内行，我不懂不要紧，我专门请了专家看的。"说着又看了看唐朝，笑道，"唐市长，对于文物，你才是内行，我这样做，你不会认为我是越权吧？"

唐朝说："那秦市长的意见，对于吴一拂的这批捐赠品，应该怎么处理？用到豆粉园去，还是留在工艺馆？"

秦重天说："我已经让小佟去做过详细的了解，并不是所有的东西都适于用在豆粉园的，应该说大部分东西都不再有实用价值，根本不能用的，所以我考虑，可以让林冰他们具体看一看，甚至可以大方一点，尽他们去挑就是。林冰是个明白人，东西再好，再有价值，硬装斧头柄的事情，她不会做的。"

唐朝心里其实很赞同秦重天的意见，甚至觉得秦重天这一回的工作，做得十分细致，他心里是服的，但是长期养成的与秦重天争争吵吵的习惯，使他开出口来，又是另外的说法："你这是寄希望于别人的恩赐，你有没有考虑过，万一林冰全挑中了呢？"

秦重天说："全挑中了就全给她……当然，不是送给她，是卖给她。"

唐朝道："人家吴一拂是无偿捐赠的，你政府接受了人家的捐赠，却转手卖出，好意思吗？所以，就算卖了，钱也得归吴一拂嘛。"

秦重天说:"我又没有说钱是我的,或者是你的。"

唐朝说:"钱局张馆他们,可是要急得双脚跳啦。"

江市长对这件事情,一直不太清楚,现在听到这儿稍微明白了一点,说道:"秦市长的意见,如果豆粉园用得了,就得尽豆粉园用,如果豆粉园用不了,再说。"

秦重天说:"不是再说,是立即拨一笔款子,建吴一拂收藏馆!"

大家一阵发愣,唐朝也不由得看了看秦重天,心里有些不解,秦重天今天,怎么净在替他说话?

在政府这一头开市长办公会议,说到底,很多争论是由一个钱字引起的,哪个副市长不想在市财政这一头,分得一杯羹?但是,即便经济再发展,现状也永远是粥少僧多,哪里分得够、分得匀?

由此,市长间的摩擦,就从这里开始了,你争我夺,为了自己的一碗粥,就要费尽心思去打破别人的碗,也有本来私人感情相当好的两位市长,为了自己分管的一块,会闹得伤了和气,甚至像小孩子一样地翻了脸。

所以今天唐朝的奇怪和不解也确实可以理解,秦重天何以要站在他的立场,替他去争这一碗粥?

因为这么想着,一向以话锋尖刻著称的唐朝,一时竟有些语塞,江市长已经发话了:"建吴一拂收藏馆?秦市长、唐市长,我看这可能性不大。"

江市长的话,是一锤定音的,倒不是因为江市长的威信有多高,说话有多管用,实在大家知道,这是一个不争的事实。就目前的情况而言,市里绝不可能再拨出款项来建立专业的博物馆,尤其是以个人名义命名的。秦重天心里又何尝不清楚,在如此明白的前提下,他提出这样的建议,似乎是在向谁叫阵?

十多年前,为庆祝南州建城两千五百年,市里咬牙投入了一大笔资金，新建十多个小型的专业博物馆和专业研究馆。这批博物馆研究馆，有一两家，在建成初期确实曾经火了一阵，门票收入也曾经十分可观，但是好景不长，很快就江河日下，变得无声无息了。更惨的是其中的绝大部分，从建成的那一天起，就一直掉落在又深又冷的谷底，艰难度日。国家每年还得投入相当大的一笔经费去维护去维持他们日常的开销。

都说花钱买教训。如果花了冤枉钱，还不能买到教训，还要继续花冤枉钱，这样的事情，傻瓜都不会去做。秦重天傻了？还要拿着国家的钱去打水漂？

秦重天不傻，但是他心里舍不得，听了江市长这话，便道："那就请林冰他们代办了，他们本来就有这样的打算，在豆粉园里，建一座吴一拂收藏馆。"

唐朝说："这是谁的主意？"

秦重天说："谁的主意并不重要，重要的是，如果我们今天的市长办公会议认为，我们一届政府，不如人家一个家庭的实力，我们穷，建不起收藏馆，如果大家承认这一点，就让他们去建吧。"

秦重天的话一出来，大家都沉默了。

越来越多的社会资金，开始进入本来由政府掌握的各种建设包括许多基础设施建设，有的地方甚至已经提出，民资可以入股高速公路、机场等过去由国家垄断的事业，所以，秦重天的话，虽然只是由一个收藏品的问题说起，却触动大家许多的想法。

过了一会儿，还是江市长打破了沉默，江市长说："秦市长，看起来，你是有些想法的，但是我还是不太明白，既然豆粉园都已经回归了顾氏，在豆粉园的问题上，你也是持支持态度的，为什么这个吴一拂收藏馆的问题，你反而倒舍不得放手，我不太了解吴一拂捐赠的收藏品的实际情况，但是我想，比起豆粉园来，这些收藏……"

江市长没有说下去，但他的意思大家是听得明白的，所以秦重天回答道:"第一,我认为,有些东西的意义,并不能完全用价值来衡定;第二,也是关键的一点,江市长说到豆粉园已经回归顾氏,正是因为这个,我才考虑,我们政府方面,应该有所取舍,也必须有所取舍,不能说放就放,一下子全部放走了,眼睛一眨,我这市长,你这市长,就两手空空了?"

唐朝插话说:"过去是说收就收,一下了全部收回来,全抓在政府手里。"

秦重天忽然重重地叹了一口气,说:"反正,有时候,我也觉得自己变了一个人,变得优柔寡断,变得瞻前顾后,变得患得患失,变得我自己都不认得自己了。"

秦重天在市长班子里,一向是以不检讨不忏悔出名的,我就是这样想的,就是这样做了,我没有错,我错了也不怕,这才是秦重天的口头禅,所以今天秦重天说出这样的话,大家在意外之余,更多的竟隐隐地起了一点担心。

担的什么心,当然各人是各人的角度,但总的来说,不知什么原因,他们对意气风发的秦重天,竟忽然地产生出一种兔死狐悲的凄凉感来。

秦重天心里又何尝不清楚,他说出这样的话,大家会对他有什么想法,要是换了平时,秦重天必定会跳起来说:"你们有没有搞错啊?兔死狐悲?我秦重天不是兔子,是狼!是虎!是豹子!"

但是自从锦绣路开工以来,秦重天的气势却是一天比一天小下去,叹气的日子一天比一天多起来。这会儿,虽然他已经感受到大家对他投来的那一丝他最不愿意接受的怜悯,但却仍然叹着气说:"就说这豆粉园,我连做梦都在想,要是仍然在我手里移建起来,我会这么犹豫,这么左右摇摆,举棋不定吗?绝不会的!我知道我的认识有问题,好像豆粉园一旦回到了顾氏手里,就不是我们的了,就是人家的了,再让我去决策它的有关事项,做起来,总有一种怪怪的不通畅的感觉……"

刘副市长说:"你将豆粉园从白林巷拉到新锦绣路,这个功劳,可是非同小可的啊。"

秦重天摆了摆手,说:"在与新加坡的李先生谈判运动中心的时候,尉敢曾经转弯抹角地提醒过我,说到底,只要是在南州的土地上,哪样东西不是南州老百姓的,谁建谁管,这并不太重要,这道理,我也懂啊,但不知为什么,到了该处理的时候,心里总是有一点不顺的疙瘩。"

大家又再度沉默了,其实秦重天所说的"疙瘩",也多多少少存在于各位市长的内心深处,只是大家不像秦重天那么无所顾忌,敢于直说而已。

江市长见秦重天扯远了,赶紧把话题再拉回来,说:"关于吴一拂捐赠的问题,是不是先看看顾氏方面的态度再定?"

唐朝说:"哈,钱局和张馆,这时候恐怕正等在门外守候喜讯呢。"

江市长说:"他们也不能认定今天一定就是喜讯嘛,现在暂不决定,这样,他们既没有等到喜讯,也没有等到坏消息嘛。"

这个话题就告一段落了。从这时候开始,秦重天就准备进入休眠期了,其他的要讨论决策的方案,与他无关了。秦重天眯起眼睛想养养神,但是眼睛只闭上几秒钟,就又放心不下地睁开了,自嘲地想,秦重天啊秦重天,你这个劳碌命,双脚不挺,眼睛是闭不上啦;又想,双脚挺了,眼睛就能闭上吗?恐怕也都未必啊。什么叫死不瞑目,我将来就是这个命哇。想着想着,也控制不住思绪乱舞,又接着想,死不瞑目,那么谁来替我合上眼皮呢,女儿是不敢的,也别吓着她,那总是老婆啦,想到王依然,心里就有一点不舒服,总是那么不冷不热的,再想着想着,就觉得胸口发闷,透不过气来,赶紧跑出会议室,上了一趟洗手间,觉得好一些了,站在洗手间往楼下望去,看到机关大院的篮球场上,已经有人在打球了,不由得羡慕起来。才发现已经快到下班时间了,会议室的会议,还没开完一半吧,想道,妈的,这倒头市长,有什么做头?

回到会议室,一听,正在讨论交通问题,秦重天又忍不住了,轰起炮来,分管交通的郑副市长说:"秦市长,这会儿不叹气了?"

四

秦重天回到家,已经快十点了,王依然不在家,秦重天觉得有点奇怪,问钟钟,钟钟说八点多钟的时候,接到一个电话,就急急忙忙出去,也没有告诉她什么事。

秦重天说:"你这个孩子,太没心眼,妈妈这么晚了出去,也不问问是到哪里去。"

钟钟眼睛一翻,说:"干吗,我有病啊?"

秦重天说:"是谁打的电话?"

钟钟说:"不知道,知道了是谁打的电话,也就会知道她到哪里去了,对不对?"

秦重天说:"你一点也不关心妈妈,也不关心爸爸。"

钟钟白了他一眼,说:"这跟你有什么关系?"

秦重天说:"你就没有想过,万一妈妈……"本来想跟女儿开个玩笑,说万一妈妈有了婚外恋,但话到嘴边,却不说了,咽了下去。

秦独钟可是个机灵鬼,片刻之间已经把秦重天咽下去的话由她嘴里说了出来:"你是怕老妈有婚外恋?老爸,你放一千个心,一万个心,老妈不会的。"

秦重天说:"为什么?"

钟钟说:"问你自己呀,你是谁,南州市秦副市长,多么大的名头,老妈她敢吗?"

秦重天说:"你觉得你老妈胆子小?"

钟钟说:"是你胆子小,老妈是为了你,为了你的名声,老妈不会做影响你的事情。"

秦重天知道钟钟说的是真话,王依然虽然常常和他作梗,说话也不好听,但骨子里,她还是相当维护他的,秦重天心里有些感动,嘴上却说:"真的?那我可就惨啦,原来你妈不是因爱我才没有婚外恋啊。"

钟钟说:"不跟你说。"

秦重天看到钟钟桌上有一片碟片,拿起来看看,说:"白昼美人?说什么的?"

钟钟一急,伸手抢过去,脸上竟十分地不自在。秦重天心里有一点狐疑,但并不直说出来。

过了一会儿,王依然回来了,秦重天嘲笑地随口说了一句:"你们心理学会越来越忙了嘛,晚上还加班,心理有病的人,还真不少嘛。"他抬手指指自己的脑门,"这里有病吧。"

王依然气起来,语气也加重了,说:"不错,无知的人,都觉得心理疾病患者是精神病。"

秦重天说:"就算不是精神病,也多半是自我封闭、脱离社会造成的……"

王依然听秦重天这么没心没肺地说话,想到刘庐和薛书湄母女痛苦的样子,更来气了,尽管她平时从来不愿意和秦重天谈自己工作中的情况,但今天忍不住了,说:"但是我今天帮助的这位病人,她从来没有脱离过社会,她的病因,却是生存环境造成的。"

秦重天眉毛弹了一下,道:"生存环境?王依然,你倒赶上我们田常规田书记了,我们田书记,大会小会,开口闭口,就是环境心理分析、环境心理研究……"

王依然毫不客气地说:"田书记是和你不一样,田书记到南州后,虽然时间不长,却已经走遍了南州的许多老街小巷。你呢?你的工作,就是在闭着眼睛拆!"

秦重天笑道:"夫人哎,你错了。第一,南州的老街小巷,我早就踏遍了啊,它们早就存在于我的心底最深处了;第二,说我闭着眼睛可不公平,我这个人,心事太重,这也放不下,那也放不下,就是双脚挺了,眼睛也不会闭上的;第三,为什么别人稍微地跑了跑,你就觉得了不起,你老公脚底走穿,你都不放在眼里?难怪人家有句话,丈夫总是别人的好……"

王依然一急,又想说什么,秦重天却笑起来,抢先道:"老婆啊老婆,你对素不相识的人,都这么尽心尽力地去帮助,你怎么从来就想不到帮帮你老公?"

王依然被他这么一说,心里一震,一时竟语塞了,过了好一会儿,才回过神来,说:"你用得着我帮吗?"

秦重天长叹一声,说:"连老婆都不了解我啊,我用得着你帮,用得着大家帮,靠我自己的力量,我已经走不太动了。"

王依然第一次从他嘴里听到这样的话,十分惊愕,开始还以为他说的是反话,后来才发现,秦重天不是说反话,也不是开玩笑。王依然惊讶地看着他,问道:"你是不是觉得累了?"

秦重天说:"累,还真不是一般的累,我一直在想,是不是我的车速太快了?我的发动机出问题了?"

王依然又忍不住看了秦重天一眼,以证实自己的感觉。平时不怎么注意秦重天的脸色,有时候,也根本没有时间去注意,秦重天走得早,回得晚,经常会有好几天时间,两人都没有时间认真地打个照面,说说话,现在这么认真地一看,却发现秦重天的脸色不大对,显得苍白,王依然说:"有没有哪里不舒服?"

秦重天说:"我没有哪里不舒服,工作压力重,幸亏身体还挺棒的。"

王依然说:"你的脸色很不好。"

秦重天说:"最近是有不少人说我的脸色不好,我照照镜子,有什么不好嘛,就是白了一点,一个冬天下来,太阳晒得少,当然会白一些,没什么大惊小怪的,关键是自我感觉。"

王依然没有再就这个话题说下去,停了停,说道:"我最近看到一篇文章《下车的勇气》……"

秦重天警惕地看了她一眼,说:"下车?下什么车?"

王依然说:"从余纯顺说起的。"

秦重天觉得这个名字挺耳熟的,想了想,却没有想起来:"余纯胜?我认识吗?"

王依然说:"是余纯顺,徒步走罗布泊的那个余纯顺,有人认为他是在最不应该走的时候,走进了罗布泊,他是死于不能示弱之弱。"

秦重天说:"不能示弱之弱?绕口令嘛,什么叫不能示弱之弱,男子汉大丈夫,哪能随随便便就认输?"

王依然说:"这篇文章说的就是这个道理。同样地,有一个攀登珠峰的人,冲顶的时候,许多人认为他是在拿生命冒险,但是他箭在弦上,不能不发,甚至说出了绝话:冲不上去就让摄像机变成机枪把我打下来。"

秦重天说:"结果也死了?"

王依然说:"这是违背自然和科学规律的,但是名誉、鲜花、成功的诱惑都使得他们无法正视自己,也就是那篇文章说的,有些人,上了车,就没有勇气下车,这也是一种弱。"

秦重天笑了起来,说:"你不是说我吧?"

王依然说:"缺乏下车的勇气,应该说,每一个干事业的人,都有这样的情况,只是程度不同而已。"

秦重天说:"那么你觉得我的程度严重不严重?"

王依然说:"你自己心里清楚。"

秦重天停了一会儿,不自觉地叹息了一声,对王依然说:"那篇文章呢,你手边有吗?"

王依然说:"有,我复印了一份,但是,说实在话,我想不到你会要看的。"说着将文章找出来,交给秦重天。

文章不长，只有千把字，秦重天粗粗地看了一遍，脸上露出了惯有的嘲笑神色，说："下车，下了车干什么？像他文章里说的，那个什么人，外国人，莫里？这是个什么人？瘫痪病人？"

王依然说："你看东西总是这么马虎。"

秦重天说："我很小的时候，大人就说我聪明，一目十行嘛，哈哈。"他又看了看文章，说，"噢，这个莫里是位临终老人，享受别人的伺候，感觉自己像个婴儿，闭上眼睛陶醉其中——我又何尝不想，但是我能吗？"

王依然说："你还是不能体会到其中的境界，并不是说每一个具有下车勇气的人，都要瘫痪在床，或者是临终的病人……"

秦重天说："所以我觉得他的例子举得不恰当，一位临终的老人，不示弱，还能示强吗？要是一个年富力强、身体健康、事业正兴旺的男人，要他下车，下了车，就是有示弱之强？不肯下车，就是不能示弱之弱？"

秦重天并不是看不懂这篇文章，更不是不能理解这篇文章的用意，他是有意要唱一点反调，有意要在鸡蛋里边挑骨头。在他的内心深处，最最缺乏的就是下车的勇气，其实他也是明白的，但是他不服气，他觉得下车就是认输，秦重天始终认为自己是一个最不肯认输的男人。

王依然说："你是不是以为，人到老了，就自然而然会示弱，会心平气和？"

秦重天说："那是，一个躺在床上不能动弹的老人，他想暴跳如雷也跳不起来啊。"说出这话，便觉得不是太恰当，又笑道，"我到了那一天，也就乖乖地躺着，谁替我洗脸擦手呢，当然是你啦。"

王依然说："说到底，你是不愿意下车的。"

秦重天说："我承认我缺乏下车的勇气，但是我的车上，可不只是我一个人啊，我下了车，一车人怎么办？扔下高速向前的车不管了，要翻车的啊！"

王依然说:"你一个人,就有下车的勇气了?"

秦重天说:"啊哈,知夫莫如妻嘛。好了好了,我现在毕竟还不到下车的时候嘛,不说下车上车了,有个事情想问问你呢,顾家语的外甥,那个开书店的,是夏同吧?你熟悉的。"

王依然看了他一眼,说:"怎么?"

秦重天说:"这个人,你怎么看?"

王依然奇怪道:"你要调查夏同还是要考查夏同,你调任组织部部长了?"

秦重天说:"他是党员吗?他又不是党员,我就是当了组织部部长,也管不着他呀。我是说,这个人,原来给我的印象,是不大问事的。"说着停了下来,想了想,又说,"怎么说呢,是那种、是那种,对他来说,他最妙的境界,可能是清茶一壶,三杯两盏薄酒,再一二知己……"

王依然虽然没有直接回答,但她内心觉得秦重天对夏同的理解还是比较到位的。

见王依然一时没有说话,秦重天又有些得意,说:"我说得准不准,你的这位小朋友,以前是不是这样的?你看,我要是下了岗,倒是可以开个心理什么诊所的,或者到大街上给人看手相,说不定比你那个心理学会还神。"

王依然说:"你哪样不比我神?"

秦重天说:"以前我也接触过夏同,和他们家那个做医生的,心血管的,叫顾红吧。"说到顾红的名字,秦重天忽然想起那天一起谈判的时候,顾红单刀直入,直抒己见,秦重天忍不住跟她开了一个玩笑,说,顾医生,我要是得了病,要开刀,可千万别让我碰上你这样急性子的外科大夫。顾红当时大笑,还顺着说了个笑话:院长对外科大夫说,大夫啊,下次手术请一定手下留情,院里的手术台,已经让你割破三台啦。想到这儿,秦重天脸上不由露出一丝笑意。

王依然说:"你对他们家了解很多嘛。"

秦重天说:"知己知彼,百战百胜嘛。"见王依然要说话,赶紧挡住说,"我知道你要说什么,什么知己知彼百战百胜,难道顾家是我的敌人?"

王依然说:"何止是顾家什么家,你对我,不也是这样的政策吗,知己知彼百战百胜。"

秦重天大笑起来:"好啦好啦,我跟你说,这个夏同,现在可是变了个人似的,厉害起来了,豆粉园在新锦绣路沿线,硬是让他挑了一块最好的地去了。"

王依然说:"你还不应该让人家挑?豆粉园的事情,你一变再变,人家都依了你,你还……"

秦重天说:"这两码事嘛,说起来是林冰挑的,其实我知道,这是夏同的主意,没有办法,为了这块地,我可把银行给得罪了,本来已经答应是给银行的,人家都已经筹划完毕了。"

王依然说:"老百姓早几年就在说,银行比厕所多,哪一家银行不占这城市里最好的地段?"

秦重天说:"老百姓的话,听听而已,银行多,是经济繁荣的象征,别看他们嘴上念叨得凶,什么几几几几关工厂,几几几几关商场,几几几几关银行,好像都巴望着关门打烊,其实,他们才不希望关门呢,要真的关了银行,最慌张的还不是老百姓?"

王依然说:"夏同想把吴一拂的收藏品用到豆粉园,你们很恼火吧?"

秦重天说:"恼火?那也不至于吧,气量就这么小?我不明白的地方是,夏同是个很洁身自好的人嘛,怎么会想到这个馊主意,他倒不怕别人背后指他的脊梁骨,要是在从前,逼着他他也不肯做这样的事情吧。"

王依然说:"这恐怕和博物馆对吴一拂的态度有很大的关系,吴一拂生活非常贫困,收藏文物,对他来说,就是倾家荡产的事情,他却全数捐赠了,这样的老人……"

秦重天说:"我去过吴一拂的家,我想,夏同的真实想法,恐怕是要替吴一拂建一个收藏馆,既然政府这头有困难,他是想借林冰的力量,但是他的如意算盘可能落空,林冰是什么人,有多精明,夏同可不是她的对手。"

秦重天的猜测是有道理的,林冰从夏同一提出这个建议,就请了专家对吴一拂的木雕品进行了考证和鉴定。专家认为,绝大部分的东西,已经不适宜重复用于新建筑,只有收藏价值,不再有使用价值,林冰对于夏同的目的,就已经心中有数,但她始终未动声色。

馨香厅的增建,将使豆粉园移建的经费上涨百分之二十以上,林冰的全盘精打细算,在这个猛增的巨大的"二十"面前,显得那么无力和渺小,好像她所有的忙乎和认真,都是不堪一击的,何况,林冰对馨香厅的投入产出,便是抱着相当怀疑的态度,如果不是因为顾家语的原因,林冰是断然不会这么做的。如果再来个吴一拂收藏馆,至少又是百分之十以上的递增,林冰是无法接受的,而且,这吴一拂收藏馆姓的是吴,跟顾家没有任何关系,夏同的目的,在林冰这里,恐怕是难以达到的。只是林冰觉得还没有到向夏同摊牌的最后时间,夏同给豆粉园移建出了许多好点子,这也是林冰暂时不能向夏同摊牌的原因之一。

秦重天对于这件事情的分析,可以说是相当准确的,唯一不够到位的,是他对夏同的认识,给人的印象一向是不问世事的夏同,其实早就洞察了林冰的用心,但他始终只作不知,他要借豆粉园的力量,先从工艺博物馆那里索回政府管不了的吴一拂木雕收藏。

至于秦重天,能够对夏同的行为产生兴趣,当然是因为他自己有着和夏同一样的心思,他又何尝不想由政府出面,建一个吴一拂收藏馆。那一天,他和小佟一走进吴一拂的家,他就产生了这样的想法。这个想法,应该说是超越了他自己的管辖范围,唐朝肯定会嘲笑他吃着碗里望着锅里,那是唐朝的锅子,轮不到他去望啊。

只是,令秦重天沮丧的是,夏同办不到的事情,他也一样办不到。

王依然去催钟钟早点休息,秦重天想起了什么,对王依然说:"喂,她看的什么碟子,你注意一下,鬼鬼祟祟的。"说完,打开了电视,道,"今天不干活了,下一会儿车,娱乐娱乐。"就看起电视来。

王依然走到钟钟房间,钟钟房间里乱七八糟的,白天保姆刚替她收拾好,下晚一放学,不出两个小时,又成狗窝了,王依然一走进来,钟钟就警惕地说:"你干什么?"

王依然说:"你这么紧张?"

钟钟说:"你不要乱碰我的东西啊。"

王依然说:"你最近看的什么碟子?"

钟钟一愣,怪怪地看了王依然一眼,说:"我看的碟子?我还要问你呢。"说着从抽屉里拿出那盘《白昼美人》,"这是什么呀?"

王依然一看是这个碟子,因为自己没有看,不知道是不是很黄,怕钟钟受不好的影响,赶紧问:"你看过了?"

钟钟说:"怪怪的,我看不懂,但是我觉得不好,你就不要看了。"

王依然拿了碟子出来,秦重天也没有在意,王依然却不免有点担心,这个片子是刘庐提到过的,王依然想自己得赶紧看一看到底说的什么。

秦重天看了看电视,却是没看进去,无奈,只得回到书房,拿出锦绣路的一些资料,自言自语道:"还下车呢,一天到晚在车上,都还忙不过来。"

豆粉园的新图纸已经出来了,秦重天特意让小佟到城建档案馆去寻找有没有豆粉园的原始资料,最好能够有豆粉园的老图,小佟回来说,只有少量的一些关于豆粉园的文字记载,其他就一无所获了。

秦重天一边看着这些文字记载,一边看新设计的豆粉园规划图,再将锦绣路的总图也拿来一起研究,看着看着,看出一个问题来了,一急之下,抓起电话就打给向东:"向局长,豆粉园的围墙,怎么回事?"

向东已经睡下,刚刚进入梦乡,猛地听电话里秦重天哇啦哇啦的,听得糊里糊涂,说:"围墙?围墙怎么啦?倒啦?"

秦重天说:"还没建呢,就倒啦?"

向东这才清醒过来:"秦市长……"

秦重天只丢下一句话:"高墙密封,我连看都看不见它,我移它到锦绣路干什么?"

五

设计图纸上,豆粉园的围墙高八米,全部青砖扁砌,密不透风。

这与秦重天的如意算盘相去甚远了,秦重天第二天一早,就把向东、尉敢几个人喊来了,要他们立即组织人马修改设计图。

向东忍不住说:"秦市长,这规划设计,是林冰他们请人搞的。"

秦重天说:"是谁弄的?"

向东说:"是我们局一位园林规划工程师老崔和张憨于一起设计的。"

秦重天"哼"了一声:"倒是很卖力啊,给你干活的时候,也有这么卖力吗?"

向东说:"那是,人家给的钱多呀。"

秦重天一闷,气道:"不管是谁设计的,都得改了。"

以向东的性格,说话是不带犹豫的,但今天却再三地犹豫着,最后到底还是说了:"秦市长,这豆粉园,现在已经不是我们的了。"

秦重天说:"谁说不是我们的,它不是还建在我锦绣路上吗?在我锦绣路上,我们就有权提出我们的想法,它有它的小规划,我有我的大规划,小规划得服从大规划!"

向东朝尉敢看了看,心想,你这家伙,总是缩在后面,做缩头乌龟,样样把我推在前面,但回过头去又一想,我怪别人干什么,我向东是个愿意躲在背后的人吗?要是尉敢样样抢在前面,向东肯定会受不了的,所以,不管尉敢怎么沉默,向东是要说话的:"秦市长,园林和大公园不一样啊,公园要搞亮化、透明化,是可以理解的,公园都可以建在大街上,现在越来越多的街心公园,也就是将公园搬上大街嘛……"

秦重天说:"我难道不知道园林不是公园,但我的锦绣路,挤出这么金贵的地皮给他们,是让他们藏起来,依然园子深深深几许?"

向东说:"南州园林的特点,是'邻虽近俗,门掩无哗',重要原因之一,就是有高的围墙……"

秦重天见向东如此据理力争,差一点说"你这么起劲干什么,豆粉园又不是你的了",话到嘴边,就觉得这也一样是针对自己的,便咽了下去,但是他连向东都说服不了,怎么可能去面对豆粉园的东家。秦重天一时又有些急躁,见尉敢一直不吭声,而向东又是一味地抵抗他,便说:"尉局长,可以开一开金口了吧。"

尉敢说:"是不是听听林冰他们的意见,请他们来商量商量?"

秦重天说:"你滑什么头……"见向东和尉敢都看着他,说道,"都像你们这样的办事效率,还搞什么现代化?"

尉敢和向东对视了一眼。

秦重天说尉敢:"你别扯到别人身上,我现在要的是你的意见、你的立场。"

尉敢不知为什么笑了一下,说:"我的意见,我的意见也起不了决定作用。再说了,我也没有坚定的立场,一方面,我认为,既然是南州古典园林的重建,那就应该以仿旧为主,从前的园林是高墙,现在的园林就应该仍然是高墙,原汁原味,但是从锦绣路的现实考虑,其他地段都是开放式的建筑、透明化的风格,就在这一段,弄个全封闭,怕与整体风格不协调,会不会不伦不类?"

向东说:"古代园主,筑高墙的用意,就是隔尘、隔凡嘛,不让外面的尘嚣流进园内……"

秦重天说:"你只是说一个方面吧,另一方面,他们也不想让内部的清幽泄出去,封闭而内向,这是封建社会私有经济的特点嘛,如果新建的豆粉园亦是如此,那么我们移建豆粉园到锦绣路,不又是瞎忙乎,赔了夫人又折兵!"

向东说:"我不这么认为,即使高墙林立,只要园中有气,这气,是围墙所挡不住的,气能够腾空而出,也能够穿墙而出,影响我们的锦绣路。"

秦重天说:"气不气的,说得那么玄乎干什么。"

向东说:"怎么玄乎,一点也不玄乎,我们在锦绣路建豆粉园,不就是考虑历史古城的历史气息问题。尉局,你说呢?"

尉敢要被点了名,才肯说上一两句:"南州古典园林的特色,和西方园林的自然风格是不同的,他们的园林,基本上是一种天然牧场的形象,没有围墙,不设栏杆,至多在周围挖一道沟。"

向东又抢着说了:"这样的园景,是与大自然完全连成一片的,是开放的、外向的特色。但是他们的选址和我们不同,多半就是选在山野郊外。我们的古典园林,首先选址不同,所谓的城市山林,是在城市里的……"

秦重天忍不住嘲笑起来:"我还以为今天来了两位院士呢,跟我谈南州古典园林?你们也不嫌自己嫩了一点?"

向东和尉敢都笑起来。说真的,秦重天本来就是学历史的,他的毕业论文的题目是《南州古城风貌论》,他会不知道南州古典园林的价值所在?秦重天写这论文的时候,尉敢和向东,高中都还没有毕业呢。

秦重天办公室里正谈着的时候,外面顾红已经到了,小佟一看到顾红,犹豫了一下,问道:"顾医生,您……"

顾红说:"咦,秦市长约我们来的……"

小佟说:"秦市长约的是十点吧。"

顾红一看表,笑了起来:"哎呀,我是来得早了一点。"稍一停顿,又说,"市长大人就真的那么忙,时间排得那么紧,你就不能告诉他,请的客人早到了,怎么,把客人挡在政府大门外,等到十点钟?"

小佟赶紧说:"那哪至于,顾医生,这样吧,秦市长这会儿正在谈事情,您先到会议室稍坐……"

小佟将顾红引到会议室坐下,给她泡了一杯茶。顾红说:"佟秘书,怎么回事,豆粉园的围墙又怎么啦?"

小佟是不会回答这个问题的,笑了一下,说:"顾医生,医院忙吗?"

顾红说:"忙,怎么不忙,但是……这个豆粉园的事情,怎么这么多?"

小佟仍然暧昧地笑笑,干脆不说话了。

顾红说:"唉,当秘书的,就是要这样吧,有话不能说,时间长了,也不觉得闷?"

小佟忽然想到了什么,看了看顾红,说:"顾医生,有件事情想拜托您一下,您方便的时候,能不能跟秦市长说一说,下星期例行的体检,他一定得去了,秦市长都几年没体检了。"

顾红笑道:"这算不算是让我先进来的交换条件呢?"

小佟也笑了笑,说:"就算是吧。"

秦重天出来上洗手间,没看到小佟,就绕到会议室看一眼,一见顾红已经到了,秦重天就下意识地一看表,才放了心,说:"顾医生,你来得早啊,不瞒你说,我还得跟尉局长、向局长他们先商量一下呢。"

顾红说:"那当然,我们理解,先对内,后对外嘛。"

秦重天也不否认,说:"还是顾医生爽快,一针见血。"

顾红说:"不过,秦市长,谈豆粉园是林冰的事情,我们只是来撑撑场面罢了。"

秦重天说:"撑场面?撑什么场面?"

顾红说:"你想想,豆粉园是顾家的,现在面临生死存亡的关头,顾家的人,不能一个人影子也不见啊。"

秦重天笑道:"顾医生也太危言耸听了吧,什么生死存亡,谈不上吧,至多不过是一个怎么活法的问题。"

顾红说:"如果活得不好,还不是生不如死?"

秦重天领教过顾红的厉害,也知道一会儿的谈判面对的是强手林立,一个林冰已经是坚硬无比,顾红虽然只是嘴不饶人,但语言的感染力,有时候,也会左右事物的发展的,加上一个夏同,恐怕有着一肚子的主意,本来倒是有点事不关己,不像顾红这样将顾氏看得那么重,但最近这些日子,夏同也变得锐不可当、刺刀见红,还有一个真正的内行张噘于,这些力量加起来,够秦重天喝一壶的。再一想到自己的两员干将,气就不打一处来,一个尉敢,总是缩在后面,哪能指望他。一个向东呢,倒是敢于冲锋陷阵的,但是偏偏是胳膊肘子往外拐,他是为对手在冲锋陷阵呢。

想到自己阵营里的人人在曹营心在汉,秦重天突然眼前一亮,这个顾红,为什么就不能先说服了她,如果能将她拉到我的阵营里,这力量不就稍微平衡一点了吗?这么想着,正考虑怎么做顾红的分化瓦解工作,那边顾红倒已经开口了,说:"秦市长,我今天来,也不完全是冲着豆粉园来的。一来,刚才已经说了,豆粉园归林冰管嘛;二来,您别忘记我是医生,您也别忘记您曾经在我的手里看过病……"

秦重天摇了摇手说:"哎呀顾医生,你饶了我吧,我在你手里看过病?"他回头向小佟挤一挤眼睛,说,"小佟,我脑门子上那块纱布,就是顾医生给我贴的,一点也不牢。第二天一早到办公室,小佟还在纳闷,头上的纱布呢,我说,没贴牢,掉啦。"

顾红和小佟都笑了,小佟说:"不是的吧,我当时是问过你,你说上班贴着太难看,撕了。"

秦重天说:"好你个吃里扒外的东西,我怎么身边净是些白眼狼!"

顾红看了小佟一眼,她答应小佟的事情,不能不说:"秦市长,有时候,人的自我感觉,是有欺骗性的……"

秦重天说:"顾医生,你是不是说,我的自我感觉太好,欺骗了我自己?"

顾红说:"我指的身体疾病方面的问题,许多人有这样的观点,只要吃得下,睡得着,身体没有明显的变化,就是没有病,不肯体检,不肯相信科学。"

秦重天说:"不肯参加体检,这是我吗?"

顾红说:"你说呢?"

秦重天道:"说老实话,我不是不肯参加体检,我是不敢参加体检,有多少人,本来好好地在工作,一体检,体检出什么问题了,三天两天,就眼看着他们不行了,就去了。怎么死的?吓死的。我可不想被吓死。怎么死都好,就是这吓死不好,人家说起来,堂堂一个男子汉,被吓死了,多难听。"

顾红道:"何止堂堂一个男子汉,还是堂堂的一个市长呢!"

秦重天顺着杆子往上爬:"是呀,还市长呢,连个烘山芋的都不如。"

顾红见秦重天如此不认真,正色道:"秦市长,上次我就警告过您,您到底是舍不得这半天的时间,还是讳疾忌医?您总是工作工作工作,不要到时候,想干都干不起来,这样的人,我见得多了!"

秦重天稍一愣怔，立即道："哎呀顾医生，我好好的，你看，我像个有病的人吗？"

顾红毫不客气地说："您有没有病，不是您说的。"

秦重天道："是你说的？"

顾红说："也不是我说的，是科学说的。"

秦重天见顾红快要翻脸了，赶紧说："好吧，好吧，我听顾医生的，下星期参加机关例行的体检。小佟，你的阴谋诡计得逞了，该满意了吧？"

小佟说："要到下星期去了才算真正得逞。"

秦重天是急着要把话题拉过来，想拉顾红做同盟军，做不成同盟军，至少也不要成为他的一个强有力的对手，所以赶紧说："顾医生，豆粉园的围墙问题，我也想先听听你的想法。"

顾红说："我当然要说我的想法，我不就是冲着豆粉园来的吗？"

秦重天心里暗暗叫苦，还得表现出潇洒，笑着说："哎呀，那我还不如跟你进医院呢。"

一向快人快语的顾红忽然欲言又止，秦重天说："顾医生，是不是没有统一好口径啊？"

顾红说："那当然，不能只许你有你的对内对外政策，不许我们有我们的对内对外政策呀，不过，话说回来，这个口径也根本用不着特意去统一，林冰夏同和我，我们都不会同意将豆粉园的围墙透明化的。"

秦重天说："为什么？"

顾红重重地看了秦重天一眼，过了好一会儿才说："秦市长，我相信，这道理你比我更明白。"

秦重天心里突然涌起一股酸涩，一下子眼睛也酸酸的，苦笑道："还是顾医生体谅我的苦处啊，一个人，最难的是什么……"

顾红想，我确实能够体会到你的苦衷，最难的是什么，是明知故犯，要去做自己知道不应该做的事情，还要将这不应该的事情合法化，还要争取到他人的认同，还要……顾红想着，在心里长长地叹了一口气，自己也觉得奇怪，这是该秦重天作难的事，我替他叹的什么气呀？

顾红因为考虑到秦重天的难处，便忍不住提醒他道："秦市长，恐怕不仅围墙不可能透明化，夏同已经向林冰提议，围墙要采用双层青砖扁砌……"

秦重天不由得摇了摇头，双层青砖扁砌围墙，这可是建筑史上闻所未闻的创意啊。

顾红也就没有再往下说，因为据她了解，林冰已经决定采用金桥御窑特制的仿古青砖。这种规格的青砖，一般是用在古典建筑中做点缀的，比如在铺路时镶嵌，或者在围墙上夹砌。价格相当贵，相当于一般青砖价格的五倍，没有人拿来砌围墙的。

这是林冰向夏同的建议让步的结果。在移建豆粉园的过程中，林冰重点考虑的是高投入后会有怎么样的回报，在这一点上，林冰和秦重天倒是异曲同工的。

所以他们都会在矛盾中左右摇摆。

沿新锦绣路的豆粉园的围墙长达两百多米，假如按照开发商的想法，这两百多米的地段，能够建一些沿街的门面，开了店来，那可是寸土寸金的收获啊。

就像南州一些著名的园林，都先先后后在它们的周围，沿围墙，或者街对面，拆除了狭窄的小巷，开出了许许多多的旅游纪念品商店和摊点，花花绿绿做工粗糙的旅游品，熙熙攘攘的红男绿女，汇成一股世俗的浊流，势不可当地冲击着原本"结庐在人境，而无车马喧"的意境。

关于古典园林周围环境的问题，不断地有人在反问，也不断地有人在反省，但是同时，仍然是不断地增加着商业网点。

但林冰毕竟是代表着顾家语的，即便林冰自己有再强烈的求回报的想法,她也不可能置顾家语移建豆粉园的指导思想于不顾,这一点,林冰永远是头脑清醒的,因而也可能永远没有她自己。

林冰不会考虑沿豆粉园围墙去开店,但是她得考虑建成后的豆粉园,能不能有更大的吸引力。所以,当她在电话里听到顾红说,秦重天要求将豆粉园围墙透明化,一听之下,她说了一句"莫名其妙嘛",但挂了电话,林冰的心却活动起来。也可以说,在代表豆粉园这方面的人中间,听到这个建议会心动的,恐怕也只有林冰一个人了。

在来市政府的路上,激烈的争论已经开始了,机敏的张噘于没听林冰说几句,就已经摸透了林冰矛盾的心理,所以,张噘于用词也相当激烈,立刻就说:"林女士,如果你答应他们的要求,将豆粉园的围墙透明化,搞得像街心公园,我就立即辞去豆粉园的顾问一职。"

林冰的头脑是天生的经济的商人的头脑,对受传统文化左右的某些心态,毕竟是了解不够的,所以张噘于这么一说,林冰觉得很突然,问道:"为什么?"

张噘于:"我丢不起这个脸。"

林冰更摸不着头脑:"丢脸?丢什么脸?"

张噘于说:"除了你的豆粉园,我还得在这行里混,搞一个开放式的透明的古典园林,我今后还怎么打这古典园林规划营造的牌子?我还靠什么安身立命、靠什么吃饭啊?"

林冰仍然不明白地摇着头。

这边林冰、张噘于在车上议论的时候,秦重天还在会议室里和顾红说话,那边办公室里,尉敢和向东等得奇怪了,过来站在会议室门口朝里看。秦重天说:"探什么探,我们自己的思想还没有统一,人家已经先到了,怎么办呢,进来坐吧。"

尉敢和向东走进来,边向顾红打招呼,边坐下了,等着秦重天发话,秦重天果然捺不住性子,向向东和尉敢说:"两位局长,顾医生刚才说了,豆粉园的围墙砖都下了订单了。"

向东说:"是金桥御窑的吧?"

秦重天盯了向东一眼,难得一次,把想说的话咽了下去。

向东继续道:"故宫维修用的砖瓦,有一部分就是我们的金桥御窑提供的……"

秦重天终于还是忍不住,向向东摆了摆手,说:"向局,我们今天不是谈青砖黛瓦的事情……"他知道一会儿的谈判依靠不了向东,便转向尉敢说:"尉局,一会儿你先谈谈?"

尉敢见逼到眼前了,躲也躲不过去,滑也滑不了,只得说:"秦市长,有关古典园林方面的东西,我是外行,由我先谈,恐怕……"

秦重天朝顾红看看,笑了起来,说:"顾医生,你看看,我是不是个孤家寡人了。"

顾红道:"秦市长,我倒是觉得你太累了,是不是锦绣路上的每一段围墙你都要管?"

秦重天的手指了指向东和尉敢,说:"我不管,我不管他们管?他们能管出什么样子来?"

顾红说:"那你怎么不要累出病来。"

秦重天说:"累出病来好啊,就可以到顾医生的病房里住院啦。"

向东笑道:"住院也不要住到顾医生那里噢,顾医生可是拿刀剖心脏的啊,怪吓人的。"

听了向东无意间的一句笑话,秦重天心里却动了一下,不由得说:"人家不是骂我,对古城的心脏下毒手吗,我要是真让顾医生动一刀,也是报应啊,扯平了嘛。"

听着秦重天的话,顾红心里不知怎么的,牵扯了一下,微微有些疼痛,她看了看秦重天,想,你要是真的拿身体当儿戏,恐怕……正想着,小佟进来报告说,林冰、夏同他们到了。

第 13 章

一

雨庭帮助谢北方建立了"洛兰藻"南曲网站,谢北方曾经给雨庭发过一封电子邮件,向雨庭表示感谢,很简单:"雨庭,你为我做的一切,我都记得。"

就是这短短的十几个汉字,让雨庭咀嚼了无数遍,甜蜜的感觉,深深地进入了雨庭的心灵深处,雨庭给谢北方回了一封信,雨庭在信的最后说:"谢北方,谢谢你,你到底跟我说话了。"刚要发送的时候,心里不知怎么就有些发慌,赶紧又补充了一句,"有时间给我写信"。想了想,还觉得不放心,又再加一句,"等你的信"。反复看了,最后点击发送键的时候,心里仍然隐隐的不安,不知道哪儿出了什么问题,等看到"你的信件已成功发送到某某"时,雨庭"呀"了一声,知道自己漏了什么,又赶紧重新再写一封,将自己的电话、手机号码都写在上面,说:"以前我都给你留过,但是你一次也没有打来过,也可能漏掉了吧?"

此后的好几天,雨庭一有空就上网,打开信箱,新邮件倒是一件连一件,每次看到新邮件"1"或"2",雨庭都会一阵心跳,但是每一次又都是让她失望、失落、难过,左等右等,始终没有一件是谢北方发过来的。如果没有别人的邮件,这种失望、失落和难过,也许不会那么强烈,正因为有了一次次的惊喜和一次次的失望,雨庭的情绪被折磨得一会儿低落,一会儿亢奋,低落的时候哀伤不已,亢奋的时候,就十分恨谢北方,恨不得捶他几下,又觉得捶他几下也不解恨。

一连几天晚上,雨庭都守在电脑和电话边,守候着无望,和等信的心情一样,每一次电话铃响,雨庭的心都会异常地跳动起来,一直提到嗓子口,但是很快又跌入低谷,就这么上上下下,雨庭实在熬不下去了,抓起电话,谢北方家的电话号码,她早已经烂熟于胸,不假思索就拨了出去,心里却暗暗祈祷,希望谢北方不在家,希望谢北方在外面忙着,实在是没有时间给她打电话、写信,等到听到谢北方的母亲"喂"了一声,雨庭感觉自己的心都快要跳出胸腔了,她自己都能听出自己的声音在颤抖着:"谢北方,他不在家吗?"

但是谢北方偏偏在家,雨庭听他妈妈说"在家,你哪里"时,心里一阵疼痛,你明明在家,你明明是有时间的,为什么就是不肯给我一点点信息和希望?

等到谢北方来接电话,雨庭边抹眼泪,边道:"谢北方,你是不是认为,给我发一个信、打一个电话,就是浪费你的生命?"

谢北方有些发蒙,愣了半天,说:"是雨庭吗?"

雨庭口气很冲地说:"你还记得我的声音?"

谢北方说:"嘿,怎么会听不出。"

雨庭又道:"你是不是特别怕听到我的声音?"

谢北方好像又不懂了,犹豫了一会儿,说:"雨庭,你有什么事?"

雨庭气道:"我没有事,没有事就不能给你打电话?"

谢北方说:"不是的,我不是这个意思,我是想,你这么晚打电话给我,会不会有什么事情。"

雨庭的心肠一下子又软了，柔情涌上心间，柔声说："谢北方，你好吗？"

谢北方听她这么问，一时不知道怎么回答，过了一会儿才说"我、我很好。"

雨庭说："你现在在干什么呢？"

谢北方说："我在写论文。"

雨庭说："论文？你博士都念完了，还写什么论文呀？"

谢北方说："我正在准备出一个论文专著……"

雨庭说："是南曲方面的专著？"

谢北方说："其实就是我的博士论文，我想再充实一些资料、增加一些新的内容，可以有三十万字。"

雨庭脱口而说："有出版社愿意出吗？"话一出口，咽回去也来不及了，很担心谢北方不高兴。

但是谢北方却一点也没有不高兴，说："是我的导师替我联系的出版社，正在谈呢。"

雨庭："噢，还没有确定啊，那时间上也不会太急嘛，你把自己逼得这么紧干什么呢。"

谢北方说："那不行，松松垮垮，时间过起来飞快的，事情得抓紧做。"

雨庭一听，柔情又被怨意冲淡了、冲没了，没头没脑地说："还不知道能有几个读者呢。"

谢北方却说："这倒是的，出版社方面说，这样的书，印数征订肯定很少，但是如果只印很少的数量，出版社就要赔钱……"

雨庭心里忽地一动，但没有再说这个话题。

谢北方说："雨庭，要是没有什么事，我先挂了啊，我……"

雨庭赶紧说："谢北方，星期六或者星期天，我们去苍山看琼花，好吗？"

谢北方犹豫着，没有马上作答。

雨庭说:"怎么,你另有约会?"

谢北方说:"两天休息日,对我来说,是最宝贵的,平时要上班,单位里吵吵闹闹,定不下神来做事情,晚上回来查查资料,时间也不禁用,只有休息的这两天,才能静心地写点东西。"

雨庭说:"我又不是每个星期都约你的,再说了,下个星期日,我可能要外出。"

谢北方说:"可是,可是,我本来打算,这个星期六星期天,完成第一章的修改任务的。"

雨庭说:"下个星期完成就不行了吗?"

谢北方说:"下个星期?下个星期,是第二章的任务呀。"

雨庭气冲脑门,道:"那就算了!""啪"地挂了电话,心里气得直抖,眼泪哗哗地掉下来,片刻之后,电话忽然响了,雨庭破涕为笑,一把抓起来就说:"你不用打来!"

那边却是尉敏,尉敏说:"谁不用打来?我吗?雨庭,你在等谁的电话?"

雨庭更难过了,说:"你管不着!"

尉敏说:"好好好,我不管,我在成都参加他们的春拍会,晚上这里虽然是花天酒地,身边是美女如云,但是心里还是想着你呀……"手机里果然是一片噪声。

雨庭说:"我不要你想!"

尉敏说:"雨庭,乖一点,我明天就回去,给你带你最喜欢的东西啊!"

雨庭说:"我没有喜欢的东西,我喜欢的,我得不到。"

尉敏知道她说的什么,心里怎么能不难过,但还是和颜悦色地说:"雨庭,你一向是个听话的孩子……"

雨庭的眼泪又哗哗地淌下来,边哭边说:"我不听话,我不要听话,我什么都不要!"

尉敏怎么好言相劝,也没有用,尉敏也拿她没办法了,也有些急了,说:"雨庭,你从前可不是这样没有自我的人,现在怎么变得……你自己想想,你还是你吗?"

雨庭说:"我不是我了,我不是我了……"

尉敏说:"雨庭,要不要我先挂电话,让你平静一下,等一会儿再给你打?"

雨庭先前的情绪一直很激烈,但是在说过"我不是我了"这句话后,却慢慢地冷静下来了,她对尉敏说:"尉敏,你忙你的吧,我没有问题,你放心吧。"

等尉敏的电话挂断,雨庭的心情,就被"我不是我了"这句话占据了,她闷想了很长时间,心中的郁积实在太满太满,忍不住在电脑上写了起来:

挂了电话以后,我一直就守候在电话边,一步也不敢走开,怕你会有电话打过来,哪怕只说一两句,对一个被感情折磨得苦不堪言的人也是一种安慰,你懂吗?你不懂!或者你是懂的,但是你不愿意做。你无比平静地按部就班地做你原先安排好的今天的工作,甚至不愿意为一个爱你爱得那么深、心又那么重的人做一点点极小极小的改动,你知道吗?因为只要你的一个短电话、一点点小小的安慰,甚至可能改变一切。但是你没有做,你不愿意对自己的工作安排做一点点的变动。

苦苦地等过了几分钟,早就没有了自尊的我,又抓起电话打给你,但是一听到你母亲的"喂"一声,我就只能挂电话了,因为我心里很明白,即便是让你来听电话,你也仍然会问我:雨庭,有什么事吗?此时此刻,我想象着你埋在纸堆里,闷头做你喜欢的热爱的工作,但是,你想象过我在干什么吗,你想象过我的心情吗?

刚才电话接通前的一瞬间,我内心真是希望你不在家,你在外面忙着别的事情,那样,我就可以告诉自己、安慰自己,你不是不想给我打电话、给我写信,你是因为忙,但你偏偏在家,那一刻产生在我心里的疼痛,你是难以想象的呀。但就在听到你的声音的一瞬间,这种疼痛,也早已经被融化了,你知道在那一瞬间,我的心情,用欣喜若狂形容是一点也不过分的。可是你却马上说,你要写论文,不能浪费时间,你知不知道你有多残忍?你想过人都是有感情的吗?你如果想过,你仍然这样做,那你我就是差异太大的人,不是同类。反过来,如果你这样求我了,不要说到了我这样的可怜和无助的地步,你只要稍稍的表示出你想和我说说话,我会拒绝吗?我会想尽一切办法推掉手上再重要的工作,陪着你,听你诉说,安慰你,甚至可以立即赶到你身边去。因为,工作是每天每天的、又是伴随一生的,真正的刻骨铭心的爱不是每天都能碰到的,更不是一生都会有的呀!

你这辈子也已经学习工作了许多年,你天天都在学习、工作,但是,你也是天天在经历这样的感情风波吗?我甚至悲哀地想,你假如会骗一骗人也是好的,记得有一次,你急急的要去图书馆,我问你是不是只有星期一下午才能借到书,偏偏你又是个很实在的不会骗人的人,你告诉我,从星期一到星期天都是可以的,我就在那一瞬间被你击倒,彻底击倒了,我的心碎了。真的,你可能还没有完全认识自己,你真的不知道自己铁石心肠到如此地步,这是我没有想到的。我也是懂得道理和理智的人,我不是没有自控能力,只是因为爱你太重,才会有一点失控,你连这一点点的宽爱都不能给我?千想万想,可能我太缠你了,我太爱你,而且是没有理由的,这就是我的错。也许你根本不需要这样的爱,你只要符合你个性的、不影响你生活的淡淡的爱。

有人说现代人患有"重症爱无力",我从来不肯相信,但是现在我开始怀疑,是不是真有这种病?

　　不过,无论怎样,我一点也不怪你,因为你是你,你不是我,只怪我自己,事情是我自己找的,苦果当然只有我自己咽下去,要说对不起,是我对不起你,我拉开了我们的序幕,但是我不知道如何收场,我只知道怎么着收场也是最最痛苦的。这就是命。以为自己能够掌握命运的人,到头来,肯定是被命运所击倒。我会记住的。

雨庭几乎一口气地写下了这么多的文字,只要一点击,就能发送过去,谢北方就会看到。

但是雨庭考虑了半天,终于还是没有发。这些憋在心里的想法,一旦尽情地写了出来,无论是有理还是无理,无论谢北方看或是不看,她的心情都得到了宣泄,舒畅多了,对谢北方的怨,也渐渐地转换成对自己的冷静的反省,本来,这件事情,是她的一厢情愿,谢北方也许还真的蒙在鼓里呢,跟他说什么感情的风波,他会不会哑然失笑?

雨庭总是以为,只要她能够付出更多的爱,无私的爱,这世上没有铁石心肠的人,但现在,雨庭渐渐地知道自己错了。第一,铁石心肠的人是有的,第二,世界上没有无私的爱,没有只付出不求回报的爱,付出了,就得要回报,她之所以难过、伤心,不正是因自己付出了却没有得到回报吗?

雨庭决定不把这封信发出去,她的鼠标漫无目标地点击着,进了一个聊天室,一进去就看到一个叫"风中的鱼"的人在说:"不公平,我付出了全部,你却无动于衷,是我的错还是你的错?"

不知道"风中的鱼"是在跟谁说,但一下就说到了雨庭的心病,雨庭心中一动,临时用了一个"习惯孤独"的网名,写道:"风中的鱼,我们同病相怜。"

"风中的鱼":"自称习惯孤独的人,往往是最怕孤独的。"

雨庭："我同意。"

"风中的鱼"："因为孤独是最真实的、永远的,而沟通,只是假象,至少,只是临时的短暂的真实。"

雨庭心中又是一动,继续写道:"追求所谓的心心相印,等于是拔着自己的头发要想离开地球。"

"风中的鱼"："失恋了吧?"

雨庭："你很有经验?"

"风中的鱼"："因为我有一颗伤痕累累的心。"

雨庭："被谁所伤?"

"风中的鱼"："人的一生,就是追寻自己的另一半,总是认为能够找到另一半,也总是会觉得一下子就找到了,但是很快就会发现,这根本就不是自己的另一半。"

"风中的鱼"每一句话,好像都是为雨庭此时此刻的心情准备着的,雨庭在一瞬间,甚至以为他是尉敏,但又明明知道这不可能。

就这样,雨庭在网上结识了这么一位网友,他们互相都不知道对方是男是女,是老是少,也不知道对方是干什么的,这都无所谓,在他们需要找人说话的时候,彼此能够说出对方想听的话,这就足够了。

雨庭上网并不频繁,她仍然想着谢北方,仍然无望地守候着信箱和电话,在实在无法排解思念的时候,她就到网上去,和"风中的鱼"说一说,"风中的鱼"却好像永远在守候着她。

有一次雨庭奇怪地问："风中的鱼,你一天有多少小时在网上?"

"风中的鱼"："时间并不长,但是只要你想找我,我必定会在的。"

雨庭："你怎么知道我什么时候会来?"

"风中的鱼"："连这一点都不知道,有什么资格称网友?"

雨庭渐渐产生出越来越多的怀疑："你是不是认得我?"

"风中的鱼":"我当然认得你,你是'习惯孤独'嘛。"

还有一次更奇,雨庭一上去,"风中的鱼"就说:"习惯孤独,你每次上网的时候,心情都不好,都很忧郁,是不是没有等到应该有的电话或邮件?"

雨庭吓了一跳,简直有些不可思议,她觉得自己的内心被人窥视着,一时竟有些恼火,说:"'风中的鱼',你到底是谁?"

"风中的鱼":"无论你我是否相识,无论在天边在眼前,这颗心永远属于你,告诉我不再孤单。"

雨庭抓起电话就打给尉敏,尉敏不在家,再打手机,尉敏正在饭店和朋友一起吃饭,接到雨庭的电话,尉敏意外地惊喜,赶紧说:"雨庭,我们在金华酒家,你来不来,我派车去接你?"

雨庭一下子泄了气,说:"不去。"

挂了电话后,雨庭回头继续找"风中的鱼"说话,"风中的鱼"说:"刚才这一会儿,你到哪里去了?"

雨庭:"你猜不出来了?"

"风中的鱼":"你怀疑我是你的某一个熟人,去确认身份的吧?"

雨庭目瞪口呆。

"风中的鱼":"别瞎猜了,我不认识你,你也不认识我,我们就是网友,好吗?"

雨庭却不甘心了,她平时很少上网做这样的游戏,实在不敢相信有这么神奇的故事,写道:"那么我们能不能认识一下呢?"

"风中的鱼":"其实,你要是经常上网,结交各式各样的网友,慢慢地,你就见怪不怪了,在网络上,什么样离奇的故事都会发生的。"

雨庭:"天方夜谭?"

"风中的鱼":"不是天方夜谭,是人类心灵的容易沟通。"

雨庭:"容易沟通?"

"风中的鱼"："记得我们头一次交谈,说的那个话题,那就是孤独,就是人与人沟通的困难,但是,你如果从另外一个角度去体会和理解,人类又是相当容易沟通的,你就看我和你的交谈,我们两个人,互相不认识,不知根底,但是我说的每一句话,你都觉得是为你说的,而你说的每一句话,我也觉得是为我说的,为什么流行歌曲那么受人欢迎,就是因为许多人都觉得,它的每一句歌词,都是为自己的心情和经历说的,我念几句你听听,你觉得是不是——你的心里到底在想些什么,为什么留下这个结局让我承受,最爱你的人是我,你怎么舍得我难过,在我最需要你的时候,没有说一句话就走,对你付出了这么多,你却没有感动过。再换几句——我的心已疲惫,爱已憔悴,为何付出了真心的人,总是被伤得无路可退——喂,'习惯孤独',你看这是不是说的你？"

雨庭愣了半天,一时不知写什么了。

"风中的鱼"继续写道："其实,见与不见,并不是很重要,你会慢慢地明白一个道理,在人生的某个局部,或者某个阶段,与人沟通是非常简单的事情,即使在大街上碰到一个农民工,只要他有初中以上文化,就能和你谈人生,你说是不是？难的是什么,难的是完美,是全部,追求完美的人,常常是最容易消极的,因而也最苦恼的。"

越谈得深,雨庭就越想见一见"风中的鱼","风中的鱼"笑话她,说她是"网络学龄前儿童",但是最后,"风中的鱼"还是被雨庭说动了心,相约五一节"风中的鱼"来南州与雨庭见面。

二

五一一大早,雨庭就被尉敏的电话吵醒了,尉敏正和几个朋友商量着要去浙西大峡谷,问雨庭的想法,雨庭不想去,尉敏就说："那你想去什么地方,我们听你指挥？"

雨庭说:"我不想出门。"

尉敏说:"我的妈,整整七天,你就待在家里?"

雨庭说:"我不想出远门。"

尉敏立即说:"那好,我们就不出远门,就在南州,今天晚上……"

雨庭脱口说:"今天晚上不行,我要去车站接人。"

尉敏说:"你接谁?"

雨庭说:"你别管,你不认识的。"

尉敏笑了起来,说:"你的熟人,我有不认识的吗?雨庭啊,你可别告诉我是去接网恋对象啊,哈哈哈。"

雨庭说了一句"不跟你说了",便挂断了电话,但是尉敏的笑声,却一直回荡在耳边,多少使雨庭惊醒了一些,对于网恋那种虚幻的东西,雨庭从来都是不以为然的,至少因为网恋闹出的笑话和发生的悲剧,更会让人对这些网恋者生出怀疑:他们是否都是弱智?可是,在不知不觉中,雨庭发现自己竟然也走了过去,尽管她和"风中的鱼"还谈不上是网恋,但是却要在节日的夜晚去车站接"风中的鱼",这一步,跨得不可谓不大呀。

雨庭犹犹豫豫地过了一天,对自己的决定的怀疑始终没有消除,但是到了晚上,她还是出了门,打的往火车站去。

雨庭心里是忐忑的,没有把握的,因为她根本不知道"风中的鱼"是男是女,多大年纪,长什么样子,而且,她和"风中的鱼"有一个相同的认识,那就是随缘,雨庭接站的时候,不举牌子,也没有什么联络暗号,接得到就接,接不到,说明没有缘分,就不勉强,仍然到网上去见面。

根据两人的协商,"风中的鱼"甚至没有告诉雨庭他是哪一趟车,只说在晚上八点至十点之间,过了十点,如果还没有见面,就各自打道回府。

对于这样的做法,雨庭是赞同的,但是万一接不到,"风中的鱼"不是白白辛苦一趟?也不知道这趟火车是从哪里开过来,如果真是千山万水,那可真是冤得很,雨庭也曾问过"风中的鱼",怕不怕白跑一趟。

"风中的鱼"说:"世界上没有白跑的路,也没有白做的事。"

雨庭说:"你不怕我不来接你?"

"风中的鱼"说:"你也不怕我不出现在车站?"

雨庭忍不住问:"你到底从哪里来?"

"风中的鱼":"你尽可以发挥自己的想象力,也可能我根本就不是从很远的外地来,一直就在你身边。"

大大出乎雨庭的意料,晚上的车站,出口处人山人海,许多人都举着牌子,牌子上写着的内容,真是千奇百怪,一看就知道是接网友的,像"小芭比""蛋黄屁"之类,都是稀松平常,更有像"今夜太冷,不宜私奔""见面不帅,给你十块",另类色彩的。

有两个电视台的记者,正在采访那些举牌子的网虫,雨庭看着,不由哑然失笑,看到记者欲往这边过来,赶紧跑开一点。

雨庭站到一边的不引人注意的角落里,想到自己竟也到了这样的人群中来,不由得有点哭笑不得的感觉。

雨庭到查询处查询过,八点到十点间,准点到达南州火车站的,有九趟列车,有从东北来的,也有从南方来的,雨庭无法分析下去,她根本不知道"风中的鱼"来自何方,"风中的鱼"很虚幻,但又很真实。

举着牌子的网虫们,一一接到了自己的网友,有的尖叫、拥抱,有的抱头痛哭,也有的神色沮丧,一言不发,还有的更是大喊大叫:"不,不是你,'王子'绝不会是你!"

雨庭待在一边,看着这些人淋漓尽致地表达自己的感情,喜怒哀乐全写在脸上,不加一点掩饰,雨庭看着看着,觉得自己的眼睛湿润了,渐渐地,眼泪汹涌而出,怎么也止不住,幸好她待着的角落,在黑暗处,没有什么人注意到她,雨庭透过蒙眬的泪眼,寻找着

"风中的鱼",一次次的期望,伴随着一次次的失望,失望又夹杂着一点庆幸,始终没有"风中的鱼"。

也曾有一两个人,在这一拨接站的人暂时散去以后,仍然等着什么,但是雨庭知道,这不是"风中的鱼",雨庭甚至都不需要上前试探。

十点钟终于过了,"风中的鱼"到底没有来。

按约定的方案,雨庭可以回去了,但是雨庭有些于心不甘,又去查询处查询,有没有晚点的车,被告知,今夜运行正常,没有车晚点。

雨庭终于要走了,她辨别不出自己此时的心情是一种什么滋味。可是,当她正下决心离开出口处的时候,忽然看到了一张脸在向她微笑。

是尉敏。

雨庭冲上前去,激动地说:"尉敏!是你!'风中的鱼'就是你?"

尉敏摇着头,笑着说:"雨庭,你怎么啦,什么风中的鱼,你也太看低我了,我会起那么土的名字吗?"

雨庭又激动又气,话都噎住了:"你……"

尉敏拍了拍她的肩:"雨庭,我是来陪你的。"

雨庭说:"你怎么知道我在这里?"

尉敏道:"咦,你早晨电话里告诉我,晚上要来车站接人。"

雨庭说:"但是我没有告诉你晚上什么时候。"

尉敏说:"所以,害得我好苦,我从下午五点半,就在这里守着了,联防队员以为我是坏人,来查了几次啦。"

雨庭气道:"尉敏,你跟踪我?"

尉敏说:"天地良心,我是关心你,我怕你被人骗了,就一直躲在一边看。"

雨庭说:"你看什么?"

尉敏说:"我眼睛多厉害,是不是骗子,我一眼就能看出来……"

雨庭说:"你骗我,你胡说八道,你就是'风中的鱼'!"

尉敏说:"冤枉哪,我要是,也应该是风中的鱼肚白……"

雨庭说:"就是你!就是你!肯定是你……"说着说着,满腔的愤怒,忽然变成了满腹的辛酸,"哇"的一声哭了起来,"你欺负我,捉弄我……尉敏,你……"

尉敏慌了手脚,不敢再开玩笑了,赶紧说:"雨庭,你肯定误会了,我真的不是'风中的鱼',真的不是,雨庭,你想想,我怎么会欺负你?欺负谁我也舍不得欺负你啊!更怎么敢捉弄你呢?"

雨庭眼泪挂在脸上,愣住了。尉敏说得不错,尉敏可以捉弄任何人,但他不会捉弄雨庭的,雨庭瞪着泪眼看着尉敏,尉敏心里很疼,一下子搂紧了雨庭,柔声说:"雨庭,其实,是不是都无所谓的,谁是都可以,只要你开心,只要你过得好……"

雨庭又忍不住"哇"的一声哭了,边哭边说:"我不开心,我过得不好,我过得一点也不好……"

尉敏更紧地搂着雨庭:"雨庭,别哭,别哭,你再哭,我也要哭啦。"

雨庭对着黑夜大声地喊道:"谢北方,我恨你!"

虽然车站出口的地方人已经不多,但是雨庭和尉敏这么哭哭闹闹,还是引来了不少人围观,大部分是在车站拉客的中介人,每当火车到站,乘客拥出的时候,他们都守在出口处,用眼睛搜索着,大声地喊:"注意啦,戴黄帽子的老头儿,台湾人。""看清了,穿黑茄克的,一对。""拎旅行包的,两男。"

他们的眼光在生活中练得尖利而准确,一看雨庭和尉敏,就练起了眼色。

"小夫妻出来旅游,闹意见了?"

"什么眼色,是本地人。"

"人家还没有结婚呢。"

"有第三者了,女的先来接人的,没接到,男的追来了。"

尉敏赶紧拉着雨庭走远一点,下了很大的决心才说出来:"雨庭,你别再钻牛角尖了,谢北方心里有人……"

雨庭果然停止了哭闹,瞪着泪眼看着尉敏。

尉敏继续说:"谢北方念博士时,交了一个心心相印的女朋友,准备等谢北方博士念完,就结婚成家,不料,却发生了一件意想不到的事情……事发以后,女友远走他乡,去了美国,临走前,两人约定,互相等两年时间,如果两年以后,双方的阴影都消失了,再走到一起。如果阴影无法消除,就永远地再见了。"

雨庭听了尉敏的不完整的叙述,并没有追问尉敏发生的到底是什么事,她沉默了很长很长时间,最后说:"我可以陪着他一起等。"

雨庭说出这样的话,尉敏并不十分吃惊,他是了解雨庭的,他知道雨庭会这样说,也会这样做。只是,尉敏不知道,一旦时间的限期到了,谢北方心里的阴影就会立刻消失吗?尉敏不相信有这样的事情,昨天还是阴云笼罩,今天一下子就会云开日朗了?这种事情,不可能发生在谢北方身上。谢北方是一个把自己的心守得很死很死的人,即便没有发生过任何事情,他也一样会紧紧关闭自己的,而且,将是关闭一辈子。

尉敏太清楚,这两个人,不是一种类型的人,两个人的差异太大,恐怕是很难真正走到一起的。

但是尉敏不会说出来,他不想再去伤雨庭的心。而且以雨庭这样的性格,唯一的办法,也只有让她自己慢慢地去体会。

尉敏端详着雨庭的脸,借着车站的灯光,替她擦了擦泪水,想说"雨庭,可惜我得不到你的爱",但终究没有说出来。

尉敏和雨庭到停车场开车,已快是晚上十一点,停车场的车已经不多,尉敏正在开车门,站在一边的雨庭看到有两个人向他们走过来,不知怎么,雨庭心里一惊,推了一下尉敏。

尉敏回头也看到了他们,笑着说雨庭:"这两个人,怎么看也不像打劫犯啊,你慌什么?"

但是他的话音未落,两个人已经走近了,才看清楚,一个戴着眼镜,另一个显得特别瘦,他们看了看尉敏,又互相对视了一眼,瘦瘦的那个,上前问尉敏:"是尉敏吗?"口气和态度,都十分客气。

尉敏奇怪地看看他们:"我是尉敏,你们是谁?"

戴眼镜的继续说:"市纪委执法监察室。"

尉敏"啊哈"一声,道:"纪委?要双规我吗?可惜我不是国家干部……"

两个人对视一眼,这回瘦高个子说话了:"当然,不是双规,是协助调查。"他的态度,也和戴眼镜的一样和蔼。

尉敏仍然是一副满不在乎的样子,雨庭却急了,问他们:"调查什么?"

两个人又对视一眼,戴眼镜的说:"尉敏,你知道有一个通行建筑公司吧?"

尉敏说:"通行?怎么不知道,他们老总周通行,跟我是哥们儿。"

瘦瘦的说:"那就走吧。"

尉敏平时习惯咋咋呼呼,但遇到事情,倒不慌不忙的,回头对雨庭说:"雨庭,对不起了,不能开车送你回去,你只好打的回去了。"

雨庭却慌成了一团,吓得心直抖,话都说不连贯了:"尉、尉敏,你、你到哪里?他们要叫你到哪里去?"

尉敏已经跟着两个人往前走了,听雨庭问,回头笑道:"过五一节嘛。"见雨庭脸色都变了,赶紧安慰说,"雨庭,放心回去吧,早点休息,明天早晨我给你打电话。"

雨庭再也说不出话来,愣愣地看着他们走远了,上了纪委的车,车都已经消失在黑夜中了,雨庭还没有回过神来。

停车场收停车费的管理员,在一边看得清楚,这会儿过来看看雨庭,关心地问道:"男朋友搭进去了?"

雨庭说:"不,不是的,不是抓,是调查什么事情。"

管理员笑了笑说:"现在都不叫抓了,都叫协助调查啦。"

雨庭急得大喊起来:"不是的,不是的,尉敏绝不会有事的!"

管理员说:"你还站在这里发什么呆,该想办法想办法,该找人找人,还不赶紧捞人,你那男朋友,看起来也不像个硬汉子,挺不过这一晚上的!"

雨庭仍然蒙着,对管理员的话好像似懂非懂。

管理员见雨庭像个傻子,听不懂他的话,便做了个手势,说:"打电话呀!"

雨庭一下子惊醒过来,赶紧掏出手机,却不知道给谁打,第一个当然是想到尉敢,但是她不知道尉敢的电话,一急之下,竟忘记了发生的事情,一拨,就拨了尉敏的手机号码,平时碰到什么困难,从来不用考虑,不假思索,一概都是找尉敏的,都已经养成习惯了,甚至拨尉敏的手机,已经成为雨庭生活中必不可少的一部分,差不多像吃饭睡觉那样稀松平常了。

号码一拨出去,听到里边传来"对不起,您拨打的电话已关机,请稍后再拨"。雨庭才一下子清醒过来,回到了现实。

尉敏的手机关机了,这也是雨庭从未遇到过的事情,尉敏对雨庭来说,就像是一个贴身护卫,随叫随到,从来不会让她碰任何钉子的,现在却一下子断了线,雨庭听着手机里不停地重复"对不起,您拨打的电话已关机,请稍后再拨"。雨庭心里,一下子像被掏空了似的,她双腿发软,手足无措,竟"扑通"一下坐到了台阶上,眼泪扑簌扑簌地直往下淌,嘴里念叨着:"尉敏,你别丢下我,尉敏,你不要走,你不要离开我,我不能没有你,尉敏,对不起,对不起,我、我……"简直就泣不成声了。

车场的管理员是个爱管闲事的人,绕了一圈过来,看到雨庭坐地上哭,替她着急了,说:"哎呀,你这个女人,现在哭有什么用,后悔也来不及了,还不赶快想办法!"

雨庭瞪着泪眼看看他,手里机械地握着手机,却不知往哪里打,如果去向尉敏的一些好朋友打听,他们可能会有尉敢的联系方法,但是首先必须得把事情说出来,雨庭一时茫然失措了,又愣了好半天,脑子忽然闪出一个念头:找秦重天!

这边,秦重天接到了雨庭的电话,听雨庭带着哭腔说尉敏被抓了,秦重天脑子里"轰"的一下,心口一闷,就觉得透不过气来,赶紧深深地呼吸了几下,问道:"他们有没有说是哪个案子?"

雨庭说:"我不太清楚,只是听说什么通行建筑公司。"

秦重天说:"通行建筑公司?喂,这个尉敏,怎么事事都要插一脚,建筑集团之间的事情,是他管得了的吗?"

雨庭说:"我、我……"

秦重天说:"别我啦你啦,这么晚了,你一个人在外面?"

雨庭说:"我……"

秦重天说:"快打个车回去吧,尉敢我来找。"说着挂了电话,才想起尉敢五一回省城看望老父亲去了,但是他仍然打通了尉敢的手机,让他有个思想准备。

打过了尉敢的电话,秦重天的心,不仅没有踏实下来,反而觉得更慌更乱,一时有点手足无措的感觉,想了半天,又抓起了电话,直接打到纪委李书记家,李书记已经进了梦乡,懵懵懂懂听出来是秦重天的大嗓门,李书记说:"是秦市长?"

三

南州双子集团决定在南州新区建造总预算为三至四个亿的双子大楼,并向各承建公司公开招标。消息一传开,便在建筑界引起了一场轩然大波,也掀起了一场激烈的竞争。

通行公司在南州建筑行业里,实力中等偏上,由于建筑行业竞争激烈,通行公司经营滑坡已经较长时间,一直只是小打小闹,没能承接到较具规模的工程,公司上下,人心不稳,经济情况,也是每况愈下。所以,双子集团建造双子大楼的事情一决定,像是给通行公司打了一针强心针,如果能够承接到双子大楼,无疑是通行公司摆脱困境、走出低谷的一次最好的机会。

通行公司全力以赴,对双子大楼志在必得。通行的老总周通行与尉敏早就熟识,而尉敏与双子集团方面,也是说得上话的,这样,通过尉敏的介绍,通行也与其他几家准备竞标的建筑单位一起,开始准备投标。

周通行向尉敏也是实话实说,通行的翻身,在此一举,一定要尉敏鼎力相助。尉敏也曾怀疑过,通行的实力究竟还有多大,究竟还能不能接双子大楼这样的大工程,但是周通行信誓旦旦地拿出证据说服了尉敏,他希望尉敏能够暗示双子集团,透露一点最后报价的信息,但是尉敏有尉敏的想法,何况他还有那么一大帮看起来吊儿郎当、其实都有真才实学而且智商不低的狐朋狗友替他出谋划策呢。

尉敏为周通行设计了一整套的步骤。

首先以最快的速度,组织了一篇特写,在报纸上登了一整版,介绍周通行的奋斗和发展,放出风声,宣传通行现有的实力。

这一着,果然就有人中计,一些本来也想参与竞标、但又担心自己实力不够强的公司纷纷转向,有的向通行提出合作的建议,愿意共同承包,也有的干脆说,通行只要愿意退出竞争,他们愿意立即付一笔损失金给通行。

这种种迹象,甚至使颇具实力的像南罗建筑这样的集团,也都有些忐忑不安了。

南罗建筑也在积极采取对策,但他们的对策,都在尉敏的算计之中。

一天，周通行的公司，来了一位周通行的老朋友钱宽，钱宽在外地工作，很长时间不回南州了，这次回来，特意来看望周通行，周通行请钱宽吃晚饭，宴席摆得豪华气派，但周通行自己却愁眉苦脸，提不起精神。

钱宽说："周通行，怎么啦，见了我不高兴啊，唉声叹气的？"

周通行苦着脸说："你来，我高兴还来不及呢，我实在是为了那八百万着急啊，双子大楼招标在即，我手头一下子凑不到这个数啊！"

根据投标的规定，中标者需要预交工程款百分之二的保证金，钱宽立即将这个信息传给了派他前来的南罗建筑，根据这个数一算，南罗建筑心中有数了，周通行的报价，不会低于四亿，要低，也低不到哪里去。

在这过程中，周通行就是用各种各样的方法，放出烟幕弹。

最后，周通行以低于南罗建筑五十万元的险价过关，胜利标得双子大楼工程。这个结果，使南罗建筑大跌眼镜，他们的标价，比预计的通行的投标低了几乎百分之三十，只报了两亿九千万多一点，结果还是败给了通行。

通行的对手南罗建筑，在行业中，素以标价准确而著称，但这一次，几个亿的工程，却跌在了区区五十万元上面，对于这个结果，南罗建筑曾经表示了极大的怀疑，认为其中有暗箱操作，瞒天过海，双子集团肯定向通行公司透露了标价的走向。

但是，毕竟双子集团与通行公司都是股份制公司，双方你情我愿，而且，在表面上，也确实做得滴水不漏的，别人怀疑归怀疑，却是无可奈何的。

熟悉行情的人都认为，如果不是双子集团透露了标价的实情，凭通行公司的实力，要想拿下双子大楼，恐怕是有相当难度的。

究竟是双子集团对通行情有独钟，还是通行的策略战胜了对手,这就是外人所不能明了的内幕了。

但是问题出在后面,通行夺标后,按规定,双子集团将首期启动资金两千万打入了通行的账户,却迟迟不见通行的动作,追查过去,令双子集团大惊失色,周通行已经将双子集团的两千万中的一大半,还了逼到门口的借债,另剩一小部分,都被周通行卷走,周通行本人也不知去向。

双子集团向纪委控告了通行的违法行为,连带尉敏一起加了进来,他们认定尉敏是周通行的同谋,负有共同责任。

秦重天赶到市纪委李书记家,已经是深夜十二点多钟了。和他差不多同时赶到的,是纪委监察室的老朱,老朱是被李书记叫来的,因为秦重天硬要半夜三更冲过来,李书记深知秦重天的脾气,考虑再三,只得也将老朱从梦中拉出来。

事后老朱不止一次对别人说,那天晚上,秦重天像吃了火药,说出来的话,完全视党纪为儿戏,弄得市纪委的许多同志,有好一阵子,都对秦重天抱有强烈的反感和看法,也有人怀疑秦重天和尉敢、尉敏之间的关系究竟是什么样的关系。当然,那也只是怀疑而已。

气急败坏的秦重天不可能从李书记和老朱这里得到他想要的东西,但等他在平静如水的纪委干部面前,渐渐冷静下来以后,却从他们那里受到启发:事情是周通行惹出来的,要证明尉敏的清白,只要找到周通行,一切都会真相大白。

就在这个五一节的深夜,秦重天上蹿下跳,挖地三尺,通过尉敏的那些狐朋狗友,终于在五月二日的凌晨三点,将周通行挖了出来。

周通行本来并没有想逃跑,他已经无路可跑。周通行的自首,使尉敏的事情迎刃而解了。

五月二日早晨,尉敢在回南州的高速公路上,接到了尉敏的电话:"哥,是我。"

第 14 章

一

新加坡方面独资投入的综合运动中心,看中了新锦绣路莲花湾的地块,但是这个地块,秦重天已经作为让利的重码,答应放其中的一半给部队。部队方面,得了这块宝地,其他的条件,也就自然降低下去。

在锦绣路的规划问题上,闻舒去向省委要政策,结果碰了钉子的事情,一传十十传百早就传开了,邱政委、白司令岂能不知。既然超高的要求是不可能实现的,他们得了莲花湾地块,等于是捡了一个大元宝。原先属于部队的那块地方,地处锦绣路最西边,是个偏僻的角落,现在能够将偏僻的地块换回黄金地段,邱政委、白司令也算是大功告成了。

另一半的地皮,秦重天一直死死地抓在手里,无论谁来过问和关心,秦重天都毫不客气地抵挡出去,这块地,免谈。

可是,新加坡的李先生,又是何等人物,不得到新锦绣路最理想的地段,他的综合运动中心是不可能动土开工的。

对于运动中心来说,莲花湾地块,就是最理想的地段,李先生在秦重天这里没有谈通,矛盾当然又交到闻舒手里。

在改造锦绣路的问题上,曾经阻力重重,从动议到真正通过方案,时间拖拉之长、反对呼声之高、面临问题之多,都是在南州城市建设和城市改造的历史上少见的。

应该说,如果没有闻舒和秦重天的心往一处想、力往一处使,锦绣路的改造,恐怕到现在还在纸上谈兵。

所以,在南州甚至有这样的说法,称锦绣路工程是"闻秦工程",或者称"党政同心工程",这种说法,固然有它的根据,但是事实上,这种论调,恰恰是不利于锦绣路工程的,闻秦?那么政府的江市长呢,江市长是政府的一把手,要说党政同心,也应该是闻江同心,现在变成了闻秦同心,江市长摆到哪里去了呢?

好在江市长并不太计较个人的名声,江市长也是锦绣路改造的始作俑者之一,但在最后决策锦绣路工程的关键时候,江市长远在日本访问,没有过问具体的事情。

锦绣路工程被正式批下来的时候,江市长刚刚访问回来,闻舒专门和江市长谈过,江市长说:"闻书记,我认为这是最理想的结果。"

闻舒笑道:"可是现在有人说,这是闻秦工程啊。"

江市长说:"干任何事情,都得有个分工,你台前,我台后,不能人人跳在台前,到时候就不好说话。"

闻舒听了江市长这话,很感激江市长的理解,但是不知怎么的,心头掠过一丝不太好的感觉,当然也只一闪而过,并没有留下什么痕迹。

江市长甘愿隐在后面,闻舒和秦重天就成了锦绣路的主角,两位主角中,秦重天是站得更前的,离观众更近的,闻舒则相对后一点,只是在重大问题上,闻舒才出来露一露脸。

上上下下都明白一个道理,锦绣路的改造,必须有闻舒和秦重天两人搭配才可能完成,少其一而不能成。而事实上,在前期,闻舒和秦重天的配合,也确实是天衣无缝,水到渠成。

有人说，秦重天到底是闻舒一手提拔起来的，尽管他老是习惯拧着脖颈和别人犯冲，但从来不和闻舒作对。

也有人说，闻舒到底是识秦重天的伯乐，对秦重天这么听之任之，放心放手，可见闻舒对秦重天的信任非同一般。

但究竟这中间两个人的关系是怎么回事，也只有他们自己最心知肚明了。

随着锦绣路工程的日益进展，闻秦之间，还会那么默契那么心意一致吗？

李先生要莲花湾那块地，秦重天说不。运动中心项目的投入，闻舒做了大量的工作，所以，矛盾一回到闻舒这里，闻舒不找秦重天，还能找谁？

秦重天在电话里已经有些火药味了，说："闻书记，这不可能了，部队方面，你我都惹不起的。"

闻舒希望秦重天再重新考虑一下，如果运动中心撤资撤项，对锦绣路的开发，会造成什么样的负面效应。

闻舒在电话里并没有再多说什么，秦重天是聪明人，什么事情都是一点就明的，如果点他不明，那就是他有意作难，犟头倔脑。闻舒很快搁了电话，言外之意，是让秦重天好好考虑。

秦重天却着急了，他从来不怕闻舒的批评指责，但闻舒不说话，是让他最犯难的，闻舒连他的辩解都不愿意听了，根据秦重天对闻舒的了解，说明闻舒在莲花湾的问题上，是滴水泼不进了。

但秦重天怎么办，再去找邱政委、白司令？再去和那个貌似老实其实精明透顶的黄部长打没完没了的拉锯战？即使邱政委黄部长有这样的好耐心，秦重天也觉得自己无脸再去了。

唯一的一条路，就是牺牲自己死死抓到现在的那一块。

秦重天死死抓住的任何人免谈的地块，是规划中的国际会展中心，秦重天之所以死活不放手，也实在是苦心一片。

本来的锦绣路开发，是秦重天一手遮天的，其中的重点工程，都是政府出面主持,一些小打小闹的工程,则放给各区、放给社会,放给民资和外资,所以,早在一年前,锦绣路工程还在争议中,秦重天的心里,就已经一遍遍地给新锦绣路画了无数的蓝图了。秦重天甚至自己动手画了一张草图,挂在墙上,每天盯着看一遍,心里都是甜滋滋的。这一块是我的会展中心,这一块是我的什么什么,他在心里一遍一遍地体会着成功的喜悦,有一次忍不住说给还未当上规划局局长的尉敢听。尉敢听了,脱口说:"你有那么多资金吗?"

秦重天说:"怎么,看我气势搞大了,泼我的冷水?我告诉你,你再泼,我也不会冷的,资金不是问题,没什么好怕的!"

尉敢说:"可是据我了解,资金的难度相当大,省政府的有关部门,我都接触过……"

秦重天满不在乎地打断他说:"他们说不可能是吧,你听他们的?哪次你跟他们谈,他们马上就答应的?"

尉敢说:"也有的态度好一点,说到时候再说。"

秦重天说:"不管他们现在怎么说,到时候,自然会让他们乖乖地拿出钱来。"

秦重天的盲目自信,后来在严酷的现实面前,被打得粉碎。

当他奋力地过五关斩六将,疏通了一切的渠道,终于使锦绣路正式开工,资金严重缺乏的问题就不可避免地摆在了他眼前,成为第一杀手。

根据有关政策,一个城市的交通及其他基础设施的建设,由省主管部门直接审批,并列入计划。凡列入了计划,省主管部门出资一般可达到百分之六十到七十,具体工程所在的当地政府,只要承担百分之三十到四十的小头。但是,问题在于,全省列入计划的工程差不多已经排到七八年以后了,你就是钻天打洞,拉尽关系,托尽人情,最早的也得在三年以后才能划出资金正式上马。

当时,秦重天一听这个决定,啊哈一声笑了出来,说:"开什么玩笑?"

人家说,不是开玩笑,这是事实。

秦重天说:"我要是不接受这样的事实呢?"

你急他不急,他说,不接受也可以,你们的方案我们照批,但是资金的问题我们管不了,你如果有本事自筹资金,别说一条路,就是十条路百条路,我们全部给你开绿灯,你开足马力拼命跑是你的能耐。

秦重天哭笑不得,开绿灯,这叫什么绿灯啊,不给我加油,叫我怎么跑?

那就等三年吧。

秦重天再次失笑:"等三年,我这可是锦绣路啊!锦绣路等得起三年吗?"

秦重天等不起,锦绣路等不起,南州的老百姓等不起啊。

等不起就自己建,更何况,这种省市共建以市为主的形式,已经越来越多地出现了。

秦重天长叹一声:"以市为主?我不是一般的市,我是南州市啊!南州市用钱的地方太多太多……"

谁用钱的地方不多呢,谁不在拼命地争取发展呢,你南州就比别人更金贵?

曾经说过不可能的人,现在当然是更不可能。曾经说过到时候再说的人,也一样封死了大门。以秦重天可能想到的以为可以争取资金的口子,一下几乎全部关闭起来,也几乎全部统一了口径,大家都视秦重天的困难不顾,说,开发锦绣路我们支持,但是资金要你自己想办法。

到处建设,到处是用钱,自己都自顾不暇,哪还腾得出手支持秦重天啊。

秦重天本来是做着一手遮天的美梦,但是经济上的严重缺口,使得秦重天的手越来越小,哪里还遮得住锦绣路这片天?

眼看着这一块被人吃了去，那一块也被人吃了去，秦重天哪能不着急，本来还想求闻舒想想办法，哪知道闻舒不仅不替秦重天着想，还要挖掉秦重天一块心头肉。

与部队平分的这块地皮，几乎已经是秦重天最后的阵地了，秦重天无论如何也得咬牙顶住。他再次抓起电话，打给闻舒，闻舒说："秦市长，想通啦？"

秦重天说："闻书记……"

闻舒一听秦重天的口气，就知道秦重天并没有答应，立刻说："秦市长，我这里正忙着，等你有了正式的答复，再找我吧。"电话又挂了。

秦重天肚里的气直往脑门冲，什么有了答复，我不同意，这不就是答复？你还非得我同意，我今天就偏不同意了，看你能把我怎么样，撤了我这个总指挥？叫人大罢免我这个副市长？

尉敢这个倒霉鬼正好这时候一头撞了进来，秦重天一见他，立即把火气发到他身上："尉敢，你包揽的资金呢？"

尉敢知道秦重天在生气，也不好回嘴，心里是不服的，我什么时候包揽过资金，我早跟你说资金是锦绣路最大的拦路虎啊，你听进去没有？

秦重天见尉敢不说话，又道："你这个工程副总指挥，不觉得日子太好过？"

在第一次与李先生方面洽谈运动中心的那一天，尉敢就差一点脱口而出的事情，现在又涌到了他的嘴边，但是尉敢再次将它咽了下去，应付说："我是要出去跑的，但拆迁那一头的遗留问题，不能不先重点处理好啊。"

秦重天愣着，瞪着尉敢，好像一时有一点思维中断，过了半天，又去抓电话："闻书记，你能不能听我把话说完？"

闻舒说："你哪有那么多的话要说？"

秦重天气道："你不让人说话？这工作，我怎么干？"

闻舒语气也很重,说:"秦市长,你是不是觉得,离开了你,锦绣路就无法进展下去?"

秦重天急了,竟说:"闻书记,你的意思,是要把我锦绣路的权收回去,收到你自己手里?"

闻舒也没有客气,道:"秦市长,你错了,这权不是你的,也不是我的,是人民的!"

官腔一上来,就顶得秦重天无话可说,心里发闷,他再次挂断电话时,一只手竟有些控制不住地抖了一下。

尉敢都看在眼里,其实,即使不听到秦重天和闻舒如此充满火药味的对话,尉敢以及秦重天周围其他的一些比较敏感的人,在最近一段时间以来,也已经渐渐地感觉出一些秦重天与闻舒之间的问题来了。

尉敢也顾不得秦重天正在火头上,说:"秦市长,锦绣路工程的前前后后,我们大家都在奉行不要因小失大的原则……"

秦重天说:"那好,把所有的你认为的小,全部拱手送出去,那我的大,还在哪里?还有大吗?还有个狗屁的大!"

尉敢说:"我听说,新加坡李先生和南州的合作,又可能掀起一轮新的高潮,也就是说……"

秦重天重重地"哼"了一声,说:"我知道,锦绣路的运动中心,是他和闻舒的一个交易嘛,他答应动员美国最大的IT企业落户南州……"话说到这儿,秦重天想起闻舒和他打的官腔,不由得又气起来,"跟我打什么官腔,谁还不知道谁?"

尉敢担忧地感受着秦重天的情绪,在这个仍然唯一把手是从的官场,秦重天这样固执下去,闻舒还能容得下他多久啊?

尉敢又犹豫了半天,终于把要说的话说出来了:"秦市长,不管怎么说,银行方面的贷款,仍然应该是我们的重点……"

根据银行的规定,在基建项目中,只要建设方能自筹到百分之三十五的资本金,其余的就可以向银行贷款。在锦绣路问题上,在秦重天和尉敢的努力下,银行已经同意将资本金降到百分之三十了,但是秦重天没好气地对尉敢说:"我难道不知道?你说说,就这百分之三十的资本金,是多大的一笔?我从哪里来啊?"

尉敢说:"尉敏前不久去王博那儿做事了……"

秦重天说:"王博?"眼睛先是一亮,但随即就暗淡下去,"王博是什么人,你指望他为我们分忧?"

尉敢说:"分忧谈不上的,只要有互利的条件,据我了解,他目前手里有资金……"

秦重天的眼睛再次地闪亮了,性急地道:"你接触了没有?"

尉敢说:"还没有,先向你汇报一下。"

秦重天说:"都这时候了,还汇什么报嘛!你头脑要搞清楚,现在钱是第一位的!"

尉敢说:"那我就去约他见面,谈一谈,试试看……"

秦重天一听尉敢"试试看"三个字,就来气,一摆手说:"什么叫试试看?"看了尉敢一眼,又道,"算了,我亲自去。"

二

王博是一位成功的现代企业家,但是在他身上,却少有现代企业家通常具有的特质,比如对时尚运动的追求,打高尔夫啦、玩快艇啦、讲究养生啦,王博一概不去涉足,即使是生意上的必需,他也仅仅是看着别人热闹,自己则守在一边,无声无息地作壁上观。在业余生活和现代人最讲究的休闲方面,王博的习惯,恰恰是与他的健康的开拓型事业不相吻合的。

王博有很多不好的习惯,大家最看得见的,因此也都觉得是最突出的,比如说,爱吃肥肉,因此而有胆囊炎,但是胆囊炎并没有让王博改掉吃肥肉的习惯,他也知道控制,那是因为胆囊炎疼起来不得了了,才无可奈何地远离肥肉,但是只要一两天没事,看到肥肉又馋了,三天不吃肉,就恨不得要咬人了。

其实,王博最厉害的恶习,恰恰是别人看不见的,那就是不肯让自己的脑子休息。

王博的聪明,是被大家所公认的,知识渊博,接受力强,反应快,点子多而准,一会儿一个主意,一会儿一个主意,很少虚无缥缈,多半是切实可行的。王博的子公司中,就有一个投资顾问所,这是专门替别人出点子的。别的老板开设这样的子公司,最多也只是撑撑场面而已,而王博的这个顾问所,却是名副其实,南州人以及南州周围城市,甚至上海、甚至南方的许多人,闻王博之名而来,冲王博成功的经验而来,都想沾到王博的一点"仙"气,顾问所竟然门庭若市,效益也相当可观。

有时候,王博自己的事业碰到了大的坎,别人都感觉他跨不过去了,也有人会劝他,你就是开个金点子公司,也不愁不发。王博却不赞同这样的观点,他认为,好的点子,只有自己去实施并实现,才能让人口服心服。也只有做出了业绩,你的点子才会变成金点子。

从开始起步发展到今天,王博经过十几年的奋斗,产生过无数的好点子,通过一次又一次的努力,实现了自己一个又一个的理想。但是渐渐地,王博感觉以后的事情越来越难,他的点子仍然不计其数,但要将点子变成实绩的难度却越来越大,步子是越走越慢。如果说,从前王博十个点子中,至少有三个能够成功地转为实际的效益,那么到了今天,这个比率就少得可怜可叹了,因为点子对于王博来说,几乎是分分秒秒的事情,成熟的点子,深思熟虑的点子,在王博这里,也是家常便饭的。

王博便处在了无比痛苦的境界中。一方面,好点子、金点子仍然层出不穷,好像王博的脑瓜子里,有一个源源不断的供应点,永远也不会遇到枯水期。另一方面,却是实现理想的路途越来越艰难,许多点子,在实行的过程中不得不下马,更有许多点子,根本就上不了马。

王博开玩笑说:"现在用不着我一天二十四小时想着事业和发展了,我该休息休息了,与其有好点子而没有能力做,干着急,还不如根本就不要这些点子,倒还心情平和一些。"

他要让自己的思维停止下来,这又是不可能的事情,人可以让自己的身体休息,但是有时候很难让自己的脑子休息,为此王博尝试过许多业余爱好,他写小说,练书法,甚至去研究孙子兵法,但是无论如何也不能斩断与事业的千丝万缕的联系,他要写小说,就常常会写出一些惊人之语、警世之语,但是写着的时候,心思却早已经不在文章里了,净想着怎么用这样的警语去指导商战,研究孙子兵法,就觉得它的每一句话,他都能够拿到商场去运用⋯⋯

但是王博毕竟是王博,他不是会被尿憋死的人,他终于找到了可以让自己暂时忘记工作、得到真正休息的事情——电脑游戏。

所以尉敏来了之后,他们很快交流起来,比起尉敏来,王博可是个新手,但是新手很快就超过了老手,尉敏自觉脸上有些挂不住,说:"你不能跟我比,我的爱好太多,分散了精力。"

王博通过尉敏让尉敢知道他手头有相当可观的流动资金,尉敢又告诉了秦重天。不告诉秦重天,这事情暂时也不会逼到眼前,一旦秦重天知道了,是不会允许尉敢拖拉的。

秦重天的如意算盘是,先将王博的资金挪过来,抵挡一下银行要验证的百分之三十的资本金,等银行贷款一到,连本带息立即归还。

其实王博手里哪有什么流动资金,他和秦重天一样,想钱也都想疯了,说到底,许多好点子无法实现,也都是困在一个钱字上,他还恨不得从秦重天身上刮下一点钱来呢。

那么王博有什么呢? 王博靠什么吸引秦重天,他有什么条件去和秦重天谈判呢? 当然还是他的金点子。

秦重天被钱逼着,求钱心切,放下架子,亲自跑到王博的公司,王博正在办公室的电脑上操作,见秦重天来了,也不见外,招招手让秘书把秦重天和尉敢请进来,秦重天进来一看,电脑上是游戏,心里好不平衡,回头对尉敢说:"尉局长,你看,还是王总悠闲啊!"

王博说:"对不起,对不起,最后一刀,最后一刀……"随着"嘶啦"一声,王博长长地出了一口气,道,"行啦。"退出系统,关了电脑,又说,"秦市长、尉局长,对不起,真对不起。"

秦重天指了指电脑说:"难怪王总在商场上厮杀起来如此厉害,原来是在这里练的兵啊。"

王博笑笑,将秦重天和尉敢请到贵宾室,泡上茶,大家坐下来,先是你好我好大家好客气了一番,但是心思都不在此,尤其是秦重天,性子急,三句两句就单刀直入了,说:"王总,你江博集团,可是南州市经济发展的主力部队,我听说,最近王总对南州的城市建设关心有加啊。"

王博笑道:"尤其是锦绣路吧。"

秦重天说:"好,王总,你我都不是拐弯抹角的人,我们就直话直说,王总有什么想法,或者说,你觉得,我们双方,有没有合作的可能和基础?"

王博说:"秦市长,我们其实是同病相怜的啊,资金的严重缺乏,是您、也是我目前的最大阻力之一……"

秦重天还没有听完,就看了尉敢一眼,心想,你们搞什么鬼嘛,但因为王博的话还没有说完,还是捺了性子没有打断他。

王博继续说:"所以,我想,我们的合作基础,就是心意一致地去设法筹集资金。"

秦重天不以为然地想,心意一致筹集资金?你是要筹集你的,我是要筹集我的,你是要往你口袋里装,我是要往我口袋里装,无论如何也不能心意一致的嘛。想到自己冲着一个空心汤团屁颠颠地来跑这一趟,嘴上忍不住说:"王总也缺乏资金?那是有人谎报军情啊。"

王博笑道："不是有人谎报军情，是有人放的烟幕弹，这个人就是我。秦市长，我也是一番苦心啊，要不这样做，您那么忙，恐怕也难挤出时间来和我这个民营企业家促膝谈心嘛。"

秦重天有一种被耍弄了的感觉，但是王博看起来又确实是满腔的真诚，这反倒使得秦重天有火无处发了，他自嘲地说："难怪老话说，脱毛的凤凰不如鸡。"

秦重天这话说得很不得体，给人的感觉就是指着和尚骂贼秃，说王博是鸡，而他自己则是凤凰，只不过脱了点毛而已，尉敢听秦重天这么说，他都跟着难堪，但好在王博并不计较，他一向看重的是办事的效益。秘书给王博送来一沓资料，王博看了看，说："秦市长，您看看，您这只凤凰，实在是肥得流油啊，不说别的，单就您新锦绣路上的灯箱广告牌，就有三百八十只之多……"

秦重天说："王总，你的情报，比我这个制造情报的人还准啊。"

王博说："秦市长，要是将这些广告牌使用权进行拍卖……"

秦重天说："谁说要拍卖，这些广告牌，我有通盘的考虑，新锦绣路是南州的门面，不能零敲碎打，我要是把使用权全卖了，你贴你的狗皮膏，我卖我的壮阳药，和那些街头乱七八糟的广告有什么区别，锦绣路决不能这么搞。"

王博说："您的考虑，也不外乎是美化环境、宣传南州吧，只要您规定这么个大前提，让别人给您做广告，您是一举两得啊。"

秦重天说："这笔账我也算过，南州人小气的，拍不出好价钱，充其量也不过两三百万，而我建这些广告牌，要是算上动拆费……"他说着说着，忽然停下来，看了看王博，又看了看尉敢，好像是想到了什么，说，"王总，你今天不是要跟我谈广告牌拍卖的事吧，你也不会为你的江枫拍卖行拉这么一笔小生意而大费周折，王总的胃口，不会变得这么小吧？"

王博笑道："是呀，广告牌对秦市长来说，确实是小菜一碟……"

秦重天说："请教王总，什么是我的大菜一盆呢？"其实这个问题并不需要王博的回答，谈话至此，秦重天如果还不能摸到王博的脉搏，他还能算是秦重天吗？所以不等王博想妥对答词，秦重天已经抢先说了："我的地皮，才是我的大菜，是不是，王总？"

王博说："秦市长也早已经想到……"

秦重天毫不客气地说："你让尉敏去你拍卖行的那天，我就想到了嘛，尉局长，你可是瞒得紧啊，不知道这世界上没有不透风的墙？又何况是王总做的事，又是你尉局长的弟弟，就你们这样的人物，无风还起几层浪呢，你都刮了十级台风了，是不是以为别人都被密封在保险箱里，闭目塞听了啊？"

尉敢被秦重天当着王博的面这么一说，有些下不来台，顶了一句，说："秦市长，尉敏是尉敏，我是我，最好不要样样事情都把我们扯在一起。"

秦重天冷笑一声："你还只说了一半，我替你补充一句：尉老爷子是尉老爷子，尉敢是尉敢，尉敏是尉敏，怕只怕这世界上，还个个都想把你们姓尉的扯在一起呢。"

这话秦重天倒不是有意说王博的，但是王博倒觉得自己有点对不起尉敢了，赶紧接过话题说："比如像我吧，就是习惯拿你们姓尉的扯到一起，你看我用尉敏嘛，就是一个最明显的例子，许多人说尉敏是成事不足败事有余的，我就不这么看，我认为尉敏是没有好的机会，一旦有了好的机会，他是绝对能成大事业的。我凭什么这么说？凭尉局长嘛，尉局长的为人、事业、成就放在那里，他弟弟要差也差不到哪里去嘛。"

秦重天不怀好意地向尉敢笑着说："尉局长，这下挽回一点面子了吧？"

尉敢却不想在尉敏的问题上多纠缠，扯开去说："王总，关于国有土地拍卖，在我们省，还没有这个先例。"

王博道："没有先例，可以创造先例，秦市长从来都是要做第一个吃螃蟹的人……"

秦重天的内心，确实是被打动了的，如果说先前这种念头只是在脑海里一闪而过，甚至很可能一滑就过去了，那么现在经王博和尉敢这么点明了，这个念头就不会再轻易闪过或滑过去了，秦重天恐怕是要牢牢抓住这篇文章，将它写好。

但是，在秦重天跃跃欲试的同时，却有着一层无可奈何的感觉，这种感觉，就恰如前次文化部门转卖"馨香厅"三个字时，他的那种感觉，或者更确切地说，是钱一平局长的那种感觉，今天的秦重天，可是深深地体会也真切地品咂了当时钱一平的苦涩，更何况，他钱一平，不才三个字吗，秦重天这里，可是大片大片的国有土地啊！钱一平只是卖了三个字，就被骂得狗血喷头，穷疯了，卖祖宗，什么话难听，什么话能戳人的心境，就拣什么话骂，知道秦重天要卖国家的地，还不要闹翻了天？

秦重天就是怀着这种种复杂的想法，心里很不平衡，说话也怪怪的，道："卖地皮，这办法不错，拆了东墙补西墙。"

其实王博和尉敢也都知道，秦重天是动心的，虽然嘴上这么说，可谁不明白，要不是拆东墙补西墙，连东墙带西墙就都没啦。

王博说："我注意了一下，有好几个省，已经开始试行。比如，上个月，广东南粤拍卖行，就已经在网上发出对国有土地使用权的拍卖公告，重庆也有一家拍卖行已经操作过一次……"

在这之前，国有土地的分配，都是由政府说了算的。一般的程序，是由需用土地的部门先提出申请，比如说，商业局要在某个地段增开商业网点，建商场，就先由商业局打报告上来，再由政府批下去，哪一块地，多少面积，是双方协商，最后当然还是政府说了算，但是这种政府分配地皮的几十年一贯制，就在最近的一年中，开始在悄悄地却是势不可当地发生着变化，有些地方，已经开始试行国有土地使用权拍卖的做法。

但是在南州,这一颗种子的发芽,好像还没有到时候,泥土虽然有些松动,但是毕竟气候等其他条件还不够成熟,所以种子的萌芽好像还比较远了一点,从全省范围看,就更没有逼近来的感觉了。

所以,秦重天真正担心的,并不是公众舆论,更不是自己内心深处的舍不得卖家当但不得不卖的那种苦涩,他知道,一切都取决于政策,如果上面不给政策,什么都等于零。

三

从王博那里回来,秦重天关着门在自己办公室想了整整两个小时,权衡利弊,最后抓起了电话,打到闻舒办公室。

闻舒一听秦重天的声音,十有八九就知道秦重天软下来了,他的口气也不那么冲了,平缓地说:"秦市长,明天的市委常委会,通知到了吧?"

秦重天说:"知道了。闻书记,莲花湾的地,就给运动中心吧,我也不要抓在手里了。"

闻舒深知秦重天的脾性,一方面是软下来,另一方面他必定是有条件的,于是问道:"为什么不抓在手里了?"

秦重天想你明知故问嘛,略带一点委屈地说:"抓在手里也没有用……闻书记,我们之所以自己都无法使用自己的好地段,全是因为一个经济实力的问题,在这个问题上,我想通了,舍不得孩子打不着狼……"

闻舒笑起来,问道:"你要舍掉哪个孩子去打什么狼啊?"

秦重天说:"舍掉不太重要的地块,保重要的地块。"

闻舒收敛了笑意,口气很重地说:"秦市长,拍卖国有土地的事情,省里的口子一直没有开啊。"

秦重天说:"闻书记,您一直是我们省第一个吃螃蟹的人嘛。"

闻舒说:"这是说你的吧？你以为给我套了高帽子,我就得替你去跑？"

秦重天说:"冤枉啊,闻书记,怎么是您替我跑,是我在替您打工啊!"

闻舒说:"是吗,我怎么老是觉得,是我们大家在替你打工,至少目前,在替你的锦绣路打工？"

从闻舒的口气中,秦重天至少揣摩出闻舒对拍卖部分锦绣路土地也是有过考虑的,所以底气又足了,又有点忘乎所以,说话又不注意了:"闻书记,说实在话,要是拍卖土地的事情不能成,这锦绣路的工期,可是……"

闻舒立即打断他:"秦市长,这话怎么听起来像要挟啊？"

秦重天满腔的热情,又闷了下去,一时不说话了。闻舒心里,也有点不舒畅,也为最近这些日子自己和秦重天说话时特别沉不住气而觉得奇怪。有人说,同事之间,上下级之间,欣赏人和被欣赏人之间,和夫妻情人之间是一样的,也有一个蜜月期,过了这个蜜月期,关系就会淡下去,甚至出现破裂。接下去,靠什么维持？靠共同的利益,如果没有一致的利益捆绑在一起,是长不了的。闻舒现在突然想起这样的话,被其中的"利益"两字刺痛了,难道自己和秦重天的关系,真的已经过了蜜月期,那么利益呢,他们不正是为了共同的目标、共同的利益在工作吗？怎么能说没有利益捆绑,他们明明是被紧紧捆绑在一起的嘛。

闻舒想着,不由得在心里叹息了一声,他和秦重天,都是心太重的人,他是能够体谅秦重天的,但是,秦重天呢,也能体谅他一点吗？

闻舒见秦重天不说话了,口气又稍稍缓和了一点,说:"秦市长,这样吧,明天下午常委会,你早一点过来,我们先理一理思路,看看是不是请田书记一起参加。"

秦重天说:"那好,如果您和田书记都能出马,那……"

闻舒说:"这件事情,我们先商量,但你得有思想准备,主要的,恐怕还得政府一头去跑,批文是要省政府发的。"

秦重天差一点说"省政府也要听省委的嘛,市政府还能不听市委的?"但毕竟是有点水平的人,不是乡镇企业家,有话也得憋回去,何况目前,闻舒和他,总是不像以前那样贴心贴肺的感觉了,好像有了一道篱笆桩子,隔在中间,秦重天想了又想,一会儿觉得是从这件事情开始的,一会儿又觉得是从那件事情开始的,一会儿又吃不准是自己多疑了呢,还是确实如此。

秦重天没有能在闻舒这里得到任何保证,甚至连丝毫的希望都看不到,闷闷不乐地挂了电话。闻舒听见电话听筒里"咔嗒"一声,心里也怪不舒服的,怔了一会儿,把小惠叫了进来,问道:"你去问一问袁秘书长,今天田书记在哪里?"

小惠说:"田书记今天在家。"

闻舒"噢"了一声。

小惠察言观色,说:"要不要请田书记过来?"

闻舒想了一下,说:"他在办公室吧,我过去看看他。"

田常规正在办公室里和梁小兵谈什么事情,见闻舒突然进来了,田常规对梁小兵说:"小兵,我们改天再谈吧。"

闻舒说:"打断你们谈话了。"

田常规说:"谈什么呀,小兵写的几首歪诗,非要让我说他写得好,我跟他说,我不懂诗,他说,我就是要让不懂诗的人读……"

梁小兵认真地说:"田书记,你可能记错了,我没有这么说,我是说……"

田常规说:"你也别抵赖,难道你心里不是以为我不懂诗吗?你以为我懂诗吗?"

梁小兵说:"各人的专业和爱好都不一样嘛。"

田常规说:"那就得了,还不是在说我不懂诗,我说行啊,从前白居易不是写了诗都念给乡间的老妇人听的吗,你现在格调高,请市委副书记听,但是我得给你泼点冷水,你的诗,我认为……我看不懂。"

说着,将纸上的几首诗,交给闻舒:"闻书记,你是学中文的,你懂诗。"

闻舒笑着,但是没有接,梁小兵乘机拿了过去,说:"我的诗,确实,不是给一般的人看的,可能你们是看不懂的。"边说,边退了出去。

闻舒和田常规相视笑了起来,闻舒说:"田书记,机关里关于梁小兵和你的一些事情,传说得神乎其神,我还以为他们欺负你两个都是新来乍到,给你们瞎编段子,现在看起来,没有其一,也有其二啊。"

田常规笑道:"你也相信他们的胡说八道,我来机关虽然时间不长,可是发现机关的造谣水平相当高啊。"

闻舒说:"噢,是吗?你倒消息灵通,是不是梁小兵听来告诉你的,我们那个小惠,嘴紧得很,不肯跟我说的,我跟他使激将法,我说,你不告诉我,说明他们在编派我嘛,他也仍然不说。"

田常规说:"梁小兵是听不到的,人家不跟他说,嫌他呆,我是听驾驶班的司机说的。"

闻舒说:"说几个给我听听。"

田常规笑道:"说机关干部的,大会不发言,小会不发言,前列腺发炎;职务不高,水平不高,血脂血压都高……"

他们说笑着,田常规也还没有问及闻舒忽然来看他是有什么事,闻舒也还没有找到合适的开口的机会,梁小兵却又进来了,向田常规说:"田书记,下午三点环球影业城奠基仪式……"

田常规说:"我记得……"见梁小兵要退出去,赶紧招手让他等一等,但想了一想,又挥挥说,"你先去忙,一会儿我找你。"

梁小兵走后,田常规对闻舒说:"有几家合股,搞了个环球影业城,今天下午是奠基仪式,唐市长和郑部长吩咐我去撑撑场面……"田常规说着,忽然看了看闻舒,说,"闻书记,你今天如果没有重要安排,这个活动,我建议你参加。"

闻舒有些意外,在南州,几乎每天都有大大小小的奠基、开张活动,闻舒一般是不参加的,像这样的影城建设,更是分管文化的领导的事情,一把手是不应该到场的。有时候,你倒是单纯,只是想表示一点重视和关心,结果反而会引起一些不必要的猜疑,所以闻舒听田常规说希望他参加影业城的奠基仪式,难免有些奇怪。

田常规说:"这个环球影业城,大股东是省航天技术开发集团下面的一个实业公司,总经理陈列……"

以闻舒对田常规的认识和了解,他知道田常规的话肯定是话中有话,但是闻舒暂时还不明就里,不知道他的含义在哪里,闻舒注意到田常规在说出"陈列"这个名字的时候,是用了一点心的。陈列是谁?田常规为什么要特意说出一个闻舒并不认得甚至连听也没有听说过的名字呢?

闻舒觉得这种话题比较敏感,直接向田常规追问,是不得体的,虽然田常规一来南州,就旗帜鲜明地支持他和秦重天的锦绣路工程,但毕竟他和田常规之间,互相还不十分了解,至少是他对田常规还摸不太透,陌生感还没有完全消除呢。但是,这个事情不去了解也不太好,便耐心地等待着田常规说话。

田常规却没有顺着应该有的思路往下说出陈列是谁,而是说:"闻书记,时间还来得及,如果你决定参加,我让梁小兵立刻通知他们。"

田常规的口气,好像闻舒已经答应参加了,而闻舒心里,也恰恰是已经应允了,他隐隐约约地觉得,这是田常规在做什么工作。闻舒虽然暂不清楚具体的因果,但以闻舒的习惯和性格,他不会采取回避的方式。

闻舒说:"好吧,那就先谢谢田书记的邀请了。"

田常规就要去抓电话,他要通知梁小兵,让他赶紧给有关方面通报一下,但是闻舒笑了笑,摆了摆手,说:"田书记,不如来个先斩后奏吧。"

田常规的手缩了回来,笑道:"闻书记要搞突然袭击,他们要是知道我事先了解而不通知,得在背后把我骂死了。"

闻舒说:"你放心,肯定是先骂我的。"

两人又一起笑了起来,田常规仍然不说陈列是谁,但是闻舒能够猜到这个陈列多少有些背景,田常规在省里待的时间比较长,省级机关的方方面面,都是熟透的。

果然,田常规见闻舒同意参加奠基仪式,便道:"这陈列,在省政府待过,在省国土局也待过,情况非常熟悉,于北京方面,他的人际关系更是……"

闻舒心里突然一阵感动,看起来,锦绣路土地拍卖的想法,不仅秦重天有,他有,田常规也已经考虑到了,田常规不仅考虑到,而且已经在想下一步的走法了。

四

环球影业城的工地上,彩旗飘扬,彩球飞舞,投资方的几位老板、唐市长、宣传部郑部长都已经到达,田书记的车一到,他们立即迎了过来,一看车上不只是走下田书记,还走下了闻书记,大家既惊又喜,郑部长赶紧招呼新闻记者,吩咐布置一番。

闻舒笑眯眯地一一与大家握手,说:"对不起,田书记已经批评过我了,说我是突然袭击。"

唐朝则一一向闻舒介绍投资方的贵宾,第一位就是陈列,他是四家股东中最大的一家,占百分之四十,闻舒和陈列握手时,陈列说:"闻书记,谢谢您,我们一个小小的影业城,市委一把手都赶来了,这真是南州市抬举我们,我们得好好干啊,不能辜负了南州对我们的厚爱啊!"

闻舒说:"陈总,是你们对南州信任有加啊,你们把环球影业城放到南州,我们得感谢你们的信任。请你们放心,我们、我、田书记、我们唐市长,都会尽力做好后勤服务工作的。"

大家在主席台上坐定,因为闻舒突如其来,一时来不及准备席位卡了,就拿了一张硬纸,写上闻舒的名字,放到主席台中间的位置上。

闻舒的旁边,第一主客的位置是陈列,闻舒指了指临时的席位卡,笑道:"规矩规矩。"

趁仪式开始前一点点时间,陈列低声对闻舒说:"闻书记,我们都听说,南州的锦绣路改造和开发,搞得很红火啊。"

关于锦绣路,自从工程确定以后,关心的人、关注的人、想参与进来的人,不计其数,这会儿陈列提出,也是意料之中的事情,闻舒说:"工程规模比较大,在南州来说,是前所未有的,所以,其难度也是前所未有的啊。"

陈列说:"主要是资金方面的难度吧?"

闻舒说:"资金方面,确实缺口相当大,争取不到拨款……"

陈列说:"我听一位朋友说,政府方面正在考虑拍卖部分锦绣路沿线土地,以解决部分资金的难题?"

闻舒颇觉意外,一时竟不知如何作答,怎么一个尚在酝酿之中的想法,竟已经弄得满城风雨、众人皆知了?

陈列笑了笑,解释说:"王博告诉我的,你们江博集团的老总王博,我们是多年的合作伙伴,也是多年的老朋友。"

多年的合作伙伴,还仍然是老朋友的,恐怕在商场上不多见,闻舒想,田常规介绍的这个陈列,看起来,还真不是等闲之辈。

既然陈列主动提了这个话题,闻舒也就接了过去,说:"这是个刚刚开始萌芽的形式,虽然全国也已经有几个省市开始试行,但毕竟还没有推广开来,我们担心省里有关部门难开这个口子。"

陈列说:"据我了解,省有关部门,正考虑选择一个地方试点,谁家争取到这个试点，就等于是争取到无限大的机会啊，这步子，就硬是比别人早至少一年时间跨出去。"

闻舒说："以陈总的看法，国有土地使用权的拍卖，是早晚的事？"

陈列说："那当然，而且，以我们的推测，这势头会一下子迅猛起来，也许现在还看不到这样的迹象，但是就像我们观潮，几秒钟前还风平浪静，一点动静都没有，但是一瞬间，狂涛骇浪就呼啸着来了。"

闻舒点点头，十分赞同陈列的观点。

陈列又说："何况，中国人干事情，就是一窝蜂，要说中国人的聪明、反应快，可是谁也比不过的，跟风的快速，比风还快。据我了解，拍卖土地的想法，恐怕早已经不是一两个人的了，只是苦于政策的局限，一旦政策开了，全国都铺天盖地而来，这就要看谁动作快，更要看谁有能力率先去推动政策，也就是平时我们大家说的，抢先一步，占领有利地形。"

闻舒和陈列说话的时候，坐在陈列另一边的田常规，始终没有参与进来，他侧过头去，只是和坐在他另一边的投资方的另一位老总说着话，好像他根本就不认得这位陈列。

仪式开始了，先是唐朝代表南州市政府讲话，投资方的一位何总代表投资方讲话，讲话都简短，接着就是闻舒、田常规、唐朝等和投资方的老板们共同为环球影业城铲土奠基，仪式简短，很快就结束了，闻舒在与陈列等人告别的时候，陈列说："闻书记，这次来南州，本来还想见见秦重天市长，我在省国土局工作的时候，和秦重天市长打过交道，印象很深，但今天公司里有事，得赶回去，闻书记要是方便，请替我转告秦市长，有什么要我办的事，尽管来找我。"

回去的路上，闻舒仍然是坐的田常规的车，田常规却只字不提陈列的事情，却与梁小兵大谈起诗歌来。

闻舒回到办公室,沉思了一会儿,抓起电话,打给秦重天,说:"秦市长,土地拍卖的事情,你可以去找一个人试试。"

五

闻舒忽然接到省委办公厅的电话,说周书记两分钟后要和他通话,闻舒还没有来得及对自己的预感作一点理性的分析,周书记电话就已经接过来了,果然,和闻舒预感的差不多少,周书记开门见山就说:"闻书记,你们那位秦市长,能量很大啊,都搬出谁来啦你知道吗?"

就这一句话,一方面,使得闻舒在片刻之间确认了陈列的身份,同时,闻舒也在内心深处暗暗赞赏秦重天动作之快,也惊叹陈列的背景之硬,影业城的奠基是昨天下午的事情,他打电话给秦重天都已经是下晚了,不到一天时间,周书记的电话就已经到了,不管周书记的口气如何,闻舒心里,却已经有了七八成的把握。

果然,周书记接着说:"闻书记,国有土地拍卖,在我们省,还没有先例啊,你南州真的很想开这个头?"

闻舒想,可不是我想开这个头,我也是被逼到无可奈何,我也知道这并不是上上策,但这些话又怎么能和周书记直说。闻舒正考虑怎么回答,周书记却笑了笑,先替他说了:"我知道,你一向是稳扎稳打的,经济发展你是一马当先的,但有些事情,你闻舒是未必想争做出头鸟的啊。"

周书记这么一说,闻舒倒不好再隐瞒自己了,也说道:"周书记,你最了解南州的情况,锦绣路不能拖了南州的速度,省委对南州,一向是厚爱的……"

周书记说:"怎么,就你南州最重要?就你南州在发展,就你速度快,别人都是老牛拖破车吗?"

周书记的口气,听起来对闻舒的自我感觉有些不以为然,但闻舒知道拍卖土地的事情是有了眉目,周书记才会用这样的口气和他说话。闻舒说:"周书记,只要省委给政策,下面的事情,我们一定努力办好。"

周书记说:"你那个秦重天,到省里来办事情,口气很狂啊,放出话来,不跑到批文,决不回南州,这会儿,恐怕还在省委招待所里候着呢,不会是你让他这么说的吧?"

闻舒只能一笑。

周书记说:"你们南州的干部,能量实在吓人啊,为了你一个锦绣路,省政府还要专门给你们下一个文:关于南州市国有土地使用权拍卖试行规定的批文,这可是专门给你南州开的绿灯啊,这东西一下去,其他市,还不把省政府的门槛给踩烂了?"

闻舒赶紧说:"感谢省委省政府对南州的理解和支持。"

周书记说:"是省政府给的批文,你感谢省委干什么,省委是不会给你开绿灯的。"

接完了周书记的电话,闻舒心里一阵欢快,最先想到的当然是秦重天,但一抓电话,才想到刚才周书记说的秦重天还在省里等批文,不由笑了一下,将电话打到田常规那里,本来是心情很激动的,但是一听到田常规和缓的一声"喂",闻舒的情绪也在瞬间平静下来,不急不忙地说:"田书记,陈列把事情办成了。"

田常规始终是平稳的声调,说:"办成了就好。"

闻舒顿了一下,说:"田书记,陈列帮了南州这么大的忙,南州能帮助他什么呢?"

田常规说:"这个,倒不太清楚陈列有什么想法,不过,他好像对锦绣路的开发很看好的。"

闻舒一听,心里不由"咯噔"了一下。

这一天闻舒下班前,秦重天就急急地赶回南州,直冲闻舒的办公室,张口就嚷:"闻书记,你知道我拿到了什么?"

闻舒说:"批文。"

秦重天说:"你早就知道了?"

闻舒说:"不光我知道,连省委周书记都知道,你不拿到批文,不肯回南州,人家都不敢不给你啊!"

秦重天一乐,说:"哈,这回我秦重天名头大了,周书记都知道我了,提拔的日子不远了吧?"

闻舒说:"你别高兴得太早,国土拍卖,在我们省,是头一回,多少双眼睛盯着,你可得把准备工作做好了,不能捅一点娄子!"

秦重天说:"我回来的路上,已经通知有关方面,锦绣路指挥部、国土局、规划局,都叫来,晚上就开会。"

闻舒说:"你打算交给哪家拍卖行?"

秦重天不假思索地说:"当然是南州拍卖行。"话一出口,才意识到闻舒是否别有他意,问道,"闻书记,你的意思?"

闻舒说:"你没有考虑江枫拍卖行? 你的点子都是人家王博出的,到这时候,你翻脸不认人了?"

秦重天说:"我怎么翻脸不认人,王博出点子是不假,王博的江博集团名头大也不假,但是他的江枫拍卖行,却还不怎么样,想要承接国有土地使用权拍卖的业务,恐怕还不够资格吧。"

闻舒说:"你不怕人家骂你白眼狼?"

秦重天说:"我不就是在骂声中成长起来的吗? 这么大的事情交给他们,我不放心,这一次,我明白得很,只许搞好不许搞砸的。"

闻舒说:"好吧,你们晚上商量研究的结果,我也想听一听,这对我们来说,都是一个新的课题嘛。"

秦重天正要告辞,闻舒忽然"哎"了一声,秦重天停住了,又回到闻舒的办公桌前。

闻舒说:"秦市长,锦绣路东头有一块,原来尚书里那一段的……"

秦重天一下子警觉起来,当即说:"东边一大块,都是在考虑拍卖的范围,尚书里这一块,是东边部分最好的地段,如果将好的地块都先挑走了,剩下的部分,谁还愿意去竞买啊?"

闻舒说:"你紧张什么,是不是我要抢你的地?"

秦重天说:"正因为这样的事情有所发生,我才会紧张嘛。"

闻舒说:"该发生的,还是会发生,紧张也没有用。"

秦重天一听,更急了,干脆问道:"谁要?"

闻舒说:"如果是我要呢,你给不给?"

秦重天一愣,又不服地说:"你要,当然给你。但是,那一块地,夹在东区整片中,是割不开的,所以,恐怕同样得参加竞拍。"

闻舒不免有点下不了台,脸色愠怒,说:"秦重天,你不懂知恩图报,反倒过河拆桥?"

秦重天的心,一下子"怦怦"地跳起来,立即想到是谁了,说:"是陈列?"

闻舒说:"你有个思想准备吧。"

秦重天闷了半天,觉得透不过气来,拼命地在胸中运气,好半天,才憋出一口气来,他长长地叹息了一声,一屁股坐到闻舒办公桌前的椅子上。

第 15 章

一

南州拍卖行果然中计,一听到风声,赶紧找来了,王博这里,正稳坐钓鱼台,但等愿者来上钩呢。

南州拍卖行不仅在南州,在全省同行业中,也是数一数二的规模和水平,光国家正式注册的拍卖师就有六人,在全国同行业中,亦具有较高的知名度。

南州首次举行国有土地使用权的拍卖,必将引起广泛的关注和重视,如果南州拍卖行不能承接到这次拍卖委托,不说经济上的利益,也不说别的,就是在面子上,也是过不去的。

南州拍卖行的董事长金汇一得到锦绣路土地拍卖的消息,头脑里有两根线一搭,立即"轰"的一下。

这两根线,就是尉敏和王博。

王博聘用尉敏做他的江枫拍卖行的老总,金汇始终是心存警惕的,但他的警惕,也只能停留在比较空泛的角度,只是从尉敏是尉敢的弟弟这个大背景上去考虑,始终没有摸到王博具体的实质性的想法,但是土地拍卖的消息一出来,金汇立即明白王博的心思了。

金汇知道自己又晚了一步。虽然从实力上讲,江枫不是他的对手,但是他的脑子不够王博那样快,他的眼光更不如王博那样远,他的胆略也不如王博那样大,当然,更因为他的实力不如王博那样强。两个月前,在南州进行国有土地使用权拍卖的可能性,还几乎等于零,那时候王博就已经看到这个零后面的一,就是这第一步。

　　王博认定,这第一步,必定是在南州开始的。

　　金汇自叹不如,他是谁?王博又是谁?金汇从来没有想和王博一拼一搏的想法,但是他至少有与江枫行一比高下的意气,要是连这点意气也没有,还算什么男子汉?所以,尽管已经落后于江枫一步,但金汇不会放弃努力。

　　更何况,江枫要做的事情,也太光天化日,尉敏与尉敢的关系放在那里,也许与王博的如意算盘相反,恰恰成为江枫承接这次委托的最大障碍呢。

　　金汇并不是要找王博,他要找的是尉敏,这是拍卖行与拍卖行之间的关系,但是金汇到了尉敏办公室的时候,站起来迎接他的却是王博。

　　金汇明白,王博在等着他呢。看起来,王博对这次土地承拍确实是志在必得了。

　　尉敏当然也在。尉敏是知道王博计划的,从一开始,就是在王博请他出山的那一天的谈话,王博就直言不讳地告诉过他,他的用意在锦绣路土地拍卖,是要让南州拍卖行钻套子,但是尉敏却不清楚王博让金汇钻套子的最终目的,不知道王博究竟想干什么,所以尉敏是要留一个心眼的,这个心眼,不是为他自己留的,从他来说,他真的无所担忧,无所畏惧,王博搞什么鬼,他都可以不在乎,因为他不怕失去,一个人如果不怕失去,那是神仙也难对他下手的。但是尉敏还是有怕的地方,有他的软肋,他的软肋就是他的哥哥尉敢。从表面上看,谁都知道一直是尉敢在罩着尉敏的,尉敏有了什么麻烦,捅了什么娄子,都是尉敢替他去擦屁股。但实际上,在尉敏的内心,他对尉敢的担心,绝不亚于尉敢对他的担心。尉敏十分清楚,尉敢要么不出事,要出事,就是谁也擦不了屁股的大事。

所以,尉敏必须对王博留个心眼,他怕王博在设套子给金汇钻的时候,连同尉敢一起套了进来,王博主观上不会这么做,不会有意去害尉敢,这一点,尉敏是相信的,但是客观上讲,如果是利益驱动,仍然是有可能的。牺牲别人,成功自己,不就是现代商人的普遍标准吗?

金汇进来以后,双方不用寒暄,都是明白人,话题也就直奔主题了。金汇说:"王总不愧是走在时间前面的人,永远是抢先一步的。"

王博笑了笑,说:"金总的动作也不慢啊,昨天下晚秦市长才拿到批文,昨天晚上,政府方面也才刚刚开了碰头会,今天一大早,金总就上门来了,还不快?"

金汇说:"既然王总也知道我来的目的,我们之间,明人不说暗话,南州首次国有土地使用权拍卖,方方面面的眼睛,都盯着、看着,如果我南州行不承拍,王总认为,方方面面的面子上过得去吗?"

王博说:"金总恐怕不只是为了面子而来的吧。"

金汇说:"有时候,面子也很重要的嘛,没有面子,哪来的里子啊。"

王博说:"过去说,皮之不存,毛将焉附,金总善于创新立意,倒过来说,毛之不存,皮将焉附?"

大家一笑。

金汇又说:"我今天来,本来是想来听听尉总的意见和建议,没想到王总也在,就更好了……"

王博说:"请我做你的高参啊?"

金汇说:"首先是请你高抬贵手,这次承拍……"

王博说:"金总是不是以为,我们尉总,也在争取承接南州首次土地拍卖的委托?"

金汇见王博居然连这个起码的共识都想否认,一急,便脱口说:"王总两个月前就请尉总出山了。"言外之意,连尉敏都成了你的帮手了,你的司马昭之心,还不路人皆知?

尉敏因为是知道王博的底细的,眼睁睁地看着金汇一步一步地走向王博设定的圈套,尉敏知道,他自己虽然也是设计者之一,但弄得不好,身份很快会变,变成钻套者之一。尉敏始终小心翼翼,不多说话,与他一贯的作风,大相径庭。

王博当然也明白尉敏的小心,他看了看尉敏,很不经意地给了他一个宽心的微笑,然后回头对金汇说:"金总啊,要说到尉总,可确实是个人才啊,江枫到他手里,才不足两月,尉总已经是旗开得胜……"

金汇说:"这我们都有所耳闻,你王总看中的人,不可能不是人才……"

总经理助理进来催促尉敏了:"尉总,时间差不多了,怕路上堵车,得早点出发。"

金汇说:"怎么,尉总要出去?"

尉敏说:"平泽那儿有些东西,带出来了,想请我们去看看,约了上午十点在南溪宾馆。"

王博说:"尉总,能不能改个时间,金总在这里急等着你的回话呢,你不给回话,金总心里不踏实啊。"

尉敏心想这话还不是在你的嘴里,但嘴上不能这么说,便道:"金总,土地拍卖的事情,不是才刚刚拿到批文吗,哪有这么快的,到正式确定委托,恐怕还有些日子呢,机关的作风你我都清楚的,一个批文走十天半月是正常的。"

金汇说:"但秦市长的作风,我们也是更清楚的。"

尉敏看了王博一眼,他此时早已经明白,王博今天上午到这里来,很可能就是为了和金汇短兵相接的,当然,他如果在场,王博也不能支开他,以王博的气度和水平,不至于做出这种事情来,但王博内心,恐怕是希望尉敏不在场的,尉敏想到这里,便说:"金总,你不用着急,我不在,有王总在,更直接,你即使过了我这一关,我也还得过王总的关,现在你们直接谈,省去了中间的过程。"

王博笑道:"那可不行,虽然江枫是我们江博的一块,但毕竟江枫是一个独立的法人单位啊,我虽然是江博的老总,却不是江枫的老总啊。"

金汇不太明白他们之间又是唱的什么戏,他只是着急自己的目的能不能达到,也就是,江枫能不能退出这次承拍竞争。所以金汇忍不住说:"这样看起来,我今天来得不是时候?"

王博说:"确实是,金总,不瞒你说,我今天来找尉总,也是得到消息赶紧来的,正想和尉总商量对策呢,你老兄已经抢先插到我们中间来了。"

明明知道谁也不会相信他的话,但仍然把假话说得那么正经、那么认真,别说金汇和尉敏,连王博自己都在心里骂自己:蠢货!

没有发达时的王博,是不做这种事情的,发达后的王博也不会做这样的事情,但是现在的王博,越来越觉得自己在走小、走低,好像有一股巨大的力量在拖,又有一股巨大的力量在推,前后夹攻着,他已经抵挡不住也坚持不住,一直在往下滑,眼睁睁地看自己变得卑微、变得琐碎,却无力改变,更无力回到从前的那种大气度。

金汇知道今天是不会有所收获的了,但他同时也明白了一点,这件事情尚有较大的希望,至少他看出王博和尉敏在这件事情上都有着自己复杂的想法和心思,虽然金汇暂时无法弄明白他们各自的拳经是什么,但只要他们之间不是铁板一块,金汇就有非常大的希望。

尉敏是替王博打工的,他能和王博抗衡吗?当然能够,因为尉敏不仅仅是尉敏,他还是尉敢,说到底,还有秦重天在后面撑着。

在南州,谁不知道尉敢的规划局局长,是秦重天一手给他安排的?

这是金汇的想法,在这种想法的支持下,金汇当然想做一个得利的渔翁。

金汇回到南州拍卖行,理了理思路,一时有些拿不定主意,是等一等再说呢,还是主动出击,而这主动出击,方向又在哪里,目标又在哪里,怎么样才能做到有的放矢?但是,还没有等金汇理清思路,半个小时后,却有一个房地产公司的许老板打电话来了,满腔热情地说:"金总啊,祝贺你啦!"

金汇一愣,但随即心里一跳,职业的敏感,使得他的思路即刻就跳到土地拍卖的事情上去了。金汇马上说:"许老板,你是不是说土地拍卖?"

许老板果然说:"锦绣路的土地拍卖不是你的了吗?除了这个,金总难道还有更值得祝贺的事情吗?"

金汇脱口问:"你听谁说的?"但话一出口,知道自己是废话,还能有谁,除了王博放的风,别人谁还能做这样的事情。

许老板却说:"风是从政府那头传出来的,金总厉害啊,王博心机用尽,早走几步,也都没有玩得过金总嘛。"

金汇深知,所谓的风从政府传出,肯定是王博玩的伎俩。既然王博能放出这样的风来,等于是让他吃定心丸,王博要干什么?

金汇不得不警惕以待。

果然,时隔不久,江博房地产的老总电话也到了,他告诉金汇,他们江博房地产,准备竞拍锦绣路东段中标号为"3"的地盘,届时请金总大力协助。

这就是王博的交换条件,你要承拍,我让给你,但是我要土地,你也要保证能给我。至此,金汇方才彻底明白王博的用意,王博不要承接土地拍卖,他要的是地,要的是在竞拍中以自己理想的价格拿下那块地。

这可是给金汇出了个相当大的难题,土地拍卖本来就是在试行之中,将会出现什么样的情况,谁也无法预料,得步步小心,现在王博希望暗箱操作,让他得到他要的地块,金汇觉得有一点骑虎难下,南州拍卖行随着承接土地拍卖的风声,很快就会传得满天都是,如果金汇提出不承拍,无疑是给南州拍卖行打出一块"我不行"的牌子,万万做不得。但如果接下来,王博的要求能不能达到,会不会坏事?

金汇觉得,事关重大,虽然王博明显不愿意出头露面,但金汇还是得找到他本人,金汇的电话打过去,王博说:"金总啊,坐不住了?"

金汇说:"有王总在背后煽风点火,谁坐得住啊?"

王博笑了,说:"金总,我们尉总可是忍痛舍下这次天赐良机的啊。"

金汇说:"但是王总,你想办……"话到这儿,金汇停了一下,改口道,"江博房地产公司想办的事情,我只能答应尽力而为。"

王博说:"当然,什么事情,都是尽力而为嘛,现在许多事情,有多难办,我们都清楚,谁都不能打包票。"

金汇犹豫了一下,试探道:"看起来,江博又有大动作啦,难怪,前一阵有人说江博什么内亏内虚,要考虑让股权什么的,原来又是放的烟幕弹啊。"

王博说:"放烟幕弹?你也这么认为?"

金汇说:"王总的战略战术,从来都是出奇制胜的嘛,站在今天,谁也料不到明天的江博是什么样子。"

王博说:"你这话,是高抬江博,但是我听起来,心里却有一点寒意……好啦,不说这些空话了,金总,你打算让哪位拍卖师主槌?"

金汇说:"王总,你的思维,也实在太快了。"

王博说:"快吗?我不这么认为,这件事情,锦绣路的土地拍卖,一定会以最快的速度进行的,可能快得你我都预料不到啊。"

金汇承认王博的预感,说:"我考虑,请赵秀海主槌。"

赵秀海是南州拍卖行目前实力最强、经验最丰富的拍卖师,要面对首次的土地拍卖中的复杂多变的、不可预料的情况,恐怕也只有赵秀海能够承担。

不料,王博却说:"哎,你们那个女的,年纪轻的,叫……"

金汇说:"华丽啊,她不行,我六位拍卖师中,她最弱,经验也不足……"

王博说:"我和你的看法不一样,年轻人,也许反而少一些束缚。再说了,我们常说大赛能够锻炼人,这也是给新人的机会,金总,你说呢?"

话说到此,金汇也已经明白了王博的意思,王博可不是要推出新人,他是希望南州行让一位经验不够的拍卖师主槌,到时候,万一出现一些意想不到的情况,也可以有个退路。

王博的如意算盘打得确实不差,抓住南州行必得拍卖委托、又担心竞争不过江枫行的心理,向自己的真正目标跨近了一步。这样看起来,金汇已经成为一个替王博拨算盘的好手了。

但是,金汇也会有金汇的算盘,这个算盘是金汇自己拨给自己的,王博的手伸不到。

二

按照正常的程序,锦绣路土地拍卖,还得有相当一段时间的准备工作。

尉敏时时关注着进展,这期间,恰遇北京春拍会,据说这次北京春拍会,规模空前,尉敏觉得应该去看一看,向王博请示时,王博说:"尉总,你不关心锦绣路的地了?"

尉敏说:"拍卖恐怕不会很快就进行吧?"

王博说:"如果很快就进行呢?"

尉敏想了想,说:"其实,既然我们江枫不承接这次任务,锦绣路土地和我的关系就不是太大吧?"

王博说:"你不怕南州行经过这次承拍,实力和地位大大上升,不是对江枫拍卖行的威胁?对手之间的竞争,是松懈不得半点的,你稍一松懈,人家就蹿上去了。"

尉敏说:"我看到过一篇文章,说,永远不要试着去消灭对手,有时候,更要乐于看到对手的强盛。"

王博说:"说得好,百事可乐的成功,是因为他有好的对手可口可乐,三洋的强大,也是因为他有索尼、松下、夏普等做对手。"

尉敏说:"所以,我想我尽可以放心地出去,南州拍卖行搞得好,搞不好,对我们江枫来说,都是好事情。"

王博说:"是呀。再说了,有秦市长,有尉局长,这么高水平的干部在那里守着,你有什么不放心的,尉总,你就放心地走,也放心地回来。"

尉敏听出王博话中有话,心里有些感动,至少,他相信王博的为人,虽然他是个无空不钻无孔不入的商人,但以尉敏对他的感觉,他不会做出下三烂的事情。

尉敏到北京的两天后,得知锦绣路土地拍卖提前了,赶紧给尉敢打电话,尉敢接电话的时候说:"我在拍卖现场。"

尉敏说:"不是说至少要一个星期以后吗?"

尉敢说:"秦市长怕夜长梦多。"

尉敏说:"江博有没有什么动作?"

尉敢说:"咦,你是江博的人,应该我问你呀。"

尉敏一时不知怎么说下去,愣了一会儿,才说:"哥,你小心点。"

尉敢听尉敏这么说,觉得可笑,说:"我还以为我应该叫你哥了。好了,拍卖已经开始了,我得进去了。"

尉敢进了拍卖会场,秦重天已经坐在那里了。一个副市长,前来坐镇一场拍卖活动,这也是前所未有的新闻,所以,闻讯而来的记者围了一大堆,要秦重天讲话,秦重天说:"你们很莫名其妙嘛,一个孩子还没有生下来,你就叫我说他长说他短,我怎么说?你至少得等孩子生下来让我看一看再说嘛。"

尉敢坐到秦重天旁边,秦重天将国土局于局长喊过来,问道:"老于啊,都有哪些买家和南州行接触过?"

于局长说:"相当热闹,本市有十几家,外地企业也有。"

秦重天说:"今天会有好戏看的。"

尉敢不知怎么的,坐下来以后,老觉得心神不定,左看右看,也看不出有什么使他不安的事情,想了想,觉得还是尉敏的电话影响了他,心里暗暗好笑,什么时候变得这么草木皆兵风声鹤唳,连尉敏的话都会影响到他,但一边这么想着,一边仍然是放心不下,只得再出来,再给尉敏打电话,但是尉敏的手机却一直"正在通话",尉敢等不及了,又反身进来,拍卖已经开始了。

竞拍是按照地块的标号顺序一一进行的,第一块地就是1号地块,地点在新锦绣路东头,这块地的地点不理想,凹缩在距离街面百余米的深处,面积四十二亩,起拍价:四千五百六十点三万元。

1号地块,经过几次十万元的加价,最后以四千六百一十点三万元的价格,被南州宏鑫集团竞得。

所有在场的人都在摇头皱眉,秦重天看了看坐在旁边的国土局于局长,说:"只比起拍价高出五十万元?增值率才有多少?"

于局长无奈地摇着头。

秦重天又侧向另一面对尉敢说:"这是卖地啊,几十亩的地,他们有没有搞错,以为是卖手表卖玩具啊?"

尉敢说:"1号地块,地点不好,事先就不被看好的。"

秦重天气道:"不被看好还来竞拍,几十万,打发叫化子啊?"

紧接着,2号地块竞拍开始,这块地虽然比1号地块离街近一点,但面积太小,只有七点二五亩,派不上什么大用场,也一样不被看好。起拍前，虽然大家也在议论纷纷，好像也有不少人跃跃欲试的样子，但是开拍后，没有人举牌，不到两分钟，2号地流拍。

秦重天坐不住了，急着又问于局长："为什么，他们为什么不要？"

于局长揣摩着说："我也说不太准，可能，起拍价和竞拍者心理价位不符合，也可能……"

秦重天性急地打断他说："不符合？知道不符合，为什么还要定出这个起拍价？"

于局长面无表情，心想，不定这个价，不定这个价你这一关能过得去？谁不知道你秦重天想在这次拍卖中捞上一大把？

秦重天又何尝不知，关于这次拍卖的方针和大方向，秦重天先后召开了几次政府会议才决定下来，当时也确实有人担心，提出起拍价过高会吓退本来就是持观望态度的竞拍者，当时就被秦重天驳回，秦重天说："再低，再低都抵不了我的动迁费用了？谁赔？你赔给我？"

他这话说了，谁还能接招，谁赔得起？

2号地块流拍，于局长见秦重天着急，赶紧解释说："秦市长，1号和￥2号地块，本身条件不怎么样，本来我们也没有寄很大的希望，下面的地块，情况会好得多。"

3号地块的竞拍开始了。3号地块不仅地势好，而且面积可观，达八十七点二五亩，参与竞拍的江博房地产老总志在必得，先是二十万元一次加价，加了几个来回，但很快被对手刷新。仅十分钟，3号地的竞标举牌，已经在十次以上了。

这一着，又大大出乎大家的意料，前面两次竞拍，多少给现场造成一些怀疑的情绪和低落的气氛，现在一下子气氛高涨起来，当江博房地产一下子加价五十万元时，有人鼓起掌来，场上气氛更是热烈。眨眼间，来自浙江的新浙集团的牌子又举了起来。此时，竞拍对象只剩两家了。

拍卖师最后一槌落下之前,江博房地产的牌子唰地起来了,全场"哄"地炸开了,江博一下加价二百万元。

浙江新浙愣住了,两位代表,一位手里忙着用计算机计算,另一位则赶紧拨打手机,但是拍卖师的槌子不等人,终于,拍卖师落槌定音,江博房地产力挫群雄,以增值率高达百分之四十二的价格,拍下3号地块。

全场热烈鼓掌。

江博房地产的老总,走上前去,正欲说话,忽然间,新浙的一位代表站了起来,大声说:"我有话要说!"

全场一下子静了下来,大家屏息凝神在关注着事态的发展。

新浙的代表说:"我有异议,我已经举牌应价了!"

拍卖师华丽虽然年轻,又是位女性,但却十分沉着冷静,好像早有思想准备,当下不急不忙地对应说:"在我落槌之前,我没有看到你举牌应价,你也没有喊出应价的声音。"

新浙代表说:"你落槌和我举牌是同时间的。"

华丽说:"《拍卖法》第五十一条:竞买人的最高应价经拍卖师落槌或者以其他公开表示买定的方式确认后,拍卖成交。"

另一位新浙的代表也站了起来,说:"这是在拍卖师坚持公平、公正、公开、诚信原则的前提下,请问,你们做到了没有?"

全场经过短时间的安静,一下子又炸开锅了。

坐在新浙代表左边的人说:"我也看见他举牌了。"

而坐在他们右边的人则说:"那是在拍卖师落槌以后举起来的。"

作为委托方的最高领导,于局长无法直接干预此事,但他赶紧示意具体经办人员与拍卖行方面紧急协商。

此时,早已等候着的新闻记者,都拥了过来,正好秦重天起身,准备离开会场,记者的话筒一下子都对准了秦重天:"请问秦市长,您对今天的土地拍卖……"

秦重天脸色一沉,说:"用词请用准确了,是国有土地使用权拍卖。"

记者是不折不挠的:"请问秦市长,您对今天的国有土地使用权拍卖的活动,有什么看法?"

秦重天不理不睬,拂袖而去。

记者欲追赶上去,于局长却把大家挡住了,说:"各位,我是国土局的,有什么问题,我来说明吧。"

把目标吸引到自己身上,于局长继续说:"今天的拍卖活动,别说在南州是个首创,在全省也是第一次,是一个试验,也可能确实没有达到政府方面预期的效果,2号地流拍,3号地块的争议,或者出一点别的问题,一方面说明我们的准备工作还不够充分,经验不足,也可以说,我们的经验是从零开始的。另一方面也希望大家不要大惊小怪,任何新生事物,都是在挫折中成长的,你们说对不对?所以,希望你们新闻媒体,多多支持,少泼冷水,这是我们南州市经营城市理念跨出的第一步,今后还会走下去,我相信,在全市人民包括你们新闻界的大力支持下,一定能结出硕果,你们说呢?"

于局长一番话,大度而得体,与秦重天恼羞成怒的样子相比,似乎于局长更像个市长,而秦重天,则显得太没涵养太没水平。

本来想借题发挥的记者们,被于局长低调的反问将了军,反而无话可说了。

气冲冲走出会场的秦重天,对跟在后面的尉敢说:"搞什么搞!"

尉敢说:"秦市长,还有五块地没有拍呢。"

秦重天仍然往前走,说:"你有兴趣你留下看吧。"但说着却停了下来,看了看尉敢,问道,"尉局长,你说拍卖师到底有没有看到新浙的人举牌?"

尉敢说:"新浙的人肯定是举牌了,但具体是在什么时刻举的,这是争论的焦点,槌敲落,代表拍卖成交,如果……"

秦重天说:"你净是废话!"说着冷笑了一声,道,"据我看,王博真是想要这块地的。"

尉敢没有接住秦重天的话,他的话很难接。

秦重天又说:"但是,最后拿下的价钱,也不低啊,他占不了大便宜嘛。"

尉敢道:"最后一次加价二百万,确实有些出人意料。"

秦重天说:"王博哪次不是出人意料的,事先没有一点点迹象?大家还以为你老弟的江枫行在和南州行争夺承拍权呢,哪知他那里是虚晃一枪……"

尉敢忽然想起拍卖前尉敏的那个电话,心里掠过一些什么,但是他没有说出来。

于局长追了出来,向秦重天汇报,经过协商,仍然确定3号地块拍卖有效,新浙集团只是保留对今天拍卖行的做法的疑义,但就江博竞得的偏高价格而言,他们也并不是志在必得的,这样,江博房地产集团正式获得了锦绣路3号地块的土地使用权。

拍卖现场,拍卖继续进行,下面的地块拍卖,不知是否受到3号地块拍卖的影响,更加热闹,其中的5号地块,最后居然以比起拍价增值百分之一百一十二的高价拍出,最后的6号地块,举牌次数达二十余次,场上的热潮一浪高过一浪。

任是南州行的金汇、已经在拍卖行当里摸爬滚打好多年、见过大世面、经过大风大浪的金汇,面对如此捉摸不定波澜起伏的行情,也有些目瞪口呆了。

秦重天和尉敢没有继续观看下面的拍卖,但是他们的车还未回到办公室,消息已经传过来了,秦重天接了于局长的电话后,问尉敢:"你说老于是不是事先心中有数?"

尉敢说:"于局是稳重的人,至少他是有把握的。"

秦重天道:"叫我们替他瞎操心?"

尉敢眼前又出现了秦重天当着记者的面拂袖而去的恼怒样子,忍不住"嘻"了一下。

秦重天说:"你幸灾乐祸?你是不是也和他们串通一气来玩我?尉敏在江枫行,王博指东打西的用意,他怎可能一点都不知道?他也不可能不告诉你!"

尉敢只得说:"秦市长,这你可冤枉我了,我只是在拍卖前几分钟,接到了尉敏的一个电话,除了叫我小心,其他什么也没有说,他肯定也不清楚王博的用意,再说了,王博只是想要这块地,不排除他和南州行有什么私皮夹账,暗箱操作,但是整个事件,对我们没有什么不利的,反而倒将后面的几块地炒起来了呀。"

秦重天说:"对我们不利?他敢?"

尉敢说:"至于新浙集团方面,相信王博会去摆平的。"

秦重天说:"你倒很看好江博啊。"秦重天说着,重重叹了一口气,又道,"3号地块,是锦绣路东段最好的地块,本来我是舍不得的,你知道的,我的会展中心被拿去了,我是想打3号地块的主意的,但是……唉,不提也罢。哎,尉敢,你倒替我分析分析,王博要这块地,想干什么?"

尉敢说:"这么高的价,除了造豪华别墅,他都得赔啊。"

秦重天说:"哼,沿大街的豪华别墅?谁要?有钱人,现在都要真山真水野味野趣,上班族老百姓倒是方便,但他们买得起吗,王博有病啊?将豪华别墅造在闹市区?"

尉敢说:"这只是我的猜想而已,我又没有说是王博的想法。"他看了秦重天一眼,心想,你对王博这么放心不下干什么呢?有什么必要呢?江博虽然是南州最具实力的民营企业之一,但在南州政府面前,毕竟还是无法相比的嘛,秦重天担心什么呢?王博吃谁也吃不到你秦重天啊。

秦重天担心的什么,连秦重天自己也不知道。但是秦重天心里,又确确实实地飘着一块阴影,挥之不去。

三

  王依然回来不多久,钟钟和秦重天也都先后回来了,吃晚饭的时候,钟钟边吃边捏着电视遥控器调台,王依然刚想说她几句,屏幕上已经出现了一条长长的红色的横幅,镜头拉过去:钟钟跟随着镜头念道:南州市首次国有土地使用权拍卖会。

  王依然本来并没有去注意电视,但听钟钟一念,眼睛也不由自主地投向了荧屏,紧接着,是拍卖会场乱哄哄的现场,记者打机关枪似的快速的语言哇啦哇啦一阵,"2号地流拍,3号地出现疑义,现在我们请……"

  秦重天还没来得及说"有什么看头,钟钟关电视",他自己的那张恼怒的脸,就已经出现在电视上了,虽然只是一晃而过,但大家看得很清楚,是一个大特写,接着就是秦重天走出去时的背影,从背影上,都能看出秦重天的火冒三丈。

  再接下去,于局长拉住了记者,说了一番话,钟钟听了,"哼"了一声,对秦重天说:"老爸,这个局长比你有风度、有水平!"

  秦重天张了张嘴,没有说话,伸手欲去抓电话,但手伸到电话机边,又缩了回来,脸却涨红了。

  钟钟说:"干吗?老爸,打电话去骂电视台?"

  秦重天说:"女儿,你也太看低你老爸了吧,这种事情,你老爸能做吗?做得出来吗?"

  钟钟"扑哧"一笑,对王依然说:"老妈,你看我老爸脸皮多厚。"

  王依然没好气地说:"你这样下去,青出于蓝胜于蓝了。"

  钟钟拉了拉自己的脸皮,说:"我有那么厚了吗?"

  秦重天看了看王依然,却回头问钟钟:"钟钟,你老爸是不是很落伍啦?"

钟钟说:"No,No！老爸,别灰心,我虽然说那个局长有风度、有水平,但是他不如你有个性！"

王依然想阻止女儿胡说八道,秦重天却说:"你让钟钟说吧,让我也能听到一点真话嘛。"

王依然说:"真的就没人说话了,要听小孩子乱说?"

秦重天说:"谁跟我说? 老婆都不肯跟我说。"

钟钟说:"老爸,现代社会,是个性化的社会,人就是要有自己的个性,你不高兴了,发火了,就走,好得很,干什么要装出大度的样子委曲求全?"

秦重天高兴起来,脸上露出了笑容,正要说什么,门铃响了,秦重天说:"钟钟,去看看谁来了?"

钟钟懒屁股,坐着不动:"为什么要我去? 我是小孩嘛。"

秦重天说:"你错也,我们老了,你是年轻人,当然应该你去。"

在父女的争执声中,王依然过去开了门,来人笑眯眯地说:"王老师,我找秦市长。"

秦重天也已经过来了,一看,是南州三建的老总桑平,秦重天虽然十分不情愿,但面子上也不能太叫人家过不去,只得请到书房坐下。

桑平说:"秦市长,真对不起,您还没吃好吧?"

秦重天说:"哎呀,桑总,我好不容易有这么一个夜晚,能和老婆孩子一起吃个晚饭。"

桑平说:"实在、实在抱歉,秦市长,我都守了您好几天了。"

秦重天当然明白桑平是来干什么的,就直接地说:"桑总啊,我这里还都没有落实停当呢,你们都已经放抢啦? 是不是早了一点?"

桑平不好意思地一笑,说:"还早啊? 我都已经慢了几拍了,据说一建、二建、金刚石集团等几家早已经挂上号了,是不是?"

秦重天说:"跟谁挂上号?"

桑平也知道秦重天装聋作哑的本事,便道:"锦绣路的工程,可不比别的工程,我们不能掉以轻心的,稍不留神,就没有我们的份了。"

秦重天说:"桑总,你们的心情我理解,换了我是你,我也一样会这样做的,只不过,你找我,是找错了人,你应该去找甲方单位啊。"

在新开发的锦绣路上,大大小小的建筑工程,不下数百项,有银行大楼、百货商场、饭店宾馆、白领公寓、大型娱乐场所、综合运动中心等等等等。

一条锦绣路,煽旺了不愠不火的南州建筑市场,拉动了南州建筑这辆大车,车轮滚滚。

数百个甲方单位和更多的乙方施工单位,正在激烈拼搏,你争我夺,分抢这块大蛋糕。

桑平听秦重天这么说,又笑了笑,道:"不会错的,您是这许多甲方的总指挥,他们得听您的。再说了,您手里,不是亲自抓着一些大工程吗?"

秦重天说:"噢,你说说,你知道我手里有什么?"

桑平说:"比如吧,您的国际会展中心……"

秦重天又"哈"了一声,说:"你们都知道?"

桑平说:"您的国际会展中心,可是令大家馋涎欲滴,望眼欲穿。您想想,集会议、展览、商务、酒店、娱乐、休闲为一体的中心,占地面积近一百亩,展厅面积在五万平方米左右,在南州,这恐怕算得上是一块头号特大蛋糕了。"

秦重天说:"奇怪了,连面积你们都知道了?我自己还不清楚呢。"

桑平显得有点不好意思,说:"他们一建二建金刚石,比我们知道的多得多。"

秦重天说:"还多得多?还有什么呢?"

桑平说:"说江博想介入您的会展中心……"

秦重天脑子里"轰"的一下,先是炸开了,慢慢地,慢慢地,原先一直堵塞着的地方,觉得有些疏通了,有些开朗了,江博留在他心里那片晦涩不明的阴影,渐渐地清晰和明亮起来。

桑平见秦重天一时有点愣,又说:"不过,这样的消息,我是不相信的。"

秦重天说:"为什么?"

桑平说:"秦市长从来都是放小抓大的,就说今天的土地拍卖,不也是秦市长的策略吗?一旦抓住大动作,秦市长是决不松手的。"

虽然桑平是在有意讨好秦重天,但秦重天心里仍然有些感动,桑平的话语中,是有讨好的成分,但是他说的毕竟还是事实,以桑平这样的身份,目的性再明确,欲望再强烈,也不至于无中生有地去吹捧一个人。

秦重天的情绪好了起来,有些激昂地说:"上海不正在申办二〇一〇年的世博会吗?上海成功的可能性非常大,一旦上海成功,就是南州的商机,南州的会展经济,乘势上一个台阶,是不在话下的。"

桑平说:"是呀,我们办不了世博会,至少也弄个亚博会之类。"

秦重天一高兴,说:"就是这话嘛!所以,你们想,这会展中心,我能放手吗?想都别想啊!"他一眼瞥见桑平脸上的神情,传达出桑平内心的得意,便立即当头给他一棒,"桑总,你们三建想接会展中心?可以啊,不过有一点,你们都是清楚的,所有锦绣路的工程,一律公开招标。"

桑平并不气馁,平和地说:"这我们都知道,我只是先到秦市长这里挂个号。"

秦重天说:"我又不是专家门诊,挂什么号啊。"

桑平仍然笑眯眯的,不急不忙地说:"秦市长,您对我们三建的实力是清楚的,更主要的,与别人不同,我们手头的流动资金,从来都是丰厚有余的,如果甲方需要,我们甚至可以先期打进甲方的账号,这也都是有先例的。"

秦重天没有料到桑平会带着这样一件重型武器前来,不免有些意外发愣,一时间,竟没有说出话来。

桑平终于甩出了他的诱饵,这个诱饵似乎是专门为秦重天准备的,是投秦重天所好而抛出来的,秦重天能不动心吗?

桑平见秦重天不说话,便道:"秦市长,我今天先告辞了,我们的号,就先在您这儿挂起来了啊!"

秦重天嘴上说:"挂号归挂号,最后还是招标嘛。"但口气已经不由自主地软了下来。

桑平走后,秦重天在心里狠狠打了自己几个耳光,独坐了半天,心里乱糟糟的,怎么也理不出个头绪,也安静不下来,便打了尉敢的手机,说:"尉局长,你出来一下。"

尉敢说:"我出来?我现在就在外面。"

秦重天说:"我不管你在哪里,你马上到锦绣路去。"

尉敢有些紧张,问道:"出什么事了?"

秦重天说:"没出什么事,你就不能来了?"

四

锦绣路的动迁工作,已经接近尾声,比预定的日期提前了半个月。路面的宽度已经显现出来,新锦绣路的整体气象已初具规模。动作快的地段,该埋的管道下埋完毕,路面开始平整,用不了多久,就可以浇铺新路面。沿新锦绣路两边,一些规模不大的、准备得比较早的工程已经上马。与一两个月前相比,这时的锦绣路,已经进入了建设的时段,工地灯火通明,昼夜人来车往,虽然依旧是嘈杂混乱的,但是欣欣向荣的景象却已经势不可当地腾飞起来了。

　　古塔区拆迁办的工作也就要结束了,拆迁办大部分办公室都已腾空,只剩下张社和老李等几个主要领导的办公桌了,秦重天过来的时候,张社正在整理最后的一些文件,一抬头,看到秦重天站在门口,显然有些意外,愣了一愣后,张社说:"秦市长……"

　　秦重天向他摆了摆手,意思是,你忙你的。但张社却定不下心来,秦重天夜里忽然来了,怕是又有什么麻烦了。

　　秦重天见张社不安的样子,说:"一会儿尉局长来,我们白天没有时间,晚上过来看看,拆完了房子的锦绣路,到底是什么样的规模。"

　　张社说:"每天来看热闹的老百姓也有不少。"

　　秦重天说:"大家都很关心锦绣路。张主任,那些动迁的居民,现在情况怎么样?"

　　张社说:"一部分在过渡房等新房的人,有些性急的,关心什么时候能够搬家,能够安居乐业。"

　　秦重天点了点头。

　　张社犹豫了一下,又说:"秦市长,拆迁户的新房,资金缺口比较大,工程进度太慢,有些动迁户,三天两头跑去看进度,他们急呀……"

　　秦重天的心情,一下子又跌落下去,皱了皱眉,说:"我知道了。"

　　这时候尉敢也已经到了,秦重天便和尉敢一起走了出去,尉敢说:"我们要到哪里?"

　　秦重天说:"你跟着我走就是了。"

　　走到孝义街的原址附近,秦重天停下了,出现在他们眼前的,是一片十分开阔的地带,这几乎是秦重天手里最后的王牌了,也正是因为秦重天事先预计到争抢地皮的情况,才留了一手,将"政府重大实事工程——南州博物馆"的牌子挡在前边,谁也不好打这个地块的主意。

事实上,这是秦重天与文化局钱局长暗中商定好的,只是借用这个名称一段时间,新博物馆的选址,还没有列到议事日程上呢。

当然,这么大的事情,并不是秦重天和钱一平能够决定的,秦重天事先当然向闻舒暗示过,闻舒是默许的,反正他不发话,任由秦重天和钱一平去放风。秦重天本来担心还有一个关键的人物会坏他的事,那就是唐朝副市长,但奇怪的是,无论秦重天和钱一平怎么大放烟幕弹,心知肚明的唐朝这一回却没有戳穿他们。有闻舒唐朝这两个关键人物睁一只眼闭一只眼,秦重天当然是心想事成了,大家果然对孝义街这块地别无他想,死了心了。

秦重天的这一手,虽然始终没有告诉过尉敢,但尉敢对秦重天的一举一动,都是看在眼里的,这么大的动作,哪能不知道,这会儿,当秦重天的脚步在这里一停下,尉敢就更清楚了,秦重天要动用这最后的王牌了。

果然,秦重天叹息一声,说:"尉敢,想不到这么早就被逼出来了。"

尉敢对秦重天的算盘是一清二楚的,整个锦绣路上,秦重天心里最重的就是会展中心,对此,尉敢并不十分赞同,他曾几次暗示过秦重天再慎重考虑,但都被秦重天驳了回来,现在眼见着秦重天要把这最后的也是最好的地块放给会展中心,尉敢觉得,有些话不能不说了,他想了想,找到了一个切入口,说:"秦市长,会展中心是个多功能的大项目,投资将在三至四个亿……"

秦重天说:"那当然,要建就建一个规模齐全的中心,我就是要那种感觉,会当凌绝顶,一览众山小。"

尉敢停了一下,想说,又觉得说也是白说,但是再想想,还是得说,犹犹豫豫半天,最后还是说了:"秦市长,这种大杂烩式的展会,我担心,可能无法适应今后发展的形势。"

秦重天一愣,反问道:"形势?什么形势?"

尉敢说:"今后会展经济的发展,可能已经不在于多大规模的全景式、全盘式展览,而会注重更多的专业展、行业展,所以,求大求全,并不是唯一的方向……"

秦重天说:"那你说,我不和别人比大比全,还有什么别的方向?"

尉敢说:"比如,着重从场馆的设施硬件上多下功夫,还有,也可以从价格上……"

秦重天急急地打断他说:"价格?我这么大的投入,怎么可能和别人去打价格战?"

尉敢说:"所以,我考虑,我们在投入上,是否再重新论证……"

秦重天再次打断了尉敢,说:"这不可能,这是早已确定的方针,常委会都讨论过,常委们都赞同,就你意见多,就你眼光远大?"

尉敢见这个角度进攻不下,再换个角度,说:"我听说,江博也有意于会展中心啊。"

秦重天果然跳了起来:"尉敢,你们一个个都知道,为什么不告诉我,安的什么心!"

尉敢说:"我也是刚刚听尉敏说的,尉敏在北京听说王博拍了3号地块,就猜想到王博想有什么大动作。"

秦重天忽然得意地一笑,说:"但是王博智者千虑,必有一失嘛,他想拿到了地,再来跟我谈交易?但他万万没有想到,我在孝义街这里,还藏着一块更好的地。"

尉敢说:"可是秦市长,以我们目前的资金情况看,会展中心的建设,恐怕……"

秦重天警惕地瞪了尉敢一眼,说:"你什么意思,你替王博当说客,王博给了你什么好处?"

尉敢笑了笑,说:"我确实是在说王博想说的话,不过我不是替他说话,我是从他的角度考虑这件事情。"

秦重天说:"你永远是胳膊肘子朝外拐,你怎么就不能站在我的立场和角度替我考虑考虑?"

尉敢说:"听尉敏说了以后,我就一直在考虑……"

秦重天手一挥,断然地想说一句"不可能",但是话到嘴边,却硬是吐不出来,最后变成了一声叹息。过了一会儿,像是对尉敢抱怨,又像是自言自语地道:"这个会展中心,我已经四让其地了,还要怎么样?逼人太甚了嘛!"

尉敢勉强地笑了笑,说:"谁逼谁呀。"本来,尉敢是开个玩笑的,他话中的话是说,在南州,还有谁能逼到你秦重天啊?但不知怎么,说这玩笑话的时候,尉敢心里,忽然非常非常地难过。

秦重天有些茫然地望着眼前的空地,心中愤愤不平,说:"王博的如意算盘,也不是那么好打的,锦绣路的规划,只可能有一个会展中心,他就是有金山银山,他就是非要建会展中心,也不能再建在锦绣路上!"

尉敢说:"王博恐怕也没有想到要在锦绣路上建第二个会展中心。"

秦重天气道:"你的意思,他就是要盯住我不放了?我告诉你,锦绣路的会展中心,是我的!"

尉敢说:"听尉敏说,王博是想和政府合作,想参股吧。"

秦重天说:"那也不可能,那么多的项目他不参股,非要参这个会展中心,他的鼻子就那么灵?"

尉敢说:"为什么别的项目可以让别人参股,会展中心就不能呢?"

秦重天又瞪了尉敢一眼,说:"尉敢,你少给我装疯卖傻,一开始的规划你也都知道,都在政府的大规划之内,你现在给我看看,锦绣路进行到现在,才多长时间,从我这里,大块大块地剥夺,大片大片地抢走,我手里还剩什么?会展中心再让出去,我不是一无所有了!"秦重天说着,忽然抬头向上仰天长笑几声,道:"天大的笑话,我一个工程总指挥,竟然连一块地、一个项目的主也做不了了?"

尉敢还想说什么,但就在他欲开口的一刹那间,借着工地上的灯火,尉敢看到秦重天的眼睛里,饱含着两眶泪水,秦重天的脸色,在不太明亮的灯光下,显得十分苍白和憔悴。

尉敢心里,不由生发出一阵强烈的疼痛感。

五

按惯例,尉敏每次碰到麻烦,大家都会相约了替他压惊,这一次也不例外。但因为尉敏紧接着出差去了北京,事情就拖下来了,一直等到尉敏回来,大家又凑齐了,又热热闹闹地办了一桌。

雨庭因为临时有个重要采访任务,来得比较迟,雨庭来之前,尉敏的话题就没有离开过雨庭,讲得绘声绘色眉飞色舞:

"五月二号清晨,天蒙蒙亮,我走出纪委大楼,说时迟那时快,就听得一声带着哭腔的叫喊:'尉敏——'随着喊声,雨庭不知从哪儿冒了出来,直扑而来,一下子就投到了我的怀里,边哭边说:'尉敏,尉敏,急死我了,急死我了……'我的妈,她可是在外面等了我一夜啊!"

有人笑问:"后来呢?"

尉敏说:"前面还没有开始说呢,怎么已经后来了?雨庭紧紧抱着我,好像怕我跑了,还在哭着呢,说:'尉敏,你再也不能丢下我一个人了,我再也不许你离开我了……'"

大家又笑了,有人说:"这还不把你乐翻了、乐晕了!"

尉敏说:"是呀,所以我说,哈,早知这样,我还不如早点进去,还不如多进去几次呢。这话一说,雨庭却一下子松开了我,还推了我一把,气道:'说什么呢,还不快给你哥打电话!'"

大家再次哄笑起来，哄笑中，尉敏的这些铁哥们儿，觉得一桩重重的心思放下了，经过这一次风波，尉敏和雨庭，还愁没有美好前程？正笑着，雨庭到了，进来时，见大家脸上的笑容那么灿烂，也笑眯眯地问道："笑什么呢？"

"尉敏在痛诉革命家史呢？"

但是随着雨庭的目光向所有在座的人一扫，挂在雨庭脸上的灿烂的笑容很快消失了，她有些失落地往尉敏旁边空着留给她的位置走过去。

在座的可都是聪明人，都能猜到雨庭是因为没有看到谢北方在场，许多人都同情地看了看尉敏，有人实在为尉敏抱不平，甚至已经流露出对雨庭气愤和不屑的神态，倒是尉敏，仍然是若无其事的，还伸手将雨庭的座凳摆摆好，拉得靠近自己一点。

这一顿饭吃得就有点没趣，尽管尉敏一如既往谈笑风生，但是雨庭实在是伤了大家的心，都陆陆续续早早地告退了，最后只剩下尉敏和雨庭两人，雨庭建议挪到饭店隔壁的咖啡馆喝咖啡去，尉敏似乎敏感到，雨庭是否要跟他说什么话、摊什么牌了。

果然，雨庭说："尉敏，看起来，以后，我是不能再出现在你的圈子里了，我已成了最不受欢迎的人。"

尉敏笑道："你跟他们那些人计较什么，小肚鸡肠，目光短浅，心胸狭窄……"

雨庭说："但他们是为了你啊。"

尉敏说："嘿，我还不稀罕呢。"他忽然想到个事情，赶紧说，"对了，雨庭，给谢北方联系征订论文集的事情，我已经联系了几家，可以考虑订一些，但是数量都不够大，我还在努力啊。"

雨庭却没有回答他，沉默了一会儿，才突然说："尉敏，我始终不能明白的，为什么有这么多人会为你两肋插刀？"

尉敏说："为我两肋插刀？谁呀，我怎么看不见，就他们，那帮酒肉朋友？算了吧，别往我的两肋里捅刀子就算不错的啦……"

不管尉敏嘴上怎么贬他的朋友,雨庭心里明白,尉敏和这帮哥们儿的感情,是无话可说的。雨庭沉默了一会儿,问道:"尉敏,你说说,人与人的交往,到底是怎么回事?"

尉敏心里一沉,他彻底明白过来,雨庭仍然放不下谢北方。如果说五月二日凌晨的那一刻,当雨庭扑到他的怀里哭喊着你不要离开我的时候,尉敏确实曾经以为雨庭回来了,那么现在尉敏也已经彻底明白,那只是一个错觉而已,是他的错觉,也是雨庭的错觉。雨庭根本就没有回来,或者说,雨庭根本就没有来到过他的身边。尉敏想着,心里一阵阵的刺痛,但表面上还得是若无其事的样子,轻飘飘地说:"人与人交往嘛,真诚以待,真心相交,不就行了。"

雨庭叹息了一声,她又何尝不知。但是,世界上的事情从来都不是这么合情合理的。尉敏对她,可算用尽了真心,可她的心就是动不起来,而她,对谢北方,连心都掏出来了,谢北方却仍然无动于衷。

雨庭临走前,和往常一样,向尉敏道别,说一声"再见",但是在尉敏听来,这一声"再见",是那么认真、那么重,尉敏感觉,雨庭是真的要和他"再见"了。雨庭是个自尊心很强的女孩子,感受到尉敏的朋友们的冷遇,她恐怕不会再来了,至少,她不会再出现在尉敏和他的朋友中间。

但是尉敏有一点始终不能明白,自尊心极强的雨庭,为什么在受到谢北方一而再再而三的伤害后,仍然固执地坚持自己,百折不挠。

雨庭走后,尉敏一个人坐在那里闷了半天,这时候,有一个人就一直坐在不远处,默默注视着他。

这个人就是刘庐。刘庐和两位客户正在这里谈事情,后来就看到尉敏和雨庭进来了,过了不多久,又看到雨庭一个人先走了,尉敏也没有像往常那样,争着抢着颠颠地要送要陪,任雨庭走了,就一个人独自闷坐着了。

刘庐的心神有点不定，客户也感觉出来了，虽然并不明白发生了什么，但既然他们的事情已经谈得差不多，见刘庐已无心再聊，他们也就先告辞了。

从王依然在薛书湄家头一回见刘庐，已经过去两个多月了，两个多月来，王依然为了帮助刘庐走出心理的阴影，花了很大的精力和相当多的时间，其实，即使没有王依然的介入，她对自己的情况也是完全清楚的，只是靠一个人的力量，她有些对付不来，当王依然告诉她，她的这种心理问题，可能与小时候尤其是发育阶段的家庭生活环境有着极大的关系时，刘庐心底最隐秘的一层纸被捅穿了，刘庐疼痛不已，但痛过之后，却渐渐地消解开了。

这是刘庐从来没有对人说过、也根本无法说的心结，从很小的时候起，她就等于是睡在两对夫妻中间，一对是自己的父母，平时不苟言笑的，一对是隔壁邻居夫妻，平时也只是油盐酱醋，但是一到了晚上，刘庐耳边就净是他们夫妻生活时的动静，第二天起来，看到的他们，刘庐无法理解，对男女间的许多事情亦不知从何而知，久而久之，刘庐的心灵被扭曲了，渐渐地，在心理误区里越陷越深。

这许多年来，是王依然第一个捅破了她的心结，让它淌出了血，流出了脓，挤出了毒素，刘庐开始尝试着走上正常的人生道路。

刘庐逐渐恢复，对男女间的交往也渐渐能够接受、不再视为洪水猛兽，就是这时候，有一个人走进了她的内心，这个人就是尉敏。

刘庐默默地坐了一会儿，从侧面注视着尉敏，刘庐心里不由有些吃惊和难过，在没人的时候，尉敏的神情是那么的低落和沮丧，从刘庐认识尉敏以来，从来没有见过尉敏如此模样，刘庐过了好一会儿，才走了过去。

神情低落的尉敏一看到刘庐，即刻就恢复了常态，玩笑道："刘总啊，我们是心有灵犀嘛，我知道你会来，你知道我会来，就碰见了。"一瞬间，与刚才那个郁闷的尉敏简直判若两人。

刘庐心里一阵难过。活在世上,每个人心里都会有痛苦,让人感觉他痛苦的人,这痛苦就得到了某种程度的排解和宣泄,不让人感觉到他痛苦的,这种人的内心,要比一般的人痛得多,刘庐自己,是深有体会的。但此地此刻,刘庐不能将这种同情的心情流露出来,她当即也笑道:"我可不知道你会来。"

尉敏说:"那如果是我请你,你来不来呢?"

刘庐脱口说:"当然,无论忙闲,随叫随到。"

不等刘庐坐稳,尉敏就问道:"随叫随到?无论你是正闲,还是忙着,都随叫随到?"

刘庐说:"你希望我是闲着,还是忙着呢?"

尉敏道:"我希望你忙着,一接到我电话,就来了,说明我的威信高嘛。我又希望你闲着,闲着的时候,你愿意来跟我聊聊,说明我这个人还不惹人讨厌。"

刘庐忍不住笑起来,说:"你就是嘴巴两层皮,翻来翻去都是理。"尉敏重新替刘庐叫了咖啡,一边对刘庐说:"我几个哥们儿,算是替我压惊,在隔壁的饭馆请客……"

刘庐说:"压惊?压什么惊?有什么事情是能够惊得了尉敏的呀?"

尉敏一拍巴掌:"说得好,还是我们刘总有眼光有气魄,也更了解我啊——哈,高山流水,知音难求!"

刘庐又笑了一下,她习惯的那个尉敏又回来了,她的心情也好起来:"不过,我听说,你在你这些哥们儿中间,可是呼风唤雨的啊。"

尉敏更得意起来,就有点忘形,说:"何止我的这帮哥们儿,我尉敏的事情,简直、简直就是南州人民共同的事情嘛。你听说了没有,那天晚上,秦重天都直接冲到纪委书记家里去了。"

刘庐说:"当然听说了,但是人家对秦重天意见可大了,说哪有这样干涉纪委工作的?"

尉敏听了，沉默了一会儿，竟叹息了一声，说："唉，秦重天是够意思的，他现在难哪，可惜我和我哥，都帮不了他呀。"

刘庐点了点头，说："他的摊子太大了，不是一两个人能帮到他的。"

尉敏直直地盯着刘庐看了看，说："哎，刘庐，问你个问题，你对江博的实力，有多少了解？"

刘庐想了半天，才缓缓地摇了摇头，说："难说。"停顿了一会儿，又问道，"尉敏，你是想借王博的力量帮秦重天？"

尉敏说："王博前不久就通过我转达一个信息给我哥，他可以腾出一笔可观的资金，你觉得不现实？"

刘庐仍然摇头，说："王总这个人，很难摸透，但既然他这么说了，可以试试，不过……"

尉敏接过去说："不过别寄予过大的希望？"

刘庐微微地点点头，她完全能够感受到尉敏替秦重天着急的心情，她的内心感动着，谁都觉得尉敏是个很现代很自我的人，因为他喜欢吹嘘自己，喜欢抬高自己，嬉笑怒骂、玩世不恭，但刘庐却觉得，尉敏骨子里一点也不自我，他是一个以他人为重的人，他考虑的事情，多半是帮助别人，刘庐这么想着，神思走得远了。

尉敏说："也别怪秦重天心里不舒服、不平衡，换了我，我也一样想不通，国家政府的老板，要去求助私人老板，私人老板再大，能有多大？大得过国家政府老板？"

刘庐说："其实，也不用不平衡，曹雪芹早就说过，大有大的难处。"

尉敏虽然在说着怪话，但还是忍不住问刘庐："你外面关系多，在资金方面，有没有其他可能，比如你们有生意往来的一些比较大的合作伙伴和客户……"但这么说着，自己也知道希望渺茫，便自嘲起来，"唉，现在经商的人，个个号称什么什么，多少多少，可真正手里拿出几个的，又在哪里啊，连江博都基本上是徒有虚名……"

　　刘庐仍然没有吭声，尉敏赶紧说："算了，刘庐，这太为难你了，算我没说。"

　　刘庐虽然不说话，却站了起来，拿着手机向尉敏示意了一下，要到一边去打电话，尉敏点了点头。

　　刘庐到旁边的位子上坐下，就打起了电话，一直打了二十多分钟，刘庐回来了，说："叶白帆在上海有个办事处，过几天他会来上海。"

　　尉敏的眼睛一下子亮起来："叶白帆，就是广州的那个叶白帆？有希望？"

　　刘庐点点头："他应该有办法。"

　　尉敏激动地一拍巴掌，说："刘庐，要不是在这大庭广众之下，我就把你抱起来了！"

　　刘庐却脱口而出道："你别抱错了人。"

　　一言既出，驷马难追，尉敏心里一阵酸楚，但还是努力控制和调适好自己的情绪，说："刘庐，你们大家都错也，我和雨庭，是落花有意，流水无情啊……"边说边咧着嘴笑了一下。

　　但是尉敏的这一笑，刘庐的眼泪差点淌下来，她让自己平静了一会儿，说了句话："尉敏，天涯何处无芳草。"

　　尉敏愣了半天，忽然地抓起刘庐的手来，将自己的脸埋进刘庐的手心里，大约五六秒钟，他抬起头来，平静地说："好了，刘庐。"

　　刘庐的眼泪却再也止不住了。

六

　　雨庭在离开尉敏的那一瞬间，只觉得心慌意乱，双腿发软，根本就跨不出咖啡馆的门去，她心里很清楚，她这一走，恐怕是再难回到尉敏身边了，差一点，她就又回来了，但就在回来的想法一出现,心里又突然地一阵空荡,她同样知道,她这一回来,从此就再也没有谢北方了,就是向谢北方彻底告别了,雨庭心里,实在是放不下啊。

雨庭终于还是走了。

在古戏研究馆前的小巷里,雨庭拦住了谢北方,积郁了满肚子的委屈,喷涌而出,她也不等谢北方站定了,就迫不及待劈头盖脑地说:"谢北方,人家都说,男追女,隔座山,女追男,隔层纸,为什么我追你就那么难追?"

谢北方涨红着脸,支吾着,无法回答。

雨庭又说:"谢北方,我问你,你根本就没有什么女朋友,是不是?"

谢北方更窘了,支吾道:"我、我、我……"

雨庭说:"什么去美国,什么等两年,全是骗人的,你让尉敏来骗我的,你和尉敏合谋骗我,谢北方,你说!"

雨庭只是在说,并没有逼近谢北方,但谢北方却不由自主地往后退了一步,说:"不是,不是,不是尉敏骗你,是我骗尉敏的。"

雨庭脸都气得发青发紫,眼里含着泪,说:"谢北方,你为什么要一再伤害我?!"

谢北方愣了愣,说:"我、我……你?我伤害的是尉敏啊。"

雨庭没想到谢北方会说这样的话,更是无言以对了,含着的眼泪再也止不住,扑簌簌地往下掉。

有人经过他们身边,走过好一段路,还回头好奇地看着。谢北方有点尴尬,又不知如何劝她,挂着两只手,手足无措的样子。

雨庭边哭边说:"我就这么惹你讨厌吗?"

这回谢北方没有停顿,也没有思索,就说了:"我不是讨厌你,我是不喜欢这样的感情。"

他的话音未落,雨庭跳了起来:"这样的感情?怎样的感情?怎样的感情?谢北方,我早就告诉你,我跟尉敏没有关系,一点也没有关系,你不信,现在就叫尉敏来问,叫他自己来说……"

谢北方慌了,急不择词:"别、别别,尉敏已经、已经很……"

雨庭忽然抹了抹眼睛,停止了哭泣,瞪着谢北方道:"谢北方,你也配提尉敏?你跟尉敏,完全不是一类人,尉敏是一个替别人着想的人,他是以他人为重、考虑别人多于考虑自己的。你呢?你呢?你是一个与他完全相反的人,你考虑的,只有你自己,你自己的事业学业,你自己喜欢的事情,你在别人眼中的形象,你的道德准则,你恪守的行为规范,全都是'你的'。为了'你的',你不仅封闭自己的内心,你也不惜牺牲别人的一切,甚至可以践踏别人的感情……"

谢北方始终低垂着头,一声不吭,任凭雨庭教训,雨庭也知道,自己的话语十分激烈,是有意刺激着他。雨庭多么希望他能够忍不住了,哪怕辩解一声:雨庭你这样说不够公平,但是他始终不说话,使得雨庭始终不能看清谢北方的内心世界。

雨庭太激动了,一口气被呛着了,咳了半天,谢北方还是那样,手足无措地看着她。

雨庭终于咳停了,平息了一会儿,她自言自语起来:"我很傻,是不是?舍实求虚?但是爱情是说不清的呀,不是选优秀党员和先进工作者,没有评判标准,没有明确的条件,那才叫爱情……"

谢北方一脸的"对不起"的神情,仍然不说话。

雨庭却向他摆了摆手,说:"不怪你,问题在我自己,我现在才明白了我自己,我太自以为是,因为我的人生、我的一切都太顺利,过去在学校、现在在工作单位,都是出类拔萃的。当然,我也明白,那是我付出努力的结果,于是,便总是觉得,只要自己努力,想要什么就能有什么,占有欲太强,所以,命运让我遇见了你,而且让我爱上你,我是信心十足地上路的,以为只要自己付出真心,精诚所至,金石为开,你越是回避我,我越是不甘心,你越是不表态,我越是要看清你的内心,在一次次碰壁以后,我仍然不折不挠,我想,既然上了路,这条路就是非走下去不可的,但是我错了,我不得不承认,有些路,任你有多大的决心,也是走不到头的,金石就是不开,别的东西努力可以得来,但我想要的你给我的爱,却是我再努力付出再多也得不来的,这就是命运告诉我的一点道理,给一个太过自以为是的人的一点教训……"

谢北方自始至终听着雨庭说话,雨庭无论是指责他,还是解剖自己,他都没有任何辩解,只是像个犯了错的小学生,低头听老师训导,而老师呢,说了半天大道理,也仍然不知道学生心里想的什么。

雨庭心里突然地涌起一股彻彻底底的悲哀,她摇了摇头,最后对谢北方说:"对不起,说得不对的地方,请你原谅,你去忙你的吧。"

谢北方不过意地说:"那我就回馆里去了。"

雨庭点了点头,目送着谢北方向小巷深处的古旧研究馆走去,一步,一步,永远是走得那么平静、那么平常,一步不乱。

雨庭想追上去,紧紧地搂住谢北方,不让他走,对着他大声地叫喊:你不要离开我!你不要丢下我!就像五月一号深夜和五月二号凌晨,她对着尉敏喊的,可是,到头来,两个人都离她而去了。

雨庭的手机响了起来,是龚头儿找她,要她到他的办公室,谈一篇稿子的事情,雨庭握着手机,平静地说:"好,我马上就来。"

第 16 章

一

　　早晨,老省长尉从周起床后,就坐在沙发上看报纸,尉敢则面对打开着的电视机坐着,眼睛盯着屏幕,一动不动。其实,老爷子心里明白,尉敢哪里是在看电视,昨天都半夜了,尉敢急急地从南州赶回来,必定是有什么大的困难了,但半夜时,尉敢只是悄悄地在父亲的房门口看了看,没有惊动老爷子,一直熬到今天早晨,一起来,就看到老爷子在看报,尉敢仍然没有开口。

　　尉老的两个儿子,性格大不一样,如果是尉敏,恐怕昨天晚上一进门就会把老爷子从床上拖起来,竹筒倒豆子,啪啦啪啦地将事情说出来,恨不得立时三刻就要解决,半夜三更就会逼着老爷子给人打电话什么的。而尉敢不一样,火烧眉毛了,他还能忍上一段。

　　倒是老爷子不忍心了,火都烧到儿子的眉毛了,他还能安心看报纸?尉老放下报纸,说:"尉敢啊,说吧。"

　　尉敢犹豫了一会儿,说:"爸,我不知道该怎么说。"

　　尉老说:"你这个人,怎么做官做官,越做越犹豫,越做越没胆量?见了娘老子,说话都这么吞吞吐吐的,我可看不惯。"

　　尉敢不好意思地"嘿"了一下,说:"秦重天要我代问你好。"

尉老说:"秦重天,你告诉他,我会找他算账的,有事有人,无事无人的东西,跑锦绣路工程的时候,三天两头来拍我马屁,好,总指挥当上了,人影子都不见了,还说新碧螺春下来,给我送呢,在哪里啊?"

尉敢说:"爸,实在忙、压力……"

尉老摆摆手,说,"压力压力,你们这些年轻人,肩膀实在太嫩,这么一点担子,就呼天喊地的,你给我说说,什么压力?"

尉敢说:"主要是资金方面的……"

尉老更不要听了,不以为然地道:"我还以为有什么大不了的麻烦呢,资金的问题,你也好意思跟我说,我倒问问你,现在有哪一项工程不存在资金的问题? 有哪一个城市的建设,不存在资金的问题?"见尉敢欲辩解,又向他摆了摆手,说,"秦重天不是能得很吗? 是他派你来的?"

尉敢摇了摇头。

尉老又说:"你别强调自己的困难,人家为什么能够解决,你就不能解决? 说明你们没有能力!"

尉敢说:"爸,现在解决资金的渠道确实比过去多得多了,门路也广了,但是……"

尉老说:"那不就行了,你既然承认渠道多了,门路广了,你们就去找渠道、寻门路呀。北江高速公路的建设,就是北江市开创出的一个新模式,你们关心、借鉴了没有?"

北江高速公路的建设,首次开创了省市共建、以市为主、引进民间民营资本共建的模式,受到广泛的关注和有关方面的充分肯定,尉敢和秦重天,岂能不知,在锦绣路的开发过程中,他们又何尝不是在借鉴着、在探索着各种各样的新思路和新方式,只是……尉敢欲言又止。

尉老其实是深知秦重天的习性,并不比对自己的儿子了解得少,他见尉敢欲言又止,便说:"老实说,是不是秦重天抱怨自己的权力小了?"

尉敢说:"爸,对秦重天,你我都是了解的,他要权力,也是想要多做事情,并不是……"

尉老说:"这是起码的嘛,他如果是为了私利在争权,谁容得了他?"

尉敢说:"眼看着锦绣路一段段一块块被分割……"

尉老说:"你不用多说,我还不清楚,现在大家都面临这样的心病啊,就说国企的改制,前天江汽的马厂长,跑到我这里来痛哭一场,不也是这种心情?马厂长当江汽的厂长,整整二十年了,耗尽了心血,他舍不得啊!"

尉敢想象到马厂长痛哭流涕的样子,又想到秦重天苍白憔悴的面容,心里酸酸的,说不出话来。

尉老说:"尉敢啊,有些事情,感情是感情,时代是时代,我们老头子,都能想明白,该放的就放,你替我告诉秦重天,别那么小气,鸡零狗碎的,这不是他应该有的形象,放不到外人那里去,你做我做,不是一样做,不都是在为中国的发展做事情吗?"

尉敢听老爷子这么说了,心里凉了一大半,差不多明白,自己这趟家是白回了,他在心里长长地叹了一口气。但是,这气,不是为他自己叹的。

果然,尉老不等尉敢再说什么,又道:"你回去告诉秦重天,叫他死了这条心,跑老省长的办法,过时啦。当然,如果他来给我送碧螺春……"

尉老的话,被突如其来的撞门声打断了,尉老一听这声音,笑起来,说:"小敏这家伙,也来凑什么热闹?尉敢,不是你把他拉来做我的工作的吧?"

果然是尉敏回来了,他一看尉敢也在,立即道:"好哇,哥,又抢先一步啊,抢得什么好处了?"

尉敢说:"你怎么也回来了?"

尉敏说:"咦,这是我们老爷子的家,你回得,我回不得?"

尉老看着两个儿子,"呵呵"地笑着,高兴地说:"小敏啊,你倒赶得早哇。"

尉敏说:"我哪里有这么早,昨天就到了,不过太晚了,没有回来吵您老人家。"

尉老乐呵呵地说:"什么时候,我们小敏也知道体谅别人了……"说到一半,保姆走过来了,站在尉老身边。

尉老说:"什么事?"

保姆提醒道:"老省长,今天上午体检,您别耽误了。"

老爷子走后,尉敢和尉敏在家吃早饭,边吃,尉敏边说:"哥,又来替秦重天求老爷子啦?"

尉敢不想跟尉敏多说,只含糊地应了一下。

尉敏却说:"我哥的事业心,越来越强了啊,真是近墨者黑啊,你跟秦重天跟长了,都快成秦重天二世啦。"

尉敏提到秦重天,尉敢心里的阴影又爬起来,但他仍然不想和尉敏多说,锦绣路的困难、秦重天的心情,和尉敏说,毫无用处。

尉敏却是个好事者,越是尉敢不肯吭声,他还越是表现出极大的关心和关注,追着尉敢说:"哥,好啦,别愁眉苦脸,别唉声叹气啦,秦重天帮你坐上规划局局长的宝座,你也是知恩图报的嘛,你也没有少替他卖命,是不是?你良心上有什么过不去的?"

尉敢终于有点火了,说:"尉敏,你好意思说这种怪话,上回纪委找你的事情,秦重天怎么着急的,你不是不知道。"

尉敏见尉敢终于中计,笑了起来,说:"哥,你终于不再沉默啦?秦重天,我还能不知道他……"

尉敢说:"为了这事情,多少人在背后非议……"

尉敏说:"是呀,说实话,你这个做哥哥的,也不过如此了。"

尉敢说:"尉敏,你错了,我不会这么做,我也不可能这么做。"

尉敏说:"你得保住自己……"见尉敢皱眉了,又赶紧说,"保住自己,也是为了保住我嘛,对不对? 只有先保住自己,才能保住想要保的人。"

尉敢说:"尉敏,你知道就好,以后少惹麻烦。"

尉敏说:"你这话太不公道,上次的事情,又不是我惹的麻烦,他们狗急乱咬人嘛。"

尉敢没有心思和尉敏多啰唆,已经白跑了一趟,不能再浪费时间,他得赶回南州去,锦绣路工程上,一大摊子的事情还等着呢。

尉敏说:"哥,你别那么急,你知道我赶回来什么事情,你就不能往好处想想我,我会不会就是为你的事情,为秦重天的事情来的呢?"

尉敢一听,尉敏话中有话,尉敢觉得灰暗的心里,闪出一点亮光,赶紧说:"尉敏,你说什么?"

尉敏说:"你记得我以前跟你说过叶白帆吗? 就是王博和刘庐都熟悉的那个广州人,这几天他正在上海,我昨天下午已经跟他见过面了。"

尉敢心里又是猛地一跳,脱口说:"叶白帆,他手里有资金?"

尉敏说:"他没有钱我说他干什么,秦重天不是急着要凑那百分之三十的资本金吗?"

尉敢不由得说:"你怎么都知道。"

尉敏说:"秦重天要是知道我这么了解情况,你可就冤啦,他必定以为是你告诉我的。哥啊,你口风再紧,也是白紧,你有我这么个弟弟,你再洗也洗不干净自己。"

尉敢不高兴听这话,脸色沉下来,说:"尉敏,别乱说话,什么洗也洗不清,本身没有问题,有什么可洗的?"

尉敏说:"秦重天的苦心,已经成了司马昭之心啦,路人皆知,只有你们自己还以为天衣无缝呢……"

尉敢说:"你那个叶白帆怎么说?"

尉敏说:"他可以想办法帮你们渡一渡这个难关,你们要筹集百分之三十的资本金,拿这个资本金去贷款,也就是说,等到贷款拿到手,资本金的用途也就结束了,再把资本金还回去……"

尉敢说:"你是说,叶白帆那里,可以先借贷部分资金给锦绣路?"

尉敏说:"哥,你别高兴得太早,世界上没有免费的午餐,天上也不会掉馅饼……"

尉敢心里一沉,问道:"他是什么条件?"

尉敏轻飘飘地说:"哥,你别紧张,不会给你惹麻烦的,正常的,点子总要兑现……"一看尉敢要说话,赶紧摆手,又道,"哥,返回点子是有政策规定的,你不用担肩胛。"

尉敢说:"问题不在这里……"

尉敏说:"哥,你想想,难道我会让你做违反政策的事情吗?"

尉敢怀疑地说:"他的钱是哪里来的?不是他自己的?"

尉敏说:"我猜也不会是他自己的,但是我们也不必管那么多,只要他有钱,能够帮你帮秦重天渡过这一关,你管他呢。再说了,他要的点子费相当低,只要千分之零点五,够低的了吧?"

尉敢已经泄了气,过了一会儿才说:"这不是个高低的问题,不好操作,这笔钱,无论多少,都不好入账的。"他见尉敏还要说下去,便摆了摆手,说,"这种事情,就怕到时候说不清,锦绣路麻烦已经够多,不要再多事了,这件事情,到此为止了,你也不必再提。"

尉敏说:"哥,你忍心看着秦重天像头困兽似的,在笼子里转来转去,惨不惨?"

尉敢说:"有些事情一旦做了,只怕更惨。"

尉敏说:"只要操作得好,你们动作快一点,赶紧将银行的贷款争取到,赶紧还了人家的钱,这事情,神不知鬼不觉,就过去了。"

尉敢说:"若要人不知,除非己莫为。"

尉敏说:"你这是老掉牙的观点了,现在做了事情,一辈子也不被揭穿的人,比中途被揭穿的人,要多得多啊,那就是比速度、比智商嘛。"

尉敢厉声说:"尉敏,你什么话?你糊涂!你说说,哪个出问题的人,认为自己智商低的?"

尉敏见尉敢这么严厉,便笑了笑,说:"这话倒不假,出问题的,几乎个个是能人,你看这些人,即使判了刑,再出来,还能干出一番大事业来。"

尉敢不再愿意多说了。尉敏本来就一直是他的一块心病,尉敢实在不想因为自己、因为锦绣路,给尉敏造成什么新的麻烦。

尉敢灰心丧气地回南州去了。

尉敢却不知道,就在他回南州的路上,秦重天的车,也已经出发赶往上海去了,一个小时以后,秦重天就坐在叶白帆的对面了。

尉敢回到南州,忙了半天,到下午,才听说秦重天上午就去了上海,尉敢心里一紧,有一种预感产生出来,赶紧打尉敏的电话,却没有打通,老是"正在通话",又打秦重天的手机,也是"暂时无法接通",倒是小佟的手机开着,但是秦重天并没有要小佟跟他一起去,小佟也不太清楚秦重天突然到上海去干什么,只知道上午接到一个电话,就急急忙忙出发了。

尉敢的预感更强烈了,他正在犹豫要不要追去,秦重天的电话却已经追过来了,道:"要不是尉敏,我这大好的前程就毁在你手里了!"

尉敢急了,不得不说:"秦市长,尉敏那边的事情,你要慎重!"

秦重天说:"是呀,慎重,慎重,都慎重到我两手空空、一无所有了,你还要我怎么慎重?"

尉敢说:"叶白帆那边要的点子费,怎么操作……"

秦重天说:"你怎么知道无法操作?事情是死的,人是活的嘛。"

尉敢更急了,怕秦重天饥不择食,急于求成,听信尉敏和叶白帆那些人的馊主意,也不搞搞清楚是怎么回事就拿人家的钱,赶紧说:"秦市长,这样,你们先慢慢谈起来,我马上赶过来,这事情,既然是尉敏牵头,就由我出面吧。"

秦重天说:"尉局长,你什么意思,这么悲壮?舍身救人啊?"

尉敢心里一咯噔,这个秦重天,说话总是百无禁忌,再不吉利的话,也是随口乱吐,尉敢无心再多说什么,道:"秦市长,我马上出发。"

秦重天却哈哈笑道:"尉局长,你来迟了,我已经在回来的路上了。"

这件事情从头到尾,快得惊人,给叶白帆那边的点子费,从锦绣路工程的账上走的时候,是用预付工程款的名目支出的,因为款项不算很大,按规定,由尉敢签了字的,钱就打出去了。

叶白帆也果然不食言,收到钱以后,三天内,那边的资金也准时到账了,紧接着,银行贷款也顺利解决了。

这一天,秦重天独自一人,来到孝义街的原址,拆迁后的这片土地,经过初步的平整,虽然还只是一片空地,但在秦重天的眼里,却已经具有了相当的气势和气魄。

秦重天站在路边,看着看着,长长地吐出一口气来,自己对自己说:"秦重天啊秦重天,那一阵山穷水尽的时候,我还以为你真的不行了,现在看起来,你还是能干点事情的啊!"

二

下班后,王依然经过夏同的书店,本来没有想要停下,但无意中发现有几个人在门口指指点点,和刘阿姨说着什么,刘阿姨的情绪,看上去有点激动,好像有什么事情发生了,王依然一闪念,就过来了。

夏同不在,刘阿姨告诉王依然,这几个人在书店里里外外看了半天,带了尺子要量书店的面积,还一定要到里边的储藏间去看。"王老师,你说说,我是看店的,我又不认得他们,怎么能让他们随随便便进去看?我不可以的,我没有资格让你们进来的!"刘阿姨看到王依然,感觉有了依仗,嗓门也大起来。

这几个人并不像刘阿姨那样激动,他们笑眯眯的,其中一个和气地说:"是夏经理让我们来的,他的房子可能要卖给我们,我们要拿来派用场的,实际面积到底是多少,一定要心里有数的呀,这位阿姨,您说是不是?"

刘阿姨并不是个不明事理的人,但是今天像是吃了火药:"我说不行就是不行,你们要进去,等夏经理回来,只要他同意,你们尽管进去。"

那个说话的人笑起来,向自己的同伴说:"这位阿姨,很忠于职守,别为难她了,改天等夏经理在的时候,我们约好了再来吧。"

人已经走了,刘阿姨回进店里,心情却没有平静下来,王依然问她:"刘阿姨,夏同真的要卖书店了?"

刘阿姨长叹一声,说:"他要凑钱替吴一拂弄什么收藏馆,唉,这个吴一拂,夏经理好像是前世里欠他的……"话音未落,刘阿姨突然挡到了书店门口,一下子拦住了经常来看书的那个叫小雪的外地女孩,刘阿姨伸手一掏,从女孩口袋里就摸出一本书来,刘阿姨气道:"你怎么这么无耻,叫你不要来了,你又来,来了就偷书……"

小雪又窘又怕,涨红了脸,憋了一会儿,嘤嘤地哭了起来。

刘阿姨回头对王依然说:"王老师,你今天正好在这里,你亲眼看见的,这个人,又偷书,又被我抓住了。"说着,回头向小雪道,"你自己说,你自己说,几回了?"

小雪边抹眼泪,边说:"对不起,对不起,我、我实在是喜欢这本书。"

刘阿姨说:"王老师,你别被她的假象迷惑了,她已经偷过好几次书,上一次被夏经理放走了,过了几天又来偷,你说烦不烦?"

王依然走近小雪,看了看她,说:"你不知道偷书是不好的行为?"

小雪哽咽地说:"我、我知道,我是给我……"

刘阿姨说:"又要说了,啊,我是偷给我弟弟的,我弟弟喜欢看书,我家里穷,我弟弟买不起书,你要编故事,也编一点新鲜的……"

小雪说:"我是真的,不是编的,我弟弟……"

刘阿姨说:"你少来这一套,无论你有什么理由,你偷书总是不对的。再说了,你怎么老是跑到我们书店来……"

小雪说:"我喜欢看你们书店的书。"

刘阿姨哭笑不得地看了看王依然,说:"现在社会上,什么样的人都有。"然后对小雪挥挥手,"走吧,你以后不要再来了,你再来这店恐怕也已经不在了。"说得十分伤感。

小雪走后,王依然又问刘阿姨:"夏同到底怎么想的,建一个收藏馆,可不是个小事啊?"

刘阿姨说:"是呀,夏经理从前总是多一事不如少一事的,有条件开个大书店他都不愿意开,就弄这么个小店,现在倒好,为个吴一拂,忙个不停。"停顿了一下,又说,"难啦,到处碰钉子,没有办法了,现在不光要关了自己的书店,还在动自己老母亲和他的三舅顾家衡的脑筋呢。"

王依然道:"他三舅?就是顾红医生的父亲吧?"边问着,心里不由急起来,又脱口说,"夏同是想恢复吴学澜故居,将吴一拂收藏馆建到那里去,这可不是几十万的事情,靠夏同的力量,怎么可能?"

话音未落,顾红正好走了进来,笑答道:"这就叫不自量力嘛。"边向王依然点头打招呼,又说道,"夏同啊,也算是煞费苦心了,可他不知道,现在这社会上,哪个不是费尽心机,他套得住谁啊?林冰?王博?还是市政府?唐市长?秦市长?开玩笑了!"

王依然听顾红说到秦重天,不免有些不自在,但顾红是不在意的,说话也没遮拦,说了也不管后果的,她继续道:"听倒是听说,王博有这样的意向,要做一些开发南州故居旧宅的项目,吴学澜故居应该是最好的试点,只不过,钱在人家手里,夏同看得见使不着啊,王博迟迟不动,夏同急得——干着急嘛。"说着说着自己笑了起来,边笑边道,"夏同可从来都是不管风吹浪打,胜似闲庭信步的人物啊……"

刘阿姨说:"顾医生你有点幸灾乐祸啊?"

顾红说:"我幸灾乐祸什么呀,城门失火,殃及池鱼啦,他还要将我老爹老娘扫地出门呢。"

王依然道:"夏同这是干什么呢?这么凑出来的钱,离实现他的计划,恐怕还差得远吧?"

顾红说:"他想先将里边的几十户住家搬迁走,先守住这个地盘再说,那也得凑出几百万啊,夏同也太天真太浪漫……"说着想到什么好笑的,又笑了起来,说,"旧衙前3号的居民,一直在埋怨,当初街坊改造时,整条街的邻居都迁入新居了,就他们这3号,硬是被保护下来,一晃就一两年了,他们哪能不怨,不知从哪儿得到消息,说夏同要替他们出头,都来找他,盯住了,缠住了……"

刘阿姨也说:"是呀,那天有好几个人居然跑到书店来,问夏经理要说法,夏经理没有明确的说法给他们,他们居然骂起夏经理来。"

顾红说:"哈,活该啊,谁叫他做大众肩膀呢,政府还顾不过来呢,夏同感觉上,自己比政府还强大?"

王依然笑了笑,她知道顾红的脾气,豆腐心肠刀子嘴,其实她的责任心,可不比夏同差呢。

顾红又道:"那天我跟他说,就算你有责任心,看着这些东西被毁坏,被冷落,心里过不去,但是你不想想,这许多年,我们已经破坏了多少,已经丢掉了多少,你追得回来吗?他怎么说,亡羊补牢,未为迟也。"顾红说着"哼"了一声,道,"王老师,你看看夏同,是不是跟从前不一样了?"

王依然说:"从前的夏同,事不关己,高高挂起的……"

顾红说:"现在简直——唉,心疼得过来吗?"

王依然说:"光心疼是没有用的,还是得尽最大力量去保护所剩不多的、逃过劫难的羊。"

顾红说:"王老师,你和夏同一样的观点啊。"顾红说着,看了看表,说,"哎呀,时间不早了,今天我夜班,得走了。"

王依然也该走了,和顾红一道出门时,顾红边走边对王依然说:"王老师,秦市长的身体,你们要多注意,最好抓紧时间去检查一下,主要看看心脏方面……"

王依然说:"他身体一直很好,可能是喝酒喝的。"

顾红摇了摇头,想说什么,但是没有说出来。

三

王依然回到家,保姆已经做好了晚饭,要等钟钟放学回来一起吃。王依然开了电视,却看不进去,默坐了一会儿,惦记着夏同那边的事情,她的想法和顾红比较一致,觉得有些事情,凭夏同个人的力量,毕竟力薄势单,她看了看时间,这时候应该是秦重天下班以后、晚宴之前的空隙,王依然便给秦重天打了个电话,谁知,电话拨通了,她还没有开口说什么事,秦重天不耐烦的口气已经冲了过来:"喂,我正在开会!"

王依然愣了一愣,心里一气,随手挂断了电话。

秦重天那边,还等着王依然说话呢,见王依然不说话,便道:"咦,说呀?"话音未落,便听到"嗒"的一声,挂了。

秦重天放下电话，见大家都看着他，没好气地说："看着我就能解决问题了吗？"抓起桌上厚厚的一沓建筑单位的情况介绍材料，扬了扬，说，"你们谁说说，弄这么多投标单位来，怎么摆平？谁摆得平？"

大家面面相觑，谁也不好说话。

会展中心的预算，在四个亿以内，这正好卡在省级的口子里，基本建设的项目，一亿以内，市里自己有权审批，四亿以内，要经过省里批准，超过四个亿，就要到中央去批了。所以尽管秦重天有天大的胃口，也不敢冒那么大的险，省里的事情，秦重天自己觉得有把握，能够摆得平，再往上，也不是没有办法疏通，但要付出的代价就大得多了。秦重天毕竟还懂得什么叫适度。

一开始，闻舒和田常规也都建议秦重天，将会展中心的规模适当缩小，控制在一亿以内，自己市里通过就行了，弄到省里，还不知道前途如何，但会展中心是秦重天在锦绣路投下的最大也是最心肝宝贝的砝码，怎肯缩小规模。为了这四个亿的工程，秦重天和尉敢可没少吃辛苦，省政府各部门的门槛都被他们踏烂了，最后终于拿到了批文。

接着就是工程招标。在秦重天这里，早已经约法三章，无论什么人介绍，无论什么过硬的关系，都一概按规矩办事，要想挤进来，都得过五关斩六将。秦重天先用"一级资质、一千万注册资金、承接过三次三千万以上工程"这"两个一，两个三"的标准毫不留情地挡掉了一部分"关系户"。但是后来居上者，能够闯过这三关的建筑公司数量之多，大大地出乎原先的预计。

秦重天只能不停地使出第二招、第三招、第四招土政策，就这么一关一关地卡，每卡掉一批，秦重天就要遭遇一点麻烦，张领导打电话来询问，李领导见面不冷不热的，王领导更是不甘心，又会搬出更有力的砝码替建筑公司做担保。

在建筑市场，应该甲方是爷，乙方是孙子，因为总是乙方求着甲方要承接工程的,但是更多的时候,事情却颠倒过来,哭丧着脸的不是乙方的代表,而是甲方的头头儿。

就在秦重天的会议室里,具体负责会展中心建设的会展中心实业投资总公司的总经理罗霖,苦着脸,看着那一大堆材料,说:"秦市长,您看……"

秦重天说:"我叫你想办法杀、杀、杀,你为什么不杀?"

罗霖说:"实在杀不了了。"

秦重天说:"杀不了? 我就不相信……"边说,边抓起一份介绍材料,看了看,说,"这个广峰集团,杀不掉?"

罗霖说:"杀不掉,五关六将他都轻松过来,我们的条件,一条半条也卡不住他。"

秦重天说:"卡不住的单位多得是,卡不住就要接受吗?"

罗霖说:"这是我们一开始就确定的方针。"

这方针也是在秦重天的建议下对外宣布的,现在却有点自食其果了,秦重天闷了一闷,说:"你们怎么就不会长点心眼儿,厉害的角色,惹不起可以躲嘛,不要与他们接触。"

尉敢在一边插了一句,说:"这个广峰,是胡明光介绍的。"

秦重天一下子憋了一口气,憋了半天才说:"你早不说。"

罗霖又随手拿起一份介绍材料,说:"这个公司,有陈列的股。"

其实秦重天何尝会不知道,只是气不过时,又怪到别人头上。

大家又沉默了一阵,尉敢说道:"秦市长,罗总这里,确实棘手,很不好处理,我觉得,有个办法是不是可以考虑……"

秦重天说:"卖什么关子?"

尉敢说:"会展中心的项目,不是一步到位的……"

秦重天打断他说:"谁说不要一步到位? 难道主馆和附属建筑,到时候还分期分批开张?"

尉敢说:"我是说我们在招标的时候,对外,能不能这么公布呢,我们可以分块、分时段进行招标……"

秦重天说:"把蛋糕切小了大家分。"

尉敢说:"只有这样了。"

秦重天气道:"是呀,好好的大事业,非要搞到鸡零狗碎,你们不嫌琐碎,我都嫌烦,这不又回头吃大锅饭吗?"口气虽然不满,但大家都听得出来,秦重天是同意这个方案的,都偷偷地松了一口气,打起了下一步的算盘。

秦重天又指了指桌上的材料,问道:"这些集团、公司,不是说都已经做好了标书吗,重新来过?"

罗霖说:"秦市长,我们公开招标项目时,已经考虑到这一点,就是招的分段项目标。"

秦重天瞪了尉敢一眼,说:"先斩后奏啊,幸亏我还没来得及出去瞎吹……"

大家都笑了起来,罗霖乘机说:"秦市长,那我们就正式开始操作了,明天召开审核小组会议,就摇号定评委了。"

秦重天扫了一眼会场,最后眼光落到罗霖身上,说:"罗总,招标的事情,大家都盯得死死的,可别给我惹麻烦啊。"

罗霖说:"秦市长你放心,标书都是当场拆封的。"

秦重天说:"你的评委,什么时候通知他们?"

罗霖说:"明天下午摇号,晚上通知,后天上午就是工程投标最高审决……"

秦重天说:"为什么这中间要有间隙,下午摇号,晚上通知,第二天开会?"

罗霖说:"这是惯例。"秦重天说:"你跟我来惯例,别人不跟我来惯例。"

罗霖说:"秦市长,其实,这中间隔的时间相当短,即使有人想要做手脚,恐怕也来不及。"

秦重天说:"我的意思你听不明白?我才不管谁要在这一点

点时间里做手脚,料他们也没有这么快的动作,但是,你时间再短,也是留给别人的口实,你懂不懂？那些钻天打洞挖空心思却没有能中标的人,不能给他们留下任何说话的把柄,你要知道,这些人,个个都是背景显赫的,你惹得起？你长豹子胆了？告诉你,你惹得起,我秦重天还惹不起呢。"

罗霖一时有些尴尬,本来确定了日程,现在被秦重天否了,不知该怎么办了,他下意识地看了看尉敢。

尉敢说:"缩短操作时间,原来你安排的三个阶段,全部放到一个晚上,早一点集中,摇号,通知,最后审决,一气呵成。"

秦重天心里很赞许尉敢的果断,但嘴角上却挂着一丝嘲笑,没有说话。

罗霖则说:"如果事先一点都不和评委库的评委接触,风声是守紧了,但是他们万一不在家,摇出号来也找不到人……"

尉敢说:"当然要通知他们,这一天晚上不要出门,同时,我们的车,等在外面,一旦摇出号了,车子马上发过去,接上评委过来……"

秦重天忍不住"哈"了一声,说道:"搞得跟地下工作似的,尉局长,我看你可以当个安全局局长保密局局长之类的。"见大家还等着他说话,便摆了摆手,说,"你们不是都商量好了？还看着我干什么,散会。"

散了会,秦重天总是要让尉敢再留一留的,但是今天秦重天还没有开口,尉敢却主动留了下来。尉敢留下后,一时间,两人却都没有说话,虽然招标的难题暂时地缓解了,但是他们的心情却轻快不起来,谁都清楚,分段分时招标,只是缓兵之计,只是将迫在眼前的麻烦往后推一推而已,麻烦仍然是存在的,推是推不掉的,躲也是躲不过的。

更何况,使出这一招,明眼人能看不出他们的伎俩？后面的压力岂不是更大？

秦重天憋了一会儿,见尉敢也一直不说话,憋不住了,问道:"尉敢,你有什么话,就说。"

尉敢犹豫着。

秦重天有些沉不住气,说:"你留下来,不就是有话要说的吗?平时想让你留一留都推三阻四,恨不得赶紧溜走,今天主动留下了,却又不说话。"

尉敢这才吞吞吐吐地说:"秦市长,我总觉得,我们这样走下去,越走越累,就说这工程招标的事情,既然都有具体的责任人,本来就不应该你我都来过问的,但是现在……"

秦重天说:"我们不出面,罗霖有办法对付这些人吗?他能摆得平?就算他有魄力,有胆量,但这些人,哪个是你我能够得罪的?"

尉敢说:"问题就在这里,我们求人的事情太多,也必定是要背上沉重的包袱,你求人,人求你,就这样无休无止,没完没了……"

秦重天说:"不求人你能干得起来?寸步难行!"

尉敢说:"但是至少可以少求人。"

秦重天"哼"了一声:"少求人?你尉局长面子大,人家会主动给你送货上门啊?"

尉敢说:"说到底,求人,托人情,拉关系,造成严重的不公平,都还是计划经济下出现的不正常现象,还是体制造成的问题,我们进入了市场经济,但是从前的弊病却没有完全彻底地扔掉。"

秦重天愣了一会儿,口气意外地和缓起来,说:"你说不公平,我们今天不正是在做尽可能公平的事情吗?要不是为了这个公平,我们还瞎忙什么,我说了算就是了。"

尉敢说:"如果不从根本上解决问题,我们只能是心有余而力不足,甚至、甚至……"他犹豫了一下,还是说了出来,"甚至成事不足败事有余。"

秦重天仍然在耐心地听,甚至还"呵呵"笑了一下。

尉敢便一鼓作气地说下去:"前几天,建设局请来一位上海的专家,给大家讲城市建设资金的筹资融资问题,我们几个,李棉、向东等几个人一起去听了听,大受启发……"

冷笑已经挂在秦重天的脸上了,但他仍然控制着,说:"什么启发?也说给我听听嘛。"

尉敢虽然已经感受到秦重天的敌意,但他已经不能不说了:"我们的城市管理体制,存在着很大的问题,城建资金的来源源头太小,与城建上需要的资金相比,杯水车薪。李棉那里算过一笔账,从明年起的三年内,南州城建资金缺口,高达七百多亿,是这三年城建资金来源总量的三十八倍……"

秦重天当然是心知肚明的,尉敢、李棉什么人,哪里在他的话下,他们算这笔账那笔账,哪笔账也没有秦重天心里的账算得明白,尉敢也明明知道他秦重天苦在什么地方,还偏偏老是哪壶不开提哪壶,秦重天的脾气终于又控制不住,火气冒上来了,气道:"尉敢,你别以为我不知道你肚里打的什么歪主意,你是早晚心不甘,想夺权啊!"

尉敢笑了一下,说:"你怎么理解都可以。"

秦重天说:"你夺了我的权,你以为你会有好处?"

尉敢说:"至少你我都不用这么累。"

秦重天说:"尉敢,我告诉你,给共产党干活,就是累的,给老百姓做事,就是累的。怕累?怕累你就辞职呀,占着茅坑不拉屎,你休想。"

尉敢笑道:"茅坑里臭烘烘的,有什么好占的。"

秦重天也笑了一下,却笑得很辛酸,笑过之后,又长叹一声:"唉,尉敢,你老戳我的心境干什么呢,筹资融资,我哪天不在费尽心机,引进民资、社会资本参股、转让经营权、发行股票、国际资本进入,我考虑得还少吗?做得还少吗?就说我们这锦绣路上,大一点的、能成一点气候的,也只剩下这个会展中心了,你就连我这最后的一块阵地,也想剥夺了啊?"

尉敢对秦重天不可说不了解,正是因为这种了解,才使得他愿意跟着秦重天做事,但也正是因为这种了解,又使得他不得不说出许多伤害秦重天的话来:"人常常是崇拜英雄的,但是他们有时候又最喜欢看到英雄失败,英雄失败了,他们会有三分钟的热度,但是很快就⋯⋯"

秦重天说:"你我之间,谁是英雄呢?"

尉敢说:"你说呢?"

秦重天得意地笑起来了:"你还有点自知之明嘛。不过,你说这话,对我可不吉利啊,你认为我最终是个失败的英雄⋯⋯"

尉敢说:"有时候,无论你付出了多少、牺牲了多少、曾经创造了多少、贡献了多少,一旦在前进中跌倒,或者落马,或者哪怕只是暂时的停顿,最后落到头上的,仍然还是骂声一片。"

秦重天说:"我看到过一篇文章,提议大家给悲剧一点掌声,文章写得很有道理,请大家不要忘记最后归于寂寞的英雄,因为记住了他们,就是记住了历史进步的全部曲折和悲壮。"秦重天认真地说着,看着尉敢凝重的脸色,忽然拍着桌子大笑了起来,"啊哈哈,尉敢啊,你放心,哪一天你倒下了,我一定会给你鼓掌,拼命鼓掌!"

尉敢哭笑不得,但心底里却泛起一阵酸涩。

秦重天感觉自己占了便宜,又得意扬扬地乘胜追击:"尉敢啊,跟我谈人生,你不觉得自己还嫩了一点?关于人生,关于我们这些人的命运,怎么也轮不到你来告诉我,还是让我来开导开导你吧,做共产党的干部嘛,你得在思想上准备好这几条:一、干得越好,调动的可能越大,越是艰险越向前,你不是很能干吗,那就把你调到最艰苦的地方去,艰苦的地方需要好干部嘛;二、前途不掌握在自己手里,不仅仅是苦干决定的,也不仅仅是能力决定的,是许多可知和不可知的因素加起来的;三、今天你在甲位上,为了自己这一块的利益和发展,你可以和乙位争个你死我活,不惜一切手段,贬低对方,抬高自己,但是明天你可能就换到了乙位上,代表对手和原来的你开始争斗,你会不会觉得,这是在和你开玩笑,是不是觉得有点滑稽?这些,都是明摆着的,你知我知,当干部的,人人都知,但是你,或者我,会不会因此就不干自己该干的活了,或者就拆拆烂污,马马虎虎了呢?至少你我不会的吧?"

尉敢点了点头。也许是明知身后的悲哀,但仍然意气风发地工作,这是英雄,还是愚蠢?

秦重天忽然想起了什么,边抓起电话边说:"差点忘了,刚才夫人打电话,没顾上接听,得罪大啦,赶紧赔罪。"

但是电话还没拨出去,另一部电话铃却响了,是小佟打进来的,告诉秦重天,王博突然来了,正在外面等秦市长,因为没有预约,小佟请示秦重天,是见还是不见。

秦重天放下电话,对小佟说:"为什么不见?"

四

秦重天一见到王博,就"哈哈"笑道:"王总,你来迟了,我的会展中心,马上就打桩了。"

王博则是以一贯的温和笑了笑。锦绣路会展中心这一仗,因为秦重天的后发制人,确实使王博失去了最后的机会。其实,正如外面传说的那样,王博的江博集团,经历了一年前的保健品广告质疑事件后,元气大伤。本来王博完全能够也确实应该抽身退出一段,休养生息,重新积累,以利再战,但是,王博在关键的时候,却没有能沉得住气,被"江博要垮了"的传言刺激着,更被名誉压着,王博不但没有以退为进,却是进一步全方位发展全面开花,到处投资,到处扩张,果然,不多久,"江博垮台"的传言不攻自破,但是江博却离真正的垮台不远了。

王博比谁都清楚自己的问题,但是他也比谁都控制不了自己,他的想法太多,他不能不将这些想法付诸实施,但是到头来,束缚住他的,也恰恰正是这些含金量最高、最有价值的想法。

王博对于锦绣路会展中心的觊觎,亦是他所做的最后的拼搏。江博早已经没有了独立担当会展中心的实力,但是凭借会展中心这块牌子的无形和有形的资产,王博是十分清楚的。如果说,在开发锦绣路的过程中,除了秦重天以外,还有一个人对会展中心志在必得,他就是王博。王博知道,只要他手里掌握了这块牌子,融资不是问题,大家会趋之若鹜,现有的一切,都会迅速改变,很可能就是江博摆脱困境的唯一的机会、也是最好的机会。

所以,王博早早地就安排妥了一切,包括尉敏的事情,都是他棋盘中的一着棋。当然,王博的计划没有落空,应该说是步步着实,最后如愿以偿地拿到了锦绣路最适合建会展中心的地块,虽然地价高了一点,但王博觉得值,只要会展中心的旗号一打起来,什么麻烦都会迎刃而解。

果然,在拍得锦绣路3号地块的当天,就已经有好几家投资公司上门来了,王博稳操胜券,稳坐钓鱼台,只等着秦重天来谈判。

他没有料到,秦重天留有一手,竟做起了假文章,将孝义街那么好的地块留给了会展中心,王博以高价拍得的3号地块,不仅不能招商引资、筑巢引凤,相反,还成了别人的一个笑柄。

现在王博坐到秦重天的面前,听到秦重天的笑声,王博自己也笑了,说:"我这个人,真是机关算尽啊。"

王博自嘲自贬,秦重天倒不好意思再笑话他了,说道:"我这个人,也是机关算尽啊,王总,不管怎么说,你的3号地块,也是个宝嘛,抓着这块宝,江博误不了事的。"

王博说:"秦市长知道的,我看重的是会展中心嘛。不过我不知道,秦市长手里,真拿得出四个亿给会展中心?秦市长真的不打算用参股的方法减轻一点自己的压力?"

秦重天说:"王总,你想参会展中心的股?就江博目前的情况,你能参多少股呢?你能成为大股东吗?"

王博笑着摇摇头。

秦重天控制不住用骄傲的口气说:"嘿,王总,说到底,还是我这个老板大一点吧?"

王博说:"那当然,天下都是你们的嘛。"

秦重天辨了辨王博话里的滋味,没有辨出什么特别的用意,但他也意识到自己的口气太大,便放下来一点,说:"天下是我们大家的,只不过各人掌管一块,你的一块,和我的一块,毕竟不同嘛。"

两人斗了一会儿嘴,好像互相在试探着对方,秦重天也知道,王博不是来和他闲谈的,虽然秦重天一时不能判断王博具体为什么而来,但据他的猜测,恐怕与王博拍下的那块3号地有关。

果然,王博提出了他的想法,他要在3号地块建南州第一个博士园研发信息中心,届时将吸引许多高学历的科研人员来此安居、搞科研、向全社会交流和提供经济信息。

只是,根据规划,锦绣路东头的地段,主要是用来建造商贸、服务、娱乐业的设施……秦重天向王博看了看,说:"南州第一个研发中心?王总,你是永远都要做'第一'的啊!"

王博道:"跟秦市长学的。"

两人相视哈哈一笑。

秦重天又说:"王总,我们明人不说暗话,据我了解,江博目前的状况并不妙,你真的还有实力扛这么重的担子?"

王博也坦率地说:"秦市长,我的3号地,已经易主了。"

秦重天倒是没有料到,说:"那你,今天还来……是替别人跑的?"

王博说:"事业是别人的了,但事情是我做的……"

秦重天"哈"了一声："那还有意义吗？"

王博说："当然有意义，我更看重的是做事，只要有事可做，就是有意义。"

秦重天说："哈，难怪别人都说，王博是个思想的狂人，说你脑子里的主意，分分钟的，好点子要多少有多少……"

王博说："不仅是思想的狂人吧？难道我没有创过实业？"

秦重天又说："还传说，王博聪明才智太多，脑子太活，闲不下来，有力无处使，只好去玩电脑游戏。"

王博笑道："这倒不假，你知道我现在几段？"

秦重天说："什么几段，下围棋啊？"

王博说："电脑游戏也有段位的，我在这里边的地位，就相当于围棋界的聂卫平、马晓春。"

秦重天说："这我相信，你是样样要做第一的，做事业要第一，玩也要第一的，这才是王博嘛。"他停顿了一下，又说，"还有人说，王博已经彻底毁了，沉在电脑游戏里不能自拔，全无心思管理公司的大事了。"

王博说："我一天玩电脑的时间，在八小时以上。"

秦重天笑道："你即使一天二十四个小时都在玩电脑，王博还是王博，还是那个不败的英雄王博。"

王博说："不是不败的英雄，是失败了总能爬起来再奋斗的英雄。"

在王博的发展史上，曾经几次盛极而衰，但是每一次王博都抱着从零开始的态度，踏踏实实地从头再来。公众对王博刮目相看的重要原因，也许并不在于王博曾经创造了多少辉煌和财富，而是敬重一个跌倒了能够重新站起来的英雄。

如今，王博再一次陷入了困境，但他却异想天开地站到了别人的平台上。秦重天的内心，深深被王博的执着所感动，虽然嘴上并没有给王博什么保证，但是心里已经在考虑3号地块的重新规划问题了。

本来，话说到此，王博的来意也差不多体现出来了，秦重天的意思也差不多都表现出来了。可秦重天忽然想到了什么，兴奋起来，问道："王总啊，那天我到吴一拂家去，在旧衙前，看到你的车子，我还寻思呢，那地方，有什么东西吸引王总的呢，王总可是大胃口，那么小的地方，容不下王总的嘛……"

王博笑道："后来寻思出来了？"

秦重天说："王总的思路忽天忽地的，我哪里跟得上王总的思路啊，后来是听说的，王总有意涉及南州的一些老宅旧居，就说这吴学澜故居，里边要办个吴一拂收藏馆，我说好哇，这是有远识的民营企业家替我们政府分忧解难嘛，我跟他们说，你们要大力支持，开绿灯。"

王博说："我确实有这样的想法，只是目前，也还是心有余而力不足，暂时恐怕还动不起来，却没想到，只是一点想法而已，就闹得众所周知了。"

秦重天说："既然王总也只是个意向，那我们之间，也还有机会抢时间争速度。王总，不瞒你说，关于南州名人故居的问题，这一两年来，一直在我心上搁着。"秦重天说着控制不住地激动起来，"我听他们汇报，南州大大小小的名人故居，大约还有两百座，我这心里，恨不得一夜之间，就将它们恢复本来面貌……"

王博说："许多老南州人，年轻时就离开了南州，他们记忆中的南州，是个什么样子，冲着这印象中的南州，他们回来了，但是发觉不对了……"

秦重天又接过王博的话头："他们再回去，可是伤心欲绝啊，对许多同样想回老家寻梦的老友说，别回去了，回去会失望的，还是将美好留在心底吧……"

秦重天并没有叹气，但是王博却听到了秦重天内心的叹息，而秦重天的叹息，也不正是他王博的叹息吗？这两个人，一样有病，心都太贪,胃口都太大,所以王博又何尝不明白秦重天的心思,将南州现存的二百座名人故居一一保护维修、恢复本来面目,这又谈何容易?

果然秦重天又说了:"听说有人欲购馨德园,有人在谈文征明故居,现在王总又有意于吴学澜故居,开始我是不明白的,经商的人,难道可以不讲究投入产出吗?就说这吴学澜故居,保护下来,要花多少钱?"

王博说:"初步算下来,仅仅搬迁居民和维修老宅,至少得投入一千三百万。"

秦重天说:"产出在哪里呢?回报在哪里呢?日后你能卖得了这个价?"

王博说:"这是一个角度考虑问题,从另一个角度考虑呢,从前的园主造园林,有没有考虑到投入产出?没有,这是消费嘛,他们只是给自己住的。但是经过了几百年上千年甚至几千年,留给后人这么宝贵的文化遗产,使得子子孙孙千世万代永远都把他们的名字挂在嘴上,你说这算不算回报?这回报大不大呢?"

秦重天笑起来,说:"原来王总就是这样沽名钓誉的啊。"

王博也笑了笑,说:"既然现在政府开始在探索这条路,利用民资保护古典建筑,市场化运作,但是古典建筑的保护,毕竟和房地产开发不是一回事,如果完全按照投入产出的模式去进行,十有八九做不下去,有些东西,只能是靠有钱人买下去,保护起来,养起来,也许有些古建筑,能够给人们带来效益,但是我相信,更多的古建筑、传统文化的东西,是很难立时三刻给我们带来看得见的经济效益的。"

秦重天说:"你是说要放长线钓大鱼?可是现在的人,都是急功近利的,谁肯掏出大把的钱为后世积累什么。别说不知道身后的事,就算知道,就算知道子孙后代会为你歌功颂德,恐怕也没有几个人愿意。"

王博说:"是的,这样的人不会太多,但只要有几个,或者只要有一两个,开个头,慢慢地,会有人跟上来的。"

秦重天说:"王总以为,大家都像王总这么有实力?"

王博说:"钱多做钱多的事,钱少做钱少的事,做一点总比不做的好。"

王博说得非常有道理,但秦重天心情复杂,他是既希望有人积极参与保护古建筑,又怕一下子被大家保护完了,他这个当市长的,等到腾出手来,手里已经空无一物了。

我什么时候才能腾出手来啊?秦重天一想到千头万绪的工作、建设、保护,心里的重压就压得他透不过气来,但还是硬撑着,想从王博这里再探点虚实:"王总,你对吴学澜故居,打算什么时候动手?"

王博很坦率地说:"说实在的,我腾不出手来,目前还没有列到江博的计划中,所以,这件事情的始作俑者,夏同,着急了,他正在自己筹钱,准备先让居民搬出去。"

秦重天只是"噢"了一声,并没有再问什么。

王博走后,秦重天抓起电话打回家,听王依然接了电话,本来是打算向王依然赔罪的,但不知怎么神经一搭就搭到夏同的事情上去了,就没头没脑地说:"喂,那个夏同,也太不自量力。"

王依然冷冷地说:"还不知道谁不自量力。"

秦重天听不明白:"你什么意思?"

王依然本来不想说,因为先前打电话,受了秦重天的气,一句话没说就挂断了,心里一直窝火,这会儿秦重天又莫名其妙地打电话回来,兴师问罪般,王依然气极了,大声地道:"秦重天,我警告你,玩火者必自焚!"

秦重天见王依然真的恼了,反倒笑起来,说:"谁玩火啊?我吗?夫人也太小瞧我了吧!就我,堂堂一大市长,还需要玩火吗?"

王依然"哼"了一声,说:"堂堂一大市长,还向人家私人借款?"

秦重天嬉皮笑脸道:"嘿,大丈夫能屈能伸嘛。"说着觉得不对,又道,"你是说叶白帆那笔款子?你怎么会知道?谁告诉你的?尉敢?尉敏?不会吧,他们的嘴不会这么碎……"

王依然说:"你管我怎么知道的,我只是想奉劝你……"

秦重天说:"夫人干政啊?"

王依然不理他,坚持说:"口气大,口气大有什么用,犯了错误,口气再大还不一样受惩罚?"

秦重天大笑起来:"犯错误,你说谁呢?我?"

王依然道:"一个人最怕的就是利令智昏……"

秦重天说:"哎呀,早知如此,我打什么电话给你,好了好了,别生气了,就算我利令智昏,行了吧?万一被你说中了,我真进去了,你跟我离婚就得了嘛,你放心,我保证签字,不会耍赖的……"

王依然气得又"啪"的一下挂断了电话。

秦重天抓着电话自言自语说:"什么脾气嘛,一碰就撂电话,跟谁学的?"边说边笑起来,"跟她老公学的嘛。"

第 17 章

一

晚上秦重天在中心酒店宴请客人,客人到得迟,宴请开始已经七点多了,又因客人中有一两位善饮豪饮者,秦重天自然是不能甘拜下风的,你来我往,你进我退,整个过程,拖得够长,气氛更是一浪高过一浪。

今年的夏天来得早,刚刚进入农历六月,外面已是酷热难当,好在饭店里边空调打得足足的,凉风习习,但是在如此的大热天里,灌下这么多高度的白酒,五脏六腑也差不多可以点着了。

一顿饭吃了三个多小时,主客双方都已经有兵将当场"阵亡",更多的是"轻伤不下火线"的,吵吵闹闹声中,秦重天的手机响了几次,他也没有注意,有一次倒是尉敢听见了,提醒他手机响,秦重天正高举酒杯斗志昂扬,手一挥说:"能有多大个事?"

尉敢的酒量也是不错的,但是一般不会放纵自己,很少有大醉的时候,秦重天对他这一点特别不满,喝酒的时候,只要尉敢在场,就要敲打敲打他,说,一生不能大醉几回的人,不可交。

尉敢则认为秦重天是不识好人心,我这是在做你的后盾呢,你冲锋陷阵,打头炮,我殿后,后发制人,不能两人一起上,万一两个一起牺牲了,阵地倒没有攻下来,那可就惨了。

秦重天说,你这个人后发制人,从来没有看见你发过嘛,你是永远待而不发的啊。

但是今天好像有些例外,尉敢也说不清为什么,他只是觉得今天秦重天的脸色特别不对劲,红得发紫,紫得发黑,尉敢心里,隐约地有些不安,从来都是稳坐钓鱼台的尉敢,今天也赤膊上阵了。

但是尉敢赤膊上阵,秦重天却又不满意,指着尉敢说:"尉局长,你给我往后靠靠,凭你的酒量,还没有资格在我面前充汉子。"

客人见主人内讧了,大乐,又迅速掀起了新一轮的高潮。

晚上十点半,酒宴终于结束了,秦重天和尉敢送走客人,忽然想起有未接电话,便拿出手机来看看,发现是一个陌生的电话,秦重天嘀咕道:"538打头?哪里的电话?"

尉敢也凑过来看了看,不知怎么,心里又是一颤,说:"我、我来帮你查一查……"

秦重天奇怪地瞪了他一眼:"干什么,我的电话要你查什么?未接电话多着呢……"边说又往前查其他未接电话,前一个电话竟是闻舒办公室的电话,秦重天这下要认真一点,刚要说什么,就看到迎面过来三个人,秦重天和尉敢一看,其中有一位是市纪委的老郭,秦重天笑着向他打招呼,说:"老郭啊,你看看,纪委纪委,老是查别人吃饭腐败的,你自己不也在这里吃饭嘛。"

老郭的眼光,在一瞬间显得有点游移,但很快就镇定下来了,对秦重天说:"秦市长,这两位,是省纪委的李处和小王……"

秦重天有几分酒意,特别地热情,笑呵呵地伸出手去和那两位握手,李处的手一下子被捉住了,不握也得握了,但是小王赶紧往后缩了一下,脸色很不自然。秦重天根本就没有注意到,倒是尉敢敏感到了他们的神态,尤其是老郭的面色,尉敢心里的阴影又爬了出来,一瞬间,就布满了全身心。

就在秦重天的笑还挂在脸上,省纪委的李处冷冷地抽回了自己的手,说:"你是秦重天。"

秦重天一愣,还没有来得及反应过来,李处又说:"我现在宣布省纪委的决定,省纪委调查组对南州市副市长秦重天的调查谈话,从现在开始。秦市长,请吧。"

秦重天猝不及防地"啊哈"了一声,想说什么,却没有说得出来,看看老郭,再看看小王,他们的脸色和李处一样,冷冷的,毫无表情,尤其是老郭,先前表现出的那一丝丝游移和恍惚,现在全无踪影,只剩下钢铁般的冰冷。

随着李处一声听起来平和却又是不可违抗的"走吧",老郭便先往前走了,李处和小王不动,等着秦重天。秦重天似乎不想走,但是脚下却由不得自己,不由自主地跟上了老郭的脚步,李处和小王走在后面,一时间,走廊里静得连心跳都能听见。

尉敢傻了似的站着,眼睁睁地看着秦重天被一前两后地夹着往前走,尉敢想喊,嗓子眼儿却被堵住了,喊不出来,他又想奔上前去拦住他们,但是脚步也迈不开,一点也走不了,整个人就像在噩梦中被死死困住的感觉。

但是前边秦重天跟着走了几步,却反应过来了,他猛地停下来,大声道:"什么什么?!"

尉敢被秦重天一喊,也惊醒过来,赶紧跑上前,问道:"你们……"

但是李处没有让他问下去,向他摆了一摆手,又对秦重天重复了一遍:"走吧。"

秦重天这一回没那么听话了,赖皮地说:"你不跟我说清楚,我怎么跟你走?我又不认得你,万一你是黑社会,绑架领导干部……"

李处看了老郭一眼,老郭的游移和恍惚又出现了,支吾了一下,说:"秦市长……"

走廊上陆续有人经过,认得秦重天的,都客气地向他打招呼:"秦市长,今天有客人啊?"

秦重天说:"是啊,重要客人!"

"秦市长,看得出,今天你可是没有放开量喝啊。"

"秦市长,这几天你有没有空闲一点的时候,我有个事情要向你汇报一下……"

李处觉得这场面有些不对劲,脸色严峻地对老郭说:"老郭!"

老郭说:"秦市长,谈话是省纪委的决定,你有什么话,到那儿再说吧。"

秦重天说:"老郭你骗三岁的小孩啊,到那儿再说?到那儿不是已经被你们规起来了,还来得及吗?"

尉敢插上来问道:"到哪儿?"

秦重天说:"双规还能到哪儿,又不会特别优待我的。"

南州干部双规的地点,这是一个公开秘密——古南江饭店。平时里,互相开玩笑,也常常会说到,张三,你差不多了,可以到古南江饭店报到了;李四,不用准备棉花胎,古南江饭店里设备齐全。

老郭看了一眼李处,说:"秦市长,请你不要随便说话,现在还没有宣布双规,只是谈话……"

李处和小王对老郭这句话也已经不满,老郭注意到他们的脸色,便停了下来。

但是秦重天却不依不饶地说:"老郭你当我三岁的孩子骗啊,什么谈话,谈话就在这里谈谈嘛,我这个人,又不讲究的,你们不必客气,不一定非要找个条件好的地方谈。"秦重天哪能不知道纪委工作的程序和纪律,哪能不知道双规是什么、谈话又是什么,此时他有意胡搅蛮缠,也只是给自己挽回一点面子罢了。

老郭说:"秦市长,走吧,我们七点多就来了,已经等了你三个多小时,等你陪完客人再……"他指了指李处和小王,"他们还都没有吃晚饭呢。"

秦重天说:"老郭你这话说的,什么水平嘛,你好像是说,因为你们没有吃晚饭,我就得乖乖地跟你们走?"

老郭回头无奈地看看李处,李处也明白,不跟秦重天说清楚事情,秦重天还真不大肯走,李处犹豫了一下,说道:"锦绣路工程筹集的一笔资本金,是从广州某银行贷款的,对方不仅违规操作……"

秦重天倒没有什么特别大的反应,但站一边的尉敢,头脑里"轰"的一下,像炸开了,借贷那笔款子的时候,叶白帆并没有说清楚这钱到底是不是他的,只是要去了合理的点子费。给点子费是有政策规定的,只是出账的时候比较难,为了使事情合法化,他们做了一个手脚,用叶白帆那边的工程款发票冲账,叶白帆又是股份制企业,从财务制度上讲,是没有问题的。但李处却说是广州某银行出的问题,尉敢立即估计到,钱是从广州某银行出来的,经手的银行人员在其他问题上栽了,拔出萝卜带出泥,连带交代出南州锦绣路的事情,但就算是这样,也牵涉不到秦重天,出账时,字明明是他尉敢签的——尉敢想到这里,急得喊了出来:"老郭,你们肯定是搞错了!"

老郭说:"尉局,你想想,我们是干什么工作的,这是儿戏吗?怎么能搞错了呢?"

李处有些不耐烦了,脸色越来越难看,秦重天这时候已经平静下来,笑了笑,对尉敢说:"尉局,行啦,不就是谈个话吗,我就跟李处老郭走一趟,要不然,也太对不起他们了,这么热的天,等了我几个小时,我要不肯跟他们走,也太不给面子了,是吧?"

尉敢张口结舌。

秦重天不顾李处他们的恼怒的脸色,又说:"尉局,就拜托你了,告诉我家属一声,说出差了,赶飞机赶得急,来不及打电话了。"

尉敢却依旧固执地对着老郭说:"老郭,如果是叶白帆那边的事情,秦市长没有责任的……"

秦重天向尉敢笑道:"你好大的嘴,你快赶上我秦大嘴了……"

小王忍不住冲尉敢道:"没有责任,你打包票?你知道那笔点子费,谁在里边捞了好处?"

尉敢猝不及防愣住了,回头去看老郭,老郭却摇了摇头,实在不好再多说了。

秦重天嗐了一声,口气里对尉敢又不满了:"尉局,好歹一个男子汉,别树叶掉下来怕砸破了头……"

尉敢想说,这可不是树叶掉下来了,这可是铁拳砸下来了,但是他说不出来,心里憋得想大哭一场。

秦重天说:"你看你个脸,白得像死了人。怎么,你就这么不相信我,对我如此怀疑?以为我真捞了钱,犯了党纪国法?你把我当什么人了,我秦重天是那样的人吗?你也太不够意思。平时马屁拍得我滴溜溜的,吹捧我,说我大公无私,原来心里就这么想我?"

尉敢无言以对。

秦重天说着,倒又冷静下来,对尉敢说:"别忘了,替我打个电话给闻书记,本来约了明天向他汇报锦绣路通车情况的,看来要改期了。"说着,又笑起来,看看老郭,又看看李处,说,"不过,也可能不用改期,老郭,是不是,也有这种可能吧?"

秦重天上了纪委的车,尉敢看到秦重天透过车窗还在向他挥手,尉敢的泪水再也止不住,一下子涌出了眼眶。

尉敢抹了一把眼泪,赶紧掏出手机,给总公司财务经理打电话,财务经理已经睡下,接了电话迷迷糊糊的,还有点不乐意,尉敢大吼一声:"立即赶到我办公室!二十分钟不到,我撤你的职!"

财务经理明明听出是尉敢的声音,但却不能想象尉敢会这么说话,怀疑起来:"你、你是尉局吗?"

尉敢"咔"地掐断了电话。

二十分钟后,财务经理还真赶到了,一头的大汗,神情慌乱地跑进尉敢的办公室:"尉、尉局,出什么事了?"

尉敢问道:"两个月前,给叶白帆走的那笔账,我签过字以后,你怎么处理的?"

财务经理说:"按秦市长的指示……"

尉敢心里"咯噔"了一下,急不择词地骂人了:"你混账!的这事情和秦市长有什么关系?我跟你说过,这件事情我管的,不用别人插手!你为什么要找他?!"

尉敢眼睛通红,财务经理被他的态度吓坏了,委屈地说:"怎么是我找他呢,是秦市长来找我的,他把你签字的批条收去了,说写得不规范,有漏洞,他重新写了一张,我请示过,要不要让尉局长签字,秦市长说你出差了,不在南州,事情紧急,等不及,就他自己签了……"

尉敢心里突然地冒出两个字:完了。

财务经理见尉敢脸色煞白,瘫坐在椅子上,不知发生了什么事,慌慌张张地问道:"尉局,我、我……我做得……哪里错了?"

尉敢向他摆摆手。财务经理不解地看着尉敢,想问什么,却又不好问,过了一会儿,尉敢又说:"你先回去吧,明天再说。"

财务经理走后,尉敢呆坐了一会儿,想起秦重天的关照,先给王依然打了个电话,一边拨号一边盘算着怎么说话,拨到最后一个号码时,尉敢还是挂断了电话,他实在不能向王依然开这个口,还是等事情弄清楚再告诉她们——尉敢胡乱地想着,心里又乱又凄凉,一时也没有了主张,又过了好一会儿,尉敢抓起电话,打到闻舒家里去。

闻舒一听到尉敢的声音,立即说:"尉局长,你在哪里?"

尉敢也立刻明白,闻舒已经知道了。这也是规矩,省纪委到一个市里,对一个市级领导双规也好,谈话也好,一般都要和市委一把手先通气的。李处他们只在闻舒办公室里坐了五分钟,将省纪委的决定通报了闻舒。李处他们走后,闻舒让小惠给秦重天打过电话,但当时,在拨电话的一刻,闻舒的脑海根本就是一片空白,他根本就不知道,这个电话一旦拨通,他能和秦重天说什么？他什么也不能说！

但是,秦重天当时正在喝酒,根本就没有听到电话铃声。

此时此刻,尉敢听到闻舒的声音,差一点掉下眼泪来,他赶紧说:"闻书记,我在办公室。"

闻舒一急,脱口道:"你还在办公室干什么?"但是话一出口,也已经感觉太沉不住气,口气放缓了一点,又说,"尉局长,我以为你到省里去了。"

尉敢说:"闻书记,我正准备出发。"

闻舒说:"夜深了,路上小心一点。"

尉敢的喉咙口一下子又哽咽住了,又疼又胀,憋了一会儿才说出来:"闻书记,本来这笔账财务上是我批的,但是后来……"

闻舒说:"尉局长,情况我已经知道了,你就抓紧去吧。"

尉敢无言地点了点头。

二十分钟后,尉敢的车,已经驶上通往省城的高速公路。

二

尉敢踏进家门,已经是凌晨两点多了,就看到老爷子坐在客厅里等他,尉敢刚要说什么,老爷子已经忽地一下从沙发上站了起来,颤巍巍地指着尉敢骂道:"好你个白眼狼,你跑回来干什么?"

尉敢过去扶着老爷子说:"爸,您别激动,您先坐下……"

尉老一甩手,将尉敢推开,继续骂道:"尉敢,我告诉你,好汉做事好汉当,你凭什么让秦重天替你承担……"

尉敢难过地说:"爸,我愿意换秦市长出来,可是……"

尉老不讲理地道:"那你就去换,现在就去,马上去!"也知道自己这种气话是解决不了问题的,尉老长叹一声,坐了下来。

尉敢说:"爸,秦市长把我的批条换成了他的,我现在没有证据可以证明什么……"

尉老的气又上来了:"尉敢,你的良心呢,你的良心就是证明!"

尉敢想说,纪检司法,是不相信良心、只相信事实的,但是他不能说,他这么说了,老爷子肯定是大发雷霆,尉敢硬是将到了嘴边的话咽下去。

但是尉敢即使不说,尉老又何尝不知道,闷了一会儿,向尉敢道:"尉敢,给我拨电话!"

尉敢说:"爸,现在半夜三更的?"

尉老急道:"我豁出老命,也要把秦重天弄出来!秦重天要是有罪,我这一辈子的革命算白革!"

门外传来乒乒乓乓的声响,尉敏一阵风似的冲了进来,一看到父亲和哥哥半夜三更坐在那里,脸顿时变了色,但仍抱有一丝侥幸的念头,问道:"爸,哥,秦重天出事了?"

尉老和尉敢都没有作声,空气都快凝结了,尉敏一屁股坐下,但屁股刚一沾沙发,又一下跳了起来,骂道:"妈的叶白帆,我劈了他个狗日的!"

没想到尉敢的声音比他还大,对着他劈头盖脸地骂道:"你还有脸骂人,都是你,都怪你,是你害了秦重天,是你害了他!"

尉敏脸涨得通红,想解释什么,却又无从说起,憋得只是"啪啪"地敲打自己的脑袋。

尉敢和尉敏的急躁又影响了尉老,他向尉敢吼道:"什么半夜三更,我就是要半夜三更问问他们,秦重天是什么样的人!"抓过电话就要拨号,但是不记得号码,又大喊起来,"阿姨,阿姨,把电话本拿来!"

保姆被叫醒了,到客厅里一看,吓了一跳,赶紧问道:"爷爷,家里出什么事了?"

尉老说:"叫你把电话本拿来。"

保姆到书房拿来电话本,交给尉老,尉老欲拨打电话,尉敢又想劝他,但还没有张口,尉老就说:"你别说话!你坐在这里能够心安理得?你今天晚上能睡得着觉?你就不替秦重天想想,他今天晚上过的是什么日子?"

尉敢心里一酸,眼泪又涌了上来,尉敏嘴里骂骂咧咧,眼睛却也红红的。谁能想到,在这个夏季的深夜,尉家三个人的心,都紧紧地系在秦重天身上。

秦重天与尉家,本是无亲无故。

此时此刻的秦重天,在古南江宾馆的"谈话"房间,向李处小王和老郭"交代"问题,仍然是张着他那大嘴乱说:"我怎么错啦,出账之前,不是没有集体讨论,是没有来得及集体讨论,这算什么错?你们知不知道事情的紧迫,张领导出差,李领导出门,我一一等到他们回来,再坐下来商量研究,这钱还不早让别人给弄去了?你们知不知道我锦绣路上资金的压力?"

小王年轻气盛,不习惯秦重天这种做派,心想你都"谈话"了,嘴巴还这么大,忍不住说道:"现在干事情,谁没有压力?不能因为有资金的压力,就可以为所欲为,视党纪国法而不顾吧?"

秦重天说:"谁视党纪国法而不顾?反正不是我!"

李处说:"秦重天,别扯得太远,空洞的东西也不用多说了,还是说你自己的问题。"

李处显然是有所指的,整个走账过程都是秦重天一人经手的,别人想插也插不进去,秦重天不仅是违规操作,根据广州银行出事的那个科长交代,南州市锦绣路上的点子费,他并没有拿到全部,叶白帆告诉他,南州方面的经手人又索回了部分的经手费,那三十万元的汇账,也还是从叶白帆的账上走的,开始他曾怀疑是叶白帆从中截去了,但他又是亲眼看到叶白帆汇票存根的,再说,这样做,也完全违背了叶白帆为人做事的向来的规矩,叶白帆的大度和气派,是人所周知的,手头再窘、再急等钱用,也不会做出这种小偷小摸的事情来。因涉及市级领导、副市长,广州有关部门,立即将此事通报了这边的省纪委。

但此时秦重天却不理睬纪委干部的一再提醒,他是按照自己的思路说话的,说锦绣路工程的种种困难,说着说着,自己生起气来,瞪着老郭道:"老郭,你也是老南州了,你倒说说,这锦绣路,规划的时候,都是我一手掌握的,这才几天,你看看凡是三千万以上的工程,这家姓了李,那家姓了王,搞到最后,我都快两手空空了,就只剩下一个会展中心,那还有人继续打主意呢……"

老郭向李处和小王看看,脸上有些无奈之色。

不等别人说话,秦重天又道:"这样下去,都没有姓共的了,共产党的干部也都可以歇歇了。"

小王忍不住插了一句与本案无关的话,说:"姓共姓什么,有什么区别,不都是在为国家、为老百姓做事情嘛。"

秦重天说:"你说的道理我也明白,我也不是不能接受,可就是心里有些不平啊,我一直在想,是不是我这个人已经从一个开拓型的干部变成了落后于时代的保守分子、不能与时俱进了?"

李处见他把话题扯得离题太远,向来沉得住气的,这会儿也有些忍不住,说道:"秦重天,你还是交代自己的问题吧,你现在不是站在共产党的讲台上啊!"

李处他们都很困了,凭他们的经验,知道这头一个晚上的工作进展不会很明显的,也不打算再继续下去,布置休息的时候,小王和秦重天睡一个房间,秦重天笑道:"还有人陪睡?怕我跑吗?我才不会跑呢,我一没有钱,二没有护照绿卡,能跑到哪里去?更何况,我要是跑了,锦绣路怎么办,那么多的工程等着我呢!"

不等那三位再说什么,秦重天又道:"老郭,拜托了,你们抓紧一点,早一点替我弄清楚了,锦绣路通车的日子不远了。"

三位纪检干部面面相觑。

正是夏季白天来得最早的时候,窗外,远远的天边,已经露出了鱼肚白。

三

省委周书记刚刚到自己的办公室,秘书就告诉他,闻舒一大早已经从南州赶来了,正等着向他汇报,周书记面色有点难看,顿了一下,问秘书:"我今天上午的活动是几点?"

秘书说:"九点。"

周书记看了看时间,犹豫了一下,但还是向秘书点点头。

闻舒进来后,秘书替他泡了茶,就退了出去,闻舒坐下来,见周书记无言、也没有什么表情地看着他,闻舒一时竟有些无措,似乎还没有找到合适的开场白,便捧起茶杯掩饰一下。

倒是周书记先说了:"闻书记,你赶得很及时嘛,知道我九点要出发?"

闻舒心情沉重,勉强地一笑,说:"周书记,我向您汇报一下……"

周书记摆了摆手,打断了闻舒说:"是秦重天的事情,我已经知道了。"

闻舒从周书记的神情和口气中,完全体会得到周书记的态度,当然,即使不去体会周书记的神情和口气,闻舒心里也十分清楚,今天他来找周书记,周书记绝不高兴,这是闻舒在让周书记作难。但是闻舒怎么能不来?闻舒再明白其中的利害关系,也一定得来呀!

虽然周书记已经对他摆了手,闻舒还是得说:"周书记,可能有些具体的情况我还得再向您汇报一下。"

周书记又摇了摇头说:"具体的情况我也了解过了,当然最后的具体情况,也就是结论,省纪委调查组会做出来的。"

闻舒被周书记挡得严严的,一方面觉得几乎无话可说了,另一方面心里更加忐忑不安,没有了底,他摸不透周书记的态度是因为不满意他冒昧地跑来找他,还是因为秦重天的问题确实很严重,闻舒硬着头皮试探地说:"周书记,锦绣路总公司支出的那笔资金……"

没有想到的是,周书记第三次打断了闻舒,仍然是面无表情,说:"闻书记,我们都应该相信组织、相信纪委,对不对?秦重天的问题,纪委刚刚开始调查,党委部门如果这时候插手干预,不仅不利于纪委的工作,对他本人,也同样是不负责任的。"

周书记毫不留情三次驳回了闻舒想说的话,闻舒心里的不平越来越强烈。作为一个市委书记,在省委一把手面前,应该说什么,不说什么,应该有什么样的态度,闻舒心里太清楚太明白,但是此时此刻,闻舒却有点控制不住自己的感情,他的态度也不由自主地有些强硬起来,周书记越是不想听他说,他越是要坚持说出来:"周书记,就这件事情而言,不是秦重天个人的责任,要说责任,我应该负更大的责任!"

周书记脸色严峻地说:"怎么,闻书记,大包大揽的作风,是你的作风吗?你怎么像你们的秦重天了?"

闻舒带着点情绪地说:"有时候,我还真的想像秦重天那样站着,想说什么说什么,想……"

周书记接过他的话,说:"你是不是想说,想干什么干什么?想违法乱纪就违法乱纪?"

闻舒说:"周书记,锦绣路这笔资金,完全不是个人的品质问题,更不是触犯党纪国法,说到底……"他停顿了一下,还是说了出来,"说到底,是体制造成的……"

这回周书记不再摇头摆手,点了点头说:"是的,有时候,再优秀的干部,也可能犯错误。"

闻舒说:"有时候,甚至越优秀、越是想干事情的干部,越可能出问题,所以,我们作为一级领导,有责任保护好他们!"

周书记说:"保护?怎么保护?在他犯错误之前,提醒、监督,使他们不走上那条路,那才是真正的保护和爱护,等到出了问题,触犯了党纪国法,你再保护,已为时过晚。而且,这种保护,本身就是错误。"

闻舒说:"只要能保护这些赤胆忠心的好干部……"

周书记说:"闻书记,你心目中,什么样的干部是好干部?触犯了党纪国法的干部,还能算是好干部吗?"

闻舒说:"别人我不说,至少秦重天,我可以说,他绝不会触犯党纪国法,省纪委的做法,实在是让人……"

周书记也不客气地说:"闻书记,你觉得纪委会冤枉一个好干部吗?"

闻舒更是强硬地说:"冤枉人的事情也不是没有过……"

周书记没有让闻舒再说下去,他出发的时间快到了,他也不愿意再就这个话题多说什么,便站了起来,说:"闻书记,我希望南州市委能够正确对待省纪委的决定,配合省纪委的工作,一切的话要让事实来说。"

闻舒也跟着站起来,但是并不退却,说:"我们南州的干部,哪个不在拼命?哪个不是豁出自己的一切去了?面对这么好的干部,我们不能让他们寒心啊!"

无论闻舒是什么口气、什么态度,周书记始终表情如一,平静而严肃,他和闻舒握了握手,说:"好了,我要迟到了。"

闻舒出了省委办公大楼,小惠在车里等着,见到闻舒出来,赶紧下车迎过来,本来想说点什么,但看着闻舒的脸色,小惠没敢开口,闻舒也一直不说话,上了车也没有说要到哪里去,直到坐在前排的小惠回头小心翼翼地看了一眼,闻舒这才说:"到尉老家去。"

车在省城的大街上穿行,闻舒漫无目的地看着街上的人和车,心里一时有些纷乱,周书记的态度,滴水泼不进,似乎不是一个好兆头。

秦重天出事的消息,闻舒是在第一时间里知道的,同时也了解了牵涉秦重天的叶白帆那笔账的情况,闻舒猝不及防的心理上,还多少有一点安慰,至少觉得,自己还能够替秦重天做一点解释工作,至少给点子费的政策,市委市政府是应该承担下来的,虽然秦重天事先并没有请示市委市政府,但是如果他、江市长,加上田常规,能够一起出来,向省委说明情况,也许……但是周书记的态度,给闻舒尚存的一丝希望毫不留情地浇了一盆冷水,闻舒一下子乱了方寸,心里一点底儿也没有了,秦重天会不会还有其他的问题?秦重天会不会真的私欲膨胀,中饱私囊?

想到这里,闻舒突然在心里狠狠地骂了自己一句:什么东西,怀疑秦重天?

是的,怀疑自己也不能怀疑到秦重天,这就是闻舒自始至终对秦重天的高度的信任。

大家都知道闻舒是秦重天的后台、后盾,但其实,闻舒心里明白,事情恰恰是反过来的,秦重天是闻舒心中的一座大厦,在南州,这是一座无私无畏为党工作的挺立着的大厦。

如果大厦倒塌,闻舒作为一级党委的一把手,他的信念会产生什么样的变化?

闻舒胡思乱想着,车子快到尉老家的时候,小惠的手机响了,电话那头的人,自报是省纪委的老冯,小惠一听,赶紧将手机递给闻舒,压低声音却压抑不住兴奋,说:"是省纪委冯书记!"

闻舒接过手机的时候,发现自己的手和心都有些颤抖:"是冯书记?"

冯书记说:"是我,闻书记,听说你今天在省里?想占你一点点时间,我想和你聊聊,不知闻书记有没有……"

闻舒不等冯书记说完,赶紧说:"有时间,有时间,冯书记您看我什么时候……"

冯书记笑了一下,说:"闻书记也是个急性子啊,那就现在吧,我在办公室等你。"

闻舒说:"好,我马上到。"

挂了电话,司机没有等他吩咐,已经掉转了车头。闻舒在心里长长地松了一口气,虽然周书记在谈话时一点面子也没有给他,给人铁板一块的感觉,但毕竟周书记是关心着这件事情的,闻舒想着,心里不由得一热。

闻舒拍了拍小惠的肩,说:"小惠,来不及去尉老那儿了,你先给尉敢打个电话,看看他的情况。"

此时此刻的尉敢,正急得焦头烂额,秦重天的事情一点眉目还没跑出来,锦绣路工程上,却发生了紧急情况,因为秦重天的"谈话",掀起了狂风巨浪,有三家投资公司,宁可赔偿合同损失,也坚持要撤资,尉敢得到消息,正在设法联系闻舒,小惠的电话正好到了。

闻舒一听这样的消息,心里也掀起了狂澜,秦重天被谈话,投资方就要撤资,锦绣路是秦重天的吗?

锦绣路不是秦重天的,但是秦重天把它当成自己的,别人甚至也把它看成了秦重天的了,确实有许多人,是冲着秦重天来投资,来支持锦绣路的——秦重天的悲剧,也正是在这儿。此时此刻,闻舒心里,升起一股不可控制的悲哀。

一旦资金被抽走,锦绣路工程就得停工,锦绣路通车的时间已经确定,随意改期,不仅会给工程带来许多麻烦,也是失信于民。更何况,各级领导,省委,甚至国家有关部门的领导,都已经安排出时间,无论如何,十月三日锦绣路通车是不能改变的。

闻舒急迫地对尉敢说:"尉局长,你先回南州,再和他们谈一谈,转告我的意见,经营投资,眼光要放得远⋯⋯"

尉敢心里惦记着秦重天的事情,说:"那,我⋯⋯秦市长这里⋯⋯"

闻舒说:"秦市长的问题,有我在这里,你先放心回去。"

尉敢哪里能放心回去,他支吾着,犹豫着。

闻舒不得不厉声道:"尉局长,秦市长的事大,工程的事也不小啊!"

尉敢不能再坚持了,应了一声,闻舒又关照说:"尉局长,回南州的路上,你得先考虑起来,如果他们坚持要撤,有没有其他办法可以弥补的……"

尉敢说:"好的。"

这两个字出口的一瞬间,忽然就感觉到那么沉重、那么揪心,又忽然地想到,要是秦重天在,天大的重担,都有秦重天扛着了,你要想扛也扛不着,他个子高,顶在你前面,你要是想跳起来扛,他就盖你的帽……尉敢想着秦重天,就有一种透不过气来的难受,这一阵子以来,秦重天也是一直有这种透不过气来的感觉……尉敢嘴上虽然应着闻舒的盼咐,但在这样的时刻,他哪有心思考虑锦绣路的事情啊?

四

欲撤资的投资方,在尉敢晓之以理动之以情的劝说下,有两家终于打消了念头,但另外的一家,怎么也说不通,坚决不干了。这家的投资款,本来应该三天前到账的,道路工程上早就等着这笔款子。款子虽然不算很大,但一分钱逼死英雄汉,无论多少钱,到不了账,工程的进度就可能被拖下来。

尉敢心急如焚,抓起电话,啪啪啪啪一按,按到最后一个号码,才发现竟是拨的秦重天的电话,尉敢赶紧挂断了,心里却沉闷了好一阵,虽然锦绣路的难题迫在眉睫,但尉敢却一下子觉得自己意志全无。电话就在手边,他就是不愿意提起来打,解决困难,解决了又怎么样,秦重天都这样了,我还忙个什么?

但是电话铃偏偏响了起来,是王博打来的,他告诉尉敢,有两家民营公司,愿意无偿资助政府解决锦绣路道路上的燃眉之急,这笔资金,两天内就可以到账,条件是,他们要入股会展中心。

尉敢脱口说:"不行,会展中心是政府的重点项目、标志工程,不接纳任何其他股东。"

王博顿了一顿,尽量用商量的口气说:"尉局长,股权多元化,是发展方向,你说是不是?这条路,今天不走,明天也会走的,晚走不如早走,早走才有主动权啊!"

虽然王博口气非常缓和,但尉敢仍然大怒,一改平时的称呼,直呼其名道:"王博,你是不是觉得有资格教训我?"

王博一点不生气,说:"尉局长,你的心情我非常理解,但是我想,也只有将锦绣路的事情做得更好,才是……"

王博没有说下去,但尉敢听得懂,王博是一片好心,他说得一点也不错,只有将锦绣路的事情做得更好,才是对秦重天最大的支持和关心,但是要将秦重天拼死扒住的会展中心的股权让给别人,秦重天会怎么样?

尉敢渐渐平静下来,但是一点也没有动摇,说:"王总,请你转告你的朋友,锦绣路会展中心的股权,我们不会出让的。"

王博知道尉敢这儿是开不了口子了,也放弃了再说服尉敢的想法,最后挂电话前,说道:"尉局长,秦市长的事情上,有什么需要我做的,尽管吩咐。"

尉敢的喉头,一下子又哽咽住了。

挂了王博的电话后,尉敢的心情更加乱,一方面他是一口回绝了王博的,但另一方面尉敢心里非常明白,要过锦绣路目前的难关,这可是一个再好不过的机会,但他不假思索就放弃了,他不能做出对不起秦重天的事情来。

但是,什么才是真正的对得起秦重天?王博的话一直在他耳边响着:只有将锦绣路的事情做得更好……

过了不多会儿,电话又响了,出乎尉敢意料的,竟是闻舒打来的。闻舒一开口口气就有点冲:"尉局长,为什么要推掉送上门的合作?"

尉敢平静的话语中夹着强硬,说:"闻书记,会展中心的独资形式,是早已经确定了的,作为政府的标志工程……"

闻舒却毫不客气地打断了他的话,说:"我不明白,已经确定的东西,就不能更改了?"

尉敢的心很痛很痛,嗓音都变了,控制不住自己的激动情绪,说:"闻书记,情况您是了解的,会展中心是秦市长的最后阵地,秦市长要是知道了……"

闻舒长叹一声,说:"尉局长,你现在说什么秦市长,秦市长在哪里呢?"

尉敢急了,说:"闻书记,我相信秦市长的事情会搞清楚的,他会没事的,他一定会回来的!"

闻舒说:"尉局长,这话像你说的吗?你以为你三岁四岁?"闻舒说着,也意识到自己过于急躁,平稳了一下情绪,又道,"尉局长,我们且不说纪委的工作是不是受你的主观情绪影响,就算是,但目前怎么办,我们坐着等?路不要修了,工程都下马,等秦重天回来?"

尉敢没有吭声。

闻舒的口气再次严厉起来:"就算秦重天回来,他又能怎么样?"

为了锦绣路的资金,秦重天都把自己给害了,闻舒说得对,他就是回来了,又怎么样,还不是一样面临这个问题,还不是一样得多渠道多形式地筹集资金搞建设?

为了锦绣路,为了锦绣路的按时通车,最后也只有这条路可走,让出大家看好的会展中心的股权,尉敢心里什么都明白,但是感情上他接受不了。闻舒坚持不挂电话,等着尉敢的答复,尉敢做出最后的挣扎,说:"要让多少股权?"

闻舒说:"具体的比率,当然是你们谈,市委的意见,就是要保证锦绣路的准时通车!"

尉敢缓缓地、缓缓地吐出两个字:"好吧。"

在吐出这两个字的同时,尉敢在心里做了一个决定:辞职。

五

秦重天是从当天的晚报上看到会展中心出让股权的消息的,当时他好像没有看懂,扬着报纸问老郭,老郭接过报纸看了看,觉得报纸上写得很清楚,秦重天怎么会看不明白呢,便说:"会展中心出让股权嘛。"话一出口,就觉得不对,赶紧又说,"秦市长,这和我们要谈的事情无关……"

秦重天半天没有声音,老郭正觉奇怪,朝他看去,正看到秦重天抬起一条胳膊,嘴上喊着:"尉敢,尉敢,你竟敢……"话音未落,人已经倒了下去。

下午五点半,上日班的顾红该下班了,她换下白大褂,和值班医生道了一声"再见",从墙上取了自己的提包,走出医生值班室的门。

迎面,走廊上,几个人推着一辆急救担架车狂奔着过来了,有人急切地喊着:"让一让,快让一让!"

担架车从顾红身边穿过,直接往急救室去了,值班医生听到声音,也奔了出来,追着担架车过去,边追边问:"什么情况?"

有人答道:"心肌梗死。"

顾红并没有来得及看清楚担架车上躺着的病人,但忽然听到"心肌梗死",心里莫名其妙地一慌,不由自主地转身也追了过去。

顾红的莫名其妙的预感竟得到了证实。她追近担架车,俯下身子,一下子看清楚秦重天苍白的脸和紧闭的双眼,顾红的心脏,瞬间像被雷击中了,一阵麻木,她呆呆地站着,只是感觉到奔过去的医生护士在急切地喊着,但是根本听不见他们在喊什么,渐渐地,她的耳边,却响起了秦重天爽朗的玩笑声:"顾医生,虽然你是顾一刀,但我要是得了心脏病,可不敢请你动手术啊。"

泪水止不住地从眼睛里渗了出来,并没有人注意她,大家的注意力都集中在病人身上,值班医生问护送秦重天来的人:"你们是什么人?家属吗?"

老郭和李处对视了一眼,愣了一会儿,老郭说:"是同事。"

值班医生说:"家属呢?赶紧通知家属!"

李处又朝老郭看看,欲言又止,老郭说:"我们马上通知。"

值班医生回头看见了失魂落魄的顾红,觉得有些奇怪,说:"顾医生,你没有走?你来看看,情况不太好啊,大面积心肌梗死!"

顾红尽力控制着自己的情绪,协助值班医生替秦重天做检查,情况相当严重,顾红急道:"高医生,不能再拖了!"

值班医生说:"是的,立即手术,一分钟也不能拖了,但是家属……"回头看着李处。

李处说:"去打电话了。"正说着,出去打电话的老郭进来了,没有找到王依然,人不在单位,手机也没有开,顾红一急,掏出自己的手机给夏同打电话,话还没有说完,值班医生紧紧盯着心电图的变化,说:"情况不好,不能再等了!"

抢救室的气氛一下子紧张得要凝固了,大家束手无策,你看我,我看你,顾红咬了咬牙,一字一顿地说:"我签字。"

一言既出,大家都惊讶地盯着顾红,顾红来不及解释什么,让护士递过手术单,签上自己的名字,看值班医生有些举棋不定,顾红说:"高医生,别再犹豫了!"

除了手术医生和护士,其他人都退了出去,值班医生看了看顾红,说:"顾医生,你……"

高医生的意思,想要顾红留下,至少他心里也能踏实一点,但是顾红却摇了摇头,在手术台上经验丰富、意志坚强的顾红,此时此刻,看到秦重天紧闭的双眼、苍白的脸,她的心一下子变得那么脆弱,颤抖得那么厉害。都说再好的外科大夫,都不敢给自己的亲人动手术,就是在这一瞬间,顾红突然觉得,秦重天是她的一个亲人,一个说不清感觉的很亲很亲的人。

手术器具互相敲击着,发出清脆的声响。这声响,多少年来一直伴随着顾红,鼓励着顾红,即使是在生命最低沉最难熬的日子里,只要一听到这熟悉的声响,浑身就会产生出无穷的力量,什么痛苦,什么忧愁,都会在这动人的声响中消失。但是今天完全不一样,顾红听着这样的声响,心一直都在战栗,无论如何,她也不能逼迫自己在这里待下去,她逃也似的从抢救室里退了出来。

老郭李处和小王,正坐在外面的长椅上,顾红默默地看了看他们,无言地坐下了。

过了一会儿,老郭才问道:"顾医生,您和秦重天或者王依然是亲戚?"

顾红摇了摇头。

老郭又问:"那么你是……"

顾红说:"我是医生。挽救一个人的生命,是医生的天职,来不及考虑更多的东西。"

老郭点了点头,他们再也没有说话,一直默默地等待着、等待着。

王依然出现在医院抢救室的走廊上,这里压抑得快要凝固的气氛,一下子击中了她,她整个的人,完全麻木了,两条腿更是不听使唤,一步也迈不动了。顾红迎了过去,喊了一声:"王老师!"眼泪止不住地涌了出来……

六

　　世界古迹遗址协会秘书长瑞安再次来到南州,一见到到机场迎接他的唐朝,瑞安就迫不及待地告诉唐朝,他正在为南州努力,作为一座历史古城,作为一个完整的整体,南州应该以一座城市的名义,申报世界遗产,这是有可能、有希望、也是具备相当的条件和资格的。但是,因为锦绣路,改变了这个可能发生的事实,以整座城市的名义去申报的可能性,随着锦绣路的开工已经彻底地失去了、不再可能了。也就是说,瑞安认为,锦绣路的改造,从某种程度上说,改变了古城的格局。

　　瑞安的急迫中,充满了遗憾、惋惜和焦虑,一下飞机,瑞安就提出,我要去看锦绣路。

　　唐朝也深知,混得过初一,混不过十五,瑞安此行,不让他看改造中的锦绣路是绝不可能的,与其拖拖拉拉,心存侥幸,不如当机立断、快刀斩乱麻,该怎么就怎么吧。

　　说起来,瑞安的观点,就是唐朝当初的观点,几乎如出一辙,所以,按道理,即使唐朝考虑内外有别的政策和分寸,不便当面附和着瑞安说下去,但瑞安的话,一方面是句句说在唐朝心里的,另一方面唐朝也是早就有过这样的预言,所以,现在面对瑞安的激动,唐朝应该更激动,更激愤,更顿足捶胸。但是,此时此刻,唐朝的心里,却只有悲哀,没有别的。

　　但即便心头沉重无比,唐朝并没有乱了分寸,车子直接开到了豆粉园所在的位置,还没有下车,始终皱着眉、脸色沉峻的瑞安,眼睛却一下子亮起来,被豆粉园正在砌高的围墙吸引住了。

　　建设中的豆粉园,正在移植一些参天的古树,园中尚是一片凌乱,但却已经深深地震动了瑞安,瑞安略带惊讶地四顾着,感受着,此时此刻,站在一个建筑工地上,瑞安感受到的不是工地的嘈杂和繁乱,即使是满身灰土的建筑工人们,在瑞安眼中,他们的动作、他们的举止,都显得那么文静和细致,更何况那些无言无声的青砖、古石、精致的木料,迁移中的古树,无一不在渗透出让人能够安下心来的气息,这种宁静的气息,抚慰着瑞安的焦虑和烦躁。

豆粉园还在移建中,豆粉园的精气、豆粉园的灵魂已经先来了,已经在这里安营扎寨了,瑞安在迷惑中抑制不住地兴奋起来了,他对正在视察豆粉园工程进展的林冰说:"林女士,我十分佩服你的眼光和见识……"

林冰说:"瑞安先生,这不是我的眼光和见识,这是顾家语先生的远见卓识。至于我,我的见识和魄力,都是远远不够的,至少我对一些问题的认识很被动,到今天我才明白,南州这地方,是遍地黄金,不仅在建设和发展中处处有商机,就是在保护的项目中,也是大有可为的,这一点,我远远赶不上王博,所以,错失了机会,对不起顾先生的信任和重托啊。"

瑞安道:"谁?王?王博?他是谁?"

林冰说:"瑞安先生,我建议您去旧衙前看一看,您也许会有更多的收获。"

瑞安回头向唐朝看看,唐朝点了点头,跟在一边的邵伟,已经拿着手机在打电话通知了。

张嗷于来向林冰报告什么事情,林冰不等他说话,当头就问:"张先生,我让你去找的《南州名人故居概述》,怎么还没拿来?"

张嗷于欲解释什么,林冰却摆了摆手,说:"你不用跟我多说,我不听任何解释的,只要知道有这本书,你就一定要找到,而且要快!"

半小时后,瑞安一行已经来到旧衙前,参观3号的吴学澜故居凝德堂,这里,居民已经以最快的速度搬迁走了,修复工作已经开始,瑞安奇怪地问唐朝:"前不久我来过,这里还住着几十户居民,怎么一夜之间就没了?"

唐朝今天一直心神不宁,几乎没有说一句话,此时听瑞安问到头上,无法了,只得应付道:"有个民营企业家,叫王博,出资的。"

瑞安却来劲了,说:"王?王博?我能不能见见他?我现在就想见他!"

唐朝一直想瞅空到一边去打电话,但当着外宾的面这样做,实在不礼貌,正心急如焚,忽然见夏同进来了,赶紧将瑞安打发给夏同:"夏同,你给瑞安先生介绍一下,他好像很感兴趣。"

夏同简单地介绍了一下王博的情况,说了说修复吴学澜故居的背景和今后的想法,包括建立吴一拂木雕收藏馆的计划。

瑞安听着频频点头。

夏同也不掩饰自己的激动,又说:"以前,我们经常来这里,站在门外的那座桥上,心里实在是有点茫然,看丛生的杂草,看破败的门楣,看居民提着马桶水桶进来出去,看炉烟袅袅,才恍然而悟,沧海桑田,时间已经过去了几百年啊。南州有许多名人故居,住进了几十户上百户人家,路进有致的建筑,任意地分割了,疏密相间的庭院,胡乱地填满了,哪里还有典型可言,哪里还有古意可寻啊。我那时候问自己:难道历史真的遗弃了吴学澜?难道我们真的失去了凝德堂?"

瑞安的眼睛里放射出了兴奋的光彩,接着夏同的话说:"历史终究又开始延续了,也许因为中断,也许因为痛惜,历史也终究出现了一些奇迹。比如,她能够将两个远隔二百年的毫不相干的人联系起来:吴学澜和你们这位王先生,一个是古代的诗家,一位是现代的商人,历史就将他们结合在旧衙前3号了。我不认识这位王先生,也不知道这位王先生从前的经历,更不清楚他对古建筑的钟情和挚爱从何而来因何而生,但是他的行为,得到了我的敬重和赞赏。"

夏同说:"保护旧南州,这个功德,是不亚于建设一个新南州的呀。"

瑞安道："说得好,这个功德,不亚于建设一个新南州,说得太好了!"瑞安说着,不由自主再次伸出手去,和夏同握手,"夏先生,这次来南州能见到你这样的对南州历史文化如此痴情而又如此熟悉了解的年轻人……"

夏同正要说什么,却被刚刚到来的吴一拂打断了:"好哇,夏同,跟老外吹起牛皮来啦?"

夏同笑着向瑞安介绍道："这就是我们刚才提到的吴一拂。"

瑞安道："就是要建吴一拂木雕收藏馆的吴一拂吧?"

吴一拂却突然脸色一沉,道:"谁说吴一拂收藏馆,是南州木雕收藏馆。"

瑞安并不清楚其中的故事,倒是夏同有些奇怪了,刚想发问,吴一拂手一挡,又道:"你们都以为我要命我的名字啊?我才不要这个名呢,这些东西,我早就给国家了,既不是你夏同的,不是他王博的,也不是我吴一拂的,就是国家的……"

夏同说："那你还天天跑工艺博物馆去跟他们吵架,还哄骗我们一起去吵,现在吵到了,你倒不要了?"

吴一拂说："谁说不要,我当然要,但我是代南州要的,你以为我真的要去讨回来,我那么小肚鸡肠,送出去的东西还讨回来,是我吴一拂会做的事情吗?我只是看他们不当回事,来气,吓唬吓唬他们的,现在,我可以替他们管起来了……"

夏同说："那是要在王博的凝德堂里,放一块国家收藏馆的牌子?"

吴一拂狡黠地道："你不懂了吧,这是公私合营,这叫两块牌子一个班子嘛……"吴一拂说着得意地大笑起来,好像自己占了多大的便宜似的,又拍拍夏同的肩,"小朋友,到底还嫩嘛,跟不上我的思路了吧,嘿嘿!"

这天晚上,夏同在日记中记道:"今天听吴一拂一番话,再一次感受着一句老话:听君一席话,胜读十年书。"

整个下午,唐朝一直有点魂不守舍,实在无心和瑞安谈这些话题,他把瑞安推到夏同那里后,也顾不得礼貌周全,便走到一边,去给梁小兵打电话。

田常规三天前去北京开会,说定今天赶回来,和唐朝一起宴请瑞安,但唐朝有些不放心,怕田常规赶不回来。梁小兵在电话里告诉他,田书记已经下了飞机,上了前去机场接他的小车,正在回来的路上,晚饭前肯定能到。

唐朝稍稍放了点心,今天要和瑞安谈的事情,十分重大,唐朝任他一向自以为能力强、水平高,今天也觉得有点担不起来的感觉了。但唐朝心里很明白,他的不安和空虚,并不是因为要谈的事情本身。

虽然梁小兵已经将田常规的行踪说得很清楚,但唐朝仍然坚持让梁小兵把手机交给田常规,他要和田常规说话,田常规哪能不清楚唐朝的心思,接过电话说道:"唐市长,你放心,我会准时到的。"他知道唐朝不想放电话,停顿了一下,终于说,"唐市长,秦市长的事情,有转机了,你我今天的任务,是陪好瑞安先生,今天要和瑞安谈的事情,也是我们南州的头等大事啊。"

唐朝这才挂断了电话。

两天前的晚上,当纪委干部已经守在饭店门口、秦重天却浑然不知还在和人拼酒的时候,田常规已经得知了秦重天出事的消息,闻舒的电话也几乎是同时追到北京的。

田常规震惊过后,慢慢地冷静下来,先将思路捋了一下,关于引进资金发回的点子费问题,一直是个含混不清的概念,如果秦重天在做出决定之前,向市委汇报过,市委是完全可以承担这个领导责任的,但是秦重天做事情太无规矩、太无章法……当然,田常规和闻舒一样,心里都明白,秦重天不是无法无天,他是怕汇报了领导不同意不批准,他就无法做事,所以先斩后奏,这是秦重天的一贯风格,现在却……想着想着,田常规脑海里突然一闪,闪出一个亮点，他依稀记起，梁小兵曾经跟他说起过，秦重天曾打电话找他，要汇报工程引进资金的事情，当时梁小兵告诉他，田书记不在南州，让秦重天过一天再打电话，秦重天却在电话那头"啊哈"一笑，说，我就知道田书记不在家才打来的嘛，说着也不管梁小兵听不听，就哇啦哇啦说了一大堆，然后，也不等梁小兵有什么回话，就挂了电话。

这么看起来，秦重天真是机关算尽，故意找领导不在家的时候，打电话，把这事情跟秘书说一说，算是汇报过了，赶紧就去干了，事后领导如果追问起来，他就会说，我汇报过了，谁让你们忙不过来过问呢。

田常规脑海里闪亮的点就在这里，而且这个点，是梁小兵给点亮的。平时大家都觉得梁小兵整天迷迷糊糊，净想着"诗人在寒风中瑟瑟发抖"之类，其实在工作上，书呆子气的梁小兵有一大长处，就是办事认真，认真到有时候田常规都会嫌他琐碎。比如，梁小兵在电话机边永远搁着一支笔和一沓纸，他所接的电话，无论是找他的，还是找田书记的，无论是说什么的，事无巨细，他都随手将电话的内容记下来，事后交给田书记看一看，再送到机要室存档，办公室主任说过他好几回，办公室从来没有这个规矩，以后就不要弄了，但是梁小兵我行我素。起初田常规还觉得这个规矩也挺不错的，后来渐渐发现其烦无比，受不了了。梁小兵却认真地说："你看不看是你的事情，我记不记是我的事情，我从七岁起，就有记日记的习惯，请田书记不要干涉我个人的爱好。"

田常规也无可奈何他，说："那你就爱好吧，别来烦我啦。"田常规当时见梁小兵这么较真，还跟他开个玩笑，说，"天天这么记多累，你不如搞个电话录音，不全解决了。"

梁小兵说："不一样的，文字的感觉，是任何其他东西代替不了的。"

田常规说："原来你是要找文字的感觉啊，我还以为你工作认真呢。"

那天晚上,远在北京的田常规,将思路捋到这里,脑海里突然亮了,当即抓起电话,打到梁小兵家里。

第二天一大早,梁小兵到办公室,将厚厚的电话记录翻了出来,果然找到了秦重天汇报引进资金返回点子的那一段详细记录,田常规让梁小兵在电话里给他念了一遍,梁小兵念完后,田常规停了一会儿,说:"你再给我念一遍。"

梁小兵"咦"了一声,但没有多说什么,又念了一遍。

挂了梁小兵这边的电话,田常规立即拨通了闻舒的手机,小惠告诉田常规,闻舒刚刚进省纪委冯书记的办公室。田常规一反平时的谦和态度,说:"就算是走进了中纪委书记的办公室,你也让我跟他说一句话。"

田常规没有开完北京那边的会议,就赶回来了,他让梁小兵来机场接他的时候,带上那份电话记录,梁小兵奇怪地说:"我不是已经在电话里给你念过两遍了吗?"

田常规说:"不一样的,听的感觉和看的感觉是不同的,亲眼看到的感觉,是其他任何东西代替不了的。"

梁小兵吃了他回过来的一闷棍,不服,说:"回来看不行吗?"

田常规说:"不行,我车上就要看。"

梁小兵说:"那也只有复印件了,原件省纪委拿去了。"

这一份电话记录,确实给秦重天的事情带来了转机,秦重天在电话里应付梁小兵的话,拨出款项的具体数字、拨款的方式等,与事实完全一致。

与此同时,广州有关部门也重新核实了情况,查出了全部的事实:叶白帆通过广州某银行的一位科长从银行违规操作拿出来钱,但是点子费是从叶白帆账上走的。叶白帆对南州的城市建设这块大蛋糕是情有独钟的,所以肯出大力帮助秦重天,并且告诉秦重天,按行规,南州方面支出的点子费中,还可再返回一部分,秦重天大喜，当即给了叶白帆一个账号，并且吩咐叶白帆不得透露给任何人，包括这件事情的媒人尉敏和刘庐。叶白帆便将再返回的三十万打了过去，当时叶白帆也担心秦重天会不会私吞，便旁敲侧击向尉敏和刘庐了解情况，哪知这两个人，异口同声地说，秦重天都恨不得把自己的工资都用到工程上去，绝不可能占工程上一分钱的。叶白帆后来在电话中万分感叹地对王博说，唉，想不到，我们一个市长，也已经难到对三十万都垂涎欲滴的地步了啊。

王博当然相信秦重天在公私问题上的干净，但他何等地敏锐，当即了解了这三十万是划到了长洲区街坊改造实业公司去了，王博哪能不明白秦重天的用心，当天就召开了集团董事会，决定立即上马吴学澜故居的工程。

当天晚上，就在田常规唐朝和瑞安谈判南州市如何接受世界古迹遗产协会资助的时候，省纪委的调查结论也出来了。

李处他们片刻没有耽搁，直接来到医院，在病房里向秦重天宣布："谈话"结束。

病情已经好转的秦重天，得意洋洋地对李处、小王说："你们看看，我说的吧，现在你们承认了吧？……"他"哈哈"笑着，浑身的骨头一根根地都轻飘了起来，大嘴一张，又说，"你们都看着我干什么嘛，觉得我这个人有两下子，是不是？现在我可是——那歌里怎么唱的？历经苦难痴心不改。等哪一天，我老了，功成名就，写自传的时候，我的人生色彩，可真是五彩缤纷啊，至少比起你们这些人，我就多了一次'双规'的经历，哦，不是'双规'，是'谈话'，多了一次'谈话'……"他见大家有些尴尬，才停了下来，但是嘴里实在是废话太多，收不住，又道，"李处、小王、老郭，这就是说，我今天可以回家过夜啦？"

正守在旁边的顾红脸色一沉，说："谁说的？"

秦重天向老郭他们吐了吐舌头，说："唉唉，李处、老郭啊，我还不如跟你们回宾馆呢，这个顾医生，可比你们纪委干部凶多啦。"

顾红厉声道:"我再次警告你,心肌梗死病人在恢复期因为情绪激动发生猝死并不少见……"

秦重天笑道:"顾医生啊,你可别再吓唬我啦,我这个人,胆小,不禁吓。"说着说着,突然就跳了起来,说,"我的手机呢?我的手机呢?"

按规矩,秦重天的手机已经交给家属了,但是这会儿王依然不在这里,秦重天到哪里去找手机呢。顾红说:"拿我的手机打吧,我替你拨,是打给王老师?"

秦重天说:"找尉敢,叫他来,叫他马上来!"

顾红欲言又止,却没有听他的,还是先给王依然打了电话,拨通了,将手机交给秦重天,秦重天接过去就说:"喂,我放出来了,这会儿没时间和你多说。"还没等那边王依然回过神来,秦重天就挂了电话,立即拨了尉敢的电话,生气地大声道,"尉局长,没想到吧,我又活过来了!你是不是以为我……"

正说着话,病房的门被推开了,尉敢一手握着手机在听秦重天说话,一边走了进来。

秦重天一愣,说:"你?怎么这么快?"

顾红说:"尉局长从昨天晚上来了后,就一直没有离开过。"

秦重天"哼"了一声,说:"看我什么时候双腿一挺,你就可以称心地……"本来还想任着性子说下去,但是看到尉敢一脸的土灰色,便停了下来,改口说,"好啦好啦,我又没死……"

尉敢没有吱声,只是微微低垂着脑袋。

秦重天一看又来气,说:"你装什么可怜,我问你,为什么这么迫不及待要卖会展开心,等不及了?"

尉敢说:"两家捐助的修路款,已经划出,明天就能到账了……"

这话不说也罢,一说,秦重天更是气不打一处来,已经开始恢复正常的脸色,又涨红了,又转青了。顾红一看不对,赶紧说:"都别说了,这不是在你们市政府啊,这是医院,不要大声喧哗!"

秦重天哪里能忍下这口气,刚要说什么,却一眼看到王博已经站在病房门口了,他笑眯眯地向秦重天点头、致意,秦重天被他这一笑,火倒也发不出来了,硬生生地咽了下去,怪怪地说:"王总,你总是来得最是时候。"

王博笑道:"这一点也能说明我确实是善于抓住机遇的啊,秦市长,今天您可是几喜临门哪⋯⋯"

秦重天说:"我算来算去,也就是个双喜嘛,还有什么喜呢?噢,知道了,是不是瑞安签了什么字了?"

王博说:"那是因为瑞安看了移建中的豆粉园,是秦市长的远见卓识赢得了这一分啊!"

秦重天却说:"不仅是豆粉园的原因吧,听说,与王总修复吴学澜故居大有关系啊!王总那天在我办公室里,还说暂时没有列入计划,怎么一走出我的办公室,主意就改变了?还是我那三十万私房钱吓着王总啦?报纸上还把你大吹了一顿,说什么来着?对了,报纸还在这里呢。"秦重天伸手拿过报纸,念了起来,"也许有人会问,王博投入这么多,将得到什么回报呢?将换取什么呢?这个答案,将永存于每一个人的心底。桃李无言,下自成蹊。几个月过去,等我们来到修复了的凝德堂,遥望古塔悬影,感受古园意趣,我们想象的翅膀自由地翱翔起来,我们的眼睛才能够再次穿越历史的长廊,跟着吴学澜,走过他居住在凝德堂的每一天,五六月间无暑气,千百年来有书声,那时候,我们便会知道,王博修复的,恐怕不仅仅是一座凝德堂,从某种意义上说,他为我们追回失落了的历史,也重新撑起差一点倒塌了的精神支柱⋯⋯"秦重天怪怪地笑着,又一口气往下说,"哎呀我的妈,我听着,浑身都起鸡皮疙瘩,好肉麻啊,王总你真是功德无量,王总做的事情比建设一个新南州还重要啊!"

大家都觉得秦重天这么说王博有些过分，毕竟王博投入了大量的资金，在为保护南州的历史文化遗产作贡献嘛。但是大家也都理解，秦重天毕竟被纪委扣了这么两天，虽然嘴上是嘻嘻哈哈，心中哪能不生气，便借了王博的事情来消气。

倒是王博，一派大将风度，笑着道："知我者，秦市长也，报纸上的东西，别说你不相信，我自己也不敢相信啊。我首先是个商人嘛，其次才谈得上别的，修复吴学澜故居，当然是商业行为。"

秦重天也笑了，说："这才是真的王博嘛，但是不管怎么说，王总，我得谢谢你，我觉得，这也算王总对我的一个安慰……"他见王博和尉敢都急于要说什么，还偏不让他们说，对他们摆了摆手，自己继续说，"只不过嘛，王总，你修得了一座故居，修不了剩下的一百九十九座啊，当然，还会有赵总钱总孙总李总去修去买，但是我想，这一百九十九的一半、一大半，还得由我来修嘛，这不，瑞安的钱，哈哈……"

尉敢终于抓住秦重天说话间的一点空隙，插上来说："秦市长，会展中心的事情……"回头看了一眼王博，下面的话，让王博说出来。

王博说："他们两家，最后决定了，不参会展中心的股了。"

秦重天感觉自己的心脏猛地乱跳起来，他不由自主地想用手去按住自己的胸，但是瞥了顾红一眼，硬是挺着，没有这么做，嘴却不由自主地张大了，怎么也合不拢，愣了半天，突然地发出一连串的"为什么为什么为什么？"

王博也看了尉敢一眼，十分平和地说："尉局长的条件，他们实在接受不了。"

秦重天的心跳更厉害了，他也盯了尉敢一眼，又听王博说："他们主动撤了，不过，捐助修路的款子，不受影响……"

秦重天"哈"了一声，说："那是要放长线钓大鱼啊。"但心下却是怀疑得紧，狠狠地瞪着尉敢，说，"尉局长，你是永远稳坐钓鱼台的啊……"

尉敢的目光,不能直接与秦重天对视,他回避着,躲闪着,决定不入会展中心的股,哪里是像王博说的因为他的条件苛刻,而是尉敢应允了他们别的更好的条件,但是那样的条件尉敢是不可能向他们兑现的,因为尉敢明天就要提出辞职了,此时此刻,辞职报告正在他口袋里装着呢。

尉敢做了一回流氓,这是尉敢这一辈子第一次也是最后一次做流氓。为了秦重天,他不仅违背了自己做人的原则,甚至践踏着自己的良心,他真想大声地对秦重天说明白这一切!但是他不能说,他甚至觉得,他要是说了,才是真正地践踏了自己的心。

秦重天知道尉敢心里有鬼,但却搞不清楚鬼在哪里、鬼是什么,他已经来不及、也没有力量再去追究尉敢,狂喜的心情在他的胸中乱窜,他忽地从病床上跳下来,站着,挥了挥手,向着尉敢,向着王博,也向着所有的人,说:"是不是你们可怜我,才退出会展中心的股权?哈,可怜又怎么样,只要会展中心还是我的,可怜算什么,可叹、可悲、可恨、可笑,可什么都可以嘛……"

所有的人都被秦重天激动的情绪感染着、控制着,但是,突然间,大家听到顾红大喊了一声:"不好!"

随着顾红的喊声,反应极快的尉敢和王博都扑了过去,但是没有来得及,他们够不着秦重天,他们离秦重天只有一步之遥,顾红喊声未落,秦重天已经重重地倒下,直挺挺的,没有一点余地,没有一点准备,什么也没有,就在那一瞬间,秦重天倒下了。

医生护士手忙脚乱地抢救着,顾红却面如死灰跌坐在一边,以她的经验,她知道,没有希望了。

秦重天彻底地倒下了。

接到秦重天"放出来"的电话,刚刚赶来的王依然和女儿钟钟,一进病房,看到的情景就是医生和护士正在从秦重天身上撤下所有的急救管子,王依然的大脑里一片空白,但是她听到了钟钟的大哭大喊:"不可能!不可能!我老爸喜欢开玩笑,妈,他是跟我们开玩笑的呀……"有人去扶钟钟,被她用力甩开了,"我不要,我不要,这不是真的,不是真的,爸,求求你,求求你,别开玩笑了好不好……"

伴随钟钟的哭声,顾红夹着哭声的话语也一遍又一遍地重复着:"我跟你说过多少遍,我跟你说过多少遍,我跟你说过多少遍,我跟你……"忽然,顾红的眼睛看到了王依然,她一步跨到王依然跟前,手指着她的脸,说:"我跟你说过多少遍,他工作忙,他不肯看病,你是干什么的,你架也要架他去医院,绑也要绑他去看病啊,你到这时候才来关心他,你是什么人啊……"

大家把失控的钟钟和顾红扶了出去,王依然木然地看着秦重天,没有眼泪,也没有声音,秦重天的眼睛还微微地睁着,护士要盖上白被单,被王依然挡住了……

"我这个人啊,心里事情太多,这也放不下,那也放不下,到时候肯定是个死不瞑目的死家伙。"

秦重天的这句口头禅,飘荡着,飘荡在每一个人的心头,痛击着每一个人的灵魂。

尉敢慢慢地离开了病房,走到走廊的窗前,炎热的夏夜,正在酝酿着风暴,渐渐地,渐渐地,风起来了,尉敢迎着风,从口袋里取出他精心写就的辞职报告,小心地,轻轻地,撕开来,撕开来,一片一片,一片一片,然后,他的手张扬着,伸到窗外,黑夜里的风,就卷着白的碎纸片,一片一片,一片一片,飞扬开去了……

尾 声

十月三日,新锦绣路按原定计划顺利通车。通车仪式简洁而热烈,城建部、交通部的领导,省委周书记都到了场,讲了话,高度评价了锦绣路的开发和建设,也高度评价了近几年南州经济的高速发展。新开通的锦绣路宽七十米,是原来老锦绣路的七倍,沿新锦绣路的建设,正在热火朝天地进行着,看着眼前的情景,人人为之振奋为之感动。

两天以后,十月五日中午,省委分管干部的姜副书记和省委组织部吕部长一同来到南州,闻舒上前迎接省委领导的时候,小惠也和姜书记的秘书黄飞打上招呼,黄飞见小惠一副全然不知发生了什么的样子,忍不住说:"小惠,不知道我们来干什么?"

小惠想猜,但是无从猜起,便摇了摇头。

黄飞说:"你们老板挪位子了。"

小惠猝不及防,张着嘴想说什么,却是什么也说不出来,眼泪却"哗"的一下下来了。

黄飞想不到小惠会这么失常失态,赶紧说:"小惠,这可不是地方,更不是时候。"

小惠怎么也控制不住自己的感情,眼泪就是止不住,搞得黄飞也鼻子酸酸的,说:"好了,好了,又不是小孩子,又不是刚进机关。"说过后就赶紧走开了。

袁秘书长已经过来了,消息在片刻间已经传开,他是久经沙场的老兵了,不会像小惠那样失控,但是此时竟也有些乱了方寸。按说,干部调动,再正常不过的事情,但这一次,实在是太突然、太突然,比那次田常规上任更突然,更让人措手不及。

袁秘书长是来吩咐小惠赶紧做会议通知的,一看到小惠眼睛又红又肿,袁秘书长"嘻"了一声,说:"小惠,你干什么呢?"

小惠不言语。

袁秘书长长长地重重地叹息了一声,说道:"小惠啊,共产党的干部,就是这样的,再有想法,都是要服从组织的,再觉得委屈,也还是要干事情的,难道不是吗?"

小惠仍然不吭声。

袁秘书长退回到自己的办公室,一边克制着自己的心慌意乱,一边打电话。

下午两点,南州市干部大会准时召开,闻舒做了简短的告别演讲,总共只说了十分钟,但其间有四次激动得说不下去,停了下来,那时候,台上台下,鸦雀无声。

闻舒最后有些泣不成声了,他说:"同志们,我会想念你们的……"台上台下,许多人的眼睛都湿润了。

两天后,在南州市四套班子欢送闻舒的宴会上,闻舒和田常规又都是谈笑风生了,与姜书记来宣布调动和任命那天的情形完全不一样了。闻舒几杯酒下肚,笑眯眯地对坐在他身边的刚刚担任了南州市委书记的田常规说:"田书记,我问你一个问题,当初你积极地全力地支持锦绣路的开发,就已经看到了我的今天吧?"

田常规也笑道:"闻书记,你的今天,也许就是我的明天啊。"

闻舒又说:"田书记,你也可以选另一条路走。"

田常规说:"我会吗?"

闻舒说:"你不会。"

停了一会儿,田常规说:"今天是十月七日。"

闻舒缓缓地点了点头,说:"今天是十月七日,是秦重天一百天的忌日。"

田常规说:"梁小兵经常给我念艾青的诗:为什么我的眼中常含着泪水,因为我对这片土地爱得深沉。"

此时此刻,南州市前任和现任的两位书记,眼中都饱含着泪水。